Alexandra Flint

LAKESTONE CAMPUS OF SEATTLE

WHAT WE LOST

Alexandra Flint

LAKESTONE CAMPUS
of Seattle

what we lost

Ravensburger

Triggerwarnung

Dieses Buch enthält Themen, die potenziell triggern können.
Deshalb findet ihr auf Seite 497 einen Hinweis zum Inhalt.

ACHTUNG: Dieser enthält Spoiler für die gesamte Handlung.

MIX
Papier | Fördert gute Waldnutzung
FSC® C111262

1 3 5 4 2

Originalausgabe

Postfach 2460, D-88194 Ravensburg

Dieses Werk wurde vermittelt durch
die Literarische Agentur Silke Weniger, Gräfelfing.

Cover- und Umschlaggestaltung: Alexander Kopainski
unter Verwendung von Bildern von Shutterstock
(TMvectorart, ElenaChelysheva)
Lektorat: Fam Schaper

Printed in Germany
ISBN 978-3-473-58634-9

ravensburger.com

Für alle, die nicht vernünftig sind
und ihrer Leidenschaft folgen.
Das ist nicht unsinnig, sondern mutig.
Lasst euch nichts anderes einreden.

Das ist das Wesen der Musik,
dass sie die Seele zur Harmonie des Weltalls stimmt.
(Pythagoras von Samos)

KAPITEL 1

Way down We Go – Stripped – Kaleo

Kace

»He! Du hast da eine Stelle vergessen.«

Die höhnischen Worte trafen mich im Nacken. Genau dort, wo meine nach diesem Tag ohnehin überstrapazierten Nerven saßen und kurz davor waren zu reißen. Doch so gerne ich meinen Frust auch rausgelassen hätte, der klägliche Rest meiner Selbstbeherrschung hielt mich davon ab. Weil ich diesen Scheißjob brauchte und weil ich in den seltensten Fällen am längeren Hebel saß.

Eigentlich nie.

Also atmete ich nur tief durch, umfasste den Griff meines in die Jahre gekommenen Putzwagens fester und ging einfach weiter. Achtete nicht auf den nächsten Ruf oder das selbstgefällige Lachen der Studierenden, sondern stellte die Musik in meinen weißen Kabelkopfhörern lauter und setzte meine Runde durch das abendliche Trinity College in Dublin fort. Je schneller ich fertig wurde, desto eher konnte ich nach Hause zu den Menschen, die mir wirklich etwas bedeuteten. Wie so oft war der Gedanke an meine Mam und Trix das Einzige, was mich davon abhielt durchzudrehen. Alles hinzuschmeißen. Oder wahlweise dem Studenten hinter mir klarzumachen, wohin er sich seine abfälligen Bemerkungen stecken konnte.

Wer zum Teufel machte sich heute noch über Putzkräfte lustig? Das war armselig.

Kopfschüttelnd biss ich die Zähne zusammen und blickte von meinen schwarzen Converse auf, als ich das Ende des breiten Gangs erreicht hatte. Ich war niemand, der häufig gut gelaunt war. Für die wenigen Leute, die ich meine Freunde nannte, war ich der personifizierte Pessimismus und irgendwo hatten sie recht damit. Ich stritt es nicht mal ab, zynisch und misstrauisch zu sein, dafür war die Realität in den meisten Stunden meines Tages zu grau. Dafür hatte mir das Leben einfach schon einmal zu viel ans Bein gepisst.

Doch als ich nun vor der breiten Tür stand, hinter der sich der Probensaal M3 der Musikfakultät befand, spürte ich, wie sich meine Stimmung nach Stunden zum ersten Mal merklich hob. Nicht weil ich erpicht darauf war, weitere vierhundert Quadratmeter zu wischen, sondern wegen der … Musik.

Musik, die meine Familie so viel gekostet hatte und die ich dennoch nicht hassen konnte. Zum Überleben brauchte.

Die Musik war eine Narbe, die brannte und gleichzeitig die hässlichen Risse zusammenhielt.

Paradox, wie mein ganzes kleines Leben, und gerade so widersprüchlich, dass es noch funktionierte. Aber vielleicht war ich auch einfach nur bemerkenswert masochistisch veranlagt.

Anders konnte ich mir jedenfalls nicht erklären, warum ich mich jeden Donnerstag nicht nur dem Musiksaal und damit all den schlechten Erinnerungen freiwillig aussetzte, sondern auch dem mit Abstand talentfreiesten Musikstudenten, den das Trinity je gesehen hatte. Sehr zum Leidwesen meiner Ohren.

Selbst durch meine Kopfhörer und die dicke Tür zum M3 konnte ich bereits die Disharmonien hören und fragte mich, warum ich mich überhaupt auf diesen verdrehten Bullshit eingelassen hatte. Aber ein Deal war nun einmal ein Deal und wenn ich ehrlich mit mir war, dann war Gavin gar nicht so verkehrt. Von seinem nicht vorhandenen Gespür für Musik einmal abgesehen.

Seufzend stopfte ich meine Kopfhörer in meine Hosentasche und stieß endlich die Tür zum Probensaal auf. Sofort verstummten die schiefen Klänge und ich machte mir erst gar nicht die Mühe, meine Erleichterung zu überspielen. In diesem Fall war die perfekte Akustik des Raums eher Fluch als Segen, besonders für jemanden wie mich.

»Yo, Kace, was geht? Ich dachte schon, du hättest dich auf deiner Route verlaufen.«

Ich schloss die Tür hinter mir, stellte den Putzwagen ab und wandte mich der leicht erhöhten Bühne zu, wo Gavin breitbeinig auf seinem Klavierhocker fläzte. Die Ellenbogen auf die Klaviatur gestützt und eine angebrochene Flasche Guiness auf dem glänzenden schwarzen Lack des Vordeckels – ohne Untersetzer, als wäre der Bechstein-Konzertflügel heruntergekommenes Pubinventar und kein Instrument im Wert von knapp zweihunderttausend Euro.

»Keine Sorge. Ich hätte dich nicht einmal überhören können, wenn ich es drauf angelegt hätte.«

»Du tust meiner Musik unrecht.«

»Ich könnte das Gleiche sagen.« Ich sprang zu ihm aufs Podium und verschränkte locker die Arme vor der Brust. »Welches Opfer hast du dir heute ausgesucht?«

Sein schiefes Grinsen wurde merklich breiter. »Habe ich den Song so sehr versaut, dass nicht einmal du ihn mit deinen Wunderohren erkannt hast?«

Ich verzog nur vielsagend das Gesicht und warf einen Blick auf die Noten, die mit unzähligen Bleistiftkritzeleien, Kommentaren und Markerspuren versehen worden waren. Inklusive einer beachtlichen Anzahl von nicht zu übersehenden Fragezeichen. Das, was Gavin gerade *gespielt* hatte, war also wirklich der erste Satz der Mondscheinsonate von Beethoven gewesen. *Armer Ludwig.*

»*Mannaggia!*« Gavin fuhr sich mit einem unterdrückten Fluchen durch die schwarzen Haare, die mittlerweile in alle Richtungen abstanden, sodass er ironischerweise eine gewisse Ähnlichkeit mit dem Komponisten besaß. »Du brauchst gar nicht so zu schauen. Das ist eine verfluchte Wissenschaft, die Normalsterbliche gar nicht verstehen können!« Worte auf Italienisch folgten, die *ich* wiederum nicht verstand. »Was mache ich falsch, Kace? Was bedeuten diese Schwünge und Zeichen und … *merda,* ich habe keine Ahnung, wie ich dieses dämliche Stück bis nächste Woche auf die Reihe bekommen soll.« Wieder ein italienischer Fluch, dann griff er nach dem Bier. »Warum zum Teufel musste es unbedingt Musik sein?«

In den Wochen, seit wir unseren Deal geschlossen hatten, hatte ich ein paar Dinge über Gavin erfahren: Erstens, seine Eltern schwammen im Geld und gewährten ihrem Sohn sein Rundum-sorglos-Studierendenleben, solange er gemäß der Familientradition Musik am Trinity studierte. Dass die Musik nicht unbedingt sein Steckenpferd war – von einem zugegeben beeindruckenden Talent fürs Rappen einmal abgesehen –, tat dabei nichts zur Sache. Und es war wirklich nicht an mir, die Dynamiken in seiner Familie zu hinterfragen. Zweitens, Gavin war unter seiner nervtötenden Machoschale wirklich verzweifelt und stand unter enormem Druck – Verzweiflung war etwas, womit ich mich gut auskannte. Und drittens, seine Gerissenheit kannte keine Grenzen.

Als er mich vor knapp zwei Monaten am Klavier in diesem Saal erwischt hatte, obwohl ich eigentlich den Boden hätte schrubben sollen, hatte er nicht gezögert und mir sofort einen Deal angeboten. Besser gesagt, mich erpresst, auf seine charmante, italienische Art. Ich half ihm, seinen Kurs in klassischer Musik zu bestehen, dafür verpfiff er mich nicht und überließ mir die Hälfte seiner Probenzeit im Saal.

Wäre es damals ein anderer Tag gewesen, hätte ich ihm vermutlich den Mittelfinger gezeigt, doch an diesem Abend war ich schlichtweg … *müde* gewesen. Vom konstanten Schlafmangel der letzten Monate, von den vielen unbeglichenen Rechnungen, von der Kündigung meiner ohnehin schlecht bezahlten Stelle im Supermarkt, die ich zu diesem Zeitpunkt kaum verdaut hatte. An diesem einen Abend war ich zu erschöpft gewesen, um noch einen Kampf auszutragen, und hatte dem Deal einfach zugestimmt.

Ich würde nicht so weit gehen und sagen, diese Vereinbarung hätte Gavin und mich zu Freunden gemacht – denn das waren wir nicht –, aber mittlerweile sah ich darin weniger einen Deal als eine Pause. Eine Stunde an einem perfekt gestimmten Flügel, in der die gesamte Welt da draußen keine Rolle spielte. Eine Stunde, in der ich es mir erlaubte, in der Musik abzutauchen, während ich es mir den restlichen Tag über verbot, auch nur daran zu denken. Wegen Trix. Und wegen Mam. Weil meine Mutter und ich uns zu ähnlich waren und ich gesehen hatte, was der Rausch der Musik mit einem machen konnte.

Das helle Klacken, mit dem Gavin seine Bierflasche wieder abstellte, holte mich zurück in die Gegenwart. Resolut schob ich meine schweren Gedanken zur Seite, noch ehe daraus ein dunkles Gewitter werden konnte. Zu oft schon hatten sie mich an Orte befördert, an die niemand jemals gehen sollte.

»Also, Wunderknabe, was ist?«

Ich strich mir die längeren dunkelblonden Strähnen aus den Augen und deutete auf den Hocker. »Rutsch zur Seite.«

»Die Bühne gehört ganz dir.« Wie immer überließ Gavin mir den Platz am Flügel und zog sich einen Klappstuhl heran, um neben mir Stellung zu beziehen. »Dann zeig mir mal, wie dieses Chaos aus Punkten und Linien da eigentlich klingen soll, wenn es fertig ist.«

»Das Stück ist abgeschlossen.«

»Ja, in einer Sprache, die ich nicht verstehe. Dein Bier, nicht meins, Kace.«

Belustigt hob ich einen Mundwinkel, während ich die Blätter ein zweites Mal überflog. Es waren die vereinfachten Noten des ersten Satzes der Mondscheinsonate und auch ohne dass ich jede Punktierung betrachtete, konnte ich die Musik bereits *hören*. Die gesamte Sonate, alle Sätze mit ihren Höhen und Tiefen und Klängen, breitete sich mühelos in meinem Kopf aus.

»Man kann jede Sprache lernen«, gab ich leise zurück und legte die Finger auf das kühle Elfenbein.

»Die Grammatik ja. Das Sprechen ist eine vollkommen andere Sache.« Gavin lehnte sich nach hinten. »Und wir wissen beide, dass es keine Übungsstunde auf der Welt mit deinem Talent aufnehmen kann.«

»Ansichtssache.«

»Tatsache.« Noch einen Moment länger sah er mich überraschend ernst an, dann erklang das schrille Bimmeln seines Handys. »Shit, da muss ich rangehen. Du kannst deine Finger ja schon mal warmspielen, van Gogh.«

»Van Gogh war Maler«, brummte ich, doch Gavin war bereits aufgestanden und in sehr schnelles Italienisch verfallen, während er den Seitenausgang ansteuerte.

So viel dazu. Stirnrunzelnd sah ich ihm nach, bis die Tür ins Schloss fiel, und stieß dann den Atem aus. In der plötzlichen Stille des Probensaals erschien jedes Geräusch zu laut, erinnerte mich daran, dass ich eigentlich nicht hier sein sollte, sondern mich um andere Angelegenheiten kümmern musste. Dass es unsinnig gewesen war, dieser Abmachung überhaupt zuzustimmen. Gavin brauchte weit mehr als eine wöchentliche Stunde Geklimper und ich verlor dadurch nicht nur Zeit, sondern riskierte jedes Mal meinen Job. Ich wurde nicht dafür bezahlt zu spielen, sondern zu putzen. Mein Platz war nicht an diesem arschteuren Flügel, sondern hinter dem quietschenden Putzwagen.

Und dennoch konnte ich die Finger nicht von der Klaviatur nehmen, strich über die einzelnen Tasten, das Schwarz und Weiß, bis es vor meinen Augen zu einem Grau mit unzähligen Facetten wurde. Ich biss die Kiefer aufeinander, kniff die Augen zusammen, als aus der sanften Berührung unweigerlich ein Ton wurde. Die erste Note der Sonate. Die erste, die zweite, die dritte … wie von selbst reihte sich Ton an Ton, bis aus einzelnen Klängen der Anfang des dritten Satzes der Mondscheinsonate wurde – meine liebste Stelle des ganzen Stücks – und ich nicht mehr in der Lage war aufzuhören. So war es schon immer gewesen. Es mochte so aussehen, als würde ich die Musik kontrollieren, doch eigentlich hielt sie mich gefangen.

Ich legte die zweite Hand auf die Tasten, rief geistig Melodie, Tempi und Abfolge ab, konzentrierte mich auf das Bild, das der dritte Satz bereits vor Jahren in meine Gedanken gezeichnet hatte, und begann noch einmal von vorne. Mit gesenkten Lidern, um mehr zu sehen, während die Noten den Saal um mich herum füllten, *mich* füllten, bis nichts anderes mehr hineinpasste. Wie schon unzählige Male zuvor flogen meine Finger über die Tastatur, wurden schneller, mal langsamer, schlugen die Töne fester an, punktiert, getragen und folgten der Musik in meinem Kopf. Ich spürte, wie sich mein Puls beschleunigte, in mir widerhallte, wie es die Klänge taten, und sich beides miteinander verband. Es mochte sich absurd anhören, aber in Augenblicken wie diesen war es schwer zu sagen, wo die Musik aufhörte und ich begann.

Der Konzertflügel dröhnte, als ich das Ende erreichte, der finalen Tonleiter folgte und die Vierklänge hervorrief. Dann irgendwann die letzten Noten, der letzte Anschlag und die Stille, die sich über den Raum legte und noch so viel lauter war.

Fuck.

Fluchend presste ich mir die Ballen auf die geschlossenen Lider, atmete heftig ein und aus, weil mein Puls noch immer in Beethovens Irrsinn feststeckte und meine Finger heiß kribbelten. Es war wie ein Rausch. In solchen Momenten verstand ich, warum Mam in ihrer Jugend nicht auf ihre Eltern gehört und jede Vernunft in den Wind geschlagen hatte. Warum sie immer wieder ihrer Leidenschaft folgte, statt sich einen verlässlichen Job zu suchen und Geld zu verdienen. Warum sie die Rechnungen und finanziellen Sorgen, sogar ihre verdammte Krankheit hintenanstellte, weil sie alles um sich herum vergaß, sobald sie an unserem ramponierten Klavier saß. Die Musik ließ ihr keine andere Wahl. Nahm ihr jede Entscheidung ab.

Und du bist auf dem besten Weg, ihr zu folgen.

Nur durfte ich das nicht, ich durfte nicht dieselben Fehler wie Mam machen. Ich brauchte Stabilität, Verlässlichkeit, ich konnte es mir nicht erlauben, mich wie meine Mutter für die Musik zu entscheiden und alles andere hintenanzustellen, weil es nicht um mich ging, sondern um Trixie. Und Trixie verdiente nur das Beste.

Ich knirschte mit den Zähnen und fuhr nur einen Sekundenbruchteil später zusammen, als ich die Gestalt im Türrahmen bemerkte. Ein Mann, vermutlich in den späten Fünfzigern, stand in dunkelbraunem Tweedanzug bewegungslos dort und starrte mich an, als wäre ich direkt aus der Hölle auf diesen Klavierhocker gestiegen.

Hastig sprang ich hoch und stieß mir dabei das Knie am schweineteuren Flügel an, was mich ein weiteres Mal derbe fluchen ließ. Großartig, damit wäre wohl geklärt, dass ich aus den weniger schicken Vierteln Dublins kam. Falls ihm meine alte Kleidung nicht schon als Hinweis gereicht hatte.

Ohne mich aus den Augen zu lassen, durchquerte der Mann den Raum, bis er ein paar Meter vor mir stehen blieb. Dann endlich brach er diese entsetzliche Stille. »Wenn ich mich recht entsinne, dann werden Sie nicht dafür bezahlt, Klavier zu spielen.«

Im Grunde genommen kann man bei meinem Hungerlohn überhaupt nicht von einer wirklichen Bezahlung sprechen, aber gut.

Ich setzte zu einer Erwiderung an, ohne zu wissen, was genau ich darauf antworten sollte, doch mein Gegenüber gab mir erst gar nicht die Gelegenheit dazu.

»Kace Holloway, richtig?«

Erstaunt hob ich die Brauen. »Ja, ich …« Ich mochte ja viele Macken haben, aber normalerweise gehörte nutzloses Stammeln in angespannten Situationen nicht dazu. »Ja, Sir.«

»Professor Grisberg reicht vollkommen.«

Grisberg? Verfluchte … Grisberg war eines der ganz hohen Tiere des Trinity Colleges und ich damit … so was von am Arsch.

»Sie … hören Sie zu, es tut mir leid.«

Die Furchen auf seiner Stirn vertieften sich, ehe er mich ein weiteres Mal auffällig musterte. Von meinen abgenutzten schwarzen Converse über die ausgewaschene Blue Jeans mit den Löchern an den Knien, die einmal *cool* gewesen waren, bis hin zu meinem dünnen Pullover, auf dem immer noch ein Fleck von Trixies Frühstück klebte.

Wo zum Teufel blieb Gavin? Ihm wäre sicherlich irgendeine Erklärung eingefallen, denn Gott, reden konnte der Typ.

»Tut es Ihnen nicht, wie wir beide wissen, Mr Holloway. Genauso, wie uns beiden bekannt ist, dass das nicht das erste Mal war, dass sie hier gespielt haben«, entgegnete der Mann mit einem schmallippigen Lächeln.

Treffer. »Es … ja, das stimmt, aber …«

»Und würde ich auch nur annähernd Ihr Talent besitzen, hätte ich es nicht anders gemacht.«

»Ich … was?« Perplex ließ ich die Schultern sinken. »Ich fürchte, ich verstehe nicht ganz.«

Grisberg fuhr sich über die dunkelgrauen Bartstoppeln an seinem Kinn und trat zu mir auf die Bühne. »Unter normalen Umständen ist es nicht meine Art, mich in das Leben anderer einzumischen, Mr Holloway, aber Sie haben es mir schwer gemacht wegzuhören, wenn ich ehrlich bin.«

Befürchtete der Prof, ich würde sein schickes Instrument mit meiner Spielweise malträtieren? Weil ich keiner der privilegierten Musikstudierenden war?

Würde mein zukünftiges Einkommen nicht von Grisberg abhängen, hätte ich ihn genau das gefragt. Doch so zwang ich bloß frische Luft in meine verkrampfte Lunge und sagte das Einzige, was er vermutlich von mir hören wollte. »Es wird nicht wieder vorkommen, Sir. Versprochen.«

»Das wäre eine Schande.« Zu meiner Überraschung wurde sein Lächeln merklich breiter. »In den vergangenen Wochen habe ich Ihre Treffen mit Gavin Mazzilini mit großem Interesse verfolgt. Wobei ich mich auf Ihre herausragenden musikalischen Fähigkeiten beziehe.«

Diese Situation wurde immer verdrehter. »Ich weiß nicht, ob …«

»Tun Sie mir – und vor allem sich selbst – den Gefallen und streiten Sie Ihr Können nicht ab. Sie scheinen mir zu intelligent, um etwas derartig Dummes zu tun«, unterbrach mich der Professor ein zweites Mal. »Ich bin schon sehr lange in der Musikwelt unterwegs, habe unzählige Talente gesehen und ich weiß, wovon ich spreche, wenn ich sage, dass Sie eine *Gabe* besitzen, Mr Holloway. Eine Gabe, die Sie meines Erachtens vergeuden.«

Sein letzter Satz traf einen empfindlichen Punkt in mir und ließ mich endlich wieder klar denken. »Bei allem Respekt, aber Sie kennen weder mein Leben noch mich, Professor.«

Er nickte langsam. »Ein Umstand, der sich womöglich ändern lässt. Haben Sie schon einmal mit jemandem über Ihre Gabe gesprochen?«

Ich verzog das Gesicht. »Gabe?« Je öfter dieses Wort ausgesprochen wurde, desto absurder klang es.

»Natürlich kann ich es nicht mit absoluter Gewissheit sagen, aber Sie weisen Anzeichen eines absoluten Gehörs auf«, präzisierte er in der nächsten Sekunde, ungerührt von meiner finsteren Miene. »Ich habe Sie in den vergangenen Wochen oft dabei beobachtet, wie Sie gänzlich ohne Noten vor sich gespielt und dabei Musik – nicht selten so ein komplexes Werk, wie Sie es gerade zum Besten gegeben haben – aus Ihrem Gedächtnis erschaffen haben. Um es mit einfachen Worten zu sagen, Ihr Spiel ist Präzision und Perfektion, weil Sie nicht einfach nur spielen, sondern *verstehen*, und Ihrer Miene nach zu urteilen, wissen Sie, wovon ich spreche. Das ist mehr als bloßes Talent.«

Mir war bewusst, dass es nicht jedem so leichtfiel wie mir, ein Instrument zu lernen oder umfassende Stücke zu spielen, aber eine besondere *Gabe* hätte ich das nie genannt. Vermutlich, weil es schon immer so mit der Musik und mir gewesen war. Es war selbstverständlich, nichts, worüber man weiter nachdenken musste. So wie Kinder das Sprechen lernten, hatte ich Musik gelernt. Ich hatte jeden einzelnen Ton, den ich gehört hatte, mit seinem ganz individuellen Klang, seiner *Farbe* abgespeichert, die Melodien und Lieder, die daraus entstanden. Erst viel später hatte ich erfahren, dass man Musik sichtbar machen konnte, in dem man die Töne als Noten zwischen fünf Linien auf Papier sperrte.

Mam hatte mal gesagt, dass es genauso sein musste. Dass es mit der Musik wie mit den Gefühlen war. Erst, wenn man sie erlebt und gespürt hatte, wirklich begriff, woraus sie bestanden, konnten sie mit Namen beschrieben werden. Mich hatten die festgeschriebenen Regeln der Musik nie interessiert. Ich hatte keine sichtbaren Noten gebraucht, um mich darin zu verlieren. Nur Musik. Ihren Klang, ihre Melodien, die wie von selbst ihren Weg in mich hineinfanden und blieben. Sich festsetzten, wie Emotionen, die man nicht mehr loswird.

Musik ist Gefühl.

Ein Gefühl, das dich dazu bringt, dich selbst zu verlieren.

Ich verschränkte die Arme vor der Brust, weil sich das hier mit einem Mal zu nah anfühlte, und brachte Abstand zwischen den Flügel und mich. Als würde das irgendetwas ändern. »Worauf wollen Sie hinaus?«

»Darauf, dass ich so frei war und einem sehr guten Bekannten von Ihrem Talent berichtet habe.«

Bei seinen Worten grub ich meine Finger unwillkürlich tiefer in den Stoff meines Pullovers und die Haut darunter. »Bitte?«

»Ich stehe zu meiner anfänglichen Aussage, Mr Holloway. Jemand wie Sie sollte seine Fähigkeiten nutzen. Daran arbeiten, statt sie herunterzuspielen.« Der Professor nahm seine winzige, runde Brille von der Nase und sah mir direkt in die Augen. »Haben Sie je darüber nachgedacht, an einer Einrichtung wie dem Trinity College Musik zu studieren?«

Hatte ich. Unzählige Male.

Unzählige Male hatte ich mir das ausgemalt und mindestens genauso oft hatte mich alles, was dagegensprach, daraufhin zu Boden geschmettert. Wieder und wieder. Bis ich aufgehört hatte, diese Gedanken zuzulassen. Weil sie unrealistisch und egoistisch für jemanden wie mich waren. Aber ganz sicher würde ich meine verkorkste Lebenssituation nicht vor Grisberg ausbreiten. Also tat ich, was ich immer tat. Ich stopfte meine Emotionen, die die Musik jedes Mal hervorholte, in die nächstbeste Kiste und verfrachtete sie irgendwo in die Tiefen meiner Gehirnwindungen. Dorthin, wo sie mir nicht im Weg standen.

»Hören Sie, Professor Grisberg, danke für die Komplimente, aber das Klavierspielen ist nur eine Freizeitbeschäftigung, ein netter Nebenverdienst in Pubs, nicht mehr.« *Lüge.*

Die Brille landete wieder auf seiner Nase, dann nickte er nachdenklich. »Das war keine Antwort auf meine Frage, Mr Holloway, aber Ihre Aussage verrät auch so genügend.« Er holte einen Umschlag aus seinem Jackett und hielt ihn mir hin. Ein diamantförmiges Emblem mit den Buchstaben *LSC* war in das schwere, elfenbeinweiße Papier des Kuverts geprägt.

Nach kurzem Zögern nahm ich den Brief entgegen und musterte misstrauisch zuerst den Absender und anschließend den Professor vor mir. *Lakestone Campus of Seattle.* »Was ist das?«

»Eine Möglichkeit, die ich Ihnen gerne bieten möchte. Mein Bekannter leitet in Seattle eine der angesehensten Institutionen für Hochbegabte und ist bereit, Ihnen diese Chance zu geben. Natürlich unter der Voraussetzung, dass die Rahmenbedingungen für alle passen und Sie sich auf ein persönliches Kennenlerngespräch sowie eine Einschätzung Ihrer Fähigkeiten einlassen.«

»Seattle?«, wiederholte ich tonlos und schüttelte den Kopf. »Wie kommen Sie darauf, dass ich … Professor Grisberg, das ist ein großzügiges Angebot, aber mein Leben ist hier. Ich werde Dublin nicht verlassen.« Die Worte kamen mir schwerer als erwartet über die Lippen, hinterließen einen beinahe bitteren Nachgeschmack, obwohl sie der Wahrheit entsprachen. Mein Lebensmittelpunkt war hier auf der grünen Insel. Hier lebten meine Mutter und Trixie, die sich beide auf mich verließen, mich beide auf ihre Art brauchten, und Dublin war schwer in Ordnung. Wir schwammen nicht in Geld, hatten mehr Sorgen, als ich zählen konnte, aber ich hatte meine Familie und das reichte. Wir kamen klar.

Und was ist, wenn leben *mehr bedeutet, als nur* klarzukommen?

Ich schluckte und reichte ihm den Brief zurück.

»Behalten Sie ihn, Mr Holloway.«

»Ich denke nicht, dass ich meine Meinung ändern werde.«

Wieder erschien dieses undurchsichtige, schmale Lächeln auf seinen Lippen, das so wirkte, als wüsste er etwas, das mir ganz offensichtlich verborgen blieb. »Und genau darin besteht einer der größten Irrtümer der Menschheit«, erwiderte Grisberg kryptisch und schob meine Hand samt Brief zur Seite, ehe er kurz meine Schulter drückte. »Im Leben gibt es mehr Wege als den, den wir gehen zu müssen glauben, Kace Holloway, weit mehr als den einen. Wie dem auch sei, Sie wissen ja, wo Sie mich finden können. Passen Sie auf sich auf.« Mit diesen Worten wandte sich der Professor ab und ließ mich auf der Bühne vom M3 stehen.

Mit einem mittlerweile zerknitterten Kuvert zwischen den Fingern und einem Riss von den Ausmaßen des Marianengrabens in meiner Brust.

Zwischen dem, was ich machen wollte, aber niemals haben konnte, und dem, was ich tun musste, aber niemals lieben würde.

Ein alter Riss, der dank Grisberg weiter denn je aufklaffte und an dem kein schickes Schreiben aus Seattle etwas ändern konnte.

Also blieb ich genau dort, wo ich war.

Auf dem einzigen Weg, den ich kannte.

KAPITEL 2

Drops of Jupiter (Tell Me) – Train

Brynn

Das Universum war etwa vierzehn Milliarden Jahre alt – dreizehn Komma acht Milliarden plus minus ein paar Zerquetschter, wenn man es genau nehmen wollte. Eine so unfassbar große Zahl, dass die Vorstellungskraft der meisten Menschen, mich eingeschlossen, nicht ausreichte, um diese Zahl auch nur ansatzweise zu begreifen. Wie also konnte es sein, dass mir fünf Wochen Wartezeit so unendlich *lang* vorkamen? Denn objektiv betrachtet waren fünfunddreißig Tage, *plus minus*, ein Wimpernschlag verglichen mit dem Maßstab, in dem die Zeit des Kosmos gemessen wurde. Nichts, als ein mikroskopisch kleiner Sekundenbruchteil.

Ich wusste das. Ich kannte die Fakten, Zahlen, Verhältnisse und trotzdem änderte mein Wissen nicht das Geringste. Fünf Wochen waren eine verflucht lange Zeit, wenn man auf eine Antwort wartete, die *alles* verändern würde. Das mochte dramatisch klingen, aber für mich traf das zu einhundert Prozent zu. Eine Zusage des Lakestone Campus of Seattle würde mein ganzes Leben ändern. Sie wäre mein Ticket raus aus Oxford, das mit seinen renommierten

Universitäten eine nicht gerade subtile Erinnerung daran war, dass ich meine Zeit vergeudete. Sie würde mir ermöglichen, das zu tun, wofür mein Herz schlug. Und sie würde mich aus der Abwärtsspirale bringen, in die mich meine Familie immer tiefer hineinzog. Mit jedem Tag, den ich in unserem in die Jahre gekommenen Bed & Breakfast verbrachte, ein wenig mehr.

Und heute war der letzte Tag der Frist. Der letzte Tag, an dem der Brief aus Seattle mit der Zusage kommen konnte. Es einfach musste. Denn falls nicht –

»Brynn!«

Ich schreckte aus meinen Gedanken hoch und fuhr herum, wobei ich den Wäschekorb neben mir umwarf, stolperte und in einem Berg aus Laken landete.

»Gott, Brynn, was tust du da?« Meine älteste Schwester Amber stemmte die Hände in die Hüfte und lehnte sich ein Stück nach hinten. Seit sie schwanger war, war das eine ihrer liebsten Haltungen, um ihren Worten Nachdruck zu verleihen.

Mehr oder weniger elegant schaffte ich es, mich aus dem Bettzeug zu befreien, und kam wieder auf die Beine. »Mich um die Zimmer kümmern, was sonst?« *Ja, was sonst? Was sollte ich schon anderes tun, als mich in das* Familienunternehmen *einzubringen?* Bei der Bitterkeit, sowohl in meinen Worten als auch in meinem Kopf, verzog ich das Gesicht.

Ihr schiefes Lächeln trug eine Spur Missbilligung in sich. Wie so oft, wenn es um mich ging – in diesen Momenten fühlte ich mich immer so, als würden fünfzig Jahre Altersunterschied zwischen uns liegen und nicht nur fünf. Dann stieß sie betont langsam den Atem aus und bückte sich nach der benutzten Bettwäsche. »Komm, wir erledigen das zusammen. Die Gäste kommen in einer halben

Stunde und hier sieht es aus, als wäre einer deiner geliebten Asteroiden eingeschlagen.«

»So schlimm ist es nun auch wieder nicht.« Ich pustete mir eine Strähne meiner blond gefärbten Haare aus dem Gesicht. »Kein Impaktkrater, keine Fragmente. Höchstens ein Meteorit. Ein sehr kleiner.«

»Sei nicht so eine Klugscheißerin. Das ist doch dasselbe, Bry«, erwiderte Amber hörbar genervt und ging um das Bett herum, um sich an *meine* Arbeit zu machen.

Ist es nicht.

Seufzend ging ich in die Hocke, um die restliche Wäsche wieder einzusammeln, und versuchte, den Stich zu ignorieren, den ihre Worte hinterlassen hatten.

Mittlerweile sollte ich mich eigentlich daran gewöhnt haben, dass mich meine Familie nicht verstand. Meine Interessen nicht ernst nahm, *mich* nicht ernst nahm. Weil meine Liebe für die Wissenschaft über den kleinen Kosmos des Leary's Inns, den meine Familie seit Generationen nicht verlassen hatte, hinausging. Aber die Wahrheit war, es tat immer noch weh. Jedes einzelne Mal.

Ich schluckte mühsam gegen den Kloß aus Resignation und Einsamkeit an und pfefferte die Laken heftiger als nötig in den Korb. Bei dem vierzehn Milliarden Jahre alten Universum da draußen, ich musste hier einfach raus. Bevor es zu spät war. Bevor ich wie meine älteren Geschwister Amber, Wren und Luna unwiderruflich mit dem Leary's Inn verwachsen war.

Den Korb fest umschlungen stand ich auf und widerstand nur mit Mühe dem Drang, ihn ein weiteres Mal auf den Boden zu schmettern. Egal, wie gut es sich auch angefühlt hätte. Stattdessen konzentrierte ich mich auf meine Schwester, die mit einem sanften Lächeln – das noch nie für mich bestimmt gewesen war – beinahe liebevoll die Kissen zurechtklopfte und die Decke an die richtige Stelle zog. Ihre braunen Haare, die sie im Gegensatz zu mir in ihrer Naturfarbe belassen hatte, flossen in sanften Wellen über ihre Schultern und alles an ihr wirkte zufrieden. Wie konnte sie so glücklich aussehen? Wie konnte das hier, dieses Gebäude, das dringend eine Renovierung gebraucht hätte, dieses Leben, in dem jeden Tag auf jeden Penny geschaut werden musste, erfüllend für sie sein? Wie konnte sie nicht … *mehr* wollen?

Ich verstand es nicht und gleichzeitig beneidete ich sie darum. Alles wäre so viel einfacher, wäre da nicht diese Rastlosigkeit in meiner Brust. Der Drang, auszubrechen und wortwörtlich nach den Sternen zu greifen. Dabei hatte ich versucht, mich in diese Familie einzubringen, in der offenbar alle genau da waren, wo sie hingehörten – außer mir. Dem schwarzen Schaf mit blond gefärbten Strähnen.

»So, gerade noch rechtzeitig.« Mit einem letzten prüfenden Blick zupfte meine Schwester einen Fussel vom Laken und fasste dann wieder mich ins Auge. »Du kannst meinetwegen schon runtergehen. Wren hat gesagt, es wäre ein Brief für dich ge…«

Ich riss die Augen auf, während mein Herz von der einen auf die andere Sekunde explodierte. »Wo?«

»In der Küche.« Amber zuckte mit den Schultern und nahm im nächsten Moment überrumpelt den Korb entgegen, als ich auch schon aus dem kleinen Gastzimmer ins Erdgeschoss rannte. Mehrmals geriet ich auf der alten, verzogenen Holztreppe ins Straucheln und jedes Mal fing mich die Hoffnung auf. Der Brief musste vom Lakestone Campus sein und ich wusste einfach tief in mir drin, dass sich darin nur eine Zusage befinden konnte. Eine andere Antwort kam gar nicht infrage.

Ich würde endlich gehen können. Hätte endlich die Chance, zu studieren und die Welt außerhalb von Oxford zu sehen.

Mit wehenden Haaren fing ich meinen Schwung am Geländer ab und bog schlitternd in die kleine Küche ein, in der meine Mutter gerade am Herd stand und mein Vater, wie üblich, das erste Feierabendbier öffnete.

»Himmel, Brynn, was stürmst du hier denn so rein? Bist du schon mit den Zimmern fertig?«

»Ja, bin ich«, gab ich ungeduldig zurück und sah mich um. »Wo ist er?«

Brummend blickte Dad von der Zeitung auf. Sein heiliges Ritual am Abend, bei dem er nur im äußersten Notfall gestört werden durfte – aber das hier *war* ein Notfall. »Wo ist was?«

»Der Brief. Amber meinte, dass Wren gesagt hat, dass …« Ich unterbrach mich selbst, als ich das Kuvert unter der krummen Obstschale entdeckte, die meine zwanzigjährige Schwester Luna vor Ewigkeiten in der Schule getöpfert hatte. »Heureka.«

»Könntest du mir bitte noch die Karotten geben, bevor du dich deiner anscheinend sehr wichtigen Post widmest, Brynn? Das Essen kocht sich schließlich nicht von allein.« Mum schenkte mir dieses ganz bestimmte Lächeln, das sie einzig für mich reserviert hatte. Irgendwo zwischen liebevoll und stolz, aber nicht vollkommen ernst nehmend – das Nesthäkchenlächeln, der Fluch des jüngsten Kindes.

Den Brief zwischen die Lippen geklemmt, reichte ich meiner Mutter den schweren Tontopf, in dem wir das Gemüse lagerten, und schob mich dann in die Sitznische zu Dad. Ich spürte seinen aufmerksamen Blick unangenehm auf mir kribbeln, aber ich überging ihn resolut, weil ich nicht länger warten wollte. Ich brauchte es schwarz auf weiß. Mit bebenden Fingern riss ich den Umschlag auf, den ich unter anderen Umständen für seine Qualität und die hübsche Prägung bewundert hätte, und zog das Blatt heraus.

Ein Bogen mit Briefkopf und ein paar wenigen Zeilen. Irgendwo tief in meinem sonst so scharfsinnigen Verstand war mir klar, dass eine Seite zu wenig war. Zu wenig Text. Zu wenig Papier, um all die Dinge zu erklären, die eine neue Studentin am Lakestone Campus wissen musste.

Aber gerade war ich nur dazu fähig, die wenigen Zeilen zu lesen. Und nicht zu begreifen.

Sehr geehrte Ms Brynn Leary,
hiermit bestätigen wir schriftlich Ihre Absage für das Vollstipendium am Lakestone Campus of Seattle. Wir bedauern diesen Umstand sehr und möchten uns noch einmal für Ihre herausragende Bewerbung bedanken.
Hochachtungsvoll
Prof. Dr. Harvey Abbot
Rektor des Lakestone Campus of Seattle

Fassungslos starrte ich auf die wenigen Worte, die mir auf einen Schlag sämtliche Luft aus der Lunge trieben. Die Sätze übten so einen immensen Druck auf meine Rippen aus, dass ich wirklich das Gefühl hatte zu ersticken. Einfach so, hier an unserem kleinen Küchentisch in der kleinen Küche dieses beschissenen kleinen Bed & Breakfasts, das mich schon seit Jahren erstickte.

Meine Augen begannen zu brennen, während ich das Schreiben

so festhielt, dass die Ränder zerknitterten. Aber es war ohnehin egal, dass ich das teure, makellose Papier zerstörte, weil es nicht der Brief war, den ich gebraucht hätte. Egal, dass ich wochenlang, jahrelang alles für diese *herausragende* Bewerbung getan hatte, weil sie letztlich nutzlos gewesen war. Es war alles *hochachtungsvoll* egal, weil es nicht gereicht hatte. *Ich* nicht gereicht hatte.

Mir kam ein ersticktes, freudloses Lachen über die Lippen.

Vierzehn Milliarden Jahre und es brauchte nur eine einzige Sekunde, um alles belanglos werden zu lassen. Um mein eigenes kleines Universum aus naiven Hoffnungen auszulöschen.

Die Bank neben mir knarzte, dann spürte ich meine Mutter neben mir. »Was ist das, Brynn?«

»Nichts«, brachte ich hervor, zerknüllte das Papier endgültig und stand auf. »Das ist gar nichts.«

***

Meine Gedanken wogen mehrere Tonnen. Lagen schwer auf meiner Brust und machten jeden Atemzug zu einem Kraftakt, während ich bewegungslos in meinem Bett lag. An die Decke starrte, an der meine liebsten fünf der insgesamt achtundachtzig festgelegten Sternkonstellationen klebten. Kassiopeia, Pegasus, die Südliche Krone, der Wolf und das Kreuz des Südens.

Mein Großvater hatte sie mit mir angebracht. Die unangefochtene Persona non grata in diesem Haushalt, weil er es gewagt hatte, die Wissenschaft und nicht das Inn zu wählen, und damit in den Augen meiner Familie alle im Stich gelassen hatte. Als wäre es nicht möglich, zu studieren und trotzdem seine Wurzeln zu ehren. Viel eher glaubte ich, dass Grandpa gegangen war, weil ihm seine Familie keine Wahl gelassen, ihn nicht verstanden hatte. Weil er erstickt wäre. So wie ich.

Mittlerweile leuchteten die Plastiksterne kaum noch, aber ich hätte die Bilder auch blind nachzeichnen können. Unzählige Male hatte ich sie schon nachgefahren, ihre Namen gewispert, wenn mich mein aufgewühlter Kopf davon abgehalten hatte einzuschlafen. Es hatte mich immer beruhigt zu wissen, dass sie hier in meinem Zimmer waren, genauso wie da draußen in dem schier endlosen Universum. Dafür gab es keine logische Erklärung. Genauso wenig wie dafür, dass ich ihnen unwiderruflich verfallen war, nachdem Großvater mich ihnen vorgestellt hatte. Den Sternen, der Physik dahinter, den Zahlen, der Weite, all den unerklärlichen Phänomenen, die die klügsten Köpfe der Menschheit seit Anbeginn der Zeit faszinierten.

Es war einfach so. Meine Liebe zu den Sternen war einfach so. Und in all den Jahren, in denen ich mich an diese Leidenschaft geklammert hatte, während mich meine Familie, die Kinder in der Schule belächelt hatten, waren mir nie Zweifel gekommen. Doch jetzt, zwei Tage nachdem ich die Absage erhalten und sich meine Träume so unerreichbar wie nie zuvor anfühlten, tat ich es: Ich zweifelte. Ich zweifelte an meiner gesamten Existenz, während ich in meinem Kinderzimmer im Bed & Breakfast lag, das alles war, was ich kannte. Mein eigener kleiner Mikrokosmos. Mein eigenes kleines Gefängnis.

Ich krallte die Finger fester in meine Decke, als das mittlerweile so vertraute Brennen in meine Augen zurückkehrte. Gott, ich hatte es satt, mich so zu fühlen, ich hatte es so verflucht satt und ich brauchte Luft, Weite. Etwas anderes als die schrägen Wände des Dachzimmers. Entschlossen schlug ich die Decke zur Seite, schlüpfte in meinen NASA-Sweater, den ich im Secondhandladen um die Ecke gefunden hatte, und öffnete das große Giebelfenster. Meinen Laptop in der einen Hand kletterte ich, wie unzählige Male zuvor, auf den kleinen Vorsprung des Fensters und ließ mich auf den kühlen Ziegeln nieder, während meine Füße über dem Innenhof baumelten. In der kühlen Februarluft, mit dem dunklen Oxfordhimmel über mir, ließ der Druck endlich ein wenig nach.

Ich wünschte, es wäre immer so einfach. Ich wünschte, ein Blick in den Nachthimmel würde ausreichen, um alle Sorgen einfach so fortzutragen. Kopfschüttelnd schloss ich die Augen, horchte auf die Geräusche der Stadt, das leise Rauschen des Windes, dann blickte ich zu den wenigen Sternen, die es durch die Lichtverschmutzung schafften.

Und mir wurde etwas klar.

Der Brief aus Seattle hatte alles und gleichzeitig gar nichts verändert. Er hatte mir den einfachen Weg nach Seattle genommen, ja, doch der Wunsch, Oxford endlich hinter mir zu lassen und auf dem Lakestone Campus zu studieren, war nach wie vor derselbe. Daran hatte die Absage nichts geändert.

Ich wollte nach Seattle. Ich wollte den Campus mit eigenen Augen sehen und dort lernen, wo die wichtigsten Namen der NASA studiert hatten. Ich wollte an einem der besten Programme für Astrophysik, das in direktem Kontakt zur berühmten Luftfahrtbehörde stand, teilnehmen. Ich wollte dorthin, wo ich dazugehörte. Wo ich nicht erst meine Haare färben musste, um das Gefühl zu haben, ich selbst zu sein.

Diese Gedanken hallten seltsam klar und unerschütterlich in mir wider, als ich nach meinem Laptop griff und den Browser öffnete. Ohne zu zögern, tippte ich den Namen der Universität in die Suchzeile, klickte auf die offizielle Website und navigierte zu den neusten Artikeln und Informationen.

Herzlichen Glückwunsch an alle neuen Studierenden, die im Herbst auf dem Lakestone … [mehr lesen]

Ich scrollte weiter und ignorierte meine dunklen Gedanken. Immer schneller überflog ich die Überschriften, ohne wirklich zu wissen, wonach ich suchte, bis ich abrupt an einem Beitrag hängen blieb.

Auch für das kommende Herbstsemester wird es wieder einen fachübergreifenden Wettbewerb geben, bei dem … [mehr lesen]

Einem Impuls folgend klickte ich auf *mehr lesen* und überflog den Artikel, der bereits vor zwei Monaten verfasst worden war, … und spürte, wie sich mein Puls beschleunigte, als ich verstand, *was* ich da las.

Jedes Jahr im Juni fand ein Wettbewerb am LSC statt, bei dem pro Fachbereich ein Vollstipendium an die besten Teilnehmenden vergeben wurde. Zusätzlich zu den Stipendien, für die man sich regulär bewerben konnte. Und für die ich abgelehnt worden war.

Nicht hilfreich, Bry. Nicht hilfreich.

Es stand nicht viel über den Wettbewerb im Internet. Natürlich nicht, denn so konnte sich niemand darauf vorbereiten und Wissen und Fähigkeiten in einer neuen Stresssituation abgefragt werden, um die Besten unter den Besten zu finden. Was nicht bedeutete, dass man nicht doch auf diese Prüfung hinarbeiten konnte.

Nur, wie sollte ich das bewerkstelligen? Wie sollte ich eine möglichst gute Startposition für diese Hintertür auf den Campus bekommen, vielleicht doch etwas über den Wettbewerb in Erfahrung bringen, wenn zwischen Seattle und mir mehrere Tausend Meilen lagen? Wie sollte ich an meinem Traum festhalten, wenn ich hier von meiner Familie umgeben war, die mich unentwegt ausbremste? Die niemals verstehen würde, dass dieser Wettbewerb meine Zukunft sein könnte?

Wie sollte aus dieser Gelegenheit eine reale Chance werden, solange ich an Oxford gefesselt war?

Im Falle einer Zusage für das Stipendium wäre der Lakestone Campus für meine Reisekosten aufgekommen, darüber hatte ich mich im Zuge meiner Bewerbung informiert, doch jetzt … stand ich mit nichts als einer Absage und dieser losen Möglichkeit da.

Du hast immer noch deine Rücklagen von den Spielen, wisperte eine kleine Stimme in meinem Kopf. Ich kniff die Lider zusammen. Das war doch total irrsinnig. Ja, ich hatte etwas Geld zur Seite gelegt. Ein paar Pfund meines verschwindend geringen Gehalts und das, was ich mir bei Pokerrunden, Blackjack und anderen Spielen im Pub dazuverdient hatte. Ich wusste nicht, woher es kam, aber ich besaß eine ziemliche Schwäche – und meinen Gewinnen nach zu urteilen auch ein gewisses Talent – für Wetten und Wahrscheinlichkeiten, aber Geld hin oder her … das würde höchstens für einen Flug rüber reichen. Vielleicht könnte ich mir ein paar Wochen lang ein günstiges Hostel leisten, aber mehr war ohne Stipendium nicht drin. Ein One-Way-Ticket in jeder Hinsicht und auch ohne meine geliebte Wahrscheinlichkeitsrechnung wusste ich, dass meine Chancen schlecht standen. Wenn ich versagte …

Und hier zu sitzen, in die Sterne zu starren und sich die nächsten achtzig Jahre zu fragen, was gewesen wäre, wenn, *ist die bessere Alternative?*

Stirnrunzelnd strich ich über die abgenutzte Tastatur meines Computers, während meine Gedanken immer lauter wurden. Meine Eltern würden mich erwürgen, ich wäre vollkommen auf mich allein gestellt da drüben und ich hatte keinen blassen Schimmer, was genau mich dort erwartete. Ich wusste gar nichts. Eine beängstigende Tatsache und auf verdrehte Art beruhigend.

Weil sie der Beginn war. Wenn man wissenschaftliche Theorien anging, aber auch bei den meisten anderen Dingen im Leben. Zu Beginn war man ahnungslos, bis man einen Weg fand, etwas daran zu ändern.

Und dein Weg führt dich über den großen Teich nach Seattle, Brynn.

Ich blinzelte ein paarmal.

Seattle.

Ich musste nach Seattle, weil der Wettbewerb dort meine letzte Möglichkeit war. Weil meine Eltern hier im Bed & Breakfest niemals zulassen würden, dass ich mich von der Arbeit in der Pension abwandte, um mich vorzubereiten. Weil ich nur dort herausfinden konnte, ob dieser eine Weg *mein* Weg war.

Mit jedem Mal, das ich diese Sätze lautlos wiederholte, fühlten sie sich weniger erschreckend an. Beinahe greifbar. Vielleicht nicht einfach, aber … machbar. Es war machbar, einen Flug zu buchen. Es war machbar, eine Unterkunft zu finden. Es war machbar, mir einen Nebenjob zu suchen und auf den Wettbewerb hinzuarbeiten, zu lernen, den Campus zu erkunden.

Ich kaute auf meinem Daumennagel herum. Das alles war keine Frage der Machbarkeit, sondern des Mutes. Mut, den ersten Schritt zu gehen, obwohl ich nicht wusste, wie der zweite aussehen würde.

Ob es überhaupt einen zweiten geben würde. Aber diese Ungewissheit fühlte sich immer noch besser an als die Vorstellung, hier zu bleiben und diese Chance, so verschwindend gering sie auch sein mochte, ziehen zu lassen.

Denn nichts war so beängstigend wie Stillstand, wenn einem nur dieser mikroskopisch kleine Sekundenbruchteil blieb, um sein Leben zu leben.

VIER WOCHEN SPÄTER

KAPITEL 3

It'll Be Okay – Shawn Mendes

Kace

Es tut uns leid, wir konnten nichts mehr für Ihre Mutter tun, Mr Holloway. Eine regelmäßige Einnahme der Medikamente ist essenziell gewesen, um die Zeit bis zum Eingriff zu überbrücken, aber wir hegen den Verdacht, dass Ms Holloway die Medikation vernachlässigt hat, wodurch der Infarkt –

Ich riss mich resolut von dieser Erinnerung los und fuhr mir über die brennenden Augen.

Verdammt, Mam. Warum hast du deine verdammten Medikamente nicht genommen? Warum hast du nicht noch ein bisschen länger durchgehalten? Warum zum Teufel hast du nichts gesagt?

Es waren dieselben nutzlosen, wütenden Fragen wie jeden Tag, seit ich vor knapp vier Wochen auf dem kalten, verregneten Friedhof am Rand von Dublin gestanden und dabei zugesehen hatte, wie ihr schmuckloser Sarg in der dunklen Erde verschwunden war. Ohne große Worte, ohne viele Menschen, weil es ohnehin nur Mam, Trixie und mich gab.

Vier Wochen und ich hatte noch immer keinen blassen Schimmer, wie ich mit all dem umgehen sollte. Wie ich klarkommen sollte, denn die Wahrheit war, es verging nicht ein Tag seit ihrem Tod, an dem meine Gedanken nicht diese verflucht düstere Abzweigung nahmen. An dem ich nicht darüber nachdachte, einfach alles und jeden zur Hölle zu jagen. An dem *Leben* nicht wie ein Ding der Unmöglichkeit schien. Der einzige Grund, warum ich morgens überhaupt aufstand, mich zu meinen Jobs schleppte, atmete, war Trix. Es hieß, Kinder wären ohne jemanden, der sich um sie kümmerte, nicht überlebensfähig, aber im Endeffekt war genau das Gegenteil der Fall. Meine zwei Jahre alte Tochter Trixie war alles, was mich davon abhielt aufzugeben. Ohne sie –

Eine schwere Hand landete auf meiner Schulter. »Kace, du solltest nach Hause gehen.«

Ich riss mich von dem fleckigen Lack des alten Klaviers los und sah zu Bo. Ihm gehörte das Daisy's Pub in einer der weniger touristischen Gassen von Temple Bar, wo ich dreimal die Woche mit zwei anderen Musikern spielte. Über die Jahre war zwischen Bo und mir eine seltsame Freundschaft entstanden, nicht zuletzt, weil seine Frau Gale regelmäßig auf Trix aufpasste.

»Geht schon«, murmelte ich und knetete meine Hände, um wieder etwas Blut in meine kalten Finger zu bringen. Gott, wie lange saß ich hier schon und starrte auf diese verdammten Tasten? »Ich habe noch kein einziges Stück für heute Abend geprobt.«

»Das war keine Bitte. Und wir wissen beide, dass du nicht in der Verfassung bist, um zu spielen.« Bo musterte mich aus zusammengekniffenen Augen. »Nimm Trix und verbring den Tag mit ihr. Geht in den Stephen's Park oder fahrt rüber nach Howth. Irgendetwas, was dich davon abhält, in meiner dunklen Spelunke zu versauern.«

Ich verzog das Gesicht und kippte den Rest meines Wassers runter, als wäre es Whiskey. Nicht zum ersten Mal dachte ich daran, meine Prinzipien zu begraben und wieder etwas *Richtiges* zu trinken. Nur einmal, um diese beschissenen Gedanken auszulöschen. Den Schmerz. Taub werden.

Nur ein einziges Mal.

»Ich komme klar.«

Die Falten auf Bos Stirn gruben sich tiefer in seine wettergegerbte Haut, sodass er älter als seine fünfundfünfzig Jahre wirkte. »Ich kenne diesen Ausdruck, Junge. Du bist meilenweit davon entfernt klarzukommen. Nicht, dass ich dir Vorwürfe mache, Gemma war ne feine Frau und ich kann mir vorstellen …«

»Bo«, unterbrach ich ihn und biss die Zähne aufeinander. Nur wenige wussten, wie düster es manchmal in mir aussah, wie mein Leben vor Trix gewesen war, was damals geschehen war. Bo war einer der wenigen, die Bescheid wussten, und das machte Unterhaltungen mit ihm so verdammt schmerzhaft. Weil immer diese Note darin mitschwang, die nur wir beide hörten, die zu einem Lied gehörte, das ich am liebsten für immer aus meinem Gedächtnis getilgt hätte.

Kopfschüttelnd strich er sich über seinen dunkelgrauen Bart und schlug dann ohne Vorwarnung den Tastaturdeckel des Klaviers runter.

Der Knall ließ mich zusammenfahren. »Was zum …?«

»Geh, Kace«, fiel er mir mit seiner freundlich-rauen Barschheit ins Wort. »Ich will dich hier heute nicht mehr sehen.«

»Und der Auftritt?«

»Scheiß auf den Auftritt. Du hast andere Dinge, um die du dich kümmern musst. Ich hätte dich gar nicht erst in mein Pub lassen sollen, aber vielleicht habe ich einfach gehofft … egal. Überleg es dir noch mal, *buachaill.* Das mit der Wohnung meine ich.«

Ich stellte das Wasserglas ab und stand auf. Mit meinen eins fünfundneunzig überragte ich Bo um ein gutes Stück und doch fühlte ich mich hier und jetzt vor ihm wie ein kleiner Junge, der nicht weiterwusste. »Du weißt, warum ich das nicht annehmen kann.« Meine Stimme war heiser, beinahe tonlos.

»Wir haben mehr als genügend Platz hier und Gale ist vollkommen vernarrt in deine kleine Trixie. Das Zimmer steht ohnehin leer, seit Killian …« Der Name seines verstorbenen Sohnes raubte ihm die Worte. Das passierte ihm oft seit dem Unfall vor sechs Jahren. Keine Frage, Robert Sheffield kannte Verlust. Und er kam genauso wenig damit klar wie ich. Wie ironisch, dass wir nach all der Zeit immer noch so taten, als wäre es anders.

»Schon okay. Danke, Bo.« Dieses Mal war ich es, der ihm eine Hand auf die Schulter legte und sie kurz und fest drückte. »Ich komme morgen wieder.«

Bo räusperte sich vernehmlich, dann wischte er meine Worte mit seinem üblichen Brummen zur Seite. »Dein Starrsinn wird irgendwann noch dein Untergang sein.«

Ich hob freudlos die Mundwinkel. *Wenn ihm meine anderen Dämonen nicht zuvorkommen.*

***

»Warum?«

»Weil du nicht in deinem Kleid schlafen kannst, Trix.«

»Warum?«

Ich seufzte, legte den Stapel Dokumente, den ich gerade durchgeschaut hatte, zurück in die Kiste und wandte mich meiner knapp zweijährigen Tochter zu, die in ihrem Lieblingskleid auf Mams Bett hockte und auf mich herabschaute, als wäre das Schlafzimmer ihr Hoheitsgebiet und ich nur geduldet. Ihre dunkelblonden Haare waren zu zwei kleinen Hörnchen gebunden und saßen nach dem langen Tag schief auf ihrem Kopf. Ohne dass ich das Geringste dagegen hätte unternehmen können, verzogen sich meine Lippen zu einem Lächeln. Gegen Trix war eben selbst der düsterste Moment absolut machtlos. Gegen das Leuchten in ihren braunen Augen und das breite Grinsen, weil sie ganz genau wusste, wie sehr sie mich mit ihrem Warum-Spiel auf die Palme bringen konnte. Trix mochte erst zwei sein, aber bereits jetzt war dieses Kind schlauer, als gut für sie war.

»Warum?«, wiederholte sie beinahe herausfordernd und zog sich meine Bettdecke über den Kopf, sodass ihre nächsten Worte nur noch gedämpft zu mir drangen. »Warum? Warum? Warum?«

Ich lachte leise und setzte mich zu ihr aufs Bett, ehe ich sie durch die Decke hindurch zu kitzeln und zu knuffen begann. »Weil es extra dafür Schlafanzüge gibt und du das Kleid sonst morgen nicht noch mal anziehen kannst.«

Trix' Kichern verstummte abrupt, dann riss sie sich die Decke vom Kopf und sah mich entsetzt an. Auch ohne dass sie bereits die richtigen Worte dafür kannte, wusste ich, was sie mir mit ihrem Blick zu sagen versuchte. Mittlerweile konnten wir ganze *Unterhaltungen* auf diese Art führen. Es erstaunte mich noch immer, wie viel einem ein Kind mitteilen konnte, obwohl die richtige Sprache noch fehlte, und in Trixies großen Augen standen ganze Welten.

Behutsam hob ich sie auf meinen Schoß, wo sie sich sofort an mich klammerte, und vergrub für einen Atemzug lang die Nase in ihren Haaren. Gott, ich hätte nie geglaubt, wie sehr man einen so kleinen Menschen lieben konnte, wie viel einem eine Umarmung, dieser winzige Moment geben konnte.

»Was hältst du davon, wenn du in deinen Schlafanzug schlüpfst und ich dir noch etwas vorlese?«

Wieder richteten sich ihre Augen auf mich. »Morgen Kleid?«

»Ja, morgen kannst du das Kleid wieder anziehen, Trix.«

Sichtlich zufrieden kletterte sie aus meinen Armen und griff nach ihrem Schlafanzug, den ich vorher neben sie aufs Bett gelegt hatte. Mam hatte mir immer eingebläut, Trix so viel selbst machen zu lassen, wie möglich war, um ihr eigene Erfahrungen zu ermöglichen, und dazu zählte auch das An- und Umziehen. Selbst wenn Trixie eine halbe Ewigkeit dafür brauchte und meistens falsch herum in ihrer Kleidung landete.

»Kommst du klar?«, erkundigte ich mich, während sie mit ihrem Kleid kämpfte, doch meine Tochter warf mir nur einen empörten Blick zu und widmete sich weiter ihrer Aufgabe. Das nahm ich zum Anlass, mich wieder den unzähligen Kisten zuzuwenden, die aktuell so gut wie jeden Quadratmeter unserer kleinen Wohnung in Darndale bedeckten. Bisher hatte ich es nicht über mich gebracht, die Sachen meiner Mutter wegzuräumen. Es fühlte sich einfach falsch an, sie aus unserem Leben zu streichen und gleichzeitig …

Sie ist schon weg, Kace. Ihre Bücher und Klamotten ändern nichts daran, dass sie tot ist.

Wie sehr ich meine innere Stimme doch liebte.

Ich atmete hörbar aus, schaute noch einmal zu Trix und wandte mich dann wieder der aktuellen Kiste zu. Ordner über Ordner mit Rechnungen und Belegen, die wir über die Jahre nur mit Ach und Krach hatten bezahlen können. Entschlossen schob ich die aufsteigenden Erinnerungen zur Seite und nahm die nächsten Unterlagen aus dem Schrank, um sie in den Umzugskarton zu verfrachten. Ich griff gerade nach der zerbeulten Schachtel zwischen den Ordnern, in der Mam Fotos und Schnickschnack aufbewahrt hatte, als mein Blick auf einen Briefumschlag darunter fiel. Mein Name stand in ihrer unverkennbaren Schrift darauf und sorgte dafür, dass sich mein Magen schmerzhaft verkrampfte. Briefe mit Namen drauf, die plötzlich ans Tageslicht kamen, waren nie ein gutes Zeichen.

Wie betäubt stellte ich die kleine Kiste zur Seite und hatte in der nächsten Sekunde bereits nach dem Umschlag gegriffen. Mein Hals wurde trocken.

»Scheiße«, murmelte ich und spürte, wie mein Name vor meinen Augen zu verschwimmen drohte. »Scheiße, verdammt.«

»Scheiße«, erklang es hinter mir und ich hätte beinahe noch ein weiteres Mal geflucht, als mir klar wurde, dass ich meine Gedanken laut ausgesprochen hatte. Vor Trix, die gerade alles, was man von sich gab, leidenschaftlich wiederholte und abspeicherte.

Hastig fuhr ich mir über die Augen, stopfte den Brief in meine hintere Hosentasche und drehte mich zu Trixie um. Sie steckte nun in ihrem Schlafanzug, das Oberteil wie so oft falsch herum und die Hose auf links gedreht, aber es war ein Anfang.

»Warum Scheiße?«

»Nein, nein, Trix. Ich meinte …« Händeringend sah ich mich um und blieb an dem ausgeblichenen Vogelkalender hängen. »Meise. Ich habe Meise gesagt.«

Wow, Kace, ehrlich?

Trix blinzelte mich an, als würde sie dasselbe denken, dann gähnte sie und rieb sich über die Augen. »Müde, Meise.«

Ich dankte wem auch immer für diese Fügung und hauchte ihr

einen Kuss auf die Stirn. »Dann bringen wir dich mal ins Bett, kleine Meise.«

***

Später an diesem Abend saß ich auf der Feuerleiter vor unserem Küchenfenster, den Brief meiner Mutter in der einen, eine unangezündete Zigarette in der anderen Hand. Genauso wie dem Alkohol hatte ich auch dem Rauchen abgeschworen, als ich von Trixie erfahren hatte. Kaum zu glauben, dass der Tag schon eineinhalb Jahre zurücklag. Noch heute hatte ich diesen Morgen erschreckend klar vor Augen, die Worte, die mich beinahe wie ein elektrischer Schlag getroffen hatten. In der einen Sekunde hatte mein Leben noch daraus bestanden, irgendwie durch den Tag zu kommen, und in der nächsten musste ich mich plötzlich um ein kleines Mädchen kümmern. Weil ich ihr Vater war. Weil sie sonst niemanden mehr hatte. Weil es meine Aufgabe war.

Trixies Existenz hatte mich damals kalt erwischt, aber sie hatte mir auch das Leben gerettet. An diesem Morgen und jedem weiteren Tag. Auch wenn ich eine Scheißangst vor dem Moment hatte, in dem ich Trixie von ihrer Mutter erzählen musste. Und von mir.

Zähneknirschend warf ich die Zigarette zurück auf das Fensterbrett und betrachtete ein weiteres Mal Mams Brief. Bisher hatte ich es nicht geschafft, ihn zu öffnen. Ich hatte Trix ins Bett gebracht, hatte ihr auch dann noch vorgelesen, als sie schon längst eingeschlafen war, und danach unzählige andere, sinnlose Dinge getan, um bloß nicht hier zu landen. An diesem Punkt, wo jede Sekunde, die ich den Umschlag ungeöffnet ließ, Erleichterung und Qual gleichzeitig war. Ich fürchtete mich vor dem, was sich in dem Kuvert verbarg, was ihre Worte in mir auslösen würden, und genauso fürchtete ich mich davor, den Brief nicht zu lesen. Keine Antworten auf die ganzen Fragen zu bekommen, die Mam hinterlassen hatte.

Ich legte den Kopf an die kühlen, rauen Steine in meinem Rücken und hielt den Brief mit seinen abgestoßenen Ecken vor mein Gesicht. Trügerische Unwissenheit oder ungeschönte Wahrheit?

Einen Tod musst du sterben, Holloway. Zumindest hast du die Wahl.

Mein Atem entwich mit einem gemurmelten Fluch, dann hakte ich den Daumen unter die Lasche und riss den Umschlag auf. Mir fielen vier Dinge entgegen: ein Scheck über fünftausend Pfund, eine unbeschriebene Postkarte aus Seattle, ein zusammengefaltetes Papier und ein goldener Ring, der an einem schwarzen Lederband hing.

Und nichts davon ergab Sinn.

Mam und ich waren nie in Seattle gewesen, den Ring hatte ich kein einziges Mal an ihr gesehen und der Scheck? Wieso hatte meine Mutter einen Scheck auf meinen Namen ausgestellt? Das Geld hätten wir weiß Gott gut gebrauchen können.

Für ihre Medikamente beispielsweise.

Mam hatte unter einer koronaren Herzkrankheit gelitten, die uns jeden Cent aus den Händen gerissen hatte. Einige Zeit lang war sie falsch behandelt worden, dann verschrieben andere Ärzte endlich die richtige Medikation und rieten ihr zu einem Eingriff. Zu dem es nie gekommen war.

Ich schluckte gegen dieses erstickende Gefühl von Enge in meiner Kehle an und faltete den Bogen Briefpapier auseinander. Er war bedeckt mit Mams Handschrift und ich erkannte sie in jedem Buchstaben. Die chaotische, liebevolle Musikerin, den besten Menschen, den ich je gekannt hatte.

Und es brachte mich beinahe um.

Kace,
ich weiß nicht, wie ich diesen Brief beginnen soll, denn ich kann nur erahnen, was gerade in dir vorgeht. Du bist sicherlich wütend auf die Welt, auf mich und das ist in Ordnung. Ich kann verstehen, dass du wütend bist, mein Junge, aber glaub mir, wenn ich dir sage, dass ich das alles nur für dich und Trixie getan habe. Ich habe viele Fehler gemacht, glaub ja nicht, ich hätte das nicht gesehen, während ich meine Fehltritte immer wieder auf die Musik geschoben habe. Aber das hier ist keiner dieser Fehler. Ich bereue nicht, meiner Krankheit nachgegeben zu haben, denn ihr seid es wert. Ihr seid das Beste, was mir im Leben widerfahren ist.
Und abgesehen davon, wir wissen beide, dass meine Chancen nicht gut standen und der Eingriff unfassbar teuer geworden wäre, Kace. Geld, das tausendmal sinnvoller in eure Zukunft investiert ist als in meine. Ich wünschte, es wäre mehr. Ich wünschte, ich hätte dir die Welt geben können, aber ich bin der festen Überzeugung, dass du es auch so schaffen wirst. Denn im Gegensatz zu mir bist du nicht nur mit unglaublichem Talent gesegnet, sondern auch mit der nötigen Zielstrebigkeit, das große Ganze nie aus den Augen zu verlieren. Und noch viel wichtiger als all das: Du besitzt ein unfassbar großes Herz. Auch wenn du dir alle Mühe gibst, es zu verstecken. Aber ich bin deine Mam, vor mir kannst du nichts verbergen.

Eine Träne tropfte auf das Papier, verschmierte ihre Handschrift und ich war kurz davor, den Brief zu zerreißen, ihre Worte, die in meinen Gedanken zu ihrer Stimme wurden, in alle Winde zu verstreuen, um nichts mehr zu fühlen. Aber mit diesem Brief verhielt es sich wie mit der Musik: Ich brauchte mehr, ganz gleich, wie sehr es auch brannte, wie tief die Klingen schnitten. Ich brauchte mehr … mehr von ihr.

Vermutlich kannst du dir denken, wie der Scheck zusammengekommen ist. Es kam mir unsinnig vor, dein hart verdientes Geld in Medikamente zu stecken, die nichts ändern. Du siehst das gerade sicherlich anders, aber für mich war es leicht, diese Entscheidung zu treffen, und ich würde mich immer wieder genauso entscheiden, Kace. Aus Liebe zu meinem Kind und das ist etwas, was du sehr wohl verstehen kannst, da bin ich mir sicher.
Was ich jedoch bedauere, ist, dass ich dich in einer anderen Sache all die Jahre belogen habe. Es war feige von mir, es dir nicht direkt an deinem achtzehnten Geburtstag zu sagen, aber die Wahrheit ist, ich habe mich geschämt. Ich schäme mich jetzt noch dafür und ich hoffe, du kannst mir meine Feigheit eines Tages verzeihen, Kace.
Es geht um deinen Vater.

Mein Herz schlug ein wildes Stakkato, als ich den Papierbogen umdrehte und immer schneller über die Sätze flog.

Ich habe dir erzählt, er wäre jemand Unbedeutendes, der nie Interesse an dir gezeigt hat, der nicht mit meiner Liebe zur Musik klargekommen ist, aber die Wahrheit ist, ich weiß es nicht. Ich weiß nicht, wer genau dein Vater ist, weil ... mehrere Personen infrage kommen. Ich habe nie mit dir darüber gesprochen, aber nach dem Abbruch meiner musikalischen Ausbildung war ich für ein paar Wochen in Seattle. Ich hatte dort unerwartet eine Anstellung in Aussicht und gehofft, auch ohne Abschluss Fuß zu fassen. Letztlich waren es nur Auftritte in mehreren Bars, ein paar Gigs, aber darum geht es jetzt auch gar nicht. Es war eine wilde Phase, ich war jung, voller Hoffnung und habe sämtliche Freiheiten der Szene genossen. Jeder von uns hat das, wenn du verstehst, und glaub mir, ich bin nicht stolz darauf, aber theoretisch kommen mehrere Männer aus dieser Zeit als dein Vater in Betracht. An die meisten kann ich mich kaum noch erinnern - noch etwas, auf das ich nicht stolz bin -, doch einer von ihnen hat diesen Ring bei mir liegen lassen und als ich vor ein paar Tagen das Schreiben aus Seattle bei dir entdeckt habe, habe ich einen bekannten Namen dort gelesen. Harvey. Harvey Abbot. Ein gut aussehender Mann in makellosem Anzug - ich habe schon immer eine Schwäche für Männer in Dreiteilern gehabt. Harvey und ich haben eine Weile lang viel Zeit miteinander verbracht und ich war auf naive Weise unsterblich

in ihn verliebt. Aber ich schweife ab. Was ich sagen möchte, Kace, ich weiß nicht, ob er dein Vater ist, aber es erscheint mir richtig, diese Gedanken mit dir zu teilen, bevor ich gehe. Du solltest die Chance haben, selbst zu entscheiden, was du mit diesen Informationen anfangen möchtest, und der Brief von diesem Campus ist vielleicht nur Zufall, vielleicht Schicksal, wer kann das schon sagen? Aber glaube ja nicht, dass du wegen mir in Dublin bleiben musst. Wofür auch immer du dich entscheidest, mein hübscher Junge, lass dich nicht von deiner Vergangenheit ausbremsen. Schaue nicht zurück, sondern ergreife die Möglichkeiten, die sich dir bieten, und denke an dich und Trixie. Und nur an euch.
Das hätte ich dir schon viel früher sagen müssen. Nutze dein unglaubliches Talent und hör nicht auf zu suchen. Nach deinem Weg. Deiner Wahrheit. Deiner Melodie. Du weißt schon.
Es tut mir leid, Kace.
Ich werde dich immer lieben.
Drück Trixie von mir, sie wird dich eines Tages am Klavier in den Schatten stellen.
Mam

Trotz meines dicken Hoodies spürte ich die Gänsehaut auf jedem Quadratmillimeter meines Körpers, fühlte diese Kälte, die keine Kleidung der Welt vertreiben konnte. Seltsam entrückt ließ ich das Papier mit Mams Worten sinken, die mir ein weiteres Mal den Boden unter den Füßen weggerissen hatten. Sie hatte offensichtlich nie im Sinn gehabt, sich einen Stent einsetzen zu lassen. Stattdessen hatte sie nur an Trix und mich gedacht und sich dabei bewusst selbst abgeschrieben.

For God's sake.

Und dann das, was sie über meinen Vater geschrieben hatte.

Das war zu viel. Nichts passte mehr zusammen, seit meine Mutter nicht mehr hier war. Ihr Verschwinden aus unserem Leben hatte alles in einen hässlichen Scherbenhaufen verwandelt und egal, wie sehr ich es auch versuchte, die einzelnen Splitter hielten nicht länger aneinander. Sie blieben ein Trümmerhaufen und ich stand mittendrin.

Ohne Bezugspunkt, mit nichts, an dem ich mich festklammern konnte, während sich mein Leben hier in Dublin auf einen Schlag fremd anfühlte.

Während die Identitätsfrage meines Erzeugers, die ich über Jahre verdrängt hatte, durch Mams Brief klarer denn je in mir widerhallte.

Während ich nicht wusste, was zum Teufel ich tun sollte. Weiter hierbleiben und dieselben Kreise ziehen oder auf Mam, auf diese kleine verräterische Stimme in mir hören, die ich seit vier Wochen unterdrückte?

Denn so sehr ich auch versucht hatte, es zu verdrängen, ich hatte an das Schreiben aus Seattle gedacht. Nur waren meine Gedanken an Trixie, an Mam bisher lauter gewesen.

Doch jetzt war ohnehin alles anders. Trixie verdiente mehr als das Leben, das ich ihr hier bieten konnte. Sie verdiente verflucht noch mal alles.

Ich griff wieder nach der leicht vergilbten, unbeschriebenen Postkarte, starrte auf die Skyline, die sieben bunten Buchstaben darüber.

S. E. A. T. T. L. E.

Seattle war eine Möglichkeit, keine Frage.

Aber war diese Stadt, dieses neue Land auch *meine* Möglichkeit?

Unsere?

KAPITEL 4

Back To The Future – Bastille

Brynn

Das Flugzeug setzte mit einem harten Ruck auf und riss mich zurück in das Hier und Jetzt, wo ich in einem hoffnungslos überfüllten Airbus einer Billigairline saß und gerade knapp fünftausend Meilen zurückgelegt hatte.

Scheiße, ich habe das wirklich getan. Ich bin wirklich in dieses Flugzeug gestiegen, ich habe wirklich alle Warnungen meiner Eltern ignoriert. Und. Bin. In. Dieses. Flugzeug. Gestiegen.

Noch einmal lief der hässliche Streit mit Mum und Dad vor meinem inneren Auge ab, mein für sie plötzlicher Aufbruch, weil ich ihnen meinen Seattle-Plan die vier Wochen lang verschwiegen hatte, die ich noch in Oxford hatte bleiben müssen, weil mein 90-Tage-Visum sonst nicht bis zum Wettbewerb gereicht hätte. Ambers und Wrens Fassungslosigkeit und Lunas Schweigen, weil sie als Einzige verstand, was in mir vorging, auch wenn sie das unserer Familie gegenüber niemals offen zugeben würde. Luna war es schließlich auch gewesen, die mich heimlich zum Flughafen gefahren und mir so die *Flucht* ermöglicht hatte. Das Ganze hatte wirklich etwas von einer Flucht. Gott.

Ich spürte, wie ein befreiendes, leicht irres Lachen in mir hochzusprudeln drohte, während sich gleichzeitig schwere Ketten um meine Brust legten. Hätte ich dieses widersprüchliche Gefühl mit einem Wort beschreiben müssen, wäre es *Schwindel* gewesen. Mir war schwindelig vor Gedanken. Vor Unsicherheit, die mir den Atem raubte. Vor dem freudigen Kribbeln in jedem Winkel meines Körpers. Wie wahrscheinlich war es überhaupt, dass man so etwas gleichzeitig empfand? War das normal?

Ganz offensichtlich hatte ich irgendwo über dem Atlantik meinen Verstand verloren, wenn ich jetzt schon damit anfing, Wahrscheinlichkeiten von Emotionen zu berechnen.

Ich biss mir auf die Lippe und starrte aus dem kleinen ovalen Fenster, an dem einzelne Tropfen runterliefen. Ich beobachtete, wie das Bodenpersonal die Rampe ausfuhr, wie seltsam geformte Fahrzeuge, die ich nie zuvor gesehen hatte, um die Maschine herumfuhren und rote Hütchen im strömenden Regen aufgestellt wurden. Die letzten vierundzwanzig Stunden waren eine Aneinanderreihung von ersten Malen gewesen. Das erste Mal im Streit aus dem Haus gehen. Das erste Mal die Koffer packen, ohne zu wissen, für wie lang. Das erste Mal zum Flughafen fahren. Das erste Mal einchecken, Pass vorzeigen, Securitycheck, am Gate warten. Das erste Mal fliegen. Das erste Mal in neununddreißigtausend Fuß über dem Ozean essen und schlafen. Das erste Mal ein neues Land sehen.

Das erste Mal vollkommene Ungewissheit.

Es war mir nicht schwergefallen, Oxford hinter mir zu lassen. Die Einzige, die ich vermutlich vermissen würde, war meine Schwester Luna. Das war's.

Und trotzdem zogen sich die Ketten nun ein wenig enger zusammen. Ich hatte vor keinem der Schritte Angst gehabt. Weder davor, mein Zuhause zu verlassen, noch, in ein Flugzeug zu steigen. Die Wahrscheinlichkeiten hielten mich davon ab, denn ich würde meine Familie mit nahezu hundertprozentiger Chance wiedersehen und das Fliegen war laut Statistiken das sicherste Verkehrsmittel. Ich glaubte an die Zahlen, das, wofür sie standen, doch als ich nun auf den verregneten Flughafen Seattle-Tacoma blickte, spürte ich dennoch Furcht in mir hochsteigen. Wie von selbst griff ich nach dem kleinen goldenen Polarstern, der an einer langen Kette um meinen Hals hing, und presste die Lippen aufeinander.

Angst war okay. Es war okay, sich zu fürchten, weil ich hier nun einmal etwas wirklich Verrücktes tat. Aber sie war kein Grund, jetzt zu kneifen. Ich war schon so weit gekommen, jetzt würde ich die restlichen Meter auch noch schaffen. Was waren die fünfzehn Meilen, die noch bis ins Zentrum Seattles fehlten, schon im Vergleich zu fünftausend?

Fünfzehn Meilen bis zum Lakestone Campus.

Der Gedanke an die elitäre Universität im Herzen der Stadt ließ mich lächeln. Ich tat das Richtige. Ich war hier richtig und –

»Entschuldigung? Miss?«

Ich zuckte zusammen und drehte den Kopf in Richtung Gang, nur um festzustellen, dass meine beiden Sitznachbarn längst gegangen waren. Genauso wie der Rest der Passagiere.

»Sie müssen jetzt aussteigen, Miss«, fuhr der Steward mit professioneller Höflichkeit fort und machte eine Geste, die den Airbus umfasste. »Benötigen Sie Hilfe dabei?«

»Nein, nein«, ich räusperte mich, weil meine Stimme nach der langen Zeit, in der ich außer »Das vegetarische Menü, bitte« und »Einen Orangensaft, bitte« nichts von mir gegeben hatte, unangenehm kratzig klang. »Nein, ich komme klar. Danke.«

Er nickte, immer noch höflich und immer noch lächelnd, obwohl er nach dem Langstreckenflug vermutlich genauso platt war wie ich. »Dann wünsche ich Ihnen einen angenehmen Aufenthalt in Seattle.«

Mehr oder weniger elegant schaffte ich es mit meinem Rucksack, der Kuriertasche und meinem kleinen Bordkoffer aus der Maschine und verfluchte mich ein weiteres Mal dafür, so viel Handgepäck dabeizuhaben. Aber jeder aufgegebene Koffer hatte ein kleines Vermögen gekostet, während ich die drei anderen Stücke wie durch ein Wunder als *persönliche* Gegenstände ins Flugzeug geschmuggelt hatte.

Da ich mit Abstand als Letzte über die Landebrücke trat und der Beschilderung folgte, hatte ich wenig Wartezeit an der Grenzkontrolle. Nach einem kurzen Gespräch mit einer grimmigen Einreisebeamtin, das sich mehr wie ein Verhör angefühlt hatte, war ich stolze Besitzerin einer neunzigtägigen Aufenthaltserlaubnis.

Neunzig Tage, um es an eine der besten Universitäten weltweit zu schaffen. Neunzig Tage, um einen Weg zu finden, mich in einem der härtesten Wettbewerbe gegen die klügsten Köpfe meiner Generation durchzusetzen.

Nichts leichter als das.

Ich wusste, wie meine Chancen standen, aber dieses eine Mal glaubte ich nicht an meine geliebten Zahlen, an Wahrscheinlichkeiten. Denn meiner Rechnung fehlte eine entscheidende Variable: Entschlossenheit. Und ich war verflucht entschlossen.

Ganz einfach, weil Scheitern keine echte Option war.

***

Als ich den Flughafen beladen mit meinen Koffern und Taschen endlich verließ, war es später Nachmittag und der Himmel eine einzige graue Suppe. *Rainy City* machte ihrem Namen wirklich alle Ehre mit den Wassermassen, die aus den Wolken stürzten. Fröstelnd kuschelte ich mich enger in meine gefütterte Cordjacke und sah mich nach einem freien Taxi um. Ursprünglich war mein Plan gewesen, mit den öffentlichen Verkehrsmitteln in die Stadt zu fahren und dort in den Bus umzusteigen, doch der Gedanke daran, mit dem ganzen Gepäck über Bahnhöfe zu hetzen, hatte mich schließlich doch überzeugt, ein Taxi zu nehmen. Geld hin oder her, es brachte mir nichts, wenn ich mit einem Haufen nasser Sachen irgendwo in der Stadt endete.

Ich stieß ein leises Seufzen aus, als ich zwischen all den privaten Shuttles ein freies Taxi entdeckte, und stürmte zielstrebig auf den gelben Ford zu.

»Entschuldigung! Können Sie mich ins Zentrum fahren?«, rief ich in Richtung des heruntergelassenen Seitenfensters, während ich über den glücklicherweise überdachten Bürgersteig stolperte.

Noch ehe ich die Fahrertür erreichen konnte, schob sich ohne Vorwarnung eine hochgewachsene Gestalt in mein Blickfeld und schnitt mir damit den Weg ab.

»Dürfte ich erfahren, was das wird?«

Ich brauchte einen Moment, um mich zu fangen, und blickte dann zu dem jungen Mann auf, der mich mit einer Mischung aus Genervtheit und offensichtlicher Langeweile bedachte. Seinen scharf geschnittenen Zügen nach zu urteilen, konnte er höchstens ein paar Jahre älter sein als ich. Blonde Strähnen hingen ihm wirr in die Stirn, dunkle Schatten lagen unter seinen Augen und auch wenn seine Miene alles andere als freundlich wirkte, war er beinahe lächerlich attraktiv. Auf eine Art und Weise, die einen starren ließ, obwohl man es eigentlich besser wusste. Ich unterdrückte den Drang, mir durch meine sicherlich komplett verstrubbelten Haare zu fahren, und riss mich zusammen. Seit meiner Jugend hatte ich bei Pokerrunden genügend Zeit in Pubs verbracht, um immun gegen attraktive Männer zu sein. Mich nicht von Sprüchen oder herausfordernden Blicken beeindrucken zu lassen, weil das bedeutete, Spiele zu verlieren. Und ich verlor nie.

Also straffte ich nur meine Schultern und nickte zu dem Taxi. »Ich war gerade dabei, dieses Taxi zu nehmen. Das ist doch erlaubt, oder nicht?« Ich sagte es nicht unhöflich, aber sein Raubtierblick in Kombination mit dem kalten Regen, der durch den Wind auch unter die Überdachung geweht wurde, ließ mich langsam ungeduldig werden.

»Nein.« Der junge Mann verschränkte abwehrend die Arme vor der Brust.

Unweigerlich wanderten meine Augen zu seinen nackten Unterarmen und den … bunten Filzmalflecken dort, ehe mein Kopf wieder hochruckte. Und mir klar wurde, was er da gerade von sich gegeben hatte. »Nein, es ist nicht erlaubt?«

»*Nein*, du kannst dieses Taxi nicht nehmen, weil ich es bereits belegt habe«, erklärte er nur harsch und machte Anstalten, um den Wagen herumzugehen, wobei er einen Bogen um meinen Hausstand und mich machte.

Ich schob es auf meine strapazierten und hoffnungslos übermüdeten Nerven, dass ich ihm einen Sekundenbruchteil später direkt in den Weg trat. »Wie bitte?«

Sichtlich genervt sah er wortwörtlich auf mich herab – er musste mindestens eins neunzig sein. »Wieso suchst du dir nicht einfach ein anderes Taxi?«

Meine Wangen wurden warm, entgegen der Kälte des Regens und seinem kühlen Lächeln, dem jede Freundlichkeit fehlte. »Das werde ich nicht tun, weil ich … das Taxi zuerst gesehen habe.«

Ernsthaft, Bry?

Eine steile Furche grub sich zwischen seine dunkelblonden Brauen. »Hast du nicht.«

»Doch, ich war gerade dabei, die Fahrt zu klären, als du hier aufgetaucht bist.« Vermutlich wäre es leichter gewesen, einfach nachzugeben und ihm das dämliche Taxi zu überlassen, aber ein Teil von mir wollte ihm nicht die Genugtuung dieses Siegs überlassen. Zumindest nicht kampflos. Auch wenn es sich dabei nur um einen Wagen handelte und diese ganze Situation einfach nur dämlich war. Aber ich hatte nun mal ein Problem damit, wenn sich Männer aufspielten und auf ihr Recht pochten, und dieser Typ … war der Inbegriff von selbstgefälliger Überlegenheit.

Entschlossen schob ich das Kinn ein wenig nach vorne. »Willst du das echt ausdiskutieren? Warum nimmst *du* dir nicht einfach ein anderes Taxi?«

»Das kann nicht dein Ernst sein.« Die Worte kamen ihm tonlos über die Lippen und dennoch meinte ich einen fremden Akzent darin zu hören. Schottisch? Walisisch?

»Hast du noch nie etwas von *Ladies first* gehört?«

Spott tanzte in seinen blauen Augen, die in dem trüben Licht beinahe schwarz wirkten. »In welchem Jahrhundert lebst du?«

»Das hat nichts mit Epochen zu tun, sondern mit Höflichkeit. Solltest du mal versuchen, das öffnet wortwörtlich Türen«, hielt ich dagegen und griff an ihm vorbei nach der Autotür, doch der Kerl kam mir zuvor. Schneller, als ich hätte reagieren können, drückte er seine Hand gegen das gelbe Metall und hielt mich so davon ab, das Taxi in Beschlag zu nehmen. An seinem Kiefer zuckte ein Muskel.

»Was soll der Scheiß?«, fuhr er mich an und das erste Mal lagen so etwas wie echte Emotionen in seiner Stimme. Emotionen, die sich wie scharfe Spitzen gegen mich richteten. »Meine Sachen sind schon im Auto, ich habe nur für eine Sekunde den verdammten Gepäckwagen weggebracht, okay? Also könnten wir dieses Theater jetzt *bitte* beenden?«

Gepäckwagen?

Oh, Shit.

Ich öffnete den Mund, ohne zu wissen, wie genau meine Erwiderung gelautet hätte, doch jemand anderes kam mir zuvor.

»Ich würde es sehr begrüßen, wenn wir dann endlich fahren könnten. Mir gleich, wer einsteigt, solange es einer von Ihnen tut.«

Kurz schaute ich an den breiten Schultern meines Gegners vorbei zu der Taxifahrerin, die mich aus dem Seitenfenster heraus ähnlich genervt fixierte, wie es der Typ vor mir tat. Waren denn alle Menschen hier genervt und unfreundlich?

»Natürlich«, hörte ich den Kerl vor mir sagen, ehe er seine Hand vom Auto nahm und an mir vorbeiging. Dieses Mal hielt ich ihn nicht auf, verfolgte nur schweigend, wie er zur Beifahrerseite trat und dann noch einmal über das Autodach hinweg zu mir sah. Kurz wirkte es, als wollte er noch etwas sagen, dann stieg er ohne ein weiteres Wort ein und beendete das Spiel.

Ein Spiel, das ich ganz offensichtlich verloren hatte.

In mittlerweile klammen Klamotten starrte ich dem Taxi nach, als es sich in den Verkehr einreihte, und konnte nicht verhindern, dass sich stechende Enttäuschung in mir breitmachte. Dieser Kerl, diese Begegnung hatte rein gar nichts mit dem Lakestone Campus oder meinem Plan zu tun und dennoch … kam ich nicht umhin, dass es sich genau so anfühlte. Wie ein schlechtes Omen. Als hätte ich verloren, noch ehe ich wirklich die Chance gehabt hatte zu kämpfen.

Seufzend schob ich meine Kuriertasche höher, bevor sie mir von der Schulter rutschen konnte, und richtete meinen Blick auf das neue Taxi, das in diesem Moment vor mir zum Stehen kam. Dieses Mal hielt mich niemand davon ab, in den Wagen zu steigen, und als wir das Gelände des Seattle Airport hinter uns ließen und die Skyline in Sicht kam, kehrte auch mein Lächeln zurück. Selbst im Regen funkelten die Hochhäuser um die Wette und dazwischen meinte ich sogar, die Spitze der Space Needle ausmachen zu können. Mein Atem hinterließ kleine Wölkchen auf der Scheibe, während ich den Blick nicht von der Stadt nehmen konnte. Von Seattle, meinem frisch ausgeteilten Blatt voller Möglichkeiten und Lektionen.

Meinem Neuanfang.

***

Das Apartment war ein absoluter Glücksgriff und diesen Begriff nutzte ich nicht oft oder leichtfertig, denn ich war der festen Überzeugung, dass es so etwas wie Glück nicht gab. Nur Wahrscheinlichkeiten, die höher oder niedriger waren und mit anderen zusammengenommen zu einem festen Ergebnis führten. Doch das hier *war* Glück. Zweifellos, denn es gab keine logische Erklärung dafür, dass ich innerhalb kürzester Zeit ein Zimmer gefunden hatte, das nicht nur in Fußgehnähe zum Lakestone Campus of Seattle lag, sondern von dem aus man auch noch einen verdammt beeindruckenden Blick auf die Elliot Bay hatte. Und das waren ein paar Zufälle zu viel.

Ein Teil von mir rechnete jeden Moment damit, den Haken an der Sache zu finden, denn das hier war einfach zu gut, um wahr zu sein. Doch bisher hatte sich besagter Haken nicht blicken lassen. Weder draußen auf der Straße noch im Eingangsbereich und dem Treppenhaus des einfachen, aber sauberen zwölfstöckigen Gebäudes, das 1st, Ecke Broad Street lag, und ganz sicher nicht in dem Zimmer, in dem ich nun mit meiner zukünftigen Vermieterin Schrägstrich Mitbewohnerin stand.

»Du siehst aus, als wärst du kurz davor, wieder aus der Wohnung zu stürmen«, bemerkte Polina Fuller und trat mit überkreuzten Armen neben mich. »Ich weiß, es ist ziemlich eng, so wie fast alles in unserem kleinen Reich. Und dadurch, dass es direkt an der Wohnküche liegt, kann es auch lauter wer…«

»Nein, nein, das ist es nicht.« Ich drehte mich zu ihr um und schüttelte hastig den Kopf. »Ich suche nur nach dem … Aber.«

Stirnrunzelnd legte sie den Kopf schief, sodass ihr die rotbraunen Ponyfransen ins Gesicht fielen. »Dem *Aber*?«

Einen Moment lang betrachtete ich ihre fragenden Züge, auf denen noch immer das freundliche, offene Lächeln lag, mit dem sie mich auf Anhieb für sich eingenommen hatte. Polina war eine der beiden jungen Frauen, die hier lebten und nun eine dritte Mitbewohnerin für ihre WG suchten. Aus unseren E-Mails und vom kurzen Skype-Gespräch wusste ich, dass sie an der University of Washington Biophysik studierte – Polina besaß die gleiche Leidenschaft für Wissenschaft wie ich und ich hatte sie deswegen direkt gemocht. Mit ihren kinnlangen rotbraunen Haaren und den großen braunen Augen erinnerte sie mich ein bisschen an meine Schwester Luna und bereits nach wenigen Minuten in ihrem Apartment wusste ich, dass mich mein Bauchgefühl nicht getäuscht hatte. Das mit uns könnte klappen, vorausgesetzt, ich hatte bei meiner Recherche nicht doch irgendwelche Kosten übersehen.

»Diese Wohnung – und das Zimmer – samt ihrer Lage sind perfekt und die Miete bezahlbar. Du bist echt sympathisch und ich bin mir sicher, dass es Bea auch sein wird, deswegen … wo ist der Haken?«

Zu meiner Überraschung lachte Polina nur und legte mir eine Hand auf die Schulter. »Der ewige Fluch logisch denkender Menschen, hm? Ich kann dich beruhigen, es gibt keinen – sofern man von meiner Vorliebe für ausgedehnte Kochsessions mit zugegeben viel Knoblauch und Beas Hang zur Unordnung einmal absieht.«

Ihr schiefes Grinsen übertrug sich auf meine Züge. »Ich denke, damit komme ich klar.« Dann fragte ich doch noch einmal: »Und es bleibt bei den fünfhundertfünfzig Dollar?«

»Ja, das ist fix. Mein Grandpa hat mir die Wohnung vermacht, deswegen muss ich nichts dafür zahlen, und es gibt auch so schon genügend Halsabschneider in der Immobilienwelt Seattles«, erklärte Polina naserümpfend und zuckte mit den Schultern.

Womit sie absolut recht hatte. Als ich begonnen hatte, mich über mögliche Unterkünfte für meine Zeit in Seattle zu informieren, hatte ich beinahe meine Zimtmilch auf die Tastatur gespuckt. Vierstellige Summen für einzelne Zimmer in fragwürdigen Gegenden waren keine Seltenheit und ehrlich gesagt hatte ich keine Ahnung, wie Studierende so überhaupt Fuß in einer Stadt wie Seattle fassen sollten. Ohne Stipendium und Wohnheim oder genügend Unterstützung von ihren Familien. Dementsprechend misstrauisch war ich bei Polinas Inserat gewesen, das ich durch ein Forum auf dem virtuellen Schwarzen Brett der University of Washington entdeckt hatte. Zwar waren fünfhundertfünfzig Dollar im Hinblick auf meine kleine Rücklage immer noch ein Haufen Geld, aber im Vergleich zu so gut wie allen anderen Angeboten quasi ein Schnäppchen.

Und offensichtlich eben doch ein Glückstreffer.

Leise seufzend lehnte sich Polina an die Wand neben der schmalen Tür, die wie das gesamte Zimmer in einem dunklen Salbeigrün gestrichen war. »Außerdem ist für Bea und mich wichtiger, dass die Chemie stimmt, und bei dir hatten wir beide ein gutes Gefühl – auch wenn wir den Studierenden des Lakestone Campus gegenüber immer ein wenig … skeptisch sind.«

Ihre Worte ließen mich aufblicken. Und erinnerten mich gleichzeitig unangenehm an die kleine Lüge, ich wäre bereits auf dem Campus eingeschrieben. Eine Lüge, von der ich hoffte, dass sie eher früher als später Realität wurde. Bei unserem Skype-Gespräch hatte sie angenommen, ich würde schon studieren, und ich hatte es nicht übers Herz gebracht, sie zu korrigieren. Trotz allem blieb es hier und jetzt eine Lüge, die meiner Angst geschuldet war, keine Anerkennung zu finden. Nicht ernst genommen zu werden. *So wie zu Hause, mein ganzes Leben lang.*

Resolut verscheuchte ich diese ungebetenen Gedanken und konzentrierte mich wieder auf Polinas letzte Aussage. »Warum skeptisch? Ist das so eine Universitätenrivalität?«

»Nee«, meinte sie belustigt und suchte dann einen Moment lang nach den richtigen Worten. »Eher eine gelebte Distanz. Uns kommen die Studierenden dort immer wie eine Geheimgesellschaft vor. Mit ihren Superkräften, dem Campus und der großen efeuberankten Mauer … Gott, das klingt total seltsam, wenn man es laut ausspricht. Vergiss einfach, was ich gesagt habe, Brynn. Ich will dir deine Zeit dort auch gar nicht schlechtreden.«

Nun war ich es, die leise lachte. »Superkräfte?«

»Du weißt schon, die ganze Sache mit der Hochbegabung. Dass man nicht nur verflucht gute Noten haben muss – und das nötige Geld, wenn man nicht zu den glücklichen Stipendiaten zählt –, sondern auch noch eine außergewöhnliche Begabung im Gepäck haben sollte, die einen quasi zum Überflieger macht und … Shit, das war jetzt vermutlich nicht besonders sensibel, schließlich bist du Studentin dort und wenn wir mal ehrlich sind, dann sind wir alle nur neugierig auf den Campus.« Gleichermaßen zerknirscht und entschuldigend verzog Polina das Gesicht. »Ich habe wirklich nichts gegen den Lakestone Campus, falls das jetzt so rübergekommen ist. Und damit hast du direkt meine größte Schwäche kennengelernt: Ich rede immer einfach drauflos, ohne drüber nachzudenken.«

Ich winkte ab. »Nein, keine Sorge, bei mir ist nichts falsch angekommen. Und ich kann absolut verstehen, was du meinst. Von außen betrachtet wirkt das echt etwas … suspekt mit den Begabungen.«

Polina stimmte mir zu, ein amüsiertes Funkeln in den Augen. »Wie in einem Fantasyroman.«

»Was ist, wenn die Leute auf dem Campus in Wirklichkeit Gedanken lesen können? Oder sich teleportieren?«

»Oder Dinge durch die Luft schweben lassen und nur mittels mentaler Kontrolle bewegen? Oder sich verwandeln können? In einen Frosch.«

Ich versuchte mein Lachen zu unterdrücken, doch spätestens als Polina losprustete, konnte ich mich selbst auch nicht mehr zurückhalten. Und womöglich mochte ich sie in diesem Moment gleich noch ein bisschen mehr. Mit ihr rumzualbern, fühlte sich an, als würden wir einander schon viel länger kennen, und nahm mir einen Teil meiner inneren Anspannung, wann immer ich an den Campus dachte. An das, was mir bevorstand, um aus meiner Lüge eine Wahrheit zu machen.

»Was mich zu der Frage bringt, was eigentlich deine Superkraft ist. Ich finde, Bea und ich sollten schon wissen, mit welcher Art Genie wir ab heute zusammenleben werden.«

»Ihr wollt es also wirklich riskieren?«, fragte ich grinsend.

Polina nickte begeistert. »Unterschrieben ist unterschrieben. Der Schuhkarton gehört ganz dir – sofern sich nichts für dich geändert hat, jetzt, wo du alles live und in Farbe gesehen hast. Und vorausgesetzt, du kannst keine Gedanken lesen. Ich komme mit vielem klar, ehrlich, aber das wäre selbst mir zu krass.«

»Ich verspreche hoch und heilig, deine Gedanken sind vor mir sicher. Ich habe es eher mit den Zahlen.«

»Du bist also ein Mathegenie? So was wie ein menschlicher Taschenrechner?«

»So weit würde ich nicht gehen, aber ja, ich rechne gerne.« Was vermutlich die Untertreibung des Jahres war, wenn man bedachte, dass ich ständig und überall meist ganz unbewusst Wahrscheinlichkeiten berechnete. Einfach so, um meinem Kopf noch etwas mehr zu tun zu geben. Aber ich musste Polina ja nicht schon in der ersten Stunde mit meinen Nerd-Marotten in die Flucht treiben. Das würde sie noch früh genug mitbekommen.

»Deswegen auch die Astrophysik, richtig? Die Studierenden, die ich aus diesem Fachbereich kenne, verlieren sich regelmäßig tagelang in ihren Gleichungen und Hypothesen und Theorien.«

In Gleichungen und in den Sternen.

»Und an manchen sitzt man monatelang.«

Polina tat so, als würde sie sich schütteln. »Ein bisschen zu theoretisch für mich, aber ich feiere jede Frau, die sich der Wissenschaft verschrieben hat. Wir müssen schließlich zusammenhalten.«

»Da bin ich ganz bei dir.«

Schmunzelnd löste sie ihre Arme und kurz wirkte es, als wollte sie mir die Hand reichen, dann zog sie mich jedoch direkt in eine warme Umarmung. »Also noch einmal ganz offiziell: Willkommen in der Casa Fuller. Ich glaube, wir werden eine großartige Zeit zusammen haben, Brynn.«

»Danke, Polina, das glaube ich auch«, sagte ich und dann noch einmal: »Danke«, weil ich es genau so meinte. Ihr Willkommen bedeutete mir eine Menge und das lag nicht nur an der bezahlbaren Miete, der guten Lage oder Polinas offener Art, die es einem leicht machte, sie sofort zu mögen. Das hier war mein nächster Schritt. Die nächste Karte in diesem Spiel, die mich wieder ein Stückchen näher an mein Ziel brachte. Mich glauben ließ, dass ich es schaffen konnte, obwohl meine Chancen dagegensprachen.

Aber was waren Chancen und Wahrscheinlichkeiten schon anderes als eine Hypothese, die es zu widerlegen galt?

KAPITEL 5

All Eyes on Me – Crmnl

Brynn

Der Lakestone Campus of Seattle war einzigartig. Nicht unbedingt der Campus mit seiner Mischung aus Altbauten und modernen Gebäuden und dem nierenförmigen See im Herzen der Anlage selbst, sondern das Konzept dieser Universität. Anders als an den meisten Hochschulen in den USA legten sich die Studierenden hier bereits ab dem ersten Semester auf ein bestimmtes Hauptfach fest. Natürlich wurden auch vielseitige Nebenfächer unterrichtet, die für eine umfangreiche, akademische Allgemeinbildung sorgten, doch das Augenmerk lag von Beginn an auf der Begabung eines jeden Einzelnen.

Das machte den Campus so besonders: Nicht nur der schwierige Auswahlprozess oder Geld bestimmten über eine Zusage, sondern auch die Superkraft – um es mit Polinas Worten zu sagen. Einmal im System dieser Universität angekommen, standen einem wortwörtlich sämtliche Türen der Welt offen. Unzählige hochrangige Personen aus der Wissenschaft und Forschung, aus der Politik und Medizin, der Kunst und Musik und sämtlichen anderen Disziplinen hatten mit einem Abschluss des Lakestone Campus erreicht, wovon die meisten Menschen nur träumen konnten, und genau deswegen war ich hier. Deswegen hatte ich jede Vernunft über Bord geworfen und war nach Seattle gekommen. Um aus meinem Traum, bei der NASA arbeiten und das schier endlose Universum erforschen zu können, Wirklichkeit zu machen.

Oder ihm mit einem Studium am LSC zumindest gleich zehn Schritte näher zu kommen.

Aber dafür musste ich zuallererst einmal dafür sorgen, überhaupt aufgenommen zu werden.

Das wiederrum setzte voraus, dass ich meinen *Lakestone-Seattle-Masterplan* in die Tat umsetzte, den ich mir zwischen meiner Absage vor knapp fünf Wochen und jetzt überlegt hatte. Und stetig um weitere Aspekte erweiterte. Pläne hatten mir schon immer ein Gefühl von Sicherheit gegeben – diese Punkte in einer Liste, die ich Schritt für Schritt abhaken konnte, statt mich direkt im großen Ganzen zu verlieren. Mal abgesehen davon, dass es etwas unglaublich Befriedigendes an sich hatte, Häkchen hinter Aufgaben zu setzen oder sie direkt ganz durchzustreichen.

Ganz oben auf besagter Liste stand die Suche nach einem Job – andernfalls würde ich es mit meinem aktuellen Kontostand erst gar nicht bis zum Wettbewerb im Juni schaffen – und dennoch hatten mich meine Füße heute Morgen zum Campus geführt. Ich wusste nicht ganz, warum ich überhaupt hierhergekommen war, denn bis zum Wettbewerb waren es noch über drei Monate und abgesehen davon hatte ich auf dem Campus nichts verloren. Ich hatte keinen Studierendenausweis, keine Berechtigung, hier zu sein. Aber als ich bemerkt hatte, dass das Wachhäuschen leer war und mich niemand daran gehindert hatte, durch das schmiedeeiserne Tor zu treten, hatte ich quasi keine andere Wahl gehabt. Der LSC zog mich wie magisch an, schon seit dem Tag, an dem ich das erste Mal über diese

Universität gelesen hatte. Es war beinahe so, als würde mich mein Herzschlag hierherführen, ein stetiges Pochen, das mich vorantrieb.

Und auch jetzt in mir kribbelte, als ich hinter dem Eingang stehen blieb und den Anblick in mich aufsog. Helle Kieswege mit verschlungenen Straßenlaternen zogen sich über das Gelände und verbanden die Gebäude miteinander. Dazwischen ragten alte Ahornbäume in den Himmel, die jetzt im Frühling hellgrüne Blätter trugen und förmlich zu leuchten schienen. In der Mitte des Campus glitzerte der Lakestone Lake mit seiner kleinen Insel, um den die Bauten ausgerichtet waren. Aus dem Internet wusste ich, dass jeder Fachbereich in einem eigenen Gebäude untergebracht war und es neben weitläufigen Sportanlagen auch ein großzügiges Wohnheim und Studierendencafé gab. Der Lakestone Campus wirkte wie eine eigene kleine Welt, eingebettet in viel Grün. Ein Mikrokosmos, den ich ungefragt betreten hatte.

Ich biss mir auf die Lippen, um mein breites Grinsen zurückzudrängen, und tauchte weiter in diese ganz eigene Welt ein. Wurde zu einem der vielen jungen Menschen, die auf den Wegen unterwegs waren oder in kleinen Gruppen zusammenstanden und unter Pergolen saßen.

Kurz entschlossen folgte ich meinem inneren Drang, mein Handy hervorzuholen, und machte ein paar Fotos von allem, einfach, um es noch ein wenig realer werden zu lassen, denn gerade fühlte es sich wirklich so an, als würde ich träumen.

Komm mal wieder auf die Erde, Bry, du bist als Besucherin hier. Als unerlaubte Besucherin, nebenbei bemerkt.

Herzlichen Dank.

Ich würgte meine wenig hilfreiche innere Stimme ab und sah für einen Moment auf meine alten, schwarzen Dr. Martens, die ich Luna abgeluchst hatte, ehe ich meinen Blick wieder hob und dieser an einem verschnörkelten Schild hängen blieb.

Lakestone Café.

Als wäre das sein Zeichen gewesen, gab mein Magen in dieser Sekunde ein vorwurfsvolles Knurren von sich, was mich daran erinnerte, dass ich die WG heute Morgen ohne Frühstück verlassen hatte. Eigentlich sollte ich mich eher um einen ordentlichen Wocheneinkauf kümmern, statt Geld für Kaffee und fancy Gebäck auszugeben, aber andererseits … noch ehe ich den Gedanken hätte weiterverfolgen können, hatte ich die Tür zum Campus-Café auch schon aufgestoßen. Der Geruch nach frisch gerösteten Bohnen, Zucker, Gewürzen und Brot kam mir entgegen und ließ auch die letzten Ermahnungen meiner Vernunft verstummen.

Dieses Café war ein kleiner Himmel auf Erden. Überall warmes Holz und Pflanzen, so weit das Auge reichte, halbhohe Bücherregale trennten den Raum in Sitznischen, in denen bunt zusammengewürfelte Polstermöbel um kleine Tische zusammenstanden. Nackte Glühbirnen hingen neben Kronleuchtern und Pflanzenmakramees von der hohen Decke des Altbaus und tauchten alles in einen goldenen Schein. Kein Wunder, dass so gut wie jeder Platz belegt war. Wäre das möglich, würde ich auch jede freie Minute meines Lebens hier verbringen.

Und jetzt zumindest die Zeit, die es brauchte, einen Kaffee und einen dieser Muffins zu vernichten.

Entschlossen ging ich auf die lange Theke zu und ließ den Blick über die Schiefertafeln dahinter gleiten. Um mich herum surrten die monströsen Siebträgermaschinen, Gespräche und leise Coffeeshopmusik.

»Hi, möchtest du bestellen?«

Ich zuckte leicht zusammen und schaute zu dem jungen Mann vor mir. Dreads fielen ihm bis weit über die Schultern und wurden mit einem dunkelblauen Band zurückgehalten, das perfekt zu seiner Schürze passte. In seinen braunen Augen stand ein freundliches Leuchten, während die Finger seiner linken Hand einen Kugelschreiber herumwirbelten, als wäre er ein Drumstick.

»Oh«, brachte ich endlich hervor und lächelte entschuldigend. »Ist gar nicht so leicht, sich bei eurer Auswahl zu entscheiden.«

»Das beste Studierendencafé-Angebot Seattles. Dann bist du neu auf dem Campus?«

Ich nickte, ehe ich es verhindern konnte. »Ja, gerade angekommen.«

»Eine Nachzüglerin also.« Er zwinkerte mir zu und zupfte sein weißes Shirt zurecht, was mein Augenmerk unweigerlich auf das Namensschild dort lenkte. Der Barista vor mir hieß demnach Ian. »Also, was darf's sein?«

»Ein Cappuccino mit Zimt – falls ihr den habt, wenn nicht, ist natürlich auch kein Ding – und ein Peanut-Banana-Muffin.«

»Gute Wahl, sind meine Favoriten aktuell, und Zimt findest du am Ende der Theke, wo die Getränke ausgegeben werden.«

»Danke.«

Ian tippte meine Bestellung mit schwindelerregender Geschwindigkeit ein und meinte dann: »Ich bekomme vier Dollar dreißig von dir.« Überrascht hob ich die Brauen, woraufhin er kurz lachte. »Studierendenfreundliche Preise für Studierende. Ist das Motto unserer Chefin.«

Ich reichte ihm einen Fünfdollarschein. »Das Motto gefällt mir. Und stimmt so.«

»Anders würde es gar nicht gehen. Keiner hier übersteht die Lern- und Prüfungsphase ohne das Café – allein aus diesem Grund gibt es keine Wucherpreise. Einer der vielen Vorteile auf dem Campus. Und es gibt noch mehr.«

Das glaubte ich ihm aufs Wort. Nachdem ich mich bedankt hatte, trat ich an das andere Ende des Tresens und zog mich kurz darauf mit meinem deutlich verspäteten Frühstück an einen der letzten freien Plätze direkt am Fenster zurück. Mittlerweile hatte draußen wieder leichter Nieselregen eingesetzt und ich war einmal mehr froh, mich für den Abstecher ins Café entschieden zu haben. Außerdem konnte ich hier genauso meine Masterplanliste angehen. Nach dem ersten Schluck Kaffee – himmlisch – und einem großen Stück des Muffins – noch viel himmlischer – holte ich mein Handy hervor, um meine Jobsuche anzugehen. Doch noch bevor ich überhaupt in den Browser wechseln konnte, ploppten bereits mehrere Nachrichten in unserem Geschwisterchat auf, gefolgt von zwei Nachrichten meiner Eltern.

Vermutlich war es keine besonders gute Idee gewesen, meine Familie mit nichts als einem kurzen »Bin gut in Seattle gelandet« abzuspeisen.

Wie hoch war die Wahrscheinlichkeit, dass meine Geschwister bereits einen Plan schmiedeten, um mich zurück nach Oxford zu verfrachten? Einhundert Prozent.

Zähneknirschend klickte ich auf die Gruppe mit Luna, Amber und Wren, der mit seinen zweiundzwanzig Jahren der Zweitälteste war, und konnte einen scharfen Fluch nur mit Mühe zurückhalten.

Wren

Ich kann nicht glauben, dass du das echt gemacht und dann auch noch Luna mit reingezogen hast! Ich dachte, du würdest Scherze reißen, als du von Seattle angefangen hast, aber das …? Ist das deine Form einer verspäteten Teenagerrebellion, Bry?

Luna

Sie hat mich nirgendwo mit reingezogen, ich wollte es so.

Außerdem finde ich Brys Entscheidung eigentlich ganz mutig und cool.

Wren

Du findest gerade alles cool, ist nur eine Phase, das geht vorüber, keine Sorge.

Luna

Ich bin nicht fünf, Wren.

Wren

Whatever. Aber mal im Ernst, Bry, du kannst nicht einfach alles stehen und liegen lassen und ans andere Ende der Welt verschwinden. Wir brauchen dich hier. Du gehörst hierher.

Amber

Ich glaube, wir wissen alle, dass unsere Schwester das nie so gesehen hat.

Wren

Du meinst die ganzen Sachen über Sterne und Physik und Studieren? Ihre Faszination für Grandpa? Das sind doch nur Träumereien und Langeweile, Brynn ist schließlich noch ein Kind.

Amber

Sie ist neunzehn, Wren. Und das waren nie Träumereien, sondern ihre Sicht auf die Realität, auch wenn das wenig mit unserer Realität zu tun hat.

In meinem Magen zog sich etwas zusammen, als ich die Unterhaltung meiner Geschwister, die sie über meinen Kopf hinweg geführt hatten, überflog und ihre Stimmen dabei in den Ohren hatte. Sie hatten es nie verstanden. Und selbst jetzt, wo ich nach Seattle gegangen war, sahen sie darin nur eine kindische Rebellion statt … mich.

Dabei war das hier mehr als nur meine *Sicht auf die Realität.* Es war *meine* Realität.

Wren

Wie auch immer, du solltest zurückkommen, Brynn. Dein Leben ist hier und Mum und Dad sind kurz vorm Durchdrehen. Zu Recht.

Luna

Sind sie das nicht immer?

Wren

Nicht hilfreich, Luna. Außerdem hast du Aufgaben hier, Bry. Was willst du überhaupt in Seattle? Was erhoffst du dir, da zu finden? Du hast nicht viel mehr als einen Schulabschluss. Bisher hast du nichts vorzuweisen außer deinen Noten, keine Erfahrung.

Amber

Wren hat irgendwo recht, Bry. Wir können dir dort nicht mehr helfen. Du bist auf dich allein gestellt und das wird dir nicht guttun. Ich weiß, du wolltest unbedingt auf diese Uni, aber sie haben dich nicht genommen. Dort zu sein, wird nichts ändern. Das musst du früher oder später einsehen.

Ich spürte, wie meine Augen zu brennen begannen und dieses Pochen, das mich drängte, mehr aus meinem Leben zu machen, das mich über den Ozean gebracht hatte und mich jedes Buch über Physik und Mathematik und das Universum hatte verschlingen lassen, weiter anwuchs. Mit jeder Nachricht, die ich in unserem Chat las, ein wenig mehr.

Sie täuschten sich. Hier zu sein, änderte alles. Es machte die Chance realer, während sie im Leary's Inn verkümmert wäre.

Mit zusammengebissenen Zähnen erweckte ich mein Handy wieder zum Leben. Keine Ahnung, ob sie noch wach waren und ich direkt eine Antwort bekommen würde oder nicht, aber schlussendlich war es mir im Moment auch vollkommen gleich. Ihre Ansichten bremsten mich nur aus und das war das Letzte, was ich gerade gebrauchen konnte.

Brynn

Danke für eure Sorge, aber Amber hat recht, ich bin kein Kind mehr. Ich treffe meine eigenen Entscheidungen und es war höchste Zeit, meinen eigenen Weg zu gehen. Und der beginnt in Seattle. Ihr solltet mich eigentlich besser kennen und wissen, dass ich immer einen Plan habe und weiß, was ich tue. Ich komme klar, es geht mir gut und wie auch immer diese Sache ausgeht, lieber jage ich einer zwölf-komma-drei-prozentigen Wahrscheinlichkeit hinterher, als stehen zu bleiben. Bitte akzeptiert das und sagt unseren Eltern, dass sie das auch tun sollen. Hab euch lieb, in jeder Realität nebenbei bemerkt.

Ich hielt mich nicht damit auf, die Nachricht noch einmal zu lesen, sondern schickte sie direkt ab und stellte anschließend die Gruppe auf stumm. Solange sie mich nicht unterstützten, würde ich mich von ihnen fernhalten. Meiner Meinung nach war das eine der wichtigen Lektionen im Leben: Auch wenn es schwer war, man sollte immer den Mut besitzen, Menschen, die einem nicht guttaten, auf Abstand zu halten.

Und das schloss manchmal selbst die eigene Familie ein.

Ich sperrte mein Handy, legte es zur Seite und griff wieder nach meinem Kaffee. Es fühlte sich gut an, diese Wahrheiten in unserem Chat ausgesprochen zu haben, doch der dumpfe Schmerz ihrer Worte blieb.

Die Lippen an der mintgrünen Tasse blickte ich auf und sah mich im Café um. In den letzten Minuten hatte es sich ein wenig geleert. Vermutlich hatte der nächste Vorlesungsblock begonnen und es war deutlich ruhiger geworden. Seufzend pustete ich mir eine Strähne meiner blonden Haare aus dem Gesicht und lehnte mich tiefer in den gepolsterten Sessel, als mein Blick auf ein beiges Papier fiel, das mir gegenüber an eine der hölzernen Säulen geheftet war.

Wir suchen Unterstützung!

Ein kleiner Ruck ging durch meinen ganzen Körper und beinahe hätte ich etwas von meinem kostbaren Kaffee über meiner Jeans verschüttet. Das war nicht einfach nur ein Papier, sondern eine Jobausschreibung. Eine Jobausschreibung für dieses Café. Auf dem Lakestone Campus.

Unbewusst stellte ich die Tasse ab und beugte mich weiter nach vorne, bis ich auch die kleinere Schrift besser entziffern konnte.

Das Lakestone Café ist der Dreh- und Angelpunkt des Campus, das wissen wir alle, und genauso wissen wir, wie groß der Andrang jeden Tag und besonders in der Prüfungszeit ist (looking at you all :)). Genau aus diesem Grund suchen wir dringend Unterstützung im Bereich Service und für alles, was sonst noch so ansteht. Wir haben dein Interesse geweckt? – Dann …

Weiter kam ich nicht, denn meine Gedanken waren längst viel zu laut geworden. Zu schnell und ungebremst schwirrten sie in meinem Kopf umher, während Variablen an die richtigen Stellen rückten und meine Wahrscheinlichkeiten in die Höhe trieben.

Wenn ich hier als Barista anfing – die Tatsache, dass mir auf diesem Gebiet noch einiges an Erfahrung fehlte, ließ ich einmal außen vor –, hatte ich quasi uneingeschränkten Zugang zum Campus. Das Café lag im ältesten Gebäude der Universität, dort, wo sich auch die Bibliothek befand … mit all den Unterlagen, die mir bei meiner Vorbereitung auf den Wettbewerb nützlich sein könnten.

Meine Wangen wurden vor Aufregung ganz warm. Das passte. Das passte verdammt gut.

Lächelnd wischte ich meine feuchten Hände an der Hose ab und war im nächsten Augenblick bereits aufgestanden. So unterschiedlich meine Eltern und ich auch dachten, in einer Sache waren wir uns immer einig gewesen: Wichtige Dinge erledigte man am besten, bevor sie Staub ansetzen konnten. Mit wenigen Schritten ließ ich meinen Tisch am Fenster hinter mir und trat zum zweiten Mal an diesem Tag an die Theke.

»Lass mich raten, du kannst nicht genug von den Muffins bekommen, richtig?« Ian legte die verschränkten Arme auf das dunkle Holz des Tresens.

Ich schenkte ihm ein breites Lächeln. »Die sind wirklich gut, ja, aber … ich wollte dich etwas anderes fragen.«

Die zweite Braue gesellte sich zur ersten. »Nur raus damit.«

Ich löste meine Hände, die ich unbewusst in den Saum meines dunkelgrünen Flechtstrickpullovers gekrallt hatte, und neigte den Kopf leicht zur Seite. »Es geht um eure offene Stellenausschreibung …«

KAPITEL 6

Don't Look Back In Anger – Remastered – Oasis

Kace

Es war offiziell. Ich war neidisch auf meine zweijährige Tochter, die Löwenzahnsamen für Feen hielt und in neun von zehn Fällen falsch herum in ihrer Kleidung steckte. Denn im Gegensatz zu mir hatte Trixie es problemlos geschafft, anzukommen und dazuzugehören, während ich mich wie ein Fremdkörper fühlte.

Schon als wir vorgestern am Tacoma Airport gelandet waren, hatte alles in mir danach verlangt, in die nächste Maschine zurück nach Irland zu steigen, und dieses Gefühl war nicht weniger geworden. Nicht, als mich die junge Frau mit den wütend funkelnden Augen und dem unverkennbar britischen Akzent um mein Taxi bringen wollte – in dem zu diesem Zeitpunkt schon Trixie und mein Gepäck gewesen waren. Und nicht, als ich wenig später im Sekretariat alle Informationen über den Campus und meine Unterkunft erhalten hatte. Zwei Zimmer plus Bad und Küche für Trixie und mich.

Einzig die leuchtende Aufregung meiner Tochter, mit der sie alles und jeden anstarrte, und ihre nicht abreißenden Warum-Fragen hatten mich das durchziehen lassen. Ohne Trix wäre ich schon längst wieder in Dublin bei den Menschen, die ich mein ganzes Leben kannte. Dass ich auf dem Lakestone Campus die Chance hatte, mehr über meinen leiblichen Vater herauszufinden, ließ mich dabei vollkommen kalt.

Zumindest hatte ich mir das gestern pausenlos eingeredet, während ich unsere Koffer ausgeräumt, alles Organisatorische erledigt und mich zwischendrin um Trix gekümmert hatte.

Nur änderte das nicht das Geringste an all den Gedanken, die sich in den Stunden, in denen ich wach an die im Dunkeln liegende Zimmerdecke gestarrt hatte, immer tiefer in meinen Schädel gegraben hatten und auch jetzt blieben, wo ich meiner Tochter dabei zuschaute, wie sie mühelos Anschluss bei den anderen Kindern in der Betreuung auf dem Campus fand. Diese ganzen Gefühle, die mir die Kehle zuschnürten.

Das Gefühl, die falsche Entscheidung getroffen zu haben.

Das Gefühl, hier unerwünscht zu sein.

Das Gefühl, nur davongelaufen zu sein.

Das Gefühl, einem Gespenst hinterherzujagen, vor dem ich mich insgeheim fürchtete.

Das Gefühl, nicht mehr zu wissen, was ich eigentlich wollte.

Scheiße, waren Gefühle beschissen.

»Ihre kleine Trixie ist ja ein echter Sonnenschein«, sagte Karen in diesem Moment und riss mich aus meinen Gewittergedanken. Zusammen mit drei weiteren Mitarbeitenden kümmerte sie sich um die campuseigene und erstaunlich flexible Kinderbetreuung, die es Studierenden mit Kindern ermöglichte, die regulären Vorlesungen zu besuchen. Auch wenn ich Seattle gegenüber immer noch negativ eingestellt war, ich konnte nicht von der Hand weisen, dass dieses

Angebot eine ordentliche Sache war. Dass es Trixie guttat. Meine Tochter war ein offenes Kind, aber sie besaß mit ihren zwei Jahren bereits einen ausgeprägten Sinn für andere Menschen und Situationen. Dass sie sich jetzt unbeschwert zu den anderen Kindern gesellte, die gerade Fantasiewelten aus Lego Duplo aufbauten, sagte eine Menge über diesen Ort aus.

Trix schien ihren Platz bereits nach wenigen Minuten gefunden zu haben, für sie war das ein einziges großes Abenteuer, aber ich … ich war irgendwo in der Luft zwischen Dublin und Seattle hängen geblieben.

»Hat sie denn irgendwelche besonderen Vorlieben?«, fuhr Karen fort, als ich nichts erwiderte. Sie schien sich weder an meinem düsteren Gesichtsausdruck zu stören noch daran, dass ich bisher kaum etwas von mir gegeben hatte. »Wir lassen den Kindern hier viel Freiraum, möchten die Kleinen aber dennoch von Beginn an gerne dabei unterstützen, ihre Interessen weiterzuentwickeln.«

»Musik.« Ich räusperte mich. »Trix liebt Musik.«

Musik, die du ihr seit Mams Tod verweigerst. Die winzige Erinnerung an meine Mutter durchbohrte mich zuverlässig wie ein glühender Eisenstab.

Wenn überhaupt möglich, wurde Karens Lächeln noch breiter, als hätte ich gerade ein echtes Kunststück vollbracht. »Na das ist doch wunderbar. Musik steht bei uns ohnehin immer auf dem Plan. Machen Sie sich keine Sorgen, Kace, Ihre Tochter ist bei uns in den besten Händen.«

Das glaubte ich sofort. In Dublin hatte ich es mir nicht leisten können, Trix in die Kinderbetreuung zu geben – zumal die Einrichtungen in unserer Gegend der letzte Ort gewesen waren, an den ich sie gegeben hätte. Meistens hatten sich deswegen Mam oder Bos Frau um sie gekümmert, wenn ich arbeiten musste, eine simple Lösung, mit der wir gut klargekommen sind. Doch Trix jetzt mit anderen Kindern zu sehen … sie gehörte wirklich hierher. Schon diese paar Stunden hier waren besser als alles, was ich ihr hätte bieten können, wären wir in Dublin geblieben. Das musste selbst ich einsehen, ob ich wollte oder nicht.

»Wie lange gehen Ihre Vorlesungen denn heute, Kace?«

Fragend wölbte ich eine Braue.

»Ihr Tag an der Uni. Wann möchten Sie Trixie später abholen? Ich nehme an, da Freitag ist, werden Sie nicht bis in die Abendstunden beschäftigt sein, aber falls dem so ist, ist das selbstverständlich auch kein Problem. Wir passen uns individuell an.«

Ach ja, die Sache mit den Vorlesungen. Bei all den Dingen, die mir gerade im Kopf herumschwirrten, mit Trixie und ihrem neuen Leben hier, Mam und den Andeutungen in ihrem Brief über Harvey Abbot, vergaß ich immer wieder, dass es daneben auch noch den Hauptgrund für unseren Umzug nach Seattle gab: mein Studium samt Vollstipendium. Gestern war ich mit Vorbereitungen und der Organisation unseres neuen Alltags beschäftigt gewesen, doch heute … ganz ehrlich, ich hatte keinen blassen Schimmer, wie ich mich in irgendeinen Hörsaal hocken sollte, während ich kaum wusste, wo mir der Kopf stand.

Ich wandte den Blick von meiner Tochter ab und fasste wieder die Betreuerin mit ihren kurzen schwarzen Haaren ins Auge, die mir kaum bis zur Brust reichte. »Ich sollte zwei Uhr schaffen.«

»Sehr gut, zwei klingt doch fabelhaft. Dann sehen wir uns am Nachmittag wieder. Und keine Sorge, sollte irgendetwas sein, melden wir uns sofort.« Karen legte mir kurz eine Hand an den Ellenbogen.

Aus einem Impuls heraus und weil ich ihr, auch wenn es nicht den Anschein erwecken mochte, wirklich dankbar war, lächelte ich knapp, ehe ich in die Hocke ging und zu Trix schaute. Obwohl meine Tochter ins Spielen und ihre neuen Freundschaften vertieft war, bemerkte sie meinen Blick sofort. So wie immer. So, wie ich es spürte, wenn sie mich ansah. Da war einfach dieses Band zwischen uns, für das es keine richtige Erklärung gab. Eine tiefe Verbindung, die sich über banale Dinge wie Logik und Worte hinwegsetzte. Die einfach *war*.

Trix löste sich von den anderen Kindern und kam mit wehenden Haaren auf mich zu. Nur einen Atemzug später warf sie sich an meine Brust, sodass ich ihren kleinen, rasenden Herzschlag fühlte, genauso, wie sie meinen hören musste.

»Sei brav, ja? Und hab ganz viel Spaß, Trix«, flüsterte ich an ihrem Ohr, was sie leise kichern ließ. »Liebe.«

Sie schmiegte sich noch enger an mich und flüsterte »Liebe« zurück. Dann sagte sie deutlich lauter: »Mitspielen?«

Ich schob sie ein Stück von mir und richtete zwei verirrte dunkelblonde Strähnen. »Später. Nachher kannst du mir alle neuen Spiele zeigen, die du heute gelernt hast, und dann spielen wir zusammen, abgemacht?«

Kurz rümpfte sie die Nase, dann nickte sie begeistert, wie es nur Kleinkinder tun können. »Abgemacht.« Trix hielt mir ihren kleinen Finger hin – Mam hatte ihr die Sache mit dem kleinen-Finger-Schwur schon früh beigebracht – und blickte mir ernst in die Augen. Ich hakte meinen viel größeren Finger in ihren und nickte ebenfalls.

Und damit war unser Spieldate beschlossene Sache.

Ganz gleich, wie kompliziert die Welt gerade auch sein mochte, manche Dinge blieben ganz einfach.

Die bedingungslose Liebe zu meiner Tochter war eine davon.

***

Ich hatte nie daran geglaubt, einmal als ein Student zwischen knapp fünfzig jungen Menschen in einem Hörsaal zu sitzen und einer Vorlesung über verschiedene Musikepochen zu folgen. Dennoch tat ich genau das.

Und konnte das Gefühl nicht abschütteln, dass ich eigentlich woanders sein sollte. Ein Gefühl, das schon immer da gewesen war, mich regelrecht verfolgte. Ich konnte nicht aufhören, daran zu denken, dass ich jetzt lieber irgendwo arbeiten sollte, Geld verdienen sollte, um für Trix und mich zu sorgen, statt hier zu sitzen und –

Ich mahlte mit den Kiefern und brach den Gedanken resolut ab. Weil er nichts brachte, weil er nicht der Wahrheit entsprach, weil das hier jetzt eben genau mein Leben war.

All diese Gefühle waren im Endeffekt nichts anderes als Platzhalter für das eigentliche Problem. Nicht Seattle oder diese Uni waren der Grund dafür, dass ich mich kaum auf den Beinen halten konnte, sondern Mam. Immer wieder Mam. Alles hier erinnerte mich an sie und das war … verflucht schwer.

Meine Mutter war nach Seattle gegangen, um ihren Traum Wirklichkeit werden zu lassen. Um als Musikerin durchzustarten und von ihrer Leidenschaft leben zu können, ohne Ausbildung, ohne Aussicht, nur mit ihrem Talent und ihrer grenzenlosen Liebe zur Musik. Es war ein Wunsch, der es nie über ihre Träume hinausgeschafft hatte, der sie aufgezehrt hatte und der Grundstein für unsere vermaledeite Situation gewesen war. Verzweiflung war ein tödliches Gift in Kombination mit einer Leidenschaft, die einen mit Haut und Haaren besaß. Und die Musik hatte Mam schon immer in ihren Fängen gehalten.

Und obwohl ich wusste, dass diese Stadt der Beginn ihres Endes gewesen war, war ich in dieses Flugzeug gestiegen und saß in einem Hörsaal. So, wie es sich meine Mutter für mich gewünscht hatte. Für sie hatte es nie den geringsten Zweifel daran gegeben, dass ich an eine Universität gehörte – und davon hatte sie nicht einmal mein grottenschlechter Schulabschluss oder meine … dunkle Phase abbringen können. Meine musikalische Begabung war in Mams Augen alles gewesen, was es brauchte, um Zutritt zu der professionellen Musikwelt zu erlangen. Dass Geld und Noten ebenso wichtig waren, um an einer Hochschule zugelassen zu werden, hatte sie nicht wahrhaben wollen.

Ach, verdammt, Mam.

Nun war ich dort, wo sie mich *gesehen* hatte, und hatte keine Ahnung, wie ich mich jemals darauf einlassen sollte. Auf ihren Wunsch, der entgegen aller Wahrscheinlichkeiten Realität geworden war. Zu einem Preis, der viel zu hoch gewesen war.

Den ich niemals gezahlt hätte.

Ich stützte die Ellenbogen auf den Tisch vor mir und vergrub die Finger in meinen Haaren, als Professorin Jones die Musikanlage einschaltete und kurz darauf die Klaviersonate No. 16 von Mozart durch den Saal hallte. Eines der Stücke, die Mam mir schon früh beigebracht hatte – sie hatte eine große und nicht selten nervtötende Vorliebe für Mozart gehabt. Und es rief zuverlässig Bilder von gemeinsamen Stunden an alten Klavieren hervor, die ich im Augenblick nicht ertragen konnte.

Mach dir nichts vor, Kace, es wird bei jedem Stück so sein. Du kennst sie alle. Dein Kopf kennt sie alle. Und sie alle sind Mam. Sind Musik.

»Ich möchte, dass Sie genau hinhören, dass Sie auf einzelne Punktierungen und Akzente achten, von denen Sie glauben, sie wären Teil der musikalischen Kultur der Klassik«, ließ uns Jones wissen. »Bevor wir in den kommenden Wochen tiefer in die Theorie der einzelnen Epochen eintauchen, möchte ich, dass Sie ein Gefühl dafür bekommen und verstehen, worüber wir sprechen werden. Es geht nicht um Daten und Fakten, es geht um Emotionen. Jede Kunst drückt etwas aus. In den meisten Fällen beabsichtigt. Also hören Sie hin.«

Hör hin, Kace, hör genau hin. Die Musik verrät dir, wie du sie spielen sollst. Es ist alles da. Nicht in deinem klugen Kopf, sondern deiner Brust, Liebling. Deinem Herzen.

Ich bohrte die Nägel in meine Kopfhaut, um die Stimme meiner Mutter zu verdrängen, aber sie war in jeder Note. Jeder. Verdammten. Beschissenen. Note.

Was hatte ich mir nur dabei gedacht?

Abrupt fuhr ich hoch, nahm meine Tasche, von der ich mir nicht einmal die Mühe gemacht hatte, sie auszupacken, und verließ den Hörsaal. Dabei achtete ich weder auf Professorin Jones' Frage noch die überraschten Blicke meiner Kommilitonen. Ich überging sie alle, weil da ohnehin nur noch Mozart war.

Ich überließ es meinen Füßen, ihren eigenen Weg zu finden, dachte nicht nach, hob nicht einmal den Blick, während ich durch Gänge stolperte, ungehalten eine Tür aufstieß … und damit prompt jemanden traf. Etwas ging dumpf zu Boden, dann hörte ich eine helle Stimme unterdrückt fluchen.

»Hey, kannst du nicht aufpassen?«

Ich brauchte einen Moment, bis mir klar wurde, dass die Frage mir galt. Geistesabwesend strich ich mir die Haare aus den Augen und entdeckte erst mit Verzögerung die junge Frau, die direkt vor mir auf den polierten Fliesen des Eingangsbereichs saß. Eine junge Frau, die mir bekannter vorkam, als sie sollte, aber *well*, diese funkelnden grünen Augen hatten sich ungewollt und ziemlich penetrant in mein Gedächtnis gebohrt, als sie mir am Flughafen beinahe mein Taxi gestohlen hätte.

»Fuck«, murmelte ich, weil ich gerade zu nicht viel mehr imstande war, und schaute zu ihr runter. Von allen Menschen, denen ich hätte begegnen können, musste es ausgerechnet sie sein.

»Wie eloquent.« Sie wischte sich die blonden Haare aus dem Gesicht und kam wieder auf die Beine. »Und danke der Nachfrage, es geht mir ganz wunderbar, keine Hilfe nötig, nachdem du mich auf die Fliesen befördert hast, die nebenbei bemerkt ziemlich hart sind.«

Ich blinzelte ein paarmal, weil ich gedanklich immer noch halb in der katastrophalen Vorlesung steckte, und verschränkte abwehrend die Arme vor der Brust. »Du hast das doch wunderbar allein hinbekommen«, gab ich zurück, noch ehe ich mich davon abhalten konnte. Mich mit jemandem zu unterhalten, stand gerade eigentlich an so ziemlich letzter Stelle von Dingen, die ich gerne tun wollte.

Ihre Wangen nahmen einen unübersehbaren Rotton an, der ihre grünen Augen heller wirken ließ. Dann trat sie einen herausfordernden Schritt näher und legte den Kopf leicht in den Nacken, um mir weiterhin ins Gesicht schauen zu können. Hätte ich wetten müssen, hätte ich gesagt, dass es sie ziemlich nervte, zu mir *aufsehen* zu müssen. »Warum nur habe ich keine andere Antwort erwartet?« Sie schoss einen weiteren vorwurfsvollen Blick ab und rieb sich gleichzeitig ihre linke Schulter, vermutlich dort, wo sie die Tür getroffen hatte. Die nächsten Worte murmelte sie eher zu sich selbst – ich bekam sie trotzdem mit. »Hätte mich auch gewundert, wenn du in den letzten achtundvierzig Stunden so etwas wie Anstand entwickelt hättest.«

Ein großer Teil von mir drängte, mich einfach umzudrehen, und das nicht nur, weil das bereits die zweite Runde unseres fragwürdigen Schlagabtauschs war. Zwischen meinen Schläfen herrschte noch immer dieser Druck und eine weitere Diskussion mit Blondie, die ganz offensichtlich ebenfalls Studentin am Lakestone war und eine ungesunde Schwäche für Konfrontationen besaß, war das Letzte, was ich gerade brauchte. Doch mir ging es aus irgendeinem Grund gegen den Strich, dass sie mich durchgehend als *unhöflich* bezeichnete, obwohl sie mich nicht kannte.

Auch wenn sie streng genommen recht hatte und ich mich wirklich wie ein Arsch aufführte. Aber das tat hier und jetzt nichts zur Sache.

»Ich habe Anstand«, hörte ich mich im nächsten Moment sagen und hätte mir am liebsten einen Tritt verpasst, »wenn die Situation es erfordert.«

Sie schenkte mir ein freudloses Lächeln, das direkt aus der Tiefkühltruhe hätte stammen können. »Was du nicht sagst.«

Ein paar Sekunden lang starrten wir einander an und ich kam nicht umhin zu bemerken, dass ich sie dafür bewunderte, dass sie so vehement auf ihren Standpunkt pochte. Hier in der Eingangshalle des Altbaus genauso wie am Flughafen. Die meisten Menschen knickten ein, sobald es kompliziert wurde, doch sie … schien dann erst so richtig warm zu werden.

»Hey! Kace, richtig?«

Die junge Frau und ich drehten uns synchron um, als ein Student mit dunklen gewellten Haaren, gebräunter Haut und breitem Grinsen auf uns zugelaufen kam.

»Du bist doch Kace, oder?«

Ich gab einen Laut von mir, der so gut wie alles hätte bedeuten können, und schaute von dem Typen kurz zurück zu meiner Kontrahentin. Doch zu meinem Erstaunen hatte sie ohne ein weiteres Wort auf dem Absatz kehrtgemacht. Ich stieß den Atem aus und blickte ihrer zierlichen Gestalt nach, dann zog der Student meine Aufmerksamkeit wieder auf sich.

»Sorry, wenn ich da gerade euer … Gespräch unterbrochen habe.«

»Das kann man wohl kaum Gespräch nennen«, brummte ich und erinnerte mich dann an besagten *Anstand.* »Aber kein Problem, was gibt's?«

»Also, ich will mich nicht in Dinge einmischen, die mich nichts angehen, aber es war offensichtlich, dass in der Vorlesung gerade irgendetwas vorgefallen ist – sonst wärst du nicht wie von der Tarantel gestochen aus dem Saal gestürmt –, und deswegen …« Er unterbrach sich selbst und zuckte mit den Schultern. »Jedenfalls wollte ich dir die Unterlagen bringen, die Professorin Jones noch ausgeteilt hat. Glaub mir, wenn ich sage, dass die überlebenswichtig sind. Jones ist ein harter Knochen. Letztes Semester hätte sie mich fast mit ihrer Klausur über Kompositionstheorie zerlegt, aber nur fast.« Seine Sätze kamen viel zu schnell. Holte der Typ eigentlich jemals Luft? »Ich bin übrigens Mason. Ebenfalls Musikgenie. Und wir werden uns wohl in ein paar der semesterübergreifenden Kurse sehen.« Seine Zähne blitzten strahlend weiß auf.

Mehr aus Überrumpelung griff ich nach seiner Hand und schüttelte sie. »Kace. Und danke. Für die Blätter.«

»Ach, kein Ding, wir Musikstudierende müssen doch zusammenhalten, nicht wahr? Am Anfang ist alles auf dem Lakestone Campus ein paar Nummern zu groß, aber dann macht es klick« – er schnipste – »und alles passt zusammen. Geht jedem hier so.«

»Hm«, machte ich nur und steckte die Papiere in die alte Ledertasche, die mir ausgerechnet Bo zum Abschied geschenkt hatte. Ich hätte nie gedacht, dass mir der Mann schon nach zwei Tagen fehlen würde. Oder sein Pub, in dem ich unzählige Stunden verbracht hatte. Vielleicht sollte ich das hier auch machen. Eine Spelunke finden, um mir die Seele aus dem Leib zu spielen, wie Bo es immer ausgedrückt hatte, aber das würde voraussetzen, dass ein Ton aus meinen Fingern kam und nicht nur diese verzehrende Leere, die mir den Sauerstoff abdrückte.

»Wie auch immer.« Mason versenkte die Hände in den Taschen seiner tief sitzenden schwarzen Stoffhose. »Hast du Lust, was essen zu gehen? Ich kann dir alles zeigen, wenn du willst. Schließlich hast du die Einführungstage letzte Woche verpasst, richtig? Zumindest habe ich dich nicht bei der Führung durch die Musikfakultät gesehen.«

Ich löste meine verkrampfte Hand von der Tasche und nickte. »Richtig. Das heute war mein erster Tag.« *Den ich bereits kolossal in den Sand gesetzt habe.* »Und nichts für ungut, aber ich habe schon etwas vor.« *Meine Tochter abholen und dringend ein paar Meter zwischen die Erinnerungen aus der Vorlesung und mich bringen.*

Falls Mason von meiner schmucklosen Absage enttäuscht war, ließ er es sich nicht anmerken. Das Grinsen blieb und ich fragte mich unwillkürlich, woher er diese Energie nahm. Oder ob das einfach Masons Grundzustand war, so, wie ich meistens keinen Hehl aus meiner schlechten Laune machte.

Mason war das verfluchte Gegenteil von mir.

»Kein Ding, das Semester ist ja noch jung und spätestens, wenn die praktischen Kurse beginnen, werden wir noch viel Zeit miteinander verbringen.« Als er meine verwirrte Miene bemerkte, lachte er und fügte hinzu: »Ich bin dieses Jahr als Tutor für die Praxismodule zuständig. Das sind die besten Kurse.«

Für mich klangen sie in diesem Moment eher wie ein Albtraum. Wie zum Teufel sollte ich jemals wieder eine Taste anschlagen, wenn die Erinnerungen an Mam beim Klang jeder einzelnen Note darauf warteten, mich hinterrücks zu überfallen?

Sei doch froh, so musst du dir zumindest keine Sorgen mehr machen, dass dich die Musik in dunkle Abgründe zieht und deine Verpflichtungen vergessen lässt. Problem gelöst.

Von wegen.

Mason klopfte mir gegen den Oberarm und hob dann eine Hand zum Abschied, während er bereits rückwärts in Richtung Ausgang ging. »Also dann, wir sehen uns, Mann. Und falls irgendwas ist, ich war so frei, dir meine Nummer zu geben – steht oben auf dem Papier.« Mit diesen Worten drehte er sich um und verschwand wie die anderen Studierenden ins Wochenende. Wurde einer von vielen, der genau da war, wo er hingehörte, der wusste, was er vom Leben wollte. Warum er das alles tat. Und damit war er mir meilenweit voraus. Ich konnte nur sagen, was ich für Trix wollte, dass ich sie niemals allein lassen würde, aber was mich selbst betraf …

Kopfschüttelnd kramte ich meine Kopfhörer hervor und schloss mich endlich dem Strom der anderen an.

Zumindest für den Moment.

KAPITEL 7

Anything Can Happen – Tors

Brynn

»Ist Oxford so, wie man es sich vorstellt? Also mit einheitlicher Kleidung und Faltenröcken und verwinkelten, alten Gemäuern?«

Polina schoss Bea über den Esstisch, den wir für unsere abendliche Sonntagskochsession zur Küchentheke umfunktioniert hatten, einen schiefen Blick zu. »Du hast zu viele Filme gesehen, Bea. Auch Oxford ist im einundzwanzigsten Jahrhundert angekommen.«

Daraufhin bewarf Bea ihre Freundin mit einem Stück Möhrenschale und fasste dann mich ins Auge. »Erleuchte uns mit deinem Insiderwissen, Bry. Bevor das hier noch richtig hässlich wird.«

Grinsend schaute ich von der Paprika auf, die ich gerade ganz nach Polinas Anweisung in feine Streifen schnitt, und zuckte mit den Schultern. »Na ja, die Gemäuer sind schon ziemlich verwinkelt. Und bei offiziellen Anlässen und Prüfungen müssen die Studierenden in formeller Kleidung kommen – wobei es bei den Outfits keine geschlechterspezifische Aufteilung mehr gibt. Bedeutet: Faltenröcke für alle, die wollen.«

»Aha!«, machte Bea und fuchtelte mit ihrem Gemüseschäler herum. »Der Punkt geht an mich.«

Seufzend stieß Polina die Luft aus. »Wenn es dich denn glücklich macht.«

»Sehr, danke, Lina.«

In den letzten vier Tagen waren mir Polina und Bea schneller ans Herz gewachsen, als ich für möglich gehalten hätte. Bea, die ich erst Donnerstagabend kennengelernt hatte, war genauso offen wie Polina und auch wenn sie mit Mathematik und Wissenschaft nicht viel anfangen konnte – sie machte eine Ausbildung zur Köchin in einem der Restaurants unten am Pier, wodurch es bei ihr und Polina in Sachen Kochen Liebe auf den ersten Blick gewesen war –, hatte ich mich in ihrer Nähe sofort wohlgefühlt.

Ich fühlte mich in der ganzen WG wohl. Angekommen. Und das lag nicht nur an der Tatsache, dass Bea und Polina in der Küche das perfekte Team waren und ich nach meiner Zeit in ihrer WG vermutlich aus dem Treppenhaus rollen würde, sondern in erster Linie daran, dass sie mich akzeptierten. Mich nicht für meine Zahlen und Sterne belächelten und stattdessen ernst nahmen.

Das war so viel mehr, als ich zu Hause gehabt hatte.

Beinahe das gesamte Wochenende hatten wir gemeinsam verbracht, uns kennengelernt, mein Zimmer eingerichtet und Samstag einen Filmabend gestartet, bei dem wir alle eingeschlafen waren. Wenn ich so darüber nachdachte, kam es mir immer noch wie ein verflucht schöner Traum vor. Als hätte man meine Vorstellungen aus ihren Blubberblasen genommen und in die Realität geworfen.

Wäre da nicht das kleine Detail, dass meine Zeit hier ein Ablaufdatum hatte, sollte ich es nicht an den Lakestone Campus schaffen.

»Hast du dich gut auf dem Campus eingelebt? Zwischen all den hochbegabten Studierenden, meine ich«, erkundigte sich Polina in diesem Moment mit einem Zwinkern, als hätte sie meine Gedanken gehört.

Ich zog die Unterlippe zwischen die Zähne. Bisher hatte ich Polina und Bea in dem Glauben gelassen, dass ich bereits am Lakestone studierte.

Vielleicht, weil es zu schön gewesen war, die Vorstellung ein kleines bisschen auszuleben. Doch jetzt kam es mir absolut bescheuert vor. Es war mein Wunsch, mein Traum, für den ich mein gesamtes Leben über den Haufen geworfen hatte, das schon, aber noch war er nicht Realität. Zeit, den Kopf aus den Sternen zu nehmen.

»Eigentlich«, begann ich und atmete tief ein und wieder aus, »eigentlich bin ich noch gar nicht an der Universität angenommen worden.«

Zwei Augenpaare starrten mich erstaunt an. Bea fing sich zuerst. »Nicht? Du hast doch gesagt, du würdest dort Astrophysik studieren.«

»Das möchte ich, mehr als alles andere, aber bei der regulären Bewerbung habe ich eine Absage bekommen und deswegen … bin ich hergezogen, um an dem Wettbewerb im Juni teilzunehmen und mich hier so gut es geht vorzubereiten – zu Hause wäre das … schwierig geworden.«

Polina kräuselte leicht die Nase. »Und du dachtest, wir würden dich nicht aufnehmen, wenn du keine Elitestudentin bist?«

»So ähnlich.« Unbestimmt zuckte ich mit den Schultern. »Es tut mir leid, dass ich das nicht direkt gesagt habe.«

Polina und Bea tauschten einen kurzen Blick, dann winkte Erstere ab. »Ach was, alles gut. Macht doch keinen Unterschied, ob du jetzt oder in drei Monaten die Zusage in den Händen hältst.«

Einer der Knoten in meiner Brust löste sich, als ich die Wärme in ihren Augen sah, ihr Verständnis, obwohl wir einander erst so kurz kannten. »Danke, dass ihr … das versteht. Ich dachte schon, ihr würdet mich direkt mit Mistgabeln aus dem Haus jagen.«

»Oh, keine Sorge, Schätzchen. Das ist nichts gegen die Story, die Bea mir aufgetischt hat, als sie eingezogen ist.«

»Oh, wag es ja nicht, das jetzt schon auf den Tisch zu legen.« Warnend sah Bea Polina an und lehnte sich weiter über die Theke. »Sonst packe ich deine Gurkengeschichte aus.«

Grinsend schaute ich von Polina zu Bea und zurück. »Okay, jetzt will ich jede dieser Anekdoten hören. In der langen, ausführlichen Version.«

»Pass auf, was du dir wünschst, Bry«, erwiderte Bea mit unheilvoller Stimme, die Augen zu schmalen Schlitzen zusammengekniffen und ein beinahe teuflisches Grinsen auf den Lippen.

»Du hast es nicht anders gewollt, Brynn aus Oxford«, sagte Polina lachend. »Als Bea hier angekommen ist, ist sie vor der Wohnungstür kreidebleich geworden. Erst dachte ich, es wäre wegen der Höhe, zwölfter Stock und so, aber ich wusste aus unseren Chats, dass sie gerne klettert. Hat also keinen Sinn ergeben. Ich habe sie nicht direkt drauf angesprochen, aber als sie dann bei jedem Übertreten der Türschwelle etwas gemurmelt hat und plötzlich überall Dinge verschwanden oder auf wundersame Weise mehr wurden, habe ich doch nachgefragt, nicht wahr, Bea?«

Grinsend heftete Bea ihren Blick aufs Schneidebrett. »Und ich habe dir totalen Blödsinn erzählt, weil ich nicht wollte, dass du mich für seltsam hältst.«

»Lasst mich raten, dadurch wurde es nur noch seltsamer?«, mutmaßte ich und nahm die nächste Paprika zur Hand.

»Korrekt. Bea behauptete, zu schlafwandeln und dabei unbeabsichtigt Dinge umzuräumen und teilweise zu verstecken. Was vollkommener Blödsinn ist, niemand schläft so tief und ruhig wie Bea. Mir ein Rätsel, wie sie überhaupt jeden Morgen ihren lächerlich frühen Wecker hört.«

»Training«, gab Bea zurück, immer noch vertieft in ihre Möhren. »Und Disziplin.«

»Haha.«

»Und wie hat das Schlafwandeln das Murmeln an der Tür erklärt?« Dieses kleine Detail passte für mich noch nicht ganz ins Bild.

Polina nickte zustimmend und legte ihr eigenes Messer zur Seite. »Genau darüber habe ich mich auch gewundert und schließlich blieb Bea nichts anderes übrig, als auszupacken.«

Wir schauten abwartend zu unserer Mitbewohnerin, die daraufhin tief seufzte – wobei ihr schiefes Lächeln nicht eine Sekunde verrutschte. »Meine Familie kommt aus Südkorea und ist sehr abergläubisch, was Zeichen und Omen angeht. Ich habe das teilweise übernommen, obwohl ich den Großteil meines Lebens in den USA verbracht habe, und na ja … eines dieser schlechten Zeichen ist die Zahl vier.«

Einen Moment lang sah ich sie verwirrt an, dann fiel der berühmte Groschen, als ich an die Haustür und die Sache mit den mehr oder weniger werdenden Objekten dachte. »Wir sind die Nummer vier auf der zwölften Etage.«

»Und es hat viele Dinge gegeben, die Polina viermal in der Wohnung hatte – bevor ich die Sache in die Hand genommen habe. Vier Blumentöpfe auf dem Fensterbrett. Immer vier Orangen in der Schale. Vier Vasen im Bad. Sogar vier Zimmer. Fast schon eine Obsession«, stimmte mir Bea schmunzelnd zu, Polina schnaubte nur. »Jedenfalls ist für einige Südkoreaner die Zahl vier mit Unglück verbunden. Das liegt an der Aussprache. Vier klingt genauso wie Tod. Deswegen werden vierte Stockwerke in Südkorea teilweise mit F gekennzeichnet, statt die Zahl zu verwenden. Oder gleich ganz ausgelassen. Und ich habe nicht direkt etwas gesagt, weil ich nicht unhöflich sein wollte. Mir ging es da ähnlich wie dir, Bry. Ich war und bin unglaublich froh, in der WG zu sein.«

»Wow, das mit der vier wusste ich noch nicht. Und wie machst du es jetzt hier?« Interessiert hob ich eine Braue und stützte mich auf die Theke.

»Ist dir die überklebte Vier auf der Tür nicht aufgefallen? Oder dass es jetzt drei Töpfe sind?«, meinte Polina achselzuckend. Das war mir tatsächlich nicht aufgefallen, aber ich war auch viel zu sehr damit beschäftigt gewesen, nach dem Haken zu suchen. »Wir haben einfach ein bisschen umdisponiert und der Rest hat sich ganz von allein gefügt.«

»Und eine ungerade Anzahl ist ohnehin ästhetischer, steht in jedem Inneneinrichtungsratgeber.« Schwungvoll platzierte Bea den überdimensional großen Wok auf dem viel zu kleinen Kochfeld und meinte dann: »Um auf unser ursprüngliches Thema zurückzukommen: Was machst du bis zum Wettbewerb? Hast du irgendwelche Vorbereitungsunterlagen oder -pläne?«

Ich schnappte mir einen der Paprikastreifen vom Brett, bevor Bea sie alle in den Wok beförderte. »Auf dem Campus gibt es ein Studierendencafé, das nach einer Aushilfe gesucht hat, und mit etwas Überzeugungskraft haben sie mir den Job gegeben. Morgen ist mein erster offizieller Arbeitstag.«

Freitag war ich noch einmal im Café gewesen, um fehlende Unterlagen abzugeben und den Vertrag zu unterschreiben. Ian war eine große Hilfe dabei gewesen, seine Chefin – Frankie – trotz nicht vorhandener Baristaqualifikationen von mir zu überzeugen, sodass ich am Nachmittag nicht nur mit offiziellem Geländeausweis, sondern auch einer der dunkelblauen Schürzen aus dem Café getreten war.

Und dabei prompt in den unfreundlichen Kerl vom Flughafen hineingelaufen war. *Kace*, erinnerte ich mich. Kaum zu glauben, dass ich ausgerechnet ihn auf dem Lakestone Campus wiedergetroffen hatte. Aber wie sagte man so schön? Man sah sich immer zweimal im Leben. Hoffentlich war das damit abgehakt und mir blieben weitere Aufeinandertreffen erspart.

Klar, im Studierendencafé, wo sich quasi die gesamte Universität trifft und frühstückt, wirst du ihm sicherlich nie begegnen.

Ungefragt schlich sich *Kace* wieder in meinem Kopf. Seine hochgewachsene Gestalt, die mich um gut eineinhalb Köpfe überragte, die dunkelblonden etwas zu langen Haare, die kühlen, blauen Augen, aus denen er mich mit einer Mischung aus Langeweile, Verachtung und Herausforderung gemustert hatte. Als könnte er sich nicht entscheiden, ob ihn diese Diskussionen nervten oder es wert waren, ausgetragen zu werden. Und dann war dieses Mal noch etwas anderes gewesen, ein Schatten in seinem Blick, der mir beim ersten Mal nicht aufgefallen war.

Oder ich hatte bei meinem Sturz doch mehr abbekommen als gedacht und mir all das nur zusammengereimt.

Glücklicherweise riss mich Polina in diesem Moment aus meinen konfusen Gedanken. »Das ist doch eine gute Möglichkeit, mehr über den Campus herauszufinden, oder? Vielleicht schnappst du bei den Studierenden dort etwas auf und findest jemanden, der auch über den Wettbewerb an die Uni gekommen ist.«

Ich räusperte mich und nickte. »Ja, das denke ich auch. Wie geht's im Rezept weiter?«

In bester Profikochmanier verteilte Bea die nächsten Aufgaben. Ich sollte mich um den Chinakohl kümmern, den wir für das selbst gemachte Kimchi benötigten. Während ich das Ungetüm zu bändigen versuchte, fiel mir noch etwas ein, das zwischen der Vierer-Sache und Kace irgendwo auf der Strecke geblieben war. »Was ist eigentlich mit der Gurkengeschichte?«

Hustend verschluckte sich Polina an dem Schluck Wein, den sie gerade genommen hatte, während Bea nur wissend lächelte. »Weißt du, Bry, dafür bleibt in den nächsten Wochen noch genügend Zeit. Wir haben ja gerade erst angefangen.«

***

Ich überlebte die ersten Stunden meiner ersten Montagsschicht im Lakestone Café wie durch ein Wunder. Wobei das Wunder in diesem Fall Ian hieß, der mir alles mit einer Engelsgeduld erklärte und mich lobte, als wäre jeder korrekte Handgriff ein Kunststück. An die großen Siebträgermaschinen ließ er mich natürlich noch nicht, aber eigentlich hatte ich es auch nicht besonders eilig, mich mit den Dingern vertraut zu machen. Ich blieb lieber an der Kasse, für die ich ein Händchen besaß, um es mit Ians Worten auszudrücken. Damit bezog er sich auf die Tatsache, dass ich zwar die Bestellungen eintippte, um die Tagesabrechnung nicht in einen kompletten Albtraum zu verwandeln, die Beträge jedoch alle im Kopf addierte. Während ich mich mit den Studierenden unterhielt.

»Das macht zwölf Dollar dreiundfünfzig, bitte.« Der Satz kam mir, ein paar Momente bevor die Registrierkasse dasselbe Ergebnis ausspuckte und auf dem Display anzeigte, über die Lippen.

»Wir sollten das Ding ganz durch dich ersetzen, Bry. Du machst weniger Fehler als die gute alte Technik«, kommentierte Ian mit einem leisen Lachen, als ich das Wechselgeld herauskramte und der Studentin reichte.

»Ich mache auch Fehler.«

»Bisher habe ich dich bei keiner falschen Rechnung erwischt.«

Ich zupfte an meiner Polarsternkette herum. »Das waren ja auch keine großen Zahlen.«

In seinen schokoladenbraunen Augen blitzte es auf. Bereits nach den wenigen Stunden des Vormittags, die wir jetzt schon gemeinsam arbeiteten, hatte ich herausgefunden, dass Ian und ich eine große Gemeinsamkeit teilten: Wir liebten Herausforderungen und Wetten. Noch bevor er es laut aussprach, wusste ich, was er sagen würde. »Wollen wir wetten?«

»Was? Dass ich deine absurd hohen Zahlen nicht addieren kann? Du würdest verlieren. Haushoch.« Ohne ihn aus den Augen zu lassen, lehnte ich mich an die Theke. Im Augenblick war keine neue Kundschaft da, weshalb ich mich auf das kleine Spiel einließ.

Ian imitierte meine Haltung, indem er sich mir gegenüber an die Arbeitsplatte stellte. »Wer sagt denn etwas von Addieren? Das wäre doch langweilig. Warum gestalten wir es nicht etwas interessanter?«

»Bin ganz Ohr.«

Am anderen Ende der Theke gab Grace, die sich im Moment um die Kaffeemaschinen kümmerte, ein Prusten von sich, verkniff sich jedoch jeden weiteren Kommentar.

»Drei von vier. Ich gebe dir vier Rechenaufgaben und wenn du drei davon richtig hast, bekommst du … sagen wir zwanzig Dollar.«

Ich ließ mir sein Angebot durch den Kopf gehen, ehe ich langsam nickte. Eigentlich sollte ich es besser wissen und mich nicht auf unnötige Geldwetten einlassen, ganz gleich, wie groß oder klein die Beträge sein mochten. Aber ich hatte genug Vertrauen in mein *Talent*, um diese Wette einzugehen. Und wo bliebe sonst der Spaß an der Sache. »Zwanzig Dollar und drei von den Banana-Peanut-Muffins.«

Mit ernster Miene erwiderte er das Nicken. »Gewinne ich, schuldest du mir zwanzig Mäuse und du kümmerst dich die nächsten vier Wochen um die Toilette.«

»Deal.« Ich reichte ihm die Hand, er schlug ein und die Sache war besiegelt. »Erste Aufgabe?«

Ian tat so, als würde er erst seine Hände aufwärmen müssen, und ließ die Knöchel knacken. »Okay, 123456 durch 123.«

»Ernsthaft? Eins, zwei, drei, vier, fünf, sechs?«

»Zu schwer?«

Im Augenwinkel bemerkte ich, wie Grace ihre Arbeit am Siebträger unterbrochen hatte und auch die drei Studierenden, die auf den Plätzen an der Theke saßen, schauten nun interessiert zu uns.

»Pah. Auf wie viele Kommastellen genau?«

Schulterzuckend holte Ian sein Smartphone hervor, vermutlich, um die Rechnung zu überprüfen. »Eine reicht, ich will dich ja nicht gleich am ersten Tag überfordern.«

Ich grinste schief und gab dann süßlich zurück: »1003,7. Da musst du dich schon mehr anstrengen, Ian Winslow.«

»Shit, das Ergebnis stimmt«, brummte er und fuhr sich durch die Dreads. »Anscheinend zu einfach, gut, machen wir es schwerer …«

Für die nächsten beiden Rechnungen brauchte ich ein wenig länger, doch meine Antworten waren beide richtig, als sie mir über die Lippen kamen, und Ian wirkte zunehmend verzweifelter.

»Damit habe ich gewonnen«, erklärte ich feierlich und streckte ihm eine Hand entgegen.

Ian schlug grinsend ein. »Das waren erst drei Aufgaben.«

»Die ich alle gemeistert habe. Drei von vier, du erinnerst dich?«

»Das …«

»Bei was genau stören wir da gerade?«, unterbrach uns eine weibliche Stimme und ließ Ian und mich – noch immer Hand in Hand – herumfahren. An der Theke stand eine junge Frau mit braunen Haaren, die sie zu einem unordentlichen Knoten auf dem Kopf trug, einer großen Brille auf der Nase und neben ihr …

»Zack!« Ich grinste breit, als ich den Studenten neben ihr erkannte. Zack war im Winter für ein paar Tage in der Pension meiner Eltern in Oxford untergekommen, während er dort die Uni besucht hatte. In der kurzen Zeit hatten wir einige lange Gespräche geführt und auch wenn ich nicht so weit gehen und sagen würde, wir wären dadurch Freunde geworden, hatte ich ihn auf Anhieb gemocht. Insgeheim hatte ich gehofft, ihn am LSC wiederzusehen, und anscheinend war dieser Moment früher gekommen als gedacht.

Zack hob eine Hand und reichte mir dann sein Handy, ehe er zu Gebärden begann. In Oxford hatte er mir erzählt, dass er aufgrund eines Gendefekts nicht redete, und von einer App gesprochen, die seine Gebärden für uns übersetzte.

»Hi, Brynn, ich freue mich, dich wiederzusehen. Und dann auch noch am Lakestone«, erschien auf dem Display. Beeindruckt deutete ich auf das Smartphone.

»Ich mich auch. Und wie cool ist das denn?«

»Ziemlich cool. Ich habe die App übrigens dieser klugen Frau zu verdanken. Harlow hat sie entworfen und programmiert.«

Die junge Frau neben ihm – Harlow – errötete, dann wischte sie sein Kompliment mit einer raschen Geste beiseite. »Ich war das nicht allein und die Technik, auf der die Funktionsweise der Übersetzung und Datenverarbeitung basiert, ist nicht von mir. Ich habe sie nur eingebunden.«

»Du bist Programmiererin?«, fragte ich.

Ihre Lippen teilten sich zu einem schiefen Lächeln. »Leidenschaftliche. Und du … liebst Zahlen? Deine Rechengeschwindigkeit war nicht von schlechten Eltern. Mal abgesehen davon, dass du so etwas überhaupt im Kopf hinbekommst. Die erste habe ich gerade noch lösen können, aber die anderen? Hast du eine bestimmte Methode, nach der du vorgehst?«

Ich entschied, dass ich Harlow mochte. »Hm, glaubst du mir, wenn ich sage, dass es einfach passiert?«

»Definitiv. Geht mir beim Coden genauso.«

»Da haben sich ja zwei gesucht und gefunden«, meinte Ian und tauschte einen Seitenblick mit Zack aus, der gebärdend antwortete: »Warum habe ich nur das Gefühl, dass das erst der Beginn ist?«

Harlow hakte sich bei Zack unter und hauchte ihm einen Kuss auf die Wange. »Bei Zahlen kann ich eben nicht widerstehen.«

»Okay, genug über Mathematik philosophiert, den Rest verschieben wir auf einen anderen Zeitpunkt, denn da warten schon die nächsten in der Schlange.« Ian trat neben mich an die Kasse und blickte zwischen Zack und Harlow hin und her. »Was darf's sein?«

Zack gab ihre Bestellung auf und nahm das Handy entgegen, als ich es ihm wieder zurückgab.

»Weißt du was, Brynn? Lass uns mal Nummern austauschen, wenn du möchtest. Vielleicht können wir ja zusammen lernen – und noch ein bisschen über Zahlen *philosophieren*«, fügte Harlow mit einem Zwinkern an, nachdem ich das Handy zurückgegeben hatte, und schnappte sich aus Zacks Jackentasche einen Block samt Stift. »Wohnst du auch auf dem Campus?«

Ich griff nach dem Zettel und schüttelte den Kopf. »Aber ganz in der Nähe in einer WG.«

»Cool! Dann sieht man sich bestimmt öfter. Meine Nummer hast du jetzt ja schwarz auf weiß.«

Harlow und Zack verabschiedeten sich, um ihre Getränke am Ende der Theke zu holen, und machten dem nächsten Kunden Platz, während ich ihnen noch einen Moment lang hinterherschaute.

»Die beiden sind echt schwer in Ordnung.« Ian stieß mich leicht mit der Schulter an und kümmerte sich parallel bereits um den Studenten vor uns. »Das ist mit den meisten auf dem Campus so. Harvey Abbot – das ist der Leiter der Universität – hat mal gesagt, dass am Lakestone all die sind, die keinen Platz in gewöhnlichen Rastern finden. Dass es die Außergewöhnlichkeit ist, die uns alle miteinander verbindet. Irgendwo hat er recht, finde ich.«

Ich ließ mir seine Worte durch den Kopf gehen. »Klingt nach einem interessanten Mann.«

»Das ist er.«

Die nächste Stunde arbeiteten wir Hand in Hand, meisterten die nächste Flut an Studierenden, die zum Blockwechsel ins Café kam, und tauschten dabei immer wieder kleine Sticheleien aus. Schneller, als ich es für möglich gehalten hätte, ging die Schicht zu Ende, was bedeutete, dass Ian in seine eigenen Vorlesungen musste und meine Arbeitszeit für heute endete. Kurz vor Schluss kümmerte sich Ian noch um die Übergabe an die Folgeschicht und brachte dann gemeinsam mit mir den Müll des Vormittags raus.

»Weißt du, du hast mich vorhin auf etwas gebracht.« Mit Schwung beförderte er einen der Säcke in die Tonne und schaute dann zu mir. »Bei unserer Wette.«

»Die ich gewonnen habe?« Ich hob einen Mundwinkel und deutete dann demonstrativ auf die kleine Pappschachtel mit den Muffins.

»Die du gewonnen hast, ja. Worauf ich aber eigentlich hinauswollte: Bezieht sich deine Vorliebe für Wetten nur auf Rechnungen oder spielst du auch gerne? Ich spreche von Poker, Blackjack, dem Kram.«

Unwillkürlich dachte ich an die Pokerrunden in Oxford, die durch meinen Vater und später ganz allein zu einem festen Bestandteil meines Alltags geworden waren. Um mein Erspartes aufzubessern und weil es mir schlichtweg Spaß machte. Pokern, Blackjack … das war nichts anderes als Mathematik. Gleichungen, die man knacken konnte. Und das hatte mich von Anfang an gereizt.

»Was würde theoretisch passieren, wenn ich sage, dass ich dem durchaus etwas abgewinnen kann?«, erwiderte ich mit leichter Verzögerung und überkreuzte locker die Arme vor der Brust.

In Ians Augen blitzte es auf. »Dann würde ich dir sagen, dass ich theoretisch den perfekten Ort für dich kenne.«

KAPITEL 8

Stressed Out – Twenty One Pilots

Kace

Ich hatte absolut richtig gelegen. Die Praxiskurse waren ein Albtraum für sich. Nicht weil den Studierenden das Talent fehlte – ganz im Gegenteil –, sondern weil ich es nicht hinbekam. Weil sich alles in mir verkrampfte, wenn ich nur daran dachte, eines der Stücke zum Leben zu erwecken, obwohl ich vorher, vor Mams Tod, nie beim Spielen nachgedacht hatte. Es einfach getan hatte. So wie Atmen.

Frustriert und wütend starrte ich auf das wunderschöne Instrument vor mir, dem ich bisher keinen Ton entlockt hatte, und versuchte, die leisen Melodien und Stimmen um mich herum auszublenden. Doch anders als sonst gelang es mir heute nicht, die Mauern hochschnellen zu lassen und die Welt auszusperren. Schwer zu sagen, ob das an den fünfzehn Musikstudierenden lag, die jeweils an ihren Instrumenten in halbakustisch abgeschirmten Nischen saßen, oder daran, dass ich heute neben der Spur war.

Es hatte schon damit begonnen, dass ich verschlafen hatte und nur deshalb wach geworden war, weil Trix in mein Bett geklettert war und vorwurfsvoll eine Packung Kindermüsli über meinem Kopf geleert hatte. Ja, mein Fehler, ich hätte sie nicht in ihrer Reichweite stehen lassen sollen. Nachdem ich meine Tochter in der Kinderbetreuung abgegeben hatte, war ich in die erste Vorlesung gestolpert und zwei Stunden später hier gelandet. In meiner persönlichen Vorhölle, die objektiv betrachtet der Musikhimmel auf Erden war. Ein gewaltiger Saal mit hoher, gewölbter Decke, so gut wie jedem Instrument, das man sich vorstellen konnte, und so konzipiert, dass gleichzeitig geübt werden konnte, ohne dass sich Instrumente störend überlagerten. Dieser Raum stellte den M3 am Trinity College mühelos in den Schatten und trotzdem konnte ich an nichts anderes denken, als hier rauszukommen.

Wobei es schwer zu sagen war, ob ich mit *rauskommen* nur den Saal oder gleich ganz Seattle meinte. Ich fand nicht in die Musik hinein, zu der ich hier eigentlich einen vollkommen neuen Zugang finden sollte, und Harvey Abbot … um die ganze Vatersache hatte ich bisher einen großen Bogen gemacht. Vermutlich, weil es auch so schon genügend Baustellen gab. Oder ich Schiss hatte. Vielleicht auch ein bisschen von beidem.

Wie ich meine düsteren Gedanken doch liebte.

»Mr Holloway, von Ihnen habe ich noch gar nichts gehört.« Genau diesen Moment suchte sich Professor Mullbear aus, um meine Übungsnische zu betreten. »Haben Sie Schwierigkeiten mit dem ersten Stück?«

Ja, die hatte ich, aber nicht auf die Weise, von der Mullbear sprach. Nicht die Noten waren das Problem oder die Melodie – die hatte ich längst im Ohr, hätte sie blind spielen können – sondern die Bilder. Die Erinnerungen. Erinnerungen an Mam, die mühelos den Raum eingenommen hatten, in dem sich sonst meine Angst befunden hatte, der Musik zu verfallen. Schwer zu sagen, was das größere Übel war.

Der Professor gab ein gemurmeltes Brummen von sich. Mason, der zwischen den Nischen herumwuselte und sichtlich in seiner Aufgabe als Tutor aufging, hatte mir verraten, dass Mullbear früher einer der besten Pianisten am Broadway gewesen war, bevor er am Lakestone zu unterrichten begonnen hatte. Bisher hatte ich ihn noch nicht spielen hören, aber allein seine Worte über das praktische Spiel ließen sein Wissen und Können erahnen.

»Nein, ich …«

»Er hat es gerade schon gespielt«, unterbrach mich ausgerechnet Mason, als er seinen Kopf in die Nische steckte, und hielt Mullbear sein Klemmbrett vor die Nase. »Ich habe das Stück abgenommen. Hat alles gepasst und Sie kennen meine Ohren ja.«

Eine seiner buschigen, grauweißen Brauen wölbte sich merklich, während er mit begründeter Skepsis zwischen Mason und mir hin und her schaute. Was zum Teufel tat Mason da?

»Nun«, setzte Mullbear mit einem Räuspern an, »dann ist mir das wohl entgangen. Danke, Mr Upton.«

»Immer, Prof.« Vermutlich fehlte nicht mehr viel und Mason hätte auch noch salutiert. »Wenn Sie möchten, übernehme ich direkt auch das zweite Spiel.«

Noch ein misstrauischer Blick, dann nickte der Professor und verabschiedete sich in die nächste Nische. Mein Atem, den ich unbewusst angehalten hatte, entwich mit einem leisen Seufzen, dann wandte ich mich an Mason, um ihn zu fragen, was genau er da eigentlich trieb, doch er gab mir erst gar nicht die Gelegenheit, etwas zu sagen.

»Okay, Kace, wie gesagt, ich mische mich nicht ein, aber ich werde dich nicht ewig vor *Mully* retten können. Und glaub mir, seine Abnahmen sind hart. Ätzend hart.«

Ich schloss den Deckel der Klaviatur, sperrte die weißen und schwarzen Tasten weg. Wenn es doch mit den Bildern genauso einfach wäre. »Darum habe ich dich nie gebeten.«

»Und wie es aussieht, habe ich es dennoch getan. Zu deinem Glück weiß ich nämlich, dass deine Unfreundlichkeit deine *Freundlichkeit* ist.«

Angemessen irritiert sah ich ihn an, während er sich gegen den glänzenden Flügel – Steinway & Sons, um die 55 000 Euro wert – lehnte und das Klemmbrett zur Seite legte. »Sieh mich nicht so an. Ich kann nichts für deine Art.«

Ich warf ihm nur einen schiefen Blick zu.

»Aber ich kann durchaus erkennen, was das gerade war.«

»Ich weiß nicht, wovon du sprichst.«

Das erste Mal seit ich Mason Upton begegnet war, verschwand das Lächeln aus seinen Zügen und wich purem Ernst. »Doch, das weißt du. Und ich weiß es, weil es mir genauso ging – oder zumindest ähnlich – und weil ich mir gewünscht hätte, dass es jemand bei mir anspricht, tue ich es jetzt bei dir. Du hast eine Blockade. Irgendetwas oder irgendjemand in deinem Kopf hält dich davon ab, dieses verfluchte Instrument zu spielen.«

In meinem Magen verknotete sich etwas, dann heftete ich den Blick starr auf das lackierte Holz. »Lass das mal meine Sorge sein.«

»Warum nur habe ich erwartet, dass du so etwas sagen würdest?«

Seltsamerweise erinnerten mich Masons Worte an eine gewisse Blondine, mit der ich in der kurzen Zeit, die ich nun schon in Seattle war, bereits zweimal Bekanntschaft gemacht hatte. Und als ich mir heute Morgen einen Kaffee hatte holen wollen, war ich ihr unverhofft zum dritten Mal begegnet. Im Lakestone Café, das ich auf direktem Weg wieder verlassen hatte, sobald ich sie hinter der Theke entdeckt hatte. Nach meinem katastrophalen Morgen mit dem Müslidebakel und einer anschließenden Diskussion mit der Betreuerin war ich absolut nicht in der Stimmung für eine weitere Runde gewesen. Es reichte schon, dass sie mich jetzt regelmäßig um meinen Kaffee bringen würde.

Fuck, wann war ich so ein Schisser geworden?

»... und deswegen sage ich dir das jetzt mit der größten Hochachtung, obwohl du es ganz offensichtlich nicht einmal für nötig hältst, mir zuzuhören.«

Schuldbewusst blickte ich auf, woraufhin Mason sich kurz unterbrach, um die Mundwinkel zu heben. »Du wirst den Mist nicht los, wenn du nicht anfängst, Wege zu suchen, damit klarzukommen, Mann. Es wird dich früher oder später auffressen, vertrau mir. Statt also immer direkt nach den Vorlesungen zu verschwinden und alle abzublocken, könntest du dich mit Leuten treffen und unter Menschen gehen. Nur mal als Vorschlag von jemandem, der sich damit auskennt.«

»Ich ...« Der Satz blieb unbeendet zwischen uns hängen. Auch wenn ich nur *verschwand*, um meine Tochter abzuholen und mit ihr möglichst viel Zeit zu verbringen, hatte Mason schon recht. Von außen betrachtet wirkte es vermutlich so, als würde ich nichts mit ihnen zu tun haben wollen. Mich vielleicht sogar für etwas Besseres halten, dabei war Mason echt okay. Von seiner dauerguten Laune einmal abgesehen, die war mir irgendwie unheimlich.

Ich entschied mich, die Sache zu übergehen, und fragte dann: »Was war es bei dir?«

»Nichts für ungut, aber dafür kennen wir uns noch nicht gut genug, Kace. Vielleicht erzähle ich es dir irgendwann bei einem Bier. Oder einer Cola, wie du willst.« Er stieß sich vom Flügel ab, klopfte mir auf die Schulter und griff dann wieder nach dem Klemmbrett. »Was ich dir aber jetzt schon sagen kann, mir haben meine Freunde geholfen. Denk mal drüber nach. Ist gar nicht so übel, jemanden in seine *Grumpy*-Burg zu lassen.«

***

Die Woche wurde nicht besser, aber auch nicht schlechter, was ich als kleinen Sieg verbuchte. Ich schaffte es in den Kursen, nicht jedes Mal, wenn ein Stück abgespielt wurde, aus dem Saal zu flüchten und mich auf die Theorie zu konzentrieren. Überraschenderweise konnte ich den Regeln und Gesetzen der Musik mehr abgewinnen als erwartet. Die zweite Praxiseinheit am Donnerstag war ein nächster Tiefschlag und dieses Mal *rettete* mich Mason nicht vor Mullbears Ermahnung. Ich musste meine Unfähigkeit allein ausbaden.

Die praktischen Nachweise waren ebenso essenziell für die Benotung wie die theoretischen Prüfungen und auch wenn es im Augenblick wie ein Ding der Unmöglichkeit schien, Mason hatte recht: Ich musste einen Weg finden, diese verfluchte *Blockade* loszuwerden.

Nur, wie überwand man einen Verlust, der sich bei jeder Erinnerung anfühlte, als würde ein Stück aus mir herausgerissen werden? Immer ein wenig größer, immer ein wenig tiefer. Und ich hatte eine Scheißangst vor dem Tag, an dem nichts mehr da sein würde, das genommen werden konnte.

An dem ich nicht mehr war.

»Daddy.«

Hastig fuhr ich mir über das Gesicht und drehte mich auf dem Stuhl am kleinen Küchentresen unseres Apartments im Wohnheim um. »Trix? Warum bist du denn noch wach?«

Meine Tochter runzelte ihre kleine Stirn und versuchte dann wortlos, auf den zweiten Stuhl zu klettern, was mit den Malsachen in den Händen zu *ihrem* Ding der Unmöglichkeit wurde.

Ich seufzte, griff kurzerhand unter ihre Achseln und hob Trix' Federgewicht neben mich. »Es ist schon spät, Peanuts.«

Wie immer, wenn ich Trixie *Peanuts* nannte, kicherte sie leise. Lächelnd fuhr ich ihr durch die weichen, hellen Haare, die auf einer Seite abstanden.

»Malen, Daddy«, sagte sie leise und hielt gähnend den blauen Wachsmalstift hoch. Vermutlich würden mich alle Eltern dieser Welt und sämtliche *Wie-bin-ich-ein-guter-Vater*-Ratgeber steinigen, weil ich sie nicht sofort wieder ins Bett brachte. Aber ich hatte mich noch nie an irgendwelche gesellschaftlichen Normen gehalten, also schlug ich eine neue Seite in ihrem Block auf und griff ebenfalls nach einem der Stifte. Denn ich wusste – im Gegensatz zu den Ratgebern –, dass Malen Trix' Art war, mir zu sagen, dass sie nicht gut geträumt hatte. Genauso wie ich wusste, dass es beim Vatersein nun einmal nicht *den* einen richten Pfad gab, sondern nur *unseren*, der sich immer wieder änderte.

»Was möchtest du malen?«, fragte ich leise und rutschte näher an Trixie, während draußen der Regen gegen die Scheiben klopfte. Wieder gähnte sie, dann lehnte sie ihren Kopf an meinen Oberarm und begann, wilde Kreise mit dem Wachsmaler zu ziehen. »Meersterne.«

Ich wusste nicht, was Meersterne waren, aber die nächsten Minuten verbrachten wir damit, Trix' Fantasie aufs Papier zu bringen, bis sich ihre Bewegungen verlangsamten und sich ihr ruhiger Atem mit dem Frühlingsgewitter vermischte.

»Ach, Trix.« Ich hauchte einen Kuss auf ihren Kopf und zog sie ganz zu mir auf den Schoß, bis sie ihre Arme um mich schlang und an meiner Schulter weiterschlief. Einen Moment lang horchte ich auf ihren Herzschlag, spürte ihre Wärme, dann streckte ich mich vorsichtig, um Trixie nicht zu wecken, nach dem Brief meiner Mutter. Keine Ahnung, warum ich ihn vorhin hervorgekramt hatte, vermutlich weil es mir ähnlichsah, meinen düsteren Gedanken noch einen weiteren Dämpfer zu verpassen.

Seit dem Tag, an dem ich Mams Schreiben in ihren Sachen gefunden und gelesen hatte, hatte ich das Ding keines weiteren Blickes gewürdigt. Doch heute hatte ich aus einem mir unbegreiflichen Grund das Bedürfnis, ihre Worte noch einmal zu lesen, ihre Stimme dabei noch einmal zu hören.

Kopfschüttelnd fuhr ich mir über das Kinn und holte ein weiteres Mal die Bögen samt dem Ring hervor, der nach wie vor an dem alten Lederband hing. Die ersten Abschnitte überflog ich nur, bis ich bei der Passage über Harvey Abbot hängen blieb.

... als ich vor ein paar Tagen das Schreiben aus Seattle bei dir entdeckt habe, habe ich einen bekannten Namen dort gelesen. Harvey. Harvey Abbot. Ein gut aussehender Mann in makellosem Anzug - ich habe schon immer eine Schwäche für Männer in Dreiteilern gehabt. Harvey und ich haben eine Weile lang viel Zeit miteinander verbracht und ich war auf naive Weise unsterblich in ihn verliebt.

Aber ich schweife ab. Was ich sagen möchte, Kace, ich weiß nicht, ob er dein Vater ist, aber es erscheint mir richtig, diese Gedanken mit dir zu teilen, bevor ich gehe …

Bisher hatte ich den Leiter der Universität nur ein einziges Mal aus der Ferne gesehen, als er über den Campus geeilt war. Zu weit entfernt, um wirklich etwas zu erkennen, aber ehrlich gesagt wusste ich auch nicht, was ich mir von einem genauen Blick erhoffte. Ähnlichkeiten? Oder ein Zeichen, dass sich Mam geirrt hatte?

Trix regte sich auf meinem Schoß, als würde sie die Aufgewühltheit meiner Gedanken spüren. Sanft strich ich ihr über die Wange, als ich mein Handy im Augenwinkel aufleuchten sah. Eine neue Nachricht. Von Mason.

Irgendwann im Laufe dieser Woche hatte ich ihm tatsächlich geschrieben. Seitdem hatte er mir immer mal wieder kurze Nachrichten geschickt, die ich jedoch, wenn überhaupt, nur einsilbig beantwortet hatte. Nicht dass er deswegen weniger kommunikativ gewesen wäre.

Mit einem kurzen Blick auf meine Tochter, die nun wieder ruhig schlief, legte ich den Brief zur Seite und griff nach dem Handy.

Mason

Ich liebe unsere einseitigen Unterhaltungen, dein Humor ist einzigartig.

Eigenartigerweise ließ mich bereits seine erste Nachricht grinsen. Dieser Mistkerl.

Mason

Keine Ahnung, ob du es dir mittlerweile überlegt hast, aber falls du immer noch etwas gegen die Blockade unternehmen willst, hätte ich da etwas für dich. Ich weiß nicht, ob es etwas ändert, aber ich garantiere dir, du wirst den Kopf freibekommen.

Und ich schwöre dir, ich spreche nicht von Drogen, falls das jetzt so rübergekommen ist.

War es tatsächlich. Und es erinnerte mich an die Zeit vor Trix. An die Monate, die diese Dunkelheit, die mittlerweile mein stetiger Begleiter war, in meine Seele gepflanzt hatten. Die mich vieles gelehrt und einiges vergessen lassen hatten.

Resolut drängte ich diesen Mist, den ich weit hinter mir gelassen hatte, zurück und konzentrierte mich wieder auf den Chat, der fast nur aus Mitteilungen von Mason bestand.

Mason

Am Samstag findet eine der gar nicht so geheimen Geheimpartys auf dem Campus statt und eigentlich haben Freshmen da keinen Zutritt, aber zu deinem Glück kennst du mich und ich kann dich reinbringen. Ist jedes Mal ein nicer Abend mit Spielen und Drinks und ideal, um abzuschalten. Brauchen wir alle von Zeit zu Zeit. Also falls du Lust hast ... just let me know :)

Ich sperrte das Handy und legte es zurück auf die Arbeitsplatte. Einen Abend lang an nichts denken klang nach dieser Woche mehr als verlockend. Genauso verlockend wie der Gedanke an Drinks – und daran zu vergessen.

Gefährliche Gedanken für jemanden wie dich.

Ich zeigte meiner inneren Stimme mental den Mittelfinger und stand mit der schlafenden Trix auf dem Arm auf.

Das hier war nicht Dublin und ich war nicht mehr der Kace von damals.

Nur … wer war ich dann?

KAPITEL 9

Strut – Emeline

Brynn

»Okay, du hast am Montag gesagt, ich würde dort super reinpassen, wenn ich auf Poker und Blackjack stehe, und dass man dort nur auf Einladung reinkommt. Gestern meintest du etwas von Dresscode«, begann ich zwischen zwei Bissen meines Kaffee-Karamell-Donuts und musterte Ian mit verengten Augen. »So viele kryptische Erklärungen, die alles, aber nicht *erklärend* sind. Sprechen wir von einem exklusiven Casino in Downtown?«

Ians Lippen verzogen sich zu diesem schiefen Grinsen, das er immer auf den Zügen trug, sobald er einen Sieg witterte. »Also gibst du auf?«

»Nein, ich sammle nur Hinweise.«

Achselzuckend fuhr er fort, die Bohnen ins Fach der Kaffeemühle zu füllen. »Dann wirst du dich noch bis Samstagabend gedulden müssen, Brynn. Und wie gesagt, vergiss dein schickes Outfit nicht.«

Ich gab ein unzufriedenes Brummen von mir und stellte den nun leeren Teller zur Seite. Meine kurze Pause war ohnehin gleich vorbei und ich wollte noch ein bisschen was vorbereiten, bevor in einer knappen halben Stunde der nächste Blockwechsel anstand.

Denn dann würde hier die Hütte brennen und ich zu nichts mehr kommen. So viel hatte ich in meinen vier Tagen im Lakestone Café bereits gelernt, es folgte seinem eigenen Rhythmus. »Ich hätte mich nie auf diese dämliche Wette einlassen sollen.«

»Du konntest nicht anders, das wissen wir beide.«

Als Antwort versetzte ich ihm nur einen Knuff in die Seite und öffnete dann die Spülmaschine, um mich um Tassennachschub zu kümmern, bevor der Ansturm losging. »Und ich werde gewinnen.«

»Dir bleiben weniger als achtundvierzig Stunden bis Samstagabend. Ich bleibe nach wie vor dabei, du wirst nie drauf kommen.«

»Eigentlich sind es sogar noch fünfundfünfzig Stunden und zwölf Minuten, um genau zu sein«, erwiderte ich schon halb in der Spülmaschine versunken. »Und das ist mehr als genug Zeit. Ich werde auch diese Wette gewinnen, Ian. Verlass dich drauf.«

Nachdem Ian mir am Montag eröffnet hatte, dass er den idealen – und geheimen – Ort für mich kannte, hatten wir kurzerhand das nächste Spiel draus gemacht. Ich hatte gewettet, dass ich Ians mysteriöse Veranstaltung am Samstag erraten würde, ohne jemand anderes danach fragen zu dürfen. Ian hielt selbstverständlich dagegen und ging davon aus, dass ich nicht hinter sein Geheimnis kommen und ihn um eine Auflösung *anflehen* würde. Wer's glaubte. Einsatz waren Toilettendienst und die Sonntagmorgenschicht – die um fünf begann, um das Gebäck rechtzeitig für die Studierenden und ihre ausgiebigen Brunchsessions fertig zu haben. So sehr ich es auch hasste, das zuzugeben, aber leider schien Ian mit seiner Behauptung, ich würde es nicht schaffen, recht zu behalten. Denn langsam, aber sicher gingen mir die Optionen aus und wirkliche Hinweise hatte ich auch noch nicht gefunden.

Während ich die nächste Kundin bediente, warf ich Ian immer

wieder lange Blicke zu und überlegte, wie ich an meine Antworten kommen und gleichzeitig diese Wette gewinnen konnte, doch leider fiel meinem sonst so intelligenten Kopf nichts ein.

»Hi, Brynn.«

Mein Kopf ruckte hoch, als ich die vertraute Stimme erkannte. »Hey, Harlow. Alles gut?«

»Die erste Vorlesung donnerstags ist immer ein Albtraum, aber ansonsten lebe ich noch.« Harlow unterbrach sich kurz und deutete dann auf die junge Frau mit den blonden Locken neben sich. »Brynn, das ist meine Freundin Lucie. Lucie, Brynn.«

»Freut mich«, meinte ich und reichte Lucie eine Hand. Lächelnd erwiderte sie meine Geste, wobei ihre braunen Augen zu leuchten begannen. »Mich auch. Har hat schon von eurer gemeinsamen Liebe zu Dingen, die ich niemals verstehen werde, berichtet.«

Fragend legte ich die Stirn in Falten. »Bitte?«

»Lucie spricht von Mathematik.«

Naserümpfend hob sie die Hände, sodass ihre vielen kleinen Armreifen leise klimperten. »Nein, die Mathematik aus den Vorlesungen kapiere ich, aber das, wovon du immer sprichst, oder das, was du über Brynns Taschenrechnerkopf erzählt hast, geht darüber hinaus. Ganz klar.«

»Taschenrechnerkopf?«, wiederholte ich amüsiert und zuckte dann mit den Schultern. »Gefällt mir irgendwie.«

Harlows Mundwinkel wanderten noch ein Stück höher. »Jede Superkraft braucht einen Namen.«

Kurz blieb ich an dem Ausdruck *Superkraft* hängen. Die Mädels aus der WG hatten ihn benutzt und mir selbst war er auch das eine oder andere Mal über die Lippen gekommen, wann immer ich über Zacks fotografisches Gedächtnis oder Ians Fähigkeit, in Rekordgeschwindigkeit zu lesen, gesprochen hatte, doch bei mir … das schnelle Kopfrechnen war mir nie wie eine Superkraft vorgekommen. Klar wusste ich, dass nur wenige Menschen dazu imstande waren, aber es war eben immer nur ein Teil von mir gewesen. So wie meine Nase oder der Leberfleck in meinem rechten Augenwinkel.

Und trotzdem kam ich nicht umhin, dass sich Hars Worte gut anfühlten. Dass es etwas Besonderes war. Dass ich mit meiner Superkraft hierhergehörte.

»Also, was darf's sein?«

»Zwei Milchkaffees mit Hafermilch und zwei der belegten Croissants«, bestellte Lucie und blickte sich dann kurz um, ehe sie wieder zu mir schaute. »Du hast gerade zu viel zu tun, um dich einen Moment zu uns zu setzen, oder?«

Überrascht öffnete ich den Mund, weil ich nicht damit gerechnet hatte. Überrascht auf die gute Art und Weise. »Wir müssen uns noch auf den üblichen Ansturm nach dem Blockwechsel vorbereiten«, sagte ich dann mit einem entschuldigenden Lächeln. »Aber in ein paar Minuten könnte ich vielleicht etwas Zeit rausboxen.«

»Lucie und ich haben es nicht eilig, komm einfach, wenn du Zeit hast.«

»Danke.« Mit schnellen Fingern tippte ich die Getränke und das Essen ein und addierte die Preise im Kopf. »Dann bekomme ich zwölf Dollar vierundsechzig von …«

»Zwölf Dollar vierundsechzig.« Harlows Antwort kam nur einen Sekundenbruchteil später. Wir sahen einander an, dann lachte ich. Lucie seufzte.

»Oh Mann, solange ihr daraus jetzt nicht jedes Mal im Café einen Wettbewerb macht …«

»Das kann ich dir nicht versprechen.« Ich reichte ihnen das Wechselgeld und versicherte, mich zu beeilen.

Tatsächlich konnte ich mich ein paar Minuten später dank Ians Unterstützung hinter der Theke hervorstehlen. Lucie und Harlow hatten es sich auf einem dunkelgrünen Zweisitzer neben einer gigantischen Monstera gemütlich gemacht und blickten sofort auf, als ich, einen Chai Latte in den Händen, zu ihnen trat.

»Setz dich.« Harlow deutete auf den farblich passenden Sessel und stützte die Ellenbogen auf die Knie. »Jetzt können wir uns endlich einmal in Ruhe unterhalten – das heißt, solange dich Ian lässt.«

»Bis zum Blockwechsel habe ich noch etwas Galgenfrist.« Ich nahm einen Schluck von meinem Getränk, das ich selbst zubereitet hatte. »Also, ich nehme mal an, du bist nicht im selben Fachbereich wie Harlow?«

»Oh Himmel, nein, ich würde keinen Tag in Hars Programmierwahnsinn überleben«, meinte Lucie sofort. »Meine Welt ist die Kunstfakultät. Skulpturen und Kohlezeichnungen, obwohl ich eigentlich alles liebe, woraus sich Kunst formen lässt.«

»Wow, das ist beeindruckend. Ich glaube, ich habe noch nie eine Künstlerin getroffen.« Und das meinte ich wirklich so, mein Mikrokosmos im Leary's Inn hatte vorwiegend aus Geschäftsleuten, meiner Familie und Touristen bestanden, die nach einer *einfachen* Unterkunft für eine Nacht gesucht hatten. Ich hatte viele Geschichten gehört, aber irgendwie hatten sie sich alle geähnelt.

Eine zarte Röte trat auf Lucies helle Wangen. »Danke, aber mal ehrlich, deine Richtung ist auch nicht weniger beeindruckend. Harlow meinte, du studierst Astrophysik?«

Ich blickte zwischen den beiden hin und her, dann stieß ich den Atem aus und schüttelte den Kopf. Es gab viele Schwächen, die ich mir auf die Fahne schrieb, aber Lügen hatte nie dazugehört. Und es war eine Sache, die Leute ihre eigenen Schlüsse ziehen und in dem Glauben zu lassen, ich wäre hier Studentin, aber eine vollkommen andere, direkt zu lügen. Und Harlow und Lucie ... vielleicht konnte ich bei ihnen Anschluss finden. Oder Verbündete.

»Nein, ich würde gerne, aber aktuell bin ich nur auf dem Campus, weil ich im Café arbeite. Es gibt im Juni einen Wettbewerb, bei dem weitere Stipendien vergeben werden – darauf hoffe ich.«

Harlow runzelte die Stirn. »Von dem Wettbewerb habe ich schon gehört. Der soll ganz schön ...«

»Schwierig sein?« Ich seufzte. »Ja, ich weiß. Gerade bin ich dabei, mir zu überlegen, wie ich mich am besten darauf vorbereiten soll, aber das Internet gibt nichts darüber preis und ich kann ja schlecht zu Harvey Abbot gehen und ihn nach den Prüfungsinhalten fragen.«

»Hm.« Lucie spitzte die Lippen und schlug unter ihrem geblümten Rock, zu dem sie einen breiten Ledergürtel und einen dünnen, beigen Pullover trug, die Beine übereinander. »Das nicht, aber ich wette, du findest in der Bibliothek passende Unterlagen. Da gibt es so gut wie alles.«

Nachdenklich zog ich die Unterlippe zwischen die Zähne. »Daran habe ich auch schon gedacht. Aber man braucht einen Studierendenausweis, um reinzukommen. Und der fehlt mir bedauerlicherweise.«

Als wäre das ihr Stichwort gewesen, tauschten Lucie und Harlow in diesem Moment einen vielsagenden Blick, ehe Harlow erwiderte: »Einen Ausweis oder einen Freund, der in der Bib arbeitet.«

***

Wie sich herausstellte, brauchte Harlow etwas mehr als einen Tag, um mir Zugang ins Heiligtum des Lakestone Campus of Seattle zu verschaffen. Ein Teil von mir konnte immer noch nicht glauben, dass sie das wirklich für mich getan hatte. Keine Frage, Harlow war ein großartiger Mensch und ich hoffte, dass ich die Gelegenheit bekommen würde, sie besser kennenzulernen und mich vielleicht eines Tages zu revanchieren.

»Sag Harlow unbedingt noch mal Danke von mir«, bat ich Zack, als er mich am Freitagnachmittag das erste Mal in die Bibliothek führte. »Und dir natürlich auch danke! Das ist unglaublich lieb von euch.«

Zacks Mundwinkel zuckten höher, dann gebärdete er vor der Kamera seines Handys, das ich in den Händen hielt. **»Du hast mir in Oxford geholfen, jetzt helfe ich dir.«**

»Das war gar nichts.« Als Zack für ein paar Tage in Oxford gewesen war und aufgrund eines Notfalls plötzlich zurück nach Seattle gemusst hatte, hatte ich ihm dabei geholfen, zusammenzupacken und ein Taxi zum Flughafen organisiert. Wie gesagt, gar nichts.

»Außerdem hatte Harlow ihren Spaß. Ich weiß nicht, ob es dir schon aufgefallen ist, aber sie hat eine ungesunde Vorliebe dafür, Regeln zu biegen.«

So konnte man die Tatsache, dass mir Harlow die Zugangscodes für die Bib – falls ich nach Ladenschluss und ohne Zack reingelangen wollte – besorgt hatte, auch nennen.

»Mir ist da so ein Funkeln in ihren Augen aufgefallen, als sie das hier vorgeschlagen hat«, pflichtete ich ihm bei.

»Genau das meine ich.« Zwinkernd stieß er die zweite Tür auf und dann waren wir drin. In der wohl schönsten und größten Bibliothek, die ich jemals gesehen hatte – nicht, dass ich schon in vielen historischen Unibibliotheken gewesen wäre, aber würde mir jemand sagen, dass diese die prächtigste auf der ganzen Welt war, würde ich es, ohne mit der Wimper zu zucken, glauben.

So weit das Auge reichte dunkle, meterhohe Regalreihen voller Bücher, die in dieser runden, gewaltigen Halle kein echtes Ende zu haben schienen. In der Mitte öffneten sich die Regale für eine kleine Fläche, auf der mehrere Tische samt Lämpchen und Stühlen zum Lernen standen, aber ansonsten nur Bücher. Rechts und links und … oben. Staunend legte ich den Kopf in den Nacken und schaute zu der gewölbten schwindelerregend hohen Decke auf. Auf Emporen mit geschwungenen, goldenen Geländern erstreckten sich weitere Regalreihen samt Leitern. Bunte, klassische Deckenmalereien bedeckten den Himmel der Bibliothek, die neben den Buntglasfenstern die einzigen echten Farbtupfer in dieser Welt aus Holz und Leder und Papier waren. Links von uns entdeckte ich eine gewundene Metalltreppe, die auf die Balkone führte, rechts befanden sich weitere Lernnischen und über allem lag der Geruch von Büchern, Druckerschwärze und Tinte und Pergament.

Ich fühlte mich, als wäre ich in ein neues Universum gestolpert, in dem schier grenzenloses Wissen wohnte. Das nur darauf wartete, dass ich danach griff, darin versank.

Ich hatte mich geirrt. Nicht das Lakestone Café, sondern dieser Ort wäre meine Wahl, müsste ich entscheiden, wo ich den Rest meines Lebens verbringen wollte.

Eine Bewegung im Augenwinkel ließ mich schließlich wieder zu Zack schauen und dann auf das Handydisplay. »**Ich kenne diesen Blick. Lass dir Zeit, Brynn, und falls du etwas brauchst, schreib mir. Vergiss nicht, nachher durch den Seitenausgang zu gehen – die Kombination müsste Harlow dir geschickt haben.**«

Ich nickte, noch immer halb ergriffen von dem Anblick der Bibliothek. »Danke, Zack.«

Zack schenkte mir ein Lächeln, dann nahm er sein Handy zurück und verschwand auf demselben Weg, auf dem wir gerade eingetreten waren. Es kam mir so vor, als wäre das bereits mehrere Tage her, aber diese Wirkung hatten Universen nun einmal. Sie waren zeitlos.

Lächelnd machte ich ein paar Schritte weiter in die Bib hinein und hätte am liebsten die nächsten Stunden so verbracht. Ziellos durch die Regalreihen schlendernd, eine neue Welt entdeckend, doch ich hatte einen Plan und dank Harlow und Zack endlich den Anfang.

Entschlossen straffte ich die Schultern und bog nach einem kurzen Blick auf die Beschilderung in Richtung Physik und Astrophysik ab. Aus den bewusst spärlichen Informationen zum Wettbewerb auf der Homepage des Lakestone Campus hatte ich nur entnehmen können, dass die Fragen auf Allgemeinwissen und mindestens eine Fremdsprache, jedoch in erster Linie auf den gewählten Schwerpunktbereich abzielten. Und auch wenn ich bereits eine Menge über die Sterne wusste, wollte ich damit anfangen. *First things first.* Schon in meiner Kindheit hatte ich gemerkt, dass mir Lernen leichtfiel. Ganz besonders bei allem, was mit Zahlen und Physik zusammenhing. Ich liebte Erklärungen für Phänomene und wann immer mir meine Eltern und Geschwister keine Antworten hatten geben können, hatte ich sie mir in Büchern gesucht.

Gedankenverloren fuhr ich über die Buchrücken, überflog die Titel … als ein dumpfer Schlag erklang und nur einen Sekundenbruchteil später plötzlich ein Buch aus dem Regal zu Boden fiel. Mir kam ein erschrockener Schrei über die Lippen, während ich gleichzeitig einen Satz rückwärts machte. Und noch einen zweiten, als weitere Bücher folgten.

Was zum …?

»Fuck!«

Der unterdrückte Fluch, der aus dem … Regal zu kommen schien, ließ mich die Augen verengen. Dann trat ich wieder näher heran. Weil mir die Stimme entfernt bekannt vorkam und weil es nun mal in meiner Natur lag, nach einer Erklärung für die Geisterbücher zu suchen. Langsam schlich ich zu den auf dem dunklen Holzboden liegenden Folianten, blickte durch die Lücke im Regal – und stieß im nächsten Moment selbst eine Verwünschung aus.

»Scheiße, das – willst du mich verarschen?«

Zu Schlitzen verengte, blaue Augen starrten mir durch zwei Regale entgegen. Kace.

»Du nimmst mir die Worte aus dem Mund«, erwiderte er mit seiner üblichen Tonlosigkeit und kam noch etwas näher an das durch die fehlenden Bücher entstandene Fenster. »Langsam glaube ich, dass du es auf mich abgesehen hast.«

Einen Moment lang konnte ich ihn nur ungläubig anstarren. Weil er a) noch nie so viel auf einmal gesagt hatte und b) vollkommen danebenlag. »Ernsthaft? Du hast doch die Bücher zu Boden gepfeffert und mich damit beinahe erschlagen. Was nach der Tür übrigens dein zweiter Anschlag auf mich gewesen ist.«

Eine seiner Brauen, die einige Nuancen dunkler war als seine blonden Haare, hob sich. Dann legte er die Hände lässig auf das Regalbrett, was meinen Blick unwillkürlich auf seine langen Finger lenkte, den breiten Silberring an seinem Daumen. Ich konnte es mir nicht erklären, aber in diesem Augenblick fragte ich mich, was wohl seine *Superkraft* war.

»Hätte ich dich erschlagen wollen, hätte ich es vermutlich geschickter angestellt.«

Ich riss die Augen auf. »Wow. Ich würde eher sagen, dieser Aussage nach hast du es auf mich abgesehen.«

An seinem Kiefer zuckte ein Muskel, dann schaute er zur Seite. »Ganz sicher nicht.«

»Dann hast du die unschuldigen Bücher einfach so aus dem Regal geschleudert?«

»Ich habe sie nicht *aus dem Regal geschleudert.*« Er drehte den Kopf wieder zu mir, nun war ich es, die eine Braue hob. »Es war ein Versehen.«

»Muss aber ein großes Versehen gewesen sein.«

»Was willst du? Eine detaillierte Ablaufbeschreibung?« Sein Atem entwich mit einem genervten Seufzen. »Ich habe gegen das Regal geschlagen, zufrieden?«

»Warum?« Das Wort entschlüpfte meinen Lippen, noch bevor ich sie zusammenkneifen konnte. Wunderbar. Ich und meine verfluchte Neugierde. Schließlich ging es mich nichts an, warum Kace gegen das Regal schlug. Mit solch einer Kraft, dass direkt auf beiden Seiten Bücher herausgefallen waren. Da musste sich ziemlich viel Wut angestaut haben. Oder Frust. »Vergiss meine Frage«, ruderte ich dann ganz Brynn-untypisch zurück, obwohl ich insgeheim hoffte, doch eine Antwort zu bekommen. Schon am Flughafen und zwei Tage später im Eingangsbereich des Altbaus hatte ich mich gefragt, was passiert sein musste, um ihn derartig … arschig werden zu lassen. Ich meine, klar, jeder hatte mal einen schlechten Tag, aber Kace schien nur solche Tage zu haben. Im Laufe der Woche hatte ich ihn ein paarmal vor dem Café gesehen, mit finsterer Miene, angespannten Schultern und diesen Ringen unter den

Augen, die ein fester Bestandteil von ihm zu sein schienen. Doch kein einziges Mal hatte er das Café betreten. Oder war mit jemand anderem unterwegs gewesen. Nicht, dass ich drauf geachtet hätte.

Oberhalb seiner Nasenwurzel bildeten sich zwei tiefe Falten, dann nahm er die Hände wieder runter und verschränkte sie stattdessen vor der Brust. »Es mag dich wundern, aber das geht dich nichts an.«

»Da hast du recht«, erwiderte ich und sah direkt in das kühle Blau seiner Augen. Zum ersten Mal fiel mir auf, dass dort neben dem kristallklaren Blaugrau auch noch dunklere Flecken um seine Iris tanzten. Mitternachtsblau. Beinahe schwarz.

»Warum hast du dann gefragt?«

»Es mag dich wundern, aber es liegt in meiner Natur, nach dem Warum zu fragen«, wiederholte ich seine Worte, noch ehe ich mich davon abhalten konnte.

»Das wundert mich überhaupt nicht. Ich bin schließlich bereits in den Genuss deiner *aufdringlichen* Art gekommen.«

Herausfordernd hob ich das Kinn an. »Und warum stehst du dann noch hier und unterhältst dich mit mir, wenn du mich so *aufdringlich* findest?«

»Ganz ehrlich, das frage ich mich auch.« Zu meinem Erstaunen oder Entsetzen, ganz sicher war ich mir dabei nicht, bewegte sich einer seiner Mundwinkel für einen Makrosekundenbruchteil nach oben.

Mein Blick heftete sich wie von selbst auf diese kleine Regung, die genauso schnell verschwand, wie sie gekommen war. Dieser Kerl ging mir auf die Nerven mit seiner gelangweilten und herablassenden Art und gleichzeitig traf er damit einen Punkt in mir, der es mir unmöglich machte, einfach zu gehen. Bei dem Universum da oben, das ergab selbst in meinen Gedanken keinen Sinn.

Kaum merklich schüttelte ich den Kopf. »Jedenfalls habe ich nach dieser Buchsache und dem Türdebakel jetzt offiziell etwas gut bei dir«, meinte ich dann und bückte mich nach dem ersten Buch.

»Ganz sicher nicht.« Auf der anderen Seite des Regals raschelte es und seine Stimme klang nun etwas gedämpfter, als würde er sich nach den Büchern bücken, um das Chaos zu beseitigen. »Wir schulden einander gar nichts, Blondie.«

Zähneknirschend funkelte ich ihn an, als sich unsere Blicke wieder in der zunehmend kleineren Lücke trafen. »Blondie? Was Besseres ist dir nicht eingefallen?«

»Ist das Naheliegendste.« Wieder ein herablassendes Schulterzucken.

»Das schließt *literarisches Genie* als Superkraft jedenfalls schon mal aus«, murmelte ich mehr zu mir selbst und griff nach dem Buch zwischen meinen Füßen. *Der Weg der Römer.* Geschichte – ich hatte es dank Grumpy-Kace nicht einmal bis in die richtige Abteilung geschafft.

»Würde mich deine Meinung interessieren, wäre ich jetzt vielleicht verletzt.« Seine Erwiderung triefte vor Sarkasmus.

»Und würdest du mich interessieren, hätte ich gefragt, was dich für einen Ort wie den Lakestone Campus qualifiziert. Anstand kann es jedenfalls nicht sein.«

»Lass dir mal etwas Neues einfallen, Blondie.«

»Sagt der Richtige.«

Das nächste Buch fand zurück an seinen Platz, was das Regalfenster zwischen Kace und mir weiter verkleinerte. Irgendetwas sagte mir, dass diese Unterhaltung mit dem letzten Buch enden würde. Und irgendetwas störte mich daran.

»Okay«, hörte ich mich dann brummen, »eine Wette.«

»Warum in drei Teufelsnamen sollte ich mich auf eine Wette mit dir einlassen?«

»Weil das Spaß macht, solltest du auch mal versuchen.«

Seine Züge verdunkelten sich kurz, dann kehrte seine gelangweilte Miene zurück. »Was du nicht sagst.«

Ich überging seinen Kommentar geflissentlich. »Ich wette, dass ich deine Superkraft herausbekomme – ohne dass du es mir sagst.«

Auf seinem Gesicht zeigte sich keine Reaktion, aber er fuhr mir auch nicht direkt ins Wort, was ich als kleinen Sieg verbuchte.

»Wenn ich gewinne, verrätst du mir, was dich gerade so wütend gemacht hat.« Kace öffnete sofort den Mund, vermutlich um mir mittzuteilen, wo ich mir meinen Wetteinsatz hinschieben konnte, doch ich gab ihm erst gar nicht die Gelegenheit dazu. »Schaffst du es, meinen vollen Namen – Vor- und Nachname – herauszufinden, bevor ich hinter dein Talent komme, hast du eine Frage bei mir gut. Faire Sache, findest du nicht?«

Mehrere Herzschläge lang sah er mich an, als würde er darüber nachdenken, wo genau ich meinen Verstand verloren hatte. Die Lippen hatte er zu einer schmalen Linie zusammengepresst, während die Hand, in der er das letzte Buch hielt, reglos auf halbem Weg zum Regal in der Luft verharrte.

»Nein.«

»Angst, zu verlieren?« Ich wackelte mit den Brauen, was ihn noch finsterer blicken ließ. Und trotzdem meinte ich, wieder dieses Zucken um seine Lippen herum zu sehen. »Oder willst du den Einsatz interessanter machen?«

»Ich will vor allen Dingen endlich hier fertig werden und ins Wochenende«, erwiderte er.

»Meinetwegen, dann eben nicht.«

Ihm entwich ein beinahe amüsiertes Schnauben. »Ich hätte nicht gedacht, dass du so schnell aufgibst.«

Mit meiner freien Hand wischte ich mir eine Strähne aus der Stirn, die sich aus meinem Messy Bun gelöst hatte. »Im Gegensatz zu dir habe ich ein gutes Gespür für Menschen.«

Wieder bewegte sich der Muskel an seinem Kiefer, dann beugte er sich weiter an unser nur noch ein Buch breites Fenster. »Gut genug, um meine *Begabung* rauszubekommen?«

Ich grinste breit. »Wusste ich's doch. Also haben wir einen Deal.«

»Dann war Aufgeben deine Taktik?«

»Das war nicht mal der Beginn einer Taktik, glaub mir.«

Er murmelte ein paar Worte, die verdächtig nach einem Fluch klangen, oder einem Stoßgebet. »Du bist unfassbar nervtötend.«

»Gleichfalls.« Freudlos bleckte ich die Zähne. »Wann tauschen wir das nächste Mal unsere Ergebnisse aus?«

»Als bräuchten wir einen festen Termin dafür.« Wieder landete sein kühler Blick auf mir. »Bei unserem Pech laufen wir uns noch oft genug über den Weg, Blondie.« Dann schob er das letzte noch verbliebene Buch in die schmale Lücke und beendete unser Gespräch.

Ich hatte den Anflug seines schiefen Lächelns dennoch gesehen.

KAPITEL 10

… Ready For It? – Taylor Swift

Brynn

»Die klassischen Teilgebiete der Astrophysik lauten physikalische Kosmologie, Astroteilchenphysik, Sonnenphysik, Neutronensterne, Gravitationsdynamik, Entstehung und Evolution von Sternen, Planetensys…«

»Bry?«, erklang Polinas Stimme gedämpft durch die Badezimmertür, dann klopfte sie mehrmals. »Hältst du da drin einen Vortrag oder warum brauchst du so lange?«

Das siebte Teilgebiet noch halb auf der Zunge hob ich ruckartig den Kopf, sodass ich mir selbst im Spiegel über dem Waschbecken begegnete. Noch immer war nur eines meiner Augen mit Wimperntusche versehen, meine Haare ein unordentlicher Haufen blonder Strähnen, die dringend einen neuen Schnitt gebrauchen konnten, und an meinem Mund hing Zahnpasta. Fantastisch.

»Bry?«

Stöhnend fuhr ich mir über den weißen Fleck an meinen Lippen und öffnete dann die Tür. Vor mir stand eine ziemlich ungeduldig aussehende Polina. »Im Ernst, was hast du die ganze Zeit getrieben, weil … na ja fertig siehst du nicht aus.«

»Ich bin bloß ein paar Dinge im Kopf durchgegangen«, erwiderte ich. »Mir kam es so vor, als wäre ich noch keine fünf Minuten im Bad.«

»So viel zum Thema Zeitgefühl. Das waren definitiv mehr als fünf Minuten.«

»Sorry.«

Polina schüttelte nur belustigt den Kopf und schob sich an mir vorbei. »Und dieses Gemurmel?«

»Lernzeug. Ich bin beim Schminken in Gedanken den Stoff durchgegangen, den ich mir gestern rausgeschrieben habe. Die Basics der Astrophysik nach Lakestone-Standard. Das mache ich öfter, ist wirklich eine gute Methode, Fakten ins Langzeitgedächtnis zu bekommen. Allerdings dachte ich, ich hätte es lautlos wiederholt ...«

»Nope, war definitiv nicht lautlos, aber das heißt, du kommst voran?«, erkundigte sie sich und ging zum Waschbecken, um ihre Hände zu waschen. »Klang jedenfalls so.«

»Kann man so sagen.« Achselzuckend lehnte ich mich an den großen Badschrank, den Bea, Polina und ich uns teilten, und dachte unwillkürlich an meine Begegnung mit Kace in der Bibliothek. Das tat ich häufiger, als ich sollte, in Anbetracht der Tatsache, dass Kace immer noch der unfreundlichste Kerl unter dem Himmel war und mir einer der schwersten Wettbewerbe bevorstand. Aber gut.

Als Polina meine zerknirschte Miene bemerkte, warf sie mir ein bestärkendes Lächeln zu. »Das wird. Du hast ja noch ewig Zeit und bei allem, was mit Chemie und den Physikgrundlagen zu tun hat, kann ich dir jederzeit helfen, falls du möchtest – allerdings glaube ich, dass du mir ohnehin, auch ohne schon zu studieren, in Sachen Wissen weit voraus bist.«

Ich zupfte an dem Saum meines NASA-Sweaters herum und griff nach der Mascara. »Wie kommst du darauf?«

»Du hast gestern ein paar Unterlagen auf dem Esstisch liegen lassen. Krasses Zeug.«

Hastig winkte ich ab. »Ich bin weit davon entfernt, das alles zu verstehen, Lina, und noch ganz am Anfang.«

»Trotzdem, ich bleibe dabei, du bist ziemlich krass, Brynn Leary.«

Grinsend trat ich näher an meine Mitbewohnerin heran und stieß leicht mit meiner Schulter gegen ihre. »Ich finde unsere ganze WG ziemlich krass.«

»Da widerspreche ich dir natürlich nicht. Sag mal«, meinte sie dann und zog ihr Handy hervor, »wann wolltest du eigentlich los?«

»Um halb acht, warum?«

»Weil es gleich halb acht ist.«

»Scheiße.« Fluchend versuchte ich, mir das zweite Auge zu tuschen, und suchte gleichzeitig nach meinem eigenen Smartphone. Ian und ich waren um Viertel vor acht vor dem Lakestone Café verabredet und meinem aktuellen Status nach zu urteilen, würde ich definitiv zu spät kommen.

Mit einem leisen Lachen kam mir Polina zuvor und reichte mir mein Handy. »Was genau ist das eigentlich für eine Party?«

»Glaubst du mir, wenn ich dir sage, dass ich keine Ahnung habe? Ich weiß nicht mal, ob es überhaupt eine Party ist. Ian hat nichts gesagt und ich habe nicht gefragt – wir haben da so eine Wette am Laufen.« Irgendwie schaffte ich es, Ian zu schreiben und nebenbei die noch fehlenden Wimpern zu tuschen, ohne mir ein Auge auszustechen.

»Natürlich hast du eine Wette laufen.« Mittlerweile wussten auch meine Mitbewohnerinnen von meiner kleinen Schwäche für diese

Art von Spielchen. Nicht zuletzt, weil ich sie bereits das eine oder andere Mal in eine Wette verwickelt hatte.

»Bea und ich hatten absolut recht, ein wenig schräg sind die auf dem Lakestone Campus schon.« Mit der Hüfte ans Becken gelehnt fasste sie mich wieder ins Auge. »Ist das eigentlich ein Date? Mit diesem Ian?«

Ich winkte sofort ab. »Wir sind nur Freunde. Ian ist seit sechs Jahren in einer Beziehung und auch wenn ich ihn echt mag, ist er nicht ganz mein Typ.«

»Oh, was ist denn dein Typ?«

Nachdenklich, undurchschaubar, dauerhaft schlecht gelaunt vielleicht? Haha.

Ich wollte erst gar nicht darüber nachdenken, was es bedeutete, dass mein Unterbewusstsein direkt an *Kace* gedacht hatte. Ja, zugegeben, trotz seiner bemerkenswert miesen Laune fand ich ihn interessant. Ich hatte das Gefühl, als wäre da mehr … ich wollte wissen, woher die Wut auf die ganze Welt kam. Und noch mal ja, er sah verdammt gut aus – Himmel, ich war auch nur eine Frau und diese blauen Augen …

»Schon gut«, meinte Polina in diesem Moment und bewahrte mich vor weiteren unerwünschten Gedanken. »Das werde ich noch früh genug erfahren und um zurück zum ursprünglichen Thema zu kommen: Ist es für dich wirklich okay, dich für irgendetwas, das irgendwo stattfindet, zu treffen?«

»Zumindest kenne ich das *mit wem*«, erinnerte ich Polina, während ich an ihr vorbei nach meinem Lippenstift griff. »Und sagt man nicht, die größte Spannung liegt im Unbekannten?«

***

»Es ist Samstag, ich bin nicht von selbst drauf gekommen – also spuck's schon aus, Ian.«

Mit ein wenig Verspätung betraten wir den Eingangsbereich des Altbaus, der abends am Wochenende wie ausgestorben wirkte. Unsere Schritte hallten auf dem polierten Marmor wider und der große, gedimmte Lüster über unseren Köpfen verströmte warmes, goldenes Licht.

»Reicht es dir nicht, es gleich mit eigenen Augen zu sehen?« Amüsiert drehte sich Ian im Gehen um und breitete die Arme aus, ein dickes, fettes Siegergrinsen auf den Zügen.

Als ich ihn in Anzughose und weißem Hemd vor dem Café entdeckt hatte, war ich froh gewesen, mich für das schwarze Jerseykleid entschieden zu haben, statt in Jeans und Pullover zu bleiben und Ians Wunsch nach *schicker Kleidung* zu ignorieren. Der glatte Stoff lag eng an meinem Oberkörper an, hatte einen eckigen Ausschnitt, der gerade weit genug war, um den leichten Ansatz meiner Brüste zu zeigen, und weitete sich ab der Taille zu einem knielangen Glockenrock auf. Lange, weite Ärmel, die an den Handgelenken eng waren, vervollständigten den Schnitt, der schick, aber nicht übertrieben wirkte – zumindest waren das Polinas Worte gewesen. Dazu trug ich schwarze Budapester mit Plateausohle und meine Polarsternkette. Ein Outfit, das absolut ich war, trotzdem hatte ich meinen NASA-Sweater im Jutebeutel dabei. Für alle Fälle.

»Mach meine Niederlage nicht noch schlimmer, als sie ohnehin schon ist. Du hast gewonnen, das akzeptiere ich. Jetzt raus mit den Infos, Winslow.«

»Zumindest bist du keine schlechte Verliererin.« Seine Mundwinkel wanderten noch ein wenig höher. »Also gut, wir gehen ins Gewölbe.« Er betonte *Gewölbe,* als würde das alles erklären. Was es nicht tat. Fragend kräuselte ich die Lippen, woraufhin er erklärte: »Das Gewölbe ist das Untergeschoss dieses Altbaus. Gewundene Gänge mit Kreuzgratgewölbe, verwinkelte Treppen, das volle Programm. Dort gibt es einen weitläufigen Raum, der durch mehrere Flure und Türen abgetrennt ist – den Bereich meinen wir, wenn wir vom Gewölbe sprechen. Eigentlich haben nur die Experts, also die Studierenden des Abschlusssemesters, Zutritt, aber durch die richtigen Kontakte kann man es auch früher auf die Liste schaffen. Und zufälligerweise habe ich nicht nur die richtigen Kontakte und dafür gesorgt, dass wir reinkommen, sondern weiß auch, dass heute wieder eine der Casinonächte ansteht. Mit ordentlichen Einsätzen. Du spielst doch, oder?«

Blinzelnd sah ich ihn an. »Du willst mir sagen, dass es unter unseren Füßen einen Ort gibt, an dem an dieser hochelitären Uni um Kohle gezockt wird?«

»*Pssst!* Das ist immer noch ein Geheimnis. Ein gelebtes, aber trotzdem angemessen geheim.« Ian führte mich zu einer dunklen Holztür an der Seite des Eingangsbereichs, der ich bisher keine große Beachtung geschenkt hatte, und dann über mehrere Stufen unter die Erde. »Also, hast du Lust, ein paar Runden zu spielen? Mit deinem Gespür für Zahlen könnte das wirklich interessant werden. Du könntest uns bestimmt ein kleines Vermögen bringen. Was denkst du, Bry?«

Gerade dachte ich, dass es eigentlich eine absolut schwachsinnige Idee war. Ich konnte es mir nicht leisten, mein Geld zu verspielen. Es hatte nie auf meinem Seattle-Masterplan gestanden, dort mit meinen Pub-Aktivitäten weiterzumachen, wo ich in Oxford aufgehört hatte. Und dennoch … war ich gekommen, als Ian mir von Pokerspielen erzählt hatte. Weil ich es einfach nicht lassen konnte.

Weil mein Finger schon allein bei dem Gedanken, ein Blatt aufzunehmen und meinen Kopf für mich arbeiten zu lassen, vor Aufregung kribbelte.

Ich hatte die Kartenspiele durch meinen Vater kennen- und lieben gelernt, war aber letztlich aufgrund meiner Zahlen geblieben. Und das nicht nur, weil es Spaß machte, Geld zu gewinnen. Ich genoss das Gefühl, die anderen in ihrem eigenen Spiel zu schlagen. Klüger zu sein, weiter vorauszudenken und im Falle einer Niederlage eine neue Lektion zu lernen.

Ian öffnete die nächste Tür und auf einmal wurde es um uns herum lauter. Ich entdeckte mehrere Studierende, die alle ein paar Jahre älter als ich zu sein schienen und sich ebenfalls in Schale geworfen hatten. Wo der Gang zuvor in diffuses Licht getaucht gewesen war, brannten hier mehrere Wandleuchter hell und klar und beleuchteten die geschwungene Decke des Gangs. Wir kamen der Sache anscheinend näher.

»Wow.«

»Warte mal ab, bis du das Gewölbe gesehen hast«, flüsterte Ian und setzte sich wieder in Bewegung. »Du hast mir noch keine Antwort gegeben, Bry.«

»Ich bin noch hier, oder nicht?«

»Punkt für dich. Wenn dich die Sache mit den Einsätzen zögern lässt, können wir uns den Einsatz und dann auch den Gewinn teilen.«

Ich sah ihn von der Seite an und nickte. »Klingt an sich fair.«

»Aber?«

Langsam atmete ich aus und brachte ihn dann dazu, stehen zu bleiben. »*Aber* eigentlich bin ich … durch damit. Und da das hier kein offizielles Casino ist und wir uns in den USA befinden, wo ich mit neunzehn noch gar nicht spielen darf … ich will einfach nichts riskieren, verstehst du? Es steht viel auf dem Spiel für mich.«

Ian nickte. »Das kann ich nachvollziehen und wenn du Nein sagst, ist das vollkommen in Ordnung, Bry. Aber falls es dich beruhigt, wir sind auf Privatgelände und selbst Abbot weiß davon. Zumindest vermuten wir das, weil er auf unheimliche Art und Weise immer zu wissen scheint, was gerade auf seinem Campus vor sich geht. Abbot hätte die Sache längst auffliegen lassen, wäre sie … *zu* illegal.«

»Wie kann etwas denn mehr oder weniger illegal sein?«

»Details«, winkte er nur ab. »Und ich passe auf dich auf, kleine Brynn.«

Schnaubend stieß ich mit der Schulter gegen seine Brust. »Haha.«

»Du hast recht, du bist die Letzte, die meinen Schutz braucht. Bei deinem messerscharfen Verstand.« Charmant und absolut berechnend zwinkerte er mir zu – und zu meiner Beschämung musste ich sagen, dass es klappte. Ian hatte mich am Haken, obwohl es nicht so sein sollte. Dann griff er in sein Jackett und zog ein Bündel Geldscheine heraus. »Geteilter Einsatz, geteilter Gewinn. Was sagst du?«

Ich blickte von seinem Gesicht zu dem Geld und stieß hörbar den Atem aus. »Gut, du hast gewonnen. Einmal Schauen wird schon nicht verboten sein.«

»Das ist die richtige Einstellung.«

Ian führte uns durch einen weiteren schmalen Gang bis zu einer Tür mit Schiebefenster. Die ganze Sache mit dem Vorzeigen seines Ausweises und einem gemurmelten Passwort – *Historíai Polybios* –, das ich direkt abgespeichert hatte, erinnerte mich schon ein wenig an alte, eingeschworene Studierendenverbindungen.

Hoffentlich würde ich nicht als Nächstes Zeugin eines Blutopfers werden.

Doch glücklicherweise erwartete mich hinter der Tür kein blutverschmierter, erleuchteter Altar, sondern ein weitläufiger Raum mit einer Bar und Säulen, die das Kreuzgratgewölbe samt gewölbter Decke stützten, und mehreren Tischen, an denen Studierende saßen. Schon vom Eingang aus konnte ich die Karten sehen, das leise Klicken der Pokerchips hören und fühlte mich innerhalb eines Wimpernschlags nach Oxford zurückversetzt.

Gespräche hingen in der Luft, Anspannung, Flüche und Lachen, dazwischen der Geruch von Bier und anderen Drinks. Um die Spieltische hatten sich kleine Menschentrauben versammelt, die zusahen oder auf die Ausgänge wetteten. Weiter hinten entdeckte ich einen ausladenden Billardtisch, der mit dunkelrotem Samt bezogen war, und es gab sogar einen Roulettetisch, den ich tunlichst meiden würde. Roulette war meine Nemesis, das ultimative Wahrscheinlichkeiten-Nirvana, denn hierbei gab es keinen Dealer, nur ein Spiel, das seine Spieler nach Strich und Faden verarschte.

»In den meisten Nächten ist das hier die inoffizielle Bar des Lakestone Campus, aber zweimal im Monat verwandelt sich das Gewölbe in ein Casino. Möchtest du etwas trinken?«, erkundigte sich Ian, der sich näher an mein Ohr gebeugt hatte, damit ich ihn hier unten verstehen konnte. »Dann hole ich uns was und du kannst dich schon mal umschauen.«

Ich nickte und hatte sofort eine von Dads unzähligen Spielerweisheiten im Kopf. Einen Drink in der Hand zu haben, ließ andere Mitspielende glauben, man wäre nicht vollkommen bei der Sache und damit ein leichtes Ziel, ganz gleich, ob man auch davon trank.

Hastig schob ich meinen Vater zur Seite und verabschiedete mich, nachdem ich seine Hälfte des Einsatzes genommen hatte, für den Moment von Ian. Dann tauchte ich tiefer in das Gewölbe ein. Soweit ich das sehen konnte, wurden neben Roulette und Billard noch klassisches Blackjack und Poker in der *Texas-Hold'em*-Variante gespielt. Poker war das erste Spiel, das Dad mir beigebracht hatte, doch später hatte es mich zunehmend zum Blackjack gezogen, als ich die Mathematik darin erkannt hatte. Und die Chance, mit meiner Liebe zu den Zahlen einen entscheidenden Vorteil zu bekommen. Deswegen überging ich die ersten vier runden Tische, an denen Pokerrunden im vollen Gange waren, und steuerte direkt die halbrunden Blackjacktische in der rechten Hälfte des Raums an.

Je näher ich den Spielen kam, desto intensiver wurde das kalte Prickeln in meinem Nacken. Eine Mischung aus Vorfreude und Spannung, die Aussicht, mich in Strategien und Wahrscheinlichkeiten zu verlieren, lief mir die Wirbelsäule herunter und aktivierte jede Zelle meines Körpers. Und genau diese war es, die mich nun an den Tisch in der Mitte zog, an dem in diesem Moment eine Runde zu Ende ging. Lächelnd schob ich mich auf den Platz, der gerade frei wurde, und blickte zu dem Studenten mit den Karten – unserem Croupier.

»Kann ich einsteigen?«, fragte ich, noch ehe ich mich davon hätte abhalten können, und stellte meinen Beutel neben den Hocker am Boden.

Der Croupier ließ den Kartenstapel in seinen Händen von links nach rechts wandern. »Deine erste Runde?«

»Spielt das eine Rolle?« Immer noch lächelnd deutete ich auf die Tischmarkierung, wo ich meine Chips setzen würde. Chips, die ich noch nicht hatte, aber das schob ich für den Moment beiseite. »Wie hoch ist der Einstiegseinsatz?«

Nun hatte ich auch die Aufmerksamkeit der anderen Studierenden, die die restlichen sechs Stühle belegten. Ausnahmslos Männer, die mich nun unverhohlen musterten, um ihre Chancen abzuschätzen, genau so, wie ich es bei ihnen tat. Der Typ neben mir öffnete als Erster den Mund. »Wir starten bei fünfhundert.«

Fünfhundert Dollar? Innerlich flippte ich ein klein wenig aus, während ich versuchte, mir äußerlich nichts anmerken zu lassen.

Stattdessen sah ich ihm einen Atemzug lang direkt in die braunen Augen, nickte, als wäre der Betrag nichts für mich. Ein Tropfen auf dem heißen Stein, so wie für die meisten Studierenden hier. Dabei entsprachen die fünfhundert Dollar ziemlich genau der Summe, die zusammen mit Ians Scheinen in meiner Tasche ruhte. Mehr war nicht da und es war dämlich, so viel Geld zu setzen, gerade in meiner Situation. Es gab unzählige Möglichkeiten, das Geld besser zu investieren, und trotzdem hatte ich die zweihundertfünfzig Dollar wider besseres Wissen aus meiner Reserve genommen. Weil Ian etwas von Pokern gesagt hatte und ich nun einmal nicht hatte widerstehen können.

Du kannst es einfach sein lassen, weißt du? Du musst nicht spielen, du kannst einfach beobachten, etwas trinken und dann gehen.

Oder ich ziehe es durch und schaue, wie das Pflaster auf dem LSC aussieht. Ob ich hier eine Chance habe.

»Was ist? Bist du dabei oder nicht?« Der Spieler neben meinem direkten Nachbarn beugte sich ein wenig über den mit dunkelgrünem Filz ausgekleideten Tisch und suchte meinen Blick.

Mein Herz machte einen warnenden Satz, während das Prickeln stärker wurde. Und gewann. »Bin dabei.«

Ein zufriedenes Grinsen stahl sich auf seine Lippen, ehe er die locker gefalteten Hände löste und mir seine rechte hinhielt. »Miles.«

»Brynn«, gab ich zurück, speicherte seinen und die Namen meiner anderen Mitspieler ab und überließ es dann dem Croupier, das Spiel zu übernehmen. Innerhalb weniger Sekunden wurden aus Ians und meinen Scheinen farbige Chips, die ich säuberlich vor mir auftürmte und dabei die anderen beobachtete.

Das Grundprinzip von Blackjack war an sich einfach: Alles drehte sich um die Zahl einundzwanzig und man trat zwar gegeneinander, in erster Linie jedoch gegen den Croupier an. Wer mit seinen Karten näher an die einundzwanzig kam oder sie genau erreichte – Blackjack –, gewann oder blieb zumindest in der Runde. Das eigentlich Spannende daran begann dort, wo die offiziellen Regeln aufhörten und die Mathematik das Spielfeld übernahm. Besser gesagt, die mathematische Analyse und das Kartenzählen.

Wahrscheinlichkeiten spielten hier eine entscheidende Rolle. Wer sie kannte, hatte einen Vorteil. Wer dazu schnell rechnen und sämtliche Möglichkeiten im Kopf durchgehen konnte, während andere ahnungslos einen Schluck ihres Drinks nahmen … der war auf dem besten Weg, das Spiel an sich zu reißen.

Ich verbarg das Zucken meiner Mundwinkel, indem ich den Kopf auf den Tisch senkte und vorgab, mir meinen ersten Einsatz zu überlegen. Jeder Gedanke daran, dass ich nicht hier sein sollte, hatte sich bei dem Gefühl des Filztischs und der glatten Plastikchips unter meinen Fingern verabschiedet. Stattdessen übernahm die Logik, der Teil meines Gehirns, der die Welt als Gleichungen und Zahlen sah, der permanent Muster erkannte und ihre Möglichkeiten errechnete.

»Wir spielen ohne Nebenwetten nach den Lakestone-Hausregeln. Braucht ihr eine kurze Auffrischung?«, erkundigte sich der Croupier – Phil – und schaute dabei zwischen mir und dem Spieler ganz links hin und her. Noch ehe ich hätte zustimmen können – denn Hausregeln bedeuteten, dass sich Wahrscheinlichkeiten und der Bankvorteil in bedeutende Richtungen verändern konnten –, kam mir der zweite neue Spieler zuvor. Phil nickte knapp, ratterte die Regeln, von denen die meisten den üblichen Varianten entsprachen, die ich aus Oxford kannte, runter und als keine Einwände kamen, war das Vorspiel offiziell beendet.

»Gut, wenn es keine Fragen mehr gibt, beginnen wir. Eure Einsätze bitte.«

Ich fasste die Karten ins Auge und blendete die restliche Welt um mich herum aus: Die Studierenden neben mir, die Musik und Stimmen, Ian, der mir meinen Drink brachte und wortlos neben mir Stellung bezog, alles.

Alles bis auf die Karten, die Zahlen, meine Welt.

Zeit, meinem Kopf das Spielfeld zu überlassen.

KAPITEL 11

Can't Stop – Red Hot Chili Peppers

Kace

»Und das geht in Ordnung?« Ich senkte meine Stimme zu einem leisen Flüstern, ohne den Blick von Trix, die friedlich in ihrem Bett schlief, zu lösen.

»Natürlich, das ist kein Problem. Nächstes Mal übernimmst einfach du.« Susie, sie hatte einen kleinen Sohn, mit dem sich Trixie innerhalb kürzester Zeit angefreundet hatte, lachte leise. »Eine Hand wäscht die andere, du weißt schon. Und da Joel bei seinem Vater ist, habe ich heute Abend ohnehin nichts Besseres zu tun. Zumal Trix ein Goldstück ist, aber das weißt du.«

Seufzend nickte ich und konnte nicht verhindern, dass mich mein schlechtes Gewissen überkam. Es kam mir wie ein Kapitalverbrechen vor, meine Tochter zurückzulassen, um ausgerechnet mit Mason auf eine Party zu gehen. Keine Ahnung, was mich geritten hatte, seine Einladung anzunehmen, aber nachdem ich Mams Brief wieder hervorgekramt hatte, hatte ich es getan. Vermutlich waren es meine Nerven gewesen oder mein anhaltendes Versagen am Klavier, Trix' Enttäuschung, weil wir nicht mehr zusammen Musik machten, diese seltsame Unterhaltung mit Blondie in der Bibliothek, mein hoffnungslos verkorkster Verstand, alles und nichts davon … Scheiße, das war vollkommen bescheuert. Ich sollte bei Trix bleiben, ich gehörte zu ihr und –

»Ich kenne diesen Ausdruck.« Eine leichte Berührung am Arm ließ mich zu Susie schauen. »Man fühlt sich wie der schlimmste Mensch auf Erden, wenn man sein Kind das erste Mal in fremde Hände gibt, um sich zu amüsieren. Das ging mir mit Joel genauso, dabei sollte es das nicht. Wir mögen Eltern sein, aber wir sind immer noch … wir.«

Und dabei war das nicht das erste Mal. Trix hatte viel Zeit bei Bo verbracht, bei Mam und einmal sogar bei unserer Nachbarin. Einfach weil es keine Alternative gegeben hatte, doch das hier fühlte sich anders an. Vermutlich, weil ich nicht zur Arbeit ging, sondern auf eine *Party.*

»Wie dem auch sei«, meinte Susie dann. »Ich werde gut auf sie aufpassen und falls irgendetwas sein sollte, melde ich mich bei dir. Du brauchst dir keine Gedanken zu machen.«

Ich nickte wieder. Susie war eine gute Mutter, Joel war der beste Beweis und Trix würde es hier gut gehen. Daran würde ich mich festhalten und hoffentlich nicht durchdrehen. »Danke, Susie. Ich weiß das zu schätzen.«

»Genieß den Abend, Kace.«

»Danke«, sagte ich wieder und griff nach meiner schwarzen Cordjacke. Mason hatte zwar etwas von Dresscode gesagt, aber mehr als eine schwarze Jeans und ein gleichfarbiges Hemd hatte ich nicht angezogen.

Fehlte noch, dass ich mir irgendwo einen Anzug samt Krawatte besorgte und mich zum Clown machte.

Einen Moment lang blieb ich noch an der Gestalt meiner Tochter hängen, dann wandte ich mich resolut ab, bevor ich es mir noch anders überlegen konnte.

***

Masons Beschreibungen waren überraschend präzise gewesen, sodass ich den Eingang zum Untergeschoss des Altbaus sofort fand und wenig später die dunkle Holztür samt Schiebefenster, hinter der die ganze Sache steigen sollte. Schon auf dem Gang davor standen mehrere Studierende in Gruppen zusammen, tranken und lachten. Ich meinte, sogar den süßlichen Geruch von Gras unter all dem Parfum zu erkennen, und kam nicht umhin festzustellen, dass das hier überhaupt nicht zum noblen Lakestone Campus passte und gleichzeitig genau das war, was ich erwartet hatte. Junge Menschen in Abendgarderobe, die sich vergnügten und ihr Leben genossen. Abschalteten, sich treiben ließen, ohne das Ziel zu kennen. Bei den Gedanken zog ich unbewusst die Schultern höher und dachte ein weiteres Mal darüber nach umzudrehen. Schon draußen vor der eigentlichen Party war jeder Quadratzentimeter ein einziges Warnschild. Eindrücke, die mich zurück in die Straßen von Dublin trieben, obwohl das exklusive Ambiente meilenweit von den dunklen Gassen dort entfernt war. Und dennoch blieben die Intentionen, der Alkohol, die Drogen die gleichen.

»Da bist du ja, Mann.« Eine schwere Hand landete auf meiner Schulter. »Dachte schon, du kneifst.«

Ich verzog das Gesicht, konnte jedoch nicht verhindern, dass meine Mundwinkel ein wenig höher wanderten, als ich Masons breitem Grinsen begegnete. Der Kerl war ein verfluchter Glücksbärchi. Scheiße, ich hatte definitiv schon zu viele von Trixies Kinderserien geschaut.

»Vermutlich hättest du mich nicht so leicht vom Haken gelassen.«

»Als könnte man dich zu etwas zwingen, Kace«, erwiderte er nur und führte mich auf direktem Wege zu besagter Tür, was mir jede weitere Entscheidung abnahm.

Kaum, dass sich das Fenster geöffnet hatte, gab Mason ein Passwort von sich – die machten hier ganz offensichtlich wirklich keine halben Sachen – und nannte dann unsere Namen. Einen Moment später waren wir auch schon drin. Im Gewölbe, das seinem Namen alle Ehre machte. Unter der gewölbten Decke, die von massiven Säulen gestützt wurde, hatten sich so viele Studierende versammelt, tanzten, lachten und tranken, dass ich die Ausmaße des Raums unmöglich von hier ausmachen konnte. Unwillkürlich fragte ich mich, ob Blondie auch hier sein würde, ob das hier ihre Welt war, und verfluchte mich noch im selben Moment für diese Überlegung. Wusste der Teufel, warum ich überhaupt an sie dachte.

»Und? Was sagst du?«

»Ist die ganze Universität hier?« Ich musste deutlich lauter sprechen, damit er mich über die Musik hinweg verstehen konnte.

»Nein, bloß die Experts. Und geladene Special Guests, wie du und ich.« Zufrieden sah sich Mason um, als wäre das sein Königreich und er nach langer Zeit wiedergekehrt. »Aber am ersten und dritten Samstag im Monat sind die Partys immer besonders beliebt.«

Fragend hob ich eine Braue und schob die Hände in die Taschen meiner schwarzen Jeans, meine Jacke baumelte lose über meiner Schulter. »Warum? Gibt es etwas umsonst?« So eng, wie sich die

Menschen hier drängten, konnte man durchaus davon ausgehen, dass es Gratisdrinks gab. Oder noch etwas ganz anderes.

Statt mir zu antworten, deutete er auf eine Lücke, die sich zwischen den Feiernden aufgetan hatte. Kurz verstand ich nicht, worauf er hinauswollte, dann bemerkte ich, dass die Studierenden dort nicht einfach um einen Tisch herumsaßen, sondern … zockten. Vielleicht Poker? Ich hatte keine Ahnung von Glücksspielen, aber den vielen Chips nach zu urteilen, ging es dort richtig zur Sache.

»An zwei Wochenenden im Monat wird das Gewölbe zum Casino. Der Spielwiese für die sonst so hart arbeitenden Studierenden des Campus. Meiner Meinung nach die besten Tage, um hier zu sein.«

»Spielst du?«

»Nein, aber in diesen Nächten passieren die besten Dinge. Komm, ich stelle dir mal meine Leute vor. Du wirst sie lieben!«

»Sind die auch so unfassbar gut gelaunt?«

»Ich wusste, dass du meinem Charme früher oder später verfallen würdest.«

Meine Miene musste ihm Antwort genug sein, denn Mason klopfte mir nur auf die Schulter und führte mich direkt in die Menge. Um die Tische hatten sich regelrechte Pulks gebildet. Menschengruppen, die immer dichter wurden, je weiter wir uns rechts hielten.

Ich wollte mich gerade bei Mason erkundigen, wo genau er uns hinbrachte, als mein Blick an einem der Spieltische zu meiner Linken hängen blieb … und ich *sie* sah.

Sie saß zwischen sechs Studenten an einem halbrunden Tisch, hatte die Arme locker auf die mit Filz überzogene Oberfläche gelegt und war vollkommen in die Runde versunken.

Also ist das hier deine Welt, Blondie?

»Kace?«

Ruckartig schaute ich wieder zu Mason, der bereits einige Schritte weitergegangen war und sich nun zu mir zurückkämpfte. »Wolltest du abtauchen?«

»Nein, ich … hole mir nur noch was zu trinken. Komme gleich nach.«

»Wie du meinst. Wir sind ganz hinten rechts bei der Doppelsäule. Rufe mich sonst an, wenn du uns nicht findest.« Mason machte die universale Geste für *call me*, was mich die Augen verdrehen ließ, dann drehte er sich um und verschwand zwischen den Studierenden. Mit jeder Minute, die ich hier unten verbrachte, schienen es mehr Menschen zu werden … und dennoch fanden meine Augen zielsicher zurück zu dem Tisch, an dem Blondie saß. Und den ich aus einem Grund, über den ich nicht weiter nachdenken wollte, beobachtete, statt Masons Freunde kennenzulernen. Ich redete mir ein, dass mir Mason schon reichte und ich nicht noch mehr Glücksbärchis – danke, Trix – brauchte, doch um ehrlich zu sein … ich wusste, dass das Bullshit war. Mich hatte nicht der Gedanke an Masons Clique haltmachen lassen, sondern die Erinnerung an die Begegnung in der Bibliothek. Zwischen zwei Bücherregalen und unzähligen Worten, die mich eigentlich sofort hätten vertreiben sollen und doch hatten bleiben lassen …

Wenn ich gewinne, verrätst du mir, was dich gerade so wütend gemacht hat.

Ich hätte diese Unterhaltung abbrechen sollen. Schon als ich erkannt hatte, dass ausgerechnet sie Zeugin meiner nicht vorhandenen Selbstbeherrschung geworden war. Doch statt zu verschwinden, hatte ich geantwortet. Wieder und wieder und war immer weiter in diesen bescheuerten Strudel gerutscht.

Ein Strudel, der mich ein paar Minuten lang hatte vergessen lassen, warum ich gegen das Holz geschlagen hatte. Der mich die versaute Klavierstunde, meine Gedanken an Mam, an Abbot hatte vergessen lassen.

Mit verschränkten Armen lehnte ich mich gegen die Säule, die schräg gegenüber vom Kartentisch lag, und fixierte Blondie. Ein dämlicherer Name hätte mir echt nicht einfallen können. Kopfschüttelnd fuhr ich mir über das Kinn und verfolgte, wie sie auf den Tisch tippte, eine weitere Karte bekam und sich nur einen Sekundenbruchteil später ein triumphierendes Lächeln auf ihren Zügen ausbreitete. Ihre grünen Augen begannen zu funkeln, doch ich meinte, eine Spur Berechnung darin zu entdecken. Als hätte sie den Ausgang des Spiels bereits gekannt, noch bevor die Karte aufgedeckt worden war. Den Blicken ihrer Gegner, die zwischen Frust, Bewunderung und Neid schwankten, und der Menge an Chips vor ihr nach zu urteilen, geschah das nicht zum ersten Mal. Anscheinend war Blondie gut in dem, was sie da tat.

Eine neue Runde startete, zwei der vorherigen Spieler gingen und machten Platz für neue Kontrahenten. Blondie blieb, wo sie war. Während des Spiels bemerkte ich mehr als einmal ein kaum merkliches Nicken oder leichte Bewegungen ihrer Lippen, wenn der nächste Zug gemacht und Ergebnisse präsentiert wurden. Blondie wirkte nicht ein einziges Mal überrascht. Selbst dann nicht, wenn sie einmal gegen den Dealer verlor. Und ich erwischte mich dabei, ihr Geheimnis kennen zu wollen. Zu wissen, wie sie auch dieses Spiel lenkte. Woher die Berechnung in ihren Augen kam, wenn –

Abrupt riss ich mich von meinen Überlegungen los. Seit wann machte ich mir so viele Gedanken über jemanden, mit dem mich nichts verband?

Genau in diesem Moment hob Blondie den Kopf, nur ein kleines Stück, doch es reichte aus, damit sich unsere Blicke über die Menschen hinweg trafen. Ich sah, wie ihre Finger über den Chips, die sie gerade einpackte, verharrten, als würde sie sich ebenso wie ich fragen, was zur Hölle ich hier tat. Langsam kam es mir vor wie ein schlechter Scherz. Denn ganz gleich, ob wir es nun darauf anlegten oder nicht, wir schienen dazu verdammt, einander immer wieder zu begegnen.

Ich biss die Zähne aufeinander und wandte mich ruckartig ab. Etwas, das ich sofort hätte tun sollen, als ich sie entdeckt hatte. Ich konnte Blondie nicht mal ausstehen und legte es ganz sicher nicht darauf an, mir die nächste Runde mit ihr zu liefern.

Entschlossen schob ich mich zur Bar und bestellte eine eiskalte Cola. Ich würde Mason suchen und dann von hier verschwinden. Ende des Abends. Das kühle Glas in den Händen lief ich dieses Mal an der Wand des Gewölbes entlang in Richtung Doppelsäule, statt mich durch die Menge zu kämpfen und womöglich noch einmal Blondie zu begegnen, doch den Zug hätte ich mir sparen können.

»Ich wusste gar nicht, dass du auf Kartenspiele stehst«, sagte in dieser Sekunde eine helle Stimme hinter mir. Die unterschwellige Herausforderung darin kannte ich inzwischen nur zu gut.

Kurz erwog ich, so zu tun, als hätte ich sie nicht gehört, doch auch wenn meine Liste an Marotten von hier bis nach Dublin reichte, weglaufen gehörte nicht dazu. Das Bier in der einen Hand, die andere in der Hosentasche fuhr ich herum und versteifte mich unwillkürlich, als ich feststellte, wie nah wir einander waren. Uns trennte kaum eine Unterarmlänge voneinander und zwischen all den Menschen hier unten meinte ich, ihre Wärme überdeutlich auf meinen nackten Unterarmen zu spüren. Wir waren uns so nah, dass sie den Kopf ein wenig in den Nacken legen musste, um meinen Blick zu halten.

»Tue ich nicht, ein … Freund hat mich eingeladen«, gab ich mit deutlicher Verzögerung zurück und musterte sie. Anders als am Freitag trug sie heute keinen überdimensional großen Sweater, sondern ein eng anliegendes schwarzes Kleid, das ihr bis zu den Knien reichte. Ihre hellen Haare fielen ihr in großen Locken über die Schultern und obwohl es dieselbe Mischung aus Herausforderung und Neugier war, die mir aus ihren Augen entgegenstach, schien sie hier unten eine andere Version ihrer selbst zu sein. Entspannter, selbstsicherer. Eine Version, die es mir schwerer machte wegzuschauen.

Bei meiner Antwort zuckte es verdächtig um ihre Lippen. »Den du irgendwo verloren hast, als du mir aufgelauert hast?«

Meinte sie das ernst? Warum stand ich überhaupt noch hier? »Ganz sicher habe ich dir nicht aufgelauert.«

Blondie verlagerte ihr Gewicht auf das linke Bein und stützte die Arme in ihre Hüfte. »Dann hast du mir gerade nicht beim Blackjack zugeschaut?«

»Ich bin zufälligerweise vorbeigekommen, es sah wie ein spannendes Spiel aus. Dich hab ich kaum bemerkt«, erwiderte ich ungerührt, dabei hatte ich bis jetzt nicht einmal gewusst, dass es sich um Blackjack gehandelt hatte. Für mich hätte es genauso gut Mau-Mau sein können.

Amüsiert schüttelte sie den Kopf. »Hast du nicht gerade gesagt, du hättest nichts für Kartenspiele übrig, Kace?«

Fuck.

Ihr Grinsen wurde breiter, während ich mir wie der größte Idiot auf Erden vorkam. So viel zum Thema *nicht direkt in die nächste Begegnung hineinlaufen.* Nur mit Mühe unterband ich den Drang, mir fahrig durch die Haare zu streichen oder mir wahlweise einen Tritt in den Hintern zu verpassen. Und Blondie schien jede einzelne Sekunde, in der ich nach einer passenden Antwort suchte, zu genießen. Und mein Stolz, mein verfluchter unpassender Stolz machte es mir unmöglich, das auf mir sitzen zu lassen.

Moment. Wie auf Knopfdruck erinnerte mich eine kleine Stimme in meinem Hinterkopf an unsere Wette, die sie in der Bibliothek vorgeschlagen hatte.

»Es geht um deine dämliche Wette«, hörte ich mich sagen und stützte die Schulter gegen die Wand.

Ein Anflug von Überraschung huschte über ihre Züge, dann tat sie es mir gleich, sodass wir beide seitlich an der Wand lehnten, keine vierzig Zentimeter zwischen uns. »Das ging aber schnell. Ich habe ehrlich gesagt nicht damit gerechnet, dass du vor mir dahinterkommst.« Ihre Augen wurden zu smaragdgrünen Schlitzen. »Oder hast du geschummelt? Die Leute im Café gefragt?«

»Ausgerechnet du unterstellst mir, nicht nach den Regeln gespielt zu haben?«

»Bitte?« Sie wirkte ehrlich verwundert. »Willst du damit sagen, ich hätte bei unserer Wette geschummelt? Falls es dich beruhigt, ich habe bisher keinen blassen Schimmer, was deine Superkraft ist, Kace.«

Wie jedes Mal, wenn sie meinen Namen sagte, hallte er für eine Sekunde in mir wider. Weil er aus ihrem Mund vertrauter klang, als er sollte. Als würden wir uns kennen. Aber wir wussten nicht das Geringste voneinander, wir waren Fremde, und das aus gutem Grund. Vermutlich würden wir einander an die Gurgel gehen, sollten wir mehr als ein paar Minuten im selben Raum verbringen. Gott, darüber sollte ich nicht mal nachdenken.

»Wo genau habe ich also deiner Meinung nach betrogen?«, fügte sie an, als ich stumm blieb, und schob das Kinn etwas höher.

Ich räusperte mich. »Das Spiel gerade eben. Du hast irgendetwas mit den Karten gemacht.«

Blondie sah mich an, als hätte ich etwas vollkommen Abwegiges gesagt, dann lachte sie auf. »Was? Sie verzaubert vielleicht? Ich habe *Wahrscheinlichkeiten* berechnet, nichts als pure Mathematik. Es ist nicht verboten, seine Fähigkeiten zu nutzen. Andere können Pokerfaces durchschauen, ich durchschaue meine Chancen.«

Ihre Antwort unterstrich meinen ersten Eindruck nur noch mehr. Wir mochten einander nicht kennen, aber Blondie schien mir zu … klug, um beim Kartenspielen zu betrügen. Als hätte sie das bei ihrem Talent überhaupt nicht nötig. Und auch wenn ich ihr unterstellte zu bescheißen, wirklich dran geglaubt hatte ich nicht. Es war bloß nur mein nächster Schlag in diesem verwirrenden Abtausch gewesen, den wir einfach nicht beenden konnten.

»Dann ist das dein … Ding? Rechnen?«, fragte ich.

»Was ist deins?«

Obwohl ich es nicht wollte, zogen sich meine Mundwinkel nach oben. »Netter Versuch, aber so leicht mache ich es dir nicht.«

»Also hast du doch angebissen.« Ihre Wangen röteten sich leicht, was das Grün ihrer Augen kräftiger wirken ließ. Selbst jetzt, während sie mich aus schmalen Pupillen musterte, als wäre ich ihr Erzfeind. »Du machst es mir auch so schon einfach genug, keine Sorge. Die Wahrscheinlichkeit dafür, dass ich herausfinde, in welcher Fachrichtung du unterwegs bist, ist um einiges höher als das Herausfinden meines vollen Namens. Ich hab's durchgerechnet.«

»Dann nenne ich dich ab jetzt, wie? *Numbers?*«

»*Netter Versuch, aber so leicht mache ich es dir nicht*«, wiederholte sie meine Worte in derselben Stimmlage. »Also sind wir nach wie vor auf demselben Stand wie gestern: Du hast keine Ahnung von meinem Namen, ich keine Ahnung von deinem Talent.«

Ich nickte langsam und blieb aus irgendeinem Grund an ihren Lippen hängen, ehe ich den Blick wieder hochriss. »Scheint so.«

»Scheint so. Sag Bescheid, wenn du einen Tipp brauchst.«

»Es mag in deiner Rechnung nicht vorkommen, aber darauf kannst du lange warten.«

»Fein. Ich würde vorschlagen …«

»Brynn?«

Blondie fuhr zusammen.

Ich grinste selbstgefällig und dabei war es mir vollkommen egal, was das über mich aussagte. »*Brynn* also. Und schon fehlt mir nur noch die Hälfte zum Sieg.«

»Verdammter Mist«, murmelte sie und drehte sich zu dem jungen Mann mit langen dunklen Dreads und mahagonifarbener Haut um. Ich glaubte, ich hatte ihn schon ein paarmal hinter der Theke im Café gesehen. War sie mit ihm hier?

»Brynn Leary, ich habe dich überall gesucht. Warum bist du einfach vom Tisch verschwunden?« Der Kerl hob die Hände und ließ sie wieder fallen. Erst dann bemerkte er, dass Brynn nicht allein war. »Und du bist?«

Jemand, der gerade eine Wette gewonnen hat, wie es aussieht.

»Ich hatte hier etwas zu klären, Ian«, kam mir Brynn zuvor und klang dabei leicht säuerlich. Ich konnte es ihr nicht verdenken, eine Niederlage schmeckte immer bitter, egal, welcher Natur. Und der Sieg umso süßer.

Brynn Leary, formte ich lautlos und lächelte, wobei sich ihre Züge weiter verfinsterten.

Wer hätte das gedacht, aber langsam begann ich, den Reiz an der Sache zu verstehen. »Ich wollte ohnehin gerade gehen. Nicht, dass ich euch noch länger von den Spieltischen abhalte. Hat mich gefreut.« Mit diesen Worten stieß ich mich von der Wand ab und beugte mich im nächsten Moment, weil ich mich nicht davon abhalten konnte, meinen Triumph noch ein klein wenig länger auszureizen, noch einmal zu Brynn herab. »Offensichtlich sind deine Berechnungen falsch gewesen, Brynn Leary«, murmelte ich so nah an ihrem Ohr, dass mir ihr frisches Parfum in die Nase stieg. Ein Geruch, der mich an das irische Meer im Sommer erinnerte.

»Das war kein ehrenhafter Sieg. Ohne Ian wärst du nie drauf gekommen.« Ihre Erwiderung war nicht mehr als ein wütendes Zischen.

»Selbst die unehrenhaften Siege bleiben Siege, *Numbers.*« Ich lächelte und drehte den Kopf ein wenig in ihre Richtung, sodass meine Nasenspitze beinahe ihre erhitzte Wange berührte. »Und am Ende zählt nur das Ergebnis, das solltest du am besten wissen.«

KAPITEL 12

I Don't Like Mondays – The Boomtown Rats

Brynn

»Okay, ich gebe es auf, mein Kopf raucht und ich habe gerade statt Eruption *Korruption* geschrieben.« Stöhnend ließ ich meinen Kopf auf den Tisch sinken und vergrub die Finger in meinen Haaren.

Harlow, die mir gegenüber an einem der Tische in der Bibliothek saß, lachte leise. »Wie lange bist du eigentlich schon hier?«

»Seit sieben.«

»Sieben? Das sind fast neun Stunden«, sagte sie verblüfft.

Ich sah wieder auf. »Geht nicht anders. Das *Grundwissen,* das ich bis zum Wettbewerb auffrischen und in meinen Schädel bekommen will, entspricht etwa der Hälfte der Bücher, die du hier siehst. Leicht aufgerundet.«

»Klingt doch ganz leicht.« Schmunzelnd schob sie ihren Laptop, an dem sie bis eben in einer beinahe mörderischen Geschwindigkeit getippt hatte, zur Seite und beugte sich weiter über den Tisch. »Ein Grund mehr, eine Pause einzulegen. Glaub mir, ich weiß, wovon ich spreche. Meine erste Prüfungsphase auf dem Campus hat sich genauso angefühlt.« Von irgendwoher erklang ein »Psst!«, was Harlow ungerührt zurückgab, ehe sie gedämpft weitersprach. »Ohne Pausen hätte ich den Verstand verloren. Außerdem schafft es nichts von dem Zeug langfristig in dein Gedächtnis, wenn du keine Ruhephasen einlegst. Oder dich zwischendurch mal für eine Stunde mit etwas ganz anderem ablenkst.«

Ich stützte das Kinn in meine aufgestellten Hände. Harlows Erklärungen waren absolut plausibel. In meinem Leben hatte ich schon genug gelernt, ob nun für die Schule oder ganz für mich allein, um zu wissen, dass Fakten nur blieben, wenn man ihnen Zeit gab, sich zu setzen. Der eigentliche Grund, warum ich mich so vehement gegen eine Pause wehrte und seit zwei Tagen wortwörtlich in meinen Unterlagen vergrub, hatte blaue Augen. *Kace.* Pausen zu machen, bedeutete, sich mit unserer Unterhaltung im Gewölbe auseinanderzusetzen. Es bedeutete, wieder und wieder durchzugehen, was wir gesagt hatten. Es bedeutete, an den Moment zu denken, in dem er mir so nahe gewesen war, dass seine Wärme auf meiner nackten Haut gekribbelt hatte.

Und das wollte ich nicht.

Natürlich wollte ich das nicht.

Kace war Kace und auch wenn wir diese Wette gehabt hatten … uns verband nichts. Er war unfreundlich und es hatte ihm sichtlich Spaß gemacht, mich leiden zu sehen, nachdem Ian meinen Namen verraten und damit die Wette beendet hatte. Zu Kaces Gunsten.

Auch ohne Pausen dachte ich schon genug über seine kühlen blauen Augen nach, denen ich über den Spieltisch hinweg begegnet war. Über den Ausdruck darin, der mir eine Gänsehaut verursacht hatte. Über das schwarze Hemd, das an seinen trainierten Schultern gespannt hatte. Seine nackten Unterarme …

Herrgott noch mal, Bry!

»Bry? Hab ich mit meinem Vorschlag einen Kurzschluss verursacht?«

Ich blinzelte ein paarmal und schubste jede Erinnerung an Kace zur Seite. »Nein«, murmelte ich schließlich mit deutlicher Verzögerung und fuhr mir durch die Haare, ehe ich nach dem Scrunchie griff, um sie wieder zu einem Knoten zusammenzufassen. »Ich weiß nur nicht, ob ich gerade so eine gute Pausenbegleitung bin. Die Rädchen hören nicht auf, sich zu drehen.« Zumindest entsprach das der Wahrheit.

Einen Moment lang verengte Harlow nachdenklich die Augen, dann kehrte ihr Lächeln zurück. »Weißt du was? Ich glaube, ich habe eine Idee, wie wir deinen Kopf zur Ruhe bekommen.«

***

Ich fühlte mich, als würde ich etwas Verbotenes tun und jeden Moment dabei erwischt werden – was ja auch der Wahrheit entsprach. Stocksteif saß ich neben Harlow auf einem der Sitze, die in treppenförmigen Reihen vor einer gewaltigen Tafel angeordnet waren, und blickte unverwandt zu dem Professor, der gerade dabei war, seine Unterlagen zu ordnen.

»Was ist daran eine gute Idee, Har? Wenn die mich erwischen, werde ich hochkant vom Campus geworfen.«

Ihre Zähne blitzten auf, während sie ihre Sachen auf dem Tisch vor sich ausbreitete und die Ruhe in Person zu sein schien. »Entspann dich, Bry. Da muss schon etwas Größeres kommen, bevor Abbot Ernst macht. Ich habe letztes Semester … ziemlich viel Mist gebaut und bin immer noch hier. Vertrau mir, wenn ich sage, dass sich heimlich in Vorlesungen setzen nicht mal ansatzweise an meine Aktionen rankommt.«

Erstaunt drehte ich den Kopf zu ihr, entschied mich dann jedoch, nicht nachzuhaken. Har und ich verstanden uns gut, aber wir kannten einander nicht lange genug, um unsere Fehler in voller Pracht auszubreiten. Vielleicht irgendwann.

Wenn ich es auf den Lakestone Campus schaffen würde.

Und nicht vorher als Nichtstudentin im Hörsaal erwischt wurde.

Angespannt schob ich eine Hand unter meinen Oberschenkel und griff mit der anderen nach meinem kleinen, goldenen Polarstern. Wie immer beruhigte es mich, seine Spitzen auf der Haut zu spüren. Einen Teil des Universums immer bei mir zu haben.

Trotzdem wäre es vermutlich das Beste gewesen, mich gar nicht erst auf Harlows Idee einzulassen, als sie vorgeschlagen hatte, mich mit in ihre Vorlesung über numerische Mathematik zu nehmen. Doch letztlich waren mein Wunsch nach Ablenkung von einem gewissen Kerl und meine Neugier stärker gewesen. Wer war ich schon, Nein zu Zahlen sagen zu können?

Selbst die unehrenhaften Siege bleiben Siege, Numbers.

Oh, *damn it.* Wenn man vom Teufel sprach.

»Es wird dir gefallen. Komplizierte Algorithmen, Approximationen, das volle Programm«, sagte Harlow neben mir, nun mit deutlich gesenkter Stimme, denn der Prof war bereits an die Tafel getreten. Nur einen Moment später eröffnete er die Vorlesung.

Mit jeder Ziffer, die er aufschrieb, mit jeder Erklärung, die er über die Ziele der numerischen Mathematik gab, entspannte ich mich ein wenig mehr. Die Angst, erwischt zu werden, rückte in den Hintergrund, genau wie meine Gedanken über den Wettbewerb, über Kace, denn hier und jetzt übernahm mein Wunsch, jedes Wort wie ein Schwamm in mich aufzusaugen. Mehr zu erfahren, als Bücher mich lehren konnten.

Ich merkte gar nicht, dass Harlow mir ihren Block und einen Stift rüberschob, bis sie mich leicht mit dem Kugelschreiber antippte, ein wissendes Lächeln auf den Zügen, das ich sofort erwiderte.

Harlow und ich sprachen in dieser Hinsicht dieselbe Sprache.

In den nächsten eineinhalb Stunden notierte ich alles, rechnete, bis mein Kopf aus einem ganz anderen Grund als bohrende Gedanken rauchte, und versuchte bei jeder einzelnen Aufgabe, Professor Fielberg zu schlagen. Es gelang mir in sechs von acht Fällen – eine gute Quote fürs erste Mal.

Und als ich nach der Vorlesung mit Harlow und den anderen Studierenden des Kurses auf den Gang trat, fühlte ich mich so leicht wie seit einer kleinen Ewigkeit nicht mehr. Das war der Grund, warum ich hierherwollte: Vorlesungen wie diese, herausfordernde Themen, Menschen um mich herum, die genauso tickten wie ich.

»Danke, Har.« Aus einem Impuls heraus umarmte ich sie kurz. »Das habe ich gebraucht.«

»Ich dachte mir, dass du keine typische Lernpause brauchst, sondern eine Möglichkeit, deine Gedanken zu resetten. Eine Erinnerung daran, warum du dich durch all die Wälzer quälst.« Ihre Mundwinkel zuckten nach oben. »Die Zahlen sind dein Coden.«

»Coden?«

»Wenn mir alles zu viel wird und ich einen freien Kopf brauche, dann vergrabe ich mich in neuen Codes, programmiere, bis die Gedanken aufhören, sich wie ein irres Karussell zu drehen. Bei dir sind es komplizierte Gleichungen. Du hast Fielberg auf dem Papier ziemlich alt aussehen lassen.«

Ihr ehrliches Kompliment sorgte für ein warmes Gefühl in meiner Brust. »Zweimal war er schneller.«

»Es muss ja auch noch Luft nach oben geben«, entgegnete sie. »Ich muss jetzt zu meinem Zusatztraining – Feldhockey –, aber wenn es sich die Woche ergibt, können wir das gerne noch mal machen. Ich habe zwar keine Vorlesungen, die in Richtung Astrophysik gehen, könnte da aber durchaus was herausfinden. Es gibt ein paar Kurse, die groß genug sind, dass eine kluge Studentin mehr nicht weiter auffallen würde.«

Ich überkreuzte locker die Arme vor der Brust und verlagerte mein Gewicht auf das andere Bein. »So, wie du die Zugangscodes für die Bibliothek *herausgefunden* hast?«

Harlow hatte die Nerven, frech zu grinsen. »Ich arbeite für die Campus-IT. Ich muss die Systeme doch kennen. Nicht, dass sich noch jemand unerlaubt Zutritt verschafft.«

»Das wäre fatal.«

Ihr leises Lachen erklang hell und klar. »Ich kann es nicht erwarten, dich für immer auf dem Campus zu haben, Bry. Das meine ich ganz ernst.«

Nachdem sich Harlow verabschiedet hatte, überlegte ich, noch einmal in die Bibliothek zu gehen, entschied mich dann jedoch dafür, den Abend mit der WG zu verbringen. Montags brachte Bea immer Essen aus dem Restaurant, in dem sie ihre Ausbildung machte, mit nach Hause. Und ein Abend Ablenkung mit meinen Mitbewohnerinnen klang besser, als sich weitere Stunden allein den Kopf über Fakten zu zerbrechen.

Fakten und Kace.

***

Nachdem ich mich am Montag mit Harlow in die Vorlesung geschlichen hatte, wartete am nächsten Tag tatsächlich eine Nachricht mit passenden Kursen im Café auf mich.

»Guten Morgen. Das hat Har vorhin für dich abgegeben, Brynn. Hast sie um fünf Minuten verpasst«, begrüßte mich Ian, ohne im Fegen innezuhalten.

»Danke.« Ich griff nach dem Papier, auf dem einige Vorlesungen aufgelistet waren, die Har mit Anmerkungen wie *Kursgröße: hundertzwanzig Studierende, da bleibst du unsichtbar* oder *Prof kann sich keine Gesichter und Namen merken, du bist safe* versehen hatte. Grinsend schüttelte ich den Kopf und ließ den Zettel in der Tasche meiner weiten, dunkelgrauen Jeans verschwinden. Harlow war wirklich einmalig und ich nun mehr als versucht, besagten Fächern einen Besuch abzustatten.

Aber zuerst stand meine Schicht im Lakestone Café auf dem Plan.

»Du hast mir noch gar nicht verraten, wie es dir am Samstag gefallen hat«, sagte Ian, als ich mir gerade die Schürze über mein gestreiftes Crop-T-Shirt und mein dunkelgrünes Flanellhemd zog, und zwinkerte verschwörerisch in meine Richtung.

»Es war … nett.«

»Nett?«, wiederholte er ungläubig und verzog das Gesicht. »Du hast fast drei Riesen gemacht, Bry. Das ist mehr als nett.«

»Tausendfünfhundert. Wir haben geteilt, schon vergessen?«

Ian winkte ab. »Gewinn ist Gewinn. Du warst großartig da unten. Und vermutlich wäre noch viel mehr drin gewesen.«

Wäre es. Ich hatte mich in einigen Runden zurückgehalten und absichtlich Züge gespielt, für die ich schlechte Wahrscheinlichkeiten errechnet hatte. Alles Teil der Taktik. Nichts erweckte schneller Misstrauen als jemand, der ständig gewann.

Achselzuckend begann ich, die verschiedenen Kannen auszuwaschen, in denen die Milch für diverse Kaffeekreationen aufgeschäumt wurde. »Ich finde, es war ein großartiger Abend. Danke, dass du mich mitgenommen hast.«

»Das heißt, du bist wieder dabei? In zwei Wochen steigt das nächste Casino.«

»Das kann ich noch nicht sagen. Ich habe einiges zu tun und will mein Glück nicht herausfordern, weißt du, was ich meine?« Ich blickte vom Abwaschbecken auf und suchte Ians Blick.

Ein Anflug von Besorgnis glitt über seine Züge, dann fragte er mit gesenkter Stimme: »Liegt das an dem Typen, der dir blöd gekommen ist?«

Sprach er von Kace? Denn wenn überhaupt, waren wir uns gegenseitig blöd gekommen. So wie jedes Mal, wenn sich unsere Wege kreuzten.

»Nein.« Ich schüttelte den Kopf. »Und das ist er nicht. Wir … hatten nur eine Wette am Laufen.«

Verblüfft hielt er in seiner Bewegung inne und sah mich dann mit gespielt gekränktem Stolz an. »Und ich dachte, das wäre etwas zwischen dir und mir, Brynn.«

Amüsiert tätschelte ich seine Schulter. »Meine Wetten sind für alle da.«

Gemeinsam machten wir uns daran, den morgendlichen Ansturm vor der ersten Vorlesung zu bändigen, und kamen gut durch den Dienstagvormittag. In einer freien Minute ließ mich Ian sogar das erste Mal an die Siebträgermaschine und erklärte mir einige der Funktionen. Ich schwöre, dieses Ding war komplizierter als jede Weltraumrakete. Aber letztlich stand der erste Kaffee, den ich zubereitet hatte, vor mir und ich war angemessen stolz auf meinen Erfolg.

Kurz vor Schichtende machte ich meine übliche Runde durch das Café, sammelte leere Tassen und Teller ein, die nicht zurückgebracht worden waren, und wischte über die Tische. Draußen vor den großen Fenstern zeigte sich der Himmel zur Abwechslung einmal in einem strahlenden Blau und einige der Studierenden hatten es sich, noch in Schal und dicker Jacke, auf den Bänken gemütlich gemacht. Lächelnd blieb ich einen Moment an den Lichtreflexionen der Märzsonne, die über den Campus flackerten, hängen, an den kleinen Grüppchen und an … Kace. Meine Augen hatten ihn wie von selbst zwischen all den jungen Menschen gefunden, als wäre ihnen gar keine andere Wahl geblieben.

Kace lief mit langen Schritten über den hellen Kiesweg, seinen typisch nachdenklich-finsteren Ausdruck auf dem Gesicht, der mir mittlerweile wie eine Rüstung vorkam. Wie fast immer war er ganz in Schwarz gekleidet und sein aschblondes Haar so durcheinander, dass es … sexy wirkte.

Scheiße, seit wann fand ich Kace denn sexy?

Vielleicht seit du am Samstag sein Lächeln gesehen hast. Diese winzige, kaum merkliche Regung, die mühelos die Dunkelheit aus seinem Blick vertrieben hatte. Nur noch klares Blau übrig gelassen hatte. Klares Blau mit dunklen Sprenkeln, wie ein umgekehrter Himmel und das war … sexy. Einnehmend, attraktiv von der Sorte, von der man lieber die Finger lassen sollte.

Und es dennoch nicht wollte.

Oder konnte.

Den feuchten Lappen noch immer in den Händen war ich unfähig wegzuschauen, bis er schließlich hinter den Stämmen der Ahornbäume verschwunden war. Langsam atmete ich aus und merkte erst jetzt, dass sich die beiden Tische neben mir gefüllt hatten. Wie lange hatte ich da gerade sabbernd auf den Campus gestarrt?

Die Antwort war: *zu lange.* Verdammt, das war nicht gut. Es war nicht gut, dass es mir dieser Kerl so leicht machte, alles andere zu vergessen. Aus irgendeinem Grund war er in den vergangenen zwei Wochen zu einer Ablenkung geworden. Die ich nicht gebrauchen konnte, wenn ich es durch den Wettbewerb schaffen wollte.

Mit wehendem Pferdeschwanz wandte ich mich entschlossen ab und ging wieder an die Arbeit.

***

Ich schlich mich noch zweimal in Vorlesungen, in denen ich eigentlich nichts verloren hatte. Eine der Vorlesungen bezog sich auf die Grundlagen der Physik – ein wenig trocken, aber durchaus gut, um die Basics zu wiederholen. Doch die andere … die verschlang mich innerhalb weniger Sekunden mit Haut und Haaren. Sternkunde.

Knapp zwei Stunden versank ich voll und ganz in der Entstehung von Sternen, in ihrem Aufbau, in all den Begriffen und Erklärungen, die mich, seit ich denken konnte, in ihrem Bann gefangen hielten. Die der Grund waren, warum ich die Astrophysik gewählt hatte, warum ich zur NASA wollte, warum ich Antworten auf all die Fragen über den Kosmos finden wollte, die wir zu diesem Zeitpunkt vielleicht noch gar nicht kannten.

Mein Stift fuhr beinahe ununterbrochen über den Block, den ich mir besorgt hatte, und notierte alles. Dinge, die ich schon lange wusste, und Daten, Fakten, Zahlen, die mir neu waren. Wie Sterne, die entstanden und immer größer wurden.

Schätzungsweise gab es im sichtbaren Universum gut einhundert Milliarden Galaxien mit insgesamt etwa siebzig Trilliarden – das war eine Zahl mit zweiundzwanzig Nullen – Sternen, die unregelmäßig verteilt waren, *Sternenhaufen* bildeten und sich ununterbrochen bewegten. Immer vorwärts in dieser grenzenlosen Schwärze. Wie gerne würde ich das mit eigenen Augen sehen. Wie gerne würde ich eines Tages da oben sein, in der unendlichen Weite, umgeben von Phänomenen, für die wir seit Anbeginn der Zeit Erklärungen suchten.

»… im Laufe des Semesters werden Sie die Möglichkeit haben, mehrere praktische Übungen in unserem campuseigenen Observatorium durchzuführen. Unsere Sternwarte ist mit mehreren Teleskopen ausgestattet, die es Ihnen ermöglichen werden, einen detaillierten Blick auf Sterne und ihre Muster zu werfen. Ich werde Ihnen bei unserem nächsten Termin mögliche Übungen vorstellen und …«

Ich bekam kaum noch mit, was der Professor über die Kartografie von Galaxien erzählte, denn ich war irgendwo zwischen Sternwarte und Teleskop hängen geblieben. Mein Großvater war früher ein paarmal mit mir im *Radcliffe Observatory* in Oxford gewesen, als ich noch zur Grundschule gegangen war. Als Professor an der Universität hatte er mir diesen Traum ermöglichen können und auch wenn dort schon lange kein Teleskop mehr stand, war der Ort voller Magie gewesen. So wie alles, was mir mein Grandpa über die Sterne erzählt hatte. Er war der einzige in meiner Familie gewesen, der mich verstanden hatte, der genauso mit dem Kopf in den Sternen gelebt hatte, wie ich es tat, und dafür von allen verurteilt wurde. Mit seinem Tod war wortwörtlich mein Kosmos zusammengebrochen und gleichzeitig war mein Wunsch, Teil der astronomischen Welt zu werden, ins Unermessliche gestiegen. Nun nach all der Zeit eine Sternwarte betreten zu können, durch ein Teleskop schauen zu können …

»… damit ist unsere Vorlesung für heute beendet. Wir sehen uns in einer Woche wieder.«

Kaum, dass ich aus dem Hörsaal getreten war, führte mich mein Weg auch schon zum Seiteneingang der Bibliothek. Dieser Kurs, alle Kurse, die ich diese Woche besucht hatte, hatten meinen Entschluss, mich wieder voll und ganz auf mein Ziel zu fokussieren, gestärkt. Ich wollte an diese Uni und ich würde es schaffen.

Die Hände an den Trägern meines Rucksacks schob ich mich durch den schmalen Gang und tippte den Code in das Tastenfeld, ehe ich in die kühle Luft der Bib trat. Hinein in den vertrauten Geruch dieses Ortes, wo wisperndes Wissen in der Luft lag. Ich atmete tief ein, kam an, dann bog ich nach links in Richtung Wissenschaftsabteilung – als mich eine kühle Stimme in meinem Rücken jäh erstarren ließ.

»Dürfte ich den Grund dafür erfahren, warum du dich durch die Hintertür reinschleichst?«

Mein Herz setzte einen Schlag aus, während mein Kopf gleichzeitig meine Möglichkeiten durchging. Ich könnte die Beine in die Hände nehmen und mich in den Regalreihen verstecken. Ich könnte durch den Eingang flüchten, durch den ich gerade *geschlichen* war. Ich könnte eines der Bücher nehmen und meinem Verfolger über den Kopf ziehen – gut, das wäre selbst für mich etwas zu viel.

Letztlich entschied ich mich allerdings für keine dieser Varianten, sondern drehte mich nur langsam um.

Vor mir stand ein junger Mann mit hellbraunen Haaren, grauen Augen und einem ernsten Gesichtsausdruck, der zu alt für seine

Züge schien. Denn obwohl er dank seines Outfits aus Lederschuhen, dunkler Jeans und weißem Hemd auf eine gewisse Weise älter wirkte, konnten uns höchstens ein, zwei Jahre trennen.

»Das …«, setzte ich an, doch das, was in seinem Blick stand, hielt mich davon ab, auch nur einen weiteren Ton über die Lippen zu bringen.

»Ich denke, das sollten wir im Büro von Professor Abbot besprechen, findest du nicht?«

Und seine Worte fühlten sich an, als hätte er soeben mein Todesurteil unterzeichnet.

KAPITEL 13

My Life – Imagine Dragons

Kace

Ein Krachen hallte durch unser kleines Apartment im Campuswohnheim, dann laute, helle Schluchzer.

»Bo, bleib mal kurz dran, ich muss nach Trix schauen«, bat ich meinen alten Freund, während ich bereits auf halbem Weg ins Kinderzimmer war. Ich merkte kaum, dass ich mir das Knie am Wohnzimmertisch anstieß, nur mein Herz, das mir bis zum Hals schlug. Wenn Trixie irgendetwas passiert war –

»Peanuts?«, rief ich, noch ehe ich ihren Raum erreicht hatte, und wagte es erst gar nicht, den Gedanken zu Ende zu bringen. Einen Moment später trat ich durch den Türrahmen und blickte mich suchend um. Bis ich sie endlich fand. Ohne sichtbare Verletzungen, aber noch immer bitterlich weinend inmitten eines Durcheinanders aus Lego-Duplo-Steinen. Mein Puls sprang zurück in den richtigen Takt. Trixie hatte anscheinend ihr … *Dingsbums*, das sie gestern in der Kinderbetreuung mit Joel gebastelt hatte, runtergeworfen und ihre Tränen waren keinem Schmerz geschuldet, sondern purer kindlicher Enttäuschung.

Ich sah sie mit einem beruhigenden Lächeln an, obwohl mir die Sorge nach wie vor in den Knochen steckte, und nahm sie auf den Arm. »Hey, Peanuts, alles gut. Das bekommen wir wieder hin.«

Trixie vergrub nur weinend den Kopf an meinem Hals und klammerte sich an mich. Seufzend fuhr ich ihr in langsamen Kreisen über den Rücken, doch ihr Schluchzen wurde nicht weniger. Ich nannte diese Tage Trixies Quengeltage, an denen sie scheinbar ohne Grund schlecht drauf war und jede noch so kleine Sache in einer Katastrophe enden konnte. Nicht, dass ich ihr die schlechte Laune vorwerfen würde, schließlich war das gewissermaßen mein Dauerzustand und manchmal glaubte ich, dass sie bereits jetzt viel zu viel von meinen negativen Seiten angenommen hatte. Denn auch wenn Trixie in den meisten Augenblicken puren Sonnenschein in sich trug und meine Dunkelheit gar keine Chance gegen sie hatte, gab es diese Tage, an denen es ihre eigene kleine Sonne nicht durch die Wolken schaffte. Und es machte mir Angst, dass meine grimmige Laune und ich der Grund dafür sein könnten.

Mit diesen Gedanken im Kopf und meiner Tochter auf dem Arm lief ich so lange durch die Wohnung, bis sie endlich einschlief. Karen hatte mir vorhin gesagt, dass sie Trix, als der Mittagsschlaf angestanden hatte, nicht hatte beruhigen können und schließlich gezwungen gewesen war, mich aus der Vorlesung zu holen. Ein Teil von mir war sogar froh über ihren Anruf gewesen, nicht, weil ich Trix diesen Tag wünschte, sondern weil er mich vor weiteren sechzig spiellosen Minuten am Flügel bewahrt hatte.

Ich hoffte nur, dass Trix nichts ausbrütete.

Seufzend hauchte ich ihr einen Kuss auf die weichen Haare, verlor mich einen Moment in ihrem sanften Geruch und setzte mich dann gemeinsam mit ihr wieder an den Küchentresen.

»Bin wieder da«, meinte ich, das Handy in der einen Hand, Trix im anderen Arm.

»Alles gut mit der kleinen Erbse?«

»Ja, sie hat nur einen schlechten Tag.«

»Haben wir den nicht alle von Zeit zu Zeit?« Bos Stimme war belegt, als er das fragte. Wenn sich einer mit miesen Momenten auskannte, dann Robert Sheffield.

Ich atmete aus. »Eben. Wo waren wir stehen geblieben?«

Im Hintergrund hörte ich Bo hinter der Theke seines Pubs hantieren und konnte ihn förmlich vor mir sehen. »Du wolltest mir davon erzählen, wie deine Suche nach dem Erzeuger bisher verläuft und warum mein Wunderknabe keinen einzigen Ton mehr am Klavier hervorbringt.«

Ich schluckte trocken. »So kann man es auch ausdrücken.«

»Ist doch die Wahrheit. Niemand nimmt es dir krumm, dass du leidest. Gemma zu verlieren ... beim Allmächtigen, das ist scheiße, kann man nicht anders sagen, *buachaill*, aber in all der Zeit, selbst als ... du weißt schon und die Sache mit Trixies Mam ... du hast immer gespielt. Deine Musik ist nie verstummt.«

Meine Brust zog sich zusammen, wurde ganz kalt, bis nur noch Trix' Wärme übrig war. Meine kleine Sonne. »Vielleicht war es ein Fehler herzukommen.«

»Ist es nicht und war es nie. Hier hättest du nur viel zu viele Stunden in meiner versifften Spelunke verbracht, Kace.«

»Ist was dran«, murmelte ich. »Es ist einfach gerade ... viel.« Und in diesem viel steckten ganze Welten.

Der Tod meiner Mam, den ich nicht ansatzweise verarbeitet hatte. Die Frage nach meinem Vater. Trix. Mein Scheitern an der Uni. Brynn ... ihr Name war wie eine helle Note, die einmal durch meinen Körper raste. Sie hätte ich am wenigsten auf meiner deprimierenden Liste erwartet und dennoch war sie da. Zwischen all den Dingen, über die ich mir den Kopf zerbrach – und da gehörte sie definitiv hin. Seit Samstag, seit sie es ein weiteres Mal geschafft hatte, mich in diese verworrene Unterhaltung über Wetten und Schummeln, über Kartenspiele und noch etwas vollkommen anderes, für das ich hier und jetzt keine Bezeichnung besaß, zu ziehen. Mühelos. Wie in der Bibliothek. Als würden mich ihre Worte locken und ich wäre unfähig wegzuhören.

Wie bei einer perfekten Symphonie.

For fuck's sake.

»Ich weiß nicht, was ich tun soll, Bo«, sagte ich nach ein paar Augenblicken, in denen nur unser Atem die Stille gefüllt hatte. Bos, Trixies und meiner.

»Ach, Junge, ich mag alt sein, aber nicht allwissend.«

»Das habe ich nie behauptet.«

»Werd nicht frech da drüben.« Sein raues Lachen war beinahe schmerzlich vertraut. »Ich kann dir nur den Rat geben, den mir mein Vater viel zu oft gegeben hat und der unglücklicherweise immer gestimmt hat. Irgendwo musst du anfangen. Am besten dort, wo du etwas bewirken kannst.«

Ich konnte den Tod meiner Mutter nicht ändern.

Ich konnte zumindest aktuell nicht spielen.

Aber ich konnte nach wie vor für Trix da sein.

Und ich konnte endlich herausfinden, wer Harvey Abbot war.

***

Wie es aussah, konnte ich doch nicht so einfach herausfinden, wer Harvey Abbot war.

»Es tut mir leid, aber in den nächsten drei Wochen hat Professor Abbot leider keine freie Kapazität für einen Termin ohne Dringlichkeit«, ließ mich eine der Mitarbeitenden in der Campusverwaltung wissen.

»Und wie definieren Sie Dringlichkeit?« Meine Unzufriedenheit war mir deutlich anzuhören, dabei konnte die Frau mit der roten Designerbrille am wenigsten für meine vermaledeite Lebenssituation.

»Sie werden sich wie alle anderen gedulden müssen, Mr Holloway.«

Drei Wochen. Obwohl ich dem ganzen Thema zuvor aus dem Weg gegangen war, sträubte sich nun plötzlich etwas in mir dagegen, so lange warten zu müssen. Woher dieser Impuls auch immer kommen mochte, ich hatte jetzt mit einem Mal das Gefühl, endlich vorwärtskommen zu müssen – in irgendeiner Hinsicht – bevor ich noch den Verstand verlieren würde.

Ich bedankte mich mit ein paar gemurmelten Worten und ließ den Verwaltungstrakt des Lakestone Campus hinter mir. Die Sonne schien viel zu hell an einem wolkenlosen Himmel, als wollte sie mir persönlich ins Gesicht lachen.

Knurrend versenkte ich die Hände in den Taschen meiner schwarzen Jeans und schlug den Weg zurück ins Wohnheim ein. Trix war bei Joel und Susie, die spontan Zeit gehabt hatte, ein Auge auf meine Tochter zu haben. Wie durch ein Wunder hatte sich Trix' schlechte Laune sofort verzogen, als sie mit Joel angefangen hatte, das *Dingsbums* wieder zusammenzusetzen. Ich wünschte, mit meinen Wolken wäre es genauso einfach.

Wie sollte ich an Abbot rankommen, ohne einen Termin zu bekommen oder ihm abends aufzulauern? Der Mann war quasi ein Phantom und in meiner Zeit hier hatte ich ihn nur zweimal kurz zu Gesicht bekommen.

Während ich gewissen anderen Personen ständig begegnete.

Ich kickte einen Stein zur Seite, der mit einem vernehmlichen Platschen im See landete, und biss die Zähne aufeinander. Dringlichkeit … was bitte schön war ein *dringlicher* Grund? Sollte ich eines der Fenster einschlagen? Oder –

Ich blieb stehen.

Das könnte klappen. Nicht zwangsläufig die Sache mit dem Fenster, aber jemand, der Scheiße baute, landete beim Direktor, oder nicht?

Ich erlaubte mir erst gar nicht, darüber nachzudenken, was allein diese Überlegung über den Zustand meines Verstandes aussagte. Oder über den Grad meiner Verzweiflung. Stattdessen spann ich den Gedanken weiter. Es musste etwas sein, das mich in Abbots Büro brachte, jedoch nicht gleich mein Stipendium kostete oder Trix schaden würde. Ein schmaler Grat, aber immer noch breit genug, um einen Fuß vor den anderen zu setzen.

Stirnrunzelnd ließ ich den Blick über den Campus gleiten und blieb an dem Baugerüst auf der Südseite des Altbaus hängen.

Perfekt.

Ich setzte mich wieder in Bewegung und hatte wenig später das Gerüst erreicht. Zu meinem Glück konnte ich nirgendwo Angestellte der Baufirma entdecken oder sonst jemanden, der mich direkt von diesem Schwachsinn abhalten konnte.

Du bist alt genug, dich selbst von diesem Schwachsinn abzubringen, Kace Holloway.

Und alt genug, meine eigenen dummen Entscheidungen zu treffen.

Im nächsten Moment hatte ich mich auch schon durch die Absperrung gequetscht und die Sprossen der ersten Leiter ergriffen. Das Metall knirschte besorgniserregend unter meinen Schritten, während ich immer höher stieg. Erfreulicherweise war ich schwindelfrei, denn schon nach wenigen Minuten befand ich mich auf gut dreißig Metern über dem Boden auf nichts als dünnen Platten aus quietschendem Metall. Eine Hand auf dem kühlen Gestänge schob ich mich durch das Gerüst, bis ich eine Stelle erreicht hatte, die gut vom Campus aus zu sehen war, und ließ mich auf die Platten sinken. Meine Füße baumelten frei über dem Boden und auch wenn mir die Höhe keine Angst machte, konnte ich das Schlagen meines Herzens überdeutlich spüren. Als wollte es mich fragen, was zur Hölle ich hier tat.

Das frage ich mich auch häufig genug.

Ein freudloses Lächeln auf den Lippen griff ich in die Innentasche meiner Jacke und zog die Zigarettenpackung hervor. Zwanzig Stängel, die ich nie rauchte und dennoch als Erinnerung immer bei mir trug. Wie schon unzählige Male zuvor steckte ich mir eine unangezündete Zigarette zwischen die Lippen, schob den Rest zurück in die Tasche und ließ den Blick schweifen. Von hier oben hatte man eine beeindruckende Sicht auf den Lakestone Campus. Die sieben Gebäude samt See mit Insel, die große Sportanlage und die säuberlich angelegten Gärten, alles umringt von einer efeubewachsenen Mauer, die diese Welt von der äußeren trennte. Ob draußen die Zeit genauso verging, wie sie es hier tat?

Ich tippte auf meinem Oberschenkel die ersten Takte des Stücks *Time* von Hans Zimmer, die einzelnen Noten als laute Töne in meinen Gedanken. Die Musik war immer noch da, das, was sie für mich war, doch seit Mams Tod schien sie in meinem Kopf gefangen zu sein. Als könnte ich jene Tür, die ich, seit ich das erste Mal am Klavier gesessen hatte, besaß, nicht mehr öffnen. Ganz gleich, wie sehr ich auch daran zerrte und zog, sie blieb verschlossen.

Ich starrte beinahe anklagend auf meine Finger, ehe ich den Blick hob. Im nächsten Moment fuhr ich fluchend zusammen.

»Wenn ich Sie wäre, würde ich die Zigarette sofort ausmachen und auf der Stelle dort runterkommen.« Direkt hinter mir hatte sich ein Fenster geöffnet und darin stand eine verdammt wütend aussehende Frau mit braunschwarzen kurzen Haaren und einem Blick, bei dem es selbst mir eiskalt den Rücken hinunterlief. »Und auf dem Weg zu Professor Abbot können Sie mir direkt erklären, was Sie dort getrieben haben.«

Ich steckte definitiv in der Scheiße.

Ganz genau so, wie ich es beabsichtigt hatte.

***

Während mich die Frau – Professorin Stolsson – wie einen Schuljungen über den Campus zurück ins Verwaltungsgebäude führte, begann ich, mich zu fragen, ob das wirklich die richtige Entscheidung gewesen war. Ob ich nicht eine andere Lösung für dieses Problem hätte finden sollen. Doch kaum, dass ich vor der Tür zu Harvey Abbots Büro auf einer der harten Bänke Platz genommen hatte, fragte ich mich überhaupt nichts mehr. Stattdessen hatte ich schweißnasse Hände, ein schrilles Piepen im Ohr und das Gefühl, mich jeden Moment übergeben zu müssen.

Mein Plan hatte nur bis hierher gereicht – mein Ziel war nur gewesen, es bis in sein Büro zu schaffen – und dann … Wie sollte ich herausfinden, ob etwas an Mams Behauptungen dran war? Ich würde einen Teufel tun und ihn direkt fragen, nicht, solange ich keinerlei feste Anhaltspunkte hatte. Keine Beweise für … diese Theorie. Zumindest versuchte ich, mir das einzureden, denn hier und jetzt wurde mir bewusst, dass mich etwas vollkommen anderes zurückhielt: Angst. Angst vor Antworten, für die ich nicht bereit war, und ich verfluchte, dass ich jetzt, wo ich auf dem Weg zu Abbot war und mich der anfängliche Mut verlassen hatte, beinahe ununterbrochen über einen Rückzug nachdachte.

Verdammter Dreck.

Die doppelflügelige Tür aus dunklem Holz öffnete sich mit einem leisen Knarren, dann kehrte Professorin Stolsson zurück in den breiten Flur. »Sie können jetzt rein. Ich habe Professor Abbot bereits über Ihren Ausflug auf das Baugerüst in Kenntnis gesetzt.«

Ich stand auf und nickte ihr wortlos zu. Ein Wunder, dass meine Beine nicht einfach unter mir nachgaben, so übel, wie mir gerade war. Stolssons stechenden Blick im Nacken überwand ich die fünf Meter bis zur Tür und blieb dann noch einmal stehen. Es war keine große Sache, oder? Ich ging da rein, holte mir meine Zurechtweisung ab und … warf einen genaueren Blick auf Harvey Abbot, ganz einfach.

Harvey Abbot, mit dem meine Mam eine *wilde Zeit* gehabt hatte. Fuck, daran war absolut nichts einfach.

»Worauf warten Sie noch, Mr Holloway?«

Ich räusperte mich und nickte abermals, dann betrat ich endlich sein Büro.

»Mr Holloway, setzen Sie sich.« Abbots Stimme ließ mich zusammenfahren und ich hasste mich dafür. Ich war schon mit ganz anderen Situationen fertiggeworden. Ich hatte die beschissenen Papiere unterzeichnet, um Mam einäschern zu lassen. Warum also brachte mich diese Begegnung so aus dem Gleichgewicht?

Ich biss die Zähne aufeinander, hob endlich den Blick und sah direkt zu Harvey Abbot. Keine Ahnung, was ich erwartet hatte, einen Funken, irgendeinen Moment der Wiedererkennung, eine Regung in seinen Zügen. Doch da war nichts. Nichts bis auf einen einzelnen Gedanken.

Er ist alles, was ich nicht bin.

Harvey Abbot schrie von seinen Füßen bis zum Scheitel nach Geld und Status. Nach jemandem, der an seinem für ihn reservierten Platz im Leben stand. Mit dem dunkelblauen Dreiteiler, dem makellosen weißen Hemd darunter, der passenden Krawatte, die unter der Anzugweste verschwand, der Rolex an seinem rechten Handgelenk, dem leicht gehobenen Kinn, den aufmerksamen grauen Augen. Mein Herzschlag dröhnte mir in den Ohren, als ich sein gesamtes Erscheinungsbild erfasste, eingerahmt von dem wuchtigen Mahagonischreibtisch, hinter dem er stand. Die restliche Einrichtung seines Büros war genauso eindrucksvoll: teure Antiquitäten und schwere Ledercouchen, in seinem Rücken die großen Fenster, hinter denen sich der Campus ausbreitete. Sein Herrschaftsgebiet.

Meine Schultern entspannten sich ein wenig. Er konnte es nicht sein, er konnte nicht mein Vater sein, denn wir hatten nicht das Geringste gemeinsam.

»Mr Holloway?«

Ich ließ lautlos meinen Atem entweichen und setzte mich mit langen Schritten in Bewegung, bis ich die freien schweren Sessel vor dem Schreibtisch erreichte und mich darauf niederließ. Je schneller wir das hier hinter uns brachten, desto eher konnte ich den Raum wieder verlassen. Schließlich war ich für meinen Teil hier fertig.

»Ich werde Sie nicht darüber aufklären, dass das Betreten des Baugerüsts ein Verstoß gegen mehrere Vorschriften darstellt, denn ich bin mir sicher, dass Ihnen dieser Umstand mehr als bewusst ist.« Abbot blieb noch einen Moment länger stehen, dann ließ er sich mir gegenüber auf seinen Stuhl sinken.

Und ich konnte nicht anders, als ein weiteres Mal seine Züge zu mustern, die zwei steilen Falten, die sich zwischen seine dunklen Brauen gegraben hatten, das markante Kinn, die Wangenknochen.

Abbot erwiderte meinen Blick ungerührt. »Was mich interessiert, ist das *Warum*, Mr Holloway.«

Ich schluckte und drehte den Kopf zur Seite. »Es war ein Scherz.«

»Ein Scherz?«, wiederholte er ohne die geringste Wertung oder Emotion in der Stimme, die einen Aufschluss über seine Gedanken hätte geben können. Aalglatt. Seine Stimme war aalglatt. So wie meine in den meisten Fällen.

Da hast du deine Gemeinsamkeit.

Ich schob diesen Mist nachdrücklich von mir und presste die Kiefer aufeinander.

Abbot stützte die Ellenbogen auf den Schreibtisch, die Hände unter seinem Kinn gefaltet. »Ich denke, dass Sie zu klug sind, um *Scherze* dieser Art zu machen.«

»Vielleicht irren Sie sich, Professor. Sie kennen weder mich noch meine Art zu scherzen.« Die Worte klangen unerwartet rau, als ich sie aussprach, und hinterließen aus irgendeinem Grund einen bitteren Nachgeschmack auf meiner Zunge.

»Wenn es um Menschen geht, irre ich mich selten, Mr Holloway.

Ich mag nicht in jedem einzelnen Kurs dieser Universität dozieren oder über jedes Detail Ihres Lebens im Bilde sein, aber ich kenne meine Studierenden auf die Weise, auf die es in meinen Augen ankommt.«

Ich wusste nicht, was ich darauf hätte erwidern sollen, also schwieg ich.

»Ich weiß beispielsweise, dass meine Studierenden intelligente, junge Menschen sind, die herausragende Fertigkeiten besitzen und auf ihre ganz individuelle Art den Wunsch haben, etwas zu verändern. So wie Sie. Andernfalls wären Sie meiner Einladung, hier Musik zu studieren, nicht gefolgt und hätten dem Einschätzungsgespräch nicht standgehalten. Oder irre ich Ihrer Meinung nach auch hierbei?«

Ich schaute wieder zu ihm, im nächsten Moment geriet mein Atem ins Stocken, als mein Blick an seinem rechten Handgelenk hängen blieb. Nicht wegen der funkelnden Rolex dort, sondern dem, was darunter hervorschien. Ein braunrotes Muttermal von der Größe einer Zweieuromünze mit ausgefransten Umrissen. Umrisse, die mir vertraut waren, obwohl ich Abbots Arm nie zuvor gesehen hatte. Und das brauchte ich auch gar nicht, denn ich kannte mein Handgelenk und das Muttermal, das dort saß. In derselben Größe. Bo hatte mal im Spaß gemeint, es wäre der Beweis dafür, dass ich durch und durch Ire war, weil das Mal gewisse Ähnlichkeiten mit der Form Irlands besaß. Nach ein paar Pints und mit viel Fantasie vielleicht.

»Mr Holloway?«

Ich ballte die Hände zu Fäusten und war unfähig, den Blick zu lösen, während sich mein Schädel mit einem Schlag zu eng für mein Gehirn anfühlte. Das hatte nichts zu bedeuten, oder? Viele

Menschen besaßen seltsame Muttermale und nur, weil Trixie das Mal von mir geerbt hatte, bedeutete das nicht, dass ich …

»Kace?«

Mein Name – mein *Vorname* – riss mich ohne Vorwarnung zurück an den Schreibtisch. Zurück zu Abbot, der mich noch immer mit diesem undurchdringbaren Ausdruck musterte. »Gehe ich recht in der Annahme, dass Sie sich in den letzten Minuten mental in einem anderen Zimmer befunden haben?«

Ich presste eine knappe Entschuldigung hervor und schüttelte den Kopf, ehe ich nur eine Sekunde später nickte. Gott, ich musste mich dringend zusammenreißen, wenn ich das hier überstehen wollte, ohne mich in irgendetwas zu verrennen. Also griff ich instinktiv nach dem einzigen Thema, bei dem ich mir immer sicher war, weil Trix nun einmal *immer* an erster Stelle stand. »Meine Tochter. Ich muss sie in knapp fünfzehn Minuten bei einer Bekannten abholen.« Und das war nicht gelogen, die Zeit, in der Susie auf Trix aufpasste, war so gut wie vorbei. »Mir … mir ist klar, dass meine Handlung Konsequenzen haben wird und dieses Gespräch erforderlich ist, deswegen … vielleicht sollte ich Bescheid geben, dass ich etwas später kommen werde.«

Einen Moment lang schwieg Abbot, dann richtete er sich wieder auf und legte die Hände flach auf die Arbeitsplatte vor sich. »Ich denke, das wird nicht nötig sein. Es ist nicht meine Absicht, Ihnen einen langen Vortrag über Ihren Verstoß zu halten oder deswegen *Konsequenzen* zu ziehen, die den Rahmen der nächsten fünf Minuten sprengen werden.« Er seufzte leise. »In erster Linie geht es mir darum, die Gründe hinter den Aktionen zu erfahren und zu verstehen. Gerade ihr Fall gibt mir Rätsel auf, Mr Holloway.« Bevor ich ihn fragen konnte, was er damit meinte, fuhr er auch schon fort.

»In mancher Hinsicht mögen Sie mit ihrer Unterstellung, ich würde Sie nicht kennen, recht haben, aber ich besitze eine sehr gute Menschenkenntnis. Ihre letzte Aussage verrät mir, dass Sie ein Vater sind, der nichts über das Wohl seiner Tochter stellt. Als Letztes sich selbst. Warum also haben Sie heute damit gebrochen, wo es Ihnen sonst wichtig ist, ein gutes Vorbild für Beatrix zu sein?«

Vorbild. In mir verkrampfte sich etwas. Weil Abbots Worte wahr waren und gleichzeitig so weit weg von der Realität. Ich gab alles für Trix, würde alles für sie tun, aber das machte mich noch lange nicht zu einem guten Vorbild. Nicht bei dem, was ich alles getan hatte. Bei den Dingen, die ich so oft dachte.

Ich ballte die Hände zu Fäusten und murmelte: »Man tut seltsame Dinge, wenn es um die Familie geht.«

»Das ist wahr.« Zu meinem Erstaunen wurden Abbots Züge ein wenig weicher, vielleicht hakte ich deswegen nach. Deswegen und weil meine Augen schon wieder zu diesem vermaledeiten Muttermal gewandert waren.

»Sprechen Sie aus Erfahrung?«

Ein Augenblick des Schweigens entstand, in dem ich das erste Mal sichtbare Emotionen in seiner Miene erkannte. Emotionen, die mir bekannt vorkamen, die mich tagtäglich begleiteten. Schuld. Schmerz. Wut. Zuneigung. Diese widersprüchliche, explosive Mischung, die einem die Sicht rauben oder unvorstellbare Kraft verleihen konnte.

»Ich habe einen Sohn.«

Die Luft im Raum schien sämtlichen Sauerstoff zu verlieren. Wurde unfassbar schwer. Wie ein Gewicht, das sich immer weiter auf meine Schultern herabsenkte, während diese Worte wie glühende Stacheln in meine Brust vordrangen.

Ich habe einen Sohn.

Er hatte einen Sohn. Mit dem es auf irgendeine Art und Weise kompliziert war, sonst hätte er anders geklungen. Oder? *Oder?*

Er musste … er musste mich meinen. Er wusste etwas und ich musste irgendwie herausfinden, was.

Fuck.

Ich öffnete den Mund, schloss ihn wieder, öffnete ihn ein weiteres Mal, doch noch bevor ich auch nur einen einzigen Laut hätte hervorbringen können, klopfte es an der Tür. Und der Moment war vorüber.

»Professor Abbot, bitte verzeihen Sie die Störung, aber hier ist eine junge Dame, die ohne Befugnis Räumlichkeiten der Universität betreten hat.«

Abbots Miene wurde innerhalb eines Sekundenbruchteils wieder glatt, höflich, offen, aber ohne jegliche persönliche Regung. »Danke, Mrs Bertram. Sie kann vor der Tür warten, ich kümmere mich gleich darum.«

»Ich gebe es weiter, danke.« Die Assistentin nickte und verließ das Büro.

»Was ist heute bloß auf dem Campus los?« Kopfschüttelnd erhob sich Abbot von seinem Stuhl und warf einen Blick auf seine Rolex. »Nun, ich denke, wir sind hier ohnehin fertig.«

Noch vor ein paar Minuten hätte ich ihm zugestimmt und wäre, ohne zu zögern, aus diesem Raum gegangen, doch jetzt konnte ich dieses verdammte Gefühl in meiner Magengegend nicht mehr ignorieren. Was war, wenn Abbot etwas ahnte? Wenn hinter meiner Einladung auf seinen Campus mehr steckte? Mir stieg die Galle in der Kehle hoch.

Warum sagte er es dann nicht? Warum sprach er es nicht einfach aus?

Und trotz dieser wütenden Gedanken war da mit einem Mal noch etwas anderes … das Gefühl, auf etwas gestoßen zu sein. Auf einen Anfang. Eine Möglichkeit auf Antworten, nach denen ich unterbewusst schon mein Leben lang gesucht hatte.

»Ich sehe davon ab, Ihnen eine sinnlose Strafe aufzubrummen, und belasse es jetzt bei einer Verwarnung. Halten Sie sich zukünftig von Gerüsten fern, Mr Holloway, und denken Sie an Beatrix. Sie sind Ihr Vater, Sie sollten mit gutem Beispiel vorangehen. In jeder Hinsicht. Sie können jetzt gehen.«

Ich sah zu ihm auf und mahlte mit den Kiefern, doch Abbot hatte sich bereits den Dokumenten auf der linken Hälfte seines Schreibtischs zugewandt. Das Gespräch war beendet und meine Chance vertan.

Würde ich nicht so neben mir stehen, hätte ich noch etwas gesagt. Irgendetwas von dem, was mir im Kopf herumschwirrte, ausgesprochen. Doch so würgte ich nur ein »Danke« hervor, drehte mich um und verließ das Büro.

Mit hämmerndem Puls, noch mehr Fragen und mit etwas, was mir schon einmal ohne Vorwarnung den Boden unter den Füßen weggerissen hatte.

Hoffnung.

KAPITEL 14

Head Held High – Sera

Brynn

Ich starrte auf das Holz der doppelflügeligen, mit aufwendigen Schnitzarbeiten versehenen Tür und reihte in Gedanken sämtliche mir bekannte Flüche aneinander.

Wie hatte ich nur so dämlich sein können? Warum hatte ich es direkt übertreiben müssen? Hatte es nicht gereicht, ab und zu mit Zack oder Harlow in die Bibliothek zu gehen? Überhaupt das Wissen des Lakestone Campus zur Vorbereitung auf den Wettbewerb nutzen zu können, war schon mehr, als die anderen Teilnehmenden zur Verfügung hatten.

Und jetzt standen meine Chancen, die Sache zu beenden, noch ehe sie wirklich angefangen hatte, nicht wirklich gut.

Das konnte ich auch ohne ausgiebige Wahrscheinlichkeitsrechnung sagen.

Brummend stützte ich die Ellenbogen auf meine Knie und sah von meinem Platz auf der Bank vor Abbots Büro zu dem jungen Mann, der mich eigenhändig hierhergeschleift hatte. Seit ich mich gesetzt hatte, lief er ununterbrochen hin und her und tippte dabei abwechselnd auf seinem Handy herum oder starrte es an, als wollte er es in Flammen aufgehen lassen. Noch immer wirkte er unfassbar ernst und fast … herrisch. Oder er hatte einfach einen gewaltigen Stock im Arsch und hielt zu viel von sich.

Der Kerl kann nichts für deine Fehler, also werde nicht gleich ungerecht, Bry.

Ich biss mir auf die Unterlippe und senkte den Blick auf den polierten Marmor, als sich die Tür mit einem vernehmlichen Knarzen öffnete. Damit war meine Galgenfrist wohl offiziell Geschichte.

Seufzend erhob ich mich und gab nur einen Herzschlag später einen überraschten Laut von mir, als ich die Person erkannte, die aus dem Büro kam.

»Kace?«

Sein Kopf ruckte hoch und unsere Blicke trafen sich für ein paar Atemzüge lang, in denen ich mir erlaubte, ihn offen anzustarren. Weil er blasser wirkte als sonst und abwesend. Seine Schultern waren angespannt, seine Hände zu Fäusten geballt, doch anders als bei unseren bisherigen Begegnungen schien er nicht bloß wütend oder schlecht gelaunt zu sein, sondern beinahe … abgekämpft.

Und das überrascht dich? Er kommt direkt aus Abbots Büro, vermutlich hat er gerade ein ziemlich ätzendes Gespräch hinter sich.

Halb erwartete ich, dass er nur wortlos an mir vorbeigehen würde. Wir hatten seit Samstag nicht mehr miteinander gesprochen und gerade hatte ich nicht das Gefühl, dass er überhaupt mit irgendjemandem sprechen wollte, doch entgegen meiner Vermutung kam er auf mich zu.

»Hast du dich ein weiteres Mal verrechnet, *Numbers*?«

»Wie kommst du darauf?«

Einer seiner Mundwinkel hob sich zu einem halben, freudlosen Lächeln. »Du bist auf dem Weg zum Direktor. Und du scheinst nicht erfreut darüber. Eine klare Sachlage würde ich sagen.«

»Schön, dass die Lage für einen von uns klar ist.« Ich verschränkte locker die Arme vor der Brust. »Und nur fürs Protokoll, dieser Name ist albern.«

Kace fuhr sich durch die Haare, wobei eine der aschblonden Strähnen auf seiner Stirn zurückblieb, und ein Teil von mir musste plötzlich gegen das unbändige Verlangen ankämpfen, sie zur Seite zu streichen. Unwillkürlich grub ich meine Finger ein bisschen fester, als nötig gewesen wäre, in meine Oberarme.

»Wenn du das sagst«, gab er nur zurück und steckte die Hände in die Hosentaschen. »Und was hat dich ohne Befugnis in unerlaubte Räumlichkeiten getrieben?«

»Ist diese Frage die Einforderung deines befleckten Wettgewinns?«

»Glaub mir, dieser Gewinn könnte mich nicht weniger interessieren.«

Sicher. »Dann macht es dir bestimmt nichts aus, stattdessen eine meiner Fragen zu beantworten: Warum bist du im Büro des Direktors gewesen?«

Nun zuckte auch sein zweiter Mundwinkel. »Das geht wohl nur den Snob in dem lächerlich teuren Arbeitszimmer und mich etwas an.«

»Der korrekte Name ist Professor Abbot«, mischte sich eine dritte Person ein, von der ich völlig vergessen hatte, dass sie gerade unfreiwillig Zeuge der Kace-und-Brynn-Show wurde. »Falls dir das entfallen sein sollte.«

Kaces Miene verschloss sich innerhalb eines Wimpernschlags, als er den jungen Mann ins Auge fasste. »Und wer bist du? Sein überambitionierter Schülerpraktikant?«

Ein scharfes Lächeln, das Kaces harter Miene in nichts nachstand, erschien auf seinen Zügen. »Nein, ich bin Greyson Abbot. Sein *Sohn.*«

Obwohl Greyson sich keinen Millimeter gerührt hatte, wirkte Kace, als hätte man ihn geschlagen. Seine desinteressierte Fassade brach wie eine fragile Schale unter unzähligen Emotionen, die nun unverhohlen auf seinem Gesicht standen. Und ich vermochte nicht eine einzige davon wirklich zu benennen.

»Und wenn du mich jetzt entschuldigen würdest, wir haben einen Termin bei meinem *Vater.*« Greyson bedeutete mir, ihm zu folgen, und schob sich dann, ohne auf eine Erwiderung zu warten, an Kace vorbei. Der sich immer noch nicht gerührt hatte.

Stirnrunzelnd sah ich zu ihm, wagte es jedoch nicht, ihn zu berühren. Weil ich diesen abwesenden Ausdruck in seinen Augen kannte. Kace stand zwar hier, kaum einen Meter von mir entfernt, gedanklich jedoch hätte er genauso gut auf einem anderen Planeten sein können.

»Kommst du?«, erkundigte sich Greyson hörbar genervt an der Tür und griff nach der Klinke.

Noch einen Moment länger blieb ich an Kace hängen, dann atmete ich aus und folgte Abbots Sohn.

***

Mein Gespräch mit Harvey Abbot dauerte keine fünf Minuten und ich bekam keine Gelegenheit, irgendetwas zu meiner Verteidigung sagen. Denn kaum, dass ich das Büro mit Greyson betreten hatte, schien Abbots gesamte Aufmerksamkeit auf seinem Sohn zu liegen. Was auch immer zwischen den beiden war, eine gesunde Vater-Sohn-Beziehung sah anders aus. Zwar wurde ich aus dem Raum gebeten, noch ehe ich irgendwelche Details hätte mitbekommen können, doch die Blicke, die sie bereits in den wenigen Minuten getauscht hatten, verrieten auch so mehr als genug. Genauso wie die Tatsache, dass sich der Direktor weder nach meinem Namen noch meinem *Vergehen* erkundigte und es stattdessen bei einer halbherzigen Ermahnung beließ, ehe er mich quasi aus dem Büro warf.

Gut für mich und trotzdem hinterließ dieser ganze Vorfall ein merkwürdiges Prickeln in meinem Nacken. Vermutlich sollte ich einfach froh darüber sein, dass Harvey Abbot im Augenblick zu viele private Sorgen hatte, um mich direkt vom Campusgelände zu jagen, statt mir den Kopf über Dinge zu zerbrechen, die mich nichts angingen.

Meine Tasche fest an die Brust gedrückt, verließ ich schließlich den Altbau, in dem sich die Verwaltung des Lakestone Campus befand, und trat in den kühlen Dienstagabend. Nach den letzten Stunden war ich mehr als bereit, Beas Einladung, einen gemütlichen Fernsehabend zu starten, anzunehmen. Heute würde ich mich ohnehin nicht mehr auf Prüfungsstoff konzentrieren können. Weil meine Gedanken immer wieder ungefragt zu dem Moment mit Kace gerade sprangen.

»Das ging schneller, als erwartet.«

Die Stimme in meinem Rücken ließ mich mit einem heiseren Schrei herumfahren. So viel zum Thema Kace. Ich zwang meinen lächerlich schnellen Herzschlag zur Ruhe, zählte innerlich bis drei und drehte mich dann langsam zu ihm um. Die Knöchel locker überkreuzt lehnte er an einer der Säulen, die die Treppe zum Haupteingang flankierten. Zwischen seinen Lippen steckte eine unangezündete Zigarette und sämtliche Emotionen schienen wieder sorgsam hinter einer harten Miene verschlossen.

»Das klingt fast, als hättest du auf mich gewartet«, entgegnete ich mit leichter Verzögerung.

Kace nahm die Zigarette aus dem Mund und drehte sie zwischen den Fingern. »Erwartest du, dass ich jetzt mit Ja antworte? Denn dann muss ich dich enttäuschen, Numbers. Ich brauchte nur … einen Moment.« Er sah zur Seite und ich verstand. Einen Moment nach dem, was da drin passiert war.

Ich nickte langsam und wechselte das Thema. »Du weißt schon, dass Rauchen hier verboten ist, oder?«

Seine Augen richteten sich wieder auf mich. »Hast du zu viel Zeit mit Snob Junior verbracht?«

»Haha.«

»Falls es dir nicht aufgefallen ist, ich rauche nicht. Sie ist nicht an.«

War mir aufgefallen. »Noch nicht.«

»Gar nicht.«

»Warum?«

»Das ist eine deiner Lieblingsfragen, nicht wahr?« Er stieß sich von der Säule ab, packte die Zigarette zurück in eine zerfledderte Packung, in der tatsächlich noch alle zwanzig Stängel steckten, und blieb dann vor mir stehen. »Schade, dass du die Wette verloren hast, sonst hätte ich sie dir vielleicht beantwortet.«

Meine Wangen wurden heiß. »Wäre Ian …«

»Das sitzt dir immer noch schwer im Magen, hm?« Seine Frage wurde von einem dünnen Lächeln begleitet. Doch so schmal es auch sein mochte, es war … echt. Und für einen Herzschlag lang raubte es mir den Atem. Selten und echt, wie ein Komet, der es nur alle paar Tausend Jahre nah genug an die Erde schaffte, um gesehen zu werden.

»Mach dir nichts draus«, sagte Kace dann und machte einen weiteren Schritt auf mich zu. »Manche Fragen sind dazu bestimmt, niemals mit einer Antwort versehen zu werden. Und du würdest sie auch gar nicht hören wollen, vertrau mir.« Der letzte Satz kam ihm rauer über die Lippen, beinahe so, als hätte er ihn nicht aussprechen wollen, denn nur einen Moment später wandte er sich ab und ließ mich stehen.

»Woher willst du das wissen?«, rief ich ihm hinterher, doch Kace war bereits zu weit weg, um mich noch über das Rauschen der Baumkronen zu hören.

***

Mit einem Ächzen lud ich meine dunkle Wäsche in die Trommel und musterte dann die Anweisungen auf der an der Wand hängenden Tafel. Ich mochte komplizierte Rechenalgorithmen und die Entstehung von Sternen verstehen, aber die Waschmaschinen des Salons stellten eine gänzlich neue Herausforderung dar.

»Du siehst genauso aus wie ich an meinem ersten Tag hier«, meinte Bea amüsiert und stellte ihre eigene Tasche Wäsche neben meinen Füßen ab. »Das ist eine verdammte Wissenschaft. Ich liege Polina schon seit Monaten in den Ohren damit, dass wir uns gemeinsam eine eigene Waschmaschine besorgen sollten.«

»Du sprichst mir aus der Seele. Verrate mir den Trick dahinter, sonst muss ich die nächsten Wochen nackt durch Seattles Straßen laufen.«

»Das würde definitiv für etwas Auflockerung sorgen.« Lachend zog Bea eine Packung Waschmittel hervor und reichte sie mir. »Keine Sorge, wenn man es einmal verstanden hat, ist das Waschen hier wie Fahrradfahren.«

Mit Beas Hilfe schaffte ich es tatsächlich, die Maschine in unter einer Minute anzustellen und zu verstehen, wofür die seltsamen Abkürzungen auf der offiziellen Anleitung des Salons standen. »Danke, Bea. Die sollten deine Erklärungen daraufdrucken, dann würde es vielleicht zu weniger Ausfällen der Geräte kommen«, meinte ich, als unsere Wäschen liefen, und bezog mich auf die vielen *Außer-Betrieb*-Schilder.

»Wenn ich die Besitzerin das nächste Mal sehe, werde ich das direkt weitergeben. Hast du Lernsachen dabei?«

Ich nickte. »Bin vorbereitet, so, wie du es gesagt hast.«

»Sehr gut. Und das Rattern stört dich nicht?«, erkundigte sich Bea, während sie mich zu einem der freien Tische im hinteren Bereich des Salons führte, der als Warteraum diente. Neben einem jungen Mädchen, das auf ihrem Handy zockte, saß dort noch ein älterer Herr, der strickte, und ein schlafender Junge mit überdimensionalen Kopfhörern.

»Nein, eigentlich finde ich monotone Nebengeräusche sogar beruhigend.« Ich ließ mich ihr gegenüber nieder.

»Geht mir genauso! Und ich dachte schon, ich wäre seltsam, weil ich mir Coffeeshop-Noise anschalte, wenn ich für die Ausbildung lernen muss.«

»Wenn, dann sind wir beide seltsam.«

»Damit kann ich sehr gut leben.«

Bea und ich breiteten unsere Unterlagen vor uns aus und waren wenige Minuten später ins Lernen vertieft. Seit ich vor zwei Tagen von Greyson in der Bibliothek erwischt worden und nur dank Abbots eigenen Problemen nicht in Schwierigkeiten geraten war, hatte ich mir geschworen, kein unnötiges Risiko mehr einzugehen. Mein Fokus lag auf dem Wettbewerb, der immer näher rückte, und das bedeutete, keine Ausflüge in Vorlesungen oder in die Bib ohne Begleitung, kein Untergrundcasino und ganz sicher nicht mehr diese elendigen Grübeleien über Kace.

Leichter gesagt als getan. Warum hatte mich der Augenblick, in dem Kace auf dem Gang so … verletzlich gewirkt hatte, derartig berührt?

Ich umfasste meinen Kugelschreiber fester und verharrte mit der Spitze über dem Wort *Komet.* Je länger ich darüber nachdachte, desto mehr passte dieser Ausdruck zu ihm. Nicht nur zu seinem Lächeln, sondern zu … allem. Sein Weg kreuzte meine Umlaufbahn immer wieder für ein paar Momente. Zu kurz, um mehr von ihm erkennen zu können, und doch so hell, dass man schlichtweg hinsehen musste. Und während er nur einen Atemzug später bereits wieder verschwunden war, blieb seine Hitze zurück und machte es unmöglich, die Begegnung zu vergessen.

Ich strich das Wort mit einer ruckartigen Bewegung durch. Sowohl auf dem Papier als auch mental. Es brachte nichts, Zeit damit zu verschwenden, ihn verstehen zu wollen. Auch wenn Kometen faszinierende Gestirne waren, früher oder später schlugen sie ohne Vorwarnung ein, hinterließen nichts als Trümmer oder verglühten zu Asche. Und irgendetwas sagte mir, dass Kace nicht nur Schaden anrichten oder still verglühen, sondern schlichtweg *gar nichts* übrig lassen würde.

Seufzend legte ich den Stift zur Seite und griff nach meinem Handy. Bea war noch immer in ihre eigenen Lernsachen vertieft und blickte nicht einmal auf, als ich mich zurücklehnte und das konzentrierte Arbeiten für den Moment aufgab. In WhatsApp warteten neue unbeantwortete Nachrichten meiner Familie – die ich wie so oft in den letzten Tagen geflissentlich überging – und ein paar Mitteilungen von Harlow und Ian. Letzterer erkundigte sich, ob der Schichtwechsel morgen passte, was ich kurz bestätigte und dann in die Unterhaltung mit Harlow wechselte.

Har

Hab gehört, du bist erwischt worden. Alles gut gelaufen?

Zack hat mir erzählt, Abbots Sohn hat dich direkt ins Direktorbüro geschleift. Und dass er ein anstrengender Kerl ist, was auch immer das aus Zacks Mund heißen mag. Meld dich, wenn du magst.

Kurz fragte ich mich, wie sie davon wissen konnte, doch mittlerweile hatte ich verstanden, dass der Lakestone Campus im Prinzip auch nichts anderes war als eine eigene kleine Stadt mit Klatsch und Trasch.

Ich schüttelte kaum merklich den Kopf, dann tippte ich eine rasche Antwort.

Brynn

Alles gut, danke. Hab's überlebt und nur eine knappe Verwarnung bekommen. Kennst du Greyson?

Nachdem ich die Nachricht abgeschickt hatte, versuchte ich, mir einzureden, dass diese Frage nichts mit dem merkwürdigen Blick zu tun hatte, mit dem Kace Greyson angestarrt hatte.

Genau, wenn es dir damit besser geht.

Harlows Antwort ließ nicht lange auf sich warten.

Har

Sehr gut! Das freut mich zu hören. Und nein, nicht wirklich. Zack meinte, er würde irgendwo an der Ostküste eine Ausbildung machen und wäre sporadisch am Campus, wo er jedoch schon an der einen oder anderen Stelle angeeckt ist. Wieso? Hat er sich ätzend benommen?

Brynn

Eher, als würde der Campus ihm gehören.

Har schickte ein GIF, das einen wild gestikulierenden Harvey Abbot zeigte. Hastig hielt ich mir eine Hand vor den Mund, um mein Lachen zu ersticken.

Har

Bin kreativ geworden. Aber das bleibt unter uns, ich brauche dieses Stipendium. Sehen wir uns morgen?

Brynn

Dein Geheimnis ist bei mir sicher. Und ich habe die Nachmittagsschicht – du findest direkt bei mir Kaffeenachschub.

Har

Perfekt, ich freue mich drauf. Muss jetzt Schluss machen, eine Partnerarbeit steht an.

Brynn

Kein Problem, ich muss auch weitermachen. Bis morgen!

Ich sperrte mein Handy und legte es zur Seite, ehe ich mich wieder meinen Unterlagen widmete. Und an dem durchgestrichenen *Komet* hängen blieb. Unter der schwarzen Tinte verborgen und dennoch waren die fünf Buchstaben nach wie vor klar und deutlich zu erkennen. Seufzend schlug ich ein neues Blatt auf.

Das würde ein verflucht langer Nachmittag werden.

KAPITEL 15

Sober – G-Eazy, Charlie Puth

Kace

Der Dienstag saß mir tief in den Knochen. Aus vielen Gründen. Ich hatte nach über zwei Jahren meine heilige Regel gebrochen und eine Zigarette geraucht, als Trix im Bett gewesen war, und fühlte mich deswegen wie der größte Versager. Nach ein paar Zügen hatte ich das Ding hustend weggeschmissen und trotzdem verfluchte ich mich dafür, weil ich allein durchs Anzünden den leichten Weg gewählt hatte. Weil meine Gedanken gewonnen hatten.

Am liebsten hätte ich diesen beschissenen Tag aus meinem Gedächtnis gelöscht.

Ich war zu Abbot gegangen, um Mams Vermutungen entweder zu bestätigen oder zu widerlegen, weil ich glaubte, ihr das schuldig zu sein. Doch nun war aus dieser Verpflichtung noch etwas anderes geworden: Ich interessierte mich für den Mann, der mich in die Welt gesetzt hatte, ein Interesse, um das ich nie gebeten hatte. Denn es machte alles nur noch viel komplizierter, es brachte fragile Hoffnung ins Spiel, die innerhalb eines Wimpernschlags zerbrechen konnte, wie bei der Begegnung mit Greyson klar geworden war.

Ich bin sein Sohn.

Zumindest hatte ich jetzt eine Erklärung für Abbots Worte. Sie hatten sich nie auf mich bezogen, sondern auf diesen Typ im Anzug, der mindestens zwei Jahre jünger als ich sein musste. Eine perfekte kleine Kopie seines Vaters.

Und dennoch wurde ich das Gefühl nicht los, dass mir etwas entging. Ich bekam das Muttermal nicht aus dem Kopf. Ich bekam Mams Worte nicht aus dem Kopf. Ich bekam die dämliche Hoffnung auf Antworten nicht aus dem Kopf.

Langsam, aber sicher wurde es ziemlich eng da oben in meinem Schädel.

Nur mit Mühe unterdrückte ich den Drang, mir die Schläfen zu massieren, und versuchte, mich stattdessen auf das Buch vor mir zu konzentrieren. Englische Literatur. Auf dem Lakestone Campus war es Teil des Studiums, neben dem fachlichen Schwerpunkt – in meinem Fall Musik mit Spezialisierung auf das Piano – ebenfalls andere Fächer über sich ergehen zu lassen. Das volle Programm von Mathematik über Biologie und Geschichte bis zu mindestens einer Fremdsprache.

Und so, wie es aussah, musste ich nicht erst warten, bis mich die praktische Prüfung am Klavier zerlegte. Das würden die Nebenfächer übernehmen.

Mit einem frustrierten Knurren griff ich nach dem Buch und wollte es zuschlagen, als mein Stuhl plötzlich ohne Vorwarnung nach hinten gekippt wurde. Ich fluchte und packte nach der Tischkante, nur um im nächsten Augenblick wieder auf allen vier Stuhlbeinen zu landen. Ungehalten fuhr ich herum und fand mich Mason gegenüber, der mich deprimierend fröhlich anstrahlte.

»Hast du sie noch alle?«, blaffte ich und ignorierte dabei geflissentlich sämtliche finsteren Blicke der anderen Studierenden in der Bibliothek.

»Du hast ausgesehen, als hättest du eine kleine Auflockerung gut gebrauchen können.« Mason zuckte mit den Schultern und setzte sich auf den Tisch. »Stimmt doch.«

»Du kannst mich mal.«

»Also habe ich recht.« Immer noch grinsend beugte er sich über meine Unterlagen. »Warum quälst du dich jetzt schon mit dem Mist? Die Lernzeit startet erst in zwei Monaten. Nein, vergiss, was ich gesagt habe. Die bessere Frage lautet eher: Warum sitzt du nicht am Klavier, um die praktische Stunde heute Nachmittag zu überstehen? Oder hast du deine Blockade überwunden?«

Ich hasste es, wenn er *Blockade* sagte.

»Hast du offensichtlich nicht«, sprach Mason einfach weiter, als würde er meine warnenden Blicke gar nicht bemerken. »Vielleicht würde die Sache anders aussehen, wenn du am Samstag nicht einfach verschwunden wärst.«

Schlechtes Gewissen regte sich in meiner Brust. Ja, Mason ging mir mit seiner unerträglich guten Laune auf den Zeiger, aber im Prinzip war er ein guter Kerl. Und mein Abgang am Samstag war wirklich nicht in Ordnung gewesen, schließlich hatte er mehrere Hebel in Bewegung gesetzt, um mir diese Ablenkung zu verschaffen.

Ich stieß den Atem aus und sah ihm wieder ins Gesicht. »Tut mir leid, Mann.«

»Schon okay. Du kannst ja nichts dafür. Bist vermutlich so geboren worden.«

Ich zeigte ihm den Mittelfinger.

»Aber ich würde das Samstagsdebakel eventuell vergessen und

dir nachher bei Mullbear den Rücken freihalten, wenn du mich auf einen Kaffee einlädst.«

Ungläubig starrte ich ihn an. »Du hast sie nicht mehr alle, Mason.«

»Das war kein Nein.«

War es nicht. Und meines Wissens hatte Brynn gerade auch keine Schicht, was bedeutete, ich würde ihr im Lakestone Café kein weiteres Mal unbeabsichtigt über den Weg laufen. Nicht, dass ich mir ihre Stunden dort absichtlich gemerkt hätte.

Dafür hatten sich ihre Worte vom Dienstag ungefragt ziemlich tief in mir festgesetzt.

Manche Fragen sind dazu bestimmt, niemals mit einer Antwort versehen zu werden. Und du würdest sie auch gar nicht hören wollen, vertrau mir.

Woher willst du das wissen?

Ich hatte ihre leisen Worte gehört, die Gänsehaut gespürt, die sie mir über den Körper gejagt hatten. Doch zum Stehenbleiben hatte mir der Mut gefehlt, denn in dieser Sekunde hatte ich mir selbst nicht mehr vertraut. Weil ich mit einem Mal darüber nachgedacht hatte, ihr eines der Warums zu beantworten. Und das machte mir Angst. Es machte mir Angst, wie leicht es war, meinen Scheiß zu vergessen, wenn ich mit Brynn sprach. Wenn wir uns diese ganzen Dinge an den Kopf warfen, uns gegenseitig herausforderten.

Und es machte mir Angst, dass ich mehr davon wollte.

»Was ist, Sonnenschein? Haben wir ein Date?«

Ich schoss einen tödlichen Blick in seine Richtung, begann jedoch, meine Sachen zusammenzupacken und in die Tasche zu stopfen. Wenn ich ehrlich mit mir war, dann hatte Lernen gerade ohnehin keinen Sinn.

Der Himmel über Seattle changierte irgendwo zwischen grau und blau und zur Abwechslung war es einmal trocken. In Irland hatten wir oft und viel Regen, doch diese Stadt war schlimmer. Mittlerweile hatte ich aufgehört zu zählen, wie oft ich klitschnass im Wohnheim angekommen war, weil ich den dämlichen Schirm im Apartment gelassen hatte.

»Wenn es dir hilft, könnten wir abends noch mal in den Übungsraum. Um der Blockade an den Kragen zu gehen«, bot Mason an, als er die Tür zum Lakestone Café aufstieß. »Früher oder später müssen wir dran arbeiten.«

»Dann wähle ich das *später.*« Meine Antwort war mehr ein Brummen als eine deutliche Erwiderung, auch wenn die Überlegung gar nicht so abwegig war. Ich hatte die meiste Zeit am Klavier im Halbdunklen verbracht, abends im Probensaal des Trinity Colleges, die Nächte in Bos Pub, in der dunklen Wohnung, wenn Mam und Trix nicht zu Hause waren. In diesen Stunden war es mir so vorgekommen, als wäre mit dem Licht auch die Realität verschwunden, und das hatte sich seltsam … befreiend angefühlt.

Nur war die Dunkelheit jetzt, wo ich mich nicht länger auf den Sog der Musik verlassen konnte, keine Verbündete mehr. Ohne sie war da nichts, was meine düsteren Gedanken abhielt, und die Dunkelheit der Nährboden für meine ganz persönliche Finsternis.

Mason schlug mir freundschaftlich auf die Schulter. »Natürlich tust du das, aber vertrau mir, nach einem Kaffee siehst du die Welt schon mit ganz anderen Augen.«

Ich schenkte ihm ein freudloses Grinsen und wandte mich dann der Theke zu. Der Theke und grünen Augen, die sich nun merklich weiteten. Brynn.

»Hi«, sagte sie leise. Eine einzelne Silbe, aber es kam mir so vor, als würde mehr darin liegen. So wie jedes Mal, wenn wir miteinander sprachen. Wir sagten das eine und meinten noch mehr.

Als ich nichts sagte, schob sich Mason neben mich und übernahm das Sprechen. »Hey, können wir zwei Cappuccinos und noch diesen Zitronenkuchen da bekommen? Das wäre großartig.«

Brynn nickte ein wenig überrumpelt und brach den Blickkontakt, um die Bestellung in die Kasse zu tippen. »Sechs achtzig, bitte.« Die Summe kam ihr über die Lippen, noch ehe das Gerät überhaupt rechnen konnte. »Oder zahlt ihr getrennt?«

»Nope, heute übernimmt Kace.«

Nur mit Mühe unterband ich einen entsprechenden Kommentar und zog meine Börse hervor. Als ich aufschaute, lagen Brynns Augen wieder auf mir. Wir waren bei jeder einzelnen Begegnung in irgendeiner Weise aneinandergeraten, jedes Mal hatte eine Spannung in der Luft gelegen, die ich am liebsten ignoriert hätte und es dennoch nicht gekonnt hatte. Doch heute war es anders, und das nicht auf die gute Weise.

Vielleicht, weil ich mich nach meinem Abgang am Dienstag wie ein Arsch fühlte.

Vielleicht, weil sich ein Teil von mir wünschte, ihre Worte nicht ignoriert zu haben.

Vielleicht, weil ich, ganz gleich wie sehr ich mich auch dagegen gewehrt hatte, damit begonnen hatte, dieses Hin und Her zwischen uns zu … genießen.

»Ich bringe euch die Sachen gleich ans Ende des Tresens«, hörte ich Brynns Stimme und ballte die Hände zu Fäusten. Erst da wurde mir klar, dass ich nicht länger den Zehndollarschein zwischen den Fingern hielt, sondern mein Wechselgeld in Form von Münzen. Scheiße, ich stand vollkommen neben mir.

»Ich komme gleich nach«, meinte ich noch im selben Moment an Mason gewandt, der bereits halb auf dem Weg zu besagter Ausgabe war.

Kurz wirkte er überrascht, dann hielt er bloß einen Daumen nach oben. »Bringst du unsere Bestellung mit? Ich suche uns einen Tisch *mit Aussicht.*«

Ich nickte augenverdrehend und checkte kurz, ob hinter mir neue Studierende warteten – was nicht der Fall war –, ehe ich mich wieder zu Brynn umdrehte. Und mir unschlüssig über den Nacken fuhr.

»Das ist ein erstes Mal«, sagte sie.

»Bitte?«

»Na ja, eigentlich sogar zwei erste Male. Das erste Mal, dass du ins Café kommst, wenn ich Schicht habe – sonst hast du zu meinen Zeiten immer einen großen Bogen darum gemacht. Und ein erstes Mal, dass du nicht direkt wieder abhaust, als wolltest du tatsächlich mal … ein Gespräch mit mir führen. Ich hätte mit dir wetten sollen.«

Ich widersprach keiner ihrer Thesen und fragte stattdessen: »Wie hätte diese Wette gelautet?«

Kurz rümpfte sie nachdenklich die Nase. »Ich wette, dass du das nächste Mal, wenn wir uns sehen, auf mich zugehen wirst.«

»Ich hätte dagegen gewettet.«

»Und ich hätte gewonnen.«

»Das hätte deine letzte Niederlage in besseres Licht gerückt«, erwiderte ich, weil ich wusste, wie sie darauf reagieren würde und es aus irgendeinem Grund mochte.

Wie erwartet schlich sich eine leichte Röte auf ihre Züge und dieses *Funkeln* kehrte in Brynns Augen zurück. Ich hatte mich geirrt, sie waren nicht smaragdgrün, sondern heller, wärmer. Ganz gleich, wie herausfordernd sie mich auch taxierte, die Wärme blieb. Mam hatte eine Halskette in der Farbe ihrer Augen gehabt. *Peridot.* Brynn besaß Peridot-Augen.

»Vermutlich sollte ich mich geehrt fühlen, dass du hiergeblieben bist, statt mich einfach wieder stehen zu lassen. Auch wenn es dir offensichtlich darum ging, mich noch einmal an Samstag zu erinnern«, sagte sie dann in ihrem mittlerweile so vertrauten schnippischen Tonfall und doch fehlte ihren Worten jetzt die Schärfe. Als würde die dieses *anders* auch spüren.

Ich schüttelte langsam den Kopf. »Deswegen bin ich nicht geblieben.« Brynn sah mich forschend an. »Ich möchte mich entschuldigen. Denke ich.«

»Denkst du?« Auf ihrer Stirn bildeten sich gleich mehrere tiefe Furchen. »Wofür genau?«

»Dienstag. Ich …« Hörbar atmete ich ein und aus. »Ich mag viele Macken haben, aber einfach weggehen gehört normalerweise nicht dazu.«

Ein Ausdruck, der zwischen Verständnis und Verwirrung lag, zupfte an ihren Zügen. »Ich bin dir mit meinen Fragen zu nahe getreten.« Eine Feststellung, ich nickte trotzdem. Brynn seufzte leise. »Das ist nichts, wofür du dich entschuldigen müsstest, Kace. Wir haben diese Wette gehabt, sind uns ein paarmal begegnet, aber wir … schulden einander nichts. Keine Erklärungen und keine Entschuldigungen.«

Ich biss die Zähne aufeinander und nickte wieder. Warum fühlte es sich dann so an?

»Sicher. Ich wollte das nur … schätze, dann hat sich das erledigt.« Ohne den Blick von Brynn zu nehmen, brachte ich wieder etwas

Abstand zwischen uns und stieß dabei prompt gegen jemanden in meinem Rücken. Den nächsten Kunden in der Reihe. Schien, als wäre meine Zeit abgelaufen.

Und alle Worte waren ohnehin gesagt.

***

Ich hätte es nicht für möglich gehalten, aber nach dem Gespräch mit Brynn im Café lief die Musikprobe noch schlechter als erwartet. Statt die Noten zum Leben zu erwecken, legte ich mich mit Professor Mullbear an und wurde von ihm aus dem Saal geworfen. Wortwörtlich. Nicht unbedingt mein bester Moment, aber letztlich war jede Sekunde auf diesem Klavierhocker ohnehin verschwendete Zeit. Was blieb übrig, wenn man einem Pianisten die Fähigkeit, Musik zu machen, nahm? Richtig, nichts. Absolut nichts.

Die Einzige, die von meinem weiteren Totalausfall profitierte, war Trix. Glücklicherweise hatte sie ihre Quengelphase mittlerweile überstanden und sprühte nur so vor Lebensenergie, als ich sie früher als sonst aus der Kinderbetreuung holte.

Obwohl es eigentlich genug gab, womit ich mich hätte beschäftigen müssen, verbrachte ich den Nachmittag mit Trix am Wasser, aß ein Eis und versuchte, an gar nichts außer das Hier und Jetzt mit meiner Tochter zu denken. Nicht an das Studium, nicht an Mullbear, nicht an Brynns Worte, die mich mehr getroffen hatten, als ich zuzugeben bereit gewesen wäre. Oder hätte erklären können.

Wir haben diese Wette gehabt, sind uns ein paarmal begegnet, aber wir … schulden einander nichts. Keine Erklärungen und keine Entschuldigungen.

Je öfter ihre Stimme als Echo in meinen Gedanken widerhallte, desto tiefer drang sie in mich ein. Berührte etwas in mir und das … Gott, das war nicht der Plan gewesen.

»Pläne sind ohnehin für den …« Ich bremste mich gerade noch rechtzeitig und schaute zu Trix, die hopsend neben mir herlief und meine Hand hielt, als wäre sie alles, was sie zum Leben brauchte. Ich hielt sie noch ein wenig fester.

Es war längst dunkel geworden und der Campus in das schummrige Leuchten der Laternen getaucht, als wir durch das Haupttor traten. In einigen der Gebäude brannte noch Licht, doch die Wege zwischen den Bäumen waren verlassen. Mühsam unterdrückte ich ein Gähnen und hoffte, dass Trix in den nächsten Momenten zur Ruhe kommen würde, andernfalls würde es schwer werden, sie ins Bett zu bekommen. Wo sie eigentlich schon längst sein sollte.

Trix begann, leise in ihrer eigenen Sprache zu singen, und blieb dann ohne Vorwarnung so abrupt stehen, dass ich beinahe über sie gestolpert wäre.

»Peanuts? Was ist?« Noch immer ihre kleinen Finger zwischen meinen ging ich vor ihr in die Hocke.

»Versprochen.« Ein einzelnes Wort, das sie mit einer Inbrunst aussprach, als würde sich dahinter ein gesamtes Manifest befinden.

Ich seufzte. »Was habe ich dir versprochen?«

Sie deutete auf den Altbau, der rechts von uns in den Himmel ragte. Anders als die übrigen Bauten auf dem Campus wirkte er verlassen, beinahe so, als würde er schlafen. Von hier unten, knapp oberhalb des Bodens, schien das Gebäude riesig, seine Kuppel beinahe so, als würde sie bis in die gräulichen Schleierwolken reichen.

»Musik.«

Behutsam strich ich ihr ein paar helle Strähnen aus dem Gesicht. »Peanuts, es ist spät. Wir müssen beide ins Bett.«

Trix' Gesicht verriet, was sie davon hielt, ohne dass sie etwas hätte sagen müssen.

»Wir können jetzt keine Musik mehr zusammen machen. Vielleicht morgen. Oder am Wochenende.«

»Versprochen!«, wiederholte sie nur und hatte irgendwo mit ihrer verdrehten Kinderlogik recht. In Dublin, als Mam noch da gewesen war, hatten wir oft zusammen am Klavier gesessen. Trix war noch zu jung, um wirklich zu spielen oder sie zu verstehen, doch sie liebte die Musik schon jetzt und seit Mams Tod, seit wir hier waren, fehlte dieser Teil ihres Alltags. Und das verstand sie durchaus. In den vergangenen Wochen hatte ich sie immer wieder vertröstet, weil ich nicht wollte, dass Trix mich so sah. Ich wollte – ich *musste* für Trix stark sein, das war meine verdammte Pflicht als ihr Vater, doch wenn ich auf diesem Hocker saß, dann konnte ich das nicht.

Ironischerweise kamen mir gerade jetzt Masons Worte über das Üben am Abend in den Sinn. Allein, ohne Mullbear oder andere Studierende. Nur meine Gedanken, das Instrument und ich.

Ungeduldig zog Trix an meiner Hand und sprang auf und ab, wie ein kleiner Flummi mit zwei Zöpfen und mehr Energie, als in ihren knapp neunzig Zentimetern stecken sollte.

Mit einem gemurmelten Fluch, den meine Tochter glücklicherweise nicht hörte, löste ich meine Hand aus ihrem Schraubstockgriff und hob sie auf meinen Arm. Trix grinste mich breit an und spätestens jetzt hätte ich ihr keinen Wunsch mehr abschlagen können. Heilige Scheiße, ich stand so was von unter dem Pantoffel einer Zweijährigen.

»Ein Lied.« Wenn ich denn überhaupt eine Note herausbekam.

»Dann geht's ins Bett. Und das hier bleibt unser Geheimnis. Abgemacht?«

Immer noch mit strahlenden Augen hielt sie mir ihren kleinen Finger hin, ich hakte meinen ein und damit war es beschlossene Sache.

Mit Trix auf dem Arm lief ich die breiten Stufen zum Haupteingang hoch und trat wenig später in die kühle Luft des Altbaus. Leise kichernd vergrub sie ihren Kopf an meinem Hals und drückte sich an mich, während ich im Halbdunkel durch den breiten Gang immer tiefer ins Gebäude vordrang. Das Licht der Laternen zeichnete durch die Fenster wirre Muster auf den Boden und war neben der Notbeleuchtung die einzige Orientierung, die uns blieb. Dennoch fand ich den Weg mühelos. Beinahe, als würde mich der Raum, in dem ich bereits so viele Stunden voll von Frust und Wut verbracht hatte, zu sich rufen.

»Gleich sind wir da«, flüsterte ich an ihren weichen Haaren und verlagerte ihr Gewicht ein wenig, ehe ich langsam die Klinke zum Übungssaal hinunterdrückte. Wo der gewaltige Raum sonst von Stimmen und Musik erfüllt war, wirkte er nun fast wie eine Traumlandschaft. Der Schein von draußen verwandelte die Instrumente in den schallgedämmten Nischen in skurrile Schemen, die uns aus dunklen Augen beobachteten. Lautlos setzte ich einen Fuß vor den anderen und ging instinktiv zu dem Bereich, in dem *mein* Flügel stand. Das funkelnde Instrument, dem ich bisher keinen Ton entlocken konnte. Ich spürte, wie sich mein Herzschlag beschleunigte und die altbekannte Enge in meine Brust zurückkehrte. Trotzdem ging ich immer weiter.

Du kannst nicht ewig davor weglaufen, Kace. Beherrsche das Stück, bevor es dich beherrscht.

Mams Worte zogen wie warmer Nebel durch mich hindurch, als ich mich mit Trixie vorsichtig auf dem Hocker niederließ. Gemeinsam hoben wir den Deckel der Klaviatur an, wie wir es schon unzählige Male zuvor getan hatten, und anders als in den letzten Stunden, die ich hier verbracht hatte, raubte mir der Anblick der schwarzen und weißen Tasten jetzt nicht den Atem. Die Enge, das Prickeln waren noch da, aber sie verschlangen mich nicht. Sie ließen mir Luft und vielleicht war diese Lücke groß genug, um ein wenig der Musik hindurchzulassen.

Ich schaffte es, meine verkrampften Hände zu lösen, schaute zu Trix, die mit baumelnden Beinen neben mir saß, und spürte, wie die Lücke noch ein wenig größer wurde. Lächelnd hauchte ich ihr einen Kuss auf die Stirn.

»Ein Lied«, erinnerte ich sie wispernd.

»Ein Lied.«

Trix hob eine Hand und drückte die erstbeste Taste. Ein klares C hallte durch die kleine Nische. Das G folgte. In meinen Gedanken verbanden sie sich mit anderen Noten, wurden zu einer Melodie, die gegen die Mauern in meinem Kopf stieß.

Ihr Finger tippe ein E an, dann ein C und wieder ein E. Ich heftete meinen Blick auf meine Tochter, auf ihre Hand, die viel zu klein für die große Klaviatur schien, und im nächsten Moment waren da noch mehr Töne. Nicht von Trixie, sondern von … mir.

Kühles Elfenbein lag unter meinen Fingern, rührte sich unter meinen langsamen Bewegungen und holte Akkorde hervor, die zu Trix' einzelnen Noten passten. Zu unserem eigenen Stück, das gerade so groß war, dass es durch den schmalen Spalt passte. Ein paar Herzschläge lang, die noch immer zu schnell, zu unregelmäßig für unsere Melodie waren, blieben wir bei Akkorden, die Trix bestimmte, dann hob ich die zweite Hand auf die Tasten, mischte meine eigenen Töne hinzu, die im ersten Augenblick fremd und im zweiten immer vertrauter wurden.

Trixie lehnte ihren Kopf gegen meine Seite, rollte sich halb auf meinem Schoß zusammen wie eine kleine Katze und blinzelte zu mir hoch. »Spiel«, wisperte sie.

Ich stockte kurz, aber dann … dann fand ich zurück in den Rhythmus. Und spielte.

Note für Note floss aus meinen Fingern, nicht so mühelos, wie es einmal gewesen war, und doch genug, um zu Musik zu werden. Ich hatte nicht bewusst an dieses Stück gedacht, doch nun, wo sich die Töne aneinanderreihten, erst die vier, fünf Klänge, die für sich standen, dann die kurzen Akkorde und schließlich das ganze Stück, erkannte ich es.

Time von Hans Zimmer. Das Lied, das mich auf dem Baugerüst erfasst hatte, das ich so viele Male mit Mam gespielt hatte, das mich schon früh berührt hatte. Mit seiner Melodie und seiner Bedeutung. Ich senkte die Lider, überließ mich der Musik, während sie über mich hinwegzog, mich mit sich riss. Für eine Ewigkeit, die einen Wimpernschlag dauerte.

Weil Zeit etwas Seltsames war.

Weil sie einem viel nahm und wenig gab.

Und dennoch alles war, was wir hatten.

Ich spürte, wie meine Augen zu brennen begannen und ich mich der Musik näherte. Keine perfekte Harmonie, aber genug, um bis zum Ende zu reichen.

Das Stück brach abrupt ab, genauso wie die Zeit, wie ein Leben, das ohne Vorwarnung endete, und hallte in dem Saal nach. Reglos verharrte ich über den Tasten mit hämmerndem Puls und zu viel, das in mir loderte. Schmerz und Frust und … Trauer.

Dann blickte ich zum ersten Mal auf.

Und begegnete glühendem Peridot.

KAPITEL 16

Question…? – Taylor Swift

Brynn

»Danke, dass du mir noch mit der Inventur geholfen hast. Ich weiß nicht, was ich letztes Mal für einen Mist gezählt habe.« Ian warf mir ein ehrliches Lächeln zu und rüttelte an der Seitentür des Cafés.

»Kein Problem.« Ich winkte ab und vergrub die Hände in der Bauchtasche des dunkelblauen Star-Wars-Hoodies, den ich vor meiner Abreise meinem Bruder Wren geklaut hatte. »Du weißt doch, mit Zahlen bekommst du mich immer.«

»Trotzdem, danke. Frankie hätte mich gevierteilt, wenn zum Ende des Monats nicht alles zusammengepasst hätte.«

Ich legte den Kopf in den Nacken. Graue Schleierwolken zogen über den nachtblauen Himmel und trotz der Lichtverschmutzung konnte ich den einen oder anderen Stern ausmachen. Keine ganzen Konstellationen, nur die größeren, die es bis durchs Streulicht der Millionenstadt schafften.

Mit dem Teleskop in der Sternwarte des Campus würde das ganz anders aussehen.

Resolut verscheuchte ich diese Überlegung und schaute wieder zu Ian, der gerade den Schlüssel in seinem Rucksack verschwinden ließ. »Dann sehen wir uns morgen?«

»Eigentlich sollte ich Nein sagen. Du hast schon jetzt viel zu viele Überstunden, Bry. Aber vermutlich kann ich dich ohnehin nicht davon abhalten. Also morgen um sieben?«

Ich nickte. »Morgen um sieben. Mach's gut.«

Nachdem wir uns verabschiedet hatten, ging Ian in Richtung Süden, während ich nach Norden bog, wo auf der anderen Seite des Sees das Haupttor des Lakestone Campus lag. So spät am Abend war das Gelände menschenleer und alles bis auf die Laternen und vereinzelten Lichter in den Gebäuden in samtige Schwärze getaucht. Ich hatte dunkle Abende und Nächte schon immer gemocht, nicht nur, weil es die Zeit der Sterne war, sondern weil in diesen Stunden die Realität einer anderen Wirklichkeit Platz machte. Zumindest war es mir immer so vorgekommen, wenn ich nachts durch Oxfords Straßen gelaufen war.

Ich zog eine meiner Hände aus der Beuteltasche meines Pullovers, um meine Kopfhörer zu suchen, als ich im Augenwinkel eine Bewegung ausmachte. Unwillkürlich blieb ich stehen und drehte mich zu den Stufen um, die in den Altbau hinaufführten. Ich hatte mich nicht getäuscht, da war wirklich eine große Gestalt, die … ein Kind auf dem Arm trug? Stirnrunzelnd verfolgte ich ihre langen, schleichenden Schritte, bis die Person in das spärliche Licht des Eingangs trat und ich einen winzigen Blick auf das Gesicht erhaschte.

Kace.

Was machte Kace um diese Zeit mit *einem Kind* im Altbau?

Obwohl mich jede einzelne Zelle meines Körpers davor warnte, dachte ich nicht eine weitere Sekunde darüber nach und folgte ihm. Meine Turnschuhe hinterließen ein leises Knirschen auf dem Kies, während das Dröhnen meines Herzens immer lauter wurde, je näher ich der Tür kam.

Neugier hin oder her, ich sollte das hier nicht machen. Nicht nach Abbots Ermahnung am Dienstag und schon gar nicht nach unserer Begegnung heute Nachmittag. Hatte ich ihn nicht mehr oder weniger zurückgewiesen? Weil sich dieser Moment plötzlich nach zu … viel angefühlt hatte? Mehr als unsere üblichen Sticheleien? Mehr als da sein sollte?

Und trotzdem wurde ich nicht langsamer.

Ich erreichte den Haupteingang, schob ihn ein kleines Stück auf und schlüpfte ins kühle Innere. Weg von den Sternen in eine vollkommen andere Dunkelheit. Langsam drehte ich mich im Atrium um meine eigene Achse und ging weiter. Ließ die Bibliothek und den Gang zur Kunstfakultät hinter mir, weil mir mein Gefühl sagte, dass ich Kace nicht dort finden würde. Woher es kam, konnte ich nicht sagen.

Doch als ich plötzlich Musik hörte, wusste ich instinktiv, dass er das war. Dass die einzelnen Töne, die kaum hörbar durch die verlassenen Flure schwebten, zu Kace gehörten.

Die feinen Härchen auf meinen Armen stellten sich auf, mit jedem lautlosen Schritt, den ich in Richtung der Melodie machte, ein wenig mehr, bis ich eine breite Tür erreichte, die nur angelehnt war.

Ich biss mir auf die Lippe und trat so nah an das Holz, dass mein Arm dagegenstieß und die Tür noch ein wenig mehr öffnete. Gerade so weit, dass mein Kopf hindurchpasste.

Und ich ihn sah.

Kace saß an einem mitternachtsschwarzen Flügel, mit geschlossenen Augen, verzerrten Zügen und angespannten Schultern. Halbhohe Wände umgaben einen Teil des Instruments, doch Kace verbargen sie nicht. Auf seinem Schoß ruhte der Kopf des Kindes, das ich vorhin bei ihm gesehen hatte – ein kleines Mädchen, wie ich jetzt erkannte –, während seine Finger in schwindelerregender Geschwindigkeit über die Tasten glitten. Und den Raum mit Musik füllten.

Ich kannte das Lied – *Time* von Hans Zimmer aus dem Film *Inception*, den ich schon unzählige Male gesehen hatte –, aber noch nie war es mir so unter die Haut gegangen. Ein Schauer durchlief mich, als die Klänge immer schneller, immer heftiger wurden. Unfähig, den Blick von Kace zu nehmen, umschlang ich mich selbst mit den Armen und lehnte mich in den Türrahmen.

Es war wunderschön. Das Spiel, das Bild, das er mit dem Mädchen am Flügel bot. Mit all den Emotionen auf seinem Gesicht, die er sonst unter Verschluss hielt, und … den Tränen auf seinen Wangen.

Selbst seine Tränen sind schön.

Ich presste die Lippen aufeinander und schluckte. Ich sollte nicht hier sein. Ich sollte das nicht sehen. Das war Kaces Moment und ich –

Die Musik brach mit einem letzten heftigen Akkord ab und ließ meine Gedanken abrupt verstummen. Weil blaue Augen plötzlich auf meine trafen.

Und weil darin dieselben Tränen standen, die nun auch mir über die Wangen liefen.

Die Zeit dehnte sich aus, während wir einander ansahen. Kace mit geröteten Zügen und Schultern, die sich so schnell hoben und senkten, als wäre er einen Marathon gelaufen. Ich noch halb gefangen in seiner Musik, die ich niemals hätte hören sollen.

Irgendwann, es hätten Sekunden, Minuten, Stunden sein können, senkte Kace den Kopf und schloss lautlos den Deckel der Klaviatur. Seine angespannte Haltung fiel in sich zusammen. Vermutlich wäre das der Moment gewesen, um zu gehen, doch ich tat es nicht. Ich konnte es ganz einfach nicht, weil ich das Gefühl hatte, etwas sagen zu müssen.

Langsam durchmaß ich den Übungssaal, bis ich neben seinem Flügel stehen blieb. Kaces Blick lag noch immer auf dem schlafenden Mädchen, während er ihr in sanften Kreisen über den Rücken strich, und diese Seite an ihm … Gott, nichts schien mehr zusammenzupassen. Der Kerl, der seine schlechte Laune wie eine Rüstung trug, konnte ganz einfach nicht der Kace vor mir sein.

»Brynn.«

Ich grub die Finger in den Hoodie und gab meinen angehaltenen Atem frei. »Ich … dieses Mal muss ich mich bei dir entschuldigen.« Die Worte waren nicht mehr als ein Flüstern und doch schienen sie mir viel zu laut.

An seinem Kiefer zuckte ein Muskel, dann schaute Kace wieder zu mir. »Ich dachte, wir schulden einander keine Entschuldigungen.«

»Vielleicht hätte ich das nicht sagen sollen. Vielleicht …«, ich strich über den kühlen Lack des Instruments und biss mir auf die Unterlippe. »Vielleicht habe ich das gesagt, weil ich das Gefühl hatte, es sagen zu müssen.«

»Wie kommst du darauf?«

»Du hast am Dienstag gewirkt, als hätte ich dich mit meinen Fragen in die Ecke gedrängt, und das … war nicht meine Absicht.«

Er warf einen weiteren kurzen Blick auf das Mädchen, als wollte er sich vergewissern, dass sie nach wie vor schlief. »In der letzten Zeit haben viele nach dem Warum gefragt, aber es ist schon eine Weile her, dass … ich über eine Antwort nachgedacht habe. Normalerweise lasse ich es gar nicht erst dazu kommen.«

»Das fällt mir nicht schwer zu glauben.« Ich lächelte leicht und deutete mit dem Kinn auf die Kleine. »Anscheinend gibt es vieles, das du lieber für dich behältst.«

»Sie ist kein Geheimnis, wenn du das meinst«, entgegnete er heftig, jedoch ohne die Stimme zu heben.

»Das habe ich nie behauptet. Nur, dass du vorsichtig mit dem bist, was du die anderen sehen lässt.«

Wieder dieses Zucken an seinem Kiefer, dann seufzte er und fuhr sich durch die Haare. »Ihr Name ist Trix – Beatrix. Sie ist … meine Tochter.«

Obwohl ich geahnt hatte, dass die beiden auf diese Weise miteinander verwandt waren, überraschte mich seine direkte Antwort. Kace schien niemand zu sein, der leichtfertig zu viel von sich preisgab, schon gar nicht über sein Kind. Doch nun sah er mich direkt an und wartete. Auf meine Antwort, mein Urteil, die Millionen Fragen, die mir auf der Zunge brannten und für die jetzt nicht der richtige Zeitpunkt war. Ein Zeitpunkt, über den Kace bestimmte – falls es ihn denn jemals geben würde.

Ich löste meine restlichen Finger aus dem dicken Stoff und strich mir einige kürzere Strähnen zurück. »Hast du für sie gespielt?«

In seinem Blick flackerte etwas auf, eine kleine Regung, dann neigte er den Kopf. »Ich habe es ihr schon vor Wochen versprochen, aber es gab … keine passende Gelegenheit.«

»Bis heute.«

Seine freie Hand, die bis jetzt zur Faust geballt in seinem Schoß gelegen hatte, löste sich. »Bis heute.«

»Dann ist das deine Superkraft, richtig? Die Musik. Ich habe noch nie jemanden so spielen hören. Das war … ich kenne den Song, aber du hast ihn *anders* werden lassen. Ich kann das nicht mal richtig beschreiben.«

Zum ersten Mal wanderten seine Mundwinkel ein wenig höher. »Ich habe mich etwa zehnmal verspielt, das Tempo in der Mitte versaut, und das bei einem Stück, das nur knapp viereinhalb Minuten dauert. Ich bin vollkommen aus der Übung.«

»Es hätte mich auch gewundert, wenn du das Kompliment einfach angenommen hättest.«

Kace beugte sich ein wenig weiter in meine Richtung, einen Arm noch immer um die kleine Beatrix geschlungen. »Du scheinst dir ziemlich sicher zu sein, dass das meine *Begabung* ist, die mich an den Lakestone Campus gebracht hat.«

Ich lehnte mich an den Flügel. »Liege ich denn falsch damit?«

Kopfschüttelnd stützte er die Ellenbogen auf den geschlossenen Klavierdeckel. »Du hast die Wette zwar verloren … aber nein. Du hast recht. Die Musik ist mein Ticket hierher gewesen.«

Sein leicht ironischer Tonfall ließ mich stocken. War er sich seines Talents nicht bewusst oder steckte etwas anderes dahinter? Forschend musterte ich seine Züge, versuchte dahinterzuschauen. Doch je länger ich ihn betrachtete, desto mehr Fragen rauschten durch meine Gedanken.

Manche Fragen sind dazu bestimmt, niemals mit einer Antwort versehen zu werden.

Ich schluckte resigniert und tippte leicht auf das Instrument. »Das ist verdammt beeindruckend, Kace.«

Achselzuckend richtet er sich wieder auf. »Nicht mehr als dein Verständnis für Zahlen.«

»Warum einigen wir uns nicht auf unentschieden?«

»Und das aus deinem Mund«, entgegnete er mit dem Anflug

eines Lächelns und schaute dann zu Trix, die sich mit leisen Murmellauten auf seinem Schoß regte. »Ich sollte sie ins Bett bringen. Es ist nicht geplant gewesen, dass es so spät wird. Oder, dass wir hier landen.«

Ich bin froh, dass dich dein Nicht-Plan hierhergebracht hat. Sonst hätte ich vielleicht nie erfahren, dass du … Musik bist, Kace.

Ich verkrampfte mich innerlich, als mir klar wurde, was ich da gerade gedacht hatte. In welche Richtung das hier driftete. Unbewusst machte ich einen Schritt rückwärts, als könnte ein wenig Abstand etwas daran ändern, dass ich Kace … mochte. Himmel, ich *mochte* ihn. Obwohl ich quasi nichts über ihn wusste und doch war er mir schon seit unserem Zusammenstoß am Flughafen nicht mehr aus dem Kopf gegangen. Unbeabsichtigt. *Ungeplant.* Schien das Motto des Abends zu sein.

Verdammter Mist.

Während diese Erkenntnis immer tiefer in mich sank, brachte ich kein Wort hervor. Stand nur da und sah zu Kace, der sich, Trix an seine Brust gedrückt, in einer fließenden Bewegung von der Klavierbank erhob und dann nach seinem Rucksack bückte.

Ich kam ihm zuvor und zog einen der Träger über meinen Arm. »Ich kann den nehmen. Ist vielleicht leichter.« Klang das nur in meinen Ohren so heiser? Meine Wangen wurden warm.

Kace bedachte mich mit einem langen Blick, ehe er den Kopf neigte. »Danke.« Seine Tochter mit einem Arm umschlungen ging er an mir vorbei in Richtung Tür und ich … konnte nicht anders, als ihn anzustarren. Diesen grimmigen Mann, der so unfassbar selten lächelte, dass ein Meteoriteneinschlag wahrscheinlicher schien, und der nun das kleine Mädchen hielt, als wäre es seine ganze Welt. Hätte Kace nicht schon vorher ungewollt einen Teil von mir berührt, dann wäre es spätestens bei diesem Anblick geschehen.

Wir verließen schweigend den Übungssaal und traten wenig später in die kühle Nacht mit ihrem spärlichen Sternenhimmel. Den Rucksack noch immer halb über einer Schulter kuschelte ich mich tiefer in meinen Hoodie und wandte mich zu Kace um, nur um festzustellen, dass er mich anschaute. In dem warmen Licht der Laternen wirkten seine Haare beinahe golden und das Blau seiner Augen so viel dunkler.

»Danke, Brynn«, sagte er leise.

»Echt kein Problem. So schwer ist der Rucksack auch wieder nicht.«

»Ich spreche nicht davon. Ich … danke, dass du sie nicht gestellt hast, obwohl dir die Fragen direkt ins Gesicht geschrieben standen«, gab er ernst zurück, ehe seine Miene wieder etwas weicher wurde. »Ich kann mir vorstellen, dass dir das nicht besonders leichtgefallen ist.«

Ich nickte und verzog die Lippen zu einem vorsichtigen Schmunzeln. »Es gibt da durchaus die eine oder andere Frage, aber es sind deine Wahrheiten zu deiner Zeit.«

Kace wechselte Trix behutsam auf den anderen Arm und nahm seinen Rucksack entgegen. »Danke«, sagte er noch einmal und deutete hinter sich, wo das Wohnheim des Campus lag. »Ich bringe sie dann mal ins Bett. Schätze, bei unserem Pech treffen wir ohnehin bald wieder aufeinander.«

Mein Grinsen wurde breiter, als ich das Lächeln in seinen Worten bemerkte. »Scheint unser Fluch zu sein. Gute Nacht, Kace.«

»Gute Nacht.«

Noch einen Moment länger sah ich ihn an, dann drehte ich mich um und ging in Richtung Haupttor – bis ich plötzlich eine sanfte Berührung am Arm spürte. Und mich einen Herzschlag später Kace gegenüberfand. So nah, dass mich Trix' Beine streiften und ich das Kinn heben musste, um Kaces Augen begegnen zu können.

»Tut mir leid, ich konnte nicht rufen … wegen Trixie.«

Ich folgte seinem Blick zu der Stelle, an der seine Finger noch immer auf meinem Arm lagen und ein heißes Kribbeln durch meinen Körper schickten. Hastig ließ er mich los und schluckte hart. »Hast du … scheiße, ich habe das viel zu lange nicht mehr gemacht, aber … unabhängig von unserer dämlichen Wette – ich würde sie dir beantworten, Brynn. Wenn du das möchtest.«

Perplex starrte ich ihn an, unsicher, ob ich mir seine stockenden Sätze, die nicht zu seiner sonst so nüchternen Art passen wollten, nur eingebildet hatte. »Beantworten?«

»Deine Fragen.«

Ich neigte den Kopf leicht zur Seite. »Bist du sicher, Kace? Das sind gewagte Worte.«

»Vermutlich werde ich es bereuen, aber ja. Ja, ich meine es ernst.«

Schmunzelnd nickte ich. »Ich werde es nicht vergessen. Du weißt ja, wo du mich findest.«

»Bei unserem Pech.«

»Bei unserem Pech.« Ich machte einen Schritt rückwärts. »Und Kace?« Er hielt noch mal inne. »Die nächste *dämliche* Wette werde ich gewinnen. Nur fürs Protokoll.«

Seine Lippen zuckten. »Ist notiert, Numbers.«

KAPITEL 17

Personal – Olly Murs

Kace

Mein Herz donnerte in meiner Brust, als ich die Hände von den Tasten nahm. Die letzten Noten hallten im Konzertflügel wider und brachten die Stille danach zum Dröhnen, ein wenig zu laut, ein wenig zu heftig, aber sie waren da. Und nur das zählte.

»Wir müssen an Ihrem Tempo arbeiten, Mr Holloway. Und Sie haben einige Noten – ich beziehe mich hierbei insbesondere auf die Akkorde im zweiten Drittel – zu hart angespielt.« Im Augenwinkel sah ich, wie Professor Mullbear einige Vermerke auf seinem Klemmbrett machte.

Ich biss die Zähne aufeinander und nickte, ohne den Blick von der Klaviatur zu nehmen. Er hatte recht mit seinen Anmerkungen, ich hatte jeden einzelnen meiner Fehler, die ich meiner mehrwöchigen Pause zu verdanken hatte, gehört. Doch die Tatsache, dass ich überhaupt hier saß und in der Lage war, meine Erinnerungen an Mam so weit im Zaum zu halten, um zu spielen, war lauter. Das Gefühl des kühlen Lacks unter meinen prickelnden Fingerspitzen machte die Mängel nichtig und begrub sie unter Musik. Ich konnte immer noch nicht glauben, dass es überhaupt ein Stück gab, das Mullbear kritisieren konnte.

Aber gestern Abend hatte etwas verändert. Die Zeit mit Trix am Flügel hatte mir die nötige Kraft gegeben, um die verfluchte Tür in meinem Kopf zumindest einen Spalt weit zu öffnen. Genug, um nicht länger von dem Schmerz über Mams Verlust und meiner Sorge, die Musik könnte mich meine Verpflichtungen vergessen lassen, erdrückt zu werden.

Und Brynn …

Ich konnte einfach nicht vergessen, wie sie mich angeschaut hatte. In diesem Moment, in dem ich zum ersten Mal seit Mams Tod wieder *richtig* gespielt hatte. Brynn hatte meine verräterischen, wütenden Tränen gesehen, sie hatte vieles gesehen und obwohl ich es kategorisch vermied, irgendjemanden irgendetwas sehen zu lassen, war es bei ihr … okay gewesen. Weil sie mir ihre Tränen gezeigt hatte und mir die Entscheidung überlassen hatte und das hatte etwas mit mir gemacht. Es hatte mich auf diese Spannung hören lassen, die zwischen uns lag, auf unseren Fluch, wie Brynn es nannte, auf meinen egoistischen Wunsch, aus unseren zufälligen Begegnungen *mehr* zu machen.

… ich würde sie dir beantworten, Brynn. Wenn du das möchtest …

Ich ließ die Hände von den Tasten auf meine unruhigen Oberschenkel fallen.

»Bis zur finalen praktischen Prüfung am Ende des Semesters bleiben in jedem Fall noch genügend Zeit und weitere Leistungsnachweise, um an ihrem Spiel zu arbeiten.« Der Professor nahm seine Brille von der Nase und verengte leicht die Augen. »Auch wenn ich glaube, dass es sich bei Ihnen ein wenig anders verhält. Sie spielen nicht nach Noten, richtig?«

»Nein, Sir.«

»Das dachte ich mir«, entgegnete er mit einem vernehmlichen

Räuspern. »Sie haben ein unglaubliches Talent, Mr Holloway. Ich bin froh, dass ich endlich in den Genuss gekommen bin, mich selbst davon zu überzeugen.«

Nun hob ich doch den Blick und stellte fest, dass seine sonst so verkniffenen Züge einem schmalen Lächeln gewichen waren. »Gerade haben Sie von meinem fehlerhaften Spiel gesprochen.«

»Wir wissen beide, dass nicht mangelndes Können für diese Fehler verantwortlich war.« Sein Blick war ernst. »Was auch immer Sie gerade beschäftigt, lassen Sie nicht Ihre Musik darunter leiden. Das tut Menschen wie Ihnen nicht gut, Mr Holloway.«

Noch ehe ich etwas hätte erwidern können, hatte er sich bereits abgewandt und die Nische verlassen. Ich wischte meine Hände an der Jeans ab und stieß mir prompt den Musikantenknochen, als sich Mason ohne Vorwarnung in mein Blickfeld schob.

»Du legst es aber auch drauf an, was?«, brummte ich, aber es klang nicht halb so genervt wie sonst. Nicht, nachdem ich diesen persönlichen Sieg gegen meine Dämonen eingefahren hatte.

Mason hielt sich erst gar nicht mit meiner Bemerkung auf. »Es ist mein Tipp mit der Abendprobe gewesen, richtig? Ich habe dich gerade gehört, Mann, und das … Mein Dad sagt immer, ich wäre der talentierteste Musiker, den er kennt, aber wenn er dich hören würde, würde er mich enterben, ich sag's dir.«

Ich schenkte ihm einen ungläubigen Blick, spürte jedoch, wie meine Mundwinkel ein wenig höher wanderten.

»Schon gut, du musst mir nicht danken. Dein selbstzufriedener Ausdruck reicht mir voll und ganz.«

»Ich bin nicht selbstzufrieden«, erwiderte ich.

»Bist du doch, und ehrlich, Kace, das freut mich. Das, was ich in den letzten Wochen bei dir gesehen habe …« Das Leuchten in seinen braunen Augen trübte sich innerhalb von Sekundenbruchteilen. »Das hat mich einfach an alten Mist erinnert. Egal. Du hast deinen ersten offiziellen Mullbear überlebt. Was hältst du davon, wenn wir endlich von hier verschwinden und zur Feier des Tages etwas essen gehen?« Er versuchte, sie zu überspielen, aber es war offensichtlich, dass seine Worte eigene Dämonen heraufbeschworen hatten.

Vielleicht stand ich deswegen auf und meinte dann: »Ich kann nicht glauben, dass ich das sage, aber ich bin dabei.«

Mason klopfte mir auf die Schulter. »Das wollte ich hören.«

Auf dem Weg nach draußen checkte ich kurz, ob es irgendwelche Nachrichten aus der Kinderbetreuung gab – alles ruhig –, und ließ mein Handy anschließend wieder in der Hosentasche verschwinden. Einen Moment später verließen wir bereits den Altbau und fanden uns zwischen den anderen Studierenden auf dem Campus wieder.

»Mason, wegen eben …«

Seine Schritte wurden langsamer, dann lag sein Blick auf mir. »Was genau meinst du?«

Eine verfluchte Menge. Nur wusste ich nicht, wo ich anfangen sollte, ob ich überhaupt das Recht dazu hatte, ihn auf seine Dämonen anzusprechen. Aber aus irgendeinem Grund hatte ich das Bedürfnis, genau das zu tun. Ich stieß den Atem aus. »Danke, Mann. Für gerade. Und dass du mich nicht gleich zu Beginn zum Teufel gejagt hast.«

»Ich war wirklich versucht, das zu tun.«

Wir wussten beide, dass das eine Lüge war. Ich lächelte schief und wurde dann wieder ernst. »Falls du … also, wenn du reden willst …« *God damn*, ich klang wie der letzte Idiot.

Unvermittelt blieb Mason stehen und legte mir eine Hand auf

die Schulter. »Ich bin geblieben, weil ich die Dunkelheit erkannt habe.« Achselzuckend blickte er zur Seite. »Vor ein paar Jahren ist mein kleiner Bruder gestorben. Ein Unfall. Und sein Tod war wie eine Mauer, die mich von allem anderen getrennt hat. Früher haben wir oft zusammen Klavier gespielt, mit seinem Talent hätte er es sicherlich auch auf den Lakestone Campus geschafft, aber danach war es undenkbar, auch nur eine Taste anzuschlagen. Ich habe in dieser Zeit mit niemandem gesprochen, allen gegenüber so getan, als hätte ich den Verlust weggesteckt – einfach so –, und sie haben es mir abgekauft. Dabei hätte ich jemanden gebraucht, der es sieht. Der *mich* sieht und deswegen habe ich mir geschworen, genauer hinzuschauen und zu helfen.«

»Selbst wenn derjenige es nicht will.«

»Besonders dann.«

»Das mit deinem Bruder tut mir leid, Mason. Verlust ist immer beschissen.«

»Danke.« Noch einmal drückte er meine Schulter, dann ließ er von mir ab. Sein Gutelaunegesicht kehrte innerhalb weniger Augenblicke zurück. »Also, wo wir dieses Gespräch jetzt durchhaben, gilt es, eine Entscheidung zu treffen. Wir können uns das heutige Menü der Mensa gönnen oder etwas im Café besorgen und uns einen netten Platz draußen suchen. Irgendwo am See auf einer der Bänke oder so.«

Ich hob eine Hand gegen die Sonnenstrahlen, die es vereinzelt durch die Wolken schafften, und zuckte mit einer Schulter. Akzeptierte wortlos den Themenwechsel, weil es an Mason war, darüber zu entscheiden. »Hab nichts gegen frische Luft einzuwenden.«

»Alles klar. Dann holen wir uns etwas *to go* für unser Feierabenddate. Kann's kaum erwarten.«

»Das ist immer noch kein *Date*, Mason.«

»Weiß ich doch, Kace, weiß ich doch«, gab er zurück und störte sich dabei nicht im Geringsten an meinem schiefen Blick. Kopfschüttelnd fuhr ich mir durch die Haare und folgte ihm dann kommentarlos über den Vorplatz des Altbaus zum Café. Mason war einfach Mason, so viel hatte ich mittlerweile auch kapiert. Und jetzt hatte ich noch ein weiteres Puzzlestück über ihn erfahren, das erklärte, woher sein verdammt großes Herz kam.

Ein kleines Lächeln zupfte ungewollt an meinen Lippen und verschwand schlagartig, als ein bekanntes Gesicht meine Aufmerksamkeit erregte. Graue Augen, ernste Züge, eine Hemd-Hose-Lederschuhe-Kombination, die förmlich nach Geld schrie. Greyson Abbot, der mit angespannter Haltung auf sein Handy starrte und dabei wirkte, als wäre er kurz davor, besagtes Smartphone an die Wand zu schleudern, stand mitten auf dem Campus, nur wenige Meter von mir entfernt. Wie auf Knopfdruck hatte ich wieder Harvey Abbots Worte im Ohr, das, was darin mitgeschwungen hatte.

Ja, ich habe einen Sohn.

Der vertraute Druck hinter meiner Stirn kehrte zurück. Nach der Begegnung am Dienstag hatte ich mich resolut von diesem Minenfeld ferngehalten. Hatte versucht, das alles von mir zu schieben, weil es nichts brachte. Weil sich Mam geirrt haben musste und ich nicht länger nach Erklärungen suchen konnte – *wollte* –, die es vermutlich gar nicht gab.

Und weil es leichter gewesen war, als sich mit meinen Wurzeln zu beschäftigen.

Doch jetzt, wo ich ihn dort sah, war dieser Teil zunehmend schwerer zur Seite zu schieben.

Aus einem Impuls heraus wandte ich mich an Mason: »Kannst du schon mal vorgehen? Ich komme gleich nach.«

Mason folgte meinem Blick in Richtung Greyson. Ich konnte die Rädchen in seinem Kopf förmlich rattern hören und wartete nur darauf, dass er irgendeine Bemerkung ausspuckte. Zu meiner Überraschung nickte er jedoch bloß und deutete dann mit dem Kinn auf das Lakestone Café. »Kein Ding. Wir sehen uns gleich, Kace.«

»Danke.« Ich wartete, bis er im Gebäude verschwunden war, während das dumpfe Pochen zwischen meinen Schläfen stärker wurde. Gott, diese ganze Sache ließ mich noch durchdrehen.

Brummend schaute ich wieder in Greysons Richtung, nur um festzustellen, dass seine Augen auf mir lagen. Kühles, hartes Grau – also hatte er unsere Begegnung auf dem Flur vor Abbots Büro nicht vergessen.

»Fuck«, murmelte ich und stieß zischend den Atem aus. Ich hätte einfach mit Mason gehen und diese Scheißidee verwerfen sollen. In letzter Zeit schien kein Tag ohne eine falsche Entscheidung meinerseits zu vergehen.

»Kann ich dir irgendwie helfen?«, rief Greyson, noch bevor er mich erreicht hatte. Seine Stimme schwankte dabei irgendwo zwischen Angepisstheit und absoluter Teilnahmslosigkeit und ließ mich mit den Zähnen knirschen. Zum größten Teil, weil ich nicht wusste, was ich darauf erwidern sollte.

»Das wollte ich dich auch gerade fragen.« *Wow. Kace, ehrlich?*

»Witzig, ich hätte schwören können, dein wütender Blick hätte einen tieferen Sinn.« Greyson griff in seine hintere Hosentasche und zog eine Zigarette aus der halb leeren Packung hervor. »Auch eine?«

»Ich rauche nicht.«

»Da hat mir ein Vögelchen in Dads Büro aber etwas anderes gezwitschert. Geht mich auch nichts an. Also?«

Einen Herzschlag lang verfolgte ich, wie der Rauch zwischen uns aufstieg, während mir drängende Worte in der Kehle hochstiegen, die ich nicht aussprechen konnte.

Weißt du, ob Abbot noch ein zweites Kind hat?

Hat er jemals von Gemma Holloway gesprochen?

Was hat er dir über seine Studienzeit erzählt?

Bist du … bist du mein Halbbruder?

Das Dröhnen hinter meiner Stirn wurde langsam, aber sicher zu einem stechenden Schmerz. Als würden die Fragen gegen meine Schädeldecke anstürmen und jeden Moment herausbrechen. Und was dann?

Frag einfach oder verschwinde, aber entscheide dich, verdammt noch mal.

»Wegen Dienstag …«

Greyson fuhr mir mit einem rauen Lachen dazwischen. »Ich werde meine Beziehungen nicht für dich spielen lassen und dich bei meinem Vater raushauen. Vergiss es.«

Ich sah ihn perplex an. Was zum …? »Du kannst dir sicher sein, dass es mir nicht darum geht. Wie kommst du auf so einen Scheiß?«

»Es war offensichtlich, dass du Ärger hast. Du wärst überrascht, wie viele mit eingezogenem Schwanz bei mir ankommen, wenn sie herausfinden, dass ich Abbots Sohn bin.«

»Das ist nicht mein Stil.«

In seiner Miene blitzte etwas auf und verschwand nur einen Sekundenbruchteil später wieder unter kühler Überheblichkeit. »Glaube ich dir aufs Wort.« Er nahm einen weiteren Zug und schaute über den Campus zum Verwaltungsgebäude der Universität. »So nett es auch ist, mit dir dieses inhaltslose Gespräch zu führen, ich habe noch eine Verabredung. Wenn du mich also entschuldigen würdest?«

»Hast du Geschwister, Greyson?« Die Worte waren draußen, noch bevor ich sie zurückhalten konnte.

Sein Blick landete wieder auf mir, dann schnippte er die Zigarette in einen Aschenbecher des Raucherbereichs und traf perfekt in die dunkle Öffnung. »Ich wüsste nicht, was dich das angeht, aber nein. Es gibt nur mich. War's das?«

Ich nickte.

An seinem Kinn zuckte ein Muskel. »Dann wäre das ja geklärt. Du solltest dich in der nächsten Zeit übrigens von Ärger fernhalten. Es könnte sein, dass meine Anwesenheit Abbots Contenance auf die Probe stellt. Nur ein gut gemeinter Rat.«

***

Als ich das Café ein paar Minuten später mit einem Sandwich und einem Becher schwarzem Kaffee verließ, hatte ich nicht den blassesten Schimmer, wieso ich mir überhaupt etwas geholt hatte. Das Letzte, woran ich gerade dachte, war Essen. Oder mit Mason meinen *Sieg* über Mullbear zu feiern. Meine Gedanken drehten sich einzig und allein um Greyson und um dieses seltsame Gespräch, das mich kein Stück vorwärtsgebracht hatte. Ganz im Gegenteil.

»Kace! Hier drüben!«

Ich umfasste die Tüte mit dem Sandwich fester und drehte den Kopf nach links. Mason saß mit ein paar anderen Studierenden, die ich schon einige Male an seiner Seite gesehen hatte, am Seeufer auf zwei Decken. Wusste der Teufel, wo er die aufgetrieben hatte. Kurz war ich versucht, dankend abzulehnen, doch Bos Pubweisheiten hielten mich davon ab. Ganz gleich, wie beschissen eine Situation auch war, alleine war sie noch viel beschissener.

Seufzend setzte ich mich in Bewegung und lief auf die Gruppe zu, die mich mit offenen und neugierigen Blicken musterte.

»Leute, das ist Kace – kaum zu glauben, dass ihr ihn endlich zu Gesicht bekommt«, stellte mich Mason vor und stand nur einen Sekundenbruchteil später neben mir. »Kace, das ist meine Clique.«

»Wir sind keine Clique«, erwiderte eine junge Frau mit fast weißen Haaren, die im Schneidersitz zwischen einem blonden Lockenkopf und einer Brünetten saß, auf deren Scheitel ein schiefer Knoten thronte.

»Natürlich sind wir das. Sei nicht immer so kleinlich, Sue.« Als wäre ich drei Jahre alt und nicht dreiundzwanzig, bugsierte mich Mason auf den freien Platz neben sich und dem Wuschelkopf. »Normalerweise sind sie höflicher und fangen zumindest mit einem *Hallo* an, bevor das Gezeter losgeht.«

Ich lächelte schief und setzte mich, ehe ich ein »Hi« in die Runde murmelte.

»Mason hat uns schon einen kleinen Vortrag über dich gehalten, Kace«, begann die Brünette und winkelte die Beine an. »Du bist ein Klavierwunderkind.«

Ernsthaft, Mason? Dieses Mal machte ich mir erst gar nicht die Mühe, ihn mit einem meiner Seitenblicke zu erdolchen, weil ich insgeheim die Vermutung hegte, dass der Mistkerl es nur darauf anlegte. »Kein Wunderkind, einfach jemand, der schon sehr lange spielt und jede Macke dieses Hölleninstruments in- und auswendig kennt.«

Die Brünette blinzelte ein paarmal, während Mason trocken lachte. »Ist er nicht großartig?«

»Halt die Klappe«, brummte ich und nahm einen Schluck von meinem Kaffee, um mein Lächeln zu verbergen.

In den nächsten Minuten drehte sich das Gespräch ganz um mein Studium, warum ich hier war und die Musik. Die anderen stellten mir eine Frage nach der anderen und obwohl ich es normalerweise nicht ausstehen konnte, übermäßig viel von mir zu erzählen, fühlte ich mich erstaunlich wohl in der Runde. Ich erfuhr, dass zu ihrer Nichtclique eigentlich noch drei weitere Mitglieder gehörten, die heute allerdings bei einem Hockeytraining eingespannt waren. Außerdem bekam ich während des Gesprächs mit, dass der Lockenkopf Ethan hieß und an der weißblonden Sue interessiert war – was ein offenes Geheimnis zu sein schien. Genauso wie der kleine Kampf, der deswegen zwischen den beiden tobte.

»Hast du eigentlich eine Antwort aus Washington bekommen, Ethan?«, erkundigte sich die braunhaarige Studentin – Chloe – und zog die Schüssel mit den Weintrauben zu sich heran.

Alle Blicke richteten sich auf Ethan und auch ich steckte mein Handy wieder weg, nachdem ich ein weiteres Mal gecheckt hatte, ob irgendetwas mit Trix war.

Ethan ließ seinen Wrap sinken. »Ich habe schon darauf gewartet, dass du damit kommst.«

Chloe lächelte nur. »Du kennst mich zu gut.« Ein wenig ratlos schaute ich zwischen den beiden hin und her, woraufhin Chloe fortfuhr: »Ethans Familie ist die Definition einer Patchworkfamilie. Komplett bunt zusammengewürfelt. Durch Zufall ist einer seiner unzähligen Geschwister darauf gestoßen, dass es auch eine leibliche Verbindung zwischen ihnen geben könnte, woraufhin Ethan seine Biologie-Nerd-Skills genutzt hat, um dem Ganzen auf den Grund zu gehen.«

Sue verschluckte sich prompt an ihrer Weintraube, die sie aus Chloes Schüssel geklaut hatte. »Wow, du bist so feinfühlig, Chloe.«

»Haha.«

»Kein Ding«, winkte Ethan ab und zuckte amüsiert mit den Schultern. »Sie hat schon recht, wir sind ein bunter, wilder Haufen. Mein Dad kann keine Kinder bekommen und deswegen hat Mom mehrere Samenspenden in Anspruch genommen. Außerdem habe ich noch zwei Adoptivgeschwister.«

Ich fand es beeindruckend, wie offen er darüber sprach. So, als änderte das nicht das Geringste daran, dass sie eine Familie waren und zusammengehörten.

»Nur war es kein Zufall«, nahm Ethan den Faden wieder auf, »sondern Billys Biolehrerin und ihr Geschwafel über Genetik – aber jetzt bin ich am Schwafeln. Jedenfalls haben wir einen Test machen lassen, um unseren Verwandtschaftsgrad herauszufinden – ich war ja dafür, das selbst durchzuziehen, weil wir das Equipment hier auf dem Campus haben, aber Billy bestand auf das gute alte Internetangebot.«

Der Ausdruck *Verwandtschaftsgrad* ließ mich aufhorchen und holte zuverlässig alte und neue Erinnerungen hervor. Die Tage, nachdem Trixie in mein Leben getreten war, der Vaterschaftstest, den ich daraufhin gemacht und der ein eindeutiges Ergebnis verkündet hatte, und die losen Gedanken, die sich um Abbot und Greyson drehten. Ein Test könnte die Ungewissheit auf einen Schlag aus der Welt räumen … oder alles nur noch viel schlimmer machen.

»Bei deiner ungesunden Käferleidenschaft wäre am Ende noch herausgekommen, dass ihr zu den Insekten unter deinem Mikroskop gehört«, stichelte Sue. »Hätte mich nicht gewundert.«

»Du wärst die Erste, die mir verfallen würde, würde ich plötzlich zu *Antman* werden.«

»In deinen Träumen vielleicht, Ethan Dair.« Sue verzog säuerlich das Gesicht.

Dann übernahm Chloe mit hörbarer Ungeduld in der Stimme wieder das Gespräch. »Was ist denn jetzt dabei rausgekommen?«

Seine hellblauen Augen leuchteten förmlich auf, ehe sich Ethan merklich aufrichtete und verkündete: »Wir sind verwandt. Um ein paar Ecken – viele Ecken –, aber immer noch verwandt.«

»Das ist großartig, Mann.« Mit einem ehrlichen Lachen stieß Mason ihm freundschaftlich in die Seite. »Richtig krasse Sache. Freut mich!«

Während die anderen Ethan beglückwünschten und mit Fragen löcherten, hing ich nach wie vor an dieser Testsache – dieser Möglichkeit auf Antworten, die Ethan wie eine weitere Tür ohne Vorwarnung in meinen Gedanken aufgestoßen hatte.

Und die sich nicht mehr so einfach schließen ließ.

KAPITEL 18

Shake It Out – Florence + The Machine

Brynn

Wie jeden Samstagvormittag wurde das Lakestone Café zum Mittelpunkt des Campus. Unzählige Stimmen lagen in der Luft, Geschirr und Besteck klapperten und im Hintergrund surrten die Kaffeemaschinen, als gehörten sie zu der leisen Indiemusik. Es war schwer gewesen, überhaupt einen Tisch zu finden, doch Lucie und Harlow hatten das Unmögliche möglich gemacht und uns wie durch ein Wunder einen Platz für meine Schichtpause besorgt. Und das, obwohl meine Frage nach einem Treffen sehr spontan gekommen war, nachdem mein Computer von der einen auf die andere Sekunde den Dienst quittiert und ich gehofft hatte, in Harlows Händchen für Technik schnelle Hilfe zu finden. Eine knappe halbe Stunde hatten wir uns gegenseitig auf den neuesten Stand gebracht und mein Computerdebakel besprochen, ehe sich Harlow für ihr Feldhockeytraining verabschieden musste und Lucie und ich zurückblieben.

»Das ist echt lieb von dir. Von euch beiden, Lucie. Richte das Harlow noch mal aus, ja?«, meinte ich und schenkte ihr ein dankbares Lächeln.

»Das werde ich, aber das ist wirklich kein Problem. Jeder weiß, wie wichtig das richtige Equipment auf dem Campus ist. Ohne ist man aufgeschmissen«, erwiderte sie lächelnd und griff nach der bauchigen Tasse vor sich. »Mein Computer hat in der letzten Prüfungsphase den Geist aufgegeben. Nicht mal Harlow konnte da noch etwas machen. Seitdem habe ich immer ein Ersatzgerät.«

Überrascht blickte ich von dem schlanken MacBook, Lucies Leihgabe an mich, auf. »Du hast zwei Laptops?«

Ein jähes Husten brach aus ihr heraus, als sie sich an ihrem Matcha Latte verschluckte und hastig den Becher abstellte. »Ja, ich meine, der hier ist nur ein altes Ding von meinem … Vater. Keine große Sache, echt.« Irgendetwas schwang in ihren Worten mit, ein leises Echo, das Lucie jedoch sofort mit einem deutlich fröhlicheren Tonfall erstickte. »Jedenfalls ist es kein Problem, wenn du dir meinen für ein paar Tage ausleihst, bis du dir einen neuen besorgt hast.«

Ich nickte nur. Zum einen, weil ich Lucie nicht gut genug kannte, um nachzuhaken, was sich hinter ihrer lapidaren Aussage über *das alte Ding* verbarg – denn das MacBook mochte vieles sein, aber ganz sicher nicht alt. Zum anderen, weil mich ihr Angebot unweigerlich auch daran erinnerte, dass mein eigener Laptop gestern Abend ohne Vorwarnung abgeraucht war. Es hatte früher oder später so weit kommen müssen, das war mir klar gewesen, weil mein Computer quasi direkt aus der Steinzeit kam, aber ich hatte auf ein *eher später* gehofft. Mit meinem Job im Café kam ich zwar über die Runden und noch waren meine Rücklagen nicht gänzlich aufgebraucht, aber ein neuer Laptop würde ein gewaltiges Loch in mein Budget reißen. Eines, das sich nicht so einfach stopfen ließ. Als ich mich heute Morgen mit Harlow und Lucie getroffen hatte, weil ich wusste, dass Harlow ein Talent für Technik besaß, hatte ich noch Hoffnung gehabt, doch als ihr Blick auf mein Gerät gefallen war, hatte ihre Miene Bände gesprochen. Das *Tut mir leid, aber der ist hin, Bry* hätte es nicht mehr gebraucht.

Ernüchtert pustete ich mir eine Strähne aus der Stirn.

»Mach dir keinen Stress. Ich brauche ihn erst in zwei Wochen wieder, bis dahin gehört das gute Stück ganz dir.« Lucie schenkte mir ein aufmunterndes Lächeln.

»Danke«, sagte ich wieder, während ich in meinem Kopf nach einer Möglichkeit, genug Geld aufzutreiben, suchte, und auf nichts als deprimierende Leere stieß. Ich wollte Lucie nicht um mehr Zeit bitten, es war ohnehin schon eine große Sache, dass sie mir ihren Laptop auslieh, und außerdem … waren die Geldsorgen meine Sache.

»Dafür sind Freundinnen doch da.« Das Braun ihrer Augen wurde zu warmer Schokolade und ließ meine Bedenken zumindest ein wenig leiser werden. »Wir kennen uns vielleicht noch nicht lange, aber Har und ich sind jederzeit für dich da, Bry. Wobei sich bei Harlow gerade alles um Hockey dreht, deswegen musst du vorerst mit mir vorliebnehmen.«

Ich lehnte mich ein Stück zurück und nippte schmunzelnd an meinem Kaffee. »Damit kann ich sehr gut leben.«

»Wie läuft es mit der Vorbereitung auf den Wettbewerb? Kommst du, von dem Laptopdebakel einmal abgesehen, gut voran?« Lucie stützte ihr Kinn in die aufgestellten Hände, sodass ihre weiten, flattrigen Trompetenärmel herunterrutschten und farbverschmierte schlanke Unterarme preisgaben.

»Es geht, ein paar Themengebiete sind echt zäh, aber im Großen und Ganzen macht es erstaunlich viel Spaß, sich durch das ganze

Wissen zu graben. Leider muss ich jetzt gezwungenermaßen erst mal einen Bogen um die Bib machen.«

»Ah, Har hat davon erzählt. Du wurdest von Abbots Sohn erwischt, richtig?«

»Hm-m«, machte ich. »Er hat mich direkt zu seinem Vater geschleppt, ohne groß Fragen zu stellen. Ich bin zwar mit einem blauen Auge davongekommen, aber ich sollte das Schicksal nicht noch weiter herausfordern. Dieser Greyson taucht ständig überall auf.« Zumindest kam es mir so vor. Seit Dienstag hatte ich ihn öfter, als mir lieb war, auf dem Gelände gesehen und jedes Mal war ich mir wie ein Verbrecher vorgekommen, den man auf frischer Tat ertappte.

»Der verschwindet auch wieder. Ist bisher immer so gewesen. Ein paar Tage lang läuft er auf dem Campus rum und danach kehrt alles zum Alten zurück«, meinte Lucie, nachdem sie den winzigen Bissen von ihrem Muffin runtergeschluckt hatte. »Hast du am Wochenende noch etwas vor? Heute Abend sind wir unten am Pier im *Under the Sea*, ich bin mir sicher, dass du mitkommen kannst.«

Ursprünglich hatte mein Plan aus Lernen in der sturmfreien WG bestanden – Bea und Polina hatten mir heute Morgen beim Frühstück eröffnet, dass sie das Wochenende unterwegs waren. Was für mich bedeutete: zwei Tage allein in der Wohnung lernen und mir den Kopf über Kace zerbrechen. Etwas, das neben schlafen und essen unbeabsichtigt zu einem festen Bestandteil meines Alltags geworden war und je mehr ich versuchte, mich auf andere Dinge zu konzentrieren, desto weniger ließ er mich los. Unzählige Male war ich in den letzten zwei Tagen gedanklich wieder in den Musiksaal gereist, hatte Kace am Flügel mit seiner Tochter beobachtet, seine Tränen gesehen und seine Musik gehört. Und dann war da noch dieser Moment vor dem Altbau gewesen. Sein Angebot, mir mehr von sich zu zeigen, das mich tief berührt hatte, weil ich wusste, dass das für Kace eine verdammt große Sache war. Irgendetwas war zwischen uns und wir waren nicht länger in der Lage, dieses *irgendetwas* zu ignorieren. Nur hatte ich seit Donnerstagnacht nichts mehr von Kace gehört und das machte mich nervöser, als ich zuzugeben bereit gewesen wäre. Eigentlich sollte es mich nicht überraschen, würde Kace sein Angebot zurücknehmen, das würde zu ihm passen. Zu seiner reservierten Art, an der er alle abprallen ließ.

Alle bis auf mich.

Ich konnte das nicht wieder und wieder durchexerzieren, schon gar nicht allein in der WG ohne jemanden, der mich davon abhielt durchzudrehen.

Keine Frage, Lucies Vorschlag klang deutlich besser.

»Wenn das für alle okay ist, bin ich gerne dabei«, sagte ich einen Moment später.

»Perfekt, ich schreibe dir später die Details. Harlow weiß, für wann reserviert ist und …«

»Ich unterbreche euer Mädelsgespräch ja nur ungern, aber ich bräuchte dich wieder hinter der Theke, Brynn.«

Lucie und ich blickten synchron zu Ian auf, der entschuldigend zu der wachsenden Schlange deutete. Mir kam ein leiser Fluch über die Lippen. »Sorry, ich habe total die Zeit vergessen.«

»Dafür hast du ja mich.« Mit seinem typischen Zwinkern klopfte er mir auf die Schulter und kehrte zurück an den Tresen. Hastig leerte ich meine Tasse und verabschiedete mich dann von Lucie, die versprach, mir zu schreiben.

***

»Ich hoffe, du nimmst es mir nicht übel, dass ich euch ins Wort gefahren bin«, meine Ian, wischte routiniert über die Milchdrüse der Maschine und schaute zum ersten Mal wieder länger als eine Sekunde in meine Richtung. In der vergangenen halben Stunde hatten wir ununterbrochen Bestellungen abgearbeitet und waren kaum zu Atem gekommen.

»Wenn überhaupt, muss ich mich schlecht fühlen, weil ich meine Pause überzogen habe. Schon wieder.«

»Musst du nicht und hast du nicht.« Ian warf den Lappen in die Spüle und traf. »Ich wollte dich noch etwas fragen, Brynn.«

»Schieß los.«

»Du hast ja gesagt, dass dir der eine Abend im Casino gereicht hat, aber nächste Woche steht die nächste Runde an, deswegen …« Auch ohne dass Ian den Satz beendete, wusste ich, worauf er hinauswollte. Eine weitere Nacht im Gewölbe, weitere Runden Blackjack und ich konnte nicht verhindern, dass mein verräterischer Kopf sofort zu meinem Geld- und Laptopproblem wanderte. Es hatte einmal geklappt, aber was wäre, wenn es dieses Mal schiefging? Wenn ich das Geld verlor? Oder man mich erwischte? Denn ohne Studierendenausweis durfte ich mich nur in den Räumlichkeiten des Cafés und dem Park aufhalten, nicht im Gewölbe. Abbot würde mich sicherlich nicht noch einmal einfach so gehen lassen.

»Ich weiß, dass du das Risiko nicht mehr eingehen willst, und das akzeptiere ich auch, aber …«

Sein Tonfall ließ mich aufhorchen. Ich verpasste der Kasse einen leichten Schubs mit der Hüfte, sodass das Geldfach zuschlug, und wandte mich zu Ian um. »Was ist los?«

Ian fuhr sich verlegen über den Nacken, seine Wangen röteten sich leicht unter seiner dunklen Haut. »Ich habe mich verzockt«, entgegnete er schließlich mit gesenkter Stimme. »Es war total bescheuert, aber ich hab Fehler gemacht und hätte es einfach sein lassen sollen, weil ich nicht halb so gut bin wie du, und jetzt … ich brauche deine Hilfe, Bry. Ich würde nicht fragen, aber …«

Ich überkreuzte die Arme vor der Brust und atmete hörbar aus. »Ian …«

»Wir sprechen hier nicht von einem Glücksspielring in Vegas, Bry, es ist nur der Lakestone Campus und niemand wird hier irgendwen umbringen, keine Sorge. Angepisst ist der Expert, dem ich Geld schulde, trotzdem. Und ich will nicht, dass es doch irgendwie hässlich wird oder die Runde macht.« Er trat etwas näher und setzte sein Ian-Lächeln auf. »Einmal, Brynn. Du spielst, gewinnst und wir sind raus. Natürlich bekommst du auch einen Anteil, so viel du willst. Nur dieses eine Mal, danach fange ich nie wieder damit an.« Seine Mundwinkel wanderten noch höher, als würde er spüren, dass er nicht länger auf Granit traf, sondern die Schichten nach und nach abtrug. »Ich werde dafür sorgen, dass nichts passiert. Du hast mein Wort, Brynn.«

Und zu meiner Schande musste ich zugeben, dass diese Runde an ihn ging.

***

Das *Under the Sea* war eine Fusion aus Restaurant, Café, Club und Bar, das in einer alten, umgebauten Fischerhalle direkt am Pier lag. Es gab eine lange Theke, große Fenster mit dunkelgrünen Rahmen, Backsteinwände und sogar ein DJ-Pult. Sitznischen teilten die große Fläche in kleinere Bereiche, ließen in der Mitte jedoch genügend Platz zum Tanzen und Feiern. Hätte ich diesen Ort mit einem

Ausdruck beschreiben müssen, dann wäre es *alles auf einmal* gewesen, eine Mischung, die sich nicht entscheiden konnte und auch gar nicht musste, der Menge an jungen Erwachsenen, die hier ihren Samstagabend genoss, nach zu urteilen.

»Die anderen sind schon da und haben uns einen Platz auf der linken Seite frei gehalten.« Lucie schob ihre kühlen Finger zwischen meine, als wir die Tanzfläche erreichten. Mit mehr Kraft, als ich ihren schmalen Schultern zugetraut hätte, zog sie mich entschlossen durch die Menschen und blieb kurz darauf vor einer der Sitznischen stehen. Hier war es ein wenig ruhiger, weil andere Nischen zwischen uns und den großen Boxen lagen, doch selbst wenn es totenstill gewesen wäre, hätte ich nicht mitbekommen, wie Lucie mich vorstellte.

Weil meine ganze Aufmerksamkeit auf Kace lag.

Auf seinen blauen Augen, die sich nun merklich weiteten, auf dem dunklen Hemd, das an seinen Unterarmen hochgekrempelt war, auf der senkrechten Falte, die in diesem Moment zwischen seinen Brauen erschien. Kace hatte also ebenso wenig gewusst, dass sich unsere Freundeskreise überschnitten.

» … das ist jedenfalls Brynn. Gott, könnte mir bitte jemand den Mund zuhalten, bevor ich noch mehr quatsche?«, meinte Lucie lachend und berührte mich leicht am Arm. Endlich löste ich meinen Blick von Kace und hob lächelnd eine Hand in die Runde. »Hi.«

Noch bevor ich mich selbst hätte bewegen können, drückte mich Lucie auf den freien Platz neben Kace – natürlich neben Kace –, während sie sich einen Stuhl vom Nachbartisch dazuholte und zwischen Harlow und mich schob. Damit waren wir also komplett.

Als hätte er meine Gedanken gehört, stand nur einen Herzschlag später ein junger Mann mit blonden Locken, ich erkannte ihn als

Ethan wieder, auf und blickte in die Runde. »Da wir jetzt alle vollständig sind, schlage ich vor, wir besorgen uns die nächste Runde, was meint ihr?«

»Ich helfe dir. Zack?« Harlow schaute zu ihrem Freund, der daraufhin ein paar Gebärden machte, für die ich leider keine Übersetzung parat hatte. Doch ich vermutete, dass es eine Zustimmung gewesen war, denn Harlows Lächeln wurde noch ein bisschen breiter, ehe sie sich an uns wandte: »Irgendwelche Getränkewünsche?«

Chloe, Sue, Mason und ich bestellten ein Bier, Lucie und zu meinem Erstaunen auch Kace eine Cola. Unwillkürlich fragte ich mich, ob das mit Trixie zusammenhing oder er generell keinen Alkohol trank.

Oder es ist so eine Sache wie mit seinen unangezündeten Zigaretten.

»Hey, Brynn.« Kaces raue, leise Stimme holte mich augenblicklich zurück an den Tisch, an dem alle anderen mittlerweile in Gespräche vertieft waren. Langsam drehte ich den Kopf zu ihm und konnte nicht verhindern, dass mein Puls ein kleines bisschen in die Höhe schoss, als sich unsere Blicke trafen. Als ich feststellte, dass uns kaum eine Unterarmlänge voneinander trennte. »Hi, Kace.«

Um seine Lippen zuckte es ganz leicht. »Ich wusste gar nicht, dass du Mason und die anderen kennst.«

»Ich wollte gerade genau das Gleiche sagen.« Ich schluckte, während mir die Hitze in den Nacken kroch. Seit wann machte mich Kace so … nervös? »Als Lucie mich eingeladen hat, habe ich nicht mit dir gerechnet.«

»Hattest du so wenig Vertrauen in unser Pech?«, erwiderte Kace mit unüberhörbarer Herausforderung in der Stimme.

Ich hob eine Schulter. »Vielleicht habe ich kurz gezweifelt. Das Pech hat sich länger nicht blicken lassen nach … Donnerstag.«

Seine Miene wurde ein wenig ernster. »In der Uni war einiges los und Trix hat mich auf Trapp gehalten. Alles wie immer.«

»Wie geht es ihr?«

»Gut, sie ist bei einer Bekannten aus der Kinderbetreuung, die mir diesen freien Abend förmlich aufgezwungen hat.«

»Schrecklich.« Ironie färbte meine Worte.

»Absolut.« Er nickte langsam, sein Lächeln wurde breiter. »Was ist mit dir? Wie … geht es dir so?«

Seine holprige Art, Small Talk zu betreiben, ließ mich unvermittelt auflachen. So sehr, dass die anderen sich einen Moment lang unterbrachen – allen voran Lucie und Mason.

»Was wird das? Versuchst du, ein normales Gespräch mit mir zu führen, Kace?«, fragte ich, als die Unterhaltungen um uns herum wieder angelaufen waren.

Kace hob nur unbeeindruckt die Brauen. »Ich versuche es nicht, ich *tue* es, aber du sabotierst mich.«

»Warum sollte ich?«

»Sag du es mir«, antwortete er nur und lehnte sich weiter in die Polster zurück, wobei sich die Runzeln vertieften. »Ich habe dich am Freitag gar nicht im Café gesehen.«

Mein kleines, dummes Herz machte einen Satz und ließ mich das Erstbeste aussprechen, das mir in den Sinn kam. »Also hast du mich gesucht?«

»Und wenn es so wäre?«

»Dann hätte ich dir gesagt, dass ich fast den ganzen Freitag über meinen Büchern verbracht habe.« Ich ließ mich ebenfalls an die Rückenlehne sinken, wobei Kaces Blick die ganze Zeit auf mir prickelte. »Gibt viel zu tun.«

»Abgaben?«

»Nein«, ich schüttelte den Kopf. »Schön wär's. Ich bin keine Studentin am Campus, aber ich … bereite mich auf einen Wettbewerb vor, um das zu ändern. Abbot vergibt Vollstipendien an die Gewinner und das ist mein Plan B, nachdem A nicht funktioniert hat.«

»Was ist A gewesen?« Seine Frage klang weder verurteilend noch belustigt. Da war nichts als Neugierde und Offenheit und obwohl ich noch vor Minuten dagegen gewettet hätte, war es mit einem Mal gar nicht so schwer, sich *normal* mit Kace zu unterhalten.

»Die übliche Bewerbung. Allerdings haben sie mich abgelehnt, deswegen der Wettbewerb.«

Kace fuhr sich über das Kinn und schien einen Moment nachzudenken, als würde er die einzelne Puzzleteile meines Lebens ordnen. »Anscheinend sind die Leute im Auswahlkomitee nicht besonders schlau, wenn sie jemanden wie dich nicht an die Uni lassen und jemanden wie mich einladen.«

Ich öffnete den Mund, um etwas zu erwidern, weil Kace mehr Talent im kleinen Finger hatte als die meisten Menschen in ihrem ganzen Körper, doch er gab mir keine Gelegenheit dazu. »Und sie werden sich verflucht dumm fühlen, wenn du dir das Stipendium nach dem Wettbewerb abholst.«

Überrascht sah ich ihn an, während seine Worte tiefer in mich sanken und einen Strudel aus Wärme und … noch etwas anderem heraufbeschworen. An seinem Kiefer zuckte ein Muskel, dann räusperte er sich vernehmlich. »Jedenfalls habe ich keinen Zweifel daran. Bei deiner nervigen Hartnäckigkeit und bohrenden Entschlossenheit.«

Ich biss mir schmunzelnd auf die Unterlippe. »Falls mich Abbot nicht vorher vom Gelände wirft. Eine Verwarnung habe ich schon.«

»Die Sache letzten Dienstag?«

Ich nickte. »Greyson hat mich in der Bibliothek erwischt – in der ich ohne Ausweis oder Begleitung nicht sein darf.«

Kace murmelte etwas, das verdächtig nach *Mistkerl* klang, aber vielleicht täuschte ich mich auch. »Dann solltest du dich wohl von Ärger fernhalten, Numbers.«

»Ja, das sollte ich.« Und trotzdem hatte ich Ian zugesagt, ihm ein weiteres Mal in das Gewölbe-Casino zu folgen. Ich versuchte, mir einzureden, dass ich es für einen Freund tat und nicht, um schnelles Geld zu machen, aber an dem warnenden Ziehen in meinem Magen änderte das nichts.

Das eine Mal noch und dann war Schluss mit unnötigem Risiko.

Und die Sache mit Kace ist kein Risiko?

»Kace, können wir …«

»So, mit etwas Verspätung endlich die Drinks. An der Bar ist der Teufel los!« Ethan kehrte mit Zack und Harlow im Schlepptau an unseren Tisch zurück und verteilte unsere Getränke. Damit war der Moment zwischen Kace und mir vorerst beendet. Wir stießen an und tauchten in den kommenden Stunden in Gesprächen über den Lakestone Campus, Anekdoten aus Vorlesungen und Kuppelgeschichten ab, die immer abstruser wurden, je länger wir zusammensaßen. Es war einer dieser Abende, die zeitlos schienen, bei denen es unmöglich war zu sagen, wie viel Zeit wirklich verging.

Kace war schließlich der Erste, der aufstand und sich verabschiedete. Ethan und Mason zogen ihn ein bisschen damit auf, doch Kace lächelte nur sein halbes Lächeln und ging nach einem knappen Winken in die Runde. Unsere Blicke trafen sich noch einmal, erinnerten mich daran, dass ich noch nicht alles gesagt hatte, was mir nach wie vor auf der Zunge lag. Dass ich ihm keine einzige

Frage gestellt hatte. Dann war er zwischen den Menschen verschwunden.

Vermutlich würden ein paar Minuten nicht reichen, um etwas daran zu ändern. Es hätte schon Tage oder Wochen gebraucht, um über all die Dinge zu sprechen, die ich über ihn wissen wollte, aber vielleicht konnte ich diesen zeitlosen Moment noch etwas ausdehnen. Kaum dass der Gedanke in meinem kribbelnden Kopf entstanden war, hatte ich mich auch schon von der Bank geschoben und lief ihm nach. Lucies vielsagenden Blick ignorierte ich, genauso wie die kleine Stimme, die mich fragte, was zum Teufel ich da tat, und konzentrierte mich nur darauf, Kace in der Menge zu finden. In Sekundenschnelle scannte ich die Umgebung und dachte gleichzeitig darüber nach, welcher Weg der wahrscheinlichste für jemanden wie Kace war.

Ich lächelte und wandte mich entschlossen nach links. Wenige Augenblicke später hatte ich ihn vor dem Seitenausgang erspäht – wobei es definitiv von Vorteil war, dass Kace die meisten hier um ein paar Zoll überragte.

»Kace, warte.«

Seine Schritte verlangsamten sich, dann fuhr er zu mir herum, bis wir dicht voreinanderstanden. »Du bist mir nachgekommen, Numbers«, sagte er mit leiser Stimme.

Ich blickte zu ihm auf, hinein in seine blauen Augen, die hier dunkler wirkten, ein Nachthimmel waren, und spürte seine Nähe plötzlich überall auf meinem Körper prickeln. »Ich konnte dir nicht eine einzige Frage stellen.«

»Vielleicht habe ich es darauf angelegt.« Kace nickte. »Welche wäre es gewesen, hätte ich dir nur eine gewährt?«

Woher sind die Tränen am Klavier gekommen?

Ich biss mir auf die Lippe, um die Worte zurückzuhalten. Weil sie nicht hierhergehörten, nicht jetzt und vielleicht … nie. Dieses *nie* drückte erstaunlich schwer auf meine Brust.

»Worüber zerbrichst du dir gerade den Kopf, Brynn?«

Ich griff nach dem Polarsternanhänger um meinen Hals und sah ihm wieder direkt in die Augen. »Wissen die anderen von Trix?«

Ein Anflug von Überraschung färbte seine Züge, beinahe so, als hätte er mit etwas anderem gerechnet. Dann sanken seine Schultern ein Stück herab. »Nein. Wie gesagt, ich mache kein Geheimnis aus meiner Tochter, aber ich möchte Trixie … beschützen. Davor, neue Bezugspersonen kennenzulernen und wieder ohne Vorwarnung zu verlieren.«

… wieder ohne Vorwarnung zu verlieren.

Wen hast du verloren, Kace?

»Deswegen spreche ich nicht bei jeder erstbesten Gelegenheit über Trix.«

»Mir hast du es erzählt«, erwiderte ich genauso leise und schluckte. »Du hättest mir alles auftischen können, als ich euch am Klavier gesehen habe, aber du hast mir deine Wahrheit verraten.«

»Das habe ich.« Diese Silben kamen ihm rauer über die Lippen und durchliefen mich wie ein warmer Schauer. Die feinen Härchen an meinen Armen stellten sich auf.

»Warum?«

Kace schüttelte langsam den Kopf und hob eine Hand, umfasste federleicht meine Wange und entzündete damit ein kleines Feuerwerk unter meiner Haut. Mit dieser winzigen Berührung, mit seinem Blick, mit dem, was darin lag. *Verfallen.* Ich war diesem Mann längst hoffnungslos verfallen.

»Nur eine Frage für jetzt, erinnerst du dich, Numbers? Der Rest an einem anderen Ort zu einer anderen Zeit.«

Mein Puls donnerte so laut in meiner Brust, dass ich ihn beinahe nicht verstanden hätte. »Eine Frage, die weitere unzählige aufgeworfen hat, Kace.«

Seine Augen zuckten für einen Herzschlag zu meinen Lippen, dann wieder hoch, ehe er mich losließ und einen kleinen Schritt zurücktrat. Die Hitze blieb. Die Hitze und dieses … Verlangen. Atemlos presste ich die Lippen aufeinander.

»Dann werden wir das hier wohl wiederholen müssen.« Im nächsten Moment beugte er sich vor und küsste mich auf die Wange. Nur ein paar Millimeter von meinem Mundwinkel entfernt, nur ein paar Millisekunden, die ausreichten, um jeden anderen Gedanken auszulöschen, bis nur noch Kace übrig blieb.

»Gute Nacht, Brynn«, flüsterte er, als er sich wieder von mir löste, sein Gesicht ein Kunstwerk aus Tausenden Emotionen. Sichtbare und unsichtbare, wie Sterne in der Nacht. Manche konnte man sehen, andere blieben verborgen und jede einzelne war zu weit weg, um sie vollkommen zu erfassen.

KAPITEL 19

Vertigo – Alice Merton

Brynn

Die neue Woche kam und fühlte sich an, als würden fünf Tage zu einem werden. Jeder Morgen ging nahtlos in Mittag und Abend über, ich sprang zwischen dem Campuscafé, unserer WG und – wenn Har oder Lucie mich mitnahmen – der Bibliothek hin und her und verlor mittendrin jeglichen Überblick. Mittwoch stolperte ich um kurz nach sieben morgens in das Lakestone Café, in dem Glauben, es wäre Donnerstag und ich zu spät zu meiner Frühschicht, nur um festzustellen, dass ich mich im Tag geirrt hatte. Beim Lernen drifteten meine Gedanken konsequent immer wieder zu Nichtigkeiten wie Unregelmäßigkeiten in den Bücherregalen der Bib ab und brachten mich dazu, zweimal exakt denselben Text zusammenzufassen. Und um dem Ganzen die Krone aufzusetzen, verrechnete ich mich bei der Arbeit hinter der Theke mehrmals, obwohl das laut Ian in meinem Gencode nicht vorgesehen war. Ich redete mir ein, dass das am Stress lag, weil wir bereits April hatten, ich fast einen Monat in Seattle war und nicht das Gefühl hatte, wirklich vorwärtsgekommen zu sein.

Dabei wusste ich es besser.

Es lag nicht an der Wettbewerbsvorbereitung oder den langen Abenden, die ich mit Bea und Polina verbrachte, sondern an Kace.

Ich hatte ihn seit dem Samstagabend im *Under the Sea* nur zweimal im Vorübergehen auf dem Campus gesehen und kein einziges Wort mit ihm gewechselt. Dabei gab es unzählige Dinge, die ich ihm sagen wollte. Nach unserem Moment, nachdem er mich geküsst hatte – auf die Wange und dennoch ... war es ein Kuss gewesen. Oder nicht?

Ich stopfte, jetzt wo meine Donnerstagsschicht endlich geschafft war, meine Schürze in den kleinen Spind, schlug die Tür unnötig heftig zu – und fuhr mit einem unterdrückten Schrei zusammen, als plötzlich Lucies Gesicht dahinter zum Vorschein kam.

»Hi, Bry.«

»Shit, hast du mich erschreckt.«

In ihren braunen Augen blitzte es auf. »Vielleicht habe ich es drauf angelegt.«

»Warum solltest du das? Ich dachte, wir treffen uns draußen vor der Bibliothek?«

Lucie zupfte an ihrem weiten, langen Blumenrock herum und zuckte mit den Schultern. »Vielleicht, weil ich da noch ein paar Fragen an dich hätte. Zu Samstag.«

Da sind wir schon zu zweit.

»Und in der Bib bist du bisher mit keinem Wort herausgerückt, deswegen musste ich das Setting wechseln.«

»Wir waren ja auch dort, um zu lernen, Lucie«, gab ich zurück und spürte, wie mein Gesicht warm wurde. Elendiger Verräter. Dabei konnte ich nicht einmal genau sagen, warum ich nichts über Kace und mich erzählt hatte, mal abgesehen davon, dass es kein *Kace und ich* gab. Vermutlich lag genau hier der Grund: Ich konnte nichts über etwas sagen, von dem ich nicht wusste, was genau es war.

Das Lächeln meiner Freundin wurde breiter und ein klein wenig verschlagener. »Alles klar, da ist wirklich etwas. Also haben mir meine Augen keinen Streich gespielt.«

»Was meinst du?«

»Ich habe gesehen, wie ihr euch angeschaut habt, Bry, und genau wie alle anderen am Tisch bin ich Zeugin deiner Verfolgungsjagd nach Kace Holloway geworden.«

Mein Gesicht musste in Flammen stehen.

Nicht, dass mir die vielsagenden Blicke am Samstag nicht aufgefallen wären, als ich zurück an den Tisch gegangen war, aber ich war naiverweise davon ausgegangen, dass mich niemand darauf ansprechen würde. Nur hatte ich in meiner Rechnung augenscheinlich einen wichtigen Parameter vergessen: Lucienne McCoy und ihre unerwartet direkte Art, mich ins Kreuzverhör zu nehmen. Diese Seite von sich wusste sie normalerweise ziemlich gut unter ihrem sanften Lächeln und romantischen Boho-Outfits zu verbergen.

Ich schnappte mir meine Tasche mit den Lernunterlagen und verabschiedete mich mit einem knappen Winken von Ian und Grace, ehe ich mit Lucie in den trüben Nachmittag trat.

»Das war keine Verfolgungsjagd«, nahm ich das Gespräch schließlich wieder auf und warf ihr einen schnellen Seitenblick zu. »Ich hatte nur vergessen, ihn etwas zu … fragen.« Theoretisch entsprach das ja sogar der Wahrheit und gleichzeitig beschrieb es die Situation nicht mal ansatzweise. Seufzend blieb ich stehen und drehte mich zu ihr um. »Das mit Kace … um ehrlich zu sein, ich kann dir nicht erklären, was es ist. Seit ich in Seattle bin, sind wir uns immer wieder unbeabsichtigt begegnet, irgendwie aufeinandergeprallt und … hängen geblieben.«

Ihre Züge wurden weicher, dann legte sie mir eine Hand an den Arm. »Hey, tut mir leid, wenn ich zu forsch gewesen bin. Manchmal … kann ich mich bei so etwas einfach nicht bremsen. Harlow könnte dir da ein Lied von singen, glaub mir. Es ist bloß … ich erkenne diesen einen gewissen Blick und Kace, eure Neckereien erinnern mich an … jemanden. Deswegen.« Lucie lachte auf, doch es fehlte ihre übliche Wärme, stattdessen hallte Bedauern darin mit. »Gott, ich klinge wie ein Creep. Spulen wir die letzten Minuten zurück, okay? Was ich eigentlich sagen will, Bry, wenn du jemanden für ein Mädelsgespräch brauchst, kannst du dich jederzeit an mich wenden. Immer.«

Nachdenklich musterte ich meine Freundin und fragte mich, was da noch unter ihrem Lucie-Strahlen lag, denn während mir Harlow offen von ihrer Vergangenheit als Hackerin erzählt hatte, war Lucie einfach nur … Lucie. Ohne Hintergrund, nur ihre jetzige Version, mit der sie mühelos alles und jeden einnahm. So sehr, dass man vergaß, dass es auch eine Lucienne McCoy außerhalb des Lakestone Campus gab.

»Danke«, erwiderte ich und umfasste den Träger meiner Tasche fester. »Das Angebot gebe ich gerne zurück. Falls du reden magst. Über was auch immer.«

Lucie drückte meinen Arm und nickte. »Es ist gut, dich hier zu haben, Brynn. Und es wird noch besser, mit dir die nächsten Semester auf dem Campus durchzustehen.«

Eine Vorstellung, die bittersüß war. Süß, weil sie meinen größten Träumen entsprach und ich hier innerhalb kürzester Zeit eine zweite Familie gefunden hatte.

Weshalb der Gedanke, zu scheitern und das alles zu verlieren, umso bitterer war.

»Dann sollten wir zusehen, dass wir in die Bibliothek kommen, damit es diese nächsten Semester überhaupt gibt.«

***

Ich sollte nicht hier sein. Beim letzten Mal hätte ich schon nicht herkommen dürfen, doch dieses Mal trug ich zu allem Überfluss auch noch eine Verwarnung von Abbot mit mir herum. Es war nicht schwer auszurechnen, wie meine Chancen stehen würden, sollte ich dieses Mal hier unten ohne Studierendenausweis erwischt werden. Dieser Gedanke rauschte in Dauerschleife durch meinen dröhnenden Kopf, während ich neben Ian durch das Gedränge im Gewölbe lief. Und ganz gleich, wie viele Studierende mich hier unten auch mit freundlichem Lächeln begrüßten oder mir respektvolle Blicke zuwarfen, das schlechte Gefühl ließ sich einfach nicht abschütteln. Es hatte sich wie eine verdammte Zecke in meinem Nacken festgebissen.

Nur mit Mühe unterband ich den Drang, mir ein weiteres Mal über besagte Stelle zu fahren, und fokussierte mich stattdessen auf Ian, der neben mir herlief und wirkte, als hätte er mehrere Espressi intus. Auch heute steckte er wieder in einem Anzug, der ihm wie angegossen passte, und fügte sich damit perfekt in das Bild der Casinonacht ein.

»Also bleibt es dabei? Wir starten bei Blackjack?«, vergewisserte er sich über seine Schulter und warf mir einen schnellen Blick zu.

Ich strich mir eine leicht gelockte Strähne – Polina hatte sich bei meinem gesamten Outfit regelrecht selbst übertroffen – hinters

Ohr und nickte. »*Never change a running system.* Die Chancen stehen dort am höchsten.«

»Alles durchgerechnet?«

»Das wird sich zeigen. Hast du den Einsatz dabei?«

Wieder schaute er kurz zu mir und nickte. »Ich mache mir bei dir nicht die geringsten Sorgen.«

Hoffentlich war sein Vertrauen in mich berechtigt, denn obwohl ich sonst mit gesundem Selbstbewusstsein in Runden wie diese ging, fühlte ich mich heute wie ein Fohlen, das seine ersten Schritte tat. Und hier absolut nichts verloren hatte. Keine besonders guten Voraussetzungen.

Reiß dich zusammen, Brynn. Zahlen, Wahrscheinlichkeiten, das ist deine Welt, da bist du zu Hause. Also schalt diese wenig hilfreichen Gefühle ab und überlasse den Rest deinem Kopf.

Leichter gesagt als getan.

Wir erreichten den Bereich, in dem die Blackjacktische standen, und ich erwischte mich ein weiteres Mal dabei, wie ich suchend die Augen über die Menge schweifen ließ. Dieses Mal versuchte ich, mir erst gar nicht einzureden, dass ich nicht nach aschblonden Haaren und kühlen mitternachtsblauen Augen suchte, sondern scannte das Gewölbe gezielt nach Kace ab. Doch wo auch immer er stecken mochte, hier war er nicht. Genauso wenig wie Greyson Abbot. Wenigstens das.

»Soll ich uns etwas zu trinken besorgen?«

Ich blieb neben Ian stehen und fühlte mich, als wäre ich in einem Déjà-vu gefangen. »Dasselbe hast du letztes Mal auch gefragt, bevor du mich in den ersten Spielen allein am Tisch zurückgelassen hast«, meinte ich amüsiert, während ich verfolgte, wie der Croupier die nächste Runde ausgab.

Ian stieß mich leicht mit der Schulter an. »Hat doch wunderbar geklappt. *Never change a running system.*«

»Punkt für dich.«

»Den werde ich mir einrahmen.« Er reichte mir unauffällig unseren ausgemachten Einsatz und deutete mit dem Kinn in Richtung Bar. »Bin gleich wieder da. Und lass die anderen nicht zu sehr leiden.«

Meine Finger schlossen sich fest um die Geldscheine, während sich die Zecke tiefer in meine Haut grub. Himmel, mit dieser Einstellung würde ich verlieren, noch bevor ich überhaupt angefangen hatte. Entschlossen straffte ich meine Schultern und zwang ein unbekümmertes, herausforderndes Lächeln auf meine Lippen. »Mal sehen, was sich machen lässt.«

Nachdem Ian zwischen den Menschen abgetaucht war, beobachtete ich den weiteren Verlauf des Spiels und nutzte die erstbeste Möglichkeit, um einzusteigen. Es waren nicht die gleichen Spieler wie vor zwei Wochen, doch dieses Mal kamen keine herabwürdigenden Kommentare, weshalb ich vermutete, dass meine Erfolgssträhne vom letzten Mal irgendwie doch die Runde gemacht hatte.

»Letzte Chance, eure Wetten auf den Ausgang des Spiels zu setzen«, ließ der Croupier die Umstehenden wissen, wartete ein paar Sekunden und begann dann, die Karten auszuteilen.

Und damit startete die erste Runde von vielen.

Ian kehrte irgendwann mit zwei Drinks zurück und bezog hinter mir Stellung, als wäre er mein Manager, während die Menge um uns herum größer wurde. Ich versuchte, das alles auszublenden, mich auf die Mathematik und die logischen Abfolgen zu konzentrieren und mir keinen der kleinen Siege zu Kopf steigen zu lassen. In den ersten drei Runden fiel es mir schwer, konzentriert zu bleiben. Die Stimmen schienen zu laut, die Luft zu heiß und zu stickig, und ich machte zwei kleine Fehler, die uns zwar kein Geld kosteten, aber einen höheren Gewinn versperrten. Und irgendwie war es genau das gewesen, was ich gebraucht hatte, um dieses elendige schlechte Gefühl loszuwerden. Ein Fehler, der mich so sehr ärgerte, dass mein Ehrgeiz übernahm und endlich, endlich alles andere verstummen ließ. Der Schalter legte sich um und die alte Brynn, die, die nicht ständig über Gefühle und Gedanken grübelte, rückte in den Vordergrund und überließ wie so oft meiner logischen Seite das Feld.

Ian legte mir seine Hände auf die Schultern und drückte sie, als hätte er den Switch gespürt. Nur einen Augenblick später riss er die Faust in die Höhe, als die nächste Runde an mich ging.

Bei der letzten Casinonacht war es schon gut gelaufen, doch jetzt war ich in Höchstform, wie aufgeputscht von dem Adrenalin, dem Gefühl, etwas zu schaffen. Meine Wangen glühten, mein Herz raste und ich genoss jede einzelne Sekunde.

Bis es hinter mir plötzlich lauter wurde.

Bis ich Ians scharfen Fluch hörte.

Bis sich plötzlich starke Finger um meinen Oberarm schlossen, vom Tisch hochrissen.

Und das Spiel beendeten.

KAPITEL 20

Run Away to Mars – Talk

Kace

»Bo, ich kann das nicht machen.« Die Worte waren mehr ein Knurren als deutliche Silben. Doch Bo wäre nicht Bo, wenn er sich von meiner schlechten Laune beeindrucken lassen würde.

»Hast du einen besseren Vorschlag, Junge? Noch bevor du etwas darauf antwortest – weiter untätig rumsitzen und dir den Schädel darüber zermartern, das ist keine Option.«

»Ganz sicher sitze ich nicht untätig herum und – *verdammt!*« Meine Antwort ging in einem meiner üblichen Flüche unter, als Trix plötzlich beschloss, mit der Tomatensoße ihrer Spaghetti auf dem Küchentresen zu zeichnen. So sehr ich meine Tochter auch liebte, manchmal fragte ich mich, was zum Teufel in ihrem kleinen Kopf vor sich ging.

Am anderen Ende der Leitung lachte Bo trocken. »Trix?«

»Allerdings«, gab ich zurück und klemmte mir das Handy zwischen Ohr und Schulter. »Wenn du keinen Hunger mehr hast, hättest du das einfach sagen können, Peanuts. Nur als Vorschlag.«

Trixie sah mich mit einer gewissen Spur von Hochnäsigkeit an, als könnte sie nicht glauben, dass ich eine ihrer Handlungen infrage stellte. Vermutlich hatte Karen aus der Betreuung recht und ich ließ ihr zu viel durchgehen. Aber nachdem Trixie die ganze Woche über gekränkelt hatte, brachte ich es noch weniger übers Herz, wirklich mit ihr zu schimpfen. Und hey, ich hatte nie behauptet, ein Vorzeigevater ohne Fehler zu sein.

»Nein, Daddy. Malen. Joel.« Ihre dunkleren Brauen wurden zu einer einzigen Linie. »Sketti malen.«

For God's sake.

»Klingt so, als hättest du etwas zu tun«, bemerkte Bo immer noch mit unverhohlener Belustigung.

Ich nahm Trixie den Löffel aus der Hand und schnappte mir geistesgegenwärtig direkt die gesamte Küchenrolle. »Trix und ich sind spät dran. Sie ist gleich mit Joel verabredet und verbringt den Abend bei ihm und seiner Mutter, weil ich … verabredet bin. Sofern ich den Saustall hier wieder aufgeräumt bekomme.«

»Saustall«, wiederholte Trix kichernd, zumindest war die gerunzelte Stirn verschwunden.

»Während du den Saustall für deine *Verabredung* aufräumst, hast du ja genügend Zeit, mir zuzuhören.«

»Bo«, begann ich warnend, doch er überging mich einfach und ich war schlau genug, nicht weiter darauf einzugehen, sondern meine Tochter von der Tomatensoße zu befreien. In einer knappen halben Stunde würde ich mich mit Mason treffen und später mit ihm ins Gewölbe gehen. Ich wusste nicht, wann ich damit angefangen hatte, mich ständig zu verabreden, aber Mason machte es mir verdammt schwer, abzulehnen.

Und abgesehen davon … bestand die winzige Möglichkeit, Brynn dort zu treffen. Nach letztem Samstag, nachdem ich sie beinahe gepackt und geküsst hätte, musste ich dringend mit ihr sprechen. Denn dieses Verlangen hatte auch in ihren grünen Augen gestanden, das und noch etwas anderes. Nur hatte sich Trixie ausgerechnet diese Woche ausgesucht, um mich voll und ganz für sich einzunehmen.

»Komm mir nicht mit *Bo.* Wenn du in diesem Greyson die Chance auf eindeutige Antworten siehst, dann ergreif sie, Kace. Besorg dir ein Haar oder einen Fingernagel und mach diesen Test.«

»Wir sind hier nicht in einer deiner Krimiserien, Bo. Außerdem ist das illegal.«

»Als hätte dich das früher von irgendetwas abgehalten. Mit fünfzehn sternhagelvoll und zugedröhnt in meiner Kneipe aufzutauchen, war auch illegal.«

Zähneknirschend pfefferte ich die Küchenrolle ins Waschbecken. »Lass gut sein.«

»Ganz ruhig, *buachaill.* Ist schales Bier von gestern.« Bo unterbrach sich kurz, dem klirrenden Geräusch nach zu urteilen, war er hinter seiner geliebten Bar. So wie immer. So wie zu fast jeder Tages- und Nachtzeit. »Ich sag doch nur, dass man die Regeln manchmal eben biegen muss. Sie nicht für jeden Moment richtig sind. Und wenn du es nicht mit deinem neuerdings so reinen Gewissen vereinbaren kannst, dann rede mit dem Jungen. Ist vermutlich leichter, als an den Vater ranzukommen.«

Exakt mein Gedanke, der mich seit dem Mittag mit Mason und seinen Freunden am See nicht mehr losgelassen hatte.

»Ich glaube nicht, dass Greyson sich darauf einlassen würde.« Mal abgesehen davon, dass ich nicht wusste, wie ich das Thema ansprechen sollte. Wir waren schließlich nicht unbedingt die besten Kumpels. Und trotzdem hatte ich die Überlegung nicht sofort wieder verworfen, sondern weiter ausgebaut. Hatte über verschiedene Optionen nachgedacht, wie ich Greyson mit einbeziehen konnte, und war am Ende jedes Mal bei Mason gelandet. Wenn es einer schaffte, jemanden von sich zu überzeugen, dann er – ich war das beste Beispiel dafür.

»Dann zieh es nicht allein durch«, meinte Bo in diesem Moment, als hätte er meine Gedanken gehört. »Such dir jemanden, der dir hilft. Du weißt schon, *ganz gleich wie beschissen eine Situation auch ist, alleine ist sie noch viel beschissener.*«

Ich grinste in mich hinein und hob Trixie von ihrem Platz, um ihr frische Sachen anzuziehen. »Ja, Bo, ich weiß.«

***

Mason starrte mich an, als hätte ich ihm eine gescheuert. Dann brach er einfach in schallendes Gelächter aus. Dieser Idiot.

»Tut mir leid, aber ausgerechnet *du* sollst mit Abbot und Greyson verwandt sein? Das ist köstlich. Ich meine, du bist du und die beiden sind … keine Ahnung. Kommt mir vor, als wäre ich in einer Teenie-Soap gelandet.«

»Bist du fertig?«

»Ja, sorry.« Immer noch grinsend räusperte er sich. »Und jetzt soll ich dir dabei helfen, Greyson von einem DNA-Test zu überzeugen? Wie stellst du dir das vor?«

Ich stieß die Tür, die ins Untergeschoss führte, auf und fuhr mir über die Unterlippe. »Ich hatte gehofft, das könntest du mir sagen.«

Am Ende der Treppe ließ mir Mason den Vortritt und klopfte mir dann kopfschüttelnd auf die Schulter. »Ich wusste es, Mann.«

»Bitte?«

»Unter all deiner hart antrainierten Pessimismusschale liebst du mich.«

Schmunzelnd zeigte ich ihm den Mittelfinger.

»Aber ich bin natürlich dabei. Du kannst auf mich zählen, Kace. Immer.« Die letzten Worte kamen ihm mit einer ernsten Note über die Lippen, die nicht so recht zu seinem breiten Grinsen passen wollte. »Und nun lass uns das Pläneschmieden auf morgen verschieben und den Laden aufmischen. Ethan und Zack sind schon drin.«

Ich beschloss, Mason ausnahmsweise einmal zuzustimmen und meinen eigenen Mist einfach vor der Tür samt Schiebefenster zu lassen. Jetzt würde ich ohnehin nichts mehr daran ändern können.

Vielleicht kam es mir nur so vor, aber heute schien der weitläufige Raum mit seinem Kreuzgratgewölbe voller als beim letzten Mal. Die Studierenden drängten sich förmlich um die Tische, ihre Drinks in den Händen und in das Geschehen vertieft. Mason führte mich ohne große Erklärung an die Bar und bestellte einen Gin Tonic für sich und eine Cola für mich. Ich war wirklich nicht der sentimentale Typ, aber dass Mason den Umstand, dass ich nicht trank, einfach akzeptierte, statt mich aufzuziehen oder zu Alkohol zu drängen, bedeutete was.

»Scheint, als könnten wir das mit den Plänen doch noch nicht abhaken.«

Verwirrt schaute ich zu Mason und stieß im nächsten Augenblick hart die Luft aus, als ich seinem Blick folgte und Greyson entdeckte. Ich wusste, dass er nach wie vor auf dem Campusgelände war, aber ich hätte jederzeit dagegen gesetzt, dass er an einem Ort wie dem Gewölbe zur Casinonacht auftauchte. Wo er doch so auf seine peniblen Regeln pochte, dass er sogar Brynn aus der Bibliothek zu seinem Vater geschleift hatte.

Brynn.

»Fuck.«

»So schlimm ist es auch wieder nicht, Kace. Er wird dich schon nicht beißen.«

Ich stellte meine Colaflasche auf den Tresen und suchte die Leute nach blonden Haaren und viel zu grünen Augen ab, aber von hier waren die Spieltische nicht zu sehen. »Nein, ich … weißt du, ob Brynn heute hier ist?«

»Brynn? Die Süße aus dem Café, die dir Samstag nachgelaufen ist?«

»*Mason.*«

Irgendetwas an meinem Tonfall musste ihm signalisieren, dass ich gerade nicht zum Scherzen aufgelegt war, denn sein Lächeln verschwand und wich einem fragenden Kopfschütteln. »Kann ich dir nicht sagen. Warum?«

»Erkläre ich dir später. Bin gleich wieder da«, meinte ich nur und war bereits im nächsten Moment losgegangen. Es war alles andere als leicht, sich durch die Menschen in Kleidern und Anzügen zu kämpfen, aber eng an der Wand wurde es etwas besser. Vermutlich oder sehr wahrscheinlich reagierte ich über und verhielt mich wie ein absoluter Vollidiot. Ich wusste nicht einmal, ob Brynn wirklich spielte oder heute zu Hause geblieben war, aber ihre Worte vom Samstag gingen mir nicht mehr aus dem Kopf. Dass sie schon eine Verwarnung hatte, dass es ausgerechnet Greyson war, der sie bei Abbot angeschwärzt hatte, dass ihr dieser Wettbewerb alles bedeutete. Eine zweite Verwarnung konnte sie vielleicht diese Chance kosten, weil sie im Gegensatz zu allen anderen keinen Studierendenausweis besaß und damit gar nicht im Gebäude sein durfte. Und das reichte aus.

Die Hände zu Fäusten geballt schob ich mich immer weiter vorwärts und erreichte schließlich die Pokerrunden. Brynn saß an keinem der Tische und auch bei den ersten drei Blackjacktischen fehlte jede Spur von ihr. Die Zähne fest aufeinandergepresst drehte ich mich einmal um die eigene Achse … und blieb endlich hängen. An einem berechnenden Lächeln, an Peridot, das auf Spielkarten fixiert war, an Brynn. Auch heute trug sie ein Outfit, mit dem sie es problemlos in jedes schicke Casino der Welt geschafft hätte. Ein schwarzes Kleid mit breiten Trägern, die ihr über die Schultern fielen und so ihren Hals und das Dekolleté freigaben. Ihre Haare waren zu einem lockeren Pferdeschwanz hochgebunden und ich konnte nicht anders, als dazustehen und sie anzustarren. Mir war bereits am Flughafen aufgefallen, dass Brynn verflucht schön war, doch sie hier in ihrem Element zu sehen … ließ sie förmlich leuchten. Und ich wurde davon angezogen wie die hilflose Motte aus all den dramatischen Metaphern.

Die Stimmen am Tisch wurden laut, als Brynn das nächste Spiel für sich gewann. Selbst von hier konnte ich sehen, wie ihre Mundwinkel selbstzufrieden zuckten und sich mehr Studierende in ihre Richtung wandten. Sie zog sie alle an.

Greyson.

Sein Name rauschte wie Eiswasser durch meine Adern und reichte aus, um mich aus der Starre zu reißen. Ohne noch weiter nachzudenken, überwand ich die restlichen Meter bis zu Brynns Platz und griff nach ihrem Arm. Der Kerl hinter ihr, der bereits letztes Mal an ihrer Seite gewesen war, protestierte lautstark, mehrere Köpfe flogen zu uns herum, doch mein Blick lag einzig und allein auf Brynn. Brynn, die ich nun von ihrem Stuhl hochzog und durch die Anwesenden schob. Vermutlich war sie noch halb in ihrer

Blackjackwelt, denn anders konnte ich es mir nicht erklären, dass sie sich nicht wehrte. Oder mich anschrie. Beides hatte ich erwartet. Und beides traf mich verzögert mit der Wucht eines Vorschlaghammers, kaum dass wir das Gewölbe verlassen hatten und einen der ruhigen, schmalen Gänge erreicht hatten.

»Hast du sie noch alle?« Brynn riss sich schnaubend los und wich zurück, bis uns ein gutes Stück Abstand trennte. »Was sollte das gerade eben?«

Ich schob die Ärmel meines Hemdes hoch und machte einen langsamen Schritt auf sie zu. »Greyson ist aufgetaucht. Ich wollte nicht, dass … dass es Ärger gibt.«

Sie schaute mich an, als würde sie ernsthaft an meiner geistigen Verfassung zweifeln. »Und das konntest du mir nicht einfach sagen? Du hast mich packen und *wegschleifen* müssen?«

Goddamn.

Im Nachhinein betrachtet nicht meine beste Entscheidung. Kopfschüttelnd fuhr ich mir durch die Haare. »Es tut mir leid, das war dämlich.«

»Ja, das war es, Kace«, erwiderte sie hitzig und hob das Kinn. »Es sah vielleicht nicht so aus, aber für mich war dieses Spiel wichtig und was … Gott, Ian wird durchdrehen.«

Ich war nicht besonders stolz darauf, aber in diesem Moment war sein Name wie Benzin, das Brynn in die Flammen zwischen uns goss. Hässliche Eifersucht, für die ich keinerlei Berechtigung besaß, loderte in mir auf. Was war nur los mit mir? »Der wird sich schon wieder einkriegen.«

Brynn verschränkte die Arme vor der Brust. »Du verstehst es nicht, ich habe da drin für ihn gespielt, das ist sein Geld und …«

»Das Geld hätte keinem von euch genützt, wäre nicht ich aufgetaucht, sondern Abbots Snob-Sohn.«

Brynn sah mich ungläubig, beinahe verächtlich an und ließ die Zweifel an meiner ganzen Aktion wieder lauter werden. Warum hatte ich sie sofort wegbringen müssen?

Weil sich dein Verstand in ihrer Nähe ausgeschaltet hat. Weil du sie beschützen willst. Weil du es besser machen willst als beim letzten Mal.

Mein Herz, dieses verdammte, kaputte Ding, geriet ins Stocken.

»Ist das dein Ernst? Eine Woche höre ich nichts von dir und dann diese Aktion. Ich habe gedacht … Scheiße, keine Ahnung, was ich gedacht habe.« Ihre Stimme klang atemlos, aufgebracht, vibrierte vor Rage, die in heißen Wellen von ihr abstrahlte.

Und obwohl es tausend Dinge gab, die gerade zwischen uns standen, konnte ich nur daran denken, wie schön sie in diesem Moment war. So schön und wütend mit funkelnden Peridot-Augen, geröteten Wangen und leicht geöffnetem Mund. Mein Blick wanderte wie von selbst zu dem sanften Schwung ihrer Lippen und mit einem Mal war das Verlangen, sie an mich zu ziehen und zu küssen, unbändig. Herauszufinden, wie ihre Wut schmecken würde.

»Kace?«

Mein Name aus ihrem Mund ließ mich hart schlucken, ich hatte gar nicht gemerkt, dass ich näher getreten war, dass sich unsere Fußspitzen jetzt beinahe berührten und ich das schnelle Pochen an ihrem Hals erkennen konnte.

»Du hast recht«, brachte ich hervor. »Du hast mit allem recht. Ich hätte noch mal darüber nachdenken sollen, ich … ich hätte das nicht tun dürfen.«

»Warum hast du es dann gemacht?« Brynn löste ihre Arme, fuhr sich mit der Zunge über ihre Unterlippe und brachte mich damit fast um den Verstand. Gott, diese Frau.

Langsam hob ich eine Hand und fuhr über ihren nackten Arm, spürte, wie sich die Härchen unter meiner Berührung aufstellten. »Aus demselben Grund, aus dem ich jetzt darüber nachdenke, dich zu küssen.«

Brynns Augen weiteten sich, doch sie wich nicht zurück. Weder vor meinen Worten noch vor mir. Nicht, als ich über den Stoff ihrer Träger strich und ihre Schulter erreichte, nicht, als ich meine Hand behutsam in ihren Nacken legte, und auch nicht, als ich sie sanft, aber bestimmt zu mir zog.

»Weißt du, was dein Problem ist, Kace Holloway?«, flüsterte sie, ihre Nasenspitze an meiner, ihren ganzen Körper gegen meinen gelehnt. »Du denkst du viel nach.«

Dann stellte sie sich auf die Zehnspitzen und küsste mich. Mit all der Wut, mit all der Hitze zwischen uns, und raubte mir jedes Wort, das ich noch hätte aussprechen können. Mein Griff wurde unwillkürlich fester, als ihre Lippen auf meine trafen, sie mit einer Selbstverständlichkeit in Besitz nahmen, die mich überrumpelte, überwältigte.

Brynn überwältigte mich.

Ich schloss die Augen, legte meine zweite Hand an ihre Hüfte und dirigierte sie rückwärts, bis Brynn sanft gegen die Wand stieß und sich nur noch enger an mich presste. Ihr leises Stöhnen füllte die aufgeladene Luft zwischen uns und raste direkt in mich hinein, in meine Mitte, in meinen Schwanz, der sich hart gegen ihren Bauch drängte. Brynn vergrub ihre Finger in meinen Haaren, zog leicht daran, als ich mit meiner Zunge über ihre Unterlippe fuhr und kurz darauf auf ihre traf.

Fuck.

Es wäre eine Lüge zu sagen, ich hätte nicht darüber nachgedacht, Brynn zu küssen. Mich in ihr zu verlieren, doch das hier … das stellte sämtliche Vorstellungen in den Schatten. Weil ich nicht damit gerechnet hatte. Nicht mit dieser Wendung des Abends und nicht damit, dass Brynn mich derartig einnehmen würde.

Dass es sich so richtig anfühlen würde, wo sich vieles so lange so falsch angefühlt hatte. Dass Brynn zu halten, sie unter meinen Fingerspitzen, an meinem gesamten Körper zu spüren, sich so richtig anfühlen würde.

Schwer atmend lehnte ich meine Stirn an ihre, strich federleicht über ihre erhitzte Wange, ihren zierlichen Hals, und konnte nur daran denken, sie wieder zu küssen. Wieder und wieder und immer mehr.

For fuck's sake.

Ich war so was von am Arsch.

KAPITEL 21

Yellow – Coldplay

Brynn

Was bei all den Sternen?

Mit geschlossenen Augen lehnte ich mich atemlos an Kace, die Arme noch immer um seine schlanke Taille gelegt, und versuchte, irgendwie zu verstehen, was da gerade geschehen war. Die letzten Minuten waren in meinem Kopf wie ein Film, den jemand auf achtfache Geschwindigkeit gestellt hatte. Bunte Schlieren, unzählige Emotionen in kürzester Zeit und unfassbar schwer zu begreifen. Wie waren wir von dort hierhergekommen? In diese Sekunden nach einem Kuss, der mich mit der Hitze Tausender Sonnen erfüllt hatte. Mit Kaces Hitze, die noch immer in jeder einzelnen Zelle meines Körpers vibrierte, ein bisschen schmerzhaft, absolut belebend und süchtig machend. Als wäre Kace die Sonne und ich Ikarus. Als hätte es so kommen müssen. Als hätte von Anfang an kein Weg daran vorbeigeführt, dass wir aufeinanderprallten, einander zu nahe kamen.

Nur fühlte ich mich nicht wie Ikarus, der fiel. Ganz im Gegenteil. Ich schwebte in der Schwerelosigkeit. Genau so stellte ich mir das Weltall vor, ohne Gewicht, befreit, beinahe high von diesem Gefühl.

Ich lächelte und biss mir auf die Unterlippe. Unter meinen Händen donnerte Kaces Puls beinahe wie das Echo meines eigenen Herzens und raste mit meinen Gedanken. Ob es ihm genauso ging? Ob ich das gleiche Durcheinander in seinen Zügen sehen würde, sollte ich ihm jetzt ins Gesicht schauen? Was auch immer es war, ich wollte wissen, was dieser Moment mit seinen blauen Nachthimmelaugen gemacht hatte.

Langsam schob ich mich ein Stück von ihm, die Hände noch immer auf seiner Hüfte, und legte den Kopf in den Nacken. Nur um festzustellen, dass er mich längst anschaute. Die Muskeln an seinem Kiefer traten deutlich hervor, oberhalb seiner Nasenwurzel saß ein steiles V, seine Lippen waren aufeinandergepresst, doch seine Iriden … leuchteten. Und darin lag so viel.

»Kace …«, begann ich, ohne zu wissen, was ich sagen sollte. Was man nach so etwas von sich gab.

Die Züge um seinen Mund lockerten sich, dann strich er mir eine einzelne Strähne aus der Stirn und ließ meinen Blick dabei nicht eine Sekunde los. »Damit habe ich nicht gerechnet, Numbers. Mit vielem, aber nicht … damit, dass du mich küsst.«

Ich zupfte an dem Saum seines Hemds herum. »Geht mir genauso, aber irgendwie … hat mir unser Pech keine Wahl gelassen.«

Kace lächelte leicht und ich musste wieder an meine Kometen-Theorie denken, daran, wie selten sein Lächeln war und dass er es ausgerechnet mir schon einige Male geschenkt hatte. Sein Lächeln und seine Tränen. »Wir können das nicht immer als Ausrede nehmen, Brynn.«

»Wer sagt das?« Ich spitzte herausfordernd die Lippen, was seinen Blick unweigerlich zurück auf meinen Mund lenkte.

»Niemand würde es Pech nennen.«

»Was würden sie dann sagen?«

Das V vertiefte sich. »Ich weiß es nicht.«

»Vielleicht, weil es keine Rolle spielt, wie wir es jetzt nennen oder was es wird. Oder nicht wird. Solange wir uns nicht länger einreden, dass da nichts wäre. Das würde nur alles unnötig verkomplizieren und seltsam machen.«

Kaces Brauen wanderten nacheinander nach oben, dann brach ein trockenes Lachen aus ihm heraus. »So etwas kann auch nur von dir kommen.«

»Warum? Weil es nicht das ist, was man nach einem Kuss sagen sollte?«

Kopfschüttelnd strich er mit dem Daumen über meine Unterlippe und entfachte damit gleich das nächste Feuer unter meiner Haut. Dem selbstzufriedenen Zucken seiner Mundwinkel nach zu urteilen, war er sich dieser Tatsache nur allzu bewusst. »Nein, weil es absolut Sinn ergibt, bestechend logisch ist, und das bei einer Sache, die eigentlich keiner festen Logik folgt.«

Meine Wangen wurden warm. »Ich nehme das als Kompliment, Kace.«

»Ich habe nichts anderes erwartet, du …«

»Brynn?! Oh, Scheiße. Ich wollte euch nicht …«

Kace und ich fuhren zu der Stimme herum, wobei er mich automatisch ein Stück hinter sich zog. Als wollte er mich vor was auch immer beschützen. Und auch wenn ich problemlos für mich selbst einstehen konnte, machte diese Geste etwas mit mir.

Ich blickte an Kaces breiten Schultern vorbei. »Ian, was …?«

»Ich habe dich gesucht. Nachdem der Typ«, bei diesen Worten deutete er mit dem Kinn auf Kace, »dich wie ein Irrer vom Tisch weggezogen hat, konnte ich dich nirgendwo finden, aber anscheinend …« Ian räusperte sich vernehmlich. »Anscheinend geht es dir sehr gut.«

Ich wrang die Hände, als sich die Hitze in meinem Gesicht über meinen Hals und das Dekolleté ausbreitete. »Das ist … lieb, Ian.«

»Dann hat er dich nicht …«

»Entführt? Verschleppt? Nein.«

Neben mir gab Kace ein spöttisches Schnauben von sich. »Als würde Brynn irgendetwas zulassen, das sie nicht will.«

Ians Augen wurden schmal. »Und wer bist du noch mal? Ich glaube, wir wurden einander noch nicht vorgestellt.«

Oh Mann. Ich drückte warnend Kaces Hand und sah zwischen den beiden hin und her. »Ian, das ist Kace. Wir kennen uns schon seit meinem ersten Tag in Seattle. Ian und ich arbeiten zusammen im Lakestone Café.«

Ian murmelte etwas Unverständliches, aber zumindest entspannte sich seine Haltung ein wenig, jetzt, wo er sah, dass Kace keine Bedrohung war. Wer hätte gedacht, dass Ian einen so ausgeprägten Beschützerinstinkt besaß?

»Tut mir leid, dass wir einfach so verschwunden sind. Aus dem Spiel, meine ich«, sagte ich dann, um das Gespräch in eine andere Richtung zu lenken. Und weil ich das Gefühl hatte, mich dafür entschuldigen zu müssen, schließlich ging es dabei um Ians Geld.

Noch einen Moment länger betrachtete er Kace mit unverhohlener Skepsis, dann sah er zu mir und winkte ab. »Alles gut. Sie haben die Runde offiziell unterbrochen. Der Stand ist derselbe wie vor dem Spiel.«

»Gut«, erwiderte ich, »denn ich steige nicht wieder ein. Greyson Abbot ist aufgetaucht und obwohl ich nicht glaube, dass er zu einem Problem wird, will ich nichts riskieren. Der Gewinn sollte ohnehin reichen.«

»Verstehe ich und ja, das ist mehr als genug. Danke, Bry. Du weißt schon.«

Ich nickte. »Nicht dafür.«

»Und noch mal sorry wegen … dem hier.«

Lächelnd schüttelte ich den Kopf. »Kein Ding. Wir sehen uns spätestens im Café?«

Wieder flog Ians Blick kurz zu Kace, dann neigte er das Kinn und verabschiedete sich zurück in Richtung Gewölbe. Kace und ich blieben zurück, aus dem vorherigen Moment gerissen und in diesen hier hineingeworfen.

Ich schaute zu Kace und atmete leise aus. »Damit ist mein Abend wohl beendet. Nicht, dass deine Bemühungen, mich von Ärger fernzuhalten, noch vollkommen umsonst gewesen sind.«

»Das wäre bedauerlich, da ich dafür meinen guten Ruf gegen ein Neandertalerimage eingetauscht habe.«

»Welchen guten Ruf?«, neckte ich und drehte mich zu ihm um, sodass ich wieder vor ihm stand.

»Ich habe durchaus gute Manieren, Brynn.«

»So? Dann bin ich wohl einfach noch nicht in den Genuss davon gekommen. Aber ich lasse mich gerne vom Gegenteil überzeugen.«

Kace zog ein wenig an meiner Hand, doch es reichte aus, um mich gegen seine Brust stolpern zu lassen. Mein Herzschlag wurde schneller, lauter. Ich hätte nie gedacht, dass ich auf diese dominanten, besitzergreifenden Gesten stehen würde, aber nun … Kace belehrte mich eines Besseren. »Ich könnte dir anbieten, dich sicher nach Hause zu bringen. Es ist spät.«

Ich schluckte und blickte zu ihm auf. »Kace, der Gentleman?«

»So weit würde ich nicht gehen.« Wie zum Beweis seiner Worte zog er mich wieder enger an sich. »Aber wenn jemand dafür sorgen kann, dann vermutlich du, Brynn. Du lässt mich eine Menge tun, was ich nicht von mir erwartet hätte.«

Schmunzelnd legte ich den Kopf schief. »Ich freue mich schon darauf, mehr davon zu sehen.«

***

Kace gab seinen Freunden Bescheid, dass er sich vorzeitig zurückzog, während ich meine Sachen holte. Dann führte er mich wenig später aus dem Altbau, unter dem das Gewölbe schlummerte – Greyson begegneten wir glücklicherweise nicht mehr. Die Wolken, die den Tag über jeden Sonnenstrahl geschluckt hatten, hatten sich verzogen und gaben nun einen klaren, samtblauen Himmel über uns frei.

»Scheint unsere Zeit zu sein«, sagte Kace leise und legte den Kopf in den Nacken.

Ich trat neben ihn, sodass sich unsere Hände leicht berührten. »Wusstest du, dass es geschätzt über siebzig Trilliarden Sterne da draußen gibt?«

Kace verhakte seinen kleinen Finger mit meinem. »Nein.«

»Und trotzdem sehen wir immer nur einen Bruchteil davon.« Ich blickte ihn von der Seite an. *So wie bei dir. Bei dir sehe ich auch immer nur einzelne Sterne, aber nie die gesamte Galaxie.*

»Das muss ich mir merken. Für Trixie. Im Flugzeug hat sie pausenlos aus dem Fenster geschaut und die Sterne gezählt. Auf ihre

Art, weiter als drei kommt sie nämlich noch nicht.« Wie immer, wenn Kace von seiner Tochter sprach, wurde seine Stimme weicher, verlor diese harte, raue Note, die ein so fester Bestandteil von ihm war.

»Da ist sie eine Weile beschäftigt. Wie geht's ihr?«

Wir setzten uns in Bewegung und folgten den hellen Kieswegen in Richtung Haupttor.

»Trix hat die Woche über gekränkelt, ist jetzt aber wieder fit. Ich habe sie vorhin zu ihrer eigenen Verabredung gebracht – ein Junge aus der Campusbetreuung.«

Mir entschlüpfte ein überraschtes Lachen. »Eine Verabredung mit einem Jungen? Trixie ist früh dran.«

»Ich schwöre dir, sie hat die Gabe, alles und jeden um ihren winzigen Finger zu wickeln. Inklusive mir. Und leider weiß sie das auch.«

»Ich kenne Trix zwar nicht, aber ich kann es mir gut vorstellen.« *Dir ist es schließlich auch gelungen und dafür musstest du dich nicht einmal anstrengen.*

Kaces Blick prickelte auf mir. »Vielleicht können wir das irgendwann ändern. Ich möchte mit Trix nichts überstürzen, aber … ich fände es schön, wenn ihr euch kennenlernt.«

In meiner Brust breitete sich Wärme aus, die mich mit jedem Herzschlag tiefer erfasste. »Wenn es für euch beide passt, sehr gerne. Ich freue mich drauf.«

Um diese Zeit war auf den Straßen Seattles eine ganz andere Art von Leben zu Hause. Statt Berufspendlern und Menschen auf dem Weg in die Schule oder an die Universität tummelten sich die Leute auf den Gehsteigen, denen die Nacht gehörte. Junge Erwachsene, die sich trafen, um feiern zu gehen oder in Bars abzutauchen. Taxis und Busse verstopften die Fahrbahnen und ausgelassene Stimmen füllten die kühle Luft.

»Wie bist du eigentlich zur Musik gekommen?«, fragte ich dann, als wir in den kleinen Park bogen, in dem die Space Needle, eines der berühmtesten Wahrzeichen der Stadt, erleuchtet aufragte. Wann immer ich diese Abkürzung zwischen dem Lakestone Campus und der WG nahm, begleiteten Straßenmusiker meinen Heimweg und selbst jetzt, kurz vor Mitternacht, kam von irgendwoher eine Melodie, die mich an Coldplay erinnerte.

Kace ließ sich ein paar Minuten Zeit mit seiner Antwort. Als er schließlich zu sprechen begann, schwangen diese schweren, dunklen Emotionen darin mit, die so oft auf seinen schönen, harten Zügen lagen. »Meine Mam. Sie ist … war Musikerin. Ich kann mich an keinen Tag erinnern, an dem sie nicht gespielt hat. Sobald ich alt genug war, hat sie mich neben sich auf den Hocker vor unserem Klavier gesetzt und der Rest … ist einfach passiert. Andere brauchen Jahre, Musik zu verstehen und zu erlernen, manche schaffen es nie, meine Mutter hat gesagt, ich hätte es von Anfang an gekonnt. Sie hat es gespürt, weil es bei ihr genauso gewesen ist.«

Kace musste es nicht erst aussprechen, der Schmerz in seinen Worten verriet auch ohne Worte, dass er seine Mutter verloren hatte. »Es klingt, als hättet ihr eine ganz besondere Verbindung.«

»Ja. Und gleichzeitig hat sie alles verflucht schwer gemacht.« Seufzend fuhr er sich mit seiner freien Hand durch die Haare. »Sie ist vor etwas mehr als zwei Monaten gestorben. Seitdem ist alles noch komplizierter. Mein ganzes Leben, die Musik.«

Die Sehnen an seinem Hals traten merklich hervor. Aus einem Impuls heraus verflocht ich auch unsere restlichen Finger miteinander und drückte seine Hand. »Ich weiß, die Worte können nichts daran ändern, aber das tut mir sehr leid, Kace. Ich kann mir nicht vorstellen, wie sich das anfühlt.«

»Danke, Brynn.«

Ich lächelte leicht. »Als ich dich und Trixie in dem Musiksaal überrascht habe …«

»Nach ihrem Tod ist es mir schwergefallen … wieder Zugang zur Musik zu finden. Ohne Mam ist nichts davon vollständig. Zu wissen, dass sie nicht mehr da ist, hat ein Loch in die Art, wie ich Musik *sehe,* gerissen, sodass nichts davon mehr wirklich Sinn ergibt. Keine Ahnung, wie ich das beschreiben soll.« Er räusperte sich und blickte kurz zu mir. »Ich konnte nicht einen Ton hervorbringen, weil da nichts mehr war außer … diese Leere.«

Sanft drückte ich seine Hand. »An dem Abend hast du gespielt.«

»Ja, das habe ich. Es ist nicht wie vorher, aber es geht weiter. Zumindest beim Spielen. Alles andere … ich weiß es nicht.« Die Sätze kamen ihm nun immer zögerlicher über die Lippen. »Die Musik zu verlieren, ist eine Sache, aber ich wäre damit klargekommen. Irgendwie, irgendwann. Was mir wirklich den Schlaf raubt, ist Trixie. Mam war immer an meiner Seite, hat mich durch diese absolut verrückte Zeit geführt, als ich … plötzlich Vater sein musste. Trix ohne sie großziehen zu müssen … das jagt mir eine Scheißangst ein, Brynn.«

Die Verletzlichkeit in seinem Gesicht ließ meinen Atem stocken. Irgendetwas sagte mir, dass bisher nicht viele diese Seite an ihm zu sehen bekommen hatten. Dass Kace normalerweise alles daransetzte, sie zu verbergen.

»All die Dinge, die ich Trix noch zeigen und beibringen muss, der Moment, wenn sie nach ihrer Mutter fragt. Nach all den

Wahrheiten, die ich …« Kace brach ab und biss die Zähne zusammen. »Das ist nichts für jetzt. Ich hätte nicht damit anfangen sollen.«

»Du kannst jederzeit damit *anfangen*, Kace«, erwiderte ich und meinte es so. Wir mochten uns gerade erst richtig kennenlernen, aber ich konnte schon jetzt mit absoluter Sicherheit sagen, dass ich sie alle wollte. Alle seine Wahrheiten, alle Antworten, alles, was er bereit zu geben war.

Ich wurde langsamer, brachte Kace dazu, stehen zu bleiben, als wir die 1st Street erreichten, und schaute zu dem Haus hoch, in dem unsere WG lag.

»Danke, dass du mich hergebracht hast, Kace.«

»Es war mir ein Vergnügen.«

Mein Blick landete wieder auf ihm. »Und danke für deine Gedanken … dass du sie mir verraten hast.«

Kace hob eine Hand und umfasste mein Gesicht. Mit dieser sanften Bestimmtheit, die meine Beine zuverlässig in Wackelpudding verwandelte. »Du würdest dich nicht bedanken, wenn du sie alle kennen würdest.«

»Das kannst du nicht wissen.« Ich schmiegte mich in seine Berührung und sah ihn fest an. »Vielleicht solltest du mir die Chance geben, das selbst zu beurteilen.«

Das Blau seiner Augen schien dunkler zu werden, ein trauriges Lächeln schlich sich auf sein Gesicht. »Vielleicht.« Dann beugte er sich zu mir herunter und hauchte einen Kuss auf meine Stirn. »Gute Nacht, Numbers.«

»Gute Nacht, Kace«, erwiderte ich genauso leise. Nicht mehr als ein Flüstern in dem kleinen Raum zwischen uns. »Grüß Trixie von mir.«

»Das werde ich.« Noch einen Herzschlag länger blieben unsere Blicke miteinander verwoben, ehe er sich abwandte.

Ich schaute ihm nach, bis er in die Broad Street abgebogen war, und streckte die Hände in die Tasche meiner Oversized-Jeansjacke, nur um sie einen Sekundenbruchteil später wieder hervorzuziehen. Auf meiner Handfläche lag ein kleines, gefaltetes Papier – ein alter Kassenzettel samt Logo des Lakestone Cafés, das ich sofort wiedererkannte. Mit klopfendem Herzen klappte ich ihn auseinander und fand eine handschriftliche Notiz in blauer Tinte auf der Rückseite.

Eine Abfolge von leicht schräg stehenden Ziffern war quer über das Papier geschrieben. Darunter stand in derselben Schrift:

Ich war so frei und habe dir meine Nummer aufgeschrieben, um es dem Pech etwas leichter zu machen. Wir sehen uns. K.

Lächelnd schloss ich meine kribbelnden Finger um den Zettel und warf einen letzten Blick zum dunklen Nachthimmel, ehe ich ins Haus trat.

KAPITEL 22

It Is What It Is – Jamie Miller

Kace

»Bevor Sie alle aus dem Saal stürmen, möchte ich Sie noch einmal darauf hinweisen, dass Ende nächster Woche die Abnahme der praktischen Zwischennote stattfindet.« Professor Mullbear ließ seinen strengen Blick einmal über die teilweise schon aufgestandenen Studierenden wandern. Erst, als sich alle wieder hingesetzt hatten, fuhr er fort. »Bitte teilen Sie mir hierzu bis Mittwoch acht Uhr morgens per Mail ihre Stückwahl mit. Möglich sind sämtliche Werke, die bisher in meinem Kurs besprochen worden sind. Die entsprechende Liste finden Sie online. Bei Sonderwünschen suchen Sie bitte das Gespräch. Wenn es sonst keine Fragen mehr gibt, wünsche ich Ihnen einen angenehmen Nachmittag.«

Zum zweiten Mal sprangen die Leute um mich herum auf, als gäbe es irgendeinen Preis dafür, möglichst schnell die letzte Vorlesung hinter sich zu lassen. Irgendwie konnte ich sie verstehen. Montage waren immer ätzend und die Aussicht auf die erste praktische Prüfung des Semesters machte die Woche nicht unbedingt besser. Kopfschüttelnd begann ich, meine Sachen in die Tasche zu räumen, und warf dabei, wie immer in regelmäßigen Abständen, einen Blick auf mein Handy. Da keine Nachricht von Karen aus der Kinderbetreuung auf meinem Display auftauchte, nahm ich an, dass meiner Lernzeit in der Bibliothek nichts im Weg stand. Großartig.

»Und? Welches Stück trägst du am Freitag vor?«, begrüßte mich Mason, kaum, dass ich aus dem Hörsaal getreten war.

Ich warf ihm einen schiefen Seitenblick zu. »Hast du die ganze Zeit vor dem Raum gewartet, nur um mir diese Frage zu stellen?«

Seine Zähne blitzten auf. »Sorry, da muss ich dich enttäuschen. Ich hatte bloß nebenan eine Vorlesung und vorhin die Nachricht von Mullbear bekommen, dass ich am Freitag beisitzen darf. Weil ich so ein großartiger Tutor bin, versteht sich.«

»Damit steht dann wohl fest, dass ich bei der Prüfung versagen werde.«

Wir folgten der breiten, steinernen Treppe ins Erdgeschoss, wo die Schließfächer der Musikfakultät lagen. Eigentlich waren die Spindreihen vorrangig für Studierende gedacht, die nicht auf dem Campus wohnten, doch als mir die Dame im Sekretariat eines der Fächer angeboten hatte, hatte ich nicht abgelehnt.

Mit locker vor der Brust verschränkten Armen lehnte sich Mason an die Spinde und sah mir dabei zu, wie ich meine Vorlesungssachen gegen die Lernunterlagen austauschte. »Jetzt, wo du deine innere Muse wiedergefunden hast, steht Versagen nicht länger zur Debatte, Kace. Ganz gleich, welches Stück du spielen wirst.«

Ich verbarg mein Lächeln, indem ich mich tiefer in das Fach beugte. Es mochte manchmal so klingen, als würde er mir auf den Wecker gehen, aber in Wahrheit taten seine Worte verdammt gut und ich war mir sicher, dass Mason das auch wusste.

»Ich habe übrigens noch mal über die ganze DNA-Sache mit Greyson nachgedacht«, meinte er dann und zuckte im nächsten Moment erschrocken zurück, als ich zu ihm herumfuhr. »Wow, Kace.«

»Nicht so laut«, meinte ich und konnte nicht verhindern, dass ich kurz über meine Schulter sah. »Muss ja nicht gleich der ganze Campus mitbekommen.« Oder Greyson.

»Keine Sorge, von mir erfährt niemand etwas. Wobei wir früher oder später mit Ethan reden müssen, wenn du das wirklich hier auf dem Campus durchziehen willst. Denn so brillant du und ich auch am Klavier sind, von Genetik und Biologie haben wir keinen blassen Schimmer.«

Nachdenklich mahlte ich mit den Kiefern und schloss dann den Spind. »Nicht bevor wir das mit Greyson besprochen haben. Ich ziehe das nicht hinter seinem Rücken durch und wenn er nicht mit an Bord ist … keine Ahnung.« Ich überging den Drang, mir über die pochende Stelle an meinem Hinterkopf zu fahren. »Schätze, ich muss einfach auf die richtige Gelegenheit warten.«

»Ohne dir zu nahe treten zu wollen, Mann, aber ich glaube nicht, dass es dafür einen richtigen Zeitpunkt gibt. Frag ihn einfach. Wie beim Pflaster. Einmal abreißen und fertig.«

Du hast den Schmerz dabei vergessen.

»Aber wann immer du bereit bist, sag Bescheid. Ich habe das ernst gemeint, ich helfe dir, Kace.«

Ich nickte angespannt. »Danke, Mason.«

»Wofür hat man eine Universität voller Genies, hm?« Im Gehen rempelte er mich freundschaftlich an, noch immer grinsend, aber mit dieser leisen Spur von Ernst auf seinen Zügen. »Und du verabschiedest dich jetzt in die Bib?«

»Nicht, dass ich eine Wahl hätte. Ich muss die Hausarbeit für

Professorin Jones fertig bekommen, bevor ich nachher Trix abhole.« Gestern hatte mich Mason mit Trixie auf dem Campus gesehen, als wir von unserem Ausflug ins Aquarium zurückgekommen waren. Keine Ahnung, was ich erwartet hatte, doch Mason hatte die Tatsache, dass ich eine Tochter hatte, so aufgenommen, als wäre es keine große Sache für ihn. Als würde es nichts daran ändern, wie er mich sah. Mason hatte mich weder dafür verurteilt, dass ich bisher nichts gesagt hatte, noch unangenehme Fragen gestellt. Er hatte Trix und mich bedingungslos akzeptiert und das war ein gutes Gefühl gewesen. So, wie bei Brynn.

»Oh, an die Arbeit erinnere ich mich noch, verdammt zäher Mist.«

»Danke, sehr hilfreich.« Ich schenkte ihm ein freudloses Lächeln und deutete mit dem Kinn auf die breite Tür, hinter der die Bibliothek des Lakestone Campus lag. »Wir sehen uns morgen?«

»Klar, in alter Frische und halte mich wegen Greyson auf dem Laufenden.«

Nachdem ich mich von ihm verabschiedet hatte, betrat ich die Bib und lief direkt zu den Tischgruppen, an denen bereits einige Studierende in ihre Laptops und Bücher vertieft saßen. Ein paar kamen mir zumindest vom Sehen her bekannt vor und weiter hinten … entdeckte ich Brynn und Harlow. Ich gab keinen Laut von mir, trotzdem ruckte Brynns Kopf hoch. Ein kleines Lächeln teilte ihre Lippen und die ganze Zeit über, die ich brauchte, um die restlichen Plätze zu umrunden, hielt ihr Blick meinen gefangen. Ließ mich nicht los, bis ich schließlich zu ihrem Tisch trat und den freien Stuhl direkt neben ihrem wählte.

Schlechte Idee, wenn man bedenkt, dass du zum Arbeiten hergekommen bist, Kace. Sehr schlechte Idee.

»Hi, Kace.« Harlow war die Erste, die etwas sagte, und dem Ausdruck nach zu urteilen, mit dem sie uns bedachte, war ihr das auch mehr als bewusst.

Vermutlich hatte sie damit spätestens jetzt eins und eins zusammengezählt. Falls ihr Brynn nicht schon alles von Samstagabend erzählt hatte.

Resolut drängte ich die Hitze, die mir den Nacken emporkroch, zurück und räusperte mich. »Hey. Ist es okay, wenn ich mich dazusetze?«

Eine leichte Röte trat auf Brynns Wangen, dann sah sie zu Harlow. »Ich denke schon, oder?«

Ihre Freundin schüttelte sofort den Kopf. »Nein, gar kein Problem. Sogar ziemlich perfekt. Ich bin gleich mit Zack verabredet und hab danach Training, deswegen … kannst du ja dann die Aufsicht übernehmen. Wegen dem Bibliotheksdrachen vorne am Empfang.« Die Worte sprudelten nur so über ihre Lippen, während sich die Farbe auf Brynns Zügen vertiefte. »Wie auch immer, setz dich, Kace.«

»Danke«, gab ich nur zurück, um die Situation nicht noch … seltsamer zu machen, während Harlow zusammenpackte. So schnell, dass ihr das schwere Ungetüm von einem Laptop beinahe aus den Händen geglitten wäre. Was zum Teufel hatte Brynn ihr bitte über die Sache zwischen uns erzählt?

Nur ein paar Sekunden später, zumindest kam es mir so vor, war sie auch schon mit einem knappen Abschied davongerauscht.

Brynn und ich sahen uns perplex an, dann brach ein leises Lachen aus ihr heraus – das sie rasch unter einer Hand erstickte, als ein genervtes »Ruhe!« durch die Bib flog. »Eventuell habe ich ihr erzählt, dass wir uns am Samstag … na ja, geküsst haben.«

»Ob du es glaubst oder nicht, das habe ich mir fast gedacht.«

»Ich hoffe, das war okay. Wir haben ja … nicht gesagt, was das bedeutet und …« Sie ließ den Satz ins Leere laufen, doch ich verstand auch so, worauf sie hinauswollte.

Vorsichtig berührte ich ihre Hand auf dem Tisch. »Brynn, dazu brauchst du nicht erst meine Erlaubnis. Deine Gedanken gehören dir und es liegt allein bei dir, was du damit tust.«

Ihr Lächeln wurde sanft, ganz anders als das herausfordernde Funkeln, das sonst so oft in ihrer Miene lag. »Dafür, dass du dich so lange dagegen gewehrt hast, bist du wirklich gut im Reden, Kace«, sagte sie leise und strich mit dem kleinen Finger über meinen. Und diese winzige Berührung, Gott, ich hätte nie gedacht, dass so etwas einmal ausreichen würde, um mein verdammtes Herz schneller schlagen zu lassen. Diese Stadt musste irgendetwas mit mir gemacht haben. Diese Stadt, diese Uni … oder diese Frau neben mir.

Unsere geflüsterten Worte von Samstag hallten ein weiteres Mal in mir wider.

… danke für deine Gedanken … dass du sie mir verraten hast.

Du würdest dich nicht bedanken, wenn du sie alle kennen würdest.

Das kannst du nicht wissen. Vielleicht solltest du mir die Chance geben, das selbst zu beurteilen.

Und genau das machte mir Angst.

In Dublin wussten die meisten von meiner Zeit vor Trixie und sie wussten, was mit Phoebe, ihrer Mutter, geschehen war. Behandelten mich deswegen, wie sie es eben taten. Und ich kam damit klar, es hatte mir nie viel ausgemacht, weil die Menschen, auf die es ankam, tiefer blickten. Doch bei Brynn würde es mir etwas ausmachen, wenn sie mich danach anders sehen würde. Und das hatte ich nicht erwartet. Ich hatte nicht erwartet, dass ich bei ihr an so vieles dachte, über das ich mir niemals zuvor den Kopf zerbrochen hatte. Lächerlich kleine Dinge und große, schwere, die viel bedeuteten.

Ich grübelte plötzlich über Dates nach – dabei war ich nie der Typ fürs Daten gewesen – und erwischte mich dabei, wie ich mich auf dem Campus ständig nach Brynn umsah. Gleichzeitig stürmte der Kace, den ich in Irland zurückgelassen hatte, zunehmend heftiger gegen meine Mauern an. Meine Vergangenheit, meine Wahrheiten und Dämonen drängten immer weiter an die Oberfläche.

Und ich konnte nicht sagen, was geschehen würde, sollte ich diesen Teil von mir offenlegen. Wie Brynn oder andere auf meine Vergangenheit reagieren würden.

»Kace?«

Ich kehrte aus meinen verworrenen Gedanken zurück an den Tisch in der Bibliothek. »Hm?«

»Ich … ich wollte dir nur sagen, falls du das am Samstag doch anders siehst oder das nur so ein … Moment war, kannst du das sagen. Du kannst mir immer alles sagen, Kace. Ich höre dir zu.«

Ohne den Blick abzuwenden, verhakte ich unsere Finger ineinander und schüttelte den Kopf. »Das war ganz sicher nicht nur so ein Moment. Ich hätte dich nicht geküsst, wäre es so gewesen.« *Nicht dich, Brynn. Ganz sicher nicht dich. Du bist mehr als ein Moment.*

Das Grün ihrer Augen wurde warm, dann nickte sie und deutete auf die Bücher vor mir. »Bist du wirklich zum Lernen hergekommen oder sind das nur Alibiunterlagen, um mich abzulenken?«

Dankbar, dass sie nicht länger auf das einging, was schwer zwischen uns in der Luft hing, drückte ich ihre Hand und ließ sie dann los. »Ich brauche keine Alibiunterlagen, um dich abzulenken.«

»Du scheinst dir ja mächtig sicher dabei zu sein.«

»Erfahrung.«

Grinsend biss sie sich auf die Unterlippe und griff wieder nach ihrem Kugelschreiber. »Also gut, Kace, lernen wir.«

Ich hätte es nicht für möglich gehalten, aber nach ein paar Minuten schafften es Brynn und ich tatsächlich, uns auf unsere Aufgaben zu konzentrieren. Auch wenn ich ihren Blick ein paarmal auf mir kribbeln spürte, genauso, wie meine Aufmerksamkeit immer wieder unbeabsichtigt zu ihr sprang, verfielen wir in produktive Stille. Brynn arbeitete sich Seite für Seite durch ein lächerlich dickes Buch über die Gravitationstheorie und füllte ein Blatt nach dem nächsten. Wann immer ich zu ihr schaute, wirkte sie, als wäre sie in ihrer eigenen Welt aus Sternen und Zahlen verschwunden. Irgendwann würde ich sie bitten, mir diese Welt zu zeigen, so, wie sie meine gesehen hatte, als sie Trix und mich im Musiksaal gefunden hatte.

Vorausgesetzt, es würde dieses Irgendwann noch geben, wenn sie erst einmal meine Wahrheiten kannte. Denn früher oder später musste ich ihr davon erzählen. Alles andere wäre nicht fair und ich wusste, was verschwiegene Realitäten mit einem machen konnten.

Die Studierenden ums uns herum wechselten, Stühle leerten sich und als ich das nächste Mal bewusst von meinem Computer hochsah, waren Brynn und ich bis auf zwei Studentinnen am anderen Ende des Tischs allein in der Bibliothek.

Neben mir klappte Brynn ihr Buch zu und sprach nur einen Moment später meine Gedanken laut aus. »Ich habe gar nicht gemerkt, dass es schon so spät ist. Wie hast du das gemacht?«

»Das wollte ich dich auch gerade fragen«, gab ich zurück und warf einen Blick auf die Uhr. Mir blieben nur noch ein paar Minuten, bis ich Trixie abholen musste, und da ich sie bis auf die kurze

Mittagspause den Tag über nicht gesehen hatte, wollte ich keine Zeit verlieren. Doch gleichzeitig widerstrebte mir der Gedanke, mich überhastet von Brynn zu verabschieden. Ich wollte Stabilität für Trix, nichts übereilen und Brynn … ich hob den Kopf und begegnete ihren offenen Zügen. »Trix wartet auf mich, aber …« Ich holte Luft, während mein Puls mit einem Mal merklich schneller ging. »Aber vielleicht hast du am Wochenende Lust, etwas mit mir zu unternehmen. Mit *uns*?«

Ihre Augen weiteten sich überrascht. »Mit euch beiden? Trix und dir?« Ich nickte. »Bist du dir sicher? Ich möchte nicht … also ich verstehe, wenn du …«

»Brynn?«, unterbrach ich sie mit sanfter Schärfe in der Stimme.

»Ja?«

»Ich habe das genau so gemeint, wie ich es gesagt habe. Keine Hintergedanken. Einfach ein Tag zu dritt. Wenn du das möchtest.«

Lächelnd legte sie eine Hand an meine Wange. »Ich freue mich jetzt schon darauf, Kace.«

***

In den nächsten zwei Tagen zerbrach ich mir den Kopf über meine Einladung – nicht, dass ich das Mason oder sonst wem gegenüber offen zugegeben hätte, aber selbst ich konnte nicht bestreiten, dass ich nicht ganz bei der Sache war.

»Daddy, nein.«

Ich schluckte den Fluch auf meiner Zunge runter und blickte zu meiner knapp neunzig Zentimeter großen Tochter hinunter, die mich problemlos mit ihren funkelnden braunen Augen aufspießte. Zu Recht empört sprang Trix auf und ab und zupfte dabei an meiner Jeans, ehe ich endlich in die Hocke ging und ihr aus der kleinen Jacke half. Gar nicht so leicht mit einer zappelnden Zweijährigen, sodass ich zweimal an den Haarknoten auf ihrem Kopf hängen blieb. Trixie jammerte mit verhedderten Armen, ich seufzte schwer.

»Sorry, Peanuts, bin schon da.«

Karen, die im Türrahmen zum *Toberaum* lehnte und nur darauf wartete, dass ich Trix für den Tag in der Betreuung abgab, deutete mit einem leicht tadelnden Blick auf ihre Armbanduhr. »Kace, wir sind spät dran.«

»Ich weiß«, gab ich zurück und konnte nicht verhindern, dass ich mich plötzlich selbst wie eines der Kinder unter ihrer Aufsicht fühlte. »Hat heute Morgen alles etwas länger gedauert.« Dass das meine Schuld war, weil ich beinahe vergessen hätte, meine Stückwahl pünktlich an Mullbear zu senden, ließ ich dabei unter den Tisch fallen.

Stattdessen konzentrierte ich mich ganz auf Trixie, die sich an mich schmiegte. Ich drückte sie fest an mich und pustete ihr dann leicht ins Ohr, was Trix kichern ließ, ehe ich sie sanft in Richtung Karen schob. In den Kinderratgebern, die ich gelesen hatte, weil ich das Gefühl gehabt hatte, *irgendetwas* tun zu müssen, als ich von der einen auf die andere Sekunde Vater geworden war, hatte immer gestanden, dass man Abschiede kurz halten musste, um es den Kindern leichter zu machen. Doch nirgendwo hatte etwas über diese Leere gestanden, die sich dabei in meiner Brust ausbreitete, bis Trixie wieder bei mir sein würde.

Nachdenklich blickte ich ihr nach, während sie neben Karen in den Raum trat, und wandte mich dann ab. Draußen regnete es so stark, dass ich die kalten Tropfen selbst unter meinem großen Schirm abbekam. Überall auf den hellen Kieswegen hatten sich tiefe Pfützen gebildet und die Wolken hingen dicht über der Stadt. Selbst die Space Needle war darin verschwunden, die mich unweigerlich an Samstagabend erinnerte.

Vielleicht sollte ich dorthin mit Brynn gehen.

Einen Augenblick lang schaute ich unter dem Schirm zu Seattles Wahrzeichen auf, als sich ein harscher Fluch über den Regen hinwegsetzte und mich herumfahren ließ. Im ersten Moment wusste ich nicht, woher er gekommen war, doch dann entdeckte ich Greyson unter einer der Pergolen links von mir. Durch das dichte Blätterdach vor dem Regen geschützt stand er dort und wirkte ähnlich aufgebracht wie bei unserer letzten Begegnung vor dem Altbau, während er auf das Display seines Handys starrte.

Seit ich am Montag mit Mason über Greyson gesprochen hatte, war ich in dieser Sache nicht weitergekommen. Ich hatte keinen Masterplan, wie ich den DNA-Test bei ihm ansprechen sollte, doch aus irgendeinem Grund waren Masons Worte über den richtigen Zeitpunkt hängen geblieben. Dass es diesen gar nicht gab. Schon gar nicht unter diesen Umständen.

»Ach verdammt«, brummte ich und setzte mich in Bewegung.

Ich hatte die Pergola und damit das Trockene kaum erreicht, da hefteten sich seine stahlgrauen Augen auch schon auf mich, doch heute wirkten sie nicht ansatzweise so kühl und durchdringend wie sonst. Eher erschöpft. Resigniert.

»Aus irgendeinem Grund schaffst du es, immer dann aufzutauchen, wenn ich gerade einen echt miesen Moment habe.« Ohne den Blick abzuwenden, steckte er sein Handy weg.

Wäre die Situation nicht so angespannt, hätte ich vielleicht gelacht. Weil seine Worte genauso gut auch von mir hätten stammen können. »Ich lege es nicht darauf an, wenn dir das hilft.«

Greyson strich sich durch die feuchten, hellbraunen Haare und zuckte mit den Achseln. Dann holte er eine Zigarette hervor und zündete sie sich an. Dichter, blauer Rauch stieg zwischen uns in der kühlen Luft auf. »Hast du meinen Rat beherzigt?«

»Bitte?« Ich lehnte mich ihm gegenüber an einen der Stützbalken. Eigentlich müsste ich seit ein paar Minuten in meiner nächsten Vorlesung sitzen und mir wichtige Informationen über anstehende Tests anhören, doch das hier war ebenso wichtig. Vermutlich fiel es mir deswegen so schwer, einen Anfang zu finden.

Kleine Kringel stiegen aus seinem Mund auf, dann erwiderte Greyson: »Dass du dich von Ärger fernhalten sollst. Oder bist du hier, um neuen zu suchen?«

Ich schluckte gegen das raue Gefühl in meiner Kehle an. »Nein, Greyson, aber … ich muss mit dir über etwas sprechen.«

»Das habe ich mir fast gedacht, so zielstrebig, wie du meinen ruhigen Moment unterbrochen hast.«

Ich verengte die Augen zu schmalen Schlitzen. Es ging ihm wegen irgendetwas mies, okay, kannte ich, aber das bedeutete noch lange nicht, dass ich mich von ihm anmachen lassen würde. »Du kannst dir anhören, was ich zu sagen habe, oder du lässt es bleiben, deine Entscheidung.«

Bei der unüberhörbaren Warnung in meiner Stimme blitzte etwas in seinen grauen Augen auf. Dann nickte er knapp. »Nur zu.«

Ich biss die Zähne aufeinander und nickte ebenfalls. »Du kannst mir glauben, wenn ich sage, dass mir das ziemlich gegen den Strich geht, aber ich … ich brauche deine Hilfe bei etwas, Greyson.«

An seinem Kiefer zuckte ein Muskel, dann lächelte er freudlos. »Meine Hilfe?«

Es war klar gewesen, dass er so reagieren würde, und ein Teil von mir wollte die Sache vergessen. Mich umdrehen, Greyson zum Teufel schicken, was weiß ich. Aber ich würde nie vorwärtskommen, wenn ich jetzt kniff, und ich stand zu dem, was ich vor einer kleinen Ewigkeit zu Brynn gesagt hatte. Ich lief nicht davon.

»Besser gesagt eine DNA-Probe von dir. Um einen Verwandtschaftstest zu machen.«

Es dauerte zwei hämmernde Schläge meines rasenden Herzens, dann entgleisten ihm die Züge. »Willst du mich verarschen? Was verflucht noch mal läuft schief bei dir?«

Glaub mir, das willst du nicht wissen. Ich stieß mich vom Balken ab und schüttelte den Kopf. »Nein. Das ist bedauerlicherweise mein voller Ernst. Es kann sein, dass wir miteinander verwandt sind, dass Abbot auch … mein Vater ist und …«

Seine kühle Miene brach endgültig unter einem rauen Lachen, während der Ausdruck in seinen Augen eine ganz andere Sprache sprach. Zum ersten Mal wirkte er jünger, verwirrt und in mir wuchs Mitgefühl heran. Dass ich ihm das so vor die Füße geworfen hatte, war unfair – auch wenn ich bezweifelte, dass seine Reaktion zu einem anderen Zeitpunkt eine andere gewesen wäre.

»Lass diese Scheiße, Kace. Hör … einfach auf. Du hast sie doch nicht mehr alle.« Er machte einen Schritt rückwärts und stieß gegen das Holz in seinem Rücken. Die Zigarette landete auf dem Boden, ging zischend in der Pfütze neben seinen Sneakern aus. Wie sinnbildlich für diesen Moment. Eine mögliche Lösung, die einfach so erlosch.

Ich drängte meine brodelnden Nerven zurück. »Kannst du bitte für eine Sekunde ruhig sein und mir zuhören?«

»Ich weiß echt nicht, was du hier für eine Show abziehst, aber ich werde dir ganz sicher nicht meine DNA überreichen. Das kannst du verdammt noch mal vergessen.«

Frustriert atmete ich aus. Das lief absolut nicht, wie ich mir das vorgestellt hatte. Fuck, ich hätte das mit Mason machen sollen. Ich hätte … »Du hast keine Ahnung …«

»Und damit kann ich gut leben, Kace.« Wut ließ das Grau seiner Augen beinahe wie flüssiges Silber wirken. Wut und … Schmerz. »Also tu mir den Gefallen und *verpiss dich.*«

Alles in mir wollte widersprechen, ihn an den Schultern packen und ihm klarmachen, dass mich diese Situation genauso aufwühlte wie ihn, aber mit großer Wahrscheinlichkeit hätte das alles nur noch schlimmer gemacht. Selbst ich verstand, wenn ich einen Kampf verloren hatte.

Also ließ ich ihn gehen, als er aus der Pergola in den Regen flüchtete, und tat nicht mehr, als ihm nachzuschauen.

Was für eine verflucht bittere Niederlage.

KAPITEL 23

Born To Be Alive – Bea and her Business

Brynn

»Ich bringe schnell den Müll raus und mache dann Pause, ja?«, rief ich über die übliche Geräuschkulisse im Lakestone Café und schnappte mir die beiden schwarzen Säcke. Dank des schlechten Wetters war das Café beinahe den gesamten Vormittag bis auf den letzten Platz besetzt und ich seit Schichtbeginn um sechs Uhr morgens ununterbrochen eingespannt gewesen. Glücklicherweise hatte sich dieser Ansturm in der vergangenen halben Stunde gelegt, sodass ich Ian und Grace jetzt zum ersten Mal mit gutem Gewissen allein lassen und mich um den Abfall kümmern konnte.

Ian zeigte mir einen Daumen hoch und kümmerte sich dann um die nächste Bestellung. Die Regenjacke samt Kapuze bis zum Anschlag hochgezogen trat ich in den Aprilregen und beförderte die Säcke, so schnell es ging, in den großen Container, ehe ich mich der Hintertür zuwandte. Nur um festzustellen, dass sie ins Schloss gefallen war.

»Auch das noch«, murmelte ich und lief mangels anderer Möglichkeiten um das Lakestone Café herum, als mir eine bekannte Gestalt ins Auge fiel. Groß, unter einem schwarzen Schirm, mit hochgezogenen Schultern und … leeren Zügen.

Kace.

Bei seinem Anblick breitete sich ein Gefühl von Enge in meiner Brust aus. War irgendetwas mit Trix? Warum sollte Kace sonst um diese Uhrzeit im Regen unterwegs sein, statt in der Vorlesung zu sitzen? Was auch immer es war, Kace wirkte, als sollte er in diesem Moment nicht allein sein.

»Kace!« Meine Stimme schaffte es kaum über den Regen, schaffte es nicht bis zu Kace, denn er wurde nicht langsamer oder zeigte sonst eine Regung. Ich presste die Lippen aufeinander und sah noch einmal zurück zum Café, dann lief ich los. Wasser spritzte unter meinen Converse hoch, durchtränkte den hellen Stoff und als ich den Haupteingang des Altbaus erreichte, an dessen Seite das Lakestone Café lag, war ich trotz Regenjacke nass. Sei's drum.

Meine Schuhe hinterließen ein regelmäßiges Quietschen auf dem glänzenden Boden, während ich mit raschen Schritten in Richtung Musikfakultät ging. Kace folgte. Sollte er in einem der Vorlesungsräume verschwinden, würde ich einfach wieder umdrehen, doch mein Bauchgefühl sagte mir, dass er das nicht tun würde. Und als er am Ende des Gangs die Tür zum Nebenzimmer des Übungssaals öffnete, wusste ich, dass es richtig gewesen war, ihm nachzugehen. Was wollte er in dem Abstellraum? Ich zog meine Regenjacke aus und trat näher an die angelehnte Tür, dann klopfte ich gegen das Holz. Erst zögerlich, dann ein wenig fester.

»Kace?«

Drinnen rumpelte irgendetwas, ich hörte ihn unterdrückt fluchen, dann seine leise Stimme, als er ins Blickfeld des Türspalts trat. »Brynn.«

Beim Klang meines Namens aus seinem Mund bekam ich unwillkürlich eine Gänsehaut. Sanft und rau. Ich schob die Tür weiter auf, schlüpfte hinein und schloss sie lautlos hinter mir, ehe ich mich umsah. Der Raum war in das Licht mehrerer nackter Glühbirnen getaucht, die von der Decke herabhingen. Und kleiner, als ich erwartet hatte. Höchstens fünf mal sechs Meter und bis unter die Decke mit Regalen voller Instrumente und Kisten vollgestopft. Und in der Mitte: ein altes Klavier, halb unter schwarzem Stoff verborgen, das definitiv schon bessere Tage gesehen hatte. Kace ließ sich wieder auf der Bank vor dem Instrument nieder, die Ellenbogen auf den geschlossenen Deckel gestützt, den Blick unverwandt auf mich gerichtet. Seine dunkelblonden Haare waren feucht vom Regen und trotz des warmen Lichts im Nebenzimmer, das viel eher eine Abstellkammer war, wirkte das Blau seiner Augen kühl. Leer.

»Ich …«, setzte ich an und umschlang mich selbst mit den Armen. »Ich habe dich draußen gesehen und … ist alles in Ordnung?«

Ein kleines, schweres Lächeln zupfte an seinen Lippen, dann richtete er sich ein wenig auf. »Komm her, Numbers.«

Ich würde es ihm gegenüber vermutlich nicht offen zugeben, aber insgeheim liebte ich es, wenn er mich so nannte. Es erinnerte mich daran, wo wir begonnen hatten. Vorsichtig umrundete ich das Klavier, stieg dabei über mehrere Kartons hinweg und ließ mich einen Moment später neben ihm auf dem breiten Hocker nieder. So nah, dass sich unsere Oberschenkel berührten und ich seine Hitze durch den nassen Stoff meines karierten Rocks hindurch spüren konnte.

»Was machst du hier?«, fragte ich in die Stille hinein und blickte ihn von der Seite an. Sein Kiefer war angespannt, trotzdem sanken seine Schultern ein wenig herunter.

»Das mag seltsam klingen, aber dieser Raum erinnert mich an … meine Mam. Ich habe ihn vor ein paar Tagen entdeckt, als ich für Mullbear was wegräumen sollte, und dieses Klavier … wir hatten in unserer Wohnung auch so eins. Ein ramponiertes, altes Ding, verstimmt und mit einigen Schrauben zusammengehalten, die ihm die letzte Harmonie geraubt haben, aber eben unseres.« Er atmete tief durch. »Hier fällt mir das Spielen leichter. Beinahe wie früher. Es … es lässt sich erstaunlich gut Nachdenken an diesem alten Teil.«

»Worüber denkst du nach?« *Was hat dich gerade so aufgewühlt?*

Kace drehte den Kopf zu mir, sein warmer Atem fuhr über meine vom Regen kühle Haut. »Über eine ganze Menge. Ich bin … aus vielen Gründen nach Seattle gekommen, weißt du? Einer davon ist … als Mam gestorben ist, habe ich einen Brief bei ihr gefunden. Darin ging es unter anderem um meinen Vater. Sie hat mir nie verraten, wer er war, und nach dem Brief wusste ich auch warum. Theoretisch kommen mehrere Männer dafür infrage. Verdreht, hm?« Eine feine Röte kroch seinen Hals hinauf, während sich sein Blick wieder auf das Klavier richtete. »Und einer von ihnen … könnte Abbot sein.«

Ich konnte meine Überraschung nicht verbergen, selbst wenn ich es gewollt hätte. »Harvey Abbot?« Kace nickte nur. »Und er weiß nichts davon?«

»Ich denke nicht. Und irgendwie doch. Es ist verflucht kompliziert, deswegen habe ich auch versucht, an Greyson – seinen Sohn – ranzukommen, aber das ist nach hinten losgegangen, um es gelinde auszudrücken. Ich habe die dämliche Hoffnung, nach all der Zeit Antworten auf die ewige Vaterfrage zu bekommen, und gleichzeitig … weiß ich nicht, was das ändert. Ob es was ändert und ob ich das will. Das ist eine so abgefuckte Scheiße, Brynn.«

»Hey.« Behutsam griff ich nach seinen kühlen Fingern und umschloss sie mit meinen, bis sich seine blauen Augen wieder auf mich richteten. »Ich stecke nicht annähernd in der gleichen Situation wie du, aber ich bin mir sicher, dass sich eine Lösung finden wird. Vielleicht nicht jetzt, wo alles ziemlich nach *abgefuckter Scheiße* aussieht, aber irgendwann, Kace.«

Seine Mundwinkel zuckten, dann legte er mir eine Hand an den Hinterkopf und hauchte einen Kuss auf meine Stirn. »Danke, dass du mir nachgekommen bist«, flüsterte er an meinen Haaren. »Ich habe nicht gewusst, dass das besser ist, als allein zu sein.«

»Was meinst du?«

Unsere Blicke trafen sich wieder. »Du. Mit dir hier zu sitzen und nachzudenken.«

Ich strich über das leicht rissige Holz des Klaviers, dessen schimmernder Lack an so gut wie jeder Stelle abgeplatzt war. Dieses Instrument wollte nicht so recht zu dem Bild passen, das ich vom Lakestone Campus mit seiner hochwertigen Ausstattung hatte, aber es schien dennoch hierherzugehören. So wie Kace und ich in diesem Moment.

»Was hättest du getan, wäre ich dir nicht gefolgt?«

»Weiß nicht.« Seine Finger folgten meinen auf der unebenen Oberfläche, bis sie den Verschluss fanden, der die Tastatur geschlossen hielt. »Ich hätte mir den Kopf über Greyson zerbrochen. Vielleicht hätte ich gespielt. Weil das früher einmal meine Art des Nachdenkens gewesen ist.« Seine Stimme wurde immer leiser, zögerlicher. »Oder ich hätte auf das Klavier gestarrt, ohne einen einzigen Ton herauszubringen.«

Ich öffnete den Deckel dort, wo seine Hand zum Stillstand gekommen war, und sah ihm direkt in die Augen. »Ich höre dir zu, Kace. Beim Nachdenken, beim Spielen, beim Schweigen. Und ich bleibe genau hier, solange du mich lässt.«

Kace gab mir keine Antwort. Zumindest keine, die aus Worten bestand. Seine Erwiderung war das winzige, helle Aufleuchten in seinem Blick. Die Art, wie er über meine Hand strich. Der Moment, in dem er seine Finger auf die schwarzen und weißen Tasten legte. Und seine Gedanken zu Noten wurden, zu … Musik.

Der Klang war nicht mit dem Stück im Übungssaal zu vergleichen, als er *Time* an diesem gewaltigen Flügel gespielt hatte. Und dennoch berührte sie jeden einzelnen Winkel in meinem Körper. Tränen traten mir in die Augen, als die Musik immer tiefer in mich vordrang. Kaces Worte, Kaces Gedanken. Schwer, dunkel, langsam zuerst, als würde jedem einzelnen Ton ein Gedankenpalast innewohnen, und dann heller. Immer heller, ein wenig schneller, als würde sich der finstere Palast lichten. Nie ganz, ein Rest Dunkelheit blieb, doch genug, um aufblicken zu können.

Ich betrachtete Kaces Profil, die Konzentration auf seinen Zügen, seine geschlossenen Augen, die leicht geöffneten Lippen. Kace war ein unglaublich schöner Mann, selbst wenn er sich genervt gab, reserviert und distanziert blieb, doch in diesem Moment, wo er im Spielen aufging, zu einem Teil des Stücks wurde …, raubte er mir den Atem. Schön und traurig und berührend.

Lächelnd senkte ich die Lider und legte den Kopf auf Kaces Schulter. Es hätten Stunden vergangen sein können. Die Noten hatten die Sekunden gestohlen. Und erst als die letzten Klänge im Nebenzimmer nachhallten, kehrte die Zeit zurück. Kehrten Kace und ich zurück aus seinem Gedankenpalast aus Musik.

Behutsam drehte ich den Kopf, öffnete die Augen. Seine langen, schlanken Finger lagen still auf der Klaviatur, sein Atem ging schnell und ich meinte, eine einzelne Träne an seinen Wimpern glitzern zu sehen.

»Das war wunderschön«, wisperte ich, weil ich es nicht wagte, die Stimme zu heben und damit den Nachklang zu durchbrechen. »Wie heißt das Stück?«

Ein kaum merklicher Ruck ging durch seinen Körper, dann senkte er seine Lippen auf meine Schläfen. »Danke. *Nuvole bianche* von Ludovico Einaudi. Weiße Wolken.«

Wie passend, dachte ich. Es passte zu Gedanken und dem Regen draußen, den tief hängenden Wolken, dem Moment.

»Danke, dass du mir deine Gedanken gezeigt hast.«

»Ich weiß nicht, ob irgendetwas davon verständlich gewesen ist.«

»Das muss es gar nicht. Ich habe sie gefühlt. Das bedeutet mehr.«

Kace schluckte, als ich federleicht über seinen Wangenknochen fuhr, der Linie bis zu seinen Lippen folgte. Dann nahm er die Hände von den Tasten, umfasste meine Hüfte, im nächsten Moment saß ich auf seinem Schoß, Nase an Nase und seine Wärme überall. »Irgendwann werde ich es dir erzählen, Numbers. Alles.«

Ich blickte noch einen Atemzug länger in das Mitternachtsblau seiner Augen, dann legte ich meine Lippen auf seine. Schmeckte das Salz alter Tränen und *Kace.* Sein Griff um meine Taille wurde fester, sandte einen heißen Schauer durch meinen prickelnden Körper, als aus der ersten Berührung ein Kuss wurde. Als ich mit der Zunge über seine Unterlippe strich, als sich sein Mund öffnete. Seufzend verschränkte ich die Hände in seinem Nacken, sank tiefer in diese Berührung, verlor mich in seinem Geschmack, dem Gefühl, ihn überall zu spüren. Meine Haare lagen wie ein Vorhang um uns herum, schirmten uns von der Wirklichkeit ab und hätte ich gekonnt, wäre ich für eine kleine Ewigkeit genau hiergeblieben. In diesem Moment voller Verlangen, voller Hitze, voller … Gefühle und Gedanken, die mich unaufhörlich zu Kace zogen.

Und plötzlich wanderte mein Kopf in eine andere Richtung. Ich dachte an den Wettbewerb, an diese Chance hierzubleiben. Auf dem Lakestone Campus, in Seattle, bei meinen neuen Freunden und … Kace. Daran, dass ich das alles gehen lassen müsste, sollte ich es nicht schaffen. Dass ich so viel mehr zu verlieren hatte als zu Beginn meiner Reise.

Und alles zu gewinnen.

Kace schob mich behutsam ein Stück von sich, als würde er spüren, dass ich nicht länger in diesem Augenblick war. Aufmerksam musterte er meine Züge und strich meine Haare beiseite, ließ die Realität wieder ein. »Hey.«

»Tut mir leid«, sagte ich leise und biss mir von innen auf die Wangen. »Ich habe gerade an etwas gedacht und …«

»Ich höre dir zu, Brynn«, wiederholte er meine Worte von vorhin und hob einen Mundwinkel. »Vielleicht bin ich nicht die beste Wahl für gute Ratschläge oder aufbauende Worte, aber ich bin gut im Zuhören.«

Trotz des Drucks, der mit einem Mal auf meiner Brust lag, musste ich lächeln. »Bei deinem Supergehör wette ich darauf.«

»Für irgendetwas muss es ja gut sein.«

Ich nestelte an dem Saum meines Rocks herum und nickte. »Mir … mir ist gerade klar geworden, dass ich bloß mit ein paar Dingen nach Seattle gekommen bin und nun so viel mehr besitze. Ich habe nicht damit gerechnet, es einfach hier gefunden und ich weiß nicht, ob ich damit leben könnte, es wieder zu verlieren.«

Kace legte seine Finger auf meine Oberschenkel und streichelte langsam über den dicken Stoff. »Warum glaubst du, etwas davon verlieren zu müssen?«

»Ich setze alles auf eine Karte, Kace. Und jeder weiß, dass die Chancen bei nur einer Option ohne Vorwarnung kippen können.«

Zwischen seinen Brauen erschien eine steile Falte. »Du sprichst von dem Wettbewerb im Juni, richtig?«

»Meine eine Karte, ja. Ich meine, ich lerne viel, nutze jede freie Minute …« Unter seinem intensiven Blick wurden meine Wangen warm. »Na ja, fast jede freie Minute, um mich darauf vorzubereiten, und trotzdem wird meine Angst zu versagen immer größer. Das ergibt keinen Sinn.«

»Ich werde dir jetzt nicht sagen, dass alles gut gehen wird, denn das weiß ich nicht. Das weiß keiner von uns. Aber ich werde dich unterstützen, wo ich kann, Brynn.« Er fuhr unter meinem rechten Auge entlang, nahm die Tränen, die ich nicht einmal bemerkt hatte, fort. »Solange du mich lässt.«

Die Wärme seiner Worte traf auf die Kälte meiner Angst. Ich mochte Kace, ich mochte ihn sehr. Ich mochte, was wir hatten, wie es angefangen hatte und wo wir nun standen. Ich mochte, dass er mir seine Gedanken auf seine Art zeigte. Ich mochte so vieles an ihm, an dem Hier und Jetzt und ihn zu verlieren … Gott, das alles war niemals mein Plan gewesen. Es machte alles nur noch komplizierter. Kompliziert und schön und unerwartet, eine Mischung, die mir wie ein Rausch zu Kopf stieg.

Ich ließ meinen Atem frei und lehnte meine Stirn gegen seine. »Ich hoffe so sehr, dass es klappt, Kace. Ich hoffe darauf, wie ich noch nie auf etwas gehofft habe.«

»Hoffnung ist ein gefährliches, kleines Ding, Brynn«, flüsterte er, seine Lippen nur wenige Millimeter von meinen entfernt. »Gefährlich und verflucht mächtig.«

»Das heißt, ich soll mich davon fernhalten?«

Kace umfasste sanft mein Kinn, bis sich unsere Blicke wieder trafen, und sah mir direkt in die Augen. Dunkles Nachtblau, das sich immer weiter auszudehnen schien. »Nein. Das heißt, du sollst sie packen, daran glauben und sie nicht mehr loslassen. Nicht für eine einzige Sekunde, Numbers.«

KAPITEL 24

Face Myself – Elley Duhé, Teddy Swims

Brynn

In Seattle hatte es sich so richtig eingeregnet. Der Himmel war eine graue Suppe und die Straßen zu kleinen Bächen geworden. Von unserem Platz direkt an einem der großen Fenster des *Le Déjà-vu* hatten wir einen uneingeschränkten Blick auf die Menschen, die hektisch unter Schirmen durch den Donnerstagabend liefen. Das Restaurant, in dem Bea ihre Ausbildung zur Köchin machte, lag in der 1st Avenue und war zwischen den vielen Sternerestaurants und sündhaft teuren Hotels eines der wenigen, das sich auch Normalsterbliche leisten konnten. Bea hatte es sich nicht nehmen lassen, uns einzuladen, und wir, nun ja, hatten nicht Nein gesagt. Nach einem weiteren langen Tag auf dem Campus war ein Abend mit Harlow, Lucie, Polina und Bea – die allerdings die meiste Zeit in der Küche verbrachte – bei gutem Essen genau das Richtige.

»Okay, genug gewartet, Brynn. Wir ziehen das sofort durch.« Lucie stellte ihren Mocktail ab und faltete die Hände geschäftsmäßig unter dem Kinn. »Bist du bereit?«

Das war ich. Es war von Anfang an mein Plan gewesen, diesen

Wettbewerb zu gewinnen, Studentin am Lakestone Campus zu werden und meinen Traum zu verfolgen. Doch seit ein paar Tagen wollte ich das auch noch aus einem ganz anderen Grund. Nach Seattle zu kommen, um an einer der besten Universitäten für Astrophysik und Raumfahrttechnik zu studieren, war eine Sache, aber jetzt kannte ich das Leben hier, ich hatte Freunde gefunden und mit Kace noch etwas ganz anderes. Und nichts davon wollte ich aufgeben.

Ich erwiderte Lucies direkten Blick und nickte. »Ziehen wir es durch.«

»Ihr kündigt das so an, als würde sich dahinter eine ganze Schlacht verstecken«, meinte Polina belustigt und nahm einen Schluck ihres Weins. »Nicht, dass ich die Bedeutung des Augenblicks nicht verstehen oder würdigen würde.«

»Es ist gewissermaßen eine Schlacht. Schließlich werden nur die zum Wettbewerb zugelassen, die die Voraussetzungen erfüllen. Und nach dieser ersten Hürde gibt es eine begrenzte Anzahl an Plätzen pro Fachbereich.« Die Beschreibung von Harlow traf den Nagel ziemlich genau auf den Kopf. Mein erster Schritt war die Entscheidung für den Wettbewerb gewesen, die offizielle Anmeldung und Zulassung waren der nächste.

Kopfschüttelnd fuhr sich Polina durch die rotbraunen kinnlangen Haare, die sie heute in leichten Locken trug. »Das ist ja schlimmer als der Ticketverkauf von Taylor Swift.«

Lucie lachte trocken, während Harlow fragend die Stirn runzelte. »Ich fürchte, da kann ich nicht mitreden, ich habe nur einmal mit Miyu zusammen ein Verkaufssystem gehackt, um Karten für sie und ihre Freundin zu bekommen, aber … na ja, das ist was anderes, schätze ich.«

Polina und ich starrten Harlow mit offenem Mund an, Lucie grinste bloß leise in ihren Mocktail, woraufhin Har mit den Schultern zuckte. »Schaut nicht so. Ist ein offenes Geheimnis, dass ich die Regeln … gerne mal beuge. Gebeugt *habe.*«

Ohne sich noch länger mit unserer Reaktion aufzuhalten, half sie mir, ein wenig Platz zwischen den mittlerweile leeren Tellern zu schaffen, damit ich meinen Laptop aufklappen konnte. Das gebrauchte, aber laut Harlow gut erhaltene MacBook war seit ein paar Tagen mein stolzer, neuer Besitz – obwohl es mir nach wie vor auf den Magen schlug, wie ich an das Geld gekommen war. Nicht, dass ich mich für Kartenspiele mit Einsätzen schämte, aber ein Teil von mir hatte eben gehofft, es ohne zu schaffen.

Hoffnung ist ein gefährliches, kleines Ding, Brynn.

»Alle Unterlagen für die Zulassung hast du bereits hochgeladen?«, erkundigte sich Lucie und lenkte das Gespräch damit wieder zum eigentlichen Thema des Abends.

Ich nickte schnell und erweckte meinen Laptop zum Leben. »Alles wartet auf zwanzig Uhr und die Öffnung der Platzvergabe.«

Beinahe synchron wanderten unsere Blicke auf Handys, Armbanduhren und die Anzeige auf meinem Mac. Bis dahin waren es noch zehn Minuten und irgendetwas sagte mir, dass sich diese sechshundert Sekunden entweder wie eine Ewigkeit oder ein verflucht schneller Wimpernschlag anfühlen würden.

»Das ist spannender als die Noteneinsicht am Ende des Semesters.« Lucie zupfte dann an ihren hängenden Ohrringen aus bunten Glassteinen.

Harlow lehnte sich schmunzelnd auf der Bank zurück. »Ich glaube, nur du siehst darin einen Krimi.«

»Was ist ein Krimi?«, fragte Bea, die gerade mit einer Platte voll kleiner Köstlichkeiten aus Teig, Früchten und viel Schokolade an unseren Tisch trat. »Habe ich etwas verpasst?« Meine Freundinnen brachten sie mit wenigen Sätzen auf den neusten Stand, während ich auf den Bildschirm starrte, wo mich ein Fenster darüber informierte, dass sich das Portal in ein paar Minuten öffnen würde. Ein paar Minuten, in denen meine Anmeldung alles noch viel realer machen würde. Greifbarer. Und die Teilnahme nicht länger nur zu einer Hypothese, sondern etwas, das feststand. Mein Herz schlug wie wild in meiner Brust.

»Cool, dann wissen wir ja in Kürze mehr. Gebt Bescheid, sobald ihr durch seid, dann spendiere ich eine Runde. Nein, eigentlich kann ich die Drinks auch direkt vorbereiten. Bei dir mache ich mir da gar keine Gedanken, Bry.« Ihr Optimismus war wie eine leuchtende Welle, die auf mich zukam und mein schlechtes Gefühl mit sich riss, sodass nur die Aufregung übrig blieb. Die Anspannung. Aber damit kam ich klar.

»Und bis dahin könnt ihr eure ganz persönliche Nachtischplatte genießen.« In bester Chefköchinmanier deutete sie auf die kleinen Törtchen und Moussekleckse, die über den dunklen Schiefer verteilt waren. »Jedes einzelne mit Liebe und kleinen Fehlerchen, sodass sie nur auf eurem Tisch landen dürfen.«

»Lass mich raten, ein paar davon hast du absichtlich in den Sand gesetzt?« Mit einem verschwörerischen Zwinkern schnappte sich Polina direkt eines der Erdbeergebäcke.

»Das würde ich nie wagen.«

Als Bea zurück in die Küche ging, standen auf dem Zähler noch sechs Minuten und elf Sekunden. Zahlen waren immer mein sicherer Hafen gewesen, wie konnte es sein, dass sie mich jetzt derartig nervös machten? Es waren nur Zahlen.

»Sag mal, Bry, wann wolltest du mir eigentlich verraten, wer der heiße Kerl war, der dich Samstag nach Hause gebracht hat?« Polinas Stimme klang honigsüß und unschuldig, trotzdem zuckte ich ertappt zusammen.

»Nach Hause?«, wiederholte Harlow und richtete sich wieder kerzengerade auf ihrem Platz auf. »Dann habe ich mir diese … Spannung zwischen Kace und dir in der Bibliothek nicht bloß eingebildet.«

Hitze stieg mir in die Wangen, als sich drei Blicke wie Laserstrahlen auf mich richteten. »Das kann vieles bedeuten.«

»Oh nein, dein Gesicht lässt nur eine einzige Bedeutung zu.« Lucie ließ mich nicht aus den Augen. »Also lag ich mit meiner Vermutung richtig. Es ist ernst zwischen euch.«

Ich schaute zwischen den dreien hin und her und dann wieder auf meinen Laptop. »Genau genommen weiß ich nicht, ob das hier der passende Moment dafür ist.« Mein Herz raste ohnehin schon und jetzt, wo die Sprache auf Kace fiel, schlichen sich Bilder in meinen pochenden Kopf, die meinen Puls aus einem noch ganz anderen Grund beschleunigten.

»Du musst uns nichts erzählen, Brynn«, entgegnete Harlow und stupste Lucie leicht an, »aber es freut mich. Ich habe dein Lächeln gesehen, als er sich in der Bib zu uns gesetzt hat, und das hat vieles gesagt.«

»Danke. Das mit Kace … hat noch keinen Namen oder so. Es ist einfach etwas zwischen uns.« Lächelnd strich ich mir eine Strähne, die meinem Haarreif entkommen war, hinter das Ohr und legte den Kopf leicht schief. »Aber vielleicht ist er auch einer der Gründe, warum ich möchte, dass es klappt. Das seid ihr alle.«

Polina, die neben mir saß, schlang einen Arm um meine Schultern. »Das wird es. Wir wollen nämlich auch alle nicht, dass du gehst, Bry. Nur, falls dir das bisher noch niemand gesagt hat.«

Ich öffnete den Mund zu einer Antwort, als mein Computer ein leises Piepen von sich gab, beinahe im selben Moment, in dem Lucie die Uhrzeit verkündete. Zwanzig Uhr. Die nächsten Minuten fühlten sich an, als wäre ich in einem Tunnel, ohne wahrzunehmen, was rechts und links von mir geschah. Ich sah nur mein Ziel, während ich mich durch die Navigation klickte, Häkchen setzte ... und schließlich das Ende erreichte.

»Ich habe einen Platz«, murmelte ich und sah auf. »Ich habe die Bestätigung für den Wettbewerb. Ich ... ich werde teilnehmen.«

Es ist real.

Einen Herzschlag lang wurde es still am Tisch, dann brachen Polina, Lucie und Harlow in Jubel aus und ließen sich dabei weder von den anderen Gästen stören noch von meiner immer noch ungläubigen Miene. Ich würde im Juni als eine von achtundzwanzig Bewerbern im Bereich Wissenschaft starten.

Und was danach kam ... das würden die Sterne schon zeigen.

***

Ich flog förmlich durch die Morgenschicht am Freitag im Lakestone Café und das, obwohl die Zeit vor Beginn der ersten Vorlesungen die Hölle war. Die Schlange lang, die Studierenden auf Kaffee-Entzug und Ian und ich noch nicht vollkommen eingespielt. Trotzdem lief mein Morgen so gut, dass es beinahe unheimlich war. Ich kassierte in Rekordschnelle ab, verrechnete mich nicht ein einziges Mal und schlug die Registrierkasse bei jeder Rechnung. Seit ich gestern meine Zulassung für den Wettbewerb schwarz auf weiß vor mir gehabt hatte, war eine Last von meinen Schultern verschwunden, von der ich bis zu diesem Zeitpunkt nicht einmal gewusst hatte. Ein Druck, der jeden Schritt ein wenig schwerer gemacht hatte, kaum merklich und doch genug, um mir jetzt dieses Gefühl von Leichtigkeit zu geben. Natürlich war mir bewusst, dass die Teilnahme keine Garantie für irgendetwas war, aber sie machte die Chance überhaupt erst real.

»Brynn, kannst du durch die Tische gehen und das Geschirr einsammeln? Uns gehen hier langsam die Tassen aus.« Ian sah mich durch den Dampf, der aus der Siebträgermaschine aufstieg, an, ohne die Zubereitung des aktuellen Getränks zu unterbrechen.

Ich zeigte ihm einen Daumen hoch und machte die Bestellung fertig, ehe ich hinter dem Tresen hervorkam. Im Gehen schnappte ich mir eine der Wannen und lief im Eilschritt durch die kleinen Sitznischen und um die halbhohen Bücherregale herum, um für Becher- und Tellernachschub zu sorgen. Im Vorbeigehen grüßte ich ein paar bekannte Gesichter, goss einen Rest Wasser in den Topf einer großen Kokosnusspalme und ließ das Geschirr wenig später in das große Waschbecken fallen.

Grace, die heute den Spüldienst übernahm, verzog freudlos die Lippen und seufzte. »Keine Ahnung, wie oft ich es noch sagen muss, aber eine Industriespülmaschine wäre wirklich eine gute Investition.«

»Mindestens genauso oft, wie ich dir antworte, dass du das mit Frankie klären solltest. Ich habe keine Kontrolle über unser Budget. Sorry, Gracie.« Entschuldigend warf Ian ihr einen Luftkuss zu und lieferte die Getränke am Ende des Tresens ab.

Wie gewohnt bezog ich wieder Stellung hinter der Kasse. Eine neue Welle an Studierenden schwappte in den Laden und als ich das nächste Mal aus dem Strom an Bestellungen auftauchte, war es kurz vor Mittag und mein Magen ein einziges Loch.

Wie so oft nahm ich mir einen Peanut-Banana-Muffin aus der Vitrine und setzte mich auf einen der Hocker direkt an der Theke. Während ich auf meinen Kaffee wartete – Ian ließ es sich nicht nehmen, mir jedes Mal irgendeine seiner schrägen Kreationen zuzubereiten –, holte ich mein Handy hervor und erstarrte im nächsten Moment.

Auf dem Display prangte der Name meiner großen Schwester Amber. Ein Anruf. Nachdem sie wochenlang mein Schweigen in unserer Geschwistergruppe hingenommen und nichts mehr geschrieben hatten.

»Bry? Bist du okay?«

Ich zwang mich, meine verkrampften Schultern zu lockern, und schenkte Ian ein hoffentlich überzeugendes Lächeln.

»Alles gut.« Als ich wieder auf den Bildschirm schaute, klingelte mein Handy noch immer, ohne einen einzigen Ton von sich zu geben. Hin- und hergerissen zwischen meiner guten Laune, die ich mir nicht durch niederschmetternde Worte meiner Familie kaputtmachen wollte, und aufkommender Sorge zögerte ich ein paar Augenblicke. Und ging schließlich ran.

»Amber?«

»Brynn.« Die Stimme meiner Schwester klang leicht verzerrt durch den Internetanruf, trotzdem war ihre Ungeduld nicht zu überhören. »Du lebst.«

»Ja, natürlich.« Keine zwei Sekunden und ich spürte bereits, wie die grauen Wolken aus Oxford in meine Richtung zogen. »Ist alles in Ordnung bei euch?«

Im Hintergrund hörte ich gedämpftes Gemurmel, dann eine

Tür, die sich öffnete und wieder schloss. »Nein, hier ist nichts in Ordnung.«

Die Faust, die sich beim Anblick ihres Namens in meine Brust gekrallt hatte, drückte fester zu. »Ist irgendetwas passiert? Mit Mum und Dad? Deinem Baby?«

Ein leises Seufzen drang durch die Leitung. »Uns geht es gut, unseren Eltern geht es gut. In Anbetracht der Tatsache, dass wir uns alle zu Tode ackern, Brynn. Die Pension wird förmlich überrannt, jetzt, wo unser größter Konkurrent schließen musste.«

»Das Twillings? Aber das ist doch eine gute Entwicklung.«

Aus dem Seufzen wurde ein Schnauben. »Auf der einen Seite ja, auf der anderen kommen wir kaum hinterher. Mum und Dad arbeiten ununterbrochen, Wren hat damit begonnen, Zimmer fertig zu machen – wobei er kolossal versagt –, und Luna … du weißt ja, wie sie ist. Uns fehlt vorne und hinten Unterstützung.«

Obwohl ich ahnte, worauf sie hinauswollte, ging ich nicht sofort darauf ein. »Warum stellt ihr niemanden als Aushilfe ein, solange der Ansturm andauert?«

»Eine Aushilfe? Als ob unser Vater einen Fremden in seine heiligen Hallen lässt. Außerdem gibt es ja jemanden aus der Familie, der eigentlich hier sein sollte.«

Ich ließ den Muffin zurück auf den Tisch sinken. »Amber …«

»Nein, Bry. Du bist seit fast sechs Wochen da drüben. Wie lange soll das noch so gehen?«

Wenn es nach mir geht, den Rest meines Lebens.

»Ehrlich gesagt sind wir alle davon ausgegangen, dass du nicht länger als zwei Wochen allein in Seattle durchhalten wirst. Du hast uns alle überrascht«, fuhr sie fort, als ich nichts erwiderte. »Versteh mich nicht falsch, Brynn, ich weiß, dass die Sterne immer dein

Traum gewesen sind, seit Grandpa dir diese Flausen in den Kopf gesetzt hat, aber irgendwann musst selbst du aus diesem Traum aufwachen.«

Obwohl sie nun deutlich sanfter sprach, stießen mir ihre Worte sauer auf. Weil sie nach Mum klangen. Nach Dad, der mir vorwarf, nur an meine eigenen Ziele zu denken statt an die Familie.

»Haben dich unsere Eltern vorgeschickt?«

»Ich spreche für uns alle, Bry. Wir machen uns alle Gedanken um dich.«

Ich biss die Zähne aufeinander und ballte meine freie Hand zur Faust. »Darum habe ich nie gebeten. Ich habe es euch schon unzählige Male gesagt und ich werde es so oft wiederholen, bis es endlich bei euch ankommt: Seattle und der Lakestone Campus sind nicht einfach nur ein Traum. Das ist meine verfluchte Zukunft. Über die ich entscheide.« Meine Stimme sprang ein paar Oktaven höher und ließ Ian aufblicken.

»Alles okay?«, formte er lautlos mit den Lippen, woraufhin ich nur den Kopf schüttelte und dann nickte. Die Falten auf seiner Stirn vertieften sich.

»Später«, gab ich ohne einen Ton zurück, während meine Schwester redete und redete.

»... bedeutet dir unsere Pension gar nichts? Das ist unser Zuhause. Unser Familienbetrieb, der dich braucht, Brynn. Du kennst das Leary's Inn, du gehörst hierher.«

Mein Hals fühlte sich mit einem Mal viel zu eng an, als ich an das leicht heruntergekommene Gebäude dachte, das so lange alles gewesen war, was ich gekannt hatte. »Das stimmt nicht«, gab ich leise zurück, quetschte die Worte irgendwie an dem Kloß vorbei.

»Natürlich stimmt das. Es war immer klar, dass wir vier Kinder die Pension übernehmen. Gemeinsam. Dass wir uns nicht im Stich lassen, schon gar nicht, wenn es schwer und anstrengend wird. Und gerade ist es sehr schwer und anstrengend. Du weißt, dass Dad sich nach seinem Bandscheibenvorfall nicht übernehmen darf, und Mum schläft kaum noch. Weil du hier fehlst, Bry. Weil du lieber den Sternen nachjagst, als dich mit dem zu befassen, was direkt vor dir liegt.«

Nachdem meine Schwester das ausgesprochen hatte, wurde es eine ganze Weile still. Die Geräusche des Cafés schienen in den Hintergrund gerückt zu sein, bis ich nur noch das Surren der Leitung hörte. Ein Surren, das einen bohrenden Schmerz zwischen meine Schläfen trieb.

»Komm nach Hause, Brynn. Niemand nimmt dir deine Abreise übel, niemand wird dich verurteilen. Wir wollen dich einfach nur wieder bei uns haben. Zurück an deinem Platz in unserem Kreis«, brach Amber schließlich das Schweigen und zum ersten Mal meinte ich die Erschöpfung, von der sie sprach, wirklich zu hören. Und das machte etwas mit mir. Traf einen Nerv, den ich ignorieren wollte, weil ich mich nie in Oxford gesehen hatte, weil das nie mein Leben gewesen war. Doch mit Ambers Worten im Ohr war es verdammt schwer wegzuhören. Schlechtes Gewissen trat bitter auf meine Zunge, fachte das Pochen hinter meiner Stirn weiter an. Wir mochten kein gutes Verhältnis haben, aber es tat trotzdem weh zu hören, dass meine Familie gerade zu kämpfen hatte. Ich wusste, dass die Pension meinen Eltern die Welt bedeutete. Ihre Welt war.

So wie das hier meine ist.

»Es tut mir ehrlich leid, aber ich werde nicht kommen«, sagte ich dann und schloss die Augen, weil ich Ambers Antwort kannte, noch ehe sie sie laut aussprach. Dass nichts, was ich sagen würde, etwas am Ausgang dieses Telefonats ändern würde. Die Chancen standen bei hundert Prozent, und das nicht für mich.

»Du enttäuschst uns, Brynn. Du enttäuschst uns alle. Lässt uns im Stich für etwas, das niemals funktionieren wird.« Amber hatte noch nie so eisig oder emotionslos mit mir gesprochen. Trotz unserer Differenzen hatte sie immer versucht, Streit zu schlichten, mich sogar ein paarmal vor Wren verteidigt. Doch davon … war jetzt nichts mehr übrig. »Ich hoffe, du findest da drüben, wonach du suchst. Das, was es wert ist, deine Familie zu zerstören.«

Im nächsten Moment hatte sie aufgelegt, doch die Kälte blieb. Die Kälte und der kleine Riss, den ihre Worte in meine Entschlossenheit getrieben hatten.

Und der nun aufklaffte, ganz gleich, wie verzweifelt ich auch versuchte, die Ränder zusammenzuhalten.

KAPITEL 25

A Little Bit Happy-Talk

Kace

»Mr Holloway? Auf ein Wort bitte.«

Innerlich verdrehte ich die Augen, als mich die Stimme von Professor Mullbear am Freitag davon abhielt, die Vorlesungen für diese Woche endlich hinter mir zu lassen. Es war ein verdammt langer Tag gewesen und wäre es nach mir gegangen, hätte ich mich einfach nur aufs Sofa gelegt und die Welt für ein paar Stunden ausgeknipst. Auch wenn ich mir ziemlich sicher war, dass Trixie da andere Pläne hatte, aber gut. Eine Hand an dem Träger meiner Tasche drehte ich mich zu meinem Professor um und hob fragend die Brauen. »Wie kann ich Ihnen helfen?«

Mullbear, der heute die Musikepochenvorlesung von Professorin Jones übernommen hatte, setzte sich halb auf das Pult und nahm die Brille von seiner Nase. »Ich werde Sie nicht zum Reinigen der Instrumente verdonnern, also schauen Sie nicht so angespannt.«

Seine direkten Worte entlockten mir ein schiefes Grinsen. Seit ich es geschafft hatte, ein paar Noten herauszubekommen, war zwischen Mullbear und mir ein gewisses Verständnis füreinander entstanden. In den praktischen Stunden musste er nur einen Blick auf mich werfen, um zu wissen, ob ich spielen würde oder nicht, und drängte mich nicht dazu, wenn ich keine Musik besaß. Es war seltsam, aber er schien zu verstehen, dass es Tage gab, an denen meine Dämonen einfach zu laut waren. An denen ich wieder daran dachte, dass es gefährlich war, sich der Musik zu verschreiben, weil ich nicht wie Mam dafür alles andere hintenanstellen, sondern für Trix da sein wollte. An denen der Gedanke an meine Mutter selbst zu schmerzhaft war. Genauso wie er die Stunden erkannte, wenn sich die Vorstellung, Musiker und ein guter Vater zu sein, in meinem Kopf gar nicht so widersprüchlich anfühlte und genügend Raum für das Spielen ließ.

Vor ein paar Tagen hatte er mir wortlos einige zusammengeheftete Notenblätter gereicht und nur knapp genickt, als ich sie heute Vormittag gespielt hatte. Ich wusste nicht genau, was ich davon halten sollte, aber langsam bekam ich das Gefühl, dass Mason genau das gemeint hatte, als er von der *Symbiose* am Lakestone Campus gesprochen hatte. Das Miteinander zwischen Studierenden und den Professorinnen und Professoren war mehr als eine nüchterne Beziehung samt Lernauftrag. Es wurde aufeinander geachtet.

»Worum geht es dann?«

»Sie waren am Mittwoch im Abstellraum. An dem alten Klavier. Und das nicht zum ersten Mal.« Sein Tonfall war undurchsichtiger als jedes Pokerface.

Stumm sah ich ihn an, wartete auf seine Reaktion und schüttelte schließlich den Kopf. »Es tut mir leid, wenn …«

»Sie missverstehen mich, Mr Holloway. Das ist keine Anklage, es ist pure Verwunderung.«

»Verwunderung?«

»Die Instrumente unserer Fakultät können jederzeit von den Studierenden zu Übungszwecken genutzt werden – das hätte man

Ihnen eigentlich in der Einführungswoche mitteilen müssen. Dieses Angebot umfasst *alle* Instrumente und Sie entscheiden sich ausgerechnet für das schlechtgestimmteste Klavier, das seit Jahren entsorgt werden soll. Bei Ihrem Talent und mit Ihrem Gehör … hat mich die Wahl ihres Instruments verwundert.«

Nein, das hatte ich nicht gewusst. Da ich die Einführungen versäumt hatte, war ich fälschlicherweise davon ausgegangen, dass es sich hier wie in Dublin verhielt. Dass man sich anmelden und auf Wartelisten eintragen musste oder nur in den Vorlesungen spielen konnte.

Oder wahlweise nachts, wenn man sich reinschlich.

Aber selbst wenn ich es gewusst hätte … vermutlich hätte ich mich wieder für das ramponierte Klavier entschieden. Wegen Mam.

»Gut zu wissen«, gab ich leise zurück und steckte die Hände in die Hosentaschen.

»Haben Sie sich nur deswegen an das Instrument gesetzt? Weil Sie es nicht besser wussten?«

Ich dachte darüber nach zu lügen, doch etwas in seinem Blick hielt mich davon ab. »Es hat mich an jemanden erinnert.«

Der Professor nickte langsam. »Das habe ich mir gedacht. Die Emotionen in ihrem Stück waren nicht zu überhören. Mein Büro ist direkt darüber, wissen Sie, und obwohl das Klavier hoffnungslos verstimmt ist, war ihr Spiel nie besser.«

»Danke, Sir.« Ich schluckte, weil er mich noch immer mit dieser unverblümten Direktheit musterte. Als könnte er unmittelbar in die Dunkelheit blicken, die mir gleichermaßen die Musik stahl und in die Hände legte. »Wäre das alles?«

»Ja. Wie bereits erwähnt, ich war nur neugierig, danke für Ihre Offenheit.«

Ich nickte und drehte mich um, als mir doch noch etwas in den Sinn kam. »Meine Meinung zählt vermutlich nicht viel in dieser Angelegenheit, aber … entsorgen Sie das Instrument nicht.«

Überrascht sah er mich an, während sich ein Netzwerk von Fältchen um seine Augen herum ausbreitete, ohne dass sich seine Lippen verzogen. »Ich werde darüber nachdenken. Und Mr Holloway? Ich freue mich schon auf den Tag, an dem Sie endlich verstehen werden, dass Ihre Meinung zählt. Genauso viel wie jede andere.«

***

Als ich aus dem Altbau trat, war die Sonne bereits untergangen und das einzige Licht kam von den verschnörkelten Laternen auf dem Campus. Noch immer war die Luft feucht und schwer, aber zumindest hatte sich der Dauerregen endlich aufgelöst. Andernfalls wäre mein Plan für morgen wortwörtlich ins Wasser gefallen. Zumindest Plan A.

Wenn ich eines in meiner Zeit als Vater gelernt hatte, dann, dass man immer eine zweite Option in der Hand haben musste und am besten gleich noch eine dritte. Denn Kinder verhielten sich nie wie erwartet. Manchmal war ich mir sogar ziemlich sicher, dass es Trix geradezu drauf anlegte, mich mit plötzlichen Stimmungsumschwüngen herauszufordern. Einfach, um zu sehen, wer gewinnen würde.

Der Gedanke ließ mich unwillkürlich schmunzeln, während ich die Stufen runterlief und im Gehen nach meinem Handy griff. Dann trat mir plötzlich jemand ohne Vorwarnung in den Weg.

»Scheiße, was …?« Den Rest des Satzes schluckte ich runter, als ich die Person vor mir erkannte. »Hattest du nicht gesagt, ich solle mich verpissen?«

Greyson Abbot verzog freudlos die Lippen, ehe er die Arme vor der Brust verschränkte und zurück in Richtung Altbau nickte. »Können wir reden?«

Mein erster Impuls war es, mit irgendeiner sarkastischen Bemerkung zu antworten, doch der Ausdruck auf seinen Zügen hielt mich davon ab. Greyson Abbot sah scheiße aus, um es unverblümt zu sagen. Als hätte er nächtelang nicht geschlafen und sich einen Drink nach dem anderen hinter die Binde gekippt. Statt eines schicken Anzugs trug er heute eine schwarze, ausgeblichene Jeans und einen dunkelgrünen Sweater und irgendwie ... wirkte er trotz seines derangierten Zustands zum ersten Mal greifbar.

Und seltsam verletzlich.

Gott, hast du dir mal selbst zugehört?

Manchmal gingen mir meine Vater-Instinkte wirklich auf die Nerven.

Ich schluckte meinen bissigen Kommentar runter und neigte den Kopf. »Kurz. Ich habe nicht viel Zeit.«

Das schien Greyson zu genügen, denn er setzte sich ohne ein weiteres Wort in Bewegung und führte mich zurück in das älteste Gebäude des Campus. Schweigend gingen wir durch den großzügigen Eingangsbereich bis zu der breiten, steinernen Treppe, die die Etagen miteinander verband. Greyson vor mir, ich ein paar Meter dahinter, stiegen wir Stockwerk um Stockwerk hoch, bis wir das oberste Geschoss erreicht hatten. Soweit ich wusste, befanden sich hier die Theorieräume der Kunstfakultät und ein paar Büros, doch Greyson schenkte keiner der Türen Beachtung. Erst, als wir am Ende eines Nebengangs ankamen, wurde er langsamer und stieß dann eine unscheinbare Holztür auf, die zu einer weiteren Treppe führte. Schmal, mit dunklen, ausgetretenen Stufen und verflucht steil.

»Wo genau bringst du mich eigentlich hin, Abbot?«

»An einen ungestörten Ort«, erwiderte er oben angekommen, ehe er in die Hocke ging und eine der Dielen anhob. Nur einen Moment später hielt er einen geschwungenen Schlüssel in der Hand und öffnete damit den Zugang vor uns. Als wären wir in einem von Trix' Märchenbüchern gelandet.

»Du willst mich doch verarschen …«, brummte ich und stieß beinahe noch in derselbe Sekunde einen leisen Fluch aus, als ich begriff, wo er mich hingeführt hatte. Wir befanden uns im Dachstuhl des Altbaus, mächtige Balken durchspannten den Raum, dessen spitze Decke sich irgendwo über unseren Köpfen verlor. Ein großes, buntes Rosettenfenster ließ das Licht der Laternen von draußen in unzähligen Farben herein und vermischte sich mit dem gedämpften Leuchten einzelner Glühbirnen und Lichterketten. Es gab einige durchgesessene Sofas und Couches, bunte Teppiche, einen Plattenspieler und mehr Sitzkissen und Decken als auf einem arabischen Basar.

»Was zum Teufel ist das hier?«, sprach ich das Erste aus, was mir in den Sinn kam, und verfolgte, wie Greyson erst zu einer Kommode aus rötlichem Kirschholz ging, ein Feuerzeug herausnahm und sich dann auf ein altes Chesterfieldsofa setzte.

»Ein Raum, von dem nicht viele wissen. Manche nennen ihn *den geheimen Raum*, pathetisch, ich weiß. Ab heute kannst du dich zu den privilegierten Eingeweihten zählen, Holloway. Glückwunsch.« Greyson zündete sich eine Zigarette an und deutete auf den passenden Sessel gegenüber. »Setz dich doch, Kace.«

Ich zeigte ihm den Mittelfinger, ließ mich jedoch nieder. Auf der Kante des Polsters ihm gegenüber, die Ellenbogen auf den Knien, den Blick fest auf Greyson geheftet. »Du wolltest reden.«

»Und du willst meine DNA.«

Warum nur hatte ich das Gefühl, dass das hier unfassbar anstrengend werden würde?

Um seine Mundwinkel herum zuckte es, dann blies er den Rauch aus und richtete sich ein wenig auf. »Überspringen wir das und kommen direkt zum Punkt. Ich gebe es nicht gerne zu, aber, fuck, ich glaube, du hast recht.«

»Womit?«

Das Lächeln rutschte von seinen Zügen, wich wieder dieser verwirrten Miene, die seine grauen Augen verdüsterte. »Dass mein Vater mehr Leichen im Keller hat, als uns seine makellose Fassade vermuten lässt.«

Leichen?

»Woher der Sinneswandel?« Meine Stimme klang ruhig, beinahe tonlos, als ich das fragte.

Ich war nach Seattle gekommen, um genau diese Antwort zu bekommen, und jetzt, wo ich nur danach zu greifen brauchte, fürchtete ich mich davor. Diese Furcht hatte kein Gesicht, ich wusste nicht, ob ich Angst davor hatte, dass Mam recht gehabt hatte, oder ob es ein weiteres Nein war, das mir diese Scheißangst in den Magen trieb. Ein Nein, das bedeuten würde, niemals eine Antwort auf die Frage nach meinem Vater zu bekommen. Aber was auch immer es war, es ließ Übelkeit in mir aufsteigen.

Greysons Schultern waren deutlich verkrampfter als noch Momente zuvor, als er sich vorbeugte und seine Zigarette in einem Aschenbecherglas ausdrückte, das einmal saure Gurken beinhaltet hatte. »Sagen wir, ich habe eins und eins zusammengezählt. Ich mag nicht auf diese Universität gehen, aber ich bin nicht blöd. Du siehst ihm ziemlich ähnlich, Holloway.« Ich öffnete den Mund, doch Greyson überging mich geflissentlich. »Das ist mir schon vor Dads Büro aufgefallen, nur war mein erster Gedanke nicht, dass du eines von seinen kleinen Geheimnissen bist. Menschen sehen sich ähnlich, vollkommen fremde Menschen haben manchmal dieselben Züge, so was passiert.«

Ich biss die Zähne aufeinander und lehnte mich im Sessel zurück. »Und was hat dich dann darauf gebracht, dass ich eines von Abbots *kleinen Geheimnissen* bin?« Unverhohlene Schärfe lag in meiner Antwort, eine Warnung, dass Greyson seine Worte mit Bedacht wählen sollte. Und die ihm genauso am Arsch vorbeiging wie die wachsende Spannung im Raum.

»Reiner Menschenverstand. Bei unserer zweiten Begegnung ist mir das Muttermal aufgefallen – nicht, dass das irgendetwas beweist – aber zusammen mit deiner Frage nach meinen nicht vorhandenen Geschwistern …« Schulterzuckend zog er die Beine auf die Couch und legte sich hin, sodass sein Blick hoch zum Gebälk glitt. »Keine Ahnung, das hat irgendwie in meinem Hinterkopf gejuckt. Nicht zu vergessen dein oscarreifer Auftritt, um nach der Probe für einen Gentest zu fragen. Keine Ahnung, ob da etwas dran ist, aber ich würde meine Hand nicht für das Ergebnis des Tests ins Feuer legen. Weder für ein Ja noch für ein Nein.«

Mein Puls hallte unnatürlich laut in mir wider, langsam, jeder einzelne Schlag wie ein Dröhnen, das mich zusammenzucken ließ. »Warum hast du dich dann wie ein Arschloch aufgeführt?«

Ruckartig sah er zu mir. »Was denkst du denn? Das hat mich kalt erwischt, okay? Ich habe gerade schon genug Mist mit meinen Eltern, der mir die Nerven raubt, und dann kommst du plötzlich und lädst ungefragt die nächste Fuhre direkt vor meinen Füßen ab. Wir alle haben unsere Grenzen.«

Fluchend fuhr ich mir durch die Haare. »Was soll das bedeuten?«

»Das geht dich nichts an, Holloway.«

»Anscheinend schon, wenn ... Abbot ...« Gott, das war so was von abgefuckt.

Greyson lächelte kalt. »Wenn Harvey Abbot dein Vater ist? Du mein Bruder? *Halb*bruder? Wir plötzlich eine glückliche, kleine Patchworkfamilie sind?«

Ich spannte nur den Kiefer an, Greyson schüttelte den Kopf und blickte wieder an die Decke.

»Aktuell sind wir gar nichts und solange dieser Test nichts anderes sagt, wird das so bleiben.« Blind tastete er nach der Zigarettenpackung neben sich auf dem Polster. »Und wenn *doch* – keine Ahnung, Holloway. Keine beschissene Ahnung.«

Meine Anspannung ließ ein wenig nach, als ich die Regungen in Greysons Stimme erkannte. Dieselbe Ungewissheit, dieselbe Wut, dieselbe Verwirrung, die ich beim Lesen von Mams Brief verspürt hatte – und noch immer in mir trug. Er und ich mochten nicht auf einer Wellenlänge sein, aber wir saßen sprichwörtlich und unfreiwillig im selben Boot, das im Augenblick in keine eindeutige Richtung zu steuern schien.

»Wir müssen uns jetzt keine Gedanken über etwas machen, das womöglich keine Rolle spielt«, meinte ich schließlich und fuhr mir über das Gesicht. »Und nur damit das klar ist, ich habe kein Interesse an einer *glücklichen, kleinen Patchworkfamilie*, Abbot, ich habe bereits eine Familie und mehr brauche ich nicht.«

»Ich wusste gar nicht, dass du so defensiv klingen kannst.«

»Fick dich.«

Greyson schob sich lachend die nächste Zigarette zwischen die Lippen. Dann wurde sein Gesicht wieder ernst, auf eine beinahe nachdenkliche Art und Weise. »Wie ist deine Mom so?«

Ich konnte nicht sagen warum, aber aus irgendeinem Grund antwortete ich ehrlich. Ohne Sarkasmus. Ohne scharfen Kommentar. »Sie war der beste Mensch, den ich kannte. Mit vielen Fehlern, den Gedanken in den Wolken und voller Musik, aber eben der beste Mensch.«

Neuer Rauch stieg in die Luft auf, als Greyson einen Zug nahm und sich meine rauen Worte durch den Kopf gehen ließ. »Tut mir leid, dass du sie verloren hast. Sie klingt nach einer großartigen Mutter.«

»Danke«, erwiderte ich und lehnte mich in die Polster zurück. »Was ist mit deiner?«

»Darauf willst du nicht wirklich eine Antwort, glaub mir. Sie und Dad …« Mit einem leisen Knurren vergrub er die Finger in seinen Haaren. »Mom ist schuld an so ziemlich jedem Scheiß, der passiert ist. Manchmal hasse ich sie dafür.« Seine Stimme vermischte sich mit dem Rauch, wurde leise, durchscheinend, als würde er fürchten, dass ich sonst den Schmerz darin bemerken würde. Zum ersten Mal wurde mir klar, dass hinter Greysons Arschloch-Art genauso ein Grund steckte wie hinter meiner schlechten Laune. Wir alle hatten unsere Geschichten und wir alle versuchten, irgendwie darin klarzukommen, ohne zu ertrinken.

Dann räusperte sich Greyson in das Schweigen hinein und sah wieder zu mir. Die Spuren zurückgehaltener Tränen lagen in seinen grauen Augen, doch als er wieder sprach, war davon nichts zu hören. Nur unterdrückte Gefühle und ein schneidendes Lächeln.

»Also, was brauchst du, Holloway? Einen Zehennagel? Eine Speichelprobe? Ein Stück Haut? Spuck's aus, damit wir diesen Wahnsinn so richtig ins Rollen bringen können.«

Vielleicht waren Greyson und ich uns doch ähnlicher, als ich angenommen hatte. Ganz gleich, wie das Ergebnis dieses Tests aussehen mochte.

KAPITEL 26

Delicate – Taylor Swift

Brynn

»Du hast mir immer noch nicht verraten, was wir eigentlich vorhaben.« Ich sah Kace, der neben mir lief, von der Seite an. »Gib mir irgendeinen Hinweis, komm schon.«

Kaces Lippen zuckten, dann schüttelte er bloß den Kopf. Auf eine selbstzufriedene Art und Weise, die mich nur noch mehr anspornte. »Es macht mir viel zu viel Spaß, dich zappeln zu sehen, Numbers.«

»Du bist ein grausamer Mensch, Kace Holloway«, entgegnete ich und stieß ihn mit der Schulter an, ohne langsamer zu werden. »Oder du hast insgeheim Angst, dass ich sofort dahinterkomme und deinen Plan kaputtmache.«

Dieses Mal war er es, der zu mir schaute. Ein wenig irritiert und noch immer grinsend. »Würdest du nicht.«

»Wollen wir wetten?«

»Oh, diesen Weg sind wir schon gegangen und ich mache vielleicht viele Fehler, aber mich auf eine weitere Wette mit dir einlassen werde ich ganz sicher nicht.«

Die Ampel vor uns sprang auf Rot und wir blieben stehen. Mir war bereits aufgefallen, dass Kace immer dann hielt, wenn Kinder anwesend waren, und sich ansonsten nicht mit so etwas Banalem wie Rot und Grün aufhielt. Vermutlich war ihm das nicht einmal bewusst, aber Gesten wie diese verrieten eine Menge über ihn. Und darüber, was für eine Art Vater er für Trixie war. Zu meiner Überraschung war sie nicht bei ihm gewesen, als wir uns wie verabredet auf dem Campusgelände getroffen hatten, und ein Teil von mir kam nicht umhin, ein wenig enttäuscht darüber zu sein, auch wenn ich es verstand. Das, was da zwischen Kace und mir entstand … hatte keinen Namen. Wir wussten nicht, wohin es führen würde oder ob es nur eine *Phase* war, und seine Tochter mit ins Spiel zu bringen, würde etwas verändern. Wie genau wusste ich nicht, aber vielleicht war Kace der Meinung, dass wir für diese Veränderung noch nicht bereit waren. Und das akzeptierte ich.

Es war Samstagvormittag und nach dem Dauerregen der letzten Tage schafften es heute endlich wieder ein paar Sonnenstrahlen durch die Wolken. Allerdings hatte ich keine Ahnung, ob das Wetter gut oder schlecht für unser Vorhaben war, denn wie gesagt, ich wusste nicht, wohin wir unterwegs waren. Kace hatte mich auf dieses Date eingeladen – nicht, dass er es so genannt hatte – und nicht viel mehr verraten, als dass Jeans und Sweatshirt ausreichten und ich mein *Gewölbe-Outfit* im Schrank lassen konnte. Es wäre eine Lüge gewesen, hätte ich behauptet, heute Morgen nicht zumindest kurz mit dem Gedanken gespielt zu haben, genau aus diesem Grund eines meiner Kleider anzuziehen. Aber letztlich hatte meine Vernunft gesiegt. Denn auch wenn die Sonne schien, waren es nur knapp fünfzehn Grad. Der Seattler Frühling in seiner ganzen Pracht.

»Schade, du verpasst etwas. Es könnten wirklich interessante Einsätze dabei herausspringen«, meinte ich mit etwas Verzögerung.

»Du hast das also bereits zu Ende gedacht?«

»Wundert dich das?«

»Nicht wirklich. Nicht bei dir.« Sein Grinsen wurde noch ein wenig breiter und ließ die sonst so dunklen Sprenkel seiner Augen heller wirken. Und meinen Magen zuverlässig in dieses seltsame Kribbeln verfallen, das einzig und allein für diese seltenen Momente reserviert war. Wenn die Schatten und Gedanken gänzlich aus seinen Zügen verschwanden, wenn er unbeschwert schien und nicht, als wären da unzählige Dinge, die ihn wie unsichtbare Gewichte zu Boden drückten.

Wir blieben an der nächsten Ampel stehen und setzten unseren Weg kurz darauf fort. Kace führte mich zielstrebig durch die größtenteils wie ein Schachbrett angeordneten Straßen und bog zwischendurch immer wieder rechts und dann links ab. Langsam, aber sicher kam es mir so vor, als würden wir …

»Wir gehen im Kreis«, sprach ich meine Gedanken nur eine Sekunde später laut aus und sah ihn angemessen empört und verwirrt von der Seite an.

Kace hatte die Nerven, leise zu lachen. »Ich hatte angenommen, dass dir das früher auffällt.«

Ich rümpfte die Nase, konnte ein Lächeln jedoch nicht ganz zurückhalten. »Warum tun wir das?«

Achselzuckend steckte er eine Hand in die Tasche seiner dunklen Jeans. »Ich, weil ich dich gerne auf den Holzweg führe, und du, weil du mir bisher einfach hinterhergelaufen bist, ohne dich zu beschweren.«

»Ich laufe dir nicht … okay, vergessen wir das. Freut mich, dass du deinen Spaß hast.«

»Wie selbstlos du doch bist, Numbers. Na komm, wir haben einen wichtigen Termin, den wir nicht verpassen sollten.«

»Ach, jetzt haben wir also ein Ziel, das wir auch noch mit Zeitdruck erreichen müssen?«

»Ich habe nie etwas anderes behauptet.« Kace griff nach meiner Hand und lenkte mich in die nächste Querstraße. Mehr instinktiv als wirklich bewusst verschränkte ich meine Finger mit seinen und spürte, wie sich Wärme von dort über meinen Körper ausbreitete. Wärme, die meine Haut prickeln und meine Wangen glühen ließ. Klar, wir hatten uns schon geküsst, ich hatte auf seinem Schoß gesessen und sehr viel mehr von ihm gefühlt als jetzt und doch … fühlte sich das hier intensiver an. Intimer. Und richtig.

Insgeheim hatte ich vermutet, dass wir ans Meer gehen würden. Harlow hatte mir verraten, dass es dort einige schöne Cafés gab und unten am Pier sogar einen kleinen Jahrmarkt mit Riesenrad, doch als wir das Ende der Straße erreicht hatten, stellte ich fest, dass wir uns nur wenige Blocks vom Lakestone Campus entfernt befanden.

Ich wandte mich zu Kace um. »Sag mir nicht, dass der Campus die ganze Zeit über dein Plan gewesen ist.«

»Wenn dich das beruhigt, nein, die Uni ist nicht unser Ziel.« Sanft, aber bestimmt zog er seine Hand aus meiner, griff nach meinen Schultern und drehte mich mit sich, bis ich direkt vorm Eingang des Parks stand, in dem die Space Needle in den Himmel ragte. Mein Puls beschleunigte sich. Weil ich verstand, was er mir mit dieser Geste sagen wollte, und weil seine gesamte Brust nun an meinem Rücken lag. So nah, dass ich seinen Herzschlag spüren konnte. Schnell, kräftig und ein wenig wie das Echo meines eigenen.

»Woher hast du gewusst, dass ich unbedingt herkommen wollte?«, flüsterte ich und folgte der glänzenden Linie des Wolkenkratzers bis hinauf zu seiner Spitze.

Kaces warmer Atem strich über meinen Nacken. »Du hast es mir verraten, ich musste nur zuhören.« Ich konnte sein Gesicht in diesem Moment nicht sehen, aber ich spürte sein Lächeln, konnte das Funkeln in seinen blauen Augen förmlich vor mir sehen. Die Spur von Selbstgefälligkeit darin, und die Zärtlichkeit.

»Erst hatte ich an das höchste Gebäude Seattles gedacht«, fuhr er dann mit leiser Stimme fort, während wir beide unverwandt auf die berühmteste Sehenswürdigkeit schauten. »Das Columbia Center. Dort ist man dem Himmel und Weltraum in der Stadt am nächsten, aber dann habe ich mich an diesen einen Abend nach der Party im Gewölbe erinnert. Wir sind hier vorbeigekommen und dein Blick ist zu der Needle gewandert. Nur ganz kurz, aber ich habe sie trotzdem gehört. Deine Gedanken, den Wunsch darin.«

Ich biss mir auf die Unterlippe und wandte mich in Kaces Armen um, sah ihn an, während um uns Touristen und Einheimische die Stille füllten. »Immer, wenn ich glaube, ich hätte dich durchschaut, überraschst du mich aufs Neue, Kace Holloway.«

Einen Mundwinkel gehoben hauchte er mir einen Kuss auf die Stirn und nahm dann wieder meine Hand. »Ich könnte das Gleiche über dich sagen.«

Gemeinsam gingen wir zum Eingang und stellten uns zwischen den anderen in die Schlange. Kace hatte an alles gedacht, die Tickets bereits auf dem Handy und nur ein paar Minuten später quetschten wir uns auch schon mit etwa zwanzig Menschen in den kleinen Aufzug. Die Fahrstuhlführerin rasselte in einer enormen Geschwindigkeit Fakten über Seattle und die Needle herunter, während wir in die Höhe rasten. Mein Magen kribbelte und ich drückte Kaces Finger unwillkürlich fester. Ich hatte keine Angst, aber ein wenig mulmig war mir schon zumute, wo die Welt vertikal an den kleinen Fenstern vorbeizog, immer kleiner wurde.

»Was meinst du, wie schnell sind wir unterwegs?«, wisperte Kace an meiner Seite.

Abrupt riss ich mich vom Fenster los. »Hm, wenn man die Sekunden zählt und abschätzt, wie viele Meter der Aufzug zurücklegt … ich würde sagen, etwa vier Meter in der Sekunde. Die Frau hat gerade gesagt, dass die Aussichtsplattform auf gut einhundertsechzig Metern liegt. Berücksichtigt man die Tatsache, dass der Aufzug ja auch bremsen und beschleunigen muss … komme ich auf grob dreiundvierzig Sekunden Fahrtzeit.«

Auf seinen Zügen breitete sich ein schiefes Grinsen aus, genau in dem Augenblick, in dem wir die Plattform erreichten und sich die Türen öffneten. »Korrekt, Numbers. Dreiundvierzig Sekunden, genau wie die Anzeige verraten hat.«

»Du … du hast mich rechnen lassen, obwohl du das Ergebnis schon kanntest?« Ich runzelte die Stirn, dann begriff ich. »Um mich abzulenken.«

»Du hast gewirkt, als könntest du eine Ablenkung gebrauchen.« Er legte einen Arm um meine Schultern und hielt mich kurz zurück. »Vielleicht hätte ich vorher wegen der Höhe fragen sollen.«

»Nein, alles gut. Es war eher der Aufzug als die Höhe. Ich liebe Aussichtspunkte, nur der Weg nach oben ist immer so eine Sache.«

Nachdenklich fuhr er sich über das Kinn. »Ich meine, dass es sogar eine Wendeltreppe gibt. Womöglich machen sie für dich eine Ausnahme und lassen dich sie benutzen.«

Darauf gab ich ihm keine echte Antwort, sondern stupste ihm nur mit meinem Ellenbogen in die Seite und zog ihn dann in Richtung Ausgang. Kaum, dass wir durch die Tür getreten waren, erfasste uns auch schon ein kühler Wind, der an unserer Kleidung zupfte. Doch vermutlich hätte es auch ein Hurrikan sein können und ich hätte ihm nicht mehr Beachtung geschenkt, denn meine gesamte Aufmerksamkeit wurde längst von dem Ausblick gefangen genommen.

Die Stadt erstreckte sich nach Norden und Süden, im Westen wurde sie von der Elliott Bay und im Osten von Bergen und Natur flankiert. Meine Füße trugen mich bis zum Geländer, ohne dass es eine bewusste Entscheidung gewesen wäre. Näher heran an die Stadt, von der ich jahrelang geträumt hatte. Ich konnte nicht glauben, dass ich nun wirklich hier oben stand, auf die vielen hohen Gebäude, zwischen denen kleinere Bauten aus Backstein hervorlugten, herabsah. Ich konnte sogar den Pier und den Lakestone Campus von hier oben entdecken. Alles schien so winzig, wie eine andere Welt. *Meine Welt.*

Lächelnd legte ich mir eine Hand auf mein klopfendes Herz, während sich Tränen in meinen Augen sammelten. Meine Familie irrte sich. Ambers Worte waren nicht wahr. Ich gehörte nicht nach Oxford, mein Platz war hier.

Kace trat erst jetzt wieder näher an mich heran, als hätte er gespürt, dass ich in diesem Moment ein wenig Raum brauchte, und legte mir seine schwarze Jeansjacke über die Schultern.

»Ziemlich beeindruckend, hm? Man fühlt sich ganz klein, auf eine gute Weise. Als wären unsere Probleme hier oben nichts als winzige Sorgen in dieser großen Stadt.«

Ich nickte. »Klingt, als wärst du schon einmal hier oben gewesen.«

»Vor zwei Wochen, ja. Mit Trix. Allerdings waren es kaum fünf Minuten. Wie sich herausgestellt hat, ist Höhe nichts für Trixie. Das Flugzeug war kein Problem, aber hier oben ist sie ganz blass und still geworden. Untypisch. Deswegen habe ich sie heute auch nicht mitgenommen.«

Nun drehte ich mich doch zu ihm um. »Wir hätten doch auch etwas anderes unternehmen können.«

Sanft schob er eine Strähne hinter mein Ohr und umfasste dann meine Wange. »Trix ist bei ihrem Freund Joel und konnte nicht schnell genug dort sein.«

Mir fiel der leichte Schatten auf, der dabei über seine Miene flog. »Du vermisst sie.«

»Immer und in jeder Sekunde«, erwiderte er mit rauer Stimme. »Vor Seattle haben wir mehr Zeit miteinander verbracht, weil es nicht anders ging, und auch wenn es anstrengend und nervenaufreibend ist, Vater zu sein, und ich ständig an mir selbst zweifle, liebe ich jede Sekunde davon. Vermutlich ist das nicht gerade das perfekte Thema für ein Date.«

Ich schmiegte mich enger an Kace und blickte zu ihm auf. »Ich denke nicht, dass es dafür feste Regeln gibt. Trixie ist das Wichtigste in deinem Leben und du … bist mir sehr wichtig. Damit ist alles geklärt.«

Einen Augenblick lang schien es, als wollte er noch etwas entgegnen, dann drückte er jedoch nur einen Kuss auf meinen Scheitel. Und diese Geste sagte mehr, als es jede Antwort getan hätte.

***

Wir liefen Hand in Hand zweimal über die kreisförmige Aussichtsplattform und fanden immer neue Details in dem gewaltigen Panoramabild vor uns. Kace deutete auf den in der Ferne liegenden Mount Rainier, ich entdeckte das Restaurant, in dem Bea arbeitete, und den Pike Place Market, dem ich endlich einen Besuch abstatten musste. Einvernehmlich gingen wir irgendwann zurück zu einem der Aufzüge, der uns wieder auf den Boden brachte. Ein wenig fühlte es sich so an, als würde man von einer Realität in eine andere zurückkehren, und ich fragte mich, ob Astronauten und Astronautinnen sich genauso fühlten, wenn sie nach langer Zeit wieder auf der Erde landeten.

»Hast du Hunger?«

Ich löste den Blick von der Space Needle und begegnete dem ruhigen Blau seiner Augen. Kace war schön. Wenn er mit sich selbst kämpfte, sich zurückzog, aber noch viel mehr in diesem Moment. Wo er sich zeigte, ohne Dunkelheit. *Alle Sterne einer Galaxie.*

Ich räusperte mich und zog seine Jeansjacke enger um meine Schultern. »Schwebt dir etwas Bestimmtes vor?«

»Du meintest, du hättest den Pike Place Market noch nicht gesehen. Mason hat erzählt, es gibt dort einen guten Italiener. Oder wir holen uns etwas und gehen ans Wasser.«

»Für mich ist beides fein, wir könnten ja …«

Das Klingeln eines Telefons ließ mich verstummen.

»Das ist Susie, da muss ich rangehen.« Entschuldigend sah Kace mich an.

»Kein Problem«, gab ich zurück und meinte es auch so.

Kace strich mit dem Daumen über meinen Handrücken, dann holte er sein Handy raus und nahm den Anruf entgegen. »Hey, Susie, was gibt's?« Eine weibliche Stimme, deren Worte ich nicht verstehen konnte, sagte etwas, was Kace erst nicken und dann die Stirn runzeln ließ. »Mach dir keinen Kopf. Ich bin sofort da.« Dann hatte er aufgelegt, die tiefen Furchen blieben.

»Alles okay?«

Seufzend steckte er das Smartphone weg und fuhr sich durch die Haare. »Es tut mir leid, aber ich fürchte, ich muss zurück. Trix hat … Keine Ahnung, wie ich das erklären soll.«

Ich stellte mich vor ihn und suchte sein Gesicht nach Anzeichen dafür ab, dass irgendetwas Schlimmes passiert war. »Geht es ihr gut?«

»Ja«, antwortete er sofort und endlich entspannte sich seine Haltung wieder. »Vielleicht sogar etwas zu gut. Tut mir leid, dass aus dem Essen nichts mehr wird.«

»Hey, alles gut, Kace. Noch habe ich den Wettbewerb nicht in den Sand gesetzt, du hast mich also noch ein bisschen an der Backe. Wir holen das einfach irgendwann nach.« Mit leicht schief gelegtem Kopf zwinkerte ich ihm zu.

»Oder du kommst … mit.«

»Mit?«

»Wenn du möchtest. Allerdings sollte ich dich warnen. Trix ist laut Susie in einem absoluten Zuckerhoch und hat deswegen mit großer Wahrscheinlichkeit mehr Energie, als gut für sie ist.«

»Damit komme ich schon klar, Kace.« Ich lachte leise und hakte mich bei ihm unter. »Ist das wirklich okay für dich? Dass ich … Trix kennenlerne? Denn wenn nicht …«

Kace legte beide Hände an mein Gesicht und hob es ein wenig an, sodass wir einander direkt in die Augen sahen. »Ich möchte ein stabiles, sicheres Umfeld für meine Tochter. Sie hat schon viel verloren, viel erlebt und … sie verdient das Beste, verstehst du? Immer das Beste, was ich ihr geben kann.«

Kaum merklich nickte ich, während seine Worte, die bedingungslose Liebe und Ehrlichkeit dafür sorgten, dass sich die Härchen an meinen Armen aufstellten.

»Und du bist … eines der besten Dinge, die mir in der letzten Zeit widerfahren sind, Brynn. Ich kann es nicht an einer Sache festmachen, es ist … das bist einfach du. Deswegen ja. Ja, ich bin mir sicher, weil ich dir vertraue.«

Ich schluckte, dann stellte ich mich auf die Zehenspitzen und presste meinen Mund auf seinen. Ihm entwich ein leises Stöhnen, dann lag eine seiner Hände an meiner Taille, zog mich enger an sich, bis ich die Hitze zwischen uns überall spüren konnte und mir schwindelig davon wurde. Mein Magen flatterte, mein Körper kribbelte, ein bisschen war es so, als wären wir wieder in dem Aufzug, auf dem Weg nach oben. Ungebremst und so schnell, dass es keine Zahlen gab, die dieses Gefühl hätten einfangen können.

KAPITEL 27

Never Look Back – Tom Gregory

Kace

Trix hatte sich selbst übertroffen. Und ich ärgerte mich darüber, dass ich nicht einmal wirklich böse sein konnte. Nicht, wenn sie mich aus leuchtenden Augen ansah und sich auf mich warf, als hätte sie mich zwei Jahre und nicht nur zwei Stunden lang nicht gesehen.

»Daddy!«, rief sie atemlos und drückte sich für einen Sekundenbruchteil an meine Brust, ehe sich Trix auch schon wieder aus der Umarmung kämpfte und auf und ab zu springen begann. Keine Frage, sie hatte definitiv zu viel Zucker gegessen. »Spielen!«

»Gleich, Peanuts. Erst gehen wir nach Hause und dann möchte ich dir jemanden vorstellen«, sagte ich leise und wuschelte durch ihre weichen, dunkelblonden Haare. Von den zwei Zöpfen, die ich ihr heute Morgen gemacht hatte, war nichts mehr übrig.

»Vorstellen?«

Nickend zupfte ich ein Stück … Popcorn aus ihren Strähnen. »Ja, eine Freundin.« Brynn wartete am Treppenhaus auf uns und ehrlich gesagt war ich nervös, wie Trix auf sie reagieren würde. Was ich gesagt hatte, war nicht gelogen, ich war mir sicher, ich wollte, dass Brynn endlich den wichtigsten Menschen in meinem Leben kennenlernte, und dennoch blieb ein Rest Anspannung. Trix war ein offenes Kind, liebte neue Menschen, aber sie war auch sehr feinfühlig. Ich machte mir keine Illusion darüber, dass sie nicht merken würde, wie viel mir Brynn bedeutete, und genau das bereitete mir Kopfzerbrechen. Nach der Sache mit Trix' Mam und meiner Mutter … instinktiv hielt ich sie noch ein wenig fester.

»Tut mir wirklich leid, Kace. Ich war nur kurz auf der Toilette, aber anscheinend hat das gereicht«, meinte Susie mit zerknirschter Miene.

Kurzerhand nahm ich meine zappelnde Tochter auf den Arm und richtete mich wieder im Eingang zu Susies Apartment auf. »Wie gesagt, mach dir keine Sorgen darum. Trix braucht nur eine Millisekunde, um ihren Plänen Taten folgen zu lassen, wenn sie sich einmal etwas in den Kopf gesetzt hat. In diesem Fall dein Süßigkeitenvorrat.«

Joel, Susies Sohn, der die ganze Zeit über um die Beine seiner Mutter gestrichen war, lachte, Trix fiel mit ein. Zucker war ohne Zweifel das Rauschmittel der Kinder. »Süßigkeiten.«

»Davon hattet ihr beide jetzt erst mal genug.« Susie fuhr ihm durch die Haare. »Ich hoffe, die Bauchschmerzen werden nicht zu fies. Falls du etwas brauchst, melde dich.«

Ich winkte ab und wechselte Trix, die immer noch in meinen Armen herumsprang wie ein verfluchter Flummi, auf die andere Seite. »Damit kommen die beiden schon klar. Also, danke noch mal, Susie.«

»Heute solltest du dich wirklich nicht bei mir bedanken.«

»Ich bleibe dabei.« Nachdem wir uns verabschiedet hatten, trat ich mit Trix auf den Flur des Wohnheims, der in ein paar Metern Entfernung eine Biegung machte. Und hinter dieser Biegung wartete Brynn. Ob sie genauso nervös war wie ich? Lautlos sog ich frische Luft in meine Lunge und streichelte über den warmen Rücken meiner Tochter, als müsste ich sie beruhigen und nicht mich. Trix hörte mit dem Gezappel auf, kuschelte sich enger an mich, die großen, braunen Augen direkt auf mich gerichtet.

»Vorstellen«, sagte sie leise, eine kleine Vertiefung zwischen den Brauen.

Ich tippte ihr auf die Nase. »Ist das okay?«

Kurz überlegte sie mit ihrer typischen Ernsthaftigkeit, die mich an ihrem Alter zweifeln ließ. Wenn Trix mich so ansah, mit diesem Blick, in dem so viel Tiefe und Nachdenklichkeit lagen, dann war es schwer zu glauben, dass sie erst zwei Jahre alt war. Und manchmal fürchtete ich, dass ein Teil von ihr längst älter war, als sie sein sollte. Wegen allem, was sie erlebt hatte, gesehen hatte – vor dem ich sie nicht hatte beschützen können –, und ich verfluchte mich dafür.

Komm schon, Kace. Zurück zum Punkt.

Ich biss die Zähne aufeinander und drückte ihr einen Kuss auf die Wange, was sie kichern ließ. Mit Abstand eines meiner liebsten Geräusche.

»Okay, Daddy«, rief sie dann. Einmal leise, ein zweites und drittes Mal immer lauter und überschwänglicher. Der Knoten in meiner Brust löste sich ein wenig.

»Okay«, wiederholte ich und ging im nächsten Moment mit ihr um die Ecke. Das Erste, was mir an Brynn auffiel, waren die roten Flecken auf ihren Wangen und die Art, wie sie ihre Hände hastig an der Jeans abwischte. Und so merkwürdig das vielleicht auch klingen mochte, es beruhigte mich.

Ich nickte Brynn zu, Brynn nickte mir zu, ein kleines Lächeln auf den Lippen, und dann dachte ich nicht mehr nach, sondern verließ mich auf das, was meine Mam einmal *väterliche Intuition* genannt hatte.

»Peanuts«, begann ich und ging mit Trix auf dem Arm in die Hocke, »ich möchte dir gerne jemanden vorstellen. Das ist meine Freundin. Brynn.«

Trixie knabberte an den Holzperlen ihrer Kette und schaute ein paarmal zwischen mir und Brynn hin und her, die ebenfalls in die Knie gesunken war. Ich spürte die Unentschlossenheit und Aufregung in jedem Zentimeter ihres kleinen Körpers, es war beinahe, als würde sie in meinen Händen unter Strom stehen, und es war gut möglich, dass ich die Luft anhielt. Das hier war Trixies Augenblick. Ihre Entscheidung, die ich vollkommen ihr überließ. Aber, Scheiße, ich hoffte, dass ich mich nicht verschätzt hatte. Dass ich den Zeitpunkt richtig gewählt hatte und –

Mein inneres Chaos brach jäh ab, als Trix von meinem Schoß rutschte, die Perlen noch immer zwischen den Zähnen – das musste ich ihr dringend abgewöhnen –, und einen langsamen Schritt in Brynns Richtung machte. Noch nie in meinem Leben waren mir drei verdammte Meter so weit vorgekommen, während meine Tochter immer weiter auf sie zulief und direkt vor ihr stehen blieb. Ich konnte ihr Gesicht nicht erkennen, aber als Trix Brynn plötzlich eine Hand reichte, kam mir ein heiseres Lachen über die Lippen. Erleichterung und Unglaube.

»Trix«, sagte mein laufender Meter und schüttelte Brynns Finger, die sich hastig auf die Unterlippe biss, um ein Grinsen zurückzuhalten.

»Bry. Freut mich, dich kennenzulernen.«

Trixie schüttelte weiterhin Brynns Hand und stieß dabei ein hohes Kichern aus. Ich wechselte einen schnellen Blick mit Bry, der so viel wie *Keine Ahnung, woher sie das hat* sagte, und hockte mich zu den beiden.

»Wo hast du dir das denn abgeschaut, Peanuts, hm?«

Ich zupfte sanft an ihren Haaren, woraufhin sie mich nur empört ansah und erwiderte: »Macht man so.«

Und damit war alles geklärt.

***

Wie sich herausstellte, brauchte Trixie genau fünfundzwanzig Minuten, um Brynn ihr Herz zu öffnen. Ganz weit und ohne geringste Zweifel. Und obwohl ich Bedenken gehabt hatte, hatte ich letztlich nichts anders erwartet. Schließlich war es mir nicht anders gegangen, dabei hatte ich es Bry nicht einmal besonders leicht gemacht. Und Brynn mit Trix zu sehen, war, als würde flüssige Wärme durch meinen Körper rauschen. Die in die dunklen Löcher sickerte und sie mit etwas füllte, für das mir die Worte fehlten. Mam hätte es beschreiben können, darin war sie immer gut gewesen. Gott, ich wünschte, sie wäre jetzt hier. Würde das hier erleben. Sie hätte Bry wirklich gemocht.

Ich räusperte mich lautlos und wandte mich von der Spüle, in der ich mich um die Reste unseres Frühstücks heute Morgen kümmerte, zum Wohnzimmertisch, wo Trix und Bry knieten und mit Duplo-Steinen skurrile Skulpturen erschufen. Brynn hatte sich die langen, hellen Strähnen zu einem unordentlichen Knoten auf dem Kopf hochgebunden und schien voll und ganz in ihre Diskussion mit einer Zweijährigen versunken zu sein. Eine Zweijährige, die nun einen ganz ähnlichen Bommel auf dem Scheitel trug und so nah an Bry saß, dass sie einander berührten. Als ich Brynn um das Date gefragt hatte, hatte ich das hier ganz sicher nicht im Sinn gehabt. Ich hatte ihr die Stadt zeigen wollen, das gute Essen am Pike Place Market und ein paar Stunden bieten wollen, in denen sie sich um nichts als das Hier und Jetzt Gedanken zu machen brauchte. Denn so locker sie auch immer über den Wettbewerb und ihr Bleiben in Seattle sprach, ich wusste, wie viel ihr das bedeutete und dass es sie alles kosten würde, diesen Traum aufgeben zu müssen.

Doch nun kam es mir beinahe so vor, als wäre das hier genau das gewesen, was Brynn gebraucht hatte. Trixie, die auf ihre liebenswürdige Art und Weise die gesamte Aufmerksamkeit forderte, keinen Raum für anderes ließ und gleichzeitig etwas zurückgab, das mit keinem Geld der Welt aufzuwiegen war. Das Vertrauen eines Kindes, die Zuneigung, das vollkommen ehrliche Lächeln. Einzig und allein für Brynn.

Schmunzelnd fuhr ich mir über das Kinn und fing einen von Brys Blicken auf. Das Verlangen, zu ihr zu gehen, sie an meine Brust zu ziehen und zu küssen, war in diesem Moment beinahe übermächtig. Weil sie uns einfach so akzeptierte. Trix und mich. Weil sie akzeptierte, dass es nicht nur mich gab, sondern meine Tochter dazugehörte. Immer. Und nicht eine Sekunde gezögert hatte.

»Bryyy.« Trix schob sich auf Brynns Schoß und schlug zwei Steine aneinander. »Schloss.«

Lächelnd rückte Bry sie auf ihren Oberschenkeln zurecht und schnappte sich nun selbst die nächsten Duplo-Steine. »Das größte Schloss, das wir bauen können. Nur für dich.«

***

Mit einem letzten Blick auf meine Tochter schloss ich leise ihre Zimmertür und wandte mich dann zu Brynn um, die mit einer Tasse Tee auf dem Sofa saß. »Tut mir leid, dass es so spät geworden ist. Zucker ist wie ein Antischlafmittel für sie.«

Kopfschüttelnd stellte sie den Becher ab und machte etwas Platz. »Ich hätte mir kein besseres erstes Date vorstellen können.«

Ich sah sie zweifelnd an und rutschte neben sie. »Das musst du jetzt sagen, weil Trixie mein Ein und Alles ist. Ich weiß selbst, wie anstrengend eine Spielsession mit einer Zweijährigen sein kann, und diese hatte Überlänge.«

Ihr entwich ein leises Lachen. »Ich hatte wirklich Spaß, Kace. Trix ist großartig, also entspann dich. Und der Pike Place Market rennt uns nicht weg. Eigentlich … habe ich mich sogar sehr gefreut, als Susie angerufen hat. Nicht wegen der Zuckersache, aber …«

»Was meinst du?« Aufmerksam betrachtete ich ihre Züge, als sie das Kinn senkte und eines der Kissen an ihre Brust zog.

»Es ist vermutlich blöd, schließlich habe ich kein Recht darauf, deine Tochter kennenzulernen. Bloß, als sie nicht dabei war …«

»Du hast gedacht, ich hätte meine Meinung geändert? Dass ich dir Trix nicht vorstellen möchte?«

»Ich sagte ja, es ist blöd.«

Nein, es war verflucht noch mal eines der schönsten Dinge, die Brynn je gesagt hatte. Denn es bedeutete, dass sie an allen Aspekten meines Lebens interessiert war. Und das … das hatte ich sehr lange schon nicht mehr erlebt. Die meisten Menschen neigten dazu, sich die besten Stücke herauszupicken und den Rest höchstens zu tolerieren, aber Brynn …

Ich überwand die kleine Distanz zwischen uns und legte eine Hand an ihre Wange, um ihren Blick wieder zu heben. »Danke, Bry.«

»Wofür?«

»Dass du alles von mir möchtest. Dass *alles* für dich okay ist.«

»Kace, natürlich ist das okay. Wir …«

Dieses Mal ließ ich sie nicht aussprechen, sondern verschloss ihren Mund mit meinen Lippen und stahl, was auch immer sie hatte sagen wollen. Ihre Lider senkten sich, als sie meinen Kuss erwiderte und dabei ein leises Seufzen von sich gab. Und dieses Geräusch … jagte direkt durch meinen Körper. Erreichte jeden Winkel, bis ich nur noch ihre warme, seidige Haut unter meinen Fingern spürte, ihren Atem auf meinem Gesicht, der sich merklich beschleunigte, ihren rasenden Puls. Ich ließ meine Finger über ihre Haare wandern, löste das Haargummi, sodass Brys Strähnen über ihre Schultern flossen.

Brynn rutschte auf meinen Schoß, ohne den Kuss zu unterbrechen. Auch mit geschlossenen Augen konnte ich *sehen*, dass sie sich genauso fühlte wie ich. Dass sie genauso in diesem Moment gefangen war. Und vielleicht ebenso wenig aufhören konnte. Oder wollte.

Ihre Hände strichen über meine Schultern, die Seiten entlang nach unten und ließen mich auf angenehmste Weise erschaudern. Es waren so verdammt kleine, leichte Berührungen und dennoch reichten sie aus, um mich alles fühlen zu lassen, jede Zelle zu erreichen, weil es … Brynn war. Weil diese Frau eine Macht über mich besaß, die ich niemals erwartet hätte. Und weil es mir zum ersten Mal seit sehr langer Zeit nichts ausmachte, mich machtlos zu fühlen.

»Okay?«, wisperte sie an meinen Lippen, atemlos, erregt, mit geröteten Wangen, als ihre Fingerspitzen den Saum meines Shirts erreicht hatten.

Ich sah sie an und fuhr mit dem Daumen über ihre geschwollene Unterlippe. Gott, sie war so wunderschön. Mit ihren großen, grünen Augen, dem Leberfleck in ihrem rechten Augenwinkel, den zerzausten blonden Haaren, deren Ansätze eine deutlich dunklere Farbe verrieten.

»Kace?«

Ich schluckte hart gegen das Verlangen an, das meinen Herzschlag in die Höhe trieb und sich in meiner Mitte sammelte. Verlangen, mehr von Brynn zu spüren, sie zu küssen, bis wir unsere Namen vergaßen, bis wir die ganze verfluchte Welt, Vergangenheit und Zukunft vergaßen. Zumindest für ein paar süße Minuten.

Langsam fuhr ich von ihrer Unterlippe über ihren Mundwinkel zu ihrem Kinn und umfasste es sanft. »Alles ist okay, Bry. Alles, was du zu geben bereit bist. Ich habe das ernst gemeint, ich vertraue dir.« Mein Herz geriet kurz ins Stocken, als ich das sagte. Weil es stimmte und weil es viel bedeutete.

Das Rot ihrer Wangen wurde intensiver, ließ ihre grünen Iriden aufleuchten und das Funkeln darin … ich war mir ziemlich sicher, dass sie die wachsende Erektion in meiner Hose längst bemerkt hatte.

»Ich vertraue dir auch, Kace.« Noch einen schnellen Atemzug lang sah sie mir direkt in die Augen, dann presste sie ihre Lippen wieder auf meine und zupfte gleichzeitig an meinem Oberteil. Ich half ihr dabei, mich von dem Stoff zu befreien, und löste mich dabei nur so lange von ihr, wie es brauchte, um das Shirt über meinen Kopf zu ziehen. Brynn kicherte leise, als sich das vermaledeite Ding an einem meiner Ohren verhakte, und hielt sich rasch eine Hand vor den Mund.

»Du findest das witzig?«

»Ein kleines bisschen vielleicht.« Herausfordernd hob sie eine Braue und sog nur einen Sekundenbruchteil später scharf die Luft ein, als ich sie an der Hüfte packte und herumwirbelte. So, dass sie auf dem Rücken unter mir lag, während ich auf meine Hände gestützt über ihr war.

Wieder zog sie die Unterlippe zwischen die Zähne, als wüsste sie genau, was diese kleine Geste mit mir machte, dann hob sie eine Hand und strich über meine nackte Brust. Ich bekam eine Gänsehaut und rührte mich nicht. Weil ich nichts davon verpassen wollte, nicht den hungrigen Ausdruck auf ihren Zügen, nicht die Hitze, die ihre Finger über meine Haut schickten, nicht eine Sekunde. Denn das hier … fühlte sich wie ankommen nach einer verdammt langen Zeit an. Irgendwo zwischen Dublin und Seattle, zwischen meiner Vergangenheit, die mich zu Boden drückte, und der Zukunft, die alles sein konnte, hatte ich mich verloren.

Um genau hier mit Brynn anzukommen.

KAPITEL 28

Middle Of The Night – Elley Duhé

Brynn

Mein Körper fühlte sich an, als würde ich jeden Moment in unzählige Teile zerspringen. Mit Kace über mir, so vielen Emotionen auf seinen markanten Zügen, die sich zu einem einzigen Bild vermischten. Zärtlichkeit und Zurückhaltung, Verlangen und Erregung, Unsicherheit und der Wunsch, das alles hinter sich zu lassen. Ein Wunsch, der auch in mir schlug. Mich einzig und allein in dieses verrückte Etwas zwischen Kace und mir fallen zu lassen, darin abzutauchen und eine ganze Weile nicht mehr nachzudenken. Nur zu fühlen.

Ich wandte den Blick nicht von seinen dunkelblauen Augen ab, während ich die Linien seiner Brust nachzeichnete. Kace war keiner dieser Typen, die aufgepumpt muskulös waren, sondern definiert. Ich konnte jeden einzelnen Muskel erkennen, erspüren, wie sie sich gegen seine glatte, leicht gebräunte Haut erhoben. An seinen Schultern, den Armen, seinem Bauch, und dieses V … Himmel, dieser Mann sorgte dafür, dass sich meine Selbstbeherrschung schneller, als gut für mich war, verabschiedete.

»Brynn«, murmelte Kace zwischen zusammengebissenen Zähnen, als würde es ihm genauso schwerfallen, so zu verharren, nur dieser winzigen Berührung zu folgen. Ich nickte bloß und ließ die Hand sinken, griff stattdessen nach meinem Sweater und zog seinen Saum höher, was im Liegen nicht besonders gut funktionierte. So viel zum Thema *im Moment bleiben*, denn ich spürte bereits wieder, wie das nächste Kichern in mir hochstieg.

»Ich helfe dir.« Kace positionierte seine Knie rechts und links von meiner Hüfte und nahm meine Finger sanft von dem Oberteil, ehe er selbst übernahm. Und dabei jeden einzelnen Zentimeter meines freigelegten Bauchs küsste.

Heilige Scheiße.

Wie Wunderkerzenfunken auf meiner Haut.

Ich presste die Lippen aufeinander, um keinen Laut von mir zu geben, schließlich schlief ein paar Meter weiter ein kleines Mädchen, vergrub die Finger in Kaces dunkelblonden Haaren. Und er blickte nur grinsend auf und fuhr sich mit der Zunge über die Unterlippe, bevor er seine kleine, süße Folter fortsetzte.

Als er an meinem BH ankam, den man kaum so nennen konnte, nachdem er nur aus hellrosa Spitze bestand und damit mehr zeigte, als er verbarg, wurde sein Ausdruck weich. Das Blau seiner Augen verdunkelte sich weiter, sein Mund verzog sich zu einem sanften Lächeln und dann ... begann er, den Stoff, meine Brüste darunter zu küssen. Mit gesenkten Lidern liebkoste er jede Rundung, streichelte dabei über meine Seiten und für mich wurde Atmen auf einmal zu einem Ding der Unmöglichkeit.

»Du bist verflucht schön, Brynn.«

Ich spürte seine Worte mehr, als dass ich sie hörte, und dennoch sanken sie tief. Instinktiv hob ich mein Becken ein wenig an, sodass es gegen seine Mitte drückte. Kace stöhnte unterdrückt, packte ein wenig fester zu.

»Du machst es mir echt schwer, das hier langsam anzugehen, Numbers.«

Ich zog seinen Kopf zu mir, sodass unsere Münder übereinanderschwebten. »Als würdest du mir aus der Seele sprechen.«

»Bry …«

Kaum merklich schüttelte ich den Kopf und richtete mich auf, Kace folgte meiner Bewegung, sodass wir wieder voreinander saßen, ehe ich ihn sanft in die Kissen schubste. Den Blick mit seinem verhakt, zog ich mir nun selbst das Shirt über den Kopf und warf es achtlos irgendwo in die Tiefen des Wohnzimmers, dann griff ich nach dem Verschluss meines BHs. Ich konnte es nicht an nur einer einzigen Sache festmachen, aber bei Kace musste ich nicht darüber nachdenken, wie es sein würde, entblößt vor ihm zu sitzen. Ausnahmsweise einmal machte ich mir nicht einen Gedanken darüber, was er denken könnte oder ob er mich für zu forsch hielt, als ich kurz darauf auch die Spitze zur Seite warf und mich rittlings auf ihn setzte. Ich brauchte es ganz einfach nicht, weil mir sein Blick alles verriet, was ich zu wissen brauchte. Nähe, Verständnis, Respekt, Vertrauen und unbändiges Verlangen.

Kaces Finger bebten ein wenig, als er von meiner Hüfte aus über meinen nackten Bauch streichelte und schließlich sanft meine Brüste umfasste. Mit dem Daumen über ihre empfindlichen Spitzen strich, die sich längst vor Erregung aufgestellt hatten.

»Gott, Brynn.« Die Silben klangen eher wie ein Knurren und trafen mich genau dort, wo zwischen meinen Beinen sämtliche unter Hochspannung stehende Nerven zusammenliefen. Ich hatte schon ein paar Erfahrungen mit einem Jungen aus Oxford gesammelt, er war mit mir in der Abschlussklasse gewesen und liebevoll und zärtlich, doch das hier mit Kace … war, als hätte man Benzin in eine offene Flamme gekippt. Ein Feuer entfacht, das kaum unter Kontrolle zu halten war. Eine Kontrolle, die mir mit jedem Blick, jedem Kuss, jeder Berührung immer weiter entglitt.

Wäre das denn so schlimm?

Ich befeuchtete meine Lippen, schmiegte mich weiter in seine Liebkosungen und rutschte gleichzeitig ein Stückchen zurück. Nur so weit, dass ich an die Schnalle seines Gürtels kam, an die feine Spur aus dunkelblonden Haaren, die dort unter dem Bund seiner Jeans verschwand. Kaces Hände fielen herab, als ich mich vorbeugte, ihm zuerst einen Kuss auf die Lippen gab und dann eine Spur über sein Kinn, seinen Hals und seine Brust zeichnete, ehe ich bei seinen verdammt verführerischen V-Lines ankam, die mich noch um den Verstand bringen würden.

Während ich dort mit den Lippen verharrte, nestelte ich zugegeben ungeduldig an dem Gürtel herum, öffnete die Knöpfe und streichelte dann über den weichen Baumwollstoff seiner Boxerbriefs. Die Härte darunter.

Kace biss die Zähne aufeinander und legte eine Hand auf meine. Ich blickte auf, bis wir einander wieder ansahen, und nickte auf die stumme Frage hin.

Okay?

Okay.

Und dann machte ich dort weiter, wo es mich hinzog, hakte die Zeigerfinger in seine schwarzen Boxerbriefs und befreite seine Erektion. Mein Puls trommelte heftig und ungebremst gegen meine Rippen, sandte dieses flüssige Feuer durch meine Adern, setzte mich in Brand. Bei meinen ersten Erfahrungen hatte ich nie diesen

Wunsch verspürt, doch jetzt wollte ich Kace dort küssen, ich wollte ihn verwöhnen und herausfinden … wo seine Beherrschung brach. Und vielleicht ein klein wenig die Kontrolle über ihn erlangen, so wie er es mit seinen Berührungen bei mir tat. Mit erhitzten Wangen schob ich seine Jeans noch etwas weiter runter, streichelte über die nun nackten Innenseiten seiner muskulösen Oberschenkel und hauchte dann einen ersten Kuss auf seine Spitze. Ich spürte, wie Kace unter meinen Lippen erschauderte, und grub meine Finger fester in seine Haut, ehe ich ihn weiter küsste. Seiner Länge folgte, darüber strich, leckte, während das Ziehen in meiner Mitte immer weiter zunahm.

»Scheiße, Brynn … ich …«

Ich sah ihn über seinen Bauch hinweg an, den Mund noch immer an seiner Erektion. »So schlimm?«

Er knurrte leise und dann war ich es plötzlich, die wieder auf dem Rücken lag. Kace entledigte sich seiner Hose samt Unterwäsche und machte sich dann an meiner Jeans zu schaffen. Ich konnte mir ein kleines, selbstgefälliges Grinsen nicht verkneifen, als ich die Ungeduld in seinen fahrigen Bewegungen bemerkte. Doch das Grinsen verging mir, als Kace nur einen Herzschlag später zwischen meinen Beinen versank und mich dort mit der Zunge berührte. Er ließ keinen Zweifel daran, dass er genau wusste, was er tat. Bei all den Sternen da oben, ich hatte nicht gewusst, dass *unter Strom stehen* nicht nur ein Ausdruck war. Dass man es wortwörtlich empfinden konnte. Denn in diesem Moment mussten Tausende Volt durch meinen Körper rasen, bereit, mich in einem Funkenregen explodieren zu lassen.

Seufzend hob ich ihm mein Becken entgegen, als Kace meine Hüfte umfasste, mich küsste, verwöhnte und immer weitertrieb.

»Shhhhtt«, wisperte er nur an meiner Mitte, hauchte den nächsten Kuss genau dorthin und drang gleichzeitig mit einem Finger in mich ein.

Und das wars.

Überspannung, Hitze, Funken. Ich zersprang unter Kaces Blick, unter seiner Berührung, wand mich und biss mir auf die Zunge, um keinen Laut von mir zu geben. Bittersüße Qual und Erlösung in ein und derselben Sekunde. Physikalisch eigentlich gar nicht möglich und dennoch bewies Kace mir das Gegenteil. Stellte eine gänzlich neue These auf und belegte sie noch im gleichen Moment.

»So schlimm?«, wiederholte er meine Frage, als er sich über mich schob und mir ein paar verschwitzte Strähnen aus der Stirn strich.

Ich biss ihm leicht in die Unterlippe, schmeckte mich selbst. »Das schlimmste überhaupt.«

»Ich hatte gehofft, dass du das sagst.« Seinen Mund noch immer an meinem tastete er nach seiner Jeans, die auf der Rückenlehne des Sofas lag, und fischte aus einer der Taschen ein Kondom.

»Du hast das alles geplant. Trix' Zuckerrausch, den Spielenachmittag, dass wir auf dem Sofa übereinander herfallen …«

»Geplant nicht, aber darauf gehofft.« Nun waren es Kaces Wangen, die sich merklich röteten. »Wir müssen nicht …«

»Wage es ja nicht, diesen Satz zu Ende zu führen, Kace Holloway.«

Sein so typisches schiefes Grinsen erschien auf seinem Gesicht, Gier und dunkle Erregung blitzten in seinen Augen auf. Dann riss er das Päckchen auf und rollte sich das Kondom über. Mein Mund wurde trocken, meine Lippen öffneten sich, während sich Kace langsam wieder über mich schob, die Arme rechts und links von meinem Kopf aufgestützt. Einen Moment lang betrachtete ich seine Schultern, das Spiel seiner Muskeln dort, doch als ich seine Erektion an meiner Mitte spürte, wanderte mein Blick direkt zu seinem. Und blieb.

Blieb, als er in mich eindrang, mich sanft, aber bestimmt weitete und sich immer tiefer in mich schob. Ich hielt unwillkürlich den Atem an. Nicht, weil es schmerzte, sondern weil es so … intensiv war. Kace war intensiv, seine Wärme, seine Härte, sein Geruch. Und er war überall.

Ich legte die Hände auf seinen Rücken, spürte die Muskeln, die sich bei jedem Stoß anspannten. Keuchend legte ich den Kopf in den Nacken und wölbte mich ihm entgegen, füllte jede Lücke, die es noch zwischen uns gegeben hatte. Und es fühlte sich so verdammt gut an.

Kace wurde schneller, wir wurden schneller und fanden unseren Rhythmus, der sich ständig veränderte. Schneller und tiefer und ungestümer in der einen und langsamer, zärtlicher in der nächsten Sekunde. Ich schlang die Beine um seine Taille, um ihn noch tiefer in mir zu spüren, und presste mir meinen Unterarm gegen die Lippen. Hielt mühsam den leisen Schrei zurück, als er gegen jenen Punkt in meiner Mitte stieß, der die Welt vor meinen Augen verschwimmen ließ. Mein Atem kam nur noch in abgehackten Zügen, Schweiß stand mir auf dem Körper und überall, wo wir einander berührten, kribbelte und prickelte meine Haut wie Wunderkerzen. So. Verflucht. Intensiv.

Wenn er so weitermachte, dann würde ich nicht nur Trix aufwecken.

Eine seiner Hände wanderte zu meinem linken Oberschenkel, hob das Bein etwas an, und er stieß noch ein wenig tiefer zu, unbeherrschter, und zu beobachten, wie er die Kontrolle verlor, wie der Muskel an seinem Kiefer zuckte, den rasenden Puls an seinem Hals zu sehen, war wunderschön … und dann den Augenblick, in dem er zersprang. In mir, nackte Haut an nackter Haut. Sodass sich sein rasendes Herz mit meinem verband, ich seinen unregelmäßigen Atem auf meiner erhitzten Haut fühlen konnte.

Einfach alles fühlte.

»Das war überhaupt nicht schlimm, Kace«, flüsterte ich an seinem Ohr, während er halb auf meiner Brust lag, sein Gewicht auf die Arme gestützt. »Das war das Gegenteil von schlimm.«

Seine Lippen fuhren zärtlich über die sensible Stelle, unter der meine Hauptschlagader pulsierte. »Nein, das war verdammt noch mal perfekt. Auf die wirrste Art und Weise.«

***

Kace und ich schafften es durch ein kleines Wunder vom Sofa in sein winziges Schlafzimmer, das kaum größer als sein Bett war und sich dennoch wie ein ganzes Universum anfühlte. Obwohl wir beide müde vom Tag waren, schliefen wir noch ein zweites Mal miteinander, und kurz vor Sonnenaufgang ein drittes Mal, weil keiner von uns daran dachte aufzuhören. Nicht, wo es sich anfühlte, als hätten wir gerade erst diese neue Welt betreten. Und irgendwann in der Morgendämmerung sank ich umschlungen von Kaces warmem Atem doch in einen traumlosen Schlaf. Ließ mich davontreiben, weil ich wusste, dass ich mich fallen lassen konnte und immer wieder genau hier ankommen würde. Bei Kace, der es mir so schwer gemacht hatte, mehr von ihm zu sehen. Nicht, weil dort nichts war, sondern weil er alles zu geben hatte.

Und wusste, wie viel dieser Schatz wog.

***

»Hey, ihr beiden! Danke fürs Warten.« Harlow schob sich noch im Gehen eine riesige Sporttasche von der Schulter und rutschte dann neben Lucie auf die Bank. »Hat beim Training alles etwas länger gedauert.«

»Kein Ding, Brynn ist auch erst vor ein paar Minuten gekommen.«

»Na ja, streng genommen bin ich schon die ganze Zeit hier und habe nur meine Schicht etwas überzogen«, gab ich zu bedenken, woraufhin Lucie nur meinte: »*Potato, potahto.* Also, was gönnen wir uns?«

Grinsend lehnte ich mich in dem plüschigen pflaumenfarbenen Sessel zurück. »Das Lakestone Café ist nicht gerade ein Gourmettempel.« Schon gar nicht an einem frühen Dienstagabend, wo die besten Sachen ohnehin längst weg waren. Vielleicht hätten wir uns doch im Déjà-vu, dem Restaurant, wo Bea ihre Ausbildung machte, treffen sollen.

»Mir vollkommen gleich, solange es etwas zu essen ist. Coach Tie hat mal wieder übertrieben und ich habe einen Krater im Bauch.« Harlow fuhr sich durch die vom Duschen noch feuchten Haare und fasste sie zu einem Dutt zusammen. »Sandwiches und Smoothies?«

»Bin dabei«, stimmte ihr Lucie zu, »und dann kannst du uns erzählen, wie dein Date mit Kace gelaufen ist.«

Mein Gesicht wurde wie auf Knopfdruck heiß und stand auch dann noch in Flammen, als wir längst unser Abendessen auf dem Tisch vor uns hatten. Unnötig zu erwähnen, dass es unter den neugierigen Blicken meiner Freundinnen nicht unbedingt besser wurde.

»Jetzt schaut mich nicht so an«, murmelte ich, meinen Smoothie an den Lippen. »Es war … schön.«

Lucie und Harlow wechselten einen vielsagenden Blick, dann meinte Erstere: »Schön? Im Sinne von, ihr seid gemeinsam in den Sonnenuntergang geritten? Oder ist *schön* ein Synonym für *ziemlich heiß*.«

»Oh Gott.« Ich vergrub mein Gesicht in einer Hand, während die beiden leise lachten.

»Lass dich nicht von Lucie ärgern. Sie rewatcht gerade *Gossip Girl* und hat seitdem unheimliche Züge angenommen.«

Lucie stieß Harlow leicht mit dem Ellenbogen an. »Haha.«

Seufzend stellte ich mein Glas ab und griff nach dem Käse-Avocado-Sandwich. »Wir waren auf der Space Needle und dann bei ihm zu Hause, haben viel geredet und sind dann irgendwie … auf der Couch gelandet.« Trixie hielt ich bewusst außen vor, schließlich war es nicht an mir, diesen Teil von Kaces Leben offenzulegen. Das war einzig und allein seine Entscheidung.

Das Lächeln auf Lucies Zügen wurde breiter. »Nackt?«

»Lucie!«

»Was? Zumal ich kurz erwähnen möchte, dass ich nicht mit Kaces Romantikerseite gerechnet hätte. Ich meine, die Space Needle? Wirklich?« Ihre Belustigung wich einem weicheren, beinahe verträumten Ausdruck. Dem Lucie-Ausdruck, mit dem sie über Kunst sprach oder von einem Mädelsabend im Park.

»Es freut mich, dass es so gut bei euch läuft«, meinte Harlow mit einem ehrlichen Lächeln. »Und dass er sich für dich öffnet. Ich kann dir aus Erfahrung sagen, wie schwer das in einer Beziehung sein kann und wie viel es bedeutet, wenn es dann geschieht.«

Ich nickte dankbar und blieb gleichzeitig an ihren Worten hängen. Waren Kace und ich in einer richtigen Beziehung? Konnten wir dem zwischen uns einen Namen geben, wollten wir das überhaupt? Und hatten wir uns wirklich dem anderen geöffnet? Klar, wir hatten fantastischen Sex gehabt, mehrmals, und dabei hatte ich mich so sicher gefühlt, dass ich nicht eine Sekunde darüber hatte nachdenken müssen. Aber noch immer gab es so vieles, was ich nicht über Kace wusste. Was war mit Trixies Mutter passiert? Woher kam diese Dunkelheit in seinem Blick? Warum hatte er sich am Anfang so vehement dagegen gewehrt, jemanden an sich heranzulassen?

»Ich finde, darauf sollten wir mit unseren halb leeren Smoothies anstoßen«, durchbrach Lucie meine Gedanken, noch ehe ich tiefer darin versinken konnte.

Har kräuselte die Lippen. »Auf Brynns erfolgreiches Date?«

»Nein«, widersprach Lucie und wurde wieder ernst. »Auf Ehrlichkeit und Offenheit, auf all die Dinge, die unsichtbar sind und uns dennoch bei jedem Schritt begleiten.«

Ihre Antwort hinterließ ein seltsames Gefühl in meinem Magen, als ich mein Glas hob und anstieß. »Auf das Unsichtbare.«

»Auf das Unsichtbare.«

Während ich einen Schluck nahm, musterte ich Lucie nachdenklich und hoffte, dass sie es eines Tages ebenfalls sein würde: offen. Anfangs hatte ich es nicht gleich bemerkt, doch Lucie trug sie auch in sich. Eine Dunkelheit, die in ihren warmen braunen Augen wartete und tief genug reichte, um das Licht daraus zu vertreiben.

KAPITEL 29

So It Goes … – Taylor Swift

Brynn

Auf Wolke sieben zu schweben, war nicht nur irgendein blöder Ausdruck. Es war eine verfluchte Tatsache. Die Beschreibung meiner nächsten Tage, an denen ich mich fühlte, als wäre ich schwerelos und von jeglichem Gewicht, das mich sonst zu Boden zog, befreit. Ich zerbrach mir nicht länger den Kopf über das unangenehme Gespräch mit Amber, ärgerte mich nicht über gestresste Studierende, die mir ihre Bestellungen unfreundlich hinwarfen, und übernahm sogar freiwillig den Spüldienst. Hätte ich es nicht besser gewusst, hätte ich gesagt, ich wäre krank. Nicht mehr ich selbst. Doch ganz offensichtlich war ich schlicht und ergreifend verknallt. Eine verknallte junge Frau, inklusive breitem Lächeln und Herzchenaugen.

Aber selbst wenn ich es gewollt hätte, ich hätte nichts dagegen unternehmen können. Kace war mir unter die Haut gegangen, hatte mich vollkommen vereinnahmt und das war ein … gutes Gefühl. Berauschend. Es ließ meinen Magen kribbeln und meinen Puls rasen, wann immer er das Café betrat oder wir uns auf dem Campus begegneten. Wir stahlen uns Minuten zwischen seinen Kursen oder wenn wir gemeinsam in der Bibliothek lernten. Am Donnerstag aßen Trix, Kace und ich gemeinsam in seinem Apartment im Wohnheim und es hatte mir eine Menge bedeutet, als Trix direkt auf meinen Schoß geklettert war, kaum, dass ich die Wohnung betreten hatte. Kurzum, die Woche nach unserem Date lief so gut, dass es mir beinahe schon Angst einjagte. Kein Leben folgte nur dem Pfad nach oben, irgendwann kam immer der Knall, der unweigerliche Sturz in die Tiefe und auch wenn ich nicht daran denken wollte, so klopften diese verdammten Gedanken doch an. Stießen mich mit jedem großartigen Tag mehr in Richtung der offenen Fragen, des näher rückenden Wettbewerbs, meiner Familie.

Besonders in den stillen Augenblicken.

So wie am Freitagmittag, als ich mit meinen Lernunterlagen in der Bibliothek saß und sich einer dieser Gedanken ungefragt in mein Leben drängte. Heraufbeschworen durch eine Nachricht auf meinem Sperrbildschirm. Von meiner Mutter. Und plötzlich kehrte der Mahlstrom zurück.

Mum

Hallo, Brynn, bitte ruf mich an, sobald du das hier liest. Mum.

Ich biss mir von innen auf die Wange, während ich auf die Bitte meiner Mutter starrte und mich fragte, was sich dahinter verbarg. Hatten sie Kriegsrat abgehalten, nachdem das Gespräch mit Amber so aus dem Ruder gelaufen war? Was auch immer es war, ich wollte nicht, dass sie mich jetzt erreichten, wo ich gerade das Gefühl hatte, alles im Griff zu haben. Ich kam mit dem Lernen gut voran, hatte in Harlow und Lucie und meinen Mitbewohnerinnen gute Freundinnen gefunden, liebte meine Arbeit im Café und Kace … Kace hatte mich gefunden, als ich am wenigsten damit gerechnet und es am meisten gebraucht hatte.

Ein nicht zu verachtender Teil von mir spielte mit dem Gedanken, sie zu ignorieren. Mum und Dad, meine Geschwister, denn Amber hatte mich verletzt, ihre Worte schmerzten noch jetzt und ich wusste, dass sie für meine gesamte Familie gesprochen hatte. Aber dann dachte ich an ihr Baby, daran, dass meine Eltern engstirnig sein mochten und eben doch immer meine Familie bleiben würden.

»Verdammt«, murmelte ich und begann, meine Sachen zusammenzuräumen. Ein kurzer Anruf und sobald die Dinge aus dem Ruder liefen, würde ich auflegen. Ohne Kompromisse. Das war ich mir selbst schuldig.

Meinen Rucksack samt Laptop und Lernsachen über einer Schulter verließ ich die Bibliothek und lief raus auf den Campus. Das Wetter war mild, nicht zu kühl, obwohl der Geschmack von Regen in der Luft lag. Kurzerhand entschied ich, über das Gelände zu spazieren und dabei zu telefonieren, statt mir irgendeine ruhige Ecke zu suchen. Ich fühlte mich auch so schon eingeengt genug, wenn ich nur an das mir bevorstehende Gespräch dachte.

Betont langsam sog ich frische Luft in meine Lunge und bog dann auf den Weg, der direkt am Ufer des Lakestone Lakes entlangführte.

Meine Mutter meldete sich bereits nach dem zweiten Klingeln, und das, obwohl es in Oxford gerade Abend sein musste. Mums heilige Zeit, in der sie sich ums Essen kümmerte und unter keinen Umständen gestört werden wollte. Aber anscheinend hatte sich in den letzten Monaten einiges geändert.

»Brynn?«

»Ja«, brachte ich hervor und räusperte mich. »Hi, Mum.«

»Hallo, Schätzchen. Es tut gut, deine Stimme zu hören.«

Da hat Amber aber ganz anders geklungen. Ich schluckte die Bitterkeit zusammen mit dem wachsenden Kloß in meinem Hals runter. »Wie geht es euch?« Die Frage kam mir nur stockend über die Lippen, vermutlich weil ich wusste, wie die Antwort lauten würde. Und weil ich befürchtete, dass wir direkt dort weitermachten, wo Amber und ich aufgehört hatten.

Oh, bitte nicht.

Mum seufzte schwer, ich hörte das Klappern eines Topfdeckels, ehe sie erwiderte: »Nicht so gut. Deine Schwester sagte mir, sie hätte bereits mit dir darüber gesprochen.«

Ich versuchte, ihn zu ignorieren, doch der enttäuschte Unterton meiner Mutter traf mich dennoch wie ein spitzes Messer, das man mir direkt zwischen die Rippen rammte. »Mum … es tut mir leid, dass es bei euch gerade so viel ist.«

»Na ja, es ist ja nicht nur schlecht, aber … ja, es ist eine Menge. Bei Weitem zu viel, als dass Malcom und ich das mit deinen Geschwistern stemmen könnten. Gerade jetzt, wo Amber wegen der näher rückenden Geburt immer mehr ausfällt. Und du weißt ja, wie dein Vater ist, zu stolz, um sich von Freunden helfen zu lassen.«

Da ich nicht wusste, was ich darauf erwidern sollte, blieb ich still, setzte nur weiter einen Fuß vor den anderen auf den hellen Kies.

Wieder seufzte Mum schwer. »Du fehlst hier. Niemand von uns hat die Abrechnungen so im Griff wie du, Brynn. Und die Leute fragen nach dir. Es geht nicht nur um deine Arbeit im Leary's Inn, wir vermissen dich.«

»Mum …«

»Brynn, bist du glücklich?«

Ein wenig überrumpelt blieb ich mitten auf dem Weg stehen. »Was meinst du?«

»In Seattle. In dieser großen Stadt, wo du niemanden kennst, ohne Sicherheit, ob aus deinem Traum Realität wird – bist du damit glücklich, Brynn?«

Zweifel drohten, sich in mir aufzutürmen, genährt aus der Furcht, diesen Wettbewerb nicht zu schaffen, kein Stipendium zu bekommen, die Wahrscheinlichkeiten vollkommen falsch eingeschätzt zu haben. Aber dann schob sich Kace vor mein inneres Auge, Trix, meine neuen Freunde und Freundinnen, die ich in den vergangenen Wochen kennengelernt hatte. Die zu meiner Familie am anderen Ende der Welt geworden waren.

Meine Mundwinkel wanderten nach oben. »Ja, das bin ich. Ich bin glücklich, Mum. Und meilenweit davon entfernt, allein zu sein.«

In diesem Moment konnte ich sie mir förmlich vorstellen, ein trauriges, kleines Lächeln auf den Zügen, hin- und hergerissen zwischen dem Wunsch, ihre Kinder glücklich zu sehen, und den Problemen, die sich bei ihr stapelten. »Du klingst glücklich.«

»Danke, Mum.«

Eine Pause entstand, in der ich vertraute Hintergrundgeräusche wahrnahm. Das leise Köcheln auf dem Herd, das Knarzen der Sitzecke in der Küche, das Blättern in der Zeitung – vermutlich Dad.

»Brynn, ich … ich muss dir etwas sagen«, sagte meine Mutter dann deutlich gedämpfter und irgendetwas an ihrer plötzlich so veränderten Stimmlage ließ mich das Handy fester an mein Ohr pressen.

»Was, Mum?«

»Es geht um diese Uni und den Brief, wir …«

Geraschel war zu hören und unterbrach, was auch immer sie

hatte erwidern wollen. Im nächsten Moment füllte der tiefe, raue Bariton meines Vaters die Leitung. »Brynn?«

»Hi, Dad«, gab ich irritiert zurück. »Was ist mit Mum?«

»Glaub mir, mir fällt das jetzt nicht leicht, aber ich kann diesem Theater nicht länger zuschauen.« Die Worte kamen ihm ruhig über die Lippen und trotzdem sorgten sie dafür, dass sich alles in mir zusammenzog. Weil ich ahnte, worauf dieser abrupte Wechsel hinauslaufen würde, und mir wünschte, ich könnte auflegen, bevor sich meine Vermutung bestätigen würde. So, wie ich es mir vorgenommen hatte. Aber ich konnte es nicht. Ich konnte es nicht, weil ich tief in mir drin das Gefühl hatte, dass sie recht hatten. Dass ich sie hängen ließ mit der Pension, meine Familie zu Recht enttäuscht war und ich mein schlechtes Gewissen verdient hatte. Dass ich Dads Worte verdient hatte.

»Ich war immer nachsichtig mit dir, Brynn. Ich habe nie etwas gesagt, wenn du die Tage mit deinem Träumer von einem Großvater verbracht hast, statt wie deine Geschwister zu helfen. Wir haben dir all diese Bücher über die Sterne und Physik und weiß der Henker, was du da liest, gekauft und dir sogar die A-Levels an einer guten Schule ermöglicht. Obwohl dein Platz schon immer im Familiengeschäft gewesen ist. Aber jetzt ist ein Punkt erreicht, an dem du den Bogen überspannt hast.«

»Dad …«, setzte ich an, doch er gab mir keine Gelegenheit, meine Sicht der Dinge zu schildern. Er sprach einfach weiter, überrollte mich wie eine Dampfwalze, ohne zu merken, welchen Schaden er dabei verursachte.

»Das Inn gehört unserer Familie seit fünf Generationen. Fünf Generationen Leary, die nie daran gezweifelt haben, wo sie hingehören. Die sich nie dafür zu fein waren, sich die Hände schmutzig zu machen und hart zu arbeiten, um die Pension am Laufen zu halten. Unser Vermächtnis. Aber dir scheint das nichts zu bedeuten. Für dich ist unsere Familieninstitution nichts wert.«

Meine Augen begannen zu brennen. »Das ist nicht wahr!«

»Du wärst hier, wäre es anders. Du wärst dort, wo dein Platz ist, statt einem lächerlichen Hirngespinst zu folgen.«

Ich krallte die Hand um den Träger meines Rucksacks. Er verstand mich nicht. Sie alle verstanden mich nicht. Hatten sie nie und würden sie nie. Sie sahen nur das Mädchen, das ausgebrochen war, statt zu bleiben, wie es immer ihre Bestimmung gewesen war.

»Der Lakestone Campus und mein Studium hier sind weit mehr als ein lächerliches Hirngespinst, Dad«, hörte ich mich sagen, kalt und tonlos, und dennoch spürte ich das Beben in meinen Worten.

Mein Vater lachte trocken ohne die geringste Spur von Freude. »Dann hast du also schon einen Studienplatz?«

Meine Wangen standen in Flammen. »Nein, aber …«

»Dachte ich es mir. Zwei Monate, Brynn. Zwei Monate und du hast es immer noch nicht verstanden.«

»Der Wettbewerb …« Wieder ließ er mich nicht ausreden.

»Diese ganze Show, die du hier abziehst, fußt auf einem *Wettbewerb*? Ich fasse es nicht, dass du uns dafür den Rücken gekehrt hast, Brynn. Was, glaubst du, passiert, wenn du es nicht schaffst? Wenn du diesen albernen Wettbewerb nicht gewinnst, hm? Denkst du, du kannst dann einfach zurückkommen, dich an den gedeckten Tisch setzen und wir tun so, als wäre nie etwas gewesen? Denn diesen Zahn kann ich dir sofort ziehen, Tochter. Hier wird nichts auf dich warten, wenn du nicht unverzüglich zurückkommst.« Die eisige Kälte seiner Worte ließ mich erschaudern. So hatte ich meinen Vater noch nie erlebt. So hatte ich meine ganze Familie noch nie erlebt. Es hatte immer mal Streit gegeben und nicht selten war ich der Grund dafür gewesen, aber das … das war mir fremd.

Ich blinzelte gegen die aufsteigenden Tränen an und ließ mich ins feuchte Gras am Ufer sinken. Einzelne Sonnenstrahlen tanzten auf dem Wasser, ließen es wie eine ganze Schatzkiste funkeln. Die vor meinen Augen verschwamm.

»Ich werde es schaffen«, flüsterte ich erstickt und hasste, dass man mir anhören konnte, wie sehr Dad mich mit seinen Worten getroffen hatte.

Sein schwerer Atem knisterte am anderen Ende. »Du scheinst wirklich fest davon überzeugt zu sein. Dann wird die Wahrheit am Ende nur umso mehr wehtun. Du bist keine von denen. Du gehörst nicht zu diesen privilegierten Schwätzern, die keine Ahnung von ehrlicher, harter Arbeit haben. Und daran wird sich nie etwas ändern. Du wirst nie eine von ihnen sein. Je früher du das einsiehst, desto besser.«

»Warum machst du das?«

»Um dich zu beschützen und davor zu bewahren, alles achtlos wegzuwerfen, was du hast. Eine Familie, die dich liebt, das Leary's Inn, deine Zukunft.«

Frust und Wut brachen in Form von Tränen aus mir heraus. Heiß liefen sie über meine Wangen, hinterließen Spuren, die sich tief in meine Haut gruben. »Das ist nicht meine Zukunft. Und war es nie. Warum könnt ihr das nicht einfach akzeptieren?«

»Du benimmst dich wie ein Kind, Brynn.«

»Ein Kind?«, schnaubte ich. »Weil ich daran glaube, eine bessere Zukunft verdient zu haben? Eine, die nicht aus einer maroden Pension besteht, die bald in sich zusammenfällt, und einer *sogenannten* Familie, in der ich nicht ich selbst sein darf? Danke, ich verzichte.«

Daraufhin schwieg mein Vater, während das Blut laut und schnell in meinen Ohren rauschte und mich innerlich zittern ließ. Ein Teil von mir bereute meine Worte bereits, doch der andere fühlte so etwas wie Erleichterung, weil ich sie endlich ausgesprochen hatte. Etwas, das ich schon vor einer ganzen Zeit hätte tun sollen.

Als Dad schließlich wieder sprach, war seine Stimme voller Schärfe und noch etwas anderem. Schmerz. Bedauern. »So siehst du dein Zuhause also?«

»Es ist kein echtes Zuhause, wenn man sich verstellen muss, Dad.«

»Dann brauchst du ja nicht mehr zurückkommen.«

Ich kniff die Lider zusammen. »Das werde ich nicht. Mein Zuhause ist jetzt hier, in Seattle.«

»So haben wir dich nicht erzogen, Brynn. Irgendwann wird dir klar werden, wie arrogant und egoistisch du dich verhältst, und dann wird es zu spät sein. Merk dir meine Worte.«

Ich öffnete den Mund, um etwas zu erwidern, doch mein Vater hatte bereits aufgelegt. Und ein wenig fühlte es sich so an, als wäre damit das letzte Band, das mich noch mit Oxford verbunden hatte, unwiderruflich durchtrennt worden.

Den Blick fest auf den See gerichtet, ließ ich das Handy sinken und atmete bebend aus. Gott, das konnte gerade nicht wirklich passiert sein, oder? Das … das konnte nicht das sein, was von meiner *Familie* übrig war. Und die Worte meines Vaters? Sahen sie das alle so? Hielten sie mich alle für arrogant und egoistisch? Weil ich mein Leben selbst in die Hand nahm, weil ich kämpfte?

Zähneknirschend vergrub ich das Gesicht in den Händen. Spürte die Tränen unter meinen klammen Fingerspitzen. Ein lautloses Schluchzen kam mir über die Lippen, als ich die Knie anzog und mich ganz klein machte. Versuchte, die Erinnerung an die letzten Minuten ganz tief in mir zu vergraben, damit sie mich nicht ausbremsen konnten. Damit ich meinen Fokus nicht verlor.

Lächerliches Hirngespinst.

Privilegierte Schwätzer.

Alberner Wettbewerb.

Ich schluckte, doch der Kloß wurde immer größer, nahm mir den Atem, und was noch viel schlimmer war, meinen Mut.

Mühsam versuchte ich, wieder Luft in meine Lunge zu zwängen, und fuhr mir über die Augen, wobei es mir gleichgültig war, dass ich nun vermutlich große Ähnlichkeit mit einem Waschbären besitzen musste. Einem verheulten Waschbären, auf dem man herumgetrampelt hatte.

Kopfschüttelnd tastete ich nach meinem Rucksack, um mir ein Taschentuch zu holen, als mein Handy eine leise Vibration von sich gab. Die nächste Nachricht war wieder von meiner Mutter. Vermutlich grenzte es an Masochismus, aber ich griff nach dem Telefon und öffnete die Mitteilung.

Mum

Nimm es deinem Vater nicht übel. Er hat es nicht so gemeint. Wir stehen alle sehr unter Druck. Du wirst hier immer dein Zuhause haben, Schätzchen. Vergiss das nicht.

Ein beinahe hysterisches Lachen brach aus mir hervor und es fehlte nicht mehr viel und ich hätte mein Handy im See versenkt. Nur, um mich nicht mehr mit diesem verdammten Scheiß auseinandersetzen zu müssen.

»Brynn?«

Ich fuhr zusammen und blickte zu Lucie hoch, deren Auftauchen ich überhaupt nicht mitbekommen hatte. »Hey.«

»Hey.« Mitfühlend hob sie einen Mundwinkel und ging vor mir in die Hocke. »Ich frage nicht, wie es dir geht, weil das offensichtlich ist, aber … bist du so weit okay?«

Achselzuckend ließ ich mein Smartphone sinken. »Ehrliche Antwort: keinen blassen Schimmer. Gerade will ich einfach nur nicht darüber nachdenken müssen, verstehst du?«

»Besser, als du vielleicht glaubst.« Dann erhob sie sich wieder und reichte mir eine Hand. »Komm.«

»Bitte?«

»Komm«, wiederholte Lucie bloß und streckte mir nun auch ihren zweiten Arm entgegen.

Ich ergriff ihre Finger und ließ mich zurück auf die Beine ziehen. »Was hast du vor?«

»Nicht ich, *wir*. Wir sorgen jetzt dafür, dass du an nichts mehr denken musst, an das du nicht denken willst. Wir reden kein Sterbenswörtchen darüber. Vorausgesetzt, das ist wirklich, was du möchtest. Wenn du mir erzählen magst, was …«

»Bloß nicht.« Hastig winkte ich ab. Nicht jetzt. Nicht heute. Ich brauchte etwas Abstand, bevor ich mich damit auseinandersetzen konnte, andernfalls war die Gefahr, dass die Risse noch tiefer gingen, zu groß. Risse, die ich vielleicht nicht mehr würde kitten können. Und das musste ich. Ich musste *ganz* sein, ich musste funktionieren. Ich musste diesen Wettbewerb gewinnen.

Für meine Zukunft.

Für mich.

***

Lucie hielt Wort. Sie sorgte dafür, dass ich nicht eine Sekunde über das Telefonat nachdachte, und gab mir stattdessen eine ganze Ladung an anderen Fragen, die nun hinter meiner Stirn pochten. Angefangen bei ihrem makellosen BWM Cabrio, mit dem sie uns nach Downtown gefahren hatte. Weiter zu der Tatsache, dass uns niemand nach unseren Ausweisen gefragt hatte, als Lucie an den Türsteher herangetreten war und ihm etwas ins Ohr geflüstert hatte. Bis zu dem Punkt, an dem sie uns einen Platz direkt an der Bar im *Ruby Elk* verschaffte und man sie mit Vornamen begrüßte. Ich starrte sie noch immer verwirrt an, als sie ihren ersten Drink bereits zur Hälfte geleert hatte und sich nun ein paar Chips aus der kleinen Schale schnappte.

»Ich dachte, wir haben einen Deal, Bry.«

»Einen Deal?«

Sie nickte, sodass die wenigen losen Locken, die ihrer Hochsteckfrisur entkommen waren, langsam wippten. »Einen Deal. Ich stelle keine Fragen über deine Tränen und du fragst nicht, wie es hierzu kommt. Wir reden einfach nicht drüber.« Dabei beschrieb sie eine Geste, die den gesamten Raum umfasste. Eine Cocktailbar, die von vorne bis hinten Reichtum und Wohlstand in die Nacht hinausschrie. Die Sitznischen bestanden aus mahagonifarbenen Chesterfieldsofas, die Wände waren bis auf halbe Höhe holzvertäfelt, ehe eine bordeauxrote Tapete das dunkle Holz ablöste. Unzählige Glühbirnen, die von der Decke herabhingen, verströmten ein diffuses, goldenes Licht, das den Fischgrätenparkettboden funkeln ließ. Die Theke war eine Ansammlung aus Gold und Holz und mehr Alkohol als in meinen üblichen Pubs in Oxford zusammengenommen.

Wie zum Teufel war ausgerechnet Lucienne McCoy auf diese

Adresse gekommen? Und das ganz offensichtlich nicht zum ersten Mal.

»Wir hätten daraus eine Einbahnstraße machen sollen.« Ich legte die Hände flach auf die kühle Messingtheke und befeuchtete meine Lippen. »Denn ich habe Fragen. Viele Fragen.«

Lucie lächelte leicht und stellte das nun leere Glas wieder ab. »Vielleicht werde ich sie dir irgendwann beantworten. Vielleicht erzähle ich dir irgendwann, wer ich bin. Aber nicht heute. Du bist nicht die Einzige, die vergessen will.«

Ich griff nun selbst nach meinem Drink und nickte langsam. »Einverstanden. Nicht heute.«

Gut möglich, dass ich es mir nur einbildete, aber es schien, als würde sich Lucie ein wenig entspannen. Dann gab sie dem Bartender ein Zeichen und schaute wieder zu mir. »Heute trinken und vergessen wir.«

Irgendwo in meinem Hinterkopf schrillten die Alarmglocken, doch sie waren zu leise, um wirklich zu mir durchzudringen. Der Wunsch, meinen sich kreisenden Kopf abzuschalten, war lauter. So viel lauter, also tranken wir.

Und vergaßen.

Hinterher konnte ich nicht mehr sagen, wie lange wir an der Bar gesessen, wie viele Drinks wir gehabt und wie viele Schüsseln Chips wir vernichtet hatten, aber als ich vom Hocker aufstand, drehte sich die Welt, als hätte jemand die Erdrotation auf maximale Geschwindigkeit gestellt.

»Scheiße, ist mir schwindelig«, nuschelte ich, wobei sich die Worte in einem Kichern verloren.

Beherzt hakte sich Lucie bei mir unter und stupste mich mit der Schulter an, was mich beinahe aus dem Gleichgewicht brachte.

»Keine Sorge, ich bringe dich sicher nach Hause. Dafür sind Freundinnen doch da.«

Ein angenehm warmes Gefühl pulsierte in meiner Brust, als ich mich stolpernd an ihre Schulter lehnte. Freundinnen. Das war besser als Familie. Arm in Arm taumelten wir in die Nacht. Der Himmel war klar, die Luft kalt. Wölkchen stiegen vor unseren Gesichtern auf und in der Ferne hörte ich Sirenen. Unsere Schuhe verursachten leise Klappergeräusche, als wir über die Straße wankten. Direkt gegenüber lag ein Pub, aus dem Gelächter und Musik zu uns drangen, als sich die Tür öffnete, und daneben der Parkplatz, auf dem Lucie ihr schickes Cabrio abgestellt hatte. Dad würde es eine *Bonzenkarre* nennen. Dad hatte keine Ahnung.

Ich gluckste und ließ mich gegen das kühle Metall sinken. »Wir können nicht fahren, Lucie«, murmelte ich, weil sich irgendwo meine Vernunft rührte. Wir hatten viel getrunken, niemand von uns sollte sich noch hinter ein Steuer setzen.

Kopfschüttelnd kramte Lucie in ihrer Handtasche, die ich auf dem Campus nie zuvor an ihr gesehen hatte. Sie sah teuer aus, funkelndes schwarzes Leder mit einer Goldkette und einem gleichfarbigen Emblem. Alles an Lucie sah heute Abend teuer aus.

Einen Moment später hielt sie triumphierend einen glänzenden Autoschlüssel hoch. »Hab ihn. Es kann losgehen.« Die Lichter des Wagens sprangen effektvoll an, als sie den entsprechenden Knopf drückte. »Alles einsteigen bitte.«

Ich legte einen Arm um meine Mitte, als eine Welle der Übelkeit über mich hinwegspülte. »Lucie, wir …«

»Was zum Teufel macht ihr da?«

Die harsche, tiefe Stimme ließ uns herumfahren. Lucie noch immer mit dem Autoschlüssel zwischen ihren Fingern, ich kurz davor, mich zu übergeben. Blinzelnd richtete ich mich zumindest ein wenig auf und stützte mich schwer auf das Auto.

Vor uns im Scheinwerferlicht stand Kace.

Und in seinem Blick lag nichts als purer Hass.

KAPITEL 30

Went Right Down – Giant Rooks

Kace

»Okay, erklär es mir noch mal.« Mason stützte sich schwer auf meine Schulter, um auf den Bildschirm schauen zu können, vor dem Ethan, Greyson, Mason, Zack und ich zwischen den Vorlesungen am Freitag im Computerraum der Biologiefakultät saßen.

Ich konnte es immer noch nicht glauben und wäre das hier eine von Brynns Wetten gewesen, hätte ich meinen Einsatz hoffnungslos verloren. Doch entgegen meiner Vermutung war Greyson sofort dabei gewesen, als ich ihn in der Mittagspause von unserem Vorhaben erzählt hatte. Mason, Ethan, Zack und ich wollten ins Labor gehen, um endlich den DNA-Test zu starten und diese Ungewissheit aus der Welt zu räumen. In den meisten Momenten hatte Greyson wirklich so gewirkt, als wäre ihm der Ausgang dieser Sache egal. Doch mittlerweile war ich mir sicher, dass das nur sein Weg war, um das alles nicht zu sehr an sich heranzulassen. Jeder hatte andere Methoden, mit seinem Scheiß klarzukommen, und wer war ich schon, ihm seine Handhabung zu verübeln?

»Soll ich es dir mit Buntstiften aufmalen?« Ethan drehte sich kurz zu seinem Freund um und fuhr sich dann durch die blonden Locken. »Greyson und Kace sind potenzielle Halbbrüder. Das heißt, sie teilen sich ungefähr fünfundzwanzig Prozent ihrer Gene.«

»Potenziell«, warf Greyson ein, der scheinbar teilnahmslos eine Zigarette zwischen seinen Fingern drehte und ansonsten ein Abbild unterdrückter Anspannung war.

Ich schmunzelte und verschränkte dann locker die Arme vor der Brust. »Ich denke, das haben wir alle kapiert, Grey. Potenziell.«

»Leck mich.«

Ethan gab ein verhaltenes Lachen von sich, Zack grinste breit und gebärdete etwas in Richtung seines Handys, bevor die Sprachausgabe für uns übersetzte: **»So wie ihr euch verhaltet, müsst ihr einfach verwandt sein.«**

Daraufhin warfen Greyson und ich ihm einen gleichermaßen finsteren Blick zu. Zacks Grinsen wurde nur noch breiter.

Zu meiner Überraschung war es ausgerechnet Mason, der bei dem Herumgealber, das definitiv unseren Nerven geschuldet war, fokussiert blieb. Es geschahen noch Zeichen und Wunder. »Okay, zurück zum eigentlichen Thema, wie genau funktioniert das jetzt? Ziehst du das hier im Labor durch, Ethan?«

»Theoretisch kann ich das, ja. Um eure DNA zu analysieren und anschließend zu interpretieren, brauche ich jeweils eine Probe. Dann kann ich mit den entsprechenden molekularbiologischen Verfahren – ich erspare euch an dieser Stelle eine detaillierte Erklärung –«

»Wie gnädig«, murmelte Greyson, ehe Zack einwarf: **»Hab mich eh schon eingelesen.«**

Ethan drehte sich zu Zack und stieß ihm eine Faust gegen die

Schulter. »War ja klar. Vermutlich weißt du jetzt mehr als ich über das Thema. Wie viele Bücher waren es? Fünf, sechs?«

»Acht.«

»Das wird ja immer besser«, brummte Greyson und lehnte sich an eines der Regale neben uns.

Ich sah zwischen den dreien hin und her und stieß hörbar den Atem aus. »Und wie geht's mit der Probe weiter?«

Mit einem amüsierten Zwinkern in Zacks Richtung nahm Ethan den Faden wieder auf. »Das Erbgut wird aus den Zellen isoliert und dann werden – wieder mit sehr genauen und komplizierten Techniken – die Sequenzen darin bestimmt. Also vereinfacht gesagt, die Abfolge von Buchstaben, aus denen alle Gene aufgebaut sind, gelesen. Die Buchstaben stehen dabei für die Nukleinbasen Adenin, Cytosin, Guanin und Thymin. Bestimmte Abfolgen stehen für bestimmte Merkmale – im weit gefassten Sinn –, die verglichen werden können. Der Verwandtschaftsgrad kann anhand eines genetischen Markers in den sogenannten Haplogruppen bestimmt werden. Das Ganze ist eine komplizierte Sache und ich bin definitiv kein Spezialist im Bereich der Genealogie, aber mein Kommilitone kennt sich sehr gut aus.«

Nickend fuhr ich mir über das Kinn. »Und der kann das hier vor Ort durchführen?«

»Theoretisch. Wir haben alle Geräte da.«

»Klingt, als wäre da ein Aber«, meinte Zack und hob fragend eine Braue.

»Theo ist gerade auf Exkursion im Mount Rainier National Park. Irgendetwas mit den Schwarzbären dort. Ich kann ihn erst in knapp zwei Wochen fragen. Deswegen«, Ethan drehte sich auf dem Bürostuhl zu uns um und wirkte dabei mit seinem weißen Kittel und den wirren Locken beinahe wie ein leicht durchgeknallter Wissenschaftler, »würde ich vorschlagen, wir machen es übers Internet.«

»Das gibt es?« Greyson stieß sich vom Regal ab. »Du schickst unsere Probe irgendwohin und die machen sonst was damit?«

»Nicht irgendwohin. Das sind renommierte Institute, die solche Dienste anonym für Privatpersonen anbieten. Die beste Möglichkeit, denke ich. Für unseren Anwendungsfall. Oder wir warten zwei Wochen auf Theo.«

Allein beim Gedanken daran, noch länger auf eine Antwort warten zu müssen, drehte sich mir der Magen um. Diese Sache musste endlich zum Ende kommen. Denn auch wenn sich meine Gedanken gerade größtenteils um Brynn, mein Studium und Trix drehten, die Sache mit Grey und Mam und Abbot war wie ein Ausschlag in meinem Nacken, der ständig juckte.

»Ich bin dabei.«

Greyson sah mich entgeistert an. »Du willst deine DNA ans Internet verscherbeln?«

»Hast du eine bessere Lösung?«, schnaubte ich und fasste dann Ethan ins Auge. »Also, wie genau läuft das jetzt ab?«

***

»Ich kann es immer noch nicht fassen, dass wir das echt durchziehen. Über eine Plattform, die vermutlich illegal ist«, knurrte Greyson, als wir kurz darauf aus dem modernen Gebäude der Naturwissenschaften traten. »Das ist doch vollkommen absurd.«

»Mach die Augen auf, diese ganze Situation ist absurd. Außerdem kennt Ethan das Institut und ich vertraue ihm in dieser Hinsicht.«

»Gerade Ethan? Hast du ihm zugehört, als er über die Amerikanische Königslibelle gesprochen hat? Der Typ hat einen Knall.« Augenverdrehend zündete er sich eine Zigarette an. Nur, dass es keine Zigarette war. Kurzerhand riss ich ihm den Joint aus dem Mund, noch ehe er einen ersten tiefen Zug nehmen konnte. »Gras auf dem Lakestone Campus? Bist du irre?«

»Oh, verschone mich mit deiner Pseudomoral, Kace.«

»Woher zum Teufel hast du das?«

»Wir sind in Washington, schau dich mal um. Was interessiert dich das überhaupt? Du bist nicht mein Vater und zumindest aktuell auch nicht mein älterer Halbbruder, also kümmere dich um deinen eigenen Scheiß.«

Die letzte Silbe hatte kaum seinen Mund verlassen, da blieb ich auch schon auf dem Weg zwischen Neubau und Altbau stehen. »Nein, das bin ich nicht, aber ich kenne mich mit diesem Mist aus, Grey. Und glaub mir, so cool und entspannt das jetzt auch wirken mag, es ist beschissenes Gift.«

Irgendetwas in meinem Blick schien Greyson klarzumachen, *wie* ernst ich das meinte, denn es kam kein dummer Spruch, keine weitere Verwünschung.

Ohne ihn aus den Augen zu lassen, ging ich zum nächsten Mülleimer und drückte den Joint im Aschenbecher aus.

»Warum machst du das?«

Grey funkelte mich an. »Da musst du schon etwas konkreter werden.«

Ich schenkte ihm ein freudloses Lächeln. »Du benimmst dich wie ein Arschloch, obwohl du eigentlich ein zahmer Musterschüler bist.«

»Du kennst mich jetzt wie lange? Ein paar Tage? Du hast keine Ahnung, wer ich bin.«

»Mag sein.« Ich steckte die Hände in die Taschen meiner Jeans. »Aber ich bin ein guter Beobachter. Du fühlst dich in Anzug und spießigen Lederschuhen wohler als in Jeans und T-Shirt, du bist eine kleine Kopie von Abbot und genauso versessen auf Regeln. Sonst hättest du Brynn nicht verpfiffen, nur, weil sie ohne Ausweis in der Bibliothek war.«

Seine charmante Antwort bestand in einem Mittelfinger.

»Was ist das mit deiner Mam?«

Greysons graue Augen richteten sich wie Pfeilspitzen auf mich. »Was soll schon sein?«

»In dem Raum oben hast du gemeint, es gibt Stress. Dass sie immer an allem schuld ist.«

»Warum sollte ich dir irgendetwas erzählen? Du hast mir bisher doch auch nichts über dich verraten. Du bist auf den Campus spaziert, erzählst irgendeinen Mist, von wegen du wärst der verlorene Sohn meines Vaters, und stellst verflucht noch mal alles auf den Kopf.« Seine Stimme wurde rauer und ich ahnte, dass nicht ich der wahre Grund dafür war.

Ich konnte es mir selbst nicht erklären, aber im nächsten Moment machte ich einen Schritt auf ihn zu. Vielleicht, weil ich irgendetwas von mir in ihm wiedererkannte, vielleicht hatte ich auch einfach zu viel Zeit mit Trix verbracht und gelernt, stumme Signale richtig zu deuten.

»Ich habe eine Tochter, Grey. Eine kleine Tochter. Sie heißt Trix.«

Greysons Züge entgleisten ihm für einen Herzschlag lang, dann schüttelte er ungläubig den Kopf. »Bitte?«

»Du hast recht, ich habe dir noch kaum etwas über mich verraten, deswegen ändere ich das jetzt. Trix ist zwei Jahre alt und mit mir nach Seattle gekommen.«

»Du … hast eine Tochter.«

Ich lächelte und nickte langsam. »Ich habe eine Tochter. Was dich zum Halbonkel machen würde. Potenziell.«

»Haha.« Greyson fuhr sich durch die Haare und wandte dann den Kopf nach links zum See, der von Ahornbäumen gesäumt war. »Meine Eltern haben, seit ich denken kann, immer irgendetwas, über das sie sich streiten können. Finanzen, die Bedingungen der Scheidung, meine Erziehung, welche Feiertage ich wann und wo verbringe. Seit die hässliche Scheidung durch ist, ist ihr Lieblingsthema meine Zukunft. Und obwohl sie sich im Grunde dieses eine Mal einig sind, gehen sie sich durchgehend an die Gurgel.«

Und Greyson stand dazwischen.

»Klingt beschissen«, sagte ich.

»Ist es. Für Dad war immer klar, dass ich auf den Campus gehe. Ich … ich bin gut im Umgang mit Maschinen. Verstehe Abläufe ziemlich schnell und bastele gerne. Kleine Sachen aus Elektroschrott und so ein Kram. Dad sieht darin eine Hochbegabung und vielleicht ist es das auch, aber mir ging es dabei immer nur um den Spaß. Die Arbeit mit den Händen. Deswegen habe ich mich auch hinter dem Rücken meiner Eltern für eine Ausbildung als Elektroniker beworben, die ich letzten Sommer angefangen habe. Ich liebe es, aber meine Eltern hassen, dass ich das tue. Vergeudetes Talent. Dad würde das nie so sagen, aber ich bin mir ziemlich sicher, dass er genau das denkt, und Mom … sie ist der festen Annahme, dass das alles nur eine Trotzreaktion ist. Was weiß ich.«

Aufmerksam musterte ich seine zerknirschten Züge und fragte mich, ob er jemals mit jemandem darüber gesprochen hatte. »Was hast du ihnen gesagt?«

»Meine Mutter hört mir gar nicht zu, Dad hat es mittlerweile verstanden und akzeptiert, glaube ich. Auch wenn er einmal fallen gelassen hat, dass Mom mir diesen Floh mit der Ausbildung ins Ohr gesetzt hat. Wieder etwas, worüber er sich mit ihr streiten kann und was zu Hause zu der nächsten Eskalation zwischen Mom und meinem Stiefvater geführt hat. Ganz ehrlich, manchmal frage ich mich, warum die beiden überhaupt noch zusammen sind, aber gut. Jedenfalls brauchte ich eine Pause und der Campus …« Er zuckte mit den Schultern. »Es war nie mein Plan, hier zu studieren, aber die Elektrowerkstatt des LSC ist genial und Abbot ist schon in Ordnung, schätze ich. Ich kann ihm schlecht verübeln, dass Mom ihm den letzten Nerv raubt.«

Wir schwiegen ein paar Momente lang. Studierende gingen an uns vorbei, um rechtzeitig zu ihren Nachmittagskursen zu kommen. Eigentlich sollte ich auch längst in der Musikfakultät sein, aber das hier war wichtiger. Ich konnte nicht genau sagen, wann es geschehen war, aber Greyson war mir wichtig geworden. Ganz unabhängig von irgendeinem Test.

»Danke, dass du mir das erzählt hast.«

Wieder nur ein Schulterzucken. »Was machen wir, wenn das Ergebnis der DNA-Analyse da ist?«

Ich legte den Kopf in den Nacken und blinzelte gegen die Nachmittagssonne an. »Darüber machen wir uns Gedanken, wenn es so weit ist.«

***

Ich musste mir auf die Lippe beißen, um meinen Fluch zurückzuhalten, als ich knapp drei Stunden später mit Bo telefonierte. Schließlich saß Trix keine zwei Meter von mir entfernt am Küchentresen und malte friedlich mit Wachsmalstiften in ihrem Malbuch herum.

»Du hast was?«

Bo, der den Geräuschen nach zu urteilen, die neben seiner Stimme durchs Telefon drangen, mitten im Nachtgeschäft seines Pubs steckte, lachte rau. »Bedanken kannst du dich hinterher.«

»Einen Teufel werde ich tun. Was hast du dir dabei gedacht?«

»Teufel«, wiederholte Trix kichernd, ohne von ihrem Bild aufzuschauen, ich biss mir von innen auf die Wangen.

»Ich habe mir gedacht, dass du nicht vergessen solltest, woher du kommst, *buachaill.* Außerdem bist du zu talentiert, als dass deine Begabung an einer schicken Uni versauern sollte.«

Ich raufte mir die Haare und schüttelte fassungslos den Kopf. »Mach dir um meine Begabung mal keine Sorgen, Robert Sheffield.«

Wieder ein Lachen. »Es ist alles abgeklärt. Sei um zehn da und komm pünktlich, ich habe einen guten Ruf zu verlieren. Wie geht es Trix?«

Am liebsten hätte ich ihm gesagt, wohin er sich seinen Themenwechsel stecken konnte, aber stattdessen zwang ich mich zur Ruhe und lehnte mich seufzend gegen den Küchencounter meines Apartments »Ihr geht's gut. Mehr als gut.«

»Freut mich, Junge. Und das Mädchen? Die Kleine, von der du gesprochen hast?«

Brynn. Mein Herz machte einen verräterischen Sprung, während mein Blick wie von selbst zu unserem Sofa glitt, dorthin, wo wir das erste Mal miteinander geschlafen hatten. Die Erinnerung an diese Nacht sorgte dafür, dass sich mein Blut gefährlich erhitzte. In meiner Zeit vor Trix hatte ich mit einigen Frauen Sex gehabt.

Unverbindlicher, bedeutungsloser Sex, immer unter anderen Umständen, mal zugedröhnt, mal betrunken, und ich war nicht stolz darauf, aber es war so gewesen. Doch die Zeit mit Brynn … das war etwas vollkommen anderes gewesen. Es mochte verdammt kitschig klingen, aber ich hatte so etwas noch nie erlebt. Hatte noch nie so viel dabei empfunden wie mit ihr und es hatte mich um den Verstand gebracht. Brynn brachte mich um den Verstand. Sie überall zu spüren, zu hören, ihr nahe zu sein. Nicht nur körperlich, sondern ganz.

»Alles gut, ich sehe schon«, brummte Bo amüsiert und riss mich aus meinen Gedanken. »Diese Brynn hat dir ganz schön den Kopf verdreht.«

Den Kopf und mein … Herz. Dieses marode, kaputte Ding. Und dabei hatte es Brynn nicht interessiert, dass sie bisher kaum einen Bruchteil davon gesehen hatte.

Wie lange wird das noch so bleiben? Wie lange wird es dauern, bis sie Fragen stellt? Und bist du dann bereit, sie ihr zu beantworten?

Ich schob meine innere Stimme beiseite und konzentrierte mich wieder auf Bo. »Wegen heute Abend habe ich etwas gut bei dir«, wechselte nun ich das Thema und Bo antwortete: »Das hast du, Junge«, obwohl wir beide wussten, dass ich ihm mehr schuldete, als ich jemals in meinem Leben würde zurückzahlen können.

Vermutlich verließ ich deswegen am Abend den Campus, nachdem ich Trix zu Susie gebracht hatte, um in diesem vermaledeiten Pub zu spielen, in dem mich Bo so großspurig angekündigt hatte. Die Sportsbar inklusive Livemusik gehörte laut Bo einem guten Freund, der vor Jahren in die Staaten ausgewandert war und ausgerechnet heute Abend einen Ersatzpianisten für seine Band brauchte. Ich konnte immer noch nicht glauben, dass ich mich wirklich auf diesen Mist eingelassen hatte.

Das Pub zu betreten, war, als würde ich kopfüber in ein Déjà-vu fallen. Ich mochte mich Tausende Kilometer von Dublin entfernt befinden, aber ein Pub blieb ein Pub. Vieles erinnerte mich an Bos Laden. Dunkles Holz, eine lange verkratzte Theke mit Barhockern, schummriges Licht, der Geruch von Bier, Schweiß und Aftershave. Dazu Bildschirme, auf denen irgendwelche Spiele liefen, und eine kleine Bühne aus Paletten samt Instrumenten, die schon bessere Tage gesehen hatten.

Willkommen zu Hause.

Der Anblick trat eine ganze Flut alter Erinnerungen los, guter wie verdammt mieser, und ich wusste nicht, ob ich Bo verfluchen oder mich bei ihm bedanken sollte. Ich biss die Kiefer aufeinander und schob alles resolut zurück. Die Bilder meiner schlimmsten Tage und die, in denen ich irgendwie zurück auf die Beine gefunden hatte. Hoffentlich würde ich nicht den gesamten Abend zwischen Flashbacks und dem Hier hängen. Andernfalls würden das anstrengende Stunden werden.

Es stellte sich heraus, dass mir entgegen meinen Befürchtungen keine Zeit für irgendwelche Gedanken blieb, denn kaum, dass sich mir die Zweimannband vorgestellt und wir die Details geklärt hatten, legten wir auch schon los. Und ich funktionierte. Das Pub füllte sich in Sekundenschnelle, zumindest kam es mir so vor, während wir uns kurz einspielten und dann einen Song nach dem nächsten raushauten. Die Musik war eine Mischung aus Country, Rock und Oldies und damit nichts anderes als die Auswahl in Dublin, seltsam vertraut und doch ganz anders. Denn hier kannte mich niemand. Niemand forderte ein Solo von mir oder sprach mich auf *alte Zeiten* an. Niemand warf mir schräge Blicke zu oder dumme Sprüche und das machte es leicht. Zu spielen, abzuschalten, in der Musik zu versinken, ohne dass ich das Gefühl hatte, mich selbst zu verlieren. Erst, als wir nach knapp drei Stunden mit dem letzten Lied schlossen, wurde mir klar, wie sehr ich das gebraucht hatte. Ohne Druck, ohne Erwartung, ohne diese schmerzhaften Erinnerungen an Mam, an meine eigene Vergangenheit.

Verflucht, Bo.

Selbst mit einem Ozean zwischen uns schaffte er es noch immer, mir zu zeigen, was ich brauchte.

»Also von mir aus kannst du jetzt jeden Abend vorbeikommen.« Jack, der Besitzer des Pubs, lachte trocken und schüttelte mir die Hand. »Bist ein talentierter Bursche. Bo hat nicht übertrieben, als er diese großen Töne über dich gespuckt hat.«

Ich grinste schief und nahm dann meine Gage für den Abend in Empfang. »Vielleicht irgendwann mal wieder.«

»Ich nehm dich beim Wort«, erwiderte er, drückte kurz meine Schulter und lief dann zurück hinter die Theke. Einen Moment lang sah ich ihm nach, ließ den Blick durch die Bar, diesen Ausflug in mein altes Leben schweifen, ehe ich mich kopfschüttelnd abwandte.

Was für ein verdrehter Tag.

Kühle Luft schlug mir entgegen, als ich in die Nacht hinaustrat. Sirenen hallten durch die Dunkelheit, irgendwo bellte ein Hund und ein paar Meter entfernt stolperten zwei offensichtlich angetrunkene junge Frauen kichernd über die Straße in Richtung des Parkplatzes. Unwillkürlich machte sich ein Gefühl von Enge in meiner Brust breit. Keine von denen sollte sich noch hinter ein Steuer setzen, geschweige denn fahren. Plötzlich drängte sich eine ganz andere Art von Erinnerung in mir hoch. Zusammen mit Übelkeit.

Nicht dein Bier, Kace. Vielleicht bringen sie auch nur was ins Auto oder warten auf wen. Kümmere dich um deinen eigenen Scheiß.

Ich ballte die Hände zu Fäusten und wollte mich abwenden, als ihre Stimmen zu mir wehten. Und ich sie erkannte.

»Alles einsteigen bitte.«

»Lucie, wir …«

Lucie und Brynn.

Ab diesem Punkt dachte ich nicht mehr nach. In mir legte sich ein Schalter um und ließ Wut in mir hochkochen. Wut und noch etwas, das tiefer ging. Brannte. Wie Säure, die mich langsam von innen heraus verätzte.

Mit fünf großen Schritten war ich bei ihnen. »Was zum Teufel macht ihr da?« Meine Stimme war laut und kalt. Und es war mir egal.

Beide fuhren erschrocken herum. Brynn hatte einen Arm um ihre Mitte geschlagen und stützte sich schwer auf das Cabrio, Lucie hielt noch immer den Autoschlüssel zwischen den Fingern und starrte mich nun mit offenem Mund an.

»*Wir* wollten nicht …«, setzte Brynn an und presste sich dann eine Hand vor den Mund. Sie war blass, ihre Augen zu groß in ihrem Gesicht und sie wirkte unter all dem Alkohol … traurig. Wäre da nicht diese lodernde Wut in meiner Brust, hätte ich sie vielleicht an mich gezogen, umarmt, gehalten, doch so konnte ich sie nur fassungslos anschauen.

Während die Erinnerungen immer lauter wurden. Hinter meiner Stirn begann es zu pochen, unzählige Dinge warteten darauf, ausgesprochen zu werden, doch ich … konnte es nicht. Nicht hier, nicht jetzt.

Resigniert mahlte ich mit den Kiefern und deutete auf den Wagen. »Steigt ein, ich fahre.«

»Ich werde dich ganz sicher nicht …« Lucie verstummte, als sich mein Blick auf sie richtete, und warf mir dann fluchend die Schlüssel zu. »Von mir aus.«

Danach sagte niemand von uns mehr irgendetwas. Lucie setzte sich auf die Rückbank und drückte sich während der gesamten Fahrt schützend ihre Handtasche an die Brust. Neben mir auf dem Beifahrersitz saß Brynn und blickte stumm nach draußen, dorthin, wo die Nacht in bunten Schlieren an uns vorbeizog. Ein paarmal spürte ich ihre Augen auf mir, konnte die unausgesprochenen Worte beinahe hören, doch sie blieb stumm. Und ich war dankbar dafür, denn während wir in Richtung Campus fuhren, kämpfte ich damit, dieses beschissene Chaos in mir wieder zur Ruhe zu bringen. Ein Kampf, der mein Herz rasen ließ, mir den Schweiß auf die Stirn trieb und meine Lunge zerquetschte. Irrationale Angst prickelte unter meiner Haut, Panik, das Wissen, was hätte passieren können und was schon einmal passiert war. Vor eineinhalb Jahren.

Wir erreichten den Parkplatz des LSC, wo ich Lucies BMW zwischen anderen Autos abstellte und dann so schnell ausstieg, als würde mich jede weitere Sekunde im Inneren umbringen. Und gewissermaßen war es auch so.

Ich bekam kaum mit, wie Lucie mir die Schlüssel abnahm und sich verabschiedete, wie ich allein in Richtung Campus-Park lief, ohne mich noch einmal umzuschauen. Erst, als sich kühle Finger um meinen nackten Unterarm legten, kehrte ich zurück. Brynn stand vor mir, die Lippen aufeinandergepresst, einen beinahe flehenden Ausdruck auf den Zügen und so viele Fragezeichen.

»Kace, bitte hör mir zu, wenn ich dir sage, dass wir nicht gefahren wären«, begann sie leise. »Ich hätte Lucie davon abgehalten.«

Ich glaubte ihr. Ich glaubte ihr, dass sie nicht zugelassen hätte, dass ihre Freundin diese Linie übertrat, und dennoch änderte das nichts an der inneren Starre, die mich fest im Griff hielt. An diesem Eis, in das sich mein zuvor kochendes Blut verwandelt hatte.

Ich legte den Kopf in den Nacken, blickte in den sternenlosen Himmel. »Trix' Mam, sie … sie ist bei einem Autounfall ums Leben gekommen. Sie hat sich betrunken hinters Steuer gesetzt und ist gegen eine Wand gefahren. War sofort tot.«

Brynn zuckte zurück. »Kace, das …« Behutsam tastete sie nach meinen Fingern, doch ich zog meine Hand zurück, ballte sie zur Faust. Als ich sie wieder ansah, trübten Schmerz und Fassungslosigkeit das Grün ihrer Augen. »Das tut mir sehr leid.«

Ich nickte nur, machte einen Schritt rückwärts. Dann noch einen, ehe ich mich umdrehte und ging. Brynns Blick in meinem Rücken, meine Dämonen im Nacken und ein tonnenschweres Gewicht auf den Schultern, das mich zu Boden drückte.

KAPITEL 31

Let Me Down Slowly – Alec Benjamin

Brynn

»Hier, danach geht's dir besser.« Mit diesen Worten schob Polina mir eine Tasse frischen Kaffee über den Küchentisch entgegen und setzte sich dann mir gegenüber. »Harte Nacht, was?«

Ich nickte und schloss die Hände um den warmen Becher. »Kann man so sagen, Lucie hat mich in eine Bar geschleppt.« Dabei war es nicht der Kater, der mich so fertigmachte, sondern Kace, der mich angesehen hatte, als hätte ich ihm ein Messer in den Rücken gerammt. Das und seine Worte über Trixies Mutter. Trotz des warmen Kaffees bekam ich eine Gänsehaut. Ich hatte mich immer gefragt, was mit ihr geschehen war. Jetzt hatte ich eine Antwort. Und ganz gleich, was ich auch tat, ich konnte nicht aufhören, darüber nachzudenken. Auf dem Weg nach Hause, nachts, als ich wach gelegen hatte, heute Morgen bei der langen Dusche. Die Gedanken blieben genauso wie das, was in seiner Stimme gelegen hatte. Wut und Hass und Schmerz. Lucie und mich betrunken bei dem Wagen zu sehen, hatte etwas in Kace hervorgeholt, das ihn schon lange leiden ließ. Es war kein Wunder, dass er so reagiert hatte, dass er auf

Abstand gegangen war, und ich konnte es verstehen. Trotzdem schmerzte diese Distanz, nachdem wir uns in den vergangenen Tagen so nahe gewesen waren.

»Erde an Bry?«

Ich blickte ruckartig von meiner Tasse auf, in die ich die letzten Minuten blind geschaut hatte, und griff nach meinem Polarsternanhänger.

»Ist alles okay? Es ist doch … nicht irgendetwas passiert, oder?« Sanft berührte sie eine meiner Hände und schenkte mir ein behutsames Lächeln.

Langsam atmete ich aus und schüttelte den Kopf. Polina war meine Freundin, aber die ganze Sache mit Kace wollte ich erst mit ihm klären, bevor ich sie vor irgendjemand anderem ausbreitete.

»Nein, keine Sorge. Aber danke.«

Glücklicherweise schien sie zu merken, dass ich nicht darüber sprechen wollte, und widmete sich stattdessen unserer üblichen Wochenenddiskussion. »Okay, dann … hast du dich entschieden? Pancakes, French Toast oder Waffeln? Wir haben alles für alles da.«

Der Gedanke an Essen ließ meinen Magen gleichermaßen zu einem harten Ball schrumpfen und vor Hunger knurren. Absolutes Durcheinander. »Da Bea nicht da ist, nehme ich das French Toast. Dann muss sie nächstes Wochenende nicht so tun, als würde ihr das schmecken.«

»Gute Wahl, Miss Leary. Ich kümmere mich sofort …« Ein Klingeln an der Wohnungstür ließ Polina, die schon halb aufgestanden war, verstummen. »Erwartest du jemanden?«

»Eigentlich nicht, aber ich schau schnell nach und helfe dir dann, ja?«

Während Polina an die Küchenzeile trat, huschte ich in den Flur und konnte nicht verhindern, dass sich ein angespanntes Kribbeln in meinem ohnehin aufgewühlten Magen breitmachte. Könnte es Kace sein? Meine Vermutung fiel jedoch in sich zusammen, als ich auf dem Display der Gegensprechanlage nicht Kace sah, sondern Lucie.

Ich betätigte den entsprechenden Knopf und öffnete die Wohnungstür, als Schritte im Treppenhaus erklangen. Kurz darauf stand meine Freundin vor mir und sah mich zerknirscht an. »Hey, Bry. Können wir reden?«

»Hi, klar. Ist … alles in Ordnung?«

Lucie zuckte mit ihren schmalen Schultern. »Ja. Nein, ich … ich musste das jetzt einfach sofort machen.«

Irritiert sah ich sie an. »Was meinst du?«

Das Braun ihrer Augen wurde dunkler. »Mich entschuldigen. Für gestern und heute Nacht. Gott, das war so dämlich und …«

»Lucie …« Ich schlang die Arme um sie, als ich das Schimmern in ihrem Blick bemerkte und mich der Verdacht beschlich, dass es hierbei nicht nur um die Sache mit dem Autofahren ging, sondern um das, was sie in der Bar gesagt hatte.

Vielleicht erzähle ich dir irgendwann, wer ich bin.

Eine kleine Ewigkeit blieben wir so stehen. Ich spürte ihren schnellen Puls an meiner Brust und den Moment, in dem er sich endlich ein wenig beruhigte. Behutsam fuhr ich ihr über den Rücken und schenkte ihr ein kleines Lächeln, als sie sich wieder von mir löste.

»Tut mir leid, dass ich einfach so deinen Samstagmorgen störe.«

Kopfschüttelnd winkte ich ab. »Du störst nie, Lucie. Nie, okay?« Ein kleines Nicken, was ich zum Anlass nahm, nach ihrer Hand zu greifen und sie endlich vom Flur in die Wohnung zu ziehen. »Hast du zufälligerweise Hunger?«

Aus den French Toasts für zwei wurde ein ausgiebiger Brunch zu dritt, bei dem uns Polina mit neuen Anekdoten aus ihrem Studium unterhielt und nicht einmal nachfragte, warum Lucie unangekündigt bei uns aufgetaucht war. Ich liebte, dass es in der WG so unkompliziert war und sich das hier so richtig anfühlte. Mühelos richtig, wie ein Zuhause.

Nach dem Frühstück zogen Lucie und ich uns mit einer Kanne Tee in mein kleines Zimmer zurück. Ich schaltete die Lichterketten ein, um etwas Wärme in den trüben Vormittag zu bringen, und lehnte mich auf meinem Bett gegen die Wand. Lucie setzte sich neben mich, die Beine im Schneidersitz und eines meiner bunten Kissen auf dem Schoß.

»Danke, dass ich bei euch frühstücken durfte«, sagte Lucie nach einer Weile, in der wir beide unseren Gedanken nachgehangen hatten.

Ich sah sie von der Seite an. »Natürlich. Du bist jederzeit willkommen.«

Sie lächelte ein wenig, doch es hatte etwas Trauriges an sich. »Brynn, hör zu, das mit gestern tut mir wirklich leid.«

»Du brauchst dich nicht zu entschuldigen, das habe ich doch schon gesagt.«

»Doch und das wissen wir beide. Nicht nur wegen der Autosache … sondern, weil ich dich überhaupt in diese Bar geschleppt habe, statt die Freundin zu sein, die du brauchst.«

Überrascht hob ich die Brauen. »Ich habe dich doch darum gebeten, mir eine Pause zu geben, und das hast du.«

Kopfschüttelnd lehnte sie den Hinterkopf an die Wand. »Nicht auf die Art und Weise, wie du es gebraucht hättest. Seine Sorgen in Alkohol zu ertränken, ist eine dämliche Lösung.«

»Mag sein, aber manchmal ist es eben genau das: eine Lösung. Zumindest für den Moment.« Ich stieß den Atem aus und rutschte vor Lucie. »Worum geht es hierbei wirklich? Wir reden doch nicht nur davon, dass du in der Bar so viel getrunken hast, oder?«

Lucie kniff einen Moment lang die Lippen aufeinander, als müsste sie nach den richtigen Worten suchen. »Ja und nein. Das … ich kann mir vorstellen, dass du viele Fragen hast und dass … Scheiße, ich hätte diesen Weg nicht gehen sollen.«

Ich verstand nicht ganz, worauf sie hinauswollte, aber ich begriff durchaus, dass meine Freundin von dieser Seite an sich sprach, die sie nur selten zeigte. »Das Auto und der teure Laden, in den du mich gebracht hast? Sie kannten dort sogar deinen Namen.«

Ihre Augen richteten sich wieder auf mich. In dieser Sekunde wirkte Lucie beinahe fremd. Fremd und unglaublich zerbrechlich. »Ich kann dir das nicht alles erklären. Ich wünschte, ich könnte es, aber … manchmal verstehe ich es selbst nicht. Manchmal fühlt sich das hier wie die Realität, wie mein Leben an und dann erinnere ich mich wieder daran, dass es nicht so ist. Ganz gleich wie sehr ich mir auch wünsche, dass ich …« Sie brach ab und mein Herz wurde schwer.

»Hey, du musst mir überhaupt nichts erklären. Und wenn du es doch irgendwann tun möchtest, dann werde ich dir zuhören, okay?«

»Okay«, flüsterte sie. »Ich hätte es trotzdem nicht wieder tun sollen. Trinken, meine ich.« Ihre letzten Worte waren so leise, dass ich sie beinahe überhört hätte, und trotzdem trafen sie einen Punkt tief in mir drin.

»Lucie …«

Ihr Kopf ruckte hoch. »Du erzählst doch niemandem etwas von dem, was ich gerade gesagt habe, oder?«

»Nein, natürlich nicht.«

»Und auch nicht von dem Auto?«

»Nein, Lucie. Ich werde schweigen. Das ist deine und nur deine Entscheidung.« Ich sah ihr fest in die Augen, bemerkte, dass sich ihre angespannten Schultern ein wenig senkten, und hob einen Mundwinkel. »Es ist aber nicht geklaut, oder?«

Eine Mischung aus Lachen und Schluchzen kam ihr über die Lippen. »Nein, der Wagen gehört mir, keine Sorge.«

»Da bin ich beruhigt.«

Der Anflug eines Lächelns huschte über ihr Gesicht. »Danke, Bry.«

»Dafür sind Freundinnen da. Aber«, ich griff nach einer ihrer kalten Hände und drückte sie, »kannst du mir etwas versprechen? Oder zumindest über dieses Versprechen nachdenken?«

Lucie nickte langsam.

»Wenn du das Gefühl hast, dass es zu … viel wird, kannst du dann zu mir kommen?«

Nun hob sich auch ihr zweiter Mundwinkel. »Das werde ich.«

Wir verfielen für ein paar Augenblicke lang in ein Schweigen, das Raum für unsere Gedanken ließ. Ich machte mir Sorgen um Lucie, denn auch wenn wir einander erst seit ein paar Wochen kannten, gehörte sie für mich schon zu meiner neuen Familie. Und das, was sie angedeutet hatte … legte sich schwer auf meine Brust. Ich hoffte, dass Lucie wirklich darüber sprechen würde, nicht zwingend mit mir, aber mit irgendjemandem, dem sie sich anvertrauen konnte, um dieses Gewicht, das sie unübersehbar zu Boden drückte, nicht mehr allein stemmen zu müssen.

Kaum merklich schüttelte ich den Kopf und schenkte uns beiden je eine Tasse Tee ein.

»Konntest du gestern noch in Ruhe mit Kace sprechen?«, erkundigte sich meine Freundin dann und ließ sich wieder tiefer in die Kissen sinken.

Ich verzog den Mund und blickte in meinen Becher. Sofort kehrten die Erinnerungen an das, was er über Trix' Mum gesagt hatte, zurück. Und damit die Kälte, die sich wie ein Netz aus feinen Eiskristallen über meinen Körper legte.

»Na ja«, meinte ich nach einem tiefen Atemzug und sah sie wieder an. »Kace hat mir erzählt, dass er bereits eine schlechte Erfahrung mit Alkohol am Steuer gemacht hat, und deswegen … hat ihn das ziemlich getroffen.«

»Ohne meinen großartigen Plan wäre das nicht passiert.«

»Nein, aber ändern können wir es jetzt auch nicht mehr.« Natürlich schmerzte die plötzliche Distanz zwischen uns, aber gleichzeitig konnte ich nicht aufhören, darüber nachzudenken, ob er mir jemals davon erzählt hätte, wäre das alles nicht passiert. Himmel, ich wollte nicht wissen, was das über mich aussagte.

Dieses Mal war es Lucie, die mich anstupste. »Aber es ist alles okay mit euch?«

»Ich weiß es nicht. Kace braucht, glaube ich, etwas Zeit und das ist in Ordnung für mich. Ich kann ihn verstehen und der Rest … wird sich hoffentlich wieder von selbst ergeben.«

»Wenn du willst, kann ich auch noch mal mit ihm reden, schließlich ist das alles ja auf meinem Mist gewachsen. Das sollte er wissen.«

Ihr Angebot brachte ein kleines Lächeln auf meine Lippen. »Das ist lieb, aber ich bekomme das hin.« *Wir bekommen das hin.* Das mussten wir ganz einfach, denn ich war nicht bereit, Kace gehen zu lassen. Weil er längst nicht nur einen Teil meines Herzens besaß, sondern das ganze verdammte Ding.

***

Die letzte Aprilwoche brach an und mir wurde bewusst, dass mich damit nur noch knapp fünf Wochen von dem Wettbewerb trennten. Fünf Wochen bis zu dem Moment, in dem sich entscheiden würde, ob ich meinen Traum leben durfte oder alles in sich zusammenfallen würde.

Ziemlich melodramatische Gedanken für einen Mittwochvormittag, aber gut. Mit der Sorge um Kace, von dem ich immer noch nichts gehört hatte, dem wachsenden Druck und dem Lakestone Café, das bis auf den letzten Platz gefüllt war, durfte man melodramatisch sein.

»Verbuche zwei weitere Matcha Latte. Laktosefrei. Auf Rechnung zwei-zwei-vier, liegt neben der Kasse«, rief mir Ian über die vielen Stimmen und das Rauschen der Kaffeemaschinen zu, während er gleichzeitig an der Zubereitung einer anderen Bestellung arbeitete.

»Alles klar.« Ich tippte die entsprechenden Zahlenkombinationen, die ich mittlerweile im Schlaf beherrschte, in die Kasse ein und hängte den aktualisierten Ausdruck an die Magnetleiste. Nur einen Moment später wandte ich mich bereits dem nächsten Studenten zu, der in etwa so müde aussah, wie ich mich fühlte. Gestern Abend hatte ich noch lange mit Polina und Bea zusammengesessen, nach dem wir gemeinsam gekocht hatten, und mich heute Morgen viel zu früh in die Bibliothek geschleppt, um vor meiner Schicht zu lernen. Eigentlich hätte ich mir das Ganze auch sparen können, denn kaum, dass ich mit Harlow die Bib betreten hatte, war ich beinahe ununterbrochen damit beschäftigt gewesen, mich nach Kace umzuschauen. Ganz gleich wie sehr ich mich auch auf meinen Lernstoff hatte konzentrieren wollen, wann immer sich Schritte genähert hatten, war mein Kopf hochgeflogen. Ich war ein hoffnungsloser Fall.

Ich musste dringend mit Kace sprechen oder ihm zumindest schreiben, denn dieses In-der-Luft-Hängen ließ mich noch durchdrehen.

Meine restliche Schicht verlief ähnlich hektisch wie zu Beginn. Viele Studierende, viele Bestellungen, viele Tische, die abgeräumt werden mussten, und noch viel mehr Zutaten, die ständig leer waren und aus dem Lager gebraucht wurden. Als sich der Ansturm kurz vor Ende meiner Schicht endlich legte, konnte ich das schwere Seufzen nicht länger zurückhalten.

»Gab es heute irgendetwas umsonst oder warum war der gesamte Campus zu Besuch?«

Ian wischte eine der Wasserdampfdrüsen ab und schenkte mir ein schiefes Grinsen. »Ich hoffe doch sehr, dass du niemandem kostenlose Drinks spendiert hast. Sonst macht uns Frankie bei Ladenschluss einen Kopf kürzer.«

»Nicht dass ich wüsste«, entgegnete ich und löste die Schleife meiner Schürze. »Von dem Freikaffee, den ich jetzt gleich von dir bekomme, einmal abgesehen natürlich.«

»Ach, ist das so?«

Ich knuffte ihm in die Schulter und kletterte dann auf der anderen Seite der Theke auf einen der Hocker. Ian schob mir gemäß dieser kleinen Tradition, die sich in den vergangenen Wochen eingeschlichen hatte, meinen Kaffee samt Muffin vor die Nase und lehnte sich dann mir gegenüber an den Tresen.

»Wusstest du, dass sie am Wochenende im Gewölbe schon nach dir gefragt haben, Bry?«

»Um sich zu vergewissern, dass ich ihnen nicht die Taschen leer räume?«, erwiderte ich zwischen zwei Bissen. »Keine Sorge, in der nächsten Zeit bleibe ich den Spielen fern, ich habe schon genug um die Ohren.

Ian nickte. »Habe ich mir gedacht. Und nein, sie sprechen in den höchsten Tönen von dir. Du hast dir ziemlich schnell einen Namen gemacht.«

»Das war nie geplant.«

»Aber bei deinem Gespür für Zahlen absehbar.« Er klopfte auf das dunkle Holz. »Ich mache dann mal weiter, du bekommst ohnehin Gesellschaft.«

Ich blickte ihn fragend an, dann setzte sich auch schon Harlow neben mich und stellte dabei ihren schweren Laptop vor sich ab. »Hi, Bry. Irgendetwas Spannendes zwischen heute Morgen und jetzt passiert?«

»Hey. Die Schicht heute Morgen war die Hölle, sonst alles beim Alten. Und bei dir?«

»Das übliche. Zack und ich fahren gleich zu seiner Großmutter, deswegen wollte ich dir das hier unbedingt vorher noch geben. Hab es gerade fertig bekommen.« Mit einem verschwörerischen Zwinkern zog sie ihre Tasche auf den Schoß und begann, darin herumzukramen. »Du hast mir doch von der Vorlesung erzählt, in der du warst. Sternkunde?«

Das war schon eine gute Weile her. Seit ich von Greyson in der Bibliothek erwischt worden war, hatte ich es nicht mehr gewagt, mich in Kurse zu schleichen. Ich wollte meine Chance auf den Wettbewerb nicht verspielen. Was nicht bedeutete, dass ich nicht darüber nachgedacht hätte.

»Ja, aber worauf möchtest du hinaus, Har?«

Statt meine Frage zu beantworten, fischte sie einen Atemzug später eine weiße, unbedruckte Zugangskarte hervor. »Hier haben wir sie ja!«

Irritiert beugte ich mich weiter vor und nahm das Stück Plastik entgegen. »Ich fürchte, ich stehe immer noch auf dem Schlauch.«

»Nach der Vorlesung hast du so von der Sternwarte geschwärmt und dass sie praktische Übungen dort machen, an denen du nicht teilnehmen kannst«, meinte sie und stellte die Tasche wieder auf den Boden. »Damit hast du Zugang zur Warte.«

»Was? Harlow, das ist cool, aber wenn die mich da erwischen …«

Meine Freundin winkte ab und tippte auf die Karte in meinen Händen. »Der Chip ist sauber. Ich habe mir eine offizielle Zugangsberechtigung besorgt und eben … aus einem Ausweis zwei gemacht. Falls ich einen verliere, versteht sich.«

Ich konnte sie nur anstarren. »Du hast was?«

»Die Zugangsdaten kopiert und auf eine zweite Karte transferiert. Ist kein Hexenwerk, ehrlich. Und wann immer du vorbeischauen magst, wird dem System angezeigt, dass ich drin war. Alles safe. Du solltest nur nicht gerade vorbeischauen, wenn dort Kurse stattfinden. Es gibt feste Zeiten, zu denen Studierende Zugang haben, mich kennt dort niemand persönlich, es sollte also keinen Unterschied machen, wenn du Harlow Lexington bist.«

Sie hatte das wirklich bis ins kleinste Detail durchdacht und ich wusste nicht, ob ich das beeindruckend oder beängstigend finden sollte. »Du bist echt krass, Har.«

»Wie gesagt, keine große Sache. Solltest du irgendwelche Probleme haben, komm zu mir«, antwortete sie und nickte Richtung Ausweis. Dann stand sie auch schon wieder auf und zog sich den Riemen ihrer Tasche über die Schulter. »Ich muss leider los, sehen wir uns zum Lernen in der Bib? Morgen vielleicht?«

Ich ließ die Karte in der Tasche meines übergroßen Cardigans verschwinden und nickte. »Gerne.«

»Perfekt, ich schreibe dir.«

»Alles klar. Grüß Zack lieb von mir, ja? Und danke, Harlow.«

Meine Freundin schloss mich kurz in eine seitliche Umarmung, weil ich noch immer auf dem Hocker saß, und schnappte sich dann ihren Computer. Nachdem sie sich verabschiedet hatte, zog ich den Ausweis für die Sternwarte noch einmal hervor und drehte ihn zwischen meinen Fingern. Stirnrunzelnd betrachtete ich das unscheinbare Ding und konnte ein kleines, schiefes Grinsen nicht zurückhalten. Harlow war wirklich eine Nummer für sich. Auch wenn ich nicht wusste, ob ich sie nutzen würde – schließlich verbarg sich darin immer noch ein gewisses Risiko –, allein, dass mir Harlow diese Möglichkeit verschafft hatte, bedeutete mir eine Menge.

»Brynn? Kannst du mir noch beim Abschluss helfen?« Ian riss mich aus meinen Gedanken zurück ins Café.

»Sicher.« Lächelnd rutschte ich vom Hocker, die Karte noch immer fest zwischen den Fingern, als wäre sie nicht nur mein Zugang zur Sternwarte, sondern zu meiner Zukunft auf dem Campus.

KAPITEL 32

Castle Of Glass – Linkin Park

Kace

Ich stand kurz davor, die Nerven zu verlieren. Und das nicht nur, weil ich in weniger als zwanzig Minuten den Übungssaal betreten und dort meine praktische Zwischenprüfung bei Professor Mullbear absolvieren würde. Heute Morgen hatte mir Ethan geschrieben, dass ihn die Ergebnisse des DNA-Tests im Laufe des heutigen Tages erreichen würden. Seitdem checkte ich mein Handy beinahe ununterbrochen, allein in der letzten halben Stunde hatte ich achtmal auf das verfluchte Ding geschaut, nur um es frustriert zurück in meine Hose zu stecken. Genauso wie jetzt.

For fuck's sake.

Mit einem unterdrückten Knurren lehnte ich mich an die Wand gegenüber der Doppeltür, die in den Musiksaal führte, und fuhr mir durch die Haare. Ich musste dringend meinen Kopf auf Kurs bringen, wenn ich das hier nicht komplett vergeigen wollte. Ich hatte zu hart gearbeitet, mich zu oft beim Spielen dorthin gewagt, wo die schmerzhaftesten Erinnerungen an Mam saßen, um die Prüfung jetzt in den Sand zu setzen. Nach allem war ich es Trix und mir schuldig, mich zusammenzureißen. Danach konnte ich immer noch durchdrehen.

Resolut schob ich die Gedanken an den Test, an Greyson, der in diesem Augenblick ebenso auf heißen Kohlen sitzen musste, von mir und versuchte, mich auf das Stück zu fokussieren, das ich gleich spielen würde. Versuchte, mir die Noten, die einzelnen Töne, Tempi und Melodien vorzustellen und in meinen Gedanken zu Bachs Meisterwerk zusammenzusetzen. Etwas, das mir sonst im Schlaf gelang, doch heute nutzte mein verräterischer Verstand den Moment, um mich an die Person zu erinnern, die mir seit Tagen den Schlaf raubte.

Brynn.

Seit der Nacht auf dem Parkplatz war ich auf Abstand gegangen. Nicht, weil ich ihr nicht glaubte, sondern weil ich Zeit gebraucht hatte, um mich zu sortieren. Diese Begegnung hatte Szenen heraufbeschworen, die ich am liebsten vergessen hätte, und darauf war ich nicht vorbereitet gewesen. Ich hatte mir vorgenommen, mich so schnell wie möglich wieder bei Brynn zu melden. Weil sie mir fehlte und längst jeden Winkel meiner Gedanken ausfüllte, doch dann war die neue Woche gestartet, Vorlesungen, Lernen, Trixie, die aus irgendeinem Grund nicht in die Betreuung wollte und jeden Morgen ein regelrechtes Theater aufführte … dazu der Mist mit dem DNA-Test und der Prüfung heute. Ich war nur zwischen Hörsälen, dem Klavierspielen und meiner Tochter hin und her gesprungen und hatte dazwischen jedes Gefühl für Raum und Zeit verloren.

Nach der Prüfung würde ich endlich Brynn schreiben und das aus der Welt schaffen. Und ihr vielleicht sogar erklären, was damals geschehen war.

Als wäre dieser Entschluss sein Stichwort gewesen, öffnete sich in diesem Moment die Tür und Mason trat aus dem Saal zu mir auf den Flur. Als Tutor unseres Kurses war er bei der Prüfung Mitsitzer.

»Hey, Mann. Alles klar?«

Ich blickte auf und zuckte mit einer Schulter. »Ist meine Galgenfrist vorbei?«

Sein Grinsen wurde breiter. »Du bist bester Laune, ich sehe schon. Mach dir keinen Kopf. Für jemanden, der so spielt, ist das ein Spaziergang.«

»Mal sehen.«

Herausfordernd hob Mason ein wenig das Kinn an und verschränkte die Arme vor der Brust. »Ich wusste gar nicht, dass der große Kace Holloway unter Prüfungsangst leidet.«

»Halt die Klappe.«

Sein Grinsen wurde nur noch breiter. »Na komm, je schneller du jetzt den Hintern hochbekommst, desto schneller ist es vorbei.«

Ich atmete hörbar aus und stieß mich von der Wand ab. »Deine Logik ist bestechend.«

»Nicht so sehr wie dein Charme.«

Gemeinsam betraten wir den großen Musiksaal, in dem Professor Mullbear und Professorin Jones bereits an einem kleinen Tisch nahe einem glänzenden Konzertflügel über ihren Unterlagen saßen. Links neben dem Professor stand ein weiterer Stuhl, vermutlich Masons Platz.

»Mr Holloway«, begrüßte mich Mullbear, als er aufsah, und deutete auf den Hocker vor dem Instrument. »Setzen Sie sich gerne, dann können wir direkt starten.«

Mason stieß mich unauffällig mit der Schulter an, was vermutlich so viel wie ein *Hals und Beinbruch* sein sollte, und bezog dann an dem Tisch Stellung, während ich mich an den Flügel setzte.

»Bleiben Sie bei Ihrer Stückwahl?«

Ich legte die Hände in den Schoß und nickte. »Ja, ich habe mich für *Fantaisie-Impromptu* entschieden.«

Professorin Jones hob eine Braue. »Das ist eines der anspruchsvollsten Werke unserer Zeit. Sind Sie sich sicher? Für den heutigen Leistungsnachweis wäre ein mittelschweres Stück vollkommen ausreichend.«

Das wusste ich. Trotzdem war mir als Erstes die *Fantaisie* in den Sinn gekommen, das längste und komplizierteste Stück der Liste. Es galt als komplex, beanspruchte Kopf und Motorik gleichermaßen und ließ keinen Raum für irgendetwas anderes, wenn man das Stück nicht nur spielen, sondern beherrschen wollte. Ich hatte die Noten der *Fantaisie* das erste Mal mit zehn Jahren gehört und seitdem hatten sie mich nie ganz losgelassen. Wann immer ich an Tempi, Notenwechsel oder Sprüngen gescheitert war, hatte sich mein Ehrgeiz nur weiter gesteigert. Vermutlich war es dämlich, sich ausgerechnet dieses Stück herauszupicken. In all der Zeit, in der ich nun schon Klavier spielte, war es mir erst dreimal gelungen, die *Fantaisie* fehlerfrei zu spielen, aber ich vertraute auf meine Intuition – sie hatte mir schon einige Male den Hintern gerettet.

»Ich bleibe dabei«, gab ich mit einem leisen Räuspern zurück und drehte den goldenen Ring aus Mams Brief an meinem Daumen. Aus irgendeinem Grund hatte ich ihn heute Morgen mitgenommen. Vielleicht, weil ich der Antwort auf die Frage nach meinem Vater immer näher kam. Vielleicht dachte ich aber auch nur zu viel über irgendwelchen Stuss nach, statt mich endlich auf diese Prüfung zu konzentrieren.

»Gut, Mr Holloway. Sie kennen den Aufbau des Nachweises.

Zwei Versuche, das Stück Ihrer Wahl in Ihrer bestmöglichen Version vorzutragen. Wir werden Ihr Spiel danach anhand festgelegter Kriterien, in erster Linie der Faktoren bewerten, an denen wir in der ersten Hälfte des Semesters gearbeitet haben. Gibt es noch Fragen von Ihrer Seite?«

»Nein, Sir.« Ich biss die Zähne aufeinander, als ich prickelnde Nervosität in mir aufsteigen spürte. Scheiße, seit wann litt ich unter Lampenfieber? Mein Mund wurde trocken, während ich dieses unangenehme Gefühl resolut zurückdrängte.

Mullbear neigte beinahe feierlich den Kopf und nahm seinen Stift auf. »Sehr gut. Dann dürfen Sie beginnen, wann immer Sie bereit sind.«

»Danke«, brachte ich heiser hervor und legte meine feuchten Finger auf das kühle Elfenbein. Sofort wurde ich ruhiger, weil sich das hier vertraut anfühlte. Ich hatte bereits Tasten unter meinen Händen gehabt, da konnte ich kaum sitzen. Dieses Instrument, die Musik war mein Zuhause. Eine Heimat. Ein sicherer Hafen, den Mam für mich geschaffen hatte.

Der Gedanke an Mam raste durch meinen Körper, schmerzhaft und gleichzeitig belebend, wie ein Funke, den ich gebraucht hatte, um eine unsichtbare Grenze hinter mir zu lassen. Die erste Note erklang, ohne dass ich sie bewusst gespielt hätte. Hallte klar und stark im Klangkörper des Konzertflügels wider. Und in mir. Erweckte das Stück in meinem Kopf zum Leben, noch ehe ich die nächsten Töne spielte. Meine Lider senkten sich wie von selbst, folgten der Melodie, die nur ich hören konnte. Noten überlagerten Noten, so schnell, dass ich längst das Gefühl hatte, nicht ich würde meine Finger lenken, sondern die Musik. Mein Atem beschleunigte sich mit dem Tempo des Werks, wurde zu einem Teil der *Fantaisie*, die sich wie goldene Fäden um mich herum ausbreitete, mich einhüllte, davontrug.

Ein verdammter Rausch, der mich packte, seine Klauen in meine Haut schlug, die Kontrolle übernahm …

… und abrupt abbrach, als ein helles Klingeln das Gold zerriss. Meine Finger landeten in einer Disharmonie auf der Klaviatur, die mich zusammenzucken ließ und die Musik schlagartig vertrieb. Ich riss die Augen auf, brauchte einen stotternden Herzschlag lang, um mich zu orientieren, das Klingeln zu begreifen.

Mein Handy.

Fuck.

»Mr Holloway? Sie wissen, Mobiltelefone sind während der Prüfung nicht gestattet.« Mullbear war aufgestanden und bedachte mich mit einem strengen Blick, doch er prallte rückstandsfrei an mir ab, weil sich meine Aufmerksamkeit komplett verschob. Auf mein Smartphone. Beinahe wie ferngesteuert zog ich mein Telefon aus der Hosentasche, entsperrte es, während der Professor ein weiteres Mal meinen Namen rief.

Ich hörte ihn nicht. Meine sonst so empfindlichen Ohren versagten mir den Dienst, als ich auf Ethans knappe Worte starrte, den Screenshot, den er mir weitergeleitet hatte. Das meiste davon verstand ich nicht. Biologischer Fachjargon, Symbole und Markierungen … doch eines begriff ich sofort. Eine einzelne Zeile:

Verwandtschaftsgrad 25 %

Greyson war mein Halbbruder. Wir teilten uns fünfundzwanzig Prozent unserer DNA und das bedeutete, dass Harvey Abbot mein Vater war. Ich hatte immer gewusst, dass die Möglichkeit bestand.

Dass Abbot wirklich mein Erzeuger sein könnte, doch es nun schwarz auf weiß vor mir zu haben … riss mir den Boden unter den Füßen weg.

Ich bekam kaum mit, wie ich aufstand, die Hand um das Handy zur Faust ballte, sodass sich seine scharfen Kanten in meine Haut gruben. Mein Herz donnerte unregelmäßig, beinahe schmerzhaft gegen meine Rippen und ich … ich bekam keine Luft. Ich musste hier raus. Ich musste …

»Kace.« Das war Mason, irgendwo am Rande meines Bewusstseins und doch zu weit entfernt, als dass er mich hätte erreichen können. Fahrig fuhr ich mir durch die Haare und schüttelte den Kopf. »Es tut mir leid«, stieß ich heiser hervor und stürmte in der nächsten Sekunde aus dem Saal.

Die Tür fiel lautstark hinter mir ins Schloss, wie ein Warnschuss, den ich ignorierte. Stattdessen lief ich weiter, rannte durch den breiten Flur des Altbaus, durch das Foyer hinaus auf den Campus. Die Sonne war längst untergangen, die Luft so kalt, dass mein Atem zu Nebel wurde. Mit hämmerndem Puls stolperte ich die Treppen runter und lief weiter. Hielt nicht an, wurde nicht langsamer, bis ich das Verwaltungsgebäude erreicht hatte, die ausladenden Stufen dort und schließlich die dunkle doppelflügelige Tür, die zu Abbots Büro führte.

Mein Vater.

Der Gedanke ließ mich erschaudern. Und dann dachte ich überhaupt nicht mehr.

Ohne Vorwarnung stieß ich die Tür auf und platzte in das Arbeitszimmer dahinter. Mit bebenden Schultern blieb ich in seiner Mitte stehen und schluckte gegen den beschissenen Kloß in meinem Hals an, der das Atmen so verdammt schwer machte.

Abbot saß hinter seinem Schreibtisch in makellosem dunkelgrauen Dreiteiler und erwiderte meinen Blick mit seltsamer Ruhe. Als wäre ich nicht wie der Teufel persönlich in sein Büro gestürmt. Als hätte er bereits mit mir gerechnet.

»Mr Holloway.«

»Wussten Sie es?« Meine Stimme klang fremd in meinen eigenen Ohren.

Eine tiefe Falte erschien zwischen seinen Brauen, als er sich ein wenig aufrichtete. »Wovon sprechen Sie?«

»Wussten Sie, dass Sie einen zweiten Sohn haben?«

»Mr Holloway …«, setzte Abbot erneut an, doch ich ließ ihn nicht aussprechen, wollte es nicht hören und lechzte gleichzeitig nach Antworten. Was verflucht noch mal keinen Sinn ergab, nichts ergab Sinn, am allerwenigsten der lodernde Schmerz in meinem Brustkorb.

Ich machte einen Schritt in seine Richtung. »Vor vierundzwanzig Jahren haben Sie eine junge Frau aus Dublin kennengelernt. In einer Bar hier in Seattle. Sie hatten eine gute Zeit, vielleicht war es auch nur der Moment, aber diese Frau war ein paar Tage nach Ihrem Treffen schwanger. Mit einem Jungen. Ihrem … Ihrem Sohn.« Ich hasste es, dass die Worte so brüchig klangen, hart, aber voller Risse. »Diese Frau war meine Mam, wissen Sie?«

Bisher hatte ich Harvey Abbot immer beherrscht erlebt, ruhig, gefasst, doch in diesem Augenblick entglitten ihm sämtliche Züge und es erfüllte mich mit hässlicher Genugtuung, dass ihn diese Wahrheit genauso entwurzelte wie mich. »Das … das war …«

»Ein Unfall? Nicht geplant? Ein Missgeschick?«, spuckte ich aus.

Abbot schüttelte fassungslos den Kopf.

»Haben Sie nach dieser Nacht auch nur ein Mal an die junge

Frau gedacht? Einen Gedanken an sie verschwendet? An Gemma Holloway?«

Ich erhielt keine Antwort und diese Stille wog so unglaublich schwer.

»Natürlich haben Sie das nicht. Warum auch? Es war ja nur ein bedeutungsloser One-Night-Stand, oder?« Mir kam ein freudloses Lachen über die Lippen, meine Augen begannen zu brennen. Dann riss ich mir den Ring vom Daumen und warf ihn auf den Schreibtisch. Mit einem hellen Klacken landete er direkt vor seinen Fingern, doch Abbot rührte sich nicht. Gab kein Wort von sich. Keine Reaktion.

Er hatte die Chance, *alles* zu sagen, und entschied sich für *gar nichts.*

Feigling. All die Jahre hatte ich mir gewünscht, die Chance zu bekommen, meinen fremden Vater kennenzulernen. Nur einen Augenblick, in dem ich ihn sehen, mit ihm sprechen und seine Version der Geschichte hören konnte. Doch nun, wo er in Fleisch und Blut vor mir stand, verfluchte ich mich für meinen naiven Wunsch. Meine Hoffnung.

Hoffnung ist ein gefährliches, kleines Ding.

Denn ich hatte gehofft. Tief in mir drin hatte ich gehofft, dass Abbot anders reagieren würde, wenn ich ihn mit der Wahrheit konfrontierte. Dass er sich an Mam erinnern würde, mir irgendeine schöne Geschichte auftischen und sich … sich freuen würde. Dass er mir etwas gab, an dem ich mich festhalten konnte.

Gott, das war so armselig.

»Scheiß drauf«, murmelte ich und wich zurück. Vor Abbot und vor meinen Gedanken, die wie Gift waren. Die sich viel zu sehr nach der Zeit vor Trix anfühlten. »Scheiß auf das hier.«

»Kace, bitte.«

»Bitte, was?«

Einen Moment lang gruben sich unsere Blicke ineinander, dann wandte Abbot den Kopf zur Seite. Und sagte wieder nichts.

»Hab ich mir gedacht.« Ich presste die Lippen aufeinander und drehte mich um. Er hatte seine Chance gehabt, ich hatte meine Chance gehabt. Mehr würde es nicht geben. Die Welt verschwamm vor meinen Augen, als ich aus dem Büro trat, ohne mir die Mühe zu machen, die Tür wieder zu schließen, und ging. Während ich die Stufen in den Eingangsbereich hinuntertrat, holte ich die Packung Zigaretten heraus, die ich immer bei mir trug, ohne je eine davon anzuzünden. Doch jetzt schickte ich meine Vorsätze zum Teufel, ignorierte den schalen Geschmack, der mir auf die Zunge trat, noch ehe ich draußen hustend den ersten Zug nahm.

Nicht Abbot war der Feigling, ich war es. Zu feige, mich zusammenzureißen, dagegen anzukämpfen. Ich stürzte mich kopfüber in diese alten Muster, die jahrelang mein Anker gewesen waren, ganz gleich, ob sie mich früher oder später umgebracht hätten.

Nur für den Moment. Nur für den Moment, verdammt.

Meine Finger begannen beim zweiten Zug zu zittern, dann rannte ich wieder los. Gehetzte, unsichere Schritte, die jeden Winkel meines Körpers erschütterten. Zu meinem zweiten Puls wurden. So wie damals, so wie immer. Rennen, niemals anhalten, davonlaufen.

Vor der Realität.

Vor meiner Verantwortung.

Und in erster Linie vor mir selbst. Weil das immer noch leichter war, als stehen zu bleiben und sich dem zu stellen.

KAPITEL 33

Into Your Arms (feat. Ava Max) – Witt Lowry, Ava Max

Brynn

»Danke noch mal, das hat mir echt geholfen«, sagte ich zu Harlow, als wir am Freitagabend gemeinsam aus dem Altbau traten. Nach den Lernstunden in der Bib fühlte sich die frische Luft an, als würde ich gegen eine Wand laufen.

»Eigentlich müsste ich mich bei dir bedanken. Ohne dich wäre mir der Fehler in meiner Berechnung nie aufgefallen.«

Ich stupste sie im Gehen an. »Warum einigen wir uns nicht auf einen Lerngleichstand?«

»Hätte nie gedacht, das einmal von dir zu hören.« Lachend schob sich Harlow die Brille in die Haare und wuchtete dann ihre große Trainingstasche auf die andere Schulter. »Ich muss leider direkt zum Hockey weiter, aber sehen wir uns am Wochenende?«

Wir blieben auf dem kleinen Platz vor dem ältesten Gebäude stehen, um uns herum waren Studierende auf dem Weg in Richtung Wohnheim oder betraten gerade den Altbau, um noch eine Extra-

Lernschicht einzulegen. In vielen Studiengängen standen die ersten Zwischenprüfungen an und das war nicht nur an der gesteigerten Kaffeenachfrage im Lakestone Café festzumachen. In der Bibliothek hatten Har und ich heute nur mit Mühe einen der letzten freien Plätze bekommen.

»Ich habe morgen und übermorgen zwei Schichten und werde ansonsten vermutlich lernen. Ein spannendes Superwochenende, wie es im Bilderbuch steht.« Ich verzog das Gesicht, während gleichzeitig die Gedanken an Kace wieder lauter wurden. Hoffentlich würde ich es in den nächsten zwei Tagen schaffen, endlich mit ihm zu sprechen, denn das mussten wir.

Harlow lächelte und drückte meine Schulter, als sie meinen Gesichtsausdruck richtig deutete. »Du wirst sehen, ihr beide bekommt das wieder hin. Vermutlich, wenn du am wenigsten damit rechnest.«

Seufzend zuckte ich mit den Schultern. »Dabei haben wir uns nicht mal richtig gestritten.«

»Ich weiß, was du meinst. Zack und ich hatten im letzten Jahr ähnliche Hürden, aber irgendwie renkt es sich wieder ein. Meine Mom sagt immer, was zusammengehört, findet auch zusammen.«

Und genau davor hatte ich insgeheim solche Angst. Was war, wenn wir eben nicht zusammengehörten? Unwillkürlich drückte ich mir die Bücher in meinen Armen fester an die Brust und versuchte mich gleichzeitig an einem Lächeln – was mir vermutlich komplett misslang. »Ich werde dich auf dem Laufenden halten.«

»Mach das.« Harlow zog mich samt ihrer Tasche und meinen Büchern in eine feste Umarmung. »Bis morgen, Bry. Und lass das Lernen für heute gut sein.«

»Haha«, gab ich zurück und sah ihr kurz nach, ehe ich mich

abwandte, um den Campus zu verlassen. Wind rauschte in den Ahornbäumen auf dem Gelände und ließ mich nach dem langen Sitzen frösteln. Ohne langsamer zu werden, stopfte ich umständlich die Bücher in einen Jutebeutel, als ich plötzlich gegen eine harte Brust prallte.

Mein Beutel landete auf dem Boden, ich schaffte es gerade noch, mich abzufangen, während mein Hindernis weniger Glück hatte und auf dem Hintern landete.

Kopfschüttelnd rieb ich mir über die Brust und wischte einige verirrte Strähnen aus der Stirn … als ich mein Gegenüber erkannte. »Kace?«

Kaces Kopf ruckte hoch, blaue, gerötete Augen blickten mir direkt ins Gesicht. »Scheiße …«

Erst jetzt bemerkte ich den Geruch von Rauch, die glühende Zigarette neben ihm auf dem Kies, die getrockneten Tränen auf seiner Haut. Zögerlich streckte ich ihm eine Hand entgegen. »Komm, ich helfe dir.«

Einen Moment lang sah er mich nur an, vollkommen regungslos, wie versteinert, dann fiel seine Starre ab, seine Züge wurden weich und er ergriff meine Finger. »Es tut mir leid, Bry. Es tut mir leid, wie ich reagiert habe. Dass ich dich mitten in der Nacht allein gelassen habe. Dass ich abgehauen bin. Es … es tut mir leid.«

»Schon gut«, murmelte ich, als er die Arme um mich schlang und seine Stirn auf meine Schulter legte. Was zum Teufel hatte ihn so aus der Bahn geworfen? Ich wusste, dass heute in der Musikfakultät erste Leistungsnachweise anstanden, aber Kace wirkte nicht, als hätte er eine Prüfung versaut. Kace schien mir vollkommen entwurzelt. Verloren.

Ich spürte, wie er tief Luft holte, wie viel Kraft ihn das kostete, und strich ihm behutsam über den Rücken. Malte Kreise, wirre Formen, während ich ihn hielt und die Zeit verging. Eine kleine Ewigkeit blieben wir genau so stehen, dann richtete sich Kace wieder auf und fuhr sich beinahe beschämt über die Augen.

»Das wollte ich nicht.«

Ich schüttelte den Kopf. »Was genau meinst du? Dass du mich umrennst? Mach dir darum mal keine Sorgen, ich würde sagen, wir sind jetzt quitt.«

Mein Versuch, ihm ein kleines Lächeln zu entlocken, scheiterte, stattdessen ging er in die Hocke, hob erst meinen Jutebeutel und dann die Zigarette auf, um sie in dem Aschenbecher neben uns zu entsorgen. »Dass du mir so begegnest.«

»Warum? Damit ich nicht mitbekomme, wie sehr du … leidest?« Meine Stimme war kaum mehr als ein Wispern zwischen uns. Kace schaute zur Seite. »Das ändert gar nichts, Kace, hörst du. Es ändert nichts daran, wie ich dich sehe. Deine Gefühle gehören zu dir und du …« *Du gehörst zu mir, wie ich zu dir gehöre.* Aber das sprach ich nicht aus, trat nur näher an ihn heran und hoffte, er würde sie trotzdem hören. Diese unausgesprochenen Wahrheiten, die dadurch nicht weniger zählten.

»Es fühlt sich aber so an, als hätte es das schon. Da war auf einmal diese Distanz zwischen uns. Und dabei hast du kaum einen Bruchteil meiner Dämonen zu Gesicht bekommen.« An seinem Kiefer zuckte ein Muskel. »Nichts davon ist gut.«

»Man kann das Leben nicht in gut und schlecht einteilen. So läuft das nicht, Kace.« Ich streckte langsam den Arm nach ihm aus und griff nach seiner Hand. Sie war eiskalt, doch als er zuließ, dass sich unsere Finger miteinander verhakten, schien ein wenig Wärme zurückzukehren.

»Ich weiß nicht, was ich jetzt tun soll, Brynn, ich weiß es einfach nicht.«

Ich hatte keine Ahnung, worauf genau sich seine Worte und die Furcht darin bezogen, aber ich verstand, dass Kace einen innerlichen Kampf austrug, und ich wollte nichts mehr als ihm dabei helfen. So gut es ging.

»Du könntest mit mir sprechen. Das teilen, was du zu teilen bereit bist. Wenn du möchtest«, wagte ich mich vor und suchte seinen Blick. »Und wir sollten ohnehin über … letzten Freitag sprechen.«

»Das sollten wir, nur …« Das Blau seiner Augen verdunkelte sich. »Bisher kennt erst eine Person meine ganze Geschichte.«

»Ist sie geblieben?«

»Ja, Bo ist geblieben.« Er sagte es, ohne den Blick abzuwenden. Mein Herz schlug mir bis zum Hals, weil es sich anfühlte, als würden Kace und ich an einer Kreuzung mit zwei Auswegen stehen. Jeder führte an ein anderes Ziel, das wir nicht kannten, einmal zusammen, einmal getrennt. Aber welche Wahl wir auch immer treffen würden, sie war unwiderruflich.

»Genauso wie ich«, sagte ich fest. »Ich habe es dir schon einmal gesagt, ich bleibe, solange du mich lässt.«

Kace schluckte hart, dann schaute er auf unsere verschränkten Finger, strich behutsam mit dem Daumen über meinen Handrücken und nickte wieder. »Ich weiß. Ich weiß nicht, woher, aber ich weiß, dass du bleibst.«

Ich drückte seine Hand und hob einen Mundwinkel. »Komm, ich kenne einen guten Platz, an dem wir ungestört sprechen können. Über gut und schlecht und alles dazwischen.«

***

Die Fakultät der Naturwissenschaften unterschied sich grundlegend vom Altbau. Hier gab es mehr Glas, klare Linien und Backstein, der von Metall und großen Fensterfronten durchbrochen wurde. Ein wenig erinnerten die beiden Gebäude, die durch einen Gang im fünften Stockwerk miteinander verbunden waren, an alte Fabriken, die zu modernen Lofts umgebaut worden waren. Nur, dass hier Hörsäle, großzügige Sitzbereiche und Labore hinter den Wänden warteten statt schicker Apartments.

»Was hast du vor?«, fragte Kace mit rauer Stimme, als wir den Haupteingang des linken Hauses erreichten, und er sich vergewissert hatte, dass Susie noch etwas länger auf Trix aufpassen konnte. Noch immer hielten wir einander an den Händen und noch immer konnte ich seinen schnellen Puls unter meinen Fingern spüren.

»Etwas, das ich eigentlich nicht tun sollte.«

»Klingt, als wäre da ein Aber.«

Ich drehte mich an der großen Glastür zu ihm um. Auf seinen Lippen lag der Anflug eines Lächelns. »Kennst du das, wenn sich etwas einfach … wie das Richtige im richtigen Moment anfühlt? Obwohl es vermutlich falsch ist?«

Er neigte langsam den Kopf. »Zu gut.«

»Dann vertrau mir einfach«, flüsterte ich, weil ich mit einem Mal das Gefühl hatte, jede Sekunde erwischt werden zu können. Dabei taten wir nichts Verbotenes. Noch nicht jedenfalls. Kace ließ sich von mir ins Innere führen und sah sich in dem großen Foyer um. Um diese Uhrzeit war hier nicht mehr viel los, doch ein paar vereinzelte Studierende saßen noch an den Tischen oder in Gruppen zusammen. Deswegen fiel es auch nicht weiter auf, als Kace und ich uns über die Treppen nach oben stahlen. Die Aufregung blieb dennoch. Mein Herzschlag vermischte sich mit unseren Schritten, während wir immer höher liefen und dabei sämtliche Stockwerke hinter uns ließen. Zuerst die Ebenen, auf denen die Labore und praktischen Übungssäle lagen, dann die Vorlesungsräume und die kleine wissenschaftliche Bibliothek. Bis wir die letzte Stiege erreichten und auf einen schmalen Flur traten, dessen einzige Tür am gegenüberliegenden Ende lag.

»Wo möchtest du nur hin? Gebäude haben die Angewohnheit, irgendwann zu enden, weißt du?« Kaces Atem fuhr warm über meinen Nacken, so nah war er mir.

»Keine Sorge, wir sind fast da.« Langsam setzte ich mich wieder in Bewegung und konnte nicht verhindern, dass mir ein kaltes Prickeln über den Rücken lief. Mich beschlich das irrationale Gefühl, beobachtet zu werden, dabei gab es hier laut Harlow keine Kameras – Abbot hielt nichts von Überwachung, wo es sich verhindern ließ. Mein Glück.

Angespannt zupfte ich den elektronischen Ausweis, den Harlow mir gegeben hatte, aus meiner Jeanstasche und hielt ihn zwischen Kace und mir hoch. »Wir könnten Ärger bekommen.«

»Das spielt heute keine Rolle.«

Ich presste die Lippen aufeinander, dann hielt ich die Karte an den entsprechenden Leser. Einen, zwei Augenblicke lang geschah nichts, dann wechselte das kleine Lämpchen neben dem Scanner von Rot auf Grün.

»Heureka.«

»Bry, was ist hinter dieser Tür?«

»Das Universum«, gab ich zurück, ehe ich die Klinke herunterdrückte und damit wortwörtlich das Tor in eine andere Welt öffnete. Ich hatte bereits einige Sternwarten gesehen. Mit meinem

Großvater in Dublin, aber auch im Internet bei meinen unzähligen Recherchen über den Kosmos und die Sterne. Doch dieses Observatorium stellte sie alle in den Schatten. Der Raum war riesig, viel größer, als ich erwartet hätte, und strahlte Ruhe, Wärme und eine gewisse Zeitlosigkeit aus, ohne dass ich hätte sagen können, woher dieses Gefühl kam.

Über unseren Köpfen wölbte sich eine beachtliche Kuppel, die mit Sternen und Konstellationen bemalt worden war und durch massive Stahlkonstruktionen geöffnet werden konnte. Knapp unterhalb der Wölbung verlief ein Rundgang mit metallenem Geländer, der durch eine gewundene Treppe erreicht werden konnte. In der Mitte des Raumes ragte ein gewaltiges Teleskop auf, das nur darauf wartete, sein Auge auf den unendlichen Himmel zu werfen, während an den holzvertäfelten Seiten weitere, kleinere Instrumente standen. Es gab mehrere Schreibtische, Stühle und sogar eine Sitzgarnitur aus dunklem Leder. Ein paar Bücherregale unterbrachen die Holzvertäfelung hier und da und reichten beinahe bis an den Rundgang darüber. Die Sternwarte war alles, was ich mir jemals ausgemalt hatte, und gleichzeitig so viel mehr.

Staunend sah ich mich um, stellte mir vor, hier zu arbeiten, Thesen zu belegen und neue Theorien zu erforschen. Noch nie hatte sich mein Traum so greifbar, so real angefühlt.

Kace, der an der Tür stehen geblieben war, trat neben mich. Sein Blick kribbelte auf meiner Haut und als ich zu ihm schaute, erkannte ich zum ersten Mal an diesem Tag Wärme darin. Wärme und Zuneigung.

»Ich finde, das ist ein guter Ort«, sagte ich in die Stille hinein und lächelte. »Zum Reden oder Schweigen oder Nachdenken.«

Ohne etwas zu erwidern, ergriff Kace wieder meine Hand und

führte mich zu der Wendeltreppe. Voreinander liefen wir die knarzenden Stufen hoch und ließen uns dann auf dem Rundgang nieder. Direkt unter dem Sternbild Kassiopeia, den Rücken an der Wand, die Beine über dem Boden baumelnd und so dicht, dass sich unsere Oberschenkel berührten.

»Es tut mir leid, dass ich mich die ganze Woche nicht bei dir gemeldet habe«, meinte Kace irgendwann in die Stille hinein.

Ich blickte ihn von der Seite an, sah den angespannten Zug um seinen Mund, das Zucken an seinem Kiefer. »Ich hätte mich auch melden können, Kace. Außerdem kann ich es verstehen. Was du über Trix' Mum gesagt hast ... ihr Tod muss dir den Boden unter den Füßen weggezogen haben. Und dann auch noch auf diese Weise.«

»Das hat er. Aber nicht auf die Art, wie du vielleicht glauben magst. Phoebe – so hieß sie – und ich waren nie zusammen. Wir hatten nur eine gemeinsame Nacht zwischen Alkohol und ... anderen Dingen. Bis zu dem Moment, in dem Trixie zu mir gekommen ist, konnte ich mich nicht einmal mehr an ihren Namen erinnern. Und ich weiß, was das über mich aussagt.« Aus jeder einzelnen rauen Silbe sprach Selbstverachtung und Resignation.

Ich dachte einen Moment über seine Worte nach. »Dann wusstest du nicht, dass du Vater bist?«

Kace schüttelte den Kopf. »Nein. Phoebe ist, ein halbes Jahr nachdem sie Trix bekommen hat, bei dem Autounfall ums Leben gekommen. Erst da habe ich von meiner Tochter erfahren. Eine Mitarbeiterin vom Jugendamt hat sie zu mir gebracht, weil Phoebe anscheinend keine Familie mehr und meinen Namen irgendwo notiert hatte.«

»Sie hat Trixie also vor dir geheim gehalten, obwohl sie deinen Namen kannte.« Ich konnte nicht verhindern, dass eine leichte Bitterkeit in meiner Erwiderung mitschwang. »Warum? Weil es ein One-Night-Stand gewesen ist?«

Seine Schultern spannten sich merklich an, dann drehte er den Kopf zur Seite. Weg von mir, als könnte er einer Antwort so ausweichen. »Weil ich kein guter Mensch gewesen bin, Bry. Schon gar nicht für ein kleines Mädchen. Wäre ich an ihrer Stelle gewesen, hätte ich es genauso gemacht.«

»Kace …«

Er schaute wieder zu mir, sodass ich den dunklen Schimmer in seinen blauen Augen sehen konnte. »Nein, Bry. Du verstehst das nicht. Mein Leben vor Trix war … pures Gift. Nicht nur für ein Kind. Für jeden in meinem Umfeld und für … für mich.«

Mein Herz zog sich zusammen, als ich die Schwere bemerkte, die sich über ihn senkte wie ein grauer Schleier. Schweigend begegnete ich seinem Blick, wartete darauf, dass er weitersprach, denn das hier war seine Geschichte, sein Tempo. Er entschied.

Die Stille dehnte sich zwischen uns aus, erfasste das gesamte Observatorium, ehe Kace hörbar den Atem ausstieß und den Hinterkopf an die Wand lehnte. »Dublin ist eine wunderschöne Stadt mit vielen hellen Flecken, aber wie jeder Ort auf der Welt hat sie auch ihre dunklen Ecken. Besonders für jemanden, der lange geglaubt hat, keinen Platz in dieser Welt zu haben. Oder zu verdienen. Es vielleicht heute sogar noch glaubt.« Kace schloss die Augen und ich konnte nicht aufhören, ihn anzusehen. Weil seine Worte schmerzten, weil ich nicht imstande war zu verstehen, dass jemand, der so wundervoll und klug und talentiert war wie Kace, solche Gedanken haben konnte. Und hoffte, er würde sie mir erklären. Seine Geschichte, seine Gedanken.

»Durch Mam habe ich schon als kleiner Junge viel Zeit in Pubs verbracht – davon gibt es in Dublin und insbesondere Temple Bar unzählige. Sie ist von einem Gelegenheitsauftritt zum nächsten und da es immer nur meine Mutter und mich gegeben hat, war ich dabei. So bin ich früh an Alkohol gekommen, an falsche Freunde, die sich gut angefühlt haben, weil ich richtige Freunde nicht kannte. Es war wie ein einziger Mahlstrom, der mich innerhalb kürzester Zeit in die Tiefe gezogen hat.«

Ich versuchte, mir eine jüngere Version von Kace vorzustellen, mit großen blauen Augen, zu langen dunkelblonden Strähnen, allein in Pubs unter Erwachsenen, die sich verloren hatten. Im ersten Moment wollte es mir nicht gelingen, doch dann dachte ich an den Kace, den ich vor Wochen kennengelernt hatte. Seine abweisende Haltung, den harten Panzer, der ihn wie ein Schutzschild umgeben hatte. Ich zog die Beine an und schlang die Arme darum. »Was ist passiert?«

Seine Mundwinkel formten ein trauriges Lächeln. »Das, was kommen musste. Ich habe in den Pubs und Drinks ein Zuhause gefunden. Irgendwann kamen Zigaretten und mit sechzehn … andere Dinge. Du kannst dir nicht vorstellen, wie einfach es ist, Drogen und den ganzen Scheiß in diesen Kreisen zu bekommen. Dort fragt niemand nach deinem Alter, niemanden interessiert, dass du eigentlich in der Schule sitzen solltest, statt dich volllaufen zu lassen. Und du fängst an, dasselbe zu denken. Dass es egal ist, nichts zählt. Dass du nichts zählst.«

Meine Nägel gruben sich tiefer in meine Haut und ich spürte, wie meine Augen zu brennen begannen.

»Es war so einfach, diesen Weg zu gehen. Vor allem, wenn man glaubt, dass es keinen anderen für einen gibt, und ich hatte nicht die Kraft, nach einer zweiten Option zu suchen. So wie so viele um mich herum. Es hat alles zu verflucht perfekt zusammengepasst. Wann immer sich die Möglichkeit ergeben hat, habe ich gespielt, um ein bisschen Geld reinzubringen. Geld, das ich direkt in Drinks und Rauschmittel investiert habe. Und das Schlimmste war, dass ich irgendwann das Gefühl dafür verloren hatte, wie falsch und beschissen das ist, was ich da treibe. Für mich ist das Leben zu einer einzigen Party geworden, die ich mit allen Mitteln am Laufen gehalten habe, um mich nicht dem stellen zu müssen, was danach auf mich gewartet hat.«

»Und deine Mum?«, fragte ich kaum hörbar, weil ich meiner Stimme nicht länger vertraute. Nicht, während Kace mir von seinen dunkelsten Momenten erzählte und sie mich bis ins Mark trafen.

»Mam wusste, was ich treibe. Sie kannte mich besser als ich mich selbst, aber sie hatte eine Menge, mit der sie sich rumschlagen musste, und ich … fuck, ich habe ihr keine Chance gegeben, weißt du? Ich war ein verfluchtes Arschloch und dafür hasse ich mich heute noch.« Er ballte die Hände zu Fäusten. Vorsichtig tastete ich nach einer seiner Hände und umschloss sie mit meinen, während er sich vernehmlich räusperte. »Ich habe irgendwann aufgehört zu zählen, wie oft wir gestritten haben. Wie oft ich ihr unverzeihliche Dinge an den Kopf geworfen habe, wie oft ich abgehauen bin, weil ich es nicht mehr ausgehalten habe. Mich nicht mehr ausgehalten habe. Es war leichter, sich im Rausch von Sex und Alkohol zu verlieren, als Mam ins Gesicht zu schauen. So viel leichter.«

Ich malte mit dem Daumen sanfte Kreise auf seinen Handrücken und biss mir auf die Unterlippe. Kace war durch die Hölle gegangen, immer wieder, und ich kam nicht umhin, ihn dafür zu bewundern, dass er hier neben mir saß, während er von einer Vergangenheit sprach, die diese Zukunft eigentlich unmöglich gemacht hatte.

»Irgendwann hat mich Bo gefunden. In meiner eigenen Kotze nach einer Nacht von unzähligen. Ich weiß bis heute nicht genau, womit ich dieses Glück verdient habe, aber er nahm mich mit in sein Pub und behielt mich von da an im Auge. Vielleicht, weil ich ihn an seinen verstorbenen Sohn Killian erinnert habe, keine Ahnung. Aber er drängte mich, wieder in die Schule zu gehen, gab mir für die Abende eine Festanstellung als Musiker und damit zumindest ein bisschen Struktur. Die Drogen und der Alkohol blieben trotzdem meine Begleiter, aber für ein paar Wochen hatte ich das Gefühl, es würde besser werden, doch dann ist Mam krank geworden und alles nur noch beschissener.« Kace fuhr sich mit der freien Hand durch die Haare. »Ich wusste nicht mehr, wohin mit diesem ganzen dunklen Scheiß in meinem Kopf, ich … es war einfach zu viel. Der Gedanke, ohnehin niemanden zu haben und dann den einzigen Menschen zu verlieren, dem ich jemals etwas bedeutet habe. Ich konnte den Gedanken nicht ertragen, Bry. Ich konnte nicht ertragen, wozu ich geworden war.«

Ich hielt unwillkürlich die Luft an, als sich sein Blick wieder auf mich richtetet und ich darin nichts als tiefe Trauer fand. Gnadenlose Trauer und Hilflosigkeit, die einem alles raubten, bis nichts mehr übrig blieb.

»Ich wollte nicht mehr leben, Bry. Ich wollte es nicht mehr, denn da war nichts mehr, für das es sich zu leben lohnte. Es machte keinen Unterschied, ob ich blieb oder ging. Denn all die Lichter waren aus und ich stand längst in absoluter Finsternis.«

KAPITEL 34

can you hear me? – Munn

Kace

Ich sah die Erschütterung in ihren großen, grünen Augen. Den Schmerz. Und verabscheute, dass ich der Grund dafür war. Dass ich dieses dunkle Kapitel, das ich um jeden Preis vergessen wollte, ausgerechnet mit Brynn aufgeschlagen hatte. Und gleichzeitig … gab es keinen anderen Menschen, bei dem ich bereit gewesen wäre, mich der Geschichte darin zu stellen. Und als wir einander nun anschauten, wusste ich, dass es das Richtige gewesen war, ganz gleich, wie schwer es sich auch anfühlte, nicht nur Worte zu finden, sondern sie auch laut auszusprechen. Wie schwer es war zu spüren, dass sie litt. Weil sie mitfühlte, weil sie mich nicht verurteilte, wie es andere getan hätten und getan hatten.

Weil sie verdammt noch mal einer der besten Menschen war, denen ich je begegnet war.

Ich legte eine Hand an ihr Gesicht, zeichnete die feine Linie ihres Wangenknochens nach und schluckte.

»An dem Tag, an dem ich mich entschieden hatte, mein Leben zu beenden, trat Trixie in mein Leben.«

Ihre Augen weiteten sich und ich nickte, weil ich wusste, was sie dachte. »Ausgerechnet an diesem Tag?«

»Ausgerechnet an diesem Tag«, wiederholte ich. »Ich habe es lange für einen verdrehten Wink des Schicksals gehalten, aber dieses kleine Mädchen, das gerade einmal ein halbes Jahr alt war und seine Mutter an den Alkohol verloren hatte, rettete mein Leben. Wortwörtlich.« Ich lächelte leicht und fuhr durch Brys helle Strähnen.

»Wie bist du damit klargekommen?«, flüsterte sie, ohne mich aus den Augen zu lassen.

»Gar nicht. Ich war vollkommen überfordert und habe es vermutlich nur Bo und seiner Frau Gale zu verdanken, dass ich Trix behalten durfte – die Sozialarbeiterin ist in sein Pub gekommen, weil das der Ort war, an dem Phoebe und ich uns kennengelernt haben. Aber mitten in dieser Überforderung, in der unzählige Gedanken durch meinen Kopf gefegt sind, war einer am lautesten. Dieses kleine Mädchen ist meine Tochter. Ich bin verantwortlich für sie. Und das hat einen Schalter umgelegt. Ich sage nicht, dass es leicht war. Ich steckte tief in der Alkohol- und Drogensache drin, mein Lebensstil war alles, aber nicht babygerecht, und diese Dunkelheit in meinem Kopf … was ich damit sagen will, ich habe es irgendwie geschafft, aber nicht von jetzt auf gleich und ganz sicher nicht allein. Bis heute halte ich es für ein Wunder, dass … dass alles so gekommen ist.«

Dass ich noch hier bin.

Dass es Trix gibt.

Dass ich es aus diesem Sumpf herausgeschafft habe.

»Ich habe mich seitdem von Alkohol, Zigaretten, Drogen … diesem ganzen Scheiß ferngehalten. Das war anfangs hart, ich habe eine gute Weile gebraucht, bin mehrmals zurückgefallen, aber für Trix wäre ich noch ganz andere Wege gegangen. Ein Kind zu haben, für diesen winzigen Menschen verantwortlich zu sein, das verändert alles. Einfach alles.«

Meine Worte hingen eine kleine Ewigkeit lang als Echo zwischen uns in der Sternwarte, die Brynn *Universum* genannt hatte. Ein bisschen fühlte es sich so an, als wäre sie das. Ein eigenes Universum, das es möglich machte, in die Vergangenheit zu schauen und gleichzeitig in der Gegenwart zu leben.

Irgendwann legte Bry ihren Kopf auf meine Schulter und blickte zu mir auf. »Und deine Gedanken?«

Ich nickte langsam. »Sie sind leiser geworden. Viel leiser. Ich habe nie eine echte Therapie gemacht, aber ich hatte meine Mam. Ich hatte Gale, die früher als Psychotherapeutin gearbeitet hat. Und Bo. Ich hatte und habe Menschen, denen ich wichtig bin, auch wenn ich lange blind dafür gewesen bin.«

»Mir das zu erzählen, ist ziemlich stark. Und mutig. Danke, Kace.«

Statt etwas zu erwidern, drückte ich ihr nur meine Lippen auf die Stirn, nahm ihre Wärme und Nähe tief in mich auf, hielt sie fest, weil sie eine der Personen war, die meine Gedanken leichter machten.

Eine kleine Weile lang schwiegen wir, dann richtete sich Brynn wieder ein Stück auf. »Du hast gesagt, du hättest seit Trix nicht mehr geraucht.« Ich nickte. »Warum hast du es dann vorhin getan, Kace? Was hat dich so aus der Bahn geworfen?«

»Du bist ziemlich gut darin.«

»Und auf welches meiner unzähligen Talente sprichst du gerade konkret an?«

»Mir in den Kopf zu schauen.«

Ihre Wangen röteten sich. »Du bist mir wichtig, Kace. Eine

berühmte Astrophysikerin hat einmal gesagt, dass man wichtigen Menschen einen Teil seiner Seele schenkt. Sie dadurch spürt, ihr Glück genauso wie ihr Leid, und es teilt.«

»Muss eine kluge Frau gewesen sein.« *So wie du, Numbers, so wie du.* Ich holte Luft. »Ich habe vorhin das Ergebnis des DNA-Tests bekommen.«

Brynn riss die Augen auf und umfasste meine Hand merklich fester. Ich neigte den Kopf. »Abbot ist mein Vater. Eigentlich hätte es mich nicht so kalt erwischen dürfen, schließlich habe ich schon oft genug darüber nachgedacht, nur … als ich Ethans Nachricht bekommen habe, konnte ich plötzlich nicht mehr klar denken. Es war vollkommen idiotisch, aber ich bin direkt in sein Büro gestürmt, habe ihn zur Rede gestellt und es hat alles nur noch schlimmer gemacht.«

»Was hat er gesagt?«, erkundigte sie sich sanft.

»Nichts. Er hat nichts dazu gesagt. Vermutlich kann er sich nicht mal an Mam erinnern und ich weiß, dass ich der Letzte bin, der ihm deswegen einen Vorwurf machen darf, aber … es hat so verflucht wehgetan. Gott, das ist lächerlich.«

»Nein, Kace, das ist absolut menschlich.« Ihr fester, peridotgrüner Blick richtete sich auf mich. »Und ich bin mir sicher, dass Abbot verstehen kann, dass dich das aufgewühlt hat. Vermutlich geht es ihm genauso.«

Ziemlich sicher sogar. Für ihn musste es so sein wie für mich, als ich von Trixie erfahren hatte. Doch statt Verständnis für ihn zu haben, war ich ausgetickt, weil die alten Stimmen zu laut gewesen waren.

Brynn griff nach meiner zweiten Hand, zwang mich behutsam ins Hier und Jetzt. »Vielleicht kannst du noch mal mit ihm reden.

Wenn du bereit dazu bist. Und wenn nicht … es ist deine Entscheidung, Kace.«

Aus ihrem Mund klang das so einfach. Doch was wäre, wenn ich es mit meinem heutigen Auftritt versaut hatte? Wenn Abbot nichts von mir wissen wollte. Von einem Kerl, der es nur mit Mühe aus seinem selbst geschaufelten Grab geschafft hatte? Ich würde es verstehen, wenn ich nicht in sein Bild passte.

»Und wenn nicht mit Abbot, dann mit Greyson. Du hast doch gesagt, ihr hättet eine gemeinsame Basis gefunden.«

In meinem egoistischen Totalausfall hatte ich Greyson vollkommen vergessen. Ethan musste ihm das Ergebnis ebenfalls mitgeteilt haben und bei Greys Hang zu finsteren Gedanken, die sich viel zu vertraut anfühlten … fuck, ich musste dringend mit ihm sprechen. Meinem Halbbruder.

Das klang so surreal. Abgedreht. Vollkommen irre.

Und gut. Wie ein fehlender Mosaiksplitter, der an die richtige Stelle gerückt war.

»Ich habe einen Halbbruder«, murmelte ich und blickte auf unsere Hände herab. »Einen Bruder.«

»Das ist etwas Gutes, oder?«

»Ich glaube schon.«

Lächelnd stupste Bry ihre Nase gegen meine. »Das glaube ich auch.«

Ich musterte ihre Züge, das Leuchten in ihren Augen, die Spuren getrockneter Tränen. Hier in unserem Universum, umgeben von den Sternbildern an den Wänden und allem, was Brynn liebte, wirkte sie beinahe unwirklich. Und so schön, dass mir der Atem aus einem ganz anderen Grund als meiner verdammten Finsternis wegblieb.

Zuneigung, das, was ich für sie empfand.

Liebe.

Bei allem, was ich erlebt hatte, ich liebte diese Frau. Ich liebte sie, obwohl ich es mit der Dunkelheit in meiner Brust nicht sollte, und zu sehr, als dass ich damit aufhören könnte. Oder wollte. Ich glaubte, ich liebte Brynn schon eine ganze Weile.

Und in diesem Moment, während Bry noch immer neben mir saß, obwohl sie nun meine dunkelsten Gedanken kannte, konnte ich nur daran denken, sie zu küssen. Mich in ihr zu verlieren und die Welt für ein paar kostbare Stunden auf *lautlos* zu stellen.

»Bry?«

»Hm?«

»Ich würde dich jetzt sehr gerne küssen.«

Ich sah, wie sich der Puls unter der dünnen Haut an ihrem Hals beschleunigte. »Ich würde dich nicht davon abhalten, Kace.«

Noch einen Augenblick lang sah ich sie an, speicherte ihren Anblick ab wie ein gedankliches Polaroid, dann umfasste ich sanft ihr Kinn und zog sie an mich. Bis ihre Lippen auf meine trafen. Bis ihr Geschmack auf meiner Zunge explodierte.

Und für eine kleine Unendlichkeit lang *alles* wurde.

***

Wäre ich jemand anderes, hätte ich die Sternwarte für eine lange Zeit nicht mehr verlassen. Ich hätte zugelassen, dass aus unseren Küssen, aus ihren kühlen Händen auf meiner erhitzten Haut, mehr wurde, aber ich war nun einmal, wer ich war. Kace Holloway, Vater einer Zweijährigen, die auf mich wartete. Auch wenn allein der Gedanke, stundenlang Brynns Körper zu verwöhnen, ihr Stöhnen zu hören, ausreichten, um mein Blut in flüssiges Feuer zu verwandeln, würde ich mein Leben mit niemandem tauschen wollen.

Gemeinsam verließen Brynn und ich das Observatorium, Hand in Hand und mit unzähligen neuen Gedanken, die wir miteinander verwoben hatten. Im Licht der Laternen gingen wir in Richtung Wohnheim und dort weiter zu Susie, um Trix bei ihr abzuholen. Zusammen. Ich wollte nicht darüber nachdenken, wie sehr mich dieses kleine Wort einnahm. Wie viel Wärme sich in mein verkorkstes Herz schlich, als Bry in die Hocke ging und Trixie auf den Arm nahm – dass sie zuerst zu Brynn lief, statt sich wie üblich an meine Brust zu werfen, wurde dabei zur Nebensache. Ich sah nur meine Tochter und Bry. Die beiden wichtigsten Menschen in meinem Leben und das verschob meinen gesamten Blickwinkel. Und dieses Gefühl ließ mich den ganzen Abend über nicht mehr los. Nicht, als wir gemeinsam mit Trix aßen, und nicht, als Bry, Trix und ich den Wohnzimmertisch in ein Kunstatelier verwandelten.

»… dieses Mal lese ich dir etwas vor, versprochen. Vorausgesetzt, dein Dad hat nichts dagegen.«

Bei dem Klang von Brynns Stimme fand ich zurück und nickte. »Natürlich. Wenn du noch bleiben möchtest.«

Ihr beinahe verächtlicher Blick streifte mich, als könnte sie nicht glauben, dass ich das ernsthaft infrage stellte. Grinsend gab ich ihr einen Kuss auf die Wange und wuschelte dann durch Trix' Haare. »Dann bringen wir dich mal ins Bett.«

»Mit Bee?« Hoffnungsvoll blickte Trixie zwischen uns hin und her, noch immer auf Brys Schoß.

Ich nickte. »Ja, Peanuts, wir alle zusammen.«

***

Später an diesem Abend lag ich mit Brynn in meinem Bett. Ihr nackter Körper schmiegte sich an mich, ihre Finger zeichneten träge Kreise auf meine Brust und sie war irgendwo zwischen wach und schlafend. Ich hätte niemals gedacht, dass mein Tag so verlaufen würde. Ein Teil von mir fürchtete noch immer, dass Bry morgen aufwachen und entscheiden würde, dass es zu viel sei. Dass sie nicht mit jemandem wie mir zusammen sein wollte, doch dann erschien das Bild von ihr mit Trix auf dem Arm vor meinem inneren Auge und die lästigen Dämonen wurden leiser.

Behutsam streichelte ich über ihre Stirn und presste dann meine Lippen auf ihren Scheitel.

»Ich liebe dich, Brynn Leary«, wisperte ich rau in ihre Haare. »Du hast ja keine Ahnung, wie sehr ich dich liebe.«

Ein kleiner Ruck ging durch ihren schlanken Körper, dann richteten sich ihre Augen auf mich. Wacher, klarer als Sekundenbruchteile zuvor und so … verletzlich. »Was … was hast du gerade gesagt?«

Mein Puls beschleunigte sich und trotzdem war es ganz einfach, die Worte zu wiederholen. Weil es eben nicht nur Worte waren, sondern das, was ich fühlte, wenn ich Bry sah. »Ich liebe dich, Numbers.«

Das Grün ihrer Iriden wurde weich, dann breitete sich ein warmes Lächeln auf ihren Zügen aus. »Und ich liebe dich, Kace. Dich und … dich und Trix.«

Ich konnte sie einen Atemzug lang nur schweigend anschauen, weil das verdammt noch mal die perfekteste Erwiderung war. Dann umfasste ich ihr Gesicht und küsste sie. Strich mit der Zunge über ihre süßen Lippen und ertrank darin. Ertrank in ihr, als sie über mich glitt, bis sie rittlings auf mir saß. Nackt und so unglaublich wunderschön in dem diffusen Nachtlicht meines Schlafzimmers. Federleicht fuhr ich mit meinen Fingern über ihren Hals, durch das sanfte Tal zwischen ihren entblößten Brüsten, deren harte Spitzen sich mir entgegenreckten, über ihren Bauchnabel, bis ich ihre Mitte erreichte. Spürte, wie feucht sie war … und mir das Blut direkt in den Schwanz schoss.

»Bry …«, stieß ich heiser hervor, als sie begann, sich auf mir zu bewegen, an meinem Finger zu reiben. Verlangen flutete ihre Miene, ließ ihre Wangen glühen. Ich würde nie genug davon bekommen und das wollte ich auch gar nicht. Ich wollte das hier. Für immer mit Bry, wie auch immer dieses *für immer* aussehen mochte. Ohne den Blick abzuwenden, zog ich die Schublade meines Nachttischs auf und fischte eines der Kondome heraus. Brynn nahm es mir aus den Fingern, kaum dass es in ihrer Reichweite war, und riss es auf. »Lass mich, Kace.«

Ich widersprach ihr nicht, als sie ein Stück auf meine Oberschenkel rutschte und damit begann, die Finger um meine Erektion zu legen. Stöhnend grub ich die Zähne in meine Unterlippe und legte den Kopf in den Nacken.

Fuck.

Bry intensivierte den Druck genau an den richtigen Stellen, genau im richtigen Tempo, als würde sie jede noch so kleine Reaktion meines Körpers richtig deuten, und ich war kurz davor zu kommen. Einfach so zu explodieren, dabei war mir das schon seit einer ganzen Zeit nicht mehr passiert. Aber Brynn war meine Schwachstelle und Stärke zugleich und ich ihr hoffnungslos ausgeliefert.

»Verdammt, Bry.«

Ich bekam kaum mit, wie sie mir das Kondom überstreifte, doch nur einen Moment später waren ihre Arme rechts und links von meinem Kopf aufgestützt und mein Schwanz genau an ihrer Mitte. Ihre Augen nahmen mich gefangen, sekundenlang, während sie sich quälend langsam auf mich sinken ließ, mich immer tiefer in sich aufnahm und meine Wahrnehmung auf dieses eine Gefühl schrumpfte. Sie zu spüren, sie überall zu spüren und darin aufzugehen.

Meiner Kehle entrang sich ein raues Knurren, dann schlang ich die Arme um sie und hob das Becken an, glitt tiefer in sie, was ihr ein Keuchen entlockte und mich in Brand setzte. Mich und die Welt um uns herum, die in diesem Moment zu unserem eigenen Kosmos wurde.

Lange nachdem Brynn erschöpft mit einem zufriedenen Lächeln an meiner Schulter eingeschlafen war, blickte ich an die Decke und dachte zum ersten Mal über meine Zeit vor Trix nach, ohne mich davor zu fürchten. Ich dachte an Phoebe, die ich nie wirklich kennengelernt hatte, an Mam, der ich es so schwer gemacht hatte, und an Bo, der in mir die Chance gesehen hatte, das besser zu machen, was er bei seinem eigenen Sohn verbockt hatte. Ich dachte daran, wie mein Leben aussehen würde, wäre ich an irgendeiner Stelle anders abgebogen, wäre Trix nur einen Tag später auf der Fußmatte des Pubs gewesen, und hatte mit einem Mal dieses befriedigende Gefühl, dass alles genau so hatte passieren müssen, um hier anzukommen. Auch wenn es mir mehr abverlangt hatte, als ich hatte geben können, mich so viel gekostet und mir mehr genommen hatte, ich war dort, wo ich sein sollte. Mit Trix. Und Bry.

Fuck, ich war wirklich ein verdammter Glückspilz.

KAPITEL 35

Gasoline – Halsey

Brynn

»Also was ist? Gehen wir dieses Wochenende ins Gewölbe oder nicht?« Harlow stellte ihren Milchshake ab und lehnte sich auf die Hände nach hinten, um sich die Sonne ins Gesicht scheinen zu lassen. Nach einem eher trüben Wochenende war der Montag einer der ersten Tage, die den Sommer ankündigten, und deswegen hatten Lucie, Harlow und ich uns am Nachmittag unten am Pier getroffen. Bea und Polina würden später nachkommen.

Ich verzog das Gesicht. »Ehrlich, ich sollte mich davon fernhalten. Wenn ich erwischt werde, kann ich mir den Wettbewerb sonst wo hinstecken und das riskiere ich nicht.«

Ein süffisantes Lächeln erschien auf Harlows Zügen. »Spielt in deinen Wunsch, auf jeden Fall an den Campus zu kommen, eventuell auch ein gewisser gut aussehender Typ mit dunkelblonden Haaren und blauen Augen rein?«

»Haha. Es geht um mein Studium, Har«, gab ich zurück, konnte jedoch nicht verhindern, dass meine Wangen heiß wurden. »Und um den gut aussehenden Typen, ja.«

Harlow und Lucie lachten und stießen mit ihren Milchshakes an. Dann stupste mich Lucie sanft mit der Schulter an. »Ich freue mich wirklich für euch. Dass es sich wieder eingerenkt hat, meine ich. Vielleicht stellst du uns Kace ja irgendwann einmal richtig vor, statt uns immer nur von euren schmutzigen Dates zu erzählen.«

»Ja, da wäre ich auch dafür«, pflichtete ihr Harlow bei.

»Ihr habt ihn doch schon kennengelernt. Im *Under the Sea.* Auf dem Campus, quasi jeden Tag.«

Harlow ließ meine Antwort nicht gelten. »Das kurze Gespräche im *Under the Sea* zählt nicht. Warum laden wir ihn nicht zu einem Mädelsabend ein? Oder – um auf das eigentliche Thema zurückzukommen – wir gehen mit ihm am Samstag ins Gewölbe.«

Ich verschluckte mich prompt an meinem Milchshake, während ich mir vorstellte, wie Kace zwischen Har, Lucie und mir auf einem Bett saß und unzählige Fragen über sich ergehen lassen musste. »Definitiv kein Mädelsabend und wie gesagt, bei der Casinonacht bin ich raus. Es reicht mir vollkommen, dass die da unten schon meinen Namen kennen.«

Hilfe suchend sah Harlow zu Lucie. »Komm schon, unterstütz mich mal ein bisschen.«

Lucie zog ein Bein an, der andere Fuß baumelte nach wie vor über dem funkelnden Wasser der Elliott Bay. »Sorry, Har, ich brauche erst mal eine Pause von Partys.«

Ich erkannte den Unterton in ihren Worten wieder, er erinnerte mich an das, was sie bei mir in der WG gesagt hatte. Dass sie nicht hätte trinken sollen. Ob Harlow mehr darüber wusste?

Seufzend stellte Har ihren Shake zur Seite. »Okay, also kein Gewölbe. Dann einen gemütlichen Filmabend? Oder Kino?«

Nun hellte sich auch Lucies Miene wieder auf. »Klingt perfekt. Wäre es okay, deine WG dafür zu kapern? Ich könnte einen Tapetenwechsel vom Campus gut gebrauchen.«

»Das wollte ich ohnehin vorschlagen«, meinte ich. »Polina ist bei Verwandten und Bea Samstag und Sonntag auf einer Fortbildung.«

Harlow klatschte zufrieden in die Hände. »Dann haben wir ein Date. Ich werde mal schauen, was ich uns so für Filme besorgen kann.«

»Har …« Lucie warf ihr einen warnenden Blick zu, der es kaum über das schiefe Grinsen hinwegschaffte.

»Nichts Illegales, keine Sorge.«

Ich kaufte ihr die Unschuldsmiene nicht ab. »Und genau, weil du das sagst, wird es doch so sein. Wetten, dass du es nicht sein lassen kannst und uns irgendeinen aktuellen Kinofilm besorgen wirst?«

»Danke für dein Vertrauen, Bry. Außerdem ist das eine Grauzone, weiß doch jeder.«

»Das hat nichts mit Vertrauen zu tun, sondern beruht auf meinen selbst erstellten Statistiken. Bestes Beispiel ist der Zugang zur Sternwarte.«

»Auch eine Grauzone. Zumal du den anscheinend voll und ganz genossen hast«, hielt Harlow dagegen, während Lucie zwischen uns hin und her sah, als würde sie einem Boxkampf folgen.

Schulterzuckend setzte ich mich in den Schneidersitz. »Ich stehe zu meinen Missetaten, was ist mit dir?«

Prustend hielt sich Lucie eine Hand vor den Mund. »Das ist zu gut. Und nur fürs Protokoll, ich stehe hierbei auf Brys Seite.«

»Verräterin.«

Während sich Har und Lucie weiter gegenseitig aufzogen, holte ich mein Handy hervor. Auf meinem Display warteten ein paar neue Benachrichtigungen, nachdem ich den ganzen Tag über kaum einen Blick darauf geworfen hatte.

Kurzerhand klickte ich auf den Messenger und wechselte in den Chat mit Kace. Noch ehe ich seine erste Nachricht gelesen hatte, spürte ich bereits, wie sich meine Mundwinkel hoben und sich dieses warme Kribbeln in meiner Brust ausbreitete. Und das alles nur wegen eines Kerls.

Ein Kerl, der mehr als nur einen Splitter meiner Seele besitzt und den ich zufälligerweise ziemlich liebe.

Lächelnd scrollte ich zu der neusten Mitteilung.

Kace

Ich habe gleich mein Gespräch mit Abbot. Greyson wird auch dabei sein. Wünsch mir Glück.

Überrascht hob ich die Brauen und tippte eine Antwort, als der Status unter seinem Namen zu *online* wechselte.

Brynn

Viel Glück. Aber wolltest du dir nicht etwas Zeit geben?

Kace

Wollte ich. Aber ich muss mich dringend bei Abbot für mein Verhalten am Freitag entschuldigen, außerdem geht es hierbei nicht nur um mich, sondern auch um Greyson.

Brynn

Hast du schon mit ihm gesprochen?

Kace

Noch nicht, aber wir treffen uns vorher und gehen dann gemeinsam in ein Restaurant. Neutraler Boden.

Brynn

Es wird alles gut laufen, Kace. Da bin ich mir sicher.

Kace

Hast du die Wahrscheinlichkeiten für verschiedene Ausgänge dieses Gesprächs berechnet oder woher kommt deine Zuversicht?

Brynn

Reines Vertrauen in dich. Dafür brauche ich keine Rechnungen.

Auch wenn ich Kace in diesem Moment nicht sah, hätte ich schwören können, dass er lächelte. Es mochte vermutlich seltsam und kitschig klingen, aber ich spürte es einfach.

Brynn

Schreib mir danach, wie es gelaufen ist.

Kace

Das werde ich. Falls ich es überlebe.

Brynn

Sei nicht so dramatisch, das steht dir nicht.

Kace

Ich liebe dich auch, Numbers. Bis später.

Am liebsten wäre ich direkt zurück zum Campus gerannt, um ihn vorher noch einmal in die Arme zu schließen. Denn obwohl er locker klang, wusste ich, wie tief die Anspannung saß. Für Kace bedeutete Familie alles und er hatte innerhalb kürzester Zeit nicht nur seine Mutter verloren, sondern auch seine Heimat hinter sich gelassen und hier ein vollkommen neues Leben begonnen. Ich hoffte, dass er mit der Zeit in Abbot und Greyson vielleicht neue

Wurzeln finden konnte, einen Anfang, den er nach allem, was er erlebt hatte, nicht nur verdient hatte, sondern brauchte.

Ich schloss den Messenger und wollte gerade das Handy wegstecken, um mich wieder der leidenschaftlichen Diskussion, die zwischen Harlow und Lucie entbrannt war, anzuschließen, als eine neue Nachricht aufs Display flog. Von meiner Schwester Luna. In Oxford war sie so etwas wie meine Verbündete gewesen, doch seit ich in Seattle war, hatte ich kaum von ihr gehört. Vermutlich, weil sie sich nicht zwischen die Stühle setzen wollte. Warum also schrieb sie mir jetzt?

Stirnrunzelnd schaute ich kurz zu meinen Freundinnen, ehe ich in unseren Chat wechselte.

Luna

Hi, Bry, vermutlich sollte ich dir das nicht schreiben, aber es fühlt sich falsch an, es für mich zu behalten. Vorhin habe ich Mum und Dad belauscht – nicht absichtlich – und sie haben wie so oft in letzter Zeit über dich geredet, nur hat das keinen Sinn ergeben. Mum meinte irgendetwas davon, dass der Brief alles nur viel schlimmer gemacht hat und wegen ihrer Entscheidung die Familie auseinandergebrochen ist. Dad ist daraufhin total wütend geworden und hat gesagt, dass absagen der einzige Weg gewesen ist. Und du nichts davon erfahren darfst. Ich verstehe zwar nicht ganz, worum es geht, aber es klingt seltsam, oder? Jedenfalls vermisse ich dich, Bry, und es tut mir leid, dass ich dir das nicht früher geschrieben habe. Aber ja, du fehlst mir. Und die anderen vermissen dich auch, nur sagen sie es nicht, du weißt ja, wie sie sind. Hab dich lieb.

Einige Sekunden lang starrte ich nur auf die Nachricht und versuchte, sie zu verstehen. Luna hatte etwas von einer Absage geschrieben – ging es hierbei um die Absage des Lakestone Campus, die ich bekommen hatte? Nur was hatten meine Eltern damit zu tun und von was sollte ich nie etwas erfahren? … Ich biss mir auf die Unterlippe und konnte nicht verhindern, dass sich ein ungutes Gefühl in meiner Magengegend ausbreitete. Die Logik war schon immer meine Verbündete gewesen und hier passte etwas nicht zusammen. Wie ein Stein im Schuh drückte dieser Gedanke immer penetranter in meinen Gehirnwindungen und wurde langsam, aber sicher zu einer Vorahnung. Dass meine Eltern auf irgendeine Weise mit der Absage zu tun hatten. Ich versuchte, mir das Schreiben des LSC wieder ins Gedächtnis zu rufen, und erinnerte mich daran, dass mir der Wortlaut im ersten Moment seltsam vorgekommen war, vor allen Dingen das mit der schriftlichen Bestätigung der Absage …

Das Stechen in meinem Hinterkopf wurde drängender, trieb mich dazu an, nachzudenken. Da war Mums kurze, kryptische Andeutung beim letzten Telefonat, bevor mein Vater ans Telefon gegangen war und sie unterbrochen hatte. Nun Lunas Worte.

Aus den schwammigen Überlegungen wurde ein klares Bild, das mir das Blut gefrieren ließ.

Das hätten sie nicht getan. So weit würden nicht einmal meine Eltern gehen.

Und was, wenn doch?

»Bry? Erde an Bry?«

Beim Klang von Lucies Stimme ruckte mein Kopf hoch. »Hm?«

»Ist alles okay?«

Ich blickte in die Gesichter meiner Freundinnen und konnte doch nur an das denken, was ich mir gerade zusammengereimt hatte. Dass meine Eltern in meinem Namen abgesagt hatten. Dass in dem Brief eine andere Antwort gewesen wäre, hätten sie sich nicht eingemischt. Und dieser Gedanke, diese Möglichkeit raubte mir den Atem. Ich musste wissen, ob auch nur die geringste Chance bestand, dass etwas dran war. Ob sie wirklich derartig in mein Leben eingegriffen hatten, um … ja was? Mich in Oxford zu behalten? Mich um jeden Preis in die Pension zu zwingen?

Meine Augen begannen zu brennen und es kostete mich alle Kraft, die Tränen zurückzudrängen. »Ja, alles gut, ich habe nur vergessen, dass ich Ians Schicht übernehmen sollte.«

»Jetzt?«, fragte Harlow irritiert und ihr war anzusehen, dass sie mir nicht glaubte.

»Ja, tut mir echt leid«, erwiderte ich und war schon halb aufgestanden. »Ich gebe Polina und Bea Bescheid. Tut mir … tut mir leid.«

Lucie schnappte sich eine meiner Hände, noch ehe ich kehrtmachen konnte. »Brynn, was ist los? Wir sind's, deine Freundinnen. Rede mit uns.«

Kopfschüttelnd drückte ich ihre Finger und ließ sie dann los. »Es geht wirklich nur um die Schicht. Wir sehen uns morgen.«

Bevor Lucie oder Harlow noch etwas hätten erwidern können, verließ ich auch schon unseren Platz am Meer, um zur nächsten Bushaltestelle zu laufen. Während mein Herz schmerzhaft gegen seinen Käfig aus Rippen schlug, sprangen meine Gedanken ungebremst hin und her. Meine Eltern konnte ich nicht darauf ansprechen, sie würden es nur abstreiten, Luna wusste auch nicht mehr. Aber ich brauchte eine Antwort.

Als würde es irgendetwas ändern.

Doch anders als sonst schaffte es dieser letzte Funke Logik nicht, mich zu erreichen. Stattdessen blieb nur der eine Gedanke, der mich vorantrieb. Dieses verfluchte Pochen, das sich nun vollkommen anders anfühlte.

Ich muss es jetzt sofort wissen.

Mein Verstand spuckte einen einzelnen Namen aus – Abbot. Falls ich wirklich ursprünglich eine Zusage erhalten hatte, würde er es wissen, oder? Ungehalten zerrte ich mein Handy hervor und wählte Kaces Nummer. Wenn mich einer sofort zum Direktor des LSC bringen konnte, dann er. Während es klingelte, wurde ich nicht langsamer, lief nur immer weiter und hatte das Gefühl, mich mit jedem Schritt mehr in dem Durcheinander zu verlieren.

Kace ging nicht dran.

Natürlich nicht.

Er war mit Abbot und Greyson verabredet. In einem Restaurant.

Was bedeutete, dass Abbots Büro gerade leer war. Verwaist. Niemand würde dort sein.

Himmel, nein, denk nicht mal dran!

Mein Magen zog sich zusammen. Das wäre bescheuert. Vollkommen bescheuert. Aber ich … ich brauchte Antworten, ich brauchte sie jetzt. Und gegen die Wut, die irgendwann in den vergangenen Minuten zu Verzweiflung geworden war, gegen das Gefühl von Verrat war selbst meine Logik machtlos.

***

Es war dunkel, als ich den Campus erreichte und auf direktem Weg das Verwaltungsgebäude ansteuerte. Mein Körper surrte vor Anspannung, als würde ich unter Strom stehen, während ich mechanisch einen Fuß vor den anderen setzte. Versuchte, nicht zu sehr darüber nachzudenken, wie dämlich diese Aktion war. Aber was blieb mir schon für eine andere Wahl? Warten, bis Abbot wieder da war? Unter anderen Umständen hätte ich vielleicht genau das in Betracht gezogen, doch jetzt fühlte es sich so an, als wäre *Warten* ein Ding der Unmöglichkeit. Als würde mich jede Sekunde, die ich ohne Antwort verbringen musste, ersticken. Als wäre ich bereits zu weit gegangen, um noch umzudrehen.

Ich … ich konnte nicht bis morgen warten.

Oder übermorgen. Und das war schon immer eine meiner größten Schwächen neben der Sache mit den Wetten gewesen: meine Ungeduld. Sie löschte jede Vernunft aus, jeden Gedanken daran, die Sache in Ruhe durchzugehen. In solchen Augenblicken gab es keine Ruhe, nur meinen inneren Drang, der keinen Aufschub duldete. Der Klarheit forderte und die würde ich mir jetzt beschaffen.

Entschlossen ließ ich meinen Polarsternanhänger, an dem ich mich bis jetzt festgehalten hatte, los. Kaum dass ich das große Gebäude betreten hatte, wandte ich mich im Foyer mit seinen ausladenden Treppen und Säulen direkt den Stufen zu. Abbots Büro lag im ersten Stock und um diese Zeit war dort niemand mehr. Keine Assistentinnen, keine anderen Mitarbeitenden. Nur ich.

Mit hochgezogenen Schultern folgte ich dem breiten Flur und stand einen Herzschlag später bereits vor der Tür. Natürlich war sie abgeschlossen, aber das Schloss war simpel und alt und ich hatte das Glück, einen Bruder zu haben, der Taschenspielertricks liebte. Wren hatte mir vor einiger Zeit gezeigt, wie man ein einfaches Schloss mit zwei Büroklammern öffnen konnte – so hatten wir uns in der Pension in die abgeschlossenen Räume gestohlen. Wer hätte gedacht, dass mir diese Lektion einmal nützlich sein würde.

Möglichst unauffällig sah ich mich um und hätte schwören können, dass der gesamte LSC meinen Puls hören konnte, dann wühlte ich in meiner Tasche nach einer großen und einer kleinen Büroklammer.

»Hab ich euch«, flüsterte ich lautlos und bog das erste Ding zurecht, bis es die richtige Form hatte.

Konzentriert führte ich das geformte P der Klammer ein und tastete die Stifte des Schlosses ab. Dann drückte ich gegen die kleine Klammer, ehe ich die zweite mit der Spitze reinsteckte. Unwillkürlich hielt ich die Luft an, als ich die große Klammer bewegte und ein leises Knacken zu hören war. Adrenalin rauschte durch meine Blutbahnen und ließ meine Finger zittern, als ich ein weiteres Mal gegen die kleine Büroklammer drückte, sie drehte … und nur einen Moment später drin war.

Scheiße, das hatte wirklich funktioniert.

Hastig steckte ich die Klammern wieder weg und schlüpfte durch den Türspalt ins dunkle Innere des Büros. Mit klopfendem Herzen lehnte ich mich gegen das Holz und sah mich in dem verlassenen Raum mit seiner hohen Decke um, während sich meine Augen an das schwache Licht von draußen gewöhnten. Ein wenig fühlte es sich so an, als wäre ich nachts in ein Museum eingebrochen, bei all den alten Möbeln und Antiquitäten in Abbots Büro.

Genug gestarrt, such dir deine Beweise und dann raus hier.

Grimmig biss ich die Zähne aufeinander, ließ meine Tasche zu Boden gleiten und lief als Erstes zu dem breiten Aktenschrank. Keine Ahnung, ob Abbot auch Absagen und Informationen über Nichtstudierende dokumentierte, aber einen Versuch war es wert. So leise wie möglich zog ich die Schubladen auf, bis ich die Karteien mit L fand, und ließ die Finger über die einzelnen Ordner fahren.

Keine Akte mit *Leary.* Wäre ja auch zu einfach gewesen. Ich schloss die Schublade wieder und sah mich ein weiteres Mal um, wobei mein Blick an dem Computer hängen blieb. Natürlich.

Meine Chancen, dass ich in seinen Account reinkommen würde, standen quasi bei null, dennoch schlich ich hinter den wuchtigen Mahagonischreibtisch und bewegte die Maus. Wie erwartet sprang zwar der Bildschirm an, präsentierte mir jedoch nur den passwortgeschützten Zugang. Für Harlow wäre es ein Kinderspiel reinzukommen, aber ich stand damit vor einem unüberwindbaren Hindernis. Frustriert schluckte ich den nutzlosen Fluch, der mir bereits auf meiner Zunge lag, herunter und starrte auf das Display, bis es vor meinen Augen verschwamm. Dumme, dämliche, nutzlose Idee herzukommen, ich –

Meine innere Stimme verstummte, als mir die breiten Ordner im untersten Fach der Regale auffielen. Jeder war mit Buchstaben gekennzeichnet. A–E, F–J, K–O … die letzte Option. Da musste einfach etwas drinstehen.

»Komm schon, komm schon, komm schon«, murmelte ich und zog den entsprechenden Ordner hervor. Fahrig strich ich über das Register bei L, suchte nach einem Abschnitt mit *Leary* –

Und erstarrte jäh, als ein helles Klicken durch die gespenstische Stille des Büros hallte und nur einen Sekundenbruchteil später alles in grelles Licht getaucht wurde. Blinzelnd fuhr ich herum, knallte gegen das Regal und ließ ertappt den Ordner fallen. Als hätte das irgendetwas am Offensichtlichen geändert. Dafür war es zu spät. Ich stand längst auf meinem selbst errichteten Scheiterhaufen, mit rasendem Puls und noch immer ohne Antworten.

KAPITEL 36

Hope For The Future – Bastille

Kace

»Ich bin wirklich froh, dass wir uns zusammensetzen«, begann Abbot, nachdem wir unsere Getränke bekommen hatten, und sah erst mich und dann Greyson an. »Das ist definitiv kein Thema, das man zwischen Tür und Angel bespricht.«

Ich nahm einen Schluck von meinem Mineralwasser und sah zu Grey. Wir hatten uns, eine halbe Stunde bevor wir gemeinsam mit Abbot in das schicke Restaurant gefahren waren, getroffen und auch wenn wir über das Ergebnis gesprochen hatten, wirkte er noch immer aufgewühlt. Keine Frage, ich verstand ihn, man bekam nicht alle Tage den Beweis dafür ins Gesicht geknallt, dass man einen Halbbruder besaß, von dem man bis dato nichts gewusst hatte.

»Und falls ich das noch nicht deutlich gemacht habe«, Abbot räusperte sich verhalten und legte die Hände flach auf die weiße Tischdecke, »ich werde euch natürlich alle Fragen, sofern ich Antworten habe, beantworten.«

Greyson tippte mit dem Zeigefinger gegen sein Glas. »Wusstest du von Kace?«

»Nein, ich habe nicht davon gewusst, Greyson. Du – ihr beide könnt mir glauben, dass ich mich anders verhalten hätte, wäre es so gewesen. Ich sorge für meine Kinder.«

Und das kaufte ich ihm sogar ab. Abbot war kein schlechter Mensch, er hatte bloß eine Nacht mit einer Frau verbracht und dabei war zufälligerweise ich herausgekommen.

»Also war es einfach nur ein One-Night-Stand?«, hakte mein Halbbruder wenig sensibel nach, den Blick noch immer auf seine Cola geheftet.

»War es«, brummte ich, bevor *mein Vater* es sagen konnte. »Nur eine schnelle Nummer mit Folgen.« Ich wollte es nicht aus seinem Mund hören, obwohl das absolut bescheuert war. Es änderte gar nichts, Tatsache blieb Tatsache und ein unbedeutender One-Night-Stand blieb ein unbedeutender One-Night-Stand, ganz gleich, über wessen Zunge die Wahrheit rollte.

Ich spürte, wie sich zwei Augenpaare auf mich richteten, dann ergriff Abbot wieder das Wort. »Das stimmt nicht ganz, Kace. Am Freitag hat sich keine Gelegenheit dazu ergeben und ehrlich gesagt war ich doch sehr … überrumpelt, aber Gemma war keine *schnelle Nummer.*«

Innerhalb eines Sekundenbruchteils hatte er meine ungeteilte Aufmerksamkeit.

»Sie hat mir nie ihren Nachnamen genannt, aber ich habe Gemma in einer Bar in der Stadt kennengelernt, als ich selbst noch studiert habe. Sie war eine begnadete Pianistin und ist dort oft abends aufgetreten. Wenn ich ganz offen sein darf, es gibt keine lange Geschichte zwischen Gemma und mir, ich … ich habe mich damals einfach in sie verguckt. Sie war eine unglaublich schöne Frau, nicht auf den Mund gefallen und hat sich nichts aus Elitestudierenden gemacht. Das hat mir imponiert.«

Das klang so sehr nach meiner Mam, dass ich ein vertrautes Ziehen in meiner Brust spürte. Scheiße, sie fehlte mir so sehr. Zu gerne hätte ich sie gefragt, warum sie mir nie von Harvey Abbot erzählt hatte. Selbst wenn sie sich nicht sicher gewesen war, ob er mein Vater war, ich hätte diese Geschichte gerne von ihr gehört.

»Gemma hatte viele Verehrer, hat sich nie festgelegt und ich hatte es mir in den Kopf gesetzt, ihre Gunst zu erlangen. Meine Freunde und ich gingen häufig in die Bar und irgendwann schaffte ich es, ihre Aufmerksamkeit zu gewinnen. Ich gab ihr einen Drink aus, verwickelte sie in ein Gespräch und verlor jeglichen Bezug zur Zeit. Das war ihre Gabe, neben der Musik. Mit Gemma vergaß man die Welt, selbst die größten Sorgen.« Abbot unterbrach sich kurz, um einen Schluck seines Rotweins zu nehmen. »Sie erzählte mir einiges von sich, dass sie ihr Zuhause hinter sich gelassen hat, um neu zu beginnen. Ein besseres Leben zu führen. Und damit traf sie mich mitten ins Herz. Wir waren zwei junge Menschen verbunden durch denselben Wunsch.«

Stirnrunzelnd musterte ich seine Züge, doch letztlich war es Grey, der meine Gedanken laut aussprach.

»Was meinst du? Nichts für ungut, Dad, aber wenn es eines gibt, um das du dir keine Sorgen machen musst, dann ist das Geld.«

Zu meiner Überraschung hoben sich Abbots Mundwinkel ein wenig. »Da ist etwas dran, aber das war nicht immer so. Es ist eine lange Geschichte und ich bin auf vieles darin nicht besonders stolz. Einer der Gründe, warum ich das nie zur Sprache gebracht habe, aber um es kurz zu fassen: Ich habe in meiner Jugend viele Fehler gemacht. Ich geriet auf die schiefe Bahn, nachdem meine Mutter früh verstarb und mein Vater mehr Interesse an seinem Alkohol hatte als an mir. Ich blicke nicht gern auf diese Phase meines Lebens zurück und hätte ich nicht so großes Glück gehabt, wäre ich heute nicht, wo ich jetzt bin. Auf der Straße wurde jemand auf mich aufmerksam, dem ich nicht gleichgültig war und der erkannte, dass ich mein Talent vergeudete. Ich habe erst später rausgefunden, dass er ein Polizist war, damals meine erklärten Todfeinde, doch Cop hin oder her, ihm habe ich es zu verdanken, dass ich meinen Schulabschluss nachholen und später mit einem Stipendium auf dem Lakestone Campus studieren durfte. Aus diesem Grund vergebe ich auch meine privaten Stipendien, um diesen Gedanken weiterzugeben, aber das nur am Rande.« Die Ähnlichkeit seiner Geschichte zu meinem verkorksten Leben war beinahe unheimlich und vielleicht würde ich ihn eines Tages nach den Details fragen. Irgendwann, wenn wir uns besser kannten.

»Worauf ich eigentlich hinauswollte«, fuhr er dann fort, »als Gemma mir von ihrem Traum erzählte, wusste ich genau, wovon sie sprach, und das schuf eine Verbindung zwischen uns, wenn auch nur für eine kurze Zeit. Wir verbrachten einige Nächte miteinander und dabei muss ich den Ring liegen lassen haben. Unsere Wege trennten sich schneller, als mir lieb gewesen war, denn so töricht und naiv es auch gewesen sein mochte, ich hatte mich in diese beeindruckende Frau verliebt. Aber nun … das Schicksal hatte andere Pläne für uns, sie hat Seattle wieder verlassen und ich habe nie wieder etwas von Gemma gehört. Hätte ich gewusst, dass sie ein Kind von mir erwartet …« Kopfschüttelnd setzte Abbot das Glas wieder an seine Lippen und nahm mehrere Schlucke.

Es wurde still an unserem Tisch, Greyson hatte die Kiefer fest aufeinandergepresst und ich Mams Worte aus dem Brief im Kopf, die sich nun mit Abbots Seite der Geschichte vermischten … und ein erschreckend klares Bild ergaben.

»Sie hat sich auch in dich verliebt«, hörte ich mich dann sagen und schaute auf, sodass sich unsere Blicke trafen. »Mam hat mir einen Brief hinterlassen, mit dem Ring und einer Karte aus Seattle und geschrieben, dass sie sich in dich verliebt hatte.«

Grey gab ein unbestimmtes Brummen von sich. »Sie hat sich nie gemeldet. Warum?«

Die Frage hatte ich mir auch gestellt, als ich ihr Schreiben gefunden hatte. Ich hatte nicht verstanden, warum sie nicht bei Harvey Abbot geblieben war, doch mittlerweile sah ich ihre Entscheidung aus einem anderen Blickwinkel und konnte sie nachvollziehen. Auf schmerzhafte Art und Weise.

»Sie dachte, sie wäre nicht gut genug für dich«, antwortete ich. »Für dein Leben. Sie hat nur die vielversprechende Zukunft, die dir bevorstand, gesehen. Eine Zukunft, in die sie ihrer Meinung nach nicht reingepasst hat. Deswegen ist sie gegangen und hat nie zurückgeschaut.«

»Vielleicht hätte ich ihr von meiner Vergangenheit erzählen sollen. Vielleicht wäre die Geschichte dann anders ausgegangen.« Abbot fuhr sich nachdenklich über das Kinn. »Danke, dass du es mir gesagt hast, Kace.«

»Das war das Mindeste, nachdem ich mich am Freitag so danebenbenommen habe.«

»Du hattest jedes Recht dazu.«

»Das sagt er nur, weil es hier um dich geht, Holloway, mir würde er das nicht durchgehen lassen«, schaltete sich Grey mit einem halben Grinsen ein. »Genieß die Galgenfrist eines neuen Sohns des großen Harvey Abbot, solange du sie hast.«

Leck mich, formte ich mit den Lippen und spürte diese Vertrautheit zwischen uns, die sich immer noch ungewohnt und gleichzeitig richtig anfühlte. Greyson zeigte mir im Schutze des Tischs den Mittelfinger, Abbot räusperte sich trotzdem vernehmlich.

»Mir ist bewusst, dass wir alle Zeit brauchen, mit den plötzlichen Veränderungen klarzukommen, aber ich würde mich freuen, wenn wir … in diesem Abend einen Anfang finden würden.«

Ich wandte mich wieder Abbot zu. »Das klingt nach einem guten Plan.«

»Schaut mich nicht so an, an mir soll es nicht scheitern. Es schadet nicht, einen Verbündeten in dieser verkorksten Familie zu haben.« Grey lehnte sich auf seinem Stuhl zurück und hielt sein Colaglas, als wäre es ein verfluchter Whisky. »Vielleicht überlegst du dir das Ganze noch mal, Kace.«

»Keine Sorge, das habe ich.«

Danach wurde unser Gespräch leichter. Wir sprachen über Trixie – Abbot hatte ja bereits gewusst, dass ich eine Tochter hatte, nun war jene Tochter allerdings plötzlich sein Enkelkind – und Grey erzählte von seiner Ausbildung und dass er überlegte, sie an dem Firmenstandort hier in Seattle fortzusetzen, um mich, ich zitiere, *im Auge zu behalten.* Arsch. Zwischen dem zweiten und dritten Gang kamen wir schließlich auf die Uni zu sprechen und damit unweigerlich auf meinen Abgang aus der Prüfung am Freitag.

Es wunderte mich nicht, dass Abbot längst darüber im Bilde war und sich bereits mit Professor Mullbear dazu ausgetauscht hatte. Was mich jedoch erstaunte, war die Tatsache, dass mein Vater die Schuld auf sich genommen und in meinem Namen eine Wiederholung des praktischen Nachweises erwirkt hatte – was bedeutete, ich durfte noch einmal bei der Prüfung antreten, als hätte es meinen Totalausfall nicht gegeben. Na ja, irgendeinen Vorteil musste es ja haben, Harvey Abbot als Vater zu haben. Und es würde definitiv noch eine verfluchte Ewigkeit brauchen, mich an diesen Umstand zu gewöhnen.

»Ich freue mich drauf, Trixie irgendwann kennenlernen zu dürfen, sie klingt nach einem klugen Mädchen«, sagte Abbot dann, nachdem ein Kellner unsere Dessertteller abgeräumt hatte. »Falls ich irgendetwas für euch tun kann …«

»Danke, aber wir kommen klar. Das Stipendium ist schon groß genug.«

Harvey – ich hatte beschlossen, dass ich damit beginnen sollte, ihn mit seinem Vornamen anzusprechen – nahm meine Entscheidung mit einem Lächeln zur Kenntnis. »Das freut mich zu hören und nur damit wir uns richtig verstehen, deinen Platz auf meinem Campus hast du einzig und allein dir selbst zu verdanken. Dir und deinem Talent. Deine Mutter hat dir viel beigebracht.«

»Das hat sie«, gab ich zurück, als Abbot ruckartig sein Handy hervorzog.

»Gibt es ein Problem, Dad?« Greyson schielte auf das Display und verzog das Gesicht. »Ein Einbruch?«

Mit einem resignierten Nicken steckte Harvey das Telefon zurück in die Innentasche seines Jacketts. »Ich fürchte ja. Jemand hat sich unerlaubterweise Zugang zu meinem Büro verschafft. Ich habe vor Jahren einen stummen Alarm an der Tür anbringen lassen, der direkt auf mein Handy geleitet wird.«

»Dann sollten wir die Cops verständigen, oder?« Angespannt sah Grey zwischen Abbot und mir hin und her.

»Nein, ich werde hinfahren und mir die Sache anschauen. Es ist weder der Alarm an meinem Safe angegangen noch wurde eine unautorisierte Person auf dem Campus gemeldet. Ich schätze, es handelt sich um eine Person aus dem Kreis der Studierenden.«

Es war mir ein Rätsel, wie Harvey so ruhig bleiben konnte, als er ein paar Scheine auf den Tisch legte und sich dann erhob. »Es tut mir leid, dass unser Abend zu einem solch abrupten Ende kommt, aber ich fürchte, ich werde mir die Sache ansehen müssen.«

Gemeinsam mit Harvey gingen wir zu seinem Wagen samt Fahrer und waren wenig später wieder auf dem Gelände des Campus. Unterwegs hatte ich mein Handy gecheckt. Bei Trix war alles gut, aber Brynn hatte mich angerufen. Nachdem sie nicht ans Telefon gegangen war, hatte ich ihr kurz geschrieben, dass der Abend gut verlaufen war und ob wir uns morgen treffen wollten. Bisher hatte ich jedoch keine Antwort darauf erhalten. Vermutlich steckte sie noch mitten in ihren Lernunterlagen, jetzt, wo der Wettbewerb immer näher rückte.

»Hey, Kace.« Greys Stimme hielt mich zurück, nachdem wir uns bereits von Harvey verabschiedet hatten.

»Was gibt's?«

»Ich finde es gar nicht so übel, dass der Test positiv ausgefallen ist.«

Meine Lippen verzogen sich, ohne dass ich etwas dagegen hätte unternehmen können. »Ach ja?«

»Wenn du hoffst, dass ich das noch einmal sage, dann vergiss es. Mach damit, was du willst, Holloway.«

»Werde ich mir merken. Aber, Abbot?«

Greyson hob eine Braue und verschränkte locker die Arme vor der Brust. »Was?«

»Ich finde es auch nicht komplett scheiße.«

»Du kannst mich mal«, gab er zurück und drehte sich hastig um. Ich sah das amüsierte Aufblitzen in seinen grauen Augen dennoch.

Kopfschüttelnd wandte ich mich ab und ging in Richtung Wohnheim. Die Hände in den Taschen meiner schwarzen Hose und noch immer dieses dämliche Lächeln auf den Zügen.

KAPITEL 37

Overflow – Marianne Beaulieu

Brynn

Warum habe ich das getan? Warum zum Teufel habe ich das getan?

Nervös biss ich mir von innen auf die Wange, während mein Knie unablässig auf und ab wippte. Ich fühlte mich wie die berühmte Maus in der Falle, weil sie ihre schmutzigen kleinen Hände nicht vom verfluchten Käse hatte lassen können und nicht schnell genug gewesen war. Nicht klug genug.

Ganz im Gegenteil, in Abbots Büro einzubrechen, war so weit von *klug* entfernt, wie die Erde vom Ende des Universums. So viel zum Thema, ich hätte das Zeug, auf dem Lakestone Campus studieren zu können.

Den Kopf voller Gedanken riskierte ich einen Blick zu Abbot, der gerade hinter seinem Schreibtisch Platz nahm, nachdem er das Licht eingeschaltet und den Ordner zurück an die richtige Stelle geräumt hatte.

»Wir hatten bereits einmal das Vergnügen, richtig? Als Sie ohne entsprechende Genehmigung in die Bibliothek gegangen sind. Über einen Seiteneingang.«

Schweigend nickte ich.

»Ist das Ihre Art von Spaß?«

»Bitte?«, krächzte ich und spürte, wie meine Hände feucht wurden.

Abbot faltete die Hände unter seinem Kinn. »Sich unerlaubt Zutritt zu Orten zu verschaffen, an denen Sie nichts zu suchen haben.«

Unter seinem strengen Blick schrumpfte ich mit jedem polternden Herzschlag ein wenig mehr. »Nein, Sir, ich … ich habe nur …« Gott, wie sollte ich das Durcheinander in meinem Kopf erklären, ohne vollkommen durchgeknallt zu klingen? Fieberhaft suchte ich nach irgendwelchen Worten, die beschreiben konnten, was in mir vorging. Was die Sache mit meinen Eltern für ein Chaos in meinem Inneren hinterlassen hatte. Doch zum ersten Mal in meinem Leben fand ich nichts. Ich fand keine logische Antwort, die ich hätte geben können. Keine kluge Erwiderung. Das, was mich sonst immer vorangetrieben hatte, was mich hatte kämpfen lassen, war nicht länger da. Das Pochen … dieses verräterische, unablässige Pochen war verschwunden und übrig blieb nur die endgültige Stille nach der Niederlage.

»Ich bin ganz Ohr, Miss …«

»Leary«, brachte ich matt hervor. »Brynn Leary.«

Kurz wirkte es, als würde beim Klang meines Namens so etwas wie Erkennen in seiner Miene aufflackern, doch es verschwand so schnell, dass ich es mir genauso gut auch bloß hätte einbilden können. »Gut, Miss Leary, ob Sie nun einen in Ihren Augen guten Grund haben, hier einzudringen, oder nicht, es ändert nichts an der Tatsache, dass es sich dabei um ein Verbrechen handelt.«

Ich war kurz davor, mich zu übergeben. Wollte er mich der Polizei übergeben? Das konnte er doch nicht machen, oder? Kopfschüttelnd schlang ich einen Arm um meine Mitte und rutschte auf die Stuhlkante. Ich fühlte mich mit einem Mal so klein. »Professor Abbot, bitte, ich hatte nicht die Absicht …«

»Abends in mein Büro einzubrechen und in vertraulichen Unterlagen zu blättern?« Er sagte das nicht unfreundlich, sondern mit einer beinahe stoischen Ruhe, und dennoch stellten sich mir die Härchen auf. Weil ich wusste, wie das hier ausgehen würde. Weil ich es verbockt hatte. Weil ich so weit gekommen war, so lange gekämpft hatte, nur, um wegen eines dummen Fehlers alles wegzuwerfen.

Und jetzt war jede Energie aufgebraucht. Die Zeit des Kampfes vorbei. Wie verflucht pathetisch.

Ich schluckte gegen den größer werdenden Brocken in meinem Hals an. »Ich würde nicht … es ging bloß um meine Akte.«

»Ihre Akte? Soweit ich mich richtig erinnere, sind Sie keine Studentin auf dem Campus, oder?«

»Nein, Sir. Ich habe mich beworben und eine Absage erhalten.« Meine Worte waren nicht mehr als ein Flüstern.

Die Furchen auf Abbots Stirn vertieften sich, als würde er angestrengt versuchen, einen Sinn in meinem Verhalten zu erkennen. Dann atmete er hörbar aus und legte die Hände flach vor sich. »Miss Leary, Bewerbungen ohne positiven Ausgang werden nicht archiviert. Was haben Sie sich erhofft, darin zu finden?«

Einen Fehler. Einen schrecklichen Fehler, den meine Eltern gemacht haben, weil sie glauben zu wissen, was das Beste für mich ist.

Die Steine wuchsen zu Felsblöcken in meinem Magen an und zogen mich zu Boden. Keine Ahnung, woher ich die Kraft nahm, überhaupt noch weiterzusprechen. »Antworten.«

»Ich kann Ihnen versichern, dass wir unsere Entscheidungen mit größter Sorgfalt und nach bestem Wissen und Gewissen treffen«, erwiderte Abbot, weil er nicht verstand, wovon ich wirklich sprach, und ich keine Worte fand, um es zu erklären. Ich spürte nur dieses drückende Gewicht, das mir jede Kraft nahm. Die Leere in meiner Brust. Es war vorbei. Meine Zeit in Seattle war vorbei. Ich würde zurück nach Oxford gehen müssen. Dorthin, wo laut meiner Familie nichts mehr auf mich wartete.

Was blieb mir dann noch? Was kam nach *nichts*?

»Miss Leary«, setzte der Leiter des Lakestone Campus dann etwas milder an, »ich kann mir vorstellen, dass Sie enttäuscht waren, als Sie keine Zusage erhalten haben, aber diese Enttäuschung entschuldigt keinen Einbruch. Ich hoffe, das ist Ihnen bewusst.«

Es ist keine Absage gewesen. Es ist ein Irrtum, wisperte eine leise Stimme in meinem Hinterkopf und in einer anderen Situation hätte ich es vielleicht laut ausgesprochen, doch hier und jetzt ließ ich nur kraftlos die Schultern sinken. Weil eine andere Gewissheit immer lauter wurde.

Du hast keinen Abschnitt mit Leary *gefunden. Was ist, wenn du der Irrtum bist?*

»Es tut mir leid, Mr Abbot«, erwiderte ich mit einiger Verzögerung.

»Das glaube ich Ihnen. Und stünden die Dinge anders, sähe ich womöglich darüber hinweg, aber nachdem dies nicht Ihr erster Fehltritt ist und ich Sie bereits verwarnt habe, muss ich leider Konsequenzen ziehen.«

Ich nickte nur, starrte auf meine Knie, während diese verfluchten Tränen in mir aufstiegen.

»Ich bitte Sie, das Campusgelände sofort zu verlassen und sich in Zukunft davon fernzuhalten, Miss Leary. Falls Sie dieser Anordnung nicht nachkommen, muss ich weitere Maßnahmen in die Wege leiten und das würde ich uns gerne ersparen.«

»Keine Sorge«, brachte ich kaum hörbar heraus, »ich habe es verstanden. Ich bin hier nicht länger erwünscht.«

»Ich wünsche Ihnen alles Gute, Miss Leary.«

Ich ballte die Hände zu Fäusten und schaffte es irgendwie aufzublicken. Abbot musterte mich mit noch immer gerunzelter Stirn und … Bedauern auf den Zügen. Es war nicht zu übersehen, dass ihm das hier ebenso wenig Freude bereitete wie mir, bloß waren ihm die Hände gebunden und für mich … änderte sein Mitgefühl nicht das Geringste. Ich war raus, noch ehe ich einen Weg hinein finden konnte. Als ich hier angekommen war, hatte ich ein funkelndes, neues Blatt ausgeteilt bekommen, wochenlang hatte ich gespielt, hatte so viel gegeben und meine Züge genauestens kalkuliert, doch manchmal machte man Fehler. Legte die falsche Karte und verspielte mit einem einzigen falschen Zug den gesamten Sieg. Verlor alles.

Game over.

Taubheit legte sich über mich wie eine schwere undurchdringliche Decke, als ich aufstand und mich umdrehte, um das Büro zu verlassen. Den Campus. Seattle. Kurz bevor ich die Klinke runterdrückte, wandte ich mich noch einmal zu ihm um. Ein letztes Aufflackern der kläglichen Reste meiner Selbstachtung zwangen mich dazu und vielleicht auch der Gedanke, dass ich ohnehin nichts mehr zu verlieren hatte.

»Mr Abbot? Es tut mir wirklich leid, ich hätte das nicht tun dürfen. Nur … ich habe einfach gehofft, dass nicht ich der Irrtum bin.« Noch einen Moment länger sah ich ihn an. Ein winziger Moment, in dem Hoffnung in mir aufwallte … und in unzählige dunkle Splitter zerbarst, als Abbot nur den Kopf schüttelte, ich aus dem Raum floh und ins Nichts fiel.

***

Ziellos lief ich über die Kieswege, dachte an nichts und unzählige Dinge gleichzeitig, die in dieser Sekunde nicht die geringste Rolle spielten. Ich musste im Lakestone Café kündigen, einen bezahlbaren Flug nach England finden, in der WG Bescheid geben, mich verabschieden, packen … Scheiße, ich würde nie alles in meinen einen Koffer bekommen. Und meine SIM-Karte? Wie war das noch mal mit den dämlichen Fristen?

Wieder verschwamm der abendliche Campus vor meinen Augen und wieder wischte ich wütend die nutzlosen Tränen fort. Wo war der beschissene Ausgang? Ich fand das Tor nicht mehr, den Weg raus, ich … ich hatte mich verlaufen. In meinen Gedanken, in dieser und jeder anderen Galaxie. Schluchzend blieb ich stehen und legte den Kopf in den Nacken, starrte anklagend in den stahlblauen Himmel, bis mich eine leichte Vibration zurückriss.

Mit klammen Fingern zog ich mein Handy hervor. Vielleicht waren es ja meine Eltern, um noch einmal nachzutreten. Was vollkommen überflüssig gewesen wäre, ich war bereits unten aufgekommen, ungebremst und in meine Einzelteile zerbrochen.

Doch es war weder Mum noch Dad, sondern Kace.

Kace

Hey, du hast vorhin angerufen und jetzt habe ich dich nicht erreicht, deswegen nur schnell ein kurzes Update. Der Abend ist in keiner Katastrophe geendet und war eigentlich sogar ganz gut. Abbot ist echt okay und ich habe ein gutes Gefühl. Also danke für dein Glück, ich glaube, es hat etwas gebracht. Sehen wir uns morgen? Xxx

Der Gedanke, den ich seit meinem Rauswurf so resolut unterdrückt hatte, drängte sich auf einen Schlag mit aller Macht nach vorne. Seattle zu verlassen, bedeutete auch, Kace zu verlassen. Diesen Menschen zu verlieren, der mir in den vergangenen Wochen so unendlich wichtig geworden war. Mein Magen wurde zu einem harten Ball, Säure stieg mir die Kehle hoch. Ich konnte das nicht, ich konnte ihm nicht ins Gesicht schauen, mich verabschieden, ihm sagen, dass ich gehen musste.

Es war feige, gleichzeitig eine Form der Selbsterhaltung, obwohl es sich in diesem Moment so anfühlte, als gäbe es kaum noch etwas, das es sich zu erhalten lohnte, während ich meine Finger auf die virtuelle Tastatur legte und zu schreiben begann.

Brynn

Das freut mich zu hören, wirklich. Du hast es verdient, Kace.

Kace

Ist alles in Ordnung?

Seine Antwort kam sofort und es wunderte mich nicht, dass er aus meinen paar Worten die richtigen Schlüsse gezogen hatte. Er mochte es gut verstecken, aber Kace Holloway war einer der feinfühligsten Menschen, die mir je begegnet waren.

Ich sog frische Luft in meine Lunge und lehnte mich an einen der Bäume am Ufer des Campussees.

Brynn

Offen gesagt nein. Ich werde Seattle verlassen.

Kace

Was ist passiert?

Brynn

Das tut nichts zur Sache.

Kace

Tut es verdammt noch mal doch. Wo bist du gerade?

Neue Tränen sammelten sich in meinen Augenwinkeln.

Brynn

Bitte mach es mir nicht noch schwerer.

Kace

Ist das dein Ernst? Brynn, wo bist du? Noch auf dem Campus?

Ich starrte auf seine Nachricht, während mir mein wild schlagendes Herz den Brustkorb zertrümmerte. Kace hatte es nicht verdient, dass ich ihm das in einer Mitteilung schrieb, nicht, nachdem er sich mir so sehr geöffnet hatte, nicht, nachdem … nachdem er schon so viele Menschen verloren hatte. In diesem Augenblick hasste ich mich dafür, aber ich antwortete nicht. Ich hielt das Handy nur fest umklammert und versuchte zu überleben.

Kace

Bry, mach das nicht. Rede mit mir. Bitte. Du hast doch gesagt, dass das hilft.

Ist es wegen dem Wettbewerb? Darfst du nicht teilnehmen?

Als ich nicht zurückschrieb, rief Kace an. Einmal, zweimal. Er ließ sich nicht davon irritieren, als ich ihn wegdrückte, vermutlich weil er ahnte, dass ich gerade ertrank. Und dieses Gefühl kannte.

Wieder und wieder tauchte sein Name auf meinem Display auf und dann … war ich nicht mehr stark genug. Ging dran.

»Scheiße, Bry. Was ist los?«

Ich biss mir auf die Lippe. »Es tut mir leid.«

»Du musst dich nicht entschuldigen, sag mir nur, was los ist.«

Mir kam ein leises Schluchzen über die Lippen, noch ehe ich es zurückhalten konnte. »Ich habe einen Fehler gemacht … Seattle war ein Fehler. Ich hatte hier nie einen Platz.«

»Das ist Bullshit und das wissen wir beide.«

»Nein, es ist die Realität.« Die Worte verätzten mir den Mund. »Ich habe hier nichts mehr. Hatte ich nie.«

Kace stieß ein leises Knurren aus. Ich konnte mir vorstellen, wie er sich aufgebracht durch die Haare fuhr, seine wunderschönen blauen Augen voller Sorge und Wut und Furcht und Verwirrung. Weil Kace immer alles auf einmal fühlte. Zu viel. Immer zu viel.

»Sag so etwas nicht. Bitte.« Seine Stimme bebte, als er das sagte. »Das würde bedeuten, das mit uns wäre nichts.«

»Es ist *alles.*«

»Und *alles* ist nicht genug?«

Ich kniff die Augen zusammen, presste den Hinterkopf fester an die raue Rinde. »Manchmal reicht selbst *alles* nicht.«

»Fuck, Brynn. Rede endlich mit mir. Was ist in den letzten Stunden passiert? Warum sagst du all diese Dinge? Das ergibt keinen Sinn.«

»Ich habe einen Fehler gemacht und jetzt kann ich nicht länger in Seattle bleiben. Oder auf dem Campus. Weil sich meine Chance in Luft aufgelöst hat und ohne sie … bleibt nichts. Verstehst du das denn nicht?«

»Nein, wenn ich ehrlich bin, verstehe ich gar nichts«, erwiderte er hart. »Ich kann das nicht verstehen, wenn du dir nicht einmal die Mühe machst, es mir zu erklären. Und ich kann nicht verstehen, warum du einfach abhaust und damit den verfickten leichten Weg gehst, obwohl du mehr verdient hast. Alles erreichen könntest.«

»Denkst du, hierherzukommen war leicht? Oder diese Entscheidung zu treffen? Nichts davon war leicht. Ich habe gekämpft, aber es hat nichts gebracht. Ich habe verloren und ich weiß, wann das Spiel vorbei ist.«

»Das ist lächerlich.«

»Nein, das ist meine Realität«, entgegnete ich heftiger als beabsichtigt. »Hör auf, die Augen davor zu verschließen und alles so verflucht kompliziert zu machen! Ich muss den Campus verlassen, Kace, und das werde ich, weil ich keine andere Wahl habe. Ich will es nicht, ich will verdammt noch mal hierbleiben und das Leben leben, von dem ich seit Ewigkeiten träume. Aber Träume sind Wunschvorstellungen. Nicht mehr. Am Ende bringen sie dich nur um, das solltest du eigentlich wissen.«

Ich bereute meinen letzten Satz in der Sekunde, in der ich ihn laut aussprach. Aber es war zu spät. Die Worte hatten bereits irreparablen Schaden angerichtet. Ich hörte es an der Art, wie Kace scharf die Luft einsog, an der Stille, die zwischen uns dröhnte.

»Kace, das …«

»Schon gut. Ich hab's kapiert.«

»Nein, ich … es tut mir leid.«

»Einem kann nicht leidtun, etwas zerstört zu haben, das nie wirklich echt gewesen ist, richtig?« Ich erkannte seine Stimme nicht wieder, als er das sagte, und daran war ich schuld. »Einen guten Flug, Brynn.«

Ich rührte mich keinen Millimeter. Nicht, als er auflegte. Und auch nicht, als mein Handy ein leises Piepen von sich gab und dann erstarb. So wie ich, weil da nichts mehr war, das mir Leben hätte einhauchen können.

Innerhalb weniger Stunden hatte ich alles verloren. Den Menschen, den ich liebte, meine Zukunft auf dem Lakestone Campus. Mich selbst. Ich konnte wirklich stolz auf mich sein. Bitterkeit und Selbstverachtung stiegen in mir auf, zerfraßen mich von innen, bis ich das Gefühl hatte zu ersticken.

Weil nach dem Nichts niemand auf dich wartet.

***

Kace

Ich hatte gelogen. Als ich am Telefon zu Brynn gesagt hatte, dass ich sie nicht verstand, war das eine glatte Lüge gewesen. Denn ich verstand diese beinahe allmächtige Enttäuschung, die einem den Boden unter den Füßen entriss und für alles und jeden blind werden ließ. Diese Machtlosigkeit, die Besitz von einem ergriff und einen glauben ließ, es gäbe nur einen einzigen Weg. Ich hatte es oft genug selbst erlebt, um es zu verstehen, doch an diesem Abend hatte ich ihr das nicht sagen können. Der Gedanke, schon wieder jemanden zu verlieren, hatte mich gelähmt. Ihre Worte hatten zu tief geschnitten, mich langsam ausgeweidet, während ich nur hatte zuhören können. Obwohl ich wusste, dass sie sie bereute, sich vermutlich dafür verabscheute. Brynn war niemand, der mutwillig verletzte, ganz im Gegenteil, aber die Verzweiflung war eine hinterlistige Schlange und trieb einen Menschen zu den hässlichsten Dingen. Ich musste es wissen, denn meine Vergangenheit war eine Aneinanderreihung von hässlichen Momenten.

Ich hatte vier Tage gebraucht, um mir das einzugestehen und meine Wunden zu lecken. Vier Tage. An denen ich kaum die Wohnung verlassen und mich voll und ganz auf Trixie konzentriert hatte. Ich hatte mir diese Zeit gegeben, weil ich zuvor schlichtweg nicht in der Lage gewesen war, an Brynn zu denken, ohne den Verstand zu verlieren. Jedes Mal, wenn Trix nach ihr gefragt hatte, war ich innerlich ein wenig mehr gestorben. Doch jetzt verfluchte ich mich dafür, so lange gebraucht zu haben. Denn vier Tage zu warten, bedeutete, dass Brynn längst am anderen Ende der Welt war und ich damit die Chance, noch mal persönlich mit ihr zu sprechen, verpasst hatte. Dabei hätte ich das tun sollen. Direkt nach diesem katastrophalen Telefonat hätte ich zu ihr fahren und mit ihr reden und nachfragen müssen, warum sie den Campus verlassen musste, warum sie glaubte, alles verloren zu haben. Es wäre richtig gewesen, wichtig, weil sie geklungen hatte wie ich in meinen dunklen Momenten. Verzweifelt, hoffnungslos, einsam. Ich hätte es mir früher nie eingestanden, aber wann immer ich mich in der Finsternis verloren hatte, hatte ich gehofft, dass mich jemand darin fand und verdammt noch mal nicht allein ließ.

Jetzt war es dafür zu spät. Sie hatte mich geghostet und war wortwörtlich verschwunden. Aus der Stadt, von diesem Kontinent. Und damit blieb mir nur eine Möglichkeit, an meine Antworten zu kommen.

Entschlossen richtete ich meinen Blick auf das Ende des breiten Flurs, wo das Arbeitszimmer von Abbot – Harvey – lag, und öffnete ein paar Schritte später die Tür, ohne mich mit einem Klopfen aufzuhalten.

»Wir müssen reden«, sagte ich ohne Umschweife und schloss die Tür hinter mir.

Harvey saß wie so oft an seinem Schreibtisch und schien in einen Haufen Arbeit vertieft, von dem er nun mit einem schweren Seufzen aufblickte. »Kace, ich freue mich, dich zu sehen, aber wie dir vielleicht aufgefallen sein mag …«

»Ich weiß«, unterbrach ich ihn und kam näher. »Und ich gebe dir mein Wort, dass ich dich zukünftig nicht mehr unangekündigt bei deiner heiligen Arbeit unterbrechen werde, aber das kann nicht warten.«

Nachdenklich fuhr er sich über sein Kinn und deutete dann auf den Stuhl ihm gegenüber. »Ich habe ein paar Minuten. Um elf muss ich bei einer Sitzung mit der Biologiefakultät sein.«

Ich setzte mich. »Das reicht mir voll und ganz. Danke«, schob ich dann mit leichter Verzögerung hinterher, weil es sich vermutlich so gehörte.

»Womit kann ich dir helfen? Geht es um die Wiederholung deiner Musikprüfung? Professor Mullbear versicherte mir, er sähe darin kein Problem.«

»Nein, ich bin nicht wegen mir hier, sondern wegen Brynn. Brynn Leary.«

Überraschung ließ das Grau seiner Augen hell werden. »Das ist interessant.«

»Warum musste sie den Campus so plötzlich verlassen?« Ich lehnte mich in das weiche Leder. »Sie hatte doch die Zusage für den Wettbewerb im Juni und sie hat diese Chance mehr als jede andere verdient. Brynn ist unfassbar klug und arbeitet verdammt hart, um hier studieren zu dürfen. Der LSC ist ihr Traum und sie gehört hierhin, Harvey. Mehr als ich oder alle anderen.«

»Du und Miss Leary steht euch nahe?«

Ich beließ es vorläufig bei einem Schulterzucken, was Harvey aus irgendeinem Grund leicht lächeln ließ.

»Ich verstehe.«

»Was hat sich geändert? Wieso musste Brynn gehen?«

»Nun, erinnerst du dich an den Einbruch in mein Büro?«, meinte er dann und faltete die Hände auf den Papieren vor sich. Im ersten Moment schien seine Frage aus dem Zusammenhang gerissen, doch dann fiel der Groschen.

»Das war Brynn? Warum sollte sie das tun?«

Harvey atmete hörbar aus. »Das habe ich mich auch gefragt, aber dann hat sie, kurz bevor sie gegangen ist, etwas zu mir gesagt und mir ist klar geworden, warum ihr Name so vertraut geklungen hat.«

Verständnislos schüttelte ich den Kopf. »Worauf möchtest du hinaus?«

Seine Mundwinkel wanderten noch ein wenig höher, dann tippte er auf den Stapel Blätter unter seinen Händen. »Miss Leary hatte recht, es gibt eine Akte mit ihrem Namen. Sie war nie der Irrtum.«

KAPITEL 38

Till Forever Falls Apart – Ashe, Finneas

Brynn

»Kannst du dich bitte um die Zimmer drei und fünf kümmern? Die müssen bis fünfzehn Uhr fertig sein«, bat meine Mutter, kaum, dass ich die Wäsche im Keller abgeladen hatte.

Vier Tage. Vier Tage und es fühlte sich bereits so an, als wäre ich nie weggewesen. Als hätte ich nie den Ozean überquert, als wäre ich nie in Seattle gewesen, als hätte ich nie die Hände nach meinem Traum ausgestreckt, ihn beinahe zu fassen bekommen … und letztlich fallen lassen.

Als wäre ich nie Kace Holloway begegnet. Der mich jetzt zurecht hasste. Den ich vermutlich niemals wiedersehen würde.

»Brynn? Hast du mir zugehört?«

Ich atmete gegen das schmerzhafte Stechen in meinem Brustkorb aus. »Ja, mache ich.«

Meine Mutter richtete sich wieder auf, nachdem sie die nächste Ladung Wäsche in eine der Industriemaschinen gestopft hatte, und sah mich aufmerksam an. »Ist alles in Ordnung, Mäuschen?«

Nein. Und das wusste sie. Wäre alles in Ordnung, wäre ich nie zurückgekommen. Hätte nicht nach dem schrecklichsten Flug, nach den schrecklichsten Stunden meines Lebens wie ein Häufchen Elend vor der Pension gestanden und darum gebettelt, wieder reingelassen zu werden. Mein Vater hatte mich zappeln lassen und das waren erniedrigende Momente gewesen, die ich am liebsten für immer vergessen würde, aber letztlich hatten sie mich wieder bei sich aufgenommen. Weil ihnen Arbeitskraft fehlte und weil Mum ihn bekniet hatte, mich reinzulassen. Seitdem war es so, als hätte es die letzten Monate nicht gegeben. Niemand sprach mich auf unsere Telefonate an, niemand erwähnte auch nur, dass ich in Seattle gewesen war. Es war, als hätte nichts davon stattgefunden, als wäre alles nur ein Traum gewesen. Manchmal kam es mir so vor, als wäre das wirklich so gewesen, als wäre ich eingeschlafen und schließlich doch wieder in meiner alten Realität aufgewacht.

Nur änderte das Totschweigen nicht, dass ich mich an alles erinnerte, an ihre schmerzhaften Worte und ihre Drohungen. An das Gefühl, am falschen Ort zu sein. Nein, daran hatte sich nicht das Geringste geändert.

Meine Antwort kam mit deutlicher Verzögerung. »Es ist alles gut, ich bin nur müde. Der Jetlag.« Nach vier Tagen? Genau.

Aber da ich wusste, dass die Wahrscheinlichkeit, dass Mum mich auf Seattle ansprechen würde, gegen null ging, beließ ich es bei dieser Ausrede und meine Mutter schluckte sie. Alles beim Alten, alles wie immer. Und ich verabscheute es. Die Pension, wieder hier zu sein, die freundlichen Gesichter, mit denen mir alle begegneten. Ich war die Tochter, die kurz von der Bahn abgekommen war und dank ihrer Familie zurückgefunden hatte.

Doch am allermeisten verabscheute ich mich selbst.

Einen Berg neuer Laken unter dem Arm verließ ich schließlich den Keller und machte mich daran, die Gästezimmer vorzubereiten. Aber selbst die Gute-Laune-Playlist von Luna, die als Einzige zu verstehen schien, wie sehr ich innerlich litt, schaffte es nicht, die dunklen Wolken zu vertreiben, als ich missmutig das erste Bett bezog. Ich konnte das nicht für immer machen. Ich konnte das ganz einfach nicht. Vielleicht sollte ich mich doch auf ein Stipendium für eine Uni hier in Oxford bewerben oder London. Oder … ich ließ das Laken sinken und kniff die brennenden Augen zusammen. Ich brauchte mir nichts vorzumachen. Nichts davon würde der Lakestone Campus sein und das würde mich für den Rest meines Lebens verfolgen.

Kraftlos sank ich auf das ungemachte Bett und presste die Fäuste gegen meine geschlossenen Lider, als *Watermelon Sugar* von einem leisen *Pling* unterbrochen wurde.

Keine Ahnung, warum ich die Benachrichtigungen für meinen Mailaccount nicht längst stumm gestellt hatte. Es war ja nicht so, dass ich auf irgendetwas Wichtiges wartete. Schniefend fuhr ich mir über die Augen, zog das Handy hervor – und ließ es beinahe fallen, als mir der Absender ins Auge sprang.

Prof. Dr. Harvey Abbot.

Mein Herz begann, unkontrolliert gegen meine Rippen zu schlagen. Warum sollte mir Abbot schreiben? Ging es um meinen Einbruch? Hatte er seine Meinung geändert und wollte mein Vergehen doch der Polizei melden?

Ich spürte, wie meine Hände eiskalt wurden, und ich brauchte einige zittrige Atemzüge, bis ich auf die verdammte Mail klicken konnte.

Und dann wurde meine Welt zum zweiten Mal innerhalb kürzester Zeit aus den Angeln gehoben.

Ich konnte mich nicht daran erinnern, das Zimmer verlassen zu haben, doch im nächsten Moment saß ich nicht länger auf der durchgelegenen Matratze, sondern stand in der Küche vor meinen Eltern und war kurz davor zu explodieren. Wie ein Stern, der jede Sekunde verglühen und alles mit sich reißen würde.

»Wie konntet ihr nur? Wie konntet ihr das tun?«, fuhr ich sie an, wieder Tränen in den Augen oder noch immer, wer konnte das schon sagen?

Mum wirkte sofort schuldbewusst, während mein Vater seelenruhig seine Zeitung faltete und erst dann aufblickte.

Wren, der neben ihm saß, runzelte die Stirn. »Wovon sprichst du, Brynn?«

»Das wissen Mum und Dad ganz genau«, fuhr ich ihn an. »Ich weiß es. Ich weiß, was ihr getan habt.«

Bei meiner harschen Stimme zuckte meine Mutter merklich zusammen, dann glitt ihr Blick zu ihrem Mann. »Malcom, es hat keinen Sinn mehr, es ihr noch länger zu verschweigen …«

»Nein, dieses ganze Theater hier hat keinen Sinn. Brynn benimmt sich wie ein tobendes Kind …«

Dieses Mal ließ ich ihn gar nicht erst ausreden. Ich würde mir das alles nicht noch einmal anhören. »Warum? Warum habt ihr in meinem Namen beim Lakestone Campus abgesagt, als die Zusage für mein Vollstipendium gekommen ist? Warum habt ihr extra um eine schriftliche Absage gebeten? Warum habt ihr mich in dem Glauben gelassen, ich wäre nicht gut genug dafür?« Meine Worte donnerten durch die Küche und es war mir egal, wer unseren Streit mitbekommen würde.

»Das haben wir nie gesagt, Schätzchen …«

»Doch, Mum. Das habt ihr. Immer wieder. Mein Platz wäre hier, ich gehörte nicht nach Seattle. Ich würde nie eine von den Elitestudierenden sein. Alles das Gleiche.« Die Tränen liefen mir nun ungehindert über die Wangen und dieses Brennen fühlte sich gut an. Befreiend. »Ihr habt mir diese Möglichkeit genommen, ohne daran zu denken, wie viel sie mir bedeutet.«

»Ist das wahr?«, erkundigte sich Wren und sah zwischen Mum, Dad und mir hin und her.

»Nein. Brynn macht sich lächerlich«, entgegnete mein Vater und seinem Tonfall war anzuhören, dass er langsam die Geduld verlor. »Wir reden hier nur von einer Universität. Nichts rechtfertigt diesen Aufstand.«

»Falsch.« Ich funkelte ihn an. »Der LSC ist nicht einfach nur eine Uni. Dieser Campus ist verdammt noch mal mein Traum. Es ist mein Traum, zur NASA zu gehen, den Kosmos zu erforschen, und das würdet ihr wissen, wenn ihr mir auch nur ein einziges Mal zugehört hättet. Wenn ihr mich sehen würdet, statt immer nur diese kaputte Pension zu sehen, diese kaputte …« *Familie.* Meine Stimme brach. Weil so viel Wahrheit in diesen Worten steckte, die viel zu lange nicht ausgesprochen wurde.

Mums Augen begannen zu schimmern, dann schlug sie sich eine Hand vor den Mund und schüttelte den Kopf. »Brynn, es tut mir so leid.«

»Dorothea …«

»Nein, es reicht. Siehst du denn nicht, wohin uns das alles gebracht hat? Wir wollten unser kleines Mädchen beschützen und haben sie dadurch verloren, Malcom.« Meine Mutter sah meinen Vater direkt an, mit Tränen in den Augen und bebender Unterlippe, und trotzdem hatte sie noch nie so durchdringend und unnachgiebig geklungen wie in diesem Moment. »Wir haben einen großen Fehler gemacht und sollten uns diesen eingestehen. Nicht Brynn führt hier ein Theater auf, sondern wir.«

Schwer zu sagen, wer erstaunter war: mein Vater, Wren oder ich, als wir Mum anstarrten und einige Sekunden brauchten, um uns wieder zu fassen.

»Ich dachte, wir wären uns einig, dass unsere Kinder in dieses Haus gehören. Dass die Pension unsere Familie ist, Dottie.« Dad fuhr sich durch die dünner werdenden Haare und legte die Stirn in Falten. Er wirkte ehrlich ratlos und wäre ich nicht so maßlos enttäuscht von ihm, würde ich fast so etwas wie Mitleid empfinden. Mum hatte ihm noch nie widersprochen, ihm immer den Rücken gestärkt und nun bekam er mit einem Mal seine eigene bittere Medizin zu schmecken.

»Brynn ist schon immer zu klug dafür gewesen. Es war ein Fehler, das nicht sehen zu wollen. Herrgott, das Mädchen ist schlauer als wir alle zusammen.«

»Ich glaube das nicht.« Die Worte meines Bruders waren nicht mehr als ein leises Murmeln.

Ich schlang die Arme um meine Mitte und blickte zwischen ihnen hin und her. Angespannte Stille breitete sich in der Wohnküche aus, die sich dick und schwer auf uns legte – bis ich sie brach. »Der Leiter des LSC hat mir die Möglichkeit gegeben, mein Stipendium im Herbst anzutreten und bereits jetzt auf dem Campus zu wohnen.«

Mum und Dad schauten mich an, als hätten sie für einen Augenblick vergessen, dass ich noch mit im Raum war, dann verhärteten sich die Züge meines Vaters. »Du überlegst, diesen Unsinn also wirklich durchzuziehen und nach Seattle zu gehen?«

»Nein, Dad. Ich überlege nicht, ich habe mich längst entschieden.« Ich hob das Kinn ein kleines bisschen an, um meine nächsten Worte zu unterstreichen und mich innerlich für seine Reaktion zu wappnen. »Und nichts, was ihr sagt oder tut, wird etwas an dieser Entscheidung ändern. Ich werde am LSC studieren. Wie ihr damit umgeht, überlasse ich euch. Ihr werdet immer meine Familie bleiben, ich werde euch immer lieben, ganz gleich, was geschieht, aber ich habe meine Wahl getroffen.«

Die Züge meines Vaters verloren jegliche Farbe, während Mum neue Tränen über die Wangen rollten, Wren langsam nickte und ich wusste, es gab kein Zurück mehr. Es war genau so, wie ich es gesagt hatte. Mein Weg stand fest, ich hatte diese unglaubliche zweite Chance bekommen, die in einem solchen Universum eigentlich gar nicht existieren sollte. Wider alle Erwartungen, wider alle Wahrscheinlichkeiten. Aber manchmal blieben Zahlen eben einfach nur Zahlen, die nicht gegen die Unvorhersehbarkeiten des Lebens ankamen.

Und ich glaube, das war auch gut so.

***

Dieses Mal ließ ich mir Zeit mit dem Packen. Luna und Amber halfen mir, nachdem Wren ihnen alles erzählt hatte, und stellten mir Fragen zu meiner Zeit in Seattle. Das neue Semester würde zwar erst im September beginnen, doch ich hatte mich entschlossen, nicht länger zu warten. Nach allem, was geschehen war, hielt mich nichts mehr hier, weil alles, was ich wollte, *dort* war. Ich musste vieles klären, keine Frage, doch diese Stadt an der Westküste der USA war zu meinem Zuhause geworden. Mehr, als es Oxford je gewesen war. Ein Zuhause, das ich mit jeder Sekunde auf dieser Seite des Atlantiks mehr vermisste.

Und dann war da noch Kace.

Ich fürchtete mich vor dem Moment, in dem ich wieder vor ihm stand. Ich fürchtete mich davor, ihm nach unserem furchtbaren Telefonat in die Augen zu sehen. Aber ich hoffte – *hoffte* –, dass ich auch hier eine zweite Chance bekommen würde. Vielleicht erst irgendwann, aber ich würde alles daransetzen, dass es dieses Irgendwann geben würde.

In den nächsten zwei Tagen hielt ich mich an diesem Gedanken fest, während die Aufregung stieg und meine Rückkehr nach Seattle immer näher rückte. Am Abend vor dem Abflug sprach ich stundenlang mit Mum und lag danach lange wach. Starrte an die Decke und fühlte mich zu dem Augenblick zurückversetzt, in dem ich nach der Absage für den LSC die Entscheidung getroffen hatte, nicht aufzugeben. Kaum zu glauben, was seitdem alles geschehen war. Dass ich nun wieder hier lag, an derselben Stelle, und gleichzeitig ein vollkommen anderer Mensch war.

Ein schiefes Grinsen kitzelte an meinen Mundwinkeln, dann griff ich nach meinem Handy. Nachrichten von Lucie und Harlow prangten auf dem Display, die mir versicherten, pünktlich am Flughafen zu sein, und auch die Mädels aus der WG hatten mir geschrieben. Es war alles geklärt, meiner Reise stand nichts im Weg und dennoch … hatte ich das Gefühl, noch etwas erledigen zu müssen. Die Unterlippe zwischen den Zähnen wechselte ich in den Chat mit Kace. Ich hatte das Blockieren, eine kindische Kurzschlussreaktion, längst aufgehoben, es jedoch nicht gewagt, ihm zu schreiben. Doch jetzt kam es mir so vor, als hätte ich das schon lange tun sollen. Trotz der Furcht und Zweifel oder gerade deswegen.

Also holte ich unter den verblassten Sternbildern über mir tief Luft und begann zu tippen.

Brynn

Ich weiß nicht, wo ich anfangen soll. Vermutlich gibt es keinen richtigen Anfang nach allem, was ich getan habe, aber dafür gibt es unzählige Dinge, die ich dir sagen muss. Du hast recht, reden ist wichtig. Immer. Und das würde ich gerne. Mit dir, wenn du das noch möchtest. Ich kann verstehen, wenn du das nicht kannst, wirklich, ich habe mich absolut scheiße benommen, aber ich will es besser machen. Oder es zumindest versuchen. Du hast verdient, dass ich dir alles erkläre. Mehr als das. Denn ich lag falsch, Kace. So falsch. Alles ist genug. Ich war nur einfach zu wütend und blind, das zu erkennen, und ich hoffe – hoffe entgegen aller Wahrscheinlichkeiten –, dass es nicht zu spät ist. Du hast mal gesagt, dass Hoffnung gefährlich ist, aber auch sehr mächtig. Dass ich nie damit aufhören soll zu hoffen. Und genau das tue ich, ich höre nicht auf. B.

Und plötzlich spürte ich wieder dieses Pochen in meiner Brust.

***

Kace

Es kam mir so vor, als hätte sich ganz Seattle an diesem Mittwochmorgen am Ankunftsterminal des Seattle-Tacoma International Airport versammelt. Unzählige Menschen strömten durch die Schiebetüren mit riesigen Koffern und Rucksäcken. Ich lehnte an einer breiten Säule ein paar Meter entfernt und bekam bei jeder jungen Frau, die Brynn auch nur im Entferntesten ähnlich sah, einen verfluchten Herzinfarkt. Vielleicht war ich ein Narr, aber als ich Brynns Nachricht bekommen hatte, war es mir egal gewesen, was zwischen uns stand. Ich hatte nur daran denken können, sie in den Arm zu schließen und diesen beschissenen Streit zu vergessen. Menschen verließen einen schneller, als man glaubte, und wenn ich eines gelernt hatte, dann diejenigen festzuhalten, die einem das Gefühl gaben, am Leben zu sein. Unsere Zeit auf der Erde war zu kurz für Ärger. Zu kurz für langen Groll und finstere Gedanken.

Also hatte ich Lucie gesucht und mich erkundigt, ob sie mehr von Bry wusste. Es hatte ein wenig Überzeugungsarbeit gebraucht, aber letztlich war ich an ihrer Stelle zum Flughafen gefahren und nun ein verdammtes, nervliches Wrack. Was, wenn Brynn sich umentschieden hatte? Wenn ihre Worte nur so dahingesagt gewesen waren? Wenn sie zwar mit mir sprechen wollte, aber zu ihren Bedingungen und nicht am Flughafen?

Scheiße, Kace, komm wieder klar.

Ich krallte die Finger in meine Haare, wie schon unzählige Male zuvor, seit ich hier stand, und zwang meinen Puls zur Ruhe. Doch jeder Versuch, mich zusammenzureißen, zersprang in einen funkelnden Scherbenhaufen, als Brynn durch die Türen kam und plötzlich wieder so nah war. Das Erste, was mir auffiel, waren ihre Haare. Das helle Blond war einem dunkleren Braunblond gewichen, ihrer Naturfarbe, und dieser Anblick machte etwas mit mir. Sie wirkte selbstsicherer, stärker, angekommen. Anders als beim letzten Mal schleppte sie einen dieser Gepäckwagen, auf dem sich gleich vier Koffer und zwei kleine Rucksäcke stapelten, als hätte sie ihr ganzes Leben dabei. Weil sie von jetzt an hierbleiben würde. Auf dem Campus. Nicht auf Zeit, nicht abhängig von dem Ausgang eines Wettbewerbs, sondern endgültig. Ich hatte gemeint, was ich zu Harvey gesagt hatte: Niemand gehörte so sehr an den LSC wie Brynn Leary.

Lächelnd verfolgte ich, wie sie zu einem der Taxis ging und dankbar nickte, als der Fahrer anbot, ihr mit dem Gepäck zu helfen. Wie ich wusste, hatte Lucie Brynn geschrieben, dass sie es nicht schaffen würde, sie abzuholen, was mir diesen Moment ermöglichte. Einen vielleicht albernen, seltsamen Moment, aber was war zwischen Bry und mir schon nach Plan verlaufen? Oder hatte sich mit etwas so Banalem wie Regeln aufgehalten?

Ich wartete noch einen Augenblick, dann verließ ich meinen sicheren Platz an der Säule und lief zu dem Taxi. Genau in der Sekunde, in der Brynn einsteigen wollte, griff ich nach der Tür und hielt sie zu. »Entschuldigung, aber das ist mein Taxi.«

»Das darf doch nicht wahr sein«, hörte ich Brynn murmeln, ehe sie zu mir sah und sich ihre Augen weiteten. So unglaublich grün und wunderschön, dass es mir schwerfiel, sie nicht auf der Stelle zu küssen.

»Kace …« Mein Name kam ihr atemlos über die Lippen.

»Hi, Bry.«

»Was … ich dachte …«

»Lucie und ich haben einen Deal geschlossen, sei ihr nicht böse.«

Kopfschüttelnd blinzelte sie ein paarmal. »Aber ich … ich verstehe nicht. Du bist hier. Ich meine …«

»Anscheinend hast du in den letzten Tagen nichts von deiner Scharfsinnigkeit eingebüßt. Gut zu wissen«, entgegnete ich neckend, obwohl in mir ein Tornado aus Unsicherheit und Furcht tobte, denn noch immer konnte ich nicht einschätzen, ob ich den richtigen Weg gewählt hatte oder dabei war, alles bühnenreif gegen die Wand zu fahren. Wie so oft.

Brynn hob eine ihrer Hände, als wollte sie mich berühren, ließ sie dann jedoch wieder sinken. »Ich dachte, du hasst mich. Für das, was ich gesagt habe.« Angst flackerte in dem hellen Peridot auf. »Ich würde es verstehen.«

»Glaub mir, ich bin so weit davon entfernt, dich zu hassen, wie nur möglich. Gerade bin ich einfach nur froh, dich zu sehen und …«

»Entschuldigung, aber ich würde jetzt gerne losfahren.« Die Stimme des Taxifahrers unterbrach mich jäh und erinnerte mich daran, dass wir noch immer vor dem Flughafen standen.

»Wir sind gleich so weit. Einen Moment bitte noch.« Ein kleines, vorsichtiges Lächeln erschien auf ihren Zügen, dann machte sie einen Schritt auf mich zu, bis sich unsere Fußspitzen berührten. »Ich bin auch froh, dich zu sehen, Kace. Du kannst dir gar nicht vorstellen, wie sehr. Ich wollte nie, dass es so endet. Wir so auseinandergehen. Ich hätte so vieles sagen sollen und konnte es nicht und das … das tut mir leid, Kace.«

Ich nickte und wagte es, federleicht über ihre Wange zu streichen. »Wir haben beide nicht das ausgesprochen, was wir einander hätten sagen sollen. Das passiert. Wichtig ist, dass wir es jetzt tun.«

»Alles, Kace.«

Vorsichtig ließ ich meine Stirn gegen ihre sinken und hob die Mundwinkel. »Da trifft es sich doch gut, dass wir für die nächste Zeit zufälligerweise am selben Ort sein werden. Zumindest so lange, bis du zwischen den Sternen verschwindest.«

»Keine Sorge, bis dahin haben wir noch eine kleine Ewigkeit«, erwiderte Brynn genauso leise und ich konnte ihr Lächeln aus jeder einzelnen Silbe heraushören.

Und selbst wenn nicht, vielleicht würde ich uns alle überraschen und einen Weg finden, dir zu folgen.

Der Taxifahrer hupte und Brynn kam ein leises Lachen über die Lippen. »Wir sollten den guten Mann erlösen und einsteigen.«

»Ich dachte schon, du würdest nur auf den richtigen Augenblick warten, um die gleiche Show wie im März abzuziehen.«

»Das war keine Show. Ich habe das Taxi zuerst gesehen und du wolltest es mir vor der Nase wegstehlen«, sagte sie überzeugt, doch ihre Züge straften sie Lügen. Das Funkeln ihrer Iriden, der kleine Leberfleck in ihrem rechten Augenwinkel, das Kräuseln ihrer Lippen.

Ich hauchte einen Kuss auf ihre Stirn und griff nach ihren Händen. »Wenn es dich glücklich macht, daran festzuhalten, werde ich dir diesen Glauben lassen.«

Wir hatten noch eine Menge zu klären, doch hier und jetzt zählte nur, dass wir zur selben Zeit am selben Ort waren. Alles andere konnte für den Moment warten.

Noch ehe Brynn etwas hätte erwidern oder auch nur Luft holen können, hatte ich sie auch schon gepackt und mit auf die Rückbank des Wagens bugsiert.

Der Taxifahrer brummelte irgendetwas, Brynn quietschte und ich zog sie so nah an mich, bis ich sie überall spüren konnte. Sie überall war. Ihr Herzschlag an meiner Brust, ihr Atem auf meiner Haut.

Und ich schwor mir, Brynn Leary festzuhalten, solange sie mich ließ. Wenn nötig bis zum Ende dieses Universums.

Weil Brynn es verdammt noch mal wert war.

EPILOG

Cruel Summer – Taylor Swift

Brynn

August, drei Monate später

»… und damit holen sich die Lakestone Offenders den diesjährigen Sieg des Universitätsfeldhockeys! Eine großartige Leistung, nachdem …«

Wir achteten gar nicht mehr auf die restliche Ansprache, denn Lucie, Zack, Chloe und der Rest unserer Clique war längst aufgesprungen und in tosenden Jubel ausgebrochen. Harlow rannte unten auf dem Feld der Lakestone-Sportanlage zusammen mit ihren Teamkameradinnen im Kreis und reckte triumphierend ihren Schläger in die Höhe, ehe sie sich alle in die Arme fielen und zu Recht feierten. Auch ohne eine Ahnung von Hockey zu haben, konnte ich sagen, dass dieses Spiel hart gewesen war, denn das Team aus San Francisco und unsere Mannschaft hatten sich nichts geschenkt.

Ich hatte mich mehrmals dabei erwischt, wie ich den Atem angehalten und meine Finger so fest in Kaces Oberschenkel gekrallt hatte, dass er einen gemurmelten Fluch von sich gegeben hatte. Jetzt stand er jedoch ebenso mitgerissen von dem Trubel neben mir und applaudierte für unsere Hockeyfrauen wie der Rest der Lakestone-Studierenden. Und ich konnte ihn nur ansehen und mich ein wenig darin verlieren. Weil ein Teil von mir immer noch nicht glauben konnte, dass ich es bis hierher geschafft hatte, dass ich in wenigen Wochen als Studentin auf dem Campus mein Studium der Astrophysik beginnen würde. Und dass Abbot mir diese zweite Chance gegeben und dabei glücklicherweise über meinen Einbruch hinweggesehen hatte. Er hatte verstanden, dass es pure Verzweiflung gewesen war, die mich in sein Büro getrieben hatte, und Nachsicht gehabt – auch wenn ihn das nicht davon abgehalten hatte, mir noch einmal die Leviten zu lesen und eine deutliche Warnung auszusprechen.

Kace war dabei immer an meiner Seite gewesen, nie wirklich weit entfernt, sodass ich nur die Hand auszustrecken und seine zu ergreifen brauchte. Und das war noch so etwas, das ich nicht glauben konnte. Es hatte so viele Momente gegeben, in denen ich gedacht hatte, das alles verloren zu haben, in denen die Zweifel beinahe übermächtig gewesen waren, und dennoch stand ich nun auf der Tribüne zwischen meinen Freunden. Den Weg vor mir klar und deutlich im Blick. Niemals würde ich den Fehler begehen und irgendetwas davon für selbstverständlich nehmen. Niemals.

Als hätte er meine Gedanken gehört, drehte Kace den Kopf zu mir und schenkte mir sein berühmt-berüchtigtes Lächeln, das meine Beine zuverlässig in nutzlose Gummischlangen verwandelte. Kace an sich war schon viel zu gut aussehend, doch mit Trix auf seinen breiten Schultern raubte er mir schlichtweg den Verstand. Ich gab es offen zu und schämte mich kein bisschen dafür: Die beiden waren meine Achillesferse, jeder für sich und zusammengenommen gleichermaßen, und ich ihnen hoffnungslos verfallen.

»Morgen werde ich blaue Flecken auf meinen Oberschenkeln haben, dabei sind die anderen vom letzten Spiel noch nicht mal verheilt«, raunte er und hielt Trix' Beine gleichzeitig fester, als sie übermütig zu klatschen begann. Mittlerweile wussten alle in der Clique von Trixie und ich sah, wie gut es Kace tat, diesen wichtigen Teil seines Lebens zu teilen, ohne befürchten zu müssen, verurteilt zu werden. Dabei hätte er sich nie Gedanken darüber machen müssen, die anderen vergötterten Trix, allen voran ich, was mir Kace nur zu gerne vorwarf. Aber ein Blick in ihre braunen Augen und jeder gute Vorsatz verschwand irgendwo in der Versenkung.

Schmunzelnd schmiegte ich mich an seine Seite und blickte zu ihm auf. »Vielleicht finde ich irgendwo noch etwas Mitleid für dich. Wenn ich besonders tief grabe.«

Seine Augen begannen zu funkeln. »Ich werde deine Worte gegen dich verwenden, wenn du das nächste Mal über deine lange Schicht im Lakestone Café jammerst.«

»Fies.«

»Ich habe von der Besten gelernt.«

Meine Wangen wurden warm. »Vielleicht sollte ich vorsichtiger damit sein, wem ich meine guten Ratschläge zuteilwerden lasse.«

»Wo bliebe denn da der Spaß, Numbers?« Sein warmer Atem kitzelte die empfindliche Stelle unterhalb meines Ohres, als er sich zu mir beugte und seine Nase an meiner Schläfe vergrub. »Außerdem haben wir da noch eine Wette laufen, wenn ich mich recht entsinne.«

»Oh, meinst du die, die du auf jeden Fall verlieren wirst?«

Sein leises Lachen ließ mich auf angenehmste Weise erschaudern. »Wenn du dich da mal nicht verrechnet hast.«

»Ich? Niemals.« Hastig stahl ich mir einen Kuss von seinen Lippen, was Trix kichern ließ. »Ich freue mich schon auf die Einlösung deiner Wettschulden.«

»Und ich mich erst.« Bei der dunkleren Note in seinen Worten spürte ich Hitze an Stellen, die definitiv nicht auf einer Tribüne zwischen unzähligen anderen Menschen aktiv werden sollten. Dieser verfluchte, großartige Mann.

»Wenn ihr dann fertig seid, euch gegenseitig schmutzige Dinge zuzuflüstern, würden wir gemeinsam essen gehen. Wie sieht's aus?« Lucie schob sich in diese kleine Blase aus Kace, Trix und mir und erinnerte mich zuverlässig daran, dass wir ja aus einem bestimmten Grund hergekommen waren.

»Klar, jederzeit«, antwortete ich und schenkte ihr ein schiefes Grinsen.

»Dann können wir ja los. Harlow trifft uns unten bei den Kabinen.«

Ihre Worte lenkten meine Aufmerksamkeit wieder auf das Spielfeld, das mittlerweile leer war. Himmel, Kace schaffte es wirklich viel zu leicht, die Welt um mich herum auszuschalten. Und dem selbstgefälligen Zucken seiner Mundwinkel nach zu urteilen, war er sich dessen auch nur allzu bewusst. Natürlich.

Gemeinsam mit den anderen verließen wir die Tribüne und sammelten wenig später Harlow auf, um zum Pike Place Market zu laufen. Zack hatte sich um eine Reservierung in der Pizzeria gekümmert und zu Fuß waren es nur ein paar Blocks. Während wir die Broad Street in Richtung Meer liefen, drückte Kace kurz meine Hand und ließ sich dann mit Trix zu Greyson und den anderen Jungs zurückfallen. Ich blieb neben Lucie, die bis eben in eine angeregte Diskussion mit Sue, einem weißblonden Sprachgenie, vertieft gewesen war und sich nun bei mir unterhakte.

»Du hast mir noch gar nicht erzählt, wie es in Dublin gewesen ist. Hat Kace das echt durchgezogen?«

In den letzten Monaten waren sich Abbot, Greyson und Kace nähergekommen und hatten eine gute Beziehung zueinander aufgebaut. Auch wenn Kace nicht ständig darüber sprach, wusste ich, wie viel es ihm bedeutete, in den beiden eine Familie gefunden zu haben – und einen Teil seiner Wurzeln. Wir hatten zusammen einige Abende auf Abbots Anwesen verbracht, gegrillt und den Sommer genossen. Vor ein paar Wochen war Kaces Vater schließlich mit der Idee gekommen, dass wir Dublin gemeinsam einen Besuch abstatten könnten, um sein Leben dort kennenzulernen. Ich hatte verstanden, warum das Angebot Kace einige schlaflose Nächte bereitet hatte, in Irland warteten seine dunklen Erinnerungen. Aber letztlich hatte es ihm gutgetan, Vergangenheit und Gegenwart zu verbinden, über seine Mutter zu sprechen, seine Trauer zu teilen. Und obwohl es emotional fordernd gewesen war, die Zeit mit Kace in seiner Heimat hatte mir einige Momente beschert, die ich für immer tief in meinem Herzen tragen würde.

»Ja«, sagte ich schließlich, »mit allem Drum und Dran. War gar nicht so leicht, Kace zu überzeugen, aber mit Greyson und Bo, einem alten Freund von ihm aus Dublin, haben Abbot und ich es geschafft.«

»Ich sollte auch mal wieder verreisen«, meinte Lucie, als ich mit meinen Erzählungen über Dublin, das Trinity College, wo Kace *entdeckt* worden war, und die wunderschöne Landschaft Irlands fertig war. »Irgendwohin, wo es richtig heiß ist. Oder in die Berge. Ein Tapetenwechsel eben.«

Etwas in ihrem Tonfall ließ mich aufhorchen. »Ist etwas passiert?«

Meine Freundin schüttelte sofort den Kopf, doch zwischen ihren Brauen hatten sich diese Runzeln gebildet, die ich bereits einige Male an ihr gesehen hatte. »Nein, nein. Nur mal etwas Urlaub. Hast du eigentlich alles mit Polina und Bea klären können? Wegen der WG?«

Kurz erwog ich, sie auf besagte Furchen anzusprechen, dann akzeptierte ich jedoch ihren Themenwechsel.

Dank meines Vollstipendiums war ich nun stolze Besitzerin eines festen Platzes im Campuswohnheim, leichter war es mir deswegen trotzdem nicht gefallen, mein WG-Zimmer bei Polina und Bea zu kündigen. Die beiden waren längst ein fester Bestandteil meines Lebens, aber auf Dauer war das Wohnheimzimmer nicht nur günstiger – schließlich war es Teil meines Pakets –, sondern auch praktischer. Und meine Freundinnen waren ja nicht aus der Welt. Seattle mochte wie eine große Stadt aussehen, aber letztlich war sie ein Dorf wie jede andere Metropole dieser Welt.

»Glaub mir, das war kein normales Kündigungsgespräch, sondern eine öffentliche Hinrichtung. Weil ich nun ganz auf die düstere, geheimnisumwobene Seite des Lakestone Campus wechsle, statt bei den – ich zitiere – *gewöhnlichen Menschen* zu bleiben.« Mir kam ein leises Schnauben über die Lippen, was Lucie lachen ließ.

»Ich mag die beiden, wir sollten sie für unsere düstere Seite rekrutieren.«

»Bei der nächsten Gelegenheit werde ich ihnen deinen Vorschlag unterbreiten.«

Als wir auf den Pike Place Market traten, drehte sich Mason im Gehen zu uns um und breitete die Arme aus. »Also, wollen wir Wetten abschließen, wer die meisten Spaghetti verdrückt?«

»Du willst wirklich mit Brynn Leary wetten? Du hast echt gar nichts gelernt, Mann«, erwiderte Ethan.

Zack, der locker einen Arm um Harlows Schultern geschlungen hatte, grinste und gebärdete: **»Könnte interessant werden, ich bin dabei«**, was Harlow mühelos übersetzte, ehe sie in ein ungläubiges Prusten verfiel.

Lächelnd verschränkte ich meine Finger mit Kaces, als er neben mich trat, und nahm mir einen Moment, um sie der Reihe nach zu betrachten. Ich liebte sie alle. Jeden Einzelnen von ihnen und jede einzelne Sekunde, die wir gemeinsam erleben durften. *Meine Familie.*

***

Später an diesem Abend, als eine beachtliche Menge an Pizza und Pasta – Harlow hatte uns alle überrascht, als sie mit Abstand am meisten Nudeln verdrückt hatte – vernichtet worden war, saßen Kace und ich auf der Treppe, die vom Pike Place Market in Richtung *Waterfront* führte. Kace eine Stufe über mir, ich zwischen seinen Beinen, während die Stadt um uns herum in warmes, goldenes Licht getaucht wurde. Leise italienische Musik wehte zu uns, wann immer sich die Tür des Restaurants öffnete, und in der Ferne drehte sich träge das Riesenrad am Pier. Trix war drinnen bei den anderen und längst zwischen unseren Freunden auf der Bank eingeschlafen und wir hatten es gewagt, uns diesen Moment zu stehlen. Nur für uns beide, nachdem die letzten Tage und Wochen so turbulent gewesen waren.

Kace hatte die erste Prüfungsphase hinter sich gebracht und dabei den beinahe unmöglichen Spagat zwischen Vatersein, einem

Musikstudium an einer renommierten Elite-Uni und unserer Beziehung hinbekommen. Ich war froh, dass er in der Musik nicht länger einen Fluch sah, sondern eine Möglichkeit, Trixie eine bessere Zukunft zu bieten, auch wenn ich wusste, wie viel ihn diese Erkenntnis abverlangt hatte. Aber letztlich war er genau dort angekommen und dafür bewunderte ich ihn. Ihm mochte es oft nicht klar sein, aber Kace war ein verflucht beeindruckender Mensch.

»Na, wo bist du gerade mit deinen Gedanken?«, flüsterte er nah an meinem Ohr und legte die Arme locker um mich. »Noch immer bei deiner Diskussion über die schwarzen Löcher mit Harlow?«

Ich lachte leise und schüttelte den Kopf. »Nein, ich denke über dich nach. Über uns. Die vergangenen Tage und Wochen.«

»Verstehe. Mir kommt es so vor, als wäre es eigentlich zu viel, um in so kurze Zeit zu passen.«

»Ich weiß, was du meinst. Wie können so viele neue Erinnerungen in so wenigen Tagen geschrieben werden? Logisch betrachtet unmöglich.«

»Wann hält sich das Leben schon mal an so etwas wie Logik?« Kace atmete tief ein und legte dann sein Kinn auf meinen Scheitel. »Hast du dich noch mal bei deinen Eltern gemeldet? Nach dem Brief?«

Langsam ließ ich mich weiter gegen Kace sinken, in diese Umarmung, die mir jenes warme Gefühl von Sicherheit gab und das Wissen, jemanden zu haben, der einen immer auffing, wenn man fiel. Der einem den Rücken stärkte, einzig und allein durch seine Anwesenheit.

Meine Eltern hatten mir vor wenigen Wochen einen Brief geschrieben – meine Geschwister waren sicherlich nicht ganz unschuldig daran gewesen –, in dem sie den ganzen vermaledeiten

Streit um das Studium und unsere Familie noch einmal aufgedröselt hatten. Er war nicht leicht zu lesen gewesen, doch ihre letzten Worte hatten mir Hoffnung gegeben, dass es irgendwann wieder besser werden könnte. Die Sache mit meinen Eltern war ein Prozess und mit ihrem Brief war der erste Schritt bereits getan. Was danach kommen würde … das konnte ich zu diesem Zeitpunkt noch nicht sagen und das war auch vollkommen in Ordnung.

»Ich habe ihnen ein kurzes Update gegeben. Vielleicht rufe ich sie an, wenn das Semester begonnen hat, mal schauen.«

»Das wird großartig, Bry, das weißt du, oder?«

»Mit ihnen zu telefonieren?«

»Du weißt genau, was ich meine.« Kace knuffte mich in die Seiten, was mich aufquietschen und zu ihm herumfahren ließ – einen Umstand, den er schamlos ausnutzte, indem er mich ein Stück zu sich hochzog, mein Kinn umfasste und mich küsste, als wäre das hier gleichzeitig unser erster und letzter Kuss. Der Moment, auf den alles hinausgelaufen war, all die schwierigen und leichten Augenblicke, all die Hindernisse, die wir gemeinsam überwunden hatten, all die Sekunden, in denen wir gezweifelt hatten, uns das Kämpfen schwergefallen war und jeder einzelne Wimpernschlag, in dem Kace und ich *gewesen* waren.

Seufzend schmiegte ich mich in seine Berührung und wäre am liebsten darin versunken, um keinen Bruchteil davon zu verpassen. Dabei wusste ich, dass ich damals falschgelegen hatte. Kace war nie ein seltener Komet gewesen, sondern ein dunkles Firmament mit unzähligen Sternen. Ich war nur blind dafür gewesen. Doch jetzt, wo ich das erkannt hatte, musste ich nur die Hände nach einem von ihnen ausstrecken. Nach einem Kace-Moment, dem schier unendlichen Licht, das er in sich trug, und es festhalten.

»Du wirst sie alle umhauen, Brynn Leary. Und dann wirst du sämtliche Grenzen hinter dir lassen«, wisperte er an meinen Lippen, kaum hörbar und doch mit einer Bestimmtheit in der Stimme, die sich schützend um mich legte. Als gäbe es nicht den geringsten Zweifel daran. Und ich erlaubte mir, ihm zu glauben.

Schweigend kuschelte ich mich wieder zwischen seine Beine und verfolgte das seltsam friedliche Treiben der abendlichen Stadt – als hinter uns die Tür aufflog und schnelle Schritte erklangen.

»Leute?«

Wir fuhren herum. Mason stand mit weit aufgerissenen Augen vor uns und seine ganze Haltung drückte Anspannung aus. Anspannung und Furcht.

Kace war sofort auf den Beinen und zog mich hoch. »Geht es Trix gut?«

»Ja. Ja, mit ihr ist alles in Ordnung, aber Lucie …«

Ich war mit zwei Schritten bei ihm und starrte ihn an. Nur mit Mühe hielt ich mich davon ab, ihn an den Armen zu packen. »Mason, was ist mit Lucie?«

»Keine Ahnung, wie das passiert ist, aber plötzlich … ist sie umgekippt und …« Er fuhr sich mit bebenden Händen durch die dunklen kurzen Wellen. Von irgendwoher drangen Sirenen zu uns. »Und sie reagiert nicht mehr, Bry. Sie … sie ist vollkommen weggetreten.«

Mir wurde eiskalt, mein Herz geriet aus dem Takt und hämmerte unkontrolliert gegen meine Rippen.

Dann ließ ich Kace und Mason stehen und lief los.

TRIGGERWARNUNG

Achtung: Spoiler!

Dieses Buch enthält Themen,
die triggern können.

Diese sind:

Tod von Familienangehörigen,
tödliche Krankheit (off page),
Erwähnung von Suizidgedanken,
Drogen- und Alkoholmissbrauch,
(Vernachlässigung durch Eltern)

Anmerkung der Autorin

Ich habe bisher bei keinem meiner Bücher ein Nachwort geschrieben, doch bei *Lakestone Campus 2 – What we lost* habe ich das Gefühl, noch ein paar Worte loswerden zu müssen. Wahrscheinlich, weil diese Geschichte sehr viel persönlicher geworden ist, als ich anfangs angedacht habe – dabei beziehe ich mich insbesondere auf Kaces Dämonen und Depressionen. Kaces Figur und seine Erlebnisse sind frei erfunden, sein Hintergrund jedoch oft Realität. Es ist mir wichtig, an dieser Stelle auf diese sensiblen Themen aufmerksam zu machen und Menschen dazu zu ermutigen, nicht allein in der Dunkelheit zu bleiben, wie auch immer sich diese äußern mag.

Gedanken zählen immer und es gibt immer jemanden, der bereit ist zuzuhören. Menschen, die einem nahestehen, vielleicht vollkommen Fremde, professionelle Ansprechpartner*innen oder Freund*innen. Menschen, die womöglich dasselbe erlebt haben, mit den gleichen Gedanken zu kämpfen hatten/haben und wissen, wie einsam man sich in solchen Momenten vorkommt. Was ich damit sagen möchte: Ihr seid nie allein, auch wenn es sich so anfühlt und es sehr schwer sein kann, durch die Finsternis zu blicken. Eure

Gedanken und Geschichten sind es wert, gehört zu werden. Ihr seid es wert.

Deswegen bleibt bitte sensibel und aufmerksam, achtet auf euch selbst, auf andere und hört einander zu.

Danksagung

Als ich die Geschichte von Brynn und Kace begonnen habe, wusste ich nicht, wohin sie mich führen und was mich alles darin erwarten würde. Natürlich hatte ich einen groben Handlungsverlauf, aber dann ist so viel mehr daraus geworden und ich hoffe, hoffe, dass sie euch erreicht, wie sie mich beim Schreiben erreicht hat. Vielleicht mit einem Aspekt der Geschichte, mit Brynns Mut, alle Zelte abzubrechen und für ihren Traum zu kämpfen oder Kaces Stärke, sich zu öffnen. Und vielleicht erreicht euch dieser Aspekt ja im richtigen Augenblick.

Mit *What we lost* geht nun bereits der zweite Teil der Lakestone-Campus-Reihe zu Ende und ich kann ehrlich gesagt noch nicht glauben, dass damit bereits zwei Bände stehen. Wo ist nur die Zeit geblieben? *Lakestone* begleitet mich jetzt bereits seit 2020 und nun die zweite Danksagung dieser Reihe zu schreiben, fühlt sich sehr surreal an. Und gut. Denn damit wird diese Idee Stück für Stück realer und ihr könnt dieses wunderschöne Buch in den Händen halten (im Ernst, ich liebe diese Cover so sehr).

Doch ganz gleich, wie viele Danksagungen und Bücher man auch schreibt, manches ändert sich nie. Auch dieses Mal hätte ich vermutlich kein einziges Wort getippt, wären da nicht die wundervollen, mutigen und großartigen Menschen an meiner Seite gewesen. Und genau diesen gebührt mein ganzer Dank.

Danke …

… an die Personen, die mir zugehört haben, als ich in der Dunkelheit stand. Ganz gleich, wie lange das schon her ist, es wird immer für mich zählen.

… an meine Familie, ich weiß, wie kompliziert das Leben mit einer Autorin sein kann, deswegen danke, dass ihr jeden Schritt mit mir geht und voller Vorfreude vorausläuft, um mich jubelnd am Ziel zu empfangen.

… an meine großartige Agentin Gerlinde Moorkamp und das ganze #TeamWeniger – ohne euch wäre nichts von alledem möglich.

… an Paula Winkler, Kristina Kaup und Fam Schaper für die wundervolle Zusammenarbeit, die Lakestone-Liebe und das Kopfentwirren. Ohne euch wäre der LSC nicht, was er jetzt ist, und ich hätte diese Geschichte niemals erzählen können. In diesem Zuge auch danke an den Ravensburger Verlag, danke, dass der Lakestone Campus und ich ein Zuhause bei euch gefunden haben.

… an meine Testleserinnen Lara, Lena und Lisa, ohne euch wäre das alles nur der halbe Spaß.

… an Theresa, für alles. Kurz und knapp, weil das alles sagt.

Und natürlich zu guter Letzt und damit umso wichtiger: Danke an meiner Leser*innen. Dass ihr meine Geschichten kauft, lest, weiterempfehlt, liebt und diesen Traum für mich wahr macht. Jeden Tag aufs Neue. Das bedeutet mir die Welt.

Ich freue mich, wenn wir uns im Frühjahr 2025 wieder auf dem Lakestone Campus sehen!

Alles Liebe

Eure Alexandra

LESEPROBE

Maple Creek
Band 1
ISBN 978-3-473-58631-8

KAPITEL 1

Letters in the Sky

Mira

Stille.

Es war so wunderbar still. Friedlich und ruhig, bis auf einen leichten Wind, der den Duft der Natur zu mir trug. Er fuhr durch das Blätterdach über mir, ließ es in den Ästen rauschen und verwirbelte die dunkelblonden Strähnen, die sich aus meinem Pferdeschwanz gelöst hatten.

Es war still – bis auf die kreisenden, lauten Gedanken in meinem Kopf. Dunkle Gedanken, Zweifel, die mich nicht mehr losließen und sich wie fiese Kletten mit Widerhaken in meinem Kopf festgesetzt hatten.

Dad würde das nicht tun. Er würde nicht …

Ich brachte diese Vorstellung erst gar nicht zu Ende, sondern schob sie resolut zur Seite, während ich gegen das Brennen in meinen Augen anblinzelte. Ein einzelner Sonnenstrahl brach durch die

Bäume, als wollte mich die Natur daran erinnern, dass ich nicht allein war, auch wenn es sich gerade so anfühlen mochte. Seufzend lehnte ich mich nach hinten, stützte mich auf meine Arme und streckte mein Gesicht in Richtung Himmel.

Es waren Momente wie dieser, die mich immer wieder an diesen Ort zogen, den ich seit meiner Kindheit meinen *magischen Ort* nannte. Ich war als kleines Mädchen hierhergekommen, wenn ich mich mit Elias oder Tami, meinen besten Freunden, gestritten hatte, oder wenn bei meinem Dad Ben und mir der Haussegen mal wieder schief gehangen hatte. Was zugegeben auch heute noch ziemlich häufig der Fall war. Vermutlich, weil wir beide uns einfach zu ähnlich waren.

Jetzt, mit meinen neunzehn Jahren, trieb es mich an diesen Platz, wenn mir mein Studium über den Kopf wuchs, mir die Menschen um mich herum die Luft zum Atmen raubten, oder ich für einige Augenblicke eine Auszeit brauchte. Eine Auszeit von meinem Leben.

So wie jetzt.

Die Gründe, aus denen ich hierherkam, mochten sich geändert haben, aber der Zauber, der mich an diesem Ort wie eine warme Decke umgab, war der gleiche geblieben. Ein Gefühl von Geborgenheit und Sicherheit, das meine aufgekratzten Nerven beruhigte und den Druck von meiner Brust nahm.

Es war, als würde der spiegelglatte See, der den passenden Namen *Mirror Lake* trug, besänftigende Worte murmeln, die wie Balsam für meine Seele waren. Worte, die aus den Tiefen des Wassers zu mir kamen und von den Bergen, die den See im Norden einrahmten, widerhallten. Starke, uralte Ahornbäume säumten das Ufer und hielten ihre mächtigen Äste wie schützende Arme über den flachen Felsen, auf dem ich mich niedergelassen hatte. Überall um mich herum lagen ähnlich geformte Steine, ragten teilweise in den See hinein, als hätte ein Riese einen Sack gewaltiger Murmeln achtlos über die Landschaft verteilt. In der spätsommerlichen Sonne funkelten sie manchmal so, dass sie tatsächlich wie echtes Glas wirkten.

Ich hatte schon ganze Tage auf diesem Felsen verbracht. Vor mir der See, in dem sich die Berge spiegelten, hinter mir der Wald aus Ahornbäumen, der meiner Heimatstadt im Norden Oregons ihren Namen gab. Hier schien alles, was in Maple Creek auf mich wartete, meilenweit entfernt und belanglos zu sein. Als wären die Probleme und Konflikte dort nicht weiter von Bedeutung und würden schlichtweg nicht mehr existieren.

Und gerade heute wünschte ich mir nichts sehnlicher, als dass es wirklich so wäre. Dass dieser Ort die Macht hätte, Sorgen mit einem Fingerschnippen verschwinden zu lassen. Denn dann müsste ich nicht länger mit dem kämpfen, was mir heute Morgen den Boden unter den Füßen weggerissen hatte. Dann könnte ich einfach nach Hause gehen, zurück in mein altes Leben, und so weitermachen wie bisher. Aber ich war alt genug, um zu wissen, dass Wünsche nur selten in Erfüllung gingen und einem oft nichts anderes übrig blieb, als sich mit der hässlichen Realität auseinanderzusetzen. Auch, wenn es schmerzhaft war. Auch, wenn man am liebsten aufgeben und für immer davonlaufen würde.

In meiner Tasche vibrierte etwas – und erinnerte mich daran, dass ich eigentlich nicht *hier* sein sollte, sondern in der Uni an der Seite meines besten Freundes. Nur hatte ich keine Ahnung, wie ich jetzt einfach zur Tagesordnung zurückkehren sollte, nachdem ich diesen verfluchten Brief in Dads Sachen gefunden hatte.

Der Sonnenstrahl, der eben noch mein Gesicht gewärmt hatte, verschwand hinter einer hellgrauen Schäfchenwolke. Kühler Wind frischte auf und ließ das Laub am Boden rascheln. Ein erster Vorbote für den Herbst, der bald in Oregon einfallen würde.

Wieder erklang ein drängendes Brummen, lauter dieses Mal und penetranter. Gut möglich, dass es mir auch nur so vorkam, weil sich der Zauber nach und nach verzog, während die Wirklichkeit ihre kalten Finger nach mir austreckte, um mich zurückzuholen.

Widerstrebend richtete ich mich auf, winkelte ein Bein an und zog meine Tasche auf den Schoß. Tami hatte sie mir bei einer unserer irren Shoppingtouren in Portland aufgeschwatzt mit der Begründung: *Schätzchen, sie ist handgefertigt, aus veganem, weichem Leder, mit bunten Blumenstickereien und Innentaschen. Und es passt verdammt noch mal ein Buch hinein. Also nenn mir einen vernünftigen Grund, der gegen dieses Schmuckstück spricht.*

Mit einem schiefen Grinsen hatte ich sie schließlich gekauft – auch wenn sie in meinen Augen viel zu teuer und in Anbetracht der Tatsache, dass meine Taschenschublade bereits überquoll, nicht unbedingt lebensnotwendig gewesen war. Aber einer Tamara McGivan schlug man eben nichts ab.

Mein Handy setzte zu einem dritten Klingeln an, als ich schließlich den Atem ausstieß und annahm.

»Wo zum Teufel steckst du, Mira?«

Ich kniff die Augen zusammen. *Mist, er ist wirklich sauer.* »Guten Morgen, Elias.«

Am anderen Ende der Leitung hörte ich ihn unzufrieden brummen. »Du weißt, was heute für ein Tag ist, oder? Ich stehe seit einer halben Stunde vor deinem Haus und warte auf dich. Was ist los?«

»Sorry, Eli. Ich habe die Zeit vergessen.« Was für eine bescheuerte Ausrede.

Ich sah meinen besten Freund förmlich vor mir, wie er ungehalten den Kopf schüttelte und sich dabei durch seine dunkelbraunen Wuschellocken fuhr. »Lügen konntest du noch nie. Geschweige denn, eine glaubwürdige Ausrede finden.«

»Manche würden sagen, gerade das sei etwas Gutes«, antwortete ich mit einem leisen Schnauben und griff nach meinem dunkelroten Strickpulli, den ich neben mich gelegt hatte. »Glaubst du mir zumindest, wenn ich dir verspreche, mich sofort auf den Weg zu machen?«

»Schwer zu sagen, aber ich hoffe es. Denn noch mal werde ich dir nicht aus der Patsche helfen.«

Entgegen meiner schlechten Laune und dem Chaos in meinem Kopf sprudelte mir ein trockenes Lachen über die Lippen. Der Druck auf meiner Brust wurde ein wenig leichter. Diese Wirkung hatte Eli schon immer auf mich gehabt. Seine ganz persönliche Superkraft.

»Natürlich würdest du mir helfen. Egal, wie sehr du dich auch dagegen sträubst. Das ist einer deiner Urinstinkte.«

»Ja, ja. Jetzt schwing endlich deinen hübschen Hintern hierher, Mira. Sonst grillt Professor Willingdale uns beide.«

Alles in mir sträubte sich dagegen, mein sicheres Versteck zu verlassen und mich der Welt da draußen – und damit unweigerlich auch meinem Dad und dem Brief – zu stellen. Aber Elias war mein bester Freund, und was ich gesagt hatte, entsprach der Wahrheit. Er würde mir immer helfen, ohne zu zögern für mich in die Bresche springen, also konnte ich im Gegenzug für ihn auch meine eigenen Dämonen zur Seite schieben. Zumindest für den Moment.

Ich schlüpfte in meinen Pulli, hängte mir meine Tasche über eine

Schulter und sprang von dem großen Stein. Ein paar bunte Blätter wirbelten auf und raschelten unter den Sohlen meiner Ankle Boots, als ich mich in Bewegung setzte und dem schmalen Pfad durch den Wald folgte.

»Wir treffen uns bei mir. Ich bin in zehn Minuten da.«

»Besser in fünf. Bis gleich.« Dann hatte Eli auch schon aufgelegt.

Leise vor mich hin schimpfend, stopfte ich mein Handy in die Tasche und strich das cremefarbene Kleid, das ich unter dem Pullover trug, glatt. Mit einem wehmütigen Blick sah ich über die Schulter zurück zu meinem geheimen Ort und spürte, wie seine Magie verpuffte, während mich meine Schritte zurück in die Wirklichkeit führten.

Du hattest deine Auszeit, Mira, aber jede Auszeit hat ihr Ende.

Ich verzog das Gesicht und schob ein paar Äste zur Seite, ehe ich den Feldweg erreichte, auf dem ich meinen dunkelgrünen Jeep abgestellt hatte.

Zeit, sich der Realität zu stellen. Willkommen in deinem neuen Leben.

Ein paar Minuten später lenkte ich meinen Wagen mit klopfendem Herzen vor die Doppelgarage unserer Stadtvilla aus grauem, grobem Stein. Der Motor verstummte, genau wie das Radio, von dem ich während der Fahrt kaum etwas mitbekommen hatte, als ich den Schlüssel abzog und aufblickte. Dads Mercedes fehlte in der Einfahrt, was bedeutete, dass er schon in der Uni war und vermutlich genau in diesem Moment Schadensbegrenzung betrieb.

Großartig.

Meine Tasche in der einen, den Autoschlüssel in der anderen Hand, sprang ich aus dem Jeep und schlug die Tür unsanft hinter mir zu. Nur einen Herzschlag später kam Elias auch schon auf mich zu und wirkte alles andere als entspannt. Die Finger hatte er in seinen wilden Locken vergraben, während seine braunen Augen mir förmlich ein Loch in die Stirn brannten.

»Gerade heute, Mira! Wir reden seit Wochen von nichts anderem mehr als *diesem einen* Tag.«

Ich nickte, ein entschuldigendes Lächeln auf den Lippen, und spürte, wie mir das schlechte Gewissen sauer aufstieß.

Eli hatte recht. Wir hatten uns für diesen Tag beinahe zwei Monate lang den Hintern aufgerissen, gearbeitet bis zum Umfallen und unseren kompletten Sommer geopfert. Statt in der Sonne am See zu liegen, hatten wir jede freie Minute genutzt, um voranzukommen und etwas wirklich Großes auf die Beine zu stellen. Wir beide. Gemeinsam. Ihn hängen zu lassen, war eine miese Aktion gewesen. Das wusste ich selbst und ich bereute, dass es überhaupt so weit gekommen war, aber als ich heute Morgen den Brief gefunden hatte –

»Hallo? Mirella? Wo bist du bloß mit deinen Gedanken?« Eli schnipste vor meinen Augen und griff sanft, aber bestimmt nach meinen Schultern. »Du weißt, was heute alles auf dem Spiel steht, oder? Für uns beide.«

Etwas benommen blinzelte ich und nickte. Der Brief konnte – nein, er *musste* bis zum Abend warten. Ich würde Dad später darauf ansprechen und die Sache klären. Sofern man so etwas überhaupt *klären* konnte. »Es tut mir leid«, sagte ich, schluckte und kam mir dabei wie die größte Idiotin vor. »Meine Nerven … liegen blank. Das ist alles.«

Ungläubig zog Eli seine Augenbrauen zusammen und sah mich stirnrunzelnd an. »Du bist immer noch eine miese Lügnerin. Ist alles in Ordnung?«

Ich biss mir auf die bebende Unterlippe und nickte wieder bloß, unfähig, auch nur einen vernünftigen Satz zustande zu bringen.

Mein bester Freund ließ seine Hände von meinen Schultern gleiten und schüttelte den Kopf, ehe er mich ohne ein weiteres Wort in seine kräftigen Arme zog. Mit seinen eins neunzig war er gut eineinhalb Köpfe größer als ich und dank seines Einsatzes fürs Lacrosseteam unserer Uni muskulös und durchtrainiert. Normalerweise liebte ich seine Bärenumarmungen, doch in diesem Moment, in dem ich kläglich versuchte, meine Haltung zu bewahren, war sie alles andere als hilfreich.

»Mira, rede mit mir«, murmelte er an meinem Ohr, während er langsam über meinen Rücken strich.

Ich wollte es ihm sagen. Das wollte ich wirklich, weil ich ihm immer alles sagte. Wir hatten keine Geheimnisse voreinander – das hatten wir noch nie gehabt –, aber ich wusste, dass die Wahrheit in diesem Moment keinen Platz hatte. Nicht jetzt, wo wir uns voll und ganz auf unseren Vortrag konzentrieren sollten und keine Ablenkung gebrauchen konnten. Wir würden danach noch genug Zeit haben, über das zu sprechen, was ich heute in den Unterlagen meines Dads gefunden hatte. Über dieses eine dumme Stück Papier, das meine ganze Welt auf den Kopf gestellt hatte.